KB160263

술의 향기

술의 향기

1판 1쇄 찍음 2019년 6월 21일
1판 1쇄 펴냄 2019년 6월 28일

지은이 | 박수진
펴낸이 | 정 필
펴낸곳 | **(주)뿔미디어**

기획 · 편집 | 심은지, 이영은, 박지희
표지 디자인 | 우 물

출판등록 | 2002년 9월 11일 (제1081-1-132호)
주소 | 경기도 부천시 소향로 17, 303(두성프라자)
전화 | 032)651-6513 / 팩스 032)651-6094
E-mail | dahyangs@naver.com
블로그 | http://blog.naver.com/dahyangs
비북스 | http://b-books.co.kr

값 12,000원

ISBN 979-11-315-9834-4 03810

※파본은 구입하신 서점에서 교환하여 드립니다.

※이 책은 (주)뿔미디어를 통해 독점 계약되었습니다.
저작권법에 의해 보호를 받는 저작물이므로 무단 전재와 무단 복제를 엄금합니다.

술의 향기

DAHYANG ROMANCE STORY

박수진 장편 소설

목차

· 일러두기

1. 외국 인명, 지명, 작품명 및 독음은 '외래어 표기법'을 따르되 관용적인 표기와 동떨어진 경우 절충하여 실용적 표기에 따랐습니다.

2. 소설 속 내용은 허구이며 실제 지명, 장소, 인물 등과 아무런 연관이 없음을 미리 밝힙니다.

1
축제를 기획하라구요? 제가요?

2017년 9월. 오래된 주유소를 끼고 크게 우회전 한 번 했을 뿐인데, 제법 넓은 신작로 옆으로 추수를 앞두고 있는 알곡이 꽉꽉 들어찬 황금빛 논이 끝도 없이 펼쳐졌다. 구불구불한 논둑길 아래편에는 이미 익어 버린 성급한 첫 벼를 미리 베는 추수꾼들도 더러더러 보였다.

"얼마나 더 가야 합니까?"

"워쩐디야. 솔직헌 얘기루다가 손님께서 나헌티 양조장으루 간다고 혔을 쩍에 솔찬히 멀다구 했었잖유. 이짝으루 한참을 더 가야 쓰는디. 손님들이야 길을 몰르니 깝깝시럽다구 자아꾸 재촉을 허는디 저 길이 끝두 없이 왜 저런디야 하믄서 한숨 푹 자믄 나올랑 말랑이유. 안즉 멀었슈."

50대 중반은 족히 돼 보이는 택시 기사가 느릿느릿한 충청도 사투리로 자신은 전혀 급할 것 없다는 듯이 느물댔다.

네이비색 슈트 재킷 안에 흰색 와이셔츠를 입고 파란색 줄무늬가 그려진 넥타이까지 단정하게 매고 있던 김호는 수십 분째 펼쳐지는 논의 풍경에 지쳤는지 넥타이를 느슨하게 풀어 헤치고 창문을 내렸다. 제법 날카로운 가을바람이 택시 안으로 휘몰아쳐 들어왔다.

"웜매. 고로케 창문을 훅 열어제끼면 쓰간디유. 요새 질루 무서운 기 감긴디. 조짝에 논 미티서 불어 제끼는 바람을 씨게 맞어 버리면 어디 당할 재간이 있간디. 환절기 감기럴 중늙은이덜이 워쳐케 당허겄슈. 감기에 걸리믄 일두 못 나가구 며칠을 공치기 십상인디. 얼매 전까정만 혀두 훅한 바람이 불었는디 날씨가 왜 저런디야."

창문을 올리라는 건지 말라는 건지 파악하기 쉽지 않은 투덜거림이 김호의 귓전을 때렸다.

황금 들녘에서 불어오는 9월의 바람이 열린 창문 사이를 비집고 들어와 택시 기사의 누릿한 머리 냄새와 오랫동안 빨지 않은 옷에 켜켜이 밴 시큼하고 눅진한 냄새를 한순간에 몰아내고 있었다. 얼굴에 기분 좋게 와 닿는 청명한 바람 덕분에 그는 오랜만에 상쾌한 기분을 느꼈다.

그러나 택시 기사의 투덜거림이 다시 들려올까 봐 그는 창문을 올리며 뒷머리를 좌석 등받이 기댄 채 천천히 눈을 감았다.

그러자 이 시골 마을로 갑자기 오게 된 어처구니없는 상황들이 그의 머릿속에 하나둘 떠오르기 시작했다.

2개월 전, 농림부장관 집무실.

"장관님, 제가요? 제가 거기로 파견을 나가야 한단 말씀이십니까?"

김호는 행정 고시에 합격하고 5개월간의 지루한 연수와 6개월간의 농림부 실무 수습을 마친 뒤 정식 발령을 기다리고 있는 신참내기 사무관이었다.

농림부 장관 하도식은 왼발 양말 속으로 오른손을 넣어 두 번째와 세 번째 발가락 사이의 골을 살살 긁고 있었다. 한동안 열심히 발가락 사이를 긁던 오른손 검지가 그의 코를 향해 느릿하게 올라갔다.

그는 인중 어딘가를 비비는 척하면서 발가락 사이를 후비던 검지 손톱의 냄새를 맡았다. 비위가 상할 대로 상한 김호의 오른쪽 눈썹 끝이 신경질적으로 꿈틀거렸다.

"그럼 니가 가지. 다 늙은 내가 가리?"

하 장관은 지난 반년 동안 농림부에서 사무관 시보로 수습 기간을 마친 김호를 누구보다도 친근하게 대했다. 섬세하고 예민한 감수성에서 나오는 남다른 기획력과 뚝심 있게 밀어붙이는 추진력까지 갖춘 김호는 누가 봐도 기대되는 인재였다.

방금 전 그는 김호를 농림부 장관 직속 행정 사무관으로 발령 내려던 당초의 계획에서 큰 폭으로 방향을 틀었다. 자신이 수립한 새로운 계획이 너무 만족스러워 손바닥을 마주 비비며 집무실 안을 두어 바퀴 정도 성급하게 휘휘 돈 것으로도 모자라 콧노래까지 흥얼거리며 김호를 방으로 호출했다. 이 전도유망한 인재를 어디로 보내야 가장 좋은 그림이 나올지, 몇 주째 밑그림을 그렸다 지우기를 반복했던 고민의 시간이 드디어 끝났기 때문에.

하 장관의 그 망할 오른쪽 검지가 이번에는 흰머리가 성성한 그의 숱 많은 머리카락 속으로 들어가더니 정수리 아랫부분을 신중하게 긁어 댔다. 그는 손톱 사이에 낀 돼지기름 같은 비듬을 반대편 손톱 끝으로 살살 파낸 뒤 그 허연 덩어리를 엄지와 검지 사이에 놓고 동그란 공을 만들듯이 굴리기 시작했다.

김호는 속이 메슥거려서 장관 집무실 소파 테이블 맞은편에 널찍하게 자리 잡고 있는 네모반듯한 유리창 밖으로 시선을 던졌다. 짧게 자른 머리와 짙은 눈썹, 까무잡잡한 피부로 인해 그는 실제보다 더 호리호리해 보였다.

자신의 발가락 사이와 정수리 어디메를 실컷 긁은 하 장관은 꼬질꼬질하게 때가 낀 삼선 슬리퍼를 대충 발에 꿰고 소파에서 일어섰다. 그러곤 집무실 책상 위에 산처럼 쌓인 서류 더미 사이를 능숙하게 헤집어 몇 장의 사진을 집어 들고 김호에게 다가왔다.

그는 가지고 온 사진들을 테이블 위에 한 장 한 장 펼쳐 놓고 김호를 바라봤다.

"김 담당아(5급 사무관의 호칭 중 하나) 니가 그거 담당해 보면 어떨까? 청와대에서 우리 쪽으로 내려온 그 미션 말이야. 〈전통주 축제 활성화 프로젝트〉! 요 사진 좀 봐라. 독일의 옥토버페스트. 얼마나 멋있냐. 우리도 이런 거 좀 한번 해 보자!"

"장관님, 여긴 독일입니다. 맥주의 나라 독일이요."

"옘병. 밥 먹고, 싸고, 자고, 사람 사는 게 다 거기서 거기지. 독일 사람들은 뭐, 뇌에 금테 두르고, 맥주에 마약 탔다니. 우리도 할 수 있어. 우리도 세계 어디에 내놔도 안 빠지는 전통주 축제 하나 아주 멋들어지게 기획할 수 있다니까."

하 장관은 축제 분위기가 물씬 나는 옥토버페스트 사진을 한 장 들어 올린 뒤 김호의 눈앞에서 흔들었다.

"넌 오늘부로 농림부 식품산업진흥과의 〈전통주 축제 활성화 프로젝트〉를 총괄하는 김 담당이다. 식품산업진흥과에서 문화유산으로서 큰 가치를 지닌 전통주에 대한 관리와 육성을 좀 더 디테일하게 하니까 넌 내일부터 거기로 출근해. 두 달 정도 팀 사람들이랑 얼굴 좀 익히고 바로 충남 서천의 소곡주 마을로 내려가면 될 거야."

김호가 황당한 얼굴로 테이블 위에 놓인 사진을 바라보는 사이 하 장관은 자리에서 일어나 창가 쪽으로 걸어갔다.

"이참에 술의 명인이 사는 전통주 마을로 내려가서 한국을 대표하는 소곡주에 관해 집요하게 들이파 봐. 소곡주를 주제로 해서 〈전통주 축제 활성화 프로젝트〉의 사이즈를 확 키워 보는 거야. 마치 독일의 옥토버페스트처럼 신명 나게 말이지. 내가 도지사한테는 미리 전화해 놓을게. 김 담당아, 서천에는 언제 내려갈래? 말 나온 김에 날짜 먼저 박자."

'망할 영감탱이 같으니라고. 시골 마을 전통주를 가지고 세계적인 옥토버페스트를 만들라니. 장난하는 것도 아니고.'

부임 2년 차를 맞고 있는 농림부 장관은 젊은 시절부터 지역 단위로 경제 공동체를 조직하며 농촌 사회의 자립에 힘써 온 지역 노동 운동의 대부 같은 사람이었다. 노동 운동가 출신답게 고위 공무원들의 권위주의와 관료주의에 대한 혐오가 깊은 하 장관은 부임하자마자 5급 사무관들의 호칭을 전부 담당으로 통일했다. 그리고 기존에 있던 장관실을 주민들을 위한 열린 도서관으로 바꾸고 작은 회의실 한쪽을 막아 장관실로 꾸몄다.

하 장관은 권위주의가 뿌리 깊게 박혀 있는 농림부에 수평적인 조직 문화를 확립하기 위해 다방면으로 애썼다. 그는 나라에서 주는 출퇴근용 차량도 마다한 채 낡은 자전거 한 대를 휘휘 끌고 다녔다. 누군가에게 대접받으려는 마음이 좁쌀만큼도 없는 것은 참으로 존경할 만했지만 불행하게도 그는 끊임없이 일을 벌이는 스타일이었다. 공무원이라면, 게다가 나라에서 중책을 맡기는 고시 출신 고위 공무원이라면 뭔가 크게 기여해야 한다는 게 그의 평소 지론이었다.

183cm의 훤칠한 키에 남자답게 잘생긴 엘리트 김호가 농림부에서 실무 수습을 하기 위해 장관실 문을 열고 인사 왔을 때, 하 장관의 눈에 그가 단번에 들어왔다. 이 낡은 조직 전체를 새롭게 바꿀 젊은 피가 수혈된 느낌이었다.

농림부 주관하에 지방 자치 단체별로 소소하게 진행되는 지역 특산물 축제는 해가 거듭될수록 영 지지부진했다. 일부 공무원들은 직급이 높아질수록 새로운 시도를 하지 않으려고 최대한 용을 썼다.

사실 지역 축제란 건 주관 부서에서 노력과 열정과 아이디어를 몽땅 쏟아부어 지역 주민들과 관광객들에게 재밌는 볼거리와 깊은 감동을 주며 진행해도 성공할까 말까이건만. 다양한 지역 축제들이 전임 팀장들에게서 물려받은 문서의 내용만 조금씩 수정한 기획안으로 매년 별반 다르지 않게 반복되는 게 현실이었다.

하 장관은 매년마다 비슷하게 의무 방어전 치르듯 지역 행사를 진행한 후에 몇 장의 결과 보고서로 마무리되는 이 부분이 항상 안타까웠다. 그런 고민들로 머릿속이 꽉 차 있던 그즈음, 농림부에 제법 큰 사이즈의 중대 미션이 떨어졌다.

사라져 가는 전통주의 명맥을 잇고, 한국을 대표하는 전통주에 대한 호기심을 해외에서도 끌어올 수 있도록 외국인들에게도 감동을 줄 수 있는 지극히 한국적인 전통주 축제를 큰판으로 열어 보라는 미션이었다.

이 미션은 이미 늙어 버린 하 장관의 심장을 뛰게 했다. 그의 머릿속에서는 독일의 옥토버페스트 같은 세계인의 흥겨운 잔치판이 자꾸 이미지로 재생되었다. 그리고 그렇게 행복한 이미지들이 펼쳐지는 끝 지점에서 한 사람의 얼굴이 떠올랐다.

그는 마침내 큰 결단을 내렸다. 새롭게 떨어진 〈전통주 축제 활성화 프로젝트〉의 담당자로 김호 사무관을 세우기로.

전통주에 대한 새로운 가치를 수립해 폭넓은 공감대를 형성하고, 감성적이고 감동적인 축제를 열어 외국인 관광객까지 유치해야 하는 이런 국가적인 규모의 사업에 타성에 젖어 있는 나이 든 공무원들이 아무리 나서 봤자 그럴듯한 아웃풋이 절대 안 나온다는 걸 그는 너무나 잘 알고 있었다. 이런 종류의 일에는 특별한 감각을 바탕으로 풍부한 아이디어와 추진력까지 겸비한 김호 같은 젊은 두뇌가 역시나 제격이었다.

노동 운동가 출신의 농림부 장관이 설계한 큰 그림에 떠밀려 김호는 충청남도 서천의 술 빚는 마을로 파견을 나가는 중이었다. 택시의 창문이 닫히자 기사의 노릿한 머리 냄새가 다시 그의 코를 찔렀다.

그는 살기 위해 다시 창 쪽으로 얼굴을 갖다 댔다. 끝없이 이어지던 황금 들녘은 더 이상 보이지 않았다. 이제 그의 두 눈에는 온 마을을 휘감고 있는 하얀 연기가 들어오기 시작했다.

"기사님, 저 연기들은 다 뭡니까?"

말을 마치자 택시 기사가 백미러를 통해 한심하다는 표정으로 그의 얼굴을 바라봤다.

"뭐긴 뭐간디유. 삭쟁이를 싹 쓸어 노코 술밥을 짓는 연기쥬."

"술밥 짓는 연기요?"

"전통주를 맨드는 마을 어귀에 방금 들어왔는디. 요짝부터가 바로 소곡주를 맹그는 술 빚는 마을이유. 집집마다 저런 끼다란 굴뚝이 보이쥬? 저 밥들이 술의 뭔 밑밥이 된다든디. 암턴요, 이 마을은요. 눈을 들어 어디를 빙 둘러쳐 봐도 술밥을 짓는 요 허연 연기가 사시사철 으디서든 매냥 지천으루다 나유."

술 빚는 마을을 설명하는 택시 기사의 얼굴엔 고장에 대한 자부심이 넘쳐흘렀다.

"밥 짓는 굴뚝뿐이간디. 집집마다 마당 한 귀퉁이에서 벌건 숯을 빵궈서 그 숯으루다 누룩을 이쁘게 띄우니께 조 미티서부터 연기가 씨게 올라오잖유. 그니께 저래 연기가 말도 못 하지유. 허연 연기가 마을을 둘러싸구 있으니께 요짝 동네를 신선이 머무는 마을이래구두 하는게 비유."

김호는 감탄 어린 표정으로 온 마을을 뒤덮고 있는 하얀 연기를 넋 놓고 바라봤다. 뭉게뭉게 끊임없이 피어오르는 연기가 제법 눈에 익자 드디어 술 빚는 마을의 모습이 그의 눈앞에 펼쳐졌다.

뜨거운 불에서 구운 짙은 청회색의 기와를 얹은 집들이 도란도란 모여 있었다. 도톰한 짚으로 새끼줄을 꽈서 장방형으로 넓게 짠 멍석이 집집마다 마당에 펼쳐져 있고, 그 위에 밑술의 재료가 되는 멥쌀을 그득그득 말리는 중이었다.

청회색 기와집의 너른 마당에서 가을볕을 흠뻑 받으며 꼬들꼬들하게 말려지고 있는 하얀 쌀들의 향연. 그 하얀 쌀들을 감싸고 있는 장방형의 황토색 멍석들 가생이 사이사이로 참새들이 낱알들을 주워 먹으려고 종종대며 걸어왔다가 아주머니들의 '훠어이~ 훠어이~' 소리에 풀썩거리며 날아갔다. 전래 동화 속 한 장면 같은 정겨운 풍경이었다.

택시는 술 빚는 마을의 기와집 중에서도 솟을대문이 가장 큰, 전통 방식으로 지은 고택 앞에 멈춰 섰다.

솟을대문으로 들어서면 일꾼들의 숙소인 행랑채가 나오고, 넓은 마당 안으로는 커다란 ㄱ 자형의 큰 사랑채와 그 안쪽에 자리한 안채, 그리고 작은 사랑채가 이어지는 조선시대 전통 건축법으로 지은 위풍당당하고 멋들어진 고택 앞에서 김호는 잠시 숨을 골랐다.

김호가 택시에서 내려 이 아름다운 고택에 완전히 매료된 눈빛으로 높은 솟을대문을 멍하니 바라보는 사이, 택시 기사가 트렁크에서 그의 캐리어를 내려 주며 입을 열었다.

“젊은 양반. 이짝 대문 앞에서 좀 기달려유. 으르신께 인사도 좀 드리면서 서울에서 워떤 손님이 왔다구 내가 말을 전해 줄 테니께.”

기사는 자신의 말을 마치자마자 고택 안으로 쑥 들어갔다.

“부여댁 아주머니. 나 잠시 들렀네유. 집 입구 논의 벼들이 이미 팍 수그러졌든디 아즉까정 안 비고 뭐 했데유? 워치케 저짝 논의 벼를 내가 줌 비 줄까유?”

“아, 일없슈. 벼를 빌 손이 모질라믄 싹 다 갈아엎어서 소나 멕이면 되쥬. 근디 바쁜 낮 시간에 우리 집에까정 워쩐 일이래유?”

“워쩐 일은유. 으르신을 쬠 빌라구 왔쥬.”

“이…… 아버님은 저 안채에서 짐 누룩 맨지구 계셔유.”

“박 기사가 워쩐 일이여?”

때마침 최 노인이 동그란 누룩 틀을 들고 마당으로 나오며 박 기사에게 알은체를 했다.

“으르신 얼굴 비러 왔지유. 잘 계셨지유?”

“이…… 나여 별일이 있간디. 뭣 줌 마실 텨? 명지야, 여기 커피허고 뭣 줌 저기 혀. 손님이 왔는디 기냥 보낼 순 없잖여.”

“으르신 커피는 무신요. 일없슈. 진짜로 암것두 안 해두 돼유.”

“나가 서운혀서 그랴. 내 집 문짝을 넘었으면 손님인디 워치케 그랴. 명지야 뭣 줌 내와야지 뭐 허냐?"

"아 근디요, 으르신. 지가 터미널에서 손님을 태와서 왔는디 함 만나 보셔유. 아주 신수가 훤한 젊은 남자 손님인디 이 댁에 볼일이 있다고 허네유. 서울에서 왔다는디 뭔 볼일인지는 들어 봐야쥬."

김호는 자신을 대문 앞에 세워 두고 훌쩍 들어가 버린 택시 기사가 언제쯤 다시 나타날까 이제나저제나 기다리며 구두에 묻은 하얀 흙먼지를 손으로 털어 내고 있었다. 이쪽 길은 전부 아스팔트가 깔리지 않은 흙길이라 그의 광나는 구두에 자꾸 흙먼지들이 내려앉았다.

그때 솟을대문이 열리더니 기사의 너부데데한 얼굴이 드디어 나무대문 사이를 쑥 비집고 나왔다.

"서울 양반, 이짝으루 들어와유. 으르신이 기달리시는디 언능 오슈."

2

우리 양조장에 자네가 일꾼으로 들어오게

자신과 똑같이 손님으로 온 줄 알았던 택시 기사는 마치 이 집의 주인인 것처럼 김호를 불렀다. 그는 슈트 재킷의 주름을 펴고 넥타이를 반듯하게 고쳐 맨 뒤 발걸음을 옮겼다.

어디 한 군데 나무랄 데 없는 깔끔한 입성의 김호가 솟을대문 안으로 들어서자 고택의 차분한 분위기와 기품 있어 보이는 그의 단정한 외모가 마치 서로에게 화답하는 한 쌍의 새처럼 어우러졌다. 사랑채에 앉아 있던 호기심 어린 눈빛들이 과녁을 향해 날아가는 화살처럼 그의 얼굴을 향해 일제히 날아들었다.

긴 다리로 성큼성큼 걸어간 김호가 마당을 지나 사랑채로 들어서자, 들기름칠을 해 반들반들하게 빛나는 고색창연한 짙은 고동색의 대청마루에 개량 한복을 입은 70대 노인과 그의 며느리로 보이는 50대 초반의 풍채 좋은 여성과 자신을 태워 온 택시 기사가 동그란 찻상을 가운데 두고 둘러앉아 있었다. 기사는 김호를 향해 이쪽으로 냉큼 올라오라는 듯 손짓했다.

김호는 마루 앞까지 걸어가 공손하게 허리를 굽혔다.

“안녕하십니까. 저는 농림부에 근무하는 김호라고 합니다. 처음 뵙겠습니다, 어르신.”

“이…… 농림부에 근무허면 공무원이구먼, 공무원. 으르신 공무원인가 보네유. 근디 농림부 공무원이 뭐 헌다고 요기 술 빚는 마을의 으르신을 벨라구 온규?”

김호는 최학영 명인을 보고 이야기해야 할지, 택시 기사를 보고 용건을 말해야 할지 난감하다는 표정으로 두 사람을 번갈아 바라보며 시선을 건넸다. 그러자 최 노인이 그의 난처함을 이해했다는 눈빛으로 김호를 향해 입을 열었다.

“나는 요 마을에서 대대로 술을 빚는 최학영인디. 나랏일 허는 젊은 공무원이 나 같은 늙은이헌티 뭔 볼일이 있어서 서울서부텀 요기까지 왔을까 싶은디? 그라구 섰지 말구 요기 마루로 올라와서 찬찬히 말을 해 보믄 좋컸구만.”

김호는 구두를 벗고 인주인이 어찌나 징싱스럽게 기름 바른 걸레질을 해 댔는지 햇빛을 받아 윤기가 자르르 감도는 대청마루에 조심스럽게 올라섰다. 최 노인의 며느리 부여댁은 183cm의 훤칠한 키가 마루로 쑥 들어오자 아들 바라보듯 대견한 눈빛으로 그를 바라봤다.

김호가 대청마루 끝에 살짝 걸쳐 서서 무릎을 꿇어야 하나 말아야 하나 잠시 갈등하고 있는 사이, 그걸 눈치챈 부여댁이 친근하게 말을 건넸다.

“아이고오. 그 끝 짝에 그래 불편허게 앉지 말구 쬠 들어와서 편히 앉어유. 먼 길 왔는디 편히 앉어야쥬.”

김호는 그제서야 주춤주춤 양반다리를 하고 앉으며 입을 열었다.

“제가 이곳까지 방문한 이유를 말씀드리겠습니다. 농림부에서는 대대로 전해 오는 지방의 전통주를 더 많은 사람들에게 알리기 위한 사업을 계획하고 있습니다. 각계 전문가들과 논의해 본 바, 대한민국을 대표할 전통주로 〈한산소곡주〉가 가장 많은 추천을 받았습니다. 그래서 소곡주를 브랜드화해서 한국을 대표하는 명품 술로 더 많이 홍보하고, 아울러 지역 축제까지 크게 연계해 보면 어떨까 싶어서 제안을 드리려고 왔습니다.”

“아 기여? 그 말이 참말로 기여? 그라믄 이건 보통 일이 아닌디. 으르신네 소곡주가 엄청 유명해지는 거 아닌감유. 워치케 이런 경사시런 일이. 근디 이런 중차대한 일을 제안허려면 좀 힘이 있는 높은 양반이 와야 허는 거 아녀유? 젊은 양반은 나이가 으뜨케 되간디? 아즉 새파랗게 젊어 뵈는디 농림부 공무원이라 했으니께 한 9급이유? 아니믄 7급?”

“저는 올해 서른입니다.”

김호가 자신의 나이만 겨우 말하고 뭔가를 고민하는 사이, 마당에서 이들의 대화를 듣고 있던 최 노인의 손녀 명지가 찻잔이 놓인 나무 쟁반을 들고 마루로 올라왔다. 머리를 하나로 낮게 묶은 최명지는 김호와 눈이 마주치자 살짝 눈인사를 하며 그의 앞에 찻잔을 내려놓았다.

“이짝은 우리 으르신네 손녀여, 손녀.”

택시 기사 박 씨는 자신의 나이를 서른이라고 밝힌 김호를 향해 편하게 말을 놨다.

명지가 김호를 찬찬히 뜯어봤다. 김호는 자신의 바로 옆에서 날렵하게 내리꽂히는 그녀의 시선이 좀 당황스러워 얼른 찻잔을 입으로 가져갔다. 향기로운 찻물이 목을 타고 천천히 내려가며 속의 갈증을 풀어 주었다.

여러 인물들을 오롯이 혼자 상대해야 하는 불편한 상황이 만들어 내는 이 어색함을 찻잔이 제법 기특하게 해결해 주었다. 어색함이 그를 짓누를 때마다 찻잔이라도 들어서 얼굴을 좀 가리면 되니 이 얼마나 다행인지.

"안녕하세요, 최명지라고 합니다. 명함이 있으면 좀 볼 수 있을까요?"

그를 빤히 쳐다보던 시선의 뒤를 이어 그녀의 질문이 제법 날카롭게 들어왔다. 김호는 그제서야 자신이 명함도 안 꺼냈다는 것을 알아차렸다. 속으로 아차차 싶었다.

그는 재빨리 찻잔을 내려놓고 슈트 상의 안쪽에서 명함 지갑을 꺼내 들었다. 최 노인에게 공손히 한 장 건네려는 순간 옆자리의 명지가 그의 명함을 너무나 자연스러운 동작으로 가로챘다.

"농림부 식품산업진흥과의 사무관이네요."

명지가 또랑또랑한 목소리로 김호의 명함을 확인한 후에 최 노인에게 건넸다.

"사무과안? 사무관이면 행정 고시럴 패스헌 거 아닌감? 명지야, 기여 안 기여? 남자 나이 서른에 벌써 사무관이면 고시 출신이구먼, 고시. 아이고오. 워쩐디야. 진즉에 말을 혔으면 나가 쬠 더 친절허게 대했을 틴디유. 사무관 양반이 오셨으니께 일을 일사천리루다가 진행헐 수 있는 권한이 큰 거 아닌감유? 내 소개가 늦었는디 택시 기사이자 이 마을 부녀회장의 남편인 박영식인디 넘들은 기냥 편허게 박 기사라구두 허구 부회장님이라구두 허구 그래유."

박 기사는 명함 한 장으로 다시 김호에게 말을 높였다. 김호는 난감한 얼굴로 또다시 찻잔을 들었다. 장관이 가라 하니까 왔을 뿐 자신한테 무슨 힘이나 신념이 있을까 싶었다.

"이…… 부녀회장 남편이니께 우리 마을에서는 이 냥반을 부회장님이라구 해유."

부여댁이 박 기사 편을 들어 주려고 한마디 거들었다.

"근디 나는 농림부 장관이 오든, 사무관이 오든 그것이 뭔 소용이 있을까 싶은디. 나야 쌀을 씨쳐서 술밥을 맨들구, 그걸 게지구 술을 빚는 거밖에는 헐 줄 아는 게 없는 늙은이라 술로 뭔 브랜드를 맨드느니 축제를 헌다느니 허는 말들이 뭔 말인가 싶기도 허고. 우리 집안 술을 가지구 농림부의 공무원덜이 뭐슬 워치케 허겠다는지가 머릿속으루 원체 들어오지 않으니께."

"으르신 그건 벌써부텀 걱정헐 일이 아니지유. 으르신헌테는 똑똑헌 명지가 있잖어유. 명지가, 쟈가 그래두 요짝 지방이지만서두 아주 멀쩡헌 4년제를 나왔구. 아, 사무관 양반 우리 으르신네 명지가 그랴두 4년제 출신이라 여간 똑 뿌라진 게 아니유."

박 기사는 대단한 인물을 소개한다는 얼굴로 주변을 크게 휘돌아보며 목소리를 높였다.

"요짝 여자애덜은 죄다 여상으루다 가는디 명지는 고등핵교부텀 인문계루 가구. 대핵교두 4년제루 가구. 졸업허구 양조장에서 4년 가차이 일했으니께 명지가 벌써 스물여덟이구먼. 그라니께 사무관 양반이 우리 명지랑 가찹게 붙어서 그 축제인가 뭔가를 맹글면 되겠구만."

"웜매. 넘의 딸 나이를 그렇게 올리면 워쩐대유. 말은 바로 해야쥬. 스물일곱인디, 일곱."

부여댁이 살짝 원망스러운 눈빛으로 명지에 대한 박 기사의 부정확한 보충 설명을 수정해 주었다.

명지는 지그시 입술을 깨물고 있었다. 박 기사의 입에서 4년제니, 인문계니 하는 말이 나올 때마다 그녀는 미치겠다는 얼굴로 천장을 바라봤다. 이런 촌구석에서 인문계 고등학교에 진학하고, 지방대를 나온 게 무슨 대단한 자랑이라고.

마치 불필요한 미사여구나 과장된 수식어가 불쑥불쑥 튀어나오는 비전문가가 만든 게 분명한 작은 식당의 홍보 전단지를 보고 있는 기분이었다. 실체를 입증할 수 없는 미사여구에 물음표가 잔뜩 떠오르면서 절대 고객의 마음을 사로잡을 수 없는 그런 촌스러운 전단지.

평소에도 누군가가 뭔가 대단한 걸 발견했다는 듯 앞에서 호들갑을 떨면 그녀는 '정말?' 혹은 '글쎄' 하는 부정어를 내뱉는 버릇이 있었다. 명지는 감성보다는 이성이 발달한 인간 특유의 시니컬한 차분함이 바탕에 깔려 있는 사람이었다. 내면으로는 팔색조의 다양한 감정을 분출하지만, 겉으로는 불필요한 감정들을 싹 쳐 내고 단색조로만 표현하는.

일찌감치 행정 고시에 패스하고 탄탄한 출셋길로 막 접어든 저 멀끔하게 생긴 서울 남자한테 박 기사 아저씨가 대단한 것처럼 치켜세우는 4년제가 무슨 대수겠는가.

명지는 자신을 너무나 그럴싸하단 듯이 포장한 인문계와 4년제란 두 단어가 자꾸 머릿속에 떠다녀서 오른손으로 한쪽 목을 긁으며 다시 천장을 바라봤다.

김호는 택시 기사가 방금 자신의 파트너로 붙여 준 명지 쪽으로 조심스럽게 시선을 보냈다. 그녀는 약간 화가 난 듯한 얼굴로 입술을 지그시 깨문 채 천장만 바라보고 있었다.

머리를 하나로 단정하게 묶어서 그런지 각진 곳 하나 없는 계란형의 얼굴이 얼핏 도회적으로 보였다. 비록 매우 헐렁하고 낡아 보이는 멜빵바지를 입은 작업복 차림이었지만.

콧날은 오뚝하지만 고집 있어 보이고, 소녀처럼 귀여운 느낌을 살짝 주는 땡그란 두 눈에는 세상과 쉽게 타협할 것 같지 않은 강인함이 서려 있었다.

김호는 자신을 여기로 보낸 하도식 장관이 다시 한번 원망스러웠다. 전통주를 빚는 술의 명가에 오긴 왔는데 고집스러워 보이는 70대 노인과 며느리로 보이는 아주머니, 그리고 만만치 않아 보이는 손녀가 그를 기다리고 있었다. 거기에 오지랖이 구만리는 넘어 보이는 웬 택시 기사까지. 농림부 행정 사무관인 자신이 이들과 손을 잡고 과연 〈전통주 축제 활성화 프로젝트〉를 성공시킬 수 있을지 눈앞이 캄캄했다.

"일단은 제가 술 빚는 과정을 좀 가까이서 볼 수 있을까요? 전통주 축제에 대한 기획안을 작성해야 하는데 제가 술에 대해 아는 게 전혀 없어서요. 먼저 공부를 좀 해야 할 것 같습니다."

"근디 젊은이, 내가 그짝을 뭐라구 불러야 쓸까. 사무관이라구 불러야 허는 게 기지?"

김호는 최 노인을 향해 눈을 크게 뜨고 고개를 저었다.

"아, 아닙니다, 어르신. 그냥 김 담당이라고 불러 주세요."

합격 초반에는 여기저기서 걸려 오는 부러움 섞인 축하 전화와 대단한 인물이 나왔다며 기뻐하는 집안 어른들의 반응에 흠뻑 취해서 행시 패스가 개인의 대단한 성취인 것처럼 마냥 들떠 있었던 시기가 그에게도 분명히 있었다.

하지만 김호는 자신의 신분이 고시생에서 사무관으로 일순간에 달라졌다고 해서 일상적인 삶 한가운데 놓여 있는 자기 자신을 갑자기 윗단계의 어느 지점으로 점프시켜 놓고 스스로를 대견해하는 인간이 아니었다.

게다가 혼자서 막연하게 기대했던 공직 사회의 이미지들은 수습 과정을 거치는 동안 여러 이미지로 변주되어 그에게 다가왔다. 부푼 꿈을 안고 갓 들어간 조직에서 사회 초년생이라면 누구나가 한 번씩은 겪는 이상과 현실 사이에서의 어그러진 균열이 그에게도 찾아왔다.

위계질서에 의해 생성되는 대부분의 업무 지시에 대해 절대 토를 달 수 없는 공직 사회의 경직성이 예민한 그를 자꾸 구석으로 몰았다. 정부 정책으로 포장되는 여러 가지 허울 좋은 사업들에 대한 약간의 회의와 조직에 대한 냉소가 섬세한 그의 감수성 사이사이로 끼어들었다. 그는 사무관이라고 불리는 것에 꽤나 의미를 두며 목에 힘을 주려 하는 자신의 동기들과는 확실히 달랐다.

"뭐시여. 김 담당은 또 뭔겨. 그른 우슨 호칭두 있는규? 허허허……."

박 기사가 다시 참견하기 시작했다.

"요새는 담당이나 팀장이라고 많이들 부릅니다. 그냥 편하신 대로 불러 주세요."

"그랴? 그르면 김 팀장이라구 불러야 허는 게 맞을 성싶은디. 암턴 김 팀장이 술에 대해 옆에서 슬쩍슬쩍 곁눈질루다 지켜보믄서 공부를 허겠다구 접근허면 이건 좀 많이 힘들겨. 나는 그려. 솔직헌 얘기루다가 김 팀장이 우리 집 술을 개지구 뭔 지역 축제를 맨든다 했을 띠 시상 일이 워찌 그래 쉽게 풀리간디. 시상이 워뗜 시상인디."

최 노인은 길이 잘 든 대청마루의 움푹하게 팬 부분을 손으로 천천히 어루만지며 잠시 숨을 골랐다.

"그냥 술을 함 지대로 맹글어 봐야지 허는 맘으루다가 덤벼야 혀.

소곡주를 맹글어 보지두 않구선 무신 홍보를 허구, 축제를 허겄어. 세상 이치가 그렇지는 않어. 내 맴속으루다 이것이 쬼이라두 션찮아 보이구, 이게 참말로 가치가 있는 그런 귀한 술이 진짜루 긴지 안 긴지 막 헷깔리구, 기냥 위에서 시키니까 억지루다 내가 이것을 헌다 허면 절대 좋은 뭐시기가 암것두 나올 수가 없는겨."

나무 바닥을 바라보던 최 노인의 시선이 김호에게로 이동했다.

"이 소곡주가 진짜루 이쁘고 좋아야 혀. 막 이것에 빠져들어서 내가 쬠이라두 미치야 혀. 글지 않구서는 절대 남을 감동시키지 못하는겨. 내가 감동허지두 않는디 뭔 수루다가 남을 감동시킬 수가 있간디."

박 기사는 최 노인의 말에 '옳지, 옳지' 추임새 넣듯 자신의 무릎을 쳐 가며 고개를 주억거렸다. 김호는 마치 자신의 마음속을 꿰뚫어 보듯이 이야기하고 있는 최 노인을 놀란 눈으로 바라봤다.

최 노인의 입에서 나온 말은 단 하나도 틀린 게 없었다. 아무 의욕도 없이 억지로 이곳에 온 자신의 속마음을 그대로 들켜 버린 것 같아서 부끄러웠다.

김호는 느릿느릿 말을 건네는 최 노인에게 완전히 압도당한 채 숨을 죽였다. 최 노인은 자신의 물러진 눈가를 두어 번 문지르며 김호와 시선을 맞췄다.

"그니께 내일부텀 우리 집으루다 출근혀서 나헌티 술을 함 배와봐."

최 노인의 제안을 거절할 명분도 이유도 그에게는 없었다. 김호는 자신에게 닥친 운명에 몸을 맡겨 버려야겠다는 심정으로 대답했다.

"네, 알겠습니다. 그럼 내일부터 정식으로 이 양조장에서 술을 배워 보겠습니다."

말을 마치자 명지가 다소 의외라는 표정으로 그를 바라봤다. 그녀의 얼굴에 '니가 과연 할 수 있을까' 라는 조소가 옅게나마 담긴 것 같아서 김호는 마음이 불편해졌다.

"근디 묵을 데는 아즉 안 정한 거쥬? 양조장으루다 출근을 헐라믄 가차운 데서 묵어야 할 거인디. 워치케 허는 게 맞을랑가유, 아버님."

부여댁이 마치 해결해 달란 눈빛으로 최 노인을 바라봤다.

"이…… 암만 묵을 곳이 중허제. 우리 집서 묵으면 참말로 좋은디 내 아들놈을 몇 해 전에 병으로 보내 불고 집안에 장정 같은 남자가 어디 있간디. 명지 쟈 밑으루다 남동생이 하나 있긴 허는디. 아즉 고등핵교 댕겨서 장정이라구 헐 수도 없고. 나 가턴 노인과 손주들만 있는 집서 젊은 청년을 묵으라 허는 게 남덜이 보믄 숭할 수도 있으니께."

최 노인은 박 기사 쪽을 흘깃 바라봤다.

"내 맴대루 정허는 거 같어서 쬠 미안허긴 한디. 그랴두 우리 마을에 외지인이 오믄 부녀회장 집에서 묵는 거를 우리는 젤루 큰 대접으루 치니께 그짝에 짐을 풀면 이짝으루다 왕래도 가찹고 피차간에 좋긴 좋을 틴디."

"아닙니다. 어르신. 저는 시내 쪽에 있는 모텔에 머물면 됩니다. 그 편이 더 좋구요."

"이…… 그건 김 팀장이 양조장 일을 잘 몰라서 허는 말이유. 새벽겉이 이짝으루다 매일매일 나와야 쓰는디 시내 쪽에서 워치케 댕길라구 혀. 이른 시간에 버스가 으데서 스간? 천상 으르신 말씀대루 우리 집서 묵는 게 젤루 나을규. 언네 걸음으루다 쳐두 예서 몇 걸음이면 우리 집이 금방이니께. 우리 마누라헌티는 빈방을 치아 놓으라구 내가 전화를 넣을규. 명지가 이 양반을 우리 집으루다 좀 안내를 혀

주면 쓰겄다. 나는 시방 일하러 시내루다 나가야 쓰니께."

김호는 모든 일이 일사천리로 진행되는 이 상황을 가만히 지켜봤다. 그에겐 발언권도 결정권도 없어 보였다, 이 술 빚는 마을에서는.

그는 캐리어를 들고 명지를 따라나섰다. 앞에 가는 여자는 족히 168cm는 넘어 보였다.

마당을 지나 일꾼들의 휴게실로 보이는 행랑채 앞에 이르자 앞서 가던 명지가 갑자기 걸음을 멈추고 뒤로 돌았다.

"저기요, 김 담당님."

명지는 일부러 담당님에 악센트를 줘서 발음하며 그의 눈을 빤히 쳐다봤다.

"……?"

"솔직히 말해 보세요. 시골의 전통주를 가지고 뭔 지역 축제가 될까 하는 마음이 있는 거죠? 이 지루한 다큐 영화가 과연 흥행이 될까 싶은 뭐 그런 거."

명지의 지적이 너무나 정확해서 김호는 대꾸할 말이 퍼뜩 떠오르지 않았다. 이 지루한 다큐 영화가 과연 흥행이 될까 싶은 뭐 그런 거. 그녀의 말이 맞았다.

"흥행이 될 만한 요소를 찾아봐야죠. 그게 제 일이니까요."

김호는 자신의 대답이 제법 프로답게 나와서 살짝 만족스러웠다.

"이 일 시작한 지 얼마 안 돼서 담당님도 자신 없는 거 아니구요? 사무관 발령 후 첫 임무 맞죠? 그 전에는 사무관 시보로 수습 생활만 했을 거고."

무서운 여자였다. 말하는 족족 정답만 내던지는.

"네, 첫 임무 맞아요. 그래서 진짜 잘하고 싶구요. 지금 내가 신참이라서 못 미덥다는 말인가요? 수습 기간 때 굉장히 큰 정부 행사들

제가 일부 기획도 하고 참여도 많이 했습니다."

명지는 웃음이 나오려는 걸 간신히 참았다. 귀여운 구석이 있네 이 남자.

그녀의 눈가에 서린 매서운 기운이 조금 누그러지자 김호는 왠지 선생님한테 칭찬을 받은 어린아이가 된 기분이었다. 그녀는 자신과 만난 순간부터 계속 날카롭게 몰아붙이기만 했으니까.

"큰 행사들을 직접 기획하셨다니 기대해 볼게요. 부녀회장님 집은 바로 저기예요. 그럼, 내일 아침 7시까지 오세요."

명지는 그에게 짧은 인사를 건넨 후 고택 안으로 사라졌다. 김호는 어쩐지 한 방 맞은 느낌이었다. 정곡을 찌르면서 예리한 공격을 펼치더니 빈틈 하나 보이지 않고 순식간에 링 위에서 내려가 버렸다.

"워메. 서울서 오느라 욕봤겄슈. 나가 이 동리 부녀회장인디요. 우리 바깥양반 전화를 받구 내가 저짝 방을 싹 다 치와 놨으니께 언능 짐부텀 풀어유. 술루다 허는 뭔 축제를 맹근다구 왔담서유. 어르신덜 뫼셔다 놓구 푸짐허게 돼지 삶은 거랑 짐치랑 술 돌리는 마을 잔치 같은 거는 부녀회장인 내가 질루 잘허는 거인디. 여짝 방에서 묵으믄서 찬찬히 마을두 둘러보구 양조장에두 가서 챔견두 하구 그르면 뭐시가 나오든 나오것지유."

몸통이 두껍고 유난히 목이 짧은 땅딸한 체형의 부녀회장은 그녀의 남편인 박 기사만큼이나 입담이 좋은 사람이었다.

"네, 얼마간 여기서 신세를 좀 지겠습니다. 전 김호라고 합니다. 잘 부탁드립니다."

"호박을 씨쳐다가 두부랑 넣구 된장국을 끄렸으니께 그걸 저녁으루 먹구 언능 몸을 좀 지져유. 군불을 뜨끈허게 땠으니께. 아랫목에

다가 피곤한 몸을 훅하게 풀어야 내일 고된 양조장 일을 버티쥬. 솔찍헌 말루다가 펜대나 굴린 사무관 양반이 뭔 수루다 그 양조장 일들을 당허건디. 근디 워쩌나. 저짝 방이 원래가 소곡주에 들어가는 들국화를 말리는 방이어서 꽃향기가 솔찬이 날 틴디. 냄새를 뺀다구 뺐는디 그래두 꽃향이 좀 날규."

김호는 자신이 묵을 방 앞에 정겹게 붙어 있는 툇마루에 앉아서 부녀회장이 뚝딱 차려 준 소박한 시골 밥상을 받았다. 다디단 애호박과 고소한 두부와 바지락을 뚝배기에 듬뿍 넣고 바글바글 끓인 바특한 시골 된장국이 그의 허기진 배 속으로 한입 가득 들어오자 구수한 된장 특유의 감칠맛에 그는 온몸이 녹아내리는 기분이었다. 흙과 바람과 강물을 벗 삼으며 유구한 세월을 살아온 한국인의 정서를 툭 건드리는 시골 된장국 맛에 그는 흠뻑 빠지고 말았다.

쫑쫑 썰어 넣은 애호박은 땅의 좋은 기운을 흠뻑 빨아들여서 설탕보다 더 단 천연 단맛을 내고, 농약 한 바가지 치지 않은 너른 밭에서 자연이 키운 콩으로 만든 손두부는 텁텁한 맛 하나 없이 고소했다.

서천 앞바다에서 발에 차일 만큼 흔하디흔한 게 바지락이기 때문에 서천의 아낙네들은 알배기 배추를 뚝뚝 분질러 국을 끓이거나, 말린 무청을 썰어 넣고 된장찌개를 끓일 때, 통통하게 살이 오른 바지락을 한 움큼씩 헤프게 넣어서 끓였다.

바지락이란 게 참 요상도 한 것이 아무리 시원찮은 재료로 끓인 국일지라도 요것만 들어가면 신통방통하게도 국물 맛이 살아나 국물에 밥을 말아 한 그릇 싹싹 비벼 먹게 만들었다. 김호는 서천의 햇살과 바람이 키운 자연의 식재료들로 만든 시골 밥상을 순식간에 비웠다.

하늘 위로 무리 지어 날아오르는 새들 사이로 연한 보라색 옷을 입은 저녁노을이 한산면 술 빚는 마을의 드넓은 창공에 천천히 깔리고 있었다.

김호는 마치 고향에 온 것 같은 푸근한 기분으로 잠자리에 들었다. 부녀회장의 말마따나 벽지 대신 바른 한지 사이사이에 향긋한 들국화의 향이 배어 있었다.

풀 발라 서걱거리는 깨끗한 홑청으로 시침질한 명주 이불 속으로 그는 푹 파고들어 갔다. 마당에 두껍게 깔린 멍석 사이에서 들려오는 귀뚜라미 소리와 한지에서 흘러나오는 맵싸한 들국화 향기에 흠뻑 취해 그는 잠이 들었다.

아침에 눈을 뜬 김호는 더듬더듬 핸드폰을 집어 시간을 확인하자마자 소스라치게 놀라며 단번에 일어났다. 벌써 7시 30분이었다.

그는 명지가 7시까지 오라고 했던 말을 떠올리며 어제 걸어 놓은 슈트에 허겁지겁 자신의 몸을 끼워 넣었다. 습관처럼 슈트 바지에 한쪽 다리를 넣었다가 이내 고개를 흔들며 캐리어로 달려가 청바지를 꺼내 들었다.

재질이 조금 도톰한 검정색 맨투맨 티셔츠를 걸치자마자 문을 열고 마당으로 달려 나갔다. 세수를 어디서 하지. 세수를…….

"잠은 좀 푹 잔규? 국화 냄새 땜시 괜찮었을랑가 몰르겄네. 요기 뜨신 세숫물 받아 놨으니께 언능 씨쳐유. 아침두 금방 되니께 씨친 다음 일루 와유."

김호는 마당에 놓인 김이 모락모락 나는 스뎅 세숫대야 앞에 쪼그려 앉아 고개를 숙인 채 급하게 세수를 마친 뒤 부녀회장이 건네주는 분홍색 수건으로 얼굴을 대충 닦았다. 그러곤 툇마루 위에 놓아두었던 얇은 점퍼를 집어 들고 뛰어나갈 준비를 했다.

"아닙니다. 아침은 괜찮습니다. 원래 아침 안 먹거든요. 그럼 저는 양조장에 다녀오겠습니다."

김호는 운동화를 구겨 신은 채 고택을 향해 전속력으로 뛰기 시작했다. 부리나케 뛰어가는 그의 뒷모습을 안타깝게 보던 부녀회장이 쌀 씻은 물을 마당에 죽죽 뿌리며 중얼거렸다.

"워쩐디야. 아침두 못 먹구. 저래 청바지를 입구 나가니께 얼굴두 쪼매난 기 기냥 고등핵교 댕기는 학생 같구먼. 명지가 무섭긴 무서운가 비네. 저래 바람처럼 내달리는 걸 보믄."

솟을대문을 지나 안으로 들어서자 황토색 멍석들이 마당에 드넓게 깔려 있었다. 김호는 최대한 멍석을 밟지 않기 위해 애쓰며 까치걸음으로 빙 둘러서 걸어갔다.

"늦으셨네요."

명지의 또랑또랑한 목소리가 서늘한 아침 공기를 가르며 그의 얼굴로 날아들었다.

"죄송합니다. 핸드폰 알람 소리를 못 들었어요."

"저를 따라오세요."

도톰한 면소재의 카키색 멜빵바지에 붉은 계열의 체크 셔츠를 입은 명지가 마당을 지나 안채로 들어갔다. 남녀가 골고루 섞인 너덧 명의 작업자들이 손에 갖가지 도구와 곡식 자루를 들고 집 안 여기저기를 부지런히 드나들고 있었다.

김호는 처음 본 고택 안채의 광경에 압도당한 채 주변을 둘러봤다. 안채는 그야말로 이 고택의 식구들이 먹고 자고 생활하는 지극히 사적인 공간이었다.

ㅁ 자 모양의 구조로 가운데에는 수정같이 맑은 연못이 자리했고, 연못 위에는 토실토실한 연두색 물옥잠들이 가장자리를 빙 두르며 둥실둥실 떠 있었다. 그리고 장방형의 안채 가장 끝에 딸린 부엌 옆으로 제법 큼직한 헛간이 보였다.

끼이익……. 명지가 육중한 나무 문을 열자, 마대 자루에 담겨 있는 갖가지 곡식과 그득그득 쌓여 있는 쌀가마니들이 보였다. 한눈에 다 들어오지 않을 정도로 꽤 넓은 헛간이었다.

두 사람이 헛간으로 들어서자 물옥잠을 말려 새끼를 꼰 황갈색 가마니에서 나는 향긋한 풀 냄새와 고소한 콩 냄새가 훅 하고 코로 들어왔다.

청바지에 검은색 맨투맨 티셔츠를 입고, 세수하다 튄 물방울이 아직도 마르지 않은 채 머리카락에 조금 묻어 있는 김호를 명지가 감정을 담지 않은 눈으로 바라봤다.

빛이 좀처럼 들지 않는 어두운 헛간의 네모난 작은 창으로 아침 햇살이 살며시 들어와 그의 얼굴에 노란 줄과 어두운 줄을 번갈아 가며 만들었다.

"술의 기본이 되는 곡식이 뭔 줄 알아요?"

"쌀 아닌가요."

"통밀이에요, 통밀. 저걸로 술의 맛을 좌우하는 중요한 누룩을 만들어요."

명지의 손이 통밀이 든 가마니를 가리켰다.

"여기 밀 가마니를 들고 부엌으로 오세요. 통밀을 물에 불린 뒤 부수는 작업부터 할 거예요. 술의 가장 기초가 되는 첫 단계니까요."

두 사람은 안채에 딸린 부엌으로 들어가 커다란 대야에 밀을 한가득 부었다. 그런 뒤 마주 보고 앉아 밀을 물에 찰방찰방 씻는 작업을 시작했다.

명지는 내내 아무 말이 없었다. 김호는 자신이 왜 이렇게 혼나는 듯한 분위기에서 일해야 하는지 알 수 없어 조금 억울해졌다. 보다 정확히 표현하자면 억울하다기보다는 계속 이런 분위기에서 그녀와 마주 보고 어떤 작업을 함께해야 한다는 게 다소 불편했다.

"어르신의 전통주가 유명해지는 게 많이 부담스럽나요?"

김호가 조심스럽게 건넨 말에 명지가 코웃음을 치듯이 웃었다. 한쪽 입술이 살짝 말려 올라가며 콧잔등에 주름이 잡히는 그 비웃음이 김호의 자존심을 묘하게 자극했다.

"저는 도와드리러 온 건데 어쩐지 방해꾼 대하듯 하시네요."

김호는 최대한 감정을 누르며 표정 없는 눈으로 그녀에게 대꾸했다. 이쯤에서 그만하고 싶다는 메시지를 단어 사이사이에 분명히 넣어서.

"도와주러 왔다구요. 진짜 그렇게 생각하세요?"

명지는 밀을 씻던 작업을 멈추고 자리에서 일어났다. 김호도 손에 있는 물기를 털며 몸을 일으켜 세웠다. 그녀가 처음으로 자신의 두 눈에 상대도 충분히 감지할 만한 공격성을 담아 김호에게 보냈다.

그 눈빛을 받고 김호가 느낀 불쾌한 감정이 거짓말을 못하는 그의 반듯한 눈썹 위로 내려앉았다. 상한 감정이 실린 눈썹이 순간 찌릿하고 일그러졌다. 자신만의 영역에 금을 긋고 들어가 어떤 감정도 드러내지 않은 채 철저하게 예의만 지키던 묘한 탐색전의 균형이 깨지기 시작하자 두 사람 사이에 오묘한 색깔을 담은 감정의 불꽃이 튀었다.

"그럼요. 정부 정책으로 진행되는 지원 사업은 명지 씨가 생각하는 것보다 스케일이 커요."

김호가 농림부 소속 행정 사무관다운 딱딱한 말투로 대답했다.

"우리 같은 사람들은요. 사실 투명 인간이거든요. 목소리도 없고 아예 존재하지도 않는."

명지에게서 나오는 언어들이 그가 예측했던 지점에서 한참 벗어난 낯선 지점으로 쑥 들어가 박히자 김호는 그 의미를 파악하기 위해 고개를 한쪽으로 살짝 기울였다. 그다음에 튀어나올 말들 역시 전혀 예측이 되지 않아 그는 자신이 온 신경을 한곳에 모을 때만 취하는 특유의 자세로 최대한 이 상황에 집중했다.

"……?"

"다른 나라처럼 지역 축제로 외국인 관광객을 끌어오라고 하니 이제 우리 같은 사람들이 필요한 거죠? 전통이니 문화니 그럴듯하게 포장해서 외국인들을 다시 끌어올 정책이랍시고 내놔야 하는데 딱 이럴 때 필요한 게 그동안은 투명 인간처럼 대했던 우리 같은 사람들 아닌가요? 좋은 전통이 사라지지 않도록 보호 장치의 필요성을 언급하고, 정부 차원에서 전통문화를 육성하겠다는 목소리가 늘 특정한 시기에 자신들의 필요에 의해서만 그릴싸하게 나오너군요."

명지에게서 냉철한 감정을 실은 파란 분노의 불꽃이 피어오르고 있었다.

"……!"

"여차저차 전통을 살린다 어쩐다 하며 떠들썩하게 시골 사람들 마음에 잔뜩 바람 들게 하다가 농림부 장관이 바뀌거나 도지사 임기가 끝나면 갑자기 모든 사업이 수정되고 변질되고 심지어는 중단이 되기도 하죠. 그리고 또 일상이 흘러가요."

명지는 부엌에 딸린 부뚜막 위에 걸터앉았다.

"저는 우리가 느끼는 일종의 소외감에 대해 말하고 있는 거예요.

각종 커뮤니티, 현대 문명, 소비의 장에서 우리같이 전통을 지키는 사람들이 점점 소외되는 이 현실을요. 전통주를 빚는 사람들은 자본주의의 논리에 치여서 경쟁력이 없다고 외면받거나 소외되어 어딘가에 박혀 있는지도 모르는 섬처럼 존재해요."

김호는 팔짱을 낀 채 그녀의 말에 집중했다.

"그렇게 아무 조명도 관심도 못 받다가, 높은 자리의 누군가가 전통에 대한 가치를 스쳐 가듯 이야기하면 또 우르르 우리한테 몰려오죠. 저는요, 외부에서 누가 오면 자꾸 경계하게 돼요. 이번에는 또 유효 기간 몇 개월짜리 제안들로 시골 사람들 마음을 흔들어 놓으려나. 김 담당님의 말간 얼굴 뒤에 숨겨져 있는 진짜 속내가 무엇인지 자꾸 그 이면을 생각하게 돼요. 그래서 김 담당님이 내 앞에서 너무 멀쩡한 얼굴로 멀지 않은 미래에 어떤 밝은 결과물을 가져다줄 것처럼 아무리 좋은 제안을 한다 해도 내 반응은 계속 이럴 거예요. 그런 내게 김 담당님의 달콤한 제안들이 과연 와닿을 수 있을까요?"

김호는 자신을 향해 엄청난 말을 쏟아 놓은 후 다시 아무렇지도 않게 대야 앞에 쭈그려 앉아서 통밀을 물에 불리고 있는 무덤덤한 표정의 명지를 입을 딱 벌리고 바라봤다.

지금까지 살아오면서 부조리하고 부당한 상황들에 대해 겉껍데기만 그럴듯하게 훑으며 가볍게 입을 나불대는 숱한 사람들을 질리도록 보아 온 그였다. 정작 말하는 당사자조차도 정확한 정의를 모르고 있는 게 분명한 어렵고 현학적인 단어들을 내세워서 떠들어 대는 그런 부류의 사람들을 말이다.

단언컨대 명지가 무심한 표정으로 관료 사회를 저격하며 내뱉은 말들은 소위 지식으로 꽉 들어찼다는 사람들 한 트럭을 데려와 논쟁을 붙인다 해도 밀리지 않을 수준의 자신만의 사유思惟와 고뇌가 올올이 살아 있는 그야말로 날카로운 지적이었다. 김호는 이런 깡시골에서 술을 빚는 20대의 젊은 여자가 날카로운 현실 비판과 가치 판단, 그리고 주변 상황에 대한 객관화를 저만큼이나 성숙하게 할 수 있다는 게 놀라워 약간의 충격을 받았다.

"박 기사 아저씨 불러 드릴까요? 오늘 서울로 올라가시는 건 어때요? 축제 기획안에 대한 정보는 제가 알아서 적당히 메일로 보내 드릴 테니 서울 가서 그럴듯하게 만들어 보세요."

순간, 김호의 눈빛이 바뀌었다. 그는 타인에 의해 이렇게 자존심이 사기그릇 깨지듯 파삭하고 부서진 적이 처음이었다. 나를 그냥 영혼없이 상부에 보고하기 위한 정책이나 대충 만드는 그렇고 그런 시시한 공무원으로 봤구나, 니가.

어제 여기 내려올 때만 해도 그런 마음이 조금 섞여 있었다는 것을 굳이 부인하고 싶지는 않았다. 하지만 최 노인이 양조장 일꾼으로 들어와 제대로 술을 배워 보라는 제안을 했을 때, 그는 자신의 신념 한 조각을 걸고 온전히 이 프로젝트에 매진하고 싶은 마음으로 순응했었다. 그지 위에다 바칠 보고서를 만들기 위해 존재했넌 공무원들의 미덥지 못한 행태에 대한 깊은 실망감 때문에 명지가 자신마저 그들과 같은 부류로 성급히 묶어 버린 게 너무 억울했다.

김호는 이곳에 와 처음으로 눈빛을 번득이며 명지를 바라봤다. 가슴 밑바닥에서부터 뭔지 모를 승부욕이 끓어오르기 시작했다. 뭔가에 한번 꽂히면 무섭게 집중하는 김호만의 발화점에 화르륵 불꽃이 피어오르도록, 온도를 올리는 가속 페달을 죽죽 밟은 것으로도 모자라 불붙은 성냥개비 하나까지 툭 하고 던졌다는 것을 명지 자신은 전혀 모르고 있었다.

김호는 아랫입술을 꽉 깨물며 부뚜막에 얹혀 있는 장미색 고무장

갑을 가져다가 두 손에 야무지게 낀 후 그녀 앞에 마주 앉았다. 두고 보자 최명지. 덤벼들기까지가 너무 힘들어서 그렇지 한번 발동 걸리면 아무도 나를 못 말리거든. 내가 이 프로젝트를 꼭 성공시켜서 니가 나한테 적당히 자료 줄 테니 서울 올라가 보고서나 쓰라고 했던 오늘을 꼭 후회하게 해 줄 거니까.

"자, 다음에는 뭘 하면 됩니까? 사부님. 이왕 가르쳐 줄 거면 제대로 가르쳐 주시죠. 최 사부님!"

"뭐여? 최 사부는 또 뭐여?"

짧게 깎은 머리에 하얀색 교복 상의를 입은 남학생이 부엌으로 들어왔다. 명지의 남동생 승주였다.

승주는 둘이 여기서 뭐 하냐는 눈빛으로 김호와 명지를 번갈아 쳐다봤다. 명지가 마른행주로 손을 닦으며 자리에서 일어났다.

"너 왜 아직도 학교에 안 간겨? 또 지각이여?"

남동생 승주가 들어오자 명지의 입에서 부지불식간에 사투리가 튀어나왔다. 주변을 경계하도록 만든 그녀 안의 잠금장치가 모두 해제되는 순간이었다.

"지금 갑니다요, 가. 근데 이 형님은 양조장에 새로 오신 분인가? 안녕하세요. 저는 저기 무서운 아주머니 동생인데요. 형님, 지금이라도 어서 도망가세요! 아직 늦지 않았으니까. 새우잡이 배가 더 나을지도 몰라요. 그 배에는 우리 누나같이 무지막지하게 일 시키는 사람은 없을 테니까요. 하하하……."

명지가 승주를 향해 마른행주를 던졌지만 하얀 교복 셔츠를 펄럭이며 이미 부엌을 빠져나간 뒤였다. 김호와 명지 사이에 생겼던 팽팽한 긴장감이 생각지도 못한 인물의 갑작스런 등장으로 깨져 버렸다.

김호는 터져 나오는 웃음을 간신히 참았다. 무서운 아주머니라는 표현이 가슴에 팍 와닿았다. 명지가 던진 뼈아픈 말들에 대한 소소한 복수를 승주가 대신 해 준 것 같은 기분이 들었다.

"누나, 엄마가 아침 먹으래. 어서 사랑채로 건너와!"

사랑채 대청마루에 기다란 교자상 두 개가 나란히 놓여 있었다. 사랑채에 딸린 부엌에서 국그릇을 나르던 부여댁이 안채에서 나오는 김호를 보며 반갑게 눈인사를 했다.

"워치케. 밀 한 가미를 팀장님이 다 씨친 거예유? 명지가 아침부텀 일을 고되게 시켰능가 비네. 워째 이래 눈이 쏙 들어간겨."

부여댁이 뒤따라 걸어오는 명지를 세모눈으로 바라봤다.

"니는 뭐여. 서울서부텀 니려오니라구 힘든 사람헌티 왜 그라는 겨."

"내가 뭐 으쨌다구 그러는 거예요, 황 여사님."

"사람 인심이 그리 야박시려워서 으데 쓰간? 아침두 못 먹구 왔을 틴디 으째 뭘 멕이지두 않구 그래 일을 시켜 싸."

"그래서 지금 같이 먹으러 왔잖아요."

김호는 명지의 입에서 나온 '같이'라는 말에 주춤하는 자신을 발견했다. 물론 의미 없이 뱉은 말이겠지만.

아침 밥상이 다 차려지자 최 노인이 양조장 직원들로 보이는 사람들과 함께 대청마루로 올라왔다.

최 노인은 상석에 앉아서 사람들을 휘둘러보았다. 김호는 일부러 명지의 얼굴이 잘 보이는 맞은편 자리에 앉았다. 오늘 서울로 올라가라고 했던 그녀의 말이 자꾸 머리에서 맴돌았다.

명지는 김호의 눈빛이 어제와 좀 달라진 것을 느꼈다. 순한 모범생 같은 눈빛에 집념이라고 하기에는 다소 가볍고 오기라고 하기에는 다소 무거운 묘한 번득임이 더해져서 그녀와 언뜻언뜻 눈이 마주칠 때마다 쏘는 듯한 날카로운 파장이 뿜어져 나왔다.

'옥상에서 한 대 맞고 돈 뺏긴 중딩처럼 왜 저래.'

명지는 그의 시선을 피해 일부러 밥상을 휘둘러봤다. 시원한 콩나물과 숭숭 썬 묵은지를 함께 푹 끓인 김칫국, 사이사이 김을 말아 넣은 두툼한 계란말이, 인근 홍원항에서 잡아 올린 주꾸미를 달달한 양파와 함께 매콤하게 볶은 주꾸미볶음, 집에서 직접 쑨 도토리묵에 쑥갓과 통깨를 곁들인 묵무침이 식욕을 자극했다.

"내가 아까 슬쩍 말했지만서두 우리 양조장 술이 으뜸이래구 나라에서두 인정을 해 주는 의미루다가 술을 개지구 아주 커다란 축제인지 뭐시기를 헌다는겨. 솔직헌 얘기루다 우리 소곡주가 맛이 깊구 향두 좋구 이 나라에서 질루 좋은 술이 맞기는 맞는게 비여."

최 노인은 메마른 손으로 허연 뒷머리께를 긁적이며 헛기침을 했다.

"이 젊은 양반은 농림부 공무원인디 고시럴 합격해서 사무관이래니께 우리보담은 그 방면으루다가 아는 게 많을 거 아니여. 그랴서 이 양반이 우리를 도와 전통주 홍보를 많이 해 준대니께 예서 한식구처럼 지내믄서 나헌티 술두 배우구 할겨. 우리 마을이 모다 같이 잘살게 여러 일들을 요짝에 있는 김 팀장이랑 맴을 합쳐가 히 봐. 좋은 기회가 늘 오는 것은 아니니께."

"오늘부로 여기 양조장에 일꾼으로 들어온 김호라고 합니다. 앞으로 저를 김 담당이라고 불러 주세요. 뭐든 시켜만 주시면 제 담당이라 생각하고 열심히 하겠습니다."

김호가 자리에서 일어나 그들을 향해 꾸벅 인사를 했다.

"이…… 그랴. 요기 젊은 사무관 양반이 김 담당이라구 불러 주라구 신신당부를 허니께 앞으루는 김 담당이라구 불러 주는 게 좋컸구먼."

최 노인이 웃음을 지으며 끼어들었다.

광대뼈가 특히나 두드러진 40대 초반으로 보이는 남자는 자신을 이 부장이라고 소개하고, 매우 다부진 체격의 30대 중반쯤 돼 보이는 남자는 홍 과장이라며 쑥스럽게 웃었다. 머리에 수건을 쓴 40대로 보이는 여자는 그냥 강진댁이라고 불러 달라 했다. 양조장 직원들은 이들이 다인 듯싶었다.

“양조장 일이래는 기 노상 바쁘고 그래는 건 아니니께. 바쁠 적에는 마을 사람덜이 와서 이 일 저 일 해 주는디, 요 앞집 부녀회장이랑 박 기사가 와서 많이 돕긴 허지. 마을 사람덜은 왔다 갔다 함서 도와주는 거이고, 이 사람덜이 매일같이 출근하믄서 술을 맨드는 거여.”

“근디 우리 양조장 사장님두 소개해야쥬.”

광대뼈가 불룩하게 두드러진 이 부장이 최 노인을 슬쩍 보며 입을 열었다.

“이…… 이 부장 자네가 한번 멋지게 소개를 히 봐.”

“아 그라믄 지가 한번 히 볼까유. 저짝에 새초롬허니 앉아 계시는 이쁘게 생기신 냥반이 보이쥬? 저분이 우리 양조장의 사장님이유. 겁나 똑똑허고 아주 갱우가 바른 최명지 사장님.”

김호가 맞은편에 앉아 있는 명지를 빤히 바라봤다. 똑똑한 건 인정. 경우가 바른지는 모르겠고. 이쁜지는…….

그때 명지가 김호를 향해 비즈니스 관계에서 기본적으로 깔고 가는 딱 매너 차원만큼의 웃음을 지으며 고개를 까닥인 후 웃음기를 싹 거둔 눈으로 그를 응시했다.

그가 서천에 내려와 처음으로 본 명지의 웃음임과 동시에 전통주의 명맥을 잇고 있는 양조장 대표와 전통주 축제를 기획하는 농림부 공무원이라는 둘 사이의 관계에 대한 정의가 담겼다는 것을 섬세한 김호는 놓치지 않았다. 초장부터 뭘 또 그렇게 선 긋기에 에너지를 쏟고 그러실까. 오로지 프로젝트의 성공을 위해 냉철하게 몰입하겠다는 의지는 내가 더 강할 텐데.

'이쁜지는…… 이쁜지는…… 어떻게 보면 이쁜 것도 같은데 별 감흥은 안 오는 웃음이네. 오로지 비즈니스로만 협업하는 관계. 나야말로 땡큐네요, 아가씨.'

3

술은 머리가 아니라 가심으로 이해를 혀고 빚는 것이니께
니두 이 점을 명심허구 갈챠야 헌다

모두가 한자리에 둘러앉아 먹는 아침 식사가 거의 끝나 갈 무렵, 최 노인이 술병 하나를 상 위에 올려놨다.

"사람덜은 나헌티 그려. 술을 워치케 맹그는지 그 맨드는 법만 쨍허게 알아묵도록 알려 달라구 말이여. 근디 이걸 워치케 맨드는지 그걸 기술적으루다 설명을 허는 거이가 중하간디. 이 술이란 것이 워디서 왔겄나 하는 걸 머리가 아니라 가심으로 이해를 허는 게 중한 거여."

최 노인은 흰 자기로 된 술병을 소중하다는 듯 천천히 쓰다듬었다.

"뭐이가 얼맨치 들어가구 워떤 온도루다가 며칠을 익히고 요런 건 많이 배운 사람덜이 맹근 책을 들추면 다 있능겨. 그른 건 시상 중헌 게 아니여. 젊은 사람덜은 우덜이 이런 말을 허면 왜 저런디야, 무신 말인가 그럴 거여. 근디 솔찍헌 말루다가 가심으로 술에 담겨진 이야기덜을 받아들이지 못허면 혼이 담긴 진짜배기 술을 맨드는 게 워디

쉽간디. 이 이야기는 우리 아버지로부텀 또 그 아버지로부텀 대대로 내려온 이야기인디. 이거이 과학적으루다가 긴지 안 긴지는 나가 알덜 못혀. 기냥 나는 이걸 가심으루다 그란게 비다 이해를 허고 받아들이는 거여."

밥상에 둘러앉아 있던 사람들은 숨을 죽인 채 최 노인의 이야기에 빠져들었다.

"아주 오랜오랜 옛날 옛쩍에 저짝 하늘에 사는 신들이 인간들 몰래 질루다 좋은 단맛을 곡식 깊숙이에 숨겨 노코 요놈을 어떤 인간들이 찾나 보자고 요래 지켜본 게비여. 그러다 어느 날 우리 조상 중에 누군가가 말이여, 우연히 익힌 곡식을 물에 담가 뒀는디 인간들의 부엌으로만 몰래몰래 숨어 다니던 잡귀가 쥐도 새도 모르게 내려앉은 거여. 그런데 아 글씨 이 잡귀란 숭헌 것들이 인간을 위해 신들이 숨겨놓은 그 단맛을 그만 찾아 버린겨. 그러고는 곡식의 단맛을 맛볼라구 쭉쭉 들러붙다 보니 으트케 되거써."

김호는 최 노인의 이야기를 머릿속에서 이미지로 그려 보았다.

"요놈 잡귀들이 썽이 나서 서로 단맛을 더 빨라 묵을라구 저그들끼리 싸우다 봉께 불이 없는디도 곡식 물이 막 저들끼리 부글부글 끓어오르는 거여. 이게 요즘 말로 말허자면 발효여, 발효. 그 잡귀는 공기중에 떠도는 곰팽이들이고. 긍게 잡귀가 곰팽이의 모습으로 분한 채 인간의 음식을 몰래 훔쳐 먹었던 것이여."

김호는 술이 만들어지는 원리를 마치 전래동화 들려주듯 풀어내는 최 노인을 신기하게 바라봤다. 술의 장인인 최 노인은 김호를 앉혀 놓고 어디에서도 들을 수 없는 술에 담긴 이야기를 술술 풀어놨다. 그의 머릿속에 쏙쏙 이해가 되도록.

"신이 인간헌티 줄라고 숨가 놓은 곡식의 단맛을 잡귀들이 서로 처묵겠다고 부글부글 썽을 내며 저그들끼리 싸와 대니 신들이 얼매나 노하겠어. 그래서 처묵은 것들을 토해 내게 한 거여. 잡귀들도 신들의 노함을 받고 무서우니께 싸악싸악 토악질을 허구 자빠졌던겨. 그리고 그 숭악한 것들이 토악질을 하믄서 쓰디쓴 맛이 나왔겠지. 원래 있던 곡식의 단맛과 잡귀들이 토해 놓은 쓴맛이 막 섞이니께 신통방통허게도 맛난 물질이 맨들어진겨."

최 노인은 술병의 마개를 조심스럽게 열었다.

"그게 바로 술이여. 긍게 술에는 말이여. 신의 축복과 잡귀의 분노가 한데 섞여 있는겨. 그래서 술을 아주 기분 좋게 아주 지대로 예를 갖춰 마시면 이것이 즐거움과 축복을 불러오구 말이여. 술을 아주 기냥 못된 맴으루다가, 막 속에 화를 담구 마시면 화를 불러오는 것이여. 술이 인간에게 기쁨두 주구, 어쩔 때에는 어려움도 주구 허는 게 바로 이런 뜻이 담겨서 그랴."

국화꽃 내음 같은 알싸한 향이 대청마루를 채우기 시작했다.

"우짜근둥 술은 신묘한 물질이여. 제사상을 떡허니 채리면 말이여. 질루다 먼저 올리는 게 무엇이여. 암만 술이지. 인간들이 신 앞에 나아갈 쩍에 질 먼저 올리는 게 바루 술이란 말이여. 그니께 신에게루 가는 통로라구두 허는겨. 우리 인간들이 술을 만들 쩍에 일단은 잡귀(곰팡이균)들이 먼첨 붙으라구 곡식을 달디달게 찌거나 익혀서 곰팽이들의 군집체인 누룩을 섞는 거여. 그라구 뜨듯한 디 놓는 기지. 신을 부르는 향기를 얻을라구 말이여. 그게 술의 향기여. 하늘의 신을 부르는 술의 향기."

최 노인은 눈을 감고 술병에서 뿜어져 나오는 그윽한 향기를 맡았다.

"잘 맨든 술의 향기가 하늘로 올라가면 그 냄시를 맡고 신들이 내려오는 거여. 인간들이 묵기 전에 잡귀들이 먼저 묵은 곡식의 단맛을 토해 내라구 신들이 내려온단 말이제. 그렇게 곡식과 누룩과 물을 섞어 놓은 거에 신이 깃들면 술이 되는 거여. 신이 돕지 않으믄 이 좋은 술을 워치케 맨들겄어. 자, 인자 아침도 묵었으니께 김 담당은 요짝으루 와 봐."

김호는 최 노인이 하얀 도자기 잔에 따라 준 술을 한 잔 받았다. 보리차보다 조금 색이 옅은 맑은 소곡주가 하얀 잔 속에 담겼다.

"요것이 곡식 중에서두 질루 단 찹쌀루다가 맹근 소곡주여. 천오백 년 전부텀 우리 조상덜이 이 술을 맨들었구 아적두 그 방법 그대로 맹그니께 참말루 역사가 긴 술이여. 직접 맛을 보믄 이 술에 담긴 의미를 쬠이라두 알게 될겨."

김호는 조심스럽게 잔을 입술에 갖다 댔다. 꽃향기 같기도 하고 식혜에서 나는 단내 같기도 한 독특한 향이 잔에서 살며시 올라오고 있었다.

김호는 술을 한 모금 천천히 넘겼다. 오묘한 향기를 간직한 한 모금의 술이 그의 식도를 타고 위장으로 천천히 흘러들어 갔다. 따뜻한 소곡주의 기운이 배 아래쪽에서부터 척추뼈를 감싸며 올라왔다. 달달하고 씁쓸한 맛이 절묘하게 섞여 마시자마자 눈이 번쩍 뜨이는 정말로 맛있는 전통주였다.

"맛있어요, 어르신. 단맛과 쓴맛이 어쩜 이렇게 기가 막히게 어우러질까요?"

"아이구야, 인쟈 큰일 나겄네유. 서울서 오신 농림부 김 담당님이 우리 소곡주 맛에 홀딱 빠져 버려서 워쩐대유. 허허허……."

광대뼈가 유난히 튀어나온 이 부장이 김호를 놀리듯이 말을 건네며 만족스러운 웃음을 지었다.

"이…… 우리 김 담당이 말이여. 질루다 좋은 술을 척 알아보는 아주 똑땍헌 혀를 가졌구먼. 아침 묵고 더 힘쓰는 일얼 해야 되니께 한 잔 더 히 봐."

최 노인이 기꺼운 마음으로 따라 준 소곡주가 한 잔 더 배 속으로 들어오자 술을 잘 못하는 김호에게 슬슬 술기운이 올라왔다.

"그라믄 아침도 이제 다 마쳤으니께 김 담당헌티 밑술 담그는 거부텀 명지가 찬찬히 갈챠 주면 쓰겄구먼. 명지야 술은 머리가 아니라 가심으루 이해를 혀고 빚는 것이니께 니두 이 점을 명심허구 갈챠야 헌다."

아침을 먹은 김호는 고택의 사랑채 툇마루에 앉아 뒤쪽 대숲에서 불어오는 바람 소리를 들었다. 낮은 돌담 너머에서 비치는 가을 햇살이 기분 좋게 그의 얼굴 위로 스며들었다. 나른한 술기운에 잠겨 한옥 툇마루에 내려앉은 햇살을 받고 있자니 마치 뜨끈한 아랫목에 앉아 있는 기분이 들었다.

"사장님, 오늘 떡을 찔 적엔 좀 유두리 있게 허시쥬."

이 부장이 양조장 일꾼들을 거느리고 마당으로 나오며 명지를 향해 목청을 높였다.

"이 부장님, 뭘 워치케 유두리럴 부리는디유?"

유도 선수처럼 짱짱한 체격의 홍 과장이 마당의 멍석 위에 널린 하얀 쌀들을 싸리나무 밀대로 툭툭 치며 말을 건넸다.

"이…… 둬 달 전에 멥쌀 한 가미 폭폭 씨쳐서 쌀가리 줌 갈어 내어 놓은 게 있잖유. 오늘은 그걸루다 떡을 쪄서 혀유. 신입이 들어온 첫날이라 술밥(떡)을 싹 다 망칠 수도 있잖유."

"그래요 그럼. 이 부장님 말씀처럼 오늘은 미리 준비해 놓은 가루로 얼른 떡부터 찌죠. 김 담당님 저 따라오세요."

명지는 김호를 데리고 고택 뒤편의 가마솥이 두 개 걸린 외부 아궁이터로 갔다. 낮은 돌담 아래 계단 절반 정도 높이의 단 위에 흙과 벽돌을 쌓아 탄탄하게 만든 아궁이가 있었다.

평평하게 흙을 다지고 흙 반죽 사이사이에 어른 발바닥만 한 화강암을 넣어서 만든 노출된 아궁이는 이 고택에서만 볼 수 있는 예스러움을 간직한 풍경이었다. 통나무 장작이 10개는 족히 들어갈 큼직한 화구 두 개가 나란히 붙어 있고, 커다란 무쇠 가마솥 자리가 두 군데라 솥 두 개를 나란히 걸고 떡을 찌거나 곡식을 삶거나 하는 용도로 주로 사용했다.

이 부장과 홍 과장이 옹기로 만든 떡시루 두 개에 각각 베 보자기를 깔고, 쌀가루를 소담하게 올린 뒤 영차 하고 가마솥 위에 얹자 가마솥에서 뿜어져 나온 뜨거운 김이 쉭쉭 소리를 내며 떡시루 위로 시원하게 올라갔다.

그때 부여댁이 되직하게 매만진 밀가루 반죽을 동그란 그릇에 담아서 내왔다.

“김 담당님이 요 가마솥에 가찹게 딱 붙어서 여짝에다가 밀가리 반죽을 뼹 둘러치 봐유. 김이 새 나가지 못허게 쫀쫀허게 붙이믄 되는디 헐 수 있겄쥬?”

“네, 제가 해 볼게요. 반죽 그릇 이리 주세요.”

“명지야 니가 옆에서 잘 갈챠 주면서 뒤 줌 잘 봐주야 헌다, 이?”

명지가 시범을 보이듯 밀가루 반죽을 툭 떼어서 반죽 덩어리가 가늘어지게 손으로 비빈 후 솥뚜껑 틈새에 살살 붙여 나갔다. 달궈진 솥 위로 반죽이 붙여지는 자리마다 빵 굽는 냄새가 훅 하고 올라왔다.

김호도 명지에게서 반죽 그릇을 건네받고 조심스럽게 반죽을 이어붙였다.

"앗, 뜨거워!"

"조심하세요. 가마솥이 생각보다 엄청 뜨거워요. 솥에 덴 거 맞죠?"

명지가 다소 걱정스럽다는 듯 김호를 바라보았다. 그녀는 아궁이 옆에 설치되어 있는 지하수를 퍼 올리는 녹색 펌프에서 물 한 바가지를 가져와 김호에게 내밀었다.

"찬물에 빨리 손을 담가야 흉터가 안 생겨요."

김호는 명지가 서둘러 떠다 준 물바가지에 일렁이는 물결을 보며 지금 이 순간이 자신을 향한 두터운 불신의 벽에 균열이 생기는 첫 지점일지도 모른다고 느꼈다. 이런 변화의 지점들이 쌓이다 보면 두 사람 사이에 형성된 애매한 거리감도 해소되는 그런 순간이 오지 않을까 싶기도 했다. 일상을 공유하고, 같은 목적을 향해 나아가다 보면 예기치 않게 형성되는 부차적인 감정들이 원래의 갈등을 잠식하는 경우도 있기 마련이니까.

가마솥 위에 얹힌 떡시루에서 하얀 김이 모락모락 올라오기 시작했다. 옹기로 만든 질그릇 느낌이 물씬 나는 떡시루는 밑에 구멍이 숭숭 뚫려 있어 가마솥에서 올라오는 증기를 효과적으로 받을 수 있는 구조를 갖췄다. 그리고 밑에 둥그런 원판이 하나 더 붙어 있어 가마솥에 잘 걸쳐지도록 제작된 떡시루에서는 세월의 흔적이 고스란히 느껴졌다.

"아까 할아버지 말씀 들으셨죠? 술 빚는 과정에서 정말 중요한 작업은 이렇게 곡식을 익히는 과정이에요. 쌀을 씻어서 곱게 빻은 쌀가루로 떡을 찌면 곡식의 당도가 확 올라가요. 그리고 그 떡에 누룩과 물을 섞으면 밑술이 되는 거구요."

김호는 자신의 얼굴 주변을 감싸고 있는 하얀 김을 보면서 자꾸 피식피식 웃었다. 몸속에 아직 남아 있던 술기운이 쉴 새 없이 올라오는 하얀 김에 한데 섞여 스멀스멀 올라오고 있었다.

"왜 그래요? 그깟 술 두 잔에 취했규?"

"지금 사투리 썼죠? 사투리 쓰니까 딴사람 같네요. 최 사부님."

"술은 왜 그렇게 약해요?"

"사투리 계속 써 봐요. 엄청 재밌는데요."

"술 취했으믄 몸을 좀 움직거려야 해유. 누룩 뽀사게 시방 가서 다라 좀 씨껴 와유."

"하하하…… 뽀사요? 서울말 쓰지 말고 그냥 쭉 사투리 써요. 굉장히 인간적이네 사람이."

4

잠깐만요. 40분 동안 멈추지 않고 치대야 한다구요?

나무 장작이 토옥토옥 소리를 내며 타고 있는 아궁이 앞에 쭈그리고 앉은 김호는 얼굴이 벌게지는 줄도 모른 채 주황색으로 일렁이는 불꽃을 바라보았다. 서로 어깨동무를 하고 앉았다 일어섰다를 반복하는 사람의 형상처럼 불꽃은 춤을 추고 있었다.

불꽃의 끝에서 탈출한 예닐곱 개의 불티들이 마지막으로 한 번씩 온힘을 다해 반짝이다가 이내 사라져 갔다. 굵직한 나무 장작에서 시작한 불꽃의 여정은 노랗게 부서지는 불티를 마지막으로 목적지에 다다른 듯 보였다.

하나의 목적을 향해 주저함 없이 제 몸을 불사르는 불꽃을 보며 김호는 이 프로젝트의 목적지를 향해 거침없이 나아갈 수 있도록 본질을 꿰뚫는 어떤 통찰이 그에게도 찾아오길 염원했다.

그사이 떡시루의 떡이 구수한 냄새를 풍기며 완성되었다. 다 쪄진 떡을 식히기 위해 명지와 김호는 떡시루를 가마솥에서 조심스럽게 들어 올린 뒤 장방형으로 짠 멍석 위에 내려놓았다.

명지가 떡시루 안의 떡을 감싸고 있던 베 보자기를 살살 걷어 내자 구수하고 달달한 떡 냄새가 훅 하고 코로 들어왔다. 김호는 입에 침이 고이는 것을 느꼈다.

그의 눈꺼풀이 하얀 떡을 보자마자 하늘을 향해 치솟듯이 높게 올라가는 것을 보며 명지는 떡 한 조각을 떼어서 내밀었다.

“맛을 좀 봐유. 여적까지 살믄서 떡시루에서 금방 쪄 낸 흰떡을 요래 먹어 본 적 읎쥬?”

“아이고오, 감사합니다. 떡시루 앞에서 듣는 사투리가 어쩜 이렇게 구수할까요? 하하…….”

김호는 화장기 하나 없는 얼굴로 모락모락 김이 나는 흰떡을 떼서 주는 명지를 찬찬히 바라봤다. 긍지와 자부심이 대부분의 가치를 차지하는 전통을 지키는 일. 이 소박한 가치를 실현하는 전통주 사업을 향해서도 무섭게 파고드는 자본주의가 주는 강박에 그녀는 얼마나 시달렸을까. 아궁이에서 노랗게 일렁이다 허공을 향해 바스러지는 불티처럼 그녀는 어쩐지 위태로워 보였다.

떡을 건네는 그 짧은 순간, 그녀와 그 사이에 흘러가는 어떤 색깔의 정서가 조금 다른 배색으로 그에게 다가왔다. 그리고 그녀에게서 떡을 받아 든 순간, 둘 사이를 관통하는 일상과 다른 빛깔의 어떤 정서를 느끼며 그는 멈칫했고 그녀는 물누룩을 가져오기 위해 그에게서 몸을 돌렸다.

명지는 잘게 부순 누룩을 물에 불려 둔 수곡(물누룩)을 가져와 붉은색 대야에 슬슬 부었다.

“김 담당님, 멍석 위에서 식은 떡을 거기 있는 나무 주걱으로 살살 퍼서 여기 대야에 담아 주세요.”

명지는 김호가 떡을 다 옮기길 차분하게 기다렸다.

"잘 띄운 누룩 덩어리는 습기가 없고 통풍이 잘되는 곳에 매달아서 보관했다가 사용하기 이삼일 전에 콩알 크기로 빻아요. 이렇게 잘게 부순 누룩을 멍석 위에 늘어놓고 꼬박 이틀 밤낮으로 햇빛과 이슬을 맞히는 과정을 법제法製라고 하는데, 햇빛을 쐐 주면 누룩 속의 잡균은 죽고 이로운 균만 남거든요. 법제는 술의 발효 시 잡균이 번식해 산패酸敗되는 것을 막기 위한 전통적인 방법이에요."

명지는 대야 안으로 손을 넣어 덩어리진 떡을 조각조각 떼어 냈다.

"낮에 햇볕의 자외선을 쐬게 하면 잡균도 죽고 누룩곰팡이 특유의 검은 색깔도 사라져서 술 빛깔이 검어지는 것을 막아 주죠. 그리고 밤에 이슬을 맞히면 누룩 특유의 콤콤한 냄새가 날아가요. 이틀 동안 자연 속에서 법제한 누룩으로 술을 빚어야 비로소 제대로 된 술맛이 난답니다."

"굉장히 과학적이네요. 이틀간 햇빛과 이슬을 맞게 하면서 자연 속에서 천연 살균과 탈취 작업을 하다니."

"과학적이고 자연 친화적이죠. 대량 생산을 위해 화학 물질을 첨가하거나 인위적인 방법을 취하지 않으니까요. 전통주는 기나긴 기다림의 과정 끝에 얻게 되는 산물이에요. 그래서 더 특별하죠. 이렇게 자연 속에서 이틀 동안 법제한 누룩에 생수를 부어 불리면 수곡이라고 하는 물누룩이 완성돼요."

"아까 사부님이 대야에 부은 게 물누룩이죠?"

"맞아요. 자, 지금부터 밑술을 만들 거예요. 담당님이 가져온 흰떡과 내가 가져온 물누룩이 잘 섞이도록 열심히 치대야 해요. 40분 동안 멈추지 않고 해야 하니 중간에 쉬면 절대 안 돼요."

"잠깐만요. 40분이요? 40분 동안 멈추지 않고 치대야 한다구요?"

"네. 그럼, 시작합니다."

명지가 먼저 흰떡을 한 움큼 손에 쥐고 물누룩에 떡의 단단한 질감이 풀어지도록 조물조물 비벼 대기 시작했다. 김호도 명지를 흘깃거리며 쫄깃한 떡의 조직감이 해체되도록 열심히 손을 움직였다. 그러나 식은 떡은 이미 단단하게 굳기 시작했고 찰박찰박한 물누룩에 떡을 적시며 부지런히 비벼 대도 굳은 떡은 좀처럼 바스러지지 않았다.

그 순간 김호의 서툰 손길 사이로 명지의 작은 손이 파고들며 너무나도 능숙하게 떡과 물누룩을 섞기 시작했다. 그녀의 작고 가느다란 손이 갑자기 자신의 손 사이로 파고들자 김호는 감전된 듯 손동작을 멈췄다.

"뭐 해요? 그렇게 작업을 멈추면 어떡해요? 40분 동안 멈추지 않고 재빨리 치대야 한다니까요. 빨리 움직여요. 빨리빨리!"

명지의 날카로운 작업 지시가 그의 귓전을 때렸다. 김호는 정신이 번쩍 들어서 다시 떡과 물누룩을 뒤섞기 시작했다.

20분 정도의 시간이 흐르자 김호는 니 손, 내 손의 구분이 전혀 중요하지 않다는 것을 깨닫게 되었다. 서로의 작업 영역에 보이지 않는 금을 그어 구분하고, 손이 닿을까 몸을 조심하는 건 이 작업 판에서 아무런 의미가 없었다. 두 사람은 빨간 대야에 딱 들러붙어서 서로 손을 섞어 가며 물누룩에 떡을 치대는 지난한 작업에 몰두했다.

열심히 같은 동작을 반복하다 보니 김호의 이마에 땀방울이 맺히기 시작했다. 그때 명지의 왼쪽 팔이 김호의 이마를 향해 쑥 들어왔다. 명지는 걷어 올린 소맷자락으로 그의 이마에 맺힌 땀을 쓱 하고 닦았다. 굉장히 친밀한 동작이 너무 기계적인 흐름을 타고 들어와서 김호는 흠칫 놀랐다.

"땀 떨어지면 밑술 망해요. 다음에는 이마에 손수건이라도 둘러야겠네요. 자, 이제 10분 남았으니까 더 속도를 내세요. 어서 빨리!"

드디어 영원히 오지 않을 것 같았던 40분이 흘렀다. 명지의 입에서 그만이라는 소리가 나오자마자 명지와 김호는 동시에 털썩 주저앉았다.

"아, 힘드네요. 정말 힘들어요. 왜 이렇게 쉬지 않고 치대야 하는 거죠?"

"왜긴요. 발효가 잘돼야 하니까요. 많이 힘들죠? 고생했어요. 이렇게 떡이 골고루 섞인 물누룩을 술항아리에 담아 따뜻한 곳에서 3일 동안 발효시키면 밑술이 되는 거예요."

❖

— 담당님, 권영호입니다. 저 지금 술 빚는 마을에 거의 다 와 갑니다.

"아…… 권 주임님, 여기로 내려오는 중이라구요?"

농림부 식품산업진흥과에 9급 공채로 들어온 막내 권영호 주임의 갑작스러운 전화를 받고 김호는 목소리를 높였다.

— 벌써 5일째예요, 내려가신 지. 장관님께서 농림부 청사 주차장에 고이 모셔져 있는 장관용 차량을 담당님한테 보내라고 하셔서 제가 차를 몰고 내려가는 중이에요.

"장관님 차량을요? 부담스럽게 굳이 그러실 필요가 있을까 싶네요. 안 그래도 주말에 보고도 드릴 겸 해서 서울로 올라가려고 했었는데. 주임님이 괜한 걸음 하시네요."

— 아닙니다. 어차피 아무도 이 차를 안 쓰는데 파견 근무 중인 담당님께서 쓰시는 편이 나을 거예요. 저 10분 후면 도착할 거 같아요.

이따 뵐게요.

잠시 후, 양조장 고택 앞에서 권 주임을 기다리던 김호는 저 멀리서 검은색 카니발이 들어오는 걸 발견하고 운전석을 향해 손을 흔들었다. 권 주임은 주변 경치에 감탄한 눈빛으로 사방을 둘러보며 차에서 내렸다.

"와…… 여기 너무 근사한데요? 잘 지내셨죠, 담당님?"

김호가 사람 좋은 웃음으로 다가가 먼 길을 달려온 권 주임의 등을 살짝 두드리며 악수를 했다.

"아주 잘 있었어요. 이 차가 뭐라고 이렇게 먼 걸음을 했어요, 수고스럽게. 장관님께선 잘 지내시죠?"

김호 입에서 장관님 얘기가 나오자 권 주임은 그만 웃음을 터뜨리고 말았다. 앞길이 창창한 농림부 에이스 사무관이 하필이면 장관한테 눈도장이 콱 찍혀 시골 오지에서 이 무슨 고생인지. 권 주임이 안쓰럽다는 듯 눈썹을 찡그리며 김호의 얼굴을 바라봤다.

"장관님은 아주 잘 지내십니다. 담당님에게서 통 연락이 없다며 무척 궁금해하셨구요. 장관님 전용차량을 꼭 보내 주고 싶으시다며 어찌나 챙기시던지요. 하하……."

김호는 굳이 그런 말로 나를 위로하지 않아도 된다는 듯이 고개를 가볍게 끄덕거리며 권 주임의 얼굴을 응시했다. 권 주임은 화제를 돌리기 위해 얼른 고택 쪽으로 성큼성큼 다가갔다. 수백 년의 역사를 오롯이 간직한 채 아직도 역사의 한 페이지를 장식하며 위풍당당하게 서 있는 고택의 분위기에 완전히 압도당한 듯 그의 두 눈이 휘둥그레졌다.

"그나저나 무형 문화재 최학영 선생님의 양조장이 생각보다 너무 멋지네요. 담당님도 여기서 묵으시는 거죠?"

"아니요. 저는 여기서 아주 가까운 부녀회장님 댁에서 신세를 지고 있어요."

그때였다. 육중한 나무 대문이 끼이걱 하며 열렸다. 굉장히 재단이 잘된 몸에 꼭 맞는 네이비색 원피스에 베이지색 트렌치코트를 입은 젊은 여성이 7cm 정도의 검은색 에나멜 힐을 신고 또각또각 걸어 나왔다.

권 주임은 갑자기 대문을 열고 사람이 튀어나와 놀랐는지, 아니면 너무 근사한 차림의 젊은 여성이 나와서 놀랐는지 알 수 없는 눈빛으로 멍하니 명지를 바라봤다.

김호는 어이없다는 표정으로 젊은 여성을 바라봤다.

"사부님, 근데 최명지 사부님 맞으시죠? 오늘 덧술 만드는 날인데 그렇게 차려입고 어디 가세요?"

"덧술 만드는 건 제가 어제 가르쳐 드린 대로 이 부장님이랑 잘하시면 되구요. 전 오늘 약속이 있어서 나갔다 올게요. 근데 손님이 오셨나 봐요."

명지가 얼른 니 소개를 해서 내 궁금증을 당장 풀어 달라는 듯이 권 주임을 쳐다봤다

"안녕하세요. 저는 농림부 식품산업진흥과의 권영호라고 합니다. 저희 사무관님께 업무에 쓰실 차량을 제공해 드리려고 방금 왔습니다."

아름다운 젊은 여성에게 자신의 호감을 표현하려는 듯, 얼굴의 모든 근육을 쓰며 웃는 권 주임을 김호가 무표정하게 바라봤다.

"아, 농림부에서 또 한 분이 오셨군요. 진짜 중요한 프로젝트긴 한가 보네요."

명지가 김호의 눈에 시선을 고정한 채, 정성껏 드라이한 긴 머리를

쓸어 올리며 또박또박 단어를 끊어 말했다. 김호는 공들여 화장한 그녀의 얼굴과 귀에 매달려 영롱하게 빛나는 진주 귀걸이에 차례차례 시선을 보냈다.

'온갖 멋은 다 내셨네. 하마터면 못 알아볼 뻔.'

"저는 차만 드리고 바로 올라갈 거예요. 근데 양조장 직원이신가 봐요. 너무 아름다운 분께서 갑자기 문을 열고 나오셔서 당황했습니다. 하하……."

"권 주임님, 이분이 여기 양조장 대표님이세요. 최명지 대표님."

김호가 뭔가 불편한 표정으로 끼어들었다.

"아, 그러세요? 여기 대표님이시구나. 근데 시내 나가시는 길이면 직접 운전하시나요?"

권 주임이 자신이 몰고 온 하 장관 전용차량을 슬쩍 보며 조심스럽게 말을 건넸다.

"아니요. 택시 타고 갈 거예요. 박 기사 아저씨네 택시."

명지가 니 후배를 빨리 정리하지 않고 뭐 하냐는 듯이 김호를 보며 '박 기사 아저씨네 택시' 라는 문장을 일부러 천천히 내뱉었다.

김호는 7cm 힐을 신어서 거의 자신의 턱밑까지 키가 훌쩍 올라온 명지를 일부러 내려 보았다. 이 여자가 이렇게 키가 컸나 새삼 놀란 표정으로.

"맨날 입던 헐렁한 작업복 대신 이렇게 입고 있으니 딴사람 같네요. 어디 가시는데요?"

김호는 덧술을 만드는 오늘같이 중요한 날, 이렇게 온갖 멋을 내고 외출하는 명지에게 책임감이 없다는 걸 똑똑히 상기시켜 주기 위해 같은 질문을 반복한 것이라고 스스로에게 되뇌었다.

"약속 있다니까요. 왜 계속 물어봐요?"

명지가 손에 들고 있던 검은색 가죽으로 된 숄더백을 어깨에 걸치고, 자유로워진 두 손으로 자신의 트렌치코트 단추를 채우며 약간의 짜증을 섞어 말했다. 그러곤 재빠르게 트렌치코트의 벨트를 동여매자 그녀의 가느다란 허리의 경계가 명확해지며 더욱더 근사한 실루엣이 완성됐다.

"아니, 오늘 덧술 만드는 날이니까 그렇죠. 덧술!"

김호는 인생이 그에게 보여 주는 다양하게 변주된 의외의 상황에서도 결코 흐트러지지 않는 차분함과 집중력을 갖고 있는 사람이었다. 중요한 덧술 작업을 배우기로 한 날, 최 사부가 평소와는 다른 모습으로 대문을 나서는 것이 사실 뭐 그리 대단한 일이라고. 이성은 그에게 조곤조곤 아무것도 아니라고 설명하고 있었지만 감정이 묘하게 비틀어졌다.

"덧술은 이 부장님이랑 하시면 된다구요."

니가 언제부터 술 만드는 데 그렇게 열정적이었냐, 마치 따져 묻듯이 그녀가 어이없다는 눈빛을 그에게 돌려보냈다.

"그러지 마시고 이 차로 모셔다드릴게요. 택시 부르려면 꽤 오랜 시간 동안 기다리셔야 할 것 같은데. 사…… 사무관님? 여기 최 대표님을 시내까지 우리가 에스코트해 드릴까요? 그게 낫겠죠?"

눈치 빠른 권 주임은 둘 사이에서 파바박 튀는 이 무슨 색깔인지 정의하기도 힘든 감정이 서린 불꽃놀이 판에 더 있다가는 괜히 다칠 것 같은 마음에 나름의 해결책을 제시했다.

"네, 그게 낫겠네요. 이 차 타시죠. 박 기사님 택시 기다리느라 공연히 길에서 시간 낭비 하다 보면 최 사부님 귀가 시간이 더 늦어져서 오늘 작업량 못 맞출 것 같네요. 그리고 권 주임님, 내가 사무관님이라고 부르지 말라고 했죠. 운전은 내가 합니다."

김호 스스로도 오늘 자신이 평소의 자신과 정서적으로 매우 다른 배색을 띠고 있다는 걸 알고 있었다. 명지는 손목시계를 흘깃 본 후, 카니발 뒷좌석에 올랐다. 곧이어 운전석에 오른 김호는 명지의 얼굴이 잘 보이도록 백미러를 살짝 조정했다.

권 주임은 조수석에 앉으며 자신이 이 순간 어떤 역할을 해야 할지 잠시 생각에 잠겼다. 항상 예의 바르고 좀처럼 감정을 드러내지 않는 김호였는데 그 안에 내재돼 있는 예민한 감정의 어떤 지점이 안전판도 없이 노출된 듯 보였다.

"사부님, 어디에 내려 드릴까요?"

"서천 군청 앞이요."

"군청이요? 이번 프로젝트 때문에 공무원을 만나는 거라면 제가 동행할까요?"

김호의 단정한 얼굴이 백미러를 통해 명지의 시선을 좇고 있었다. 명지는 김호가 자동차 백미러 사각 프레임에 가둬 버린 자신의 얼굴을 빼내기 위해 창 쪽으로 슬금슬금 몸을 붙였다.

그녀는 아무런 대답도 하지 않을 생각이라는 듯 입을 굳게 다물었다. 김호가 다시 백미러 안에 명지를 붙잡아 두기 위해 그녀가 도망간 1시 방향으로 거울을 조정했다.

"군청 공무원들 만나기 전에 나랑 도지사님을 뵈러 가요. 농림부하 장관님이 이미 공문도 보내셨을 거예요. 아무래도 축제에 대한 협조를 전폭적으로 받으려면 도청과 먼저 커뮤니케이션하는 게……."

"저기, 김 담당님. 저 오늘 군청 안 가요. 군청 앞에 간다니까요. 군청 앞 커피숍."

"아…… 군청 앞 커피숍에서 대표님 친구분이라도 만나시나 봐요? 하하하……."

이 요상한 분위기에서 김호를 돕기 위해 지극히 작은 역할이라도 하고 퇴장해야 자신의 공직 생활이 조금이라도 편할 것 같다는 판단에 이른 영리한 권 주임이 재빨리 질문을 던졌다.

"참, 두 분 모두 궁금한 것도 많으시네요. 저 오늘 소개팅해요. 소. 개. 팅. 됐죠?"

명지가 에라 모르겠다 하는 얼굴로 말을 마친 뒤 창밖으로 완전히 시선을 돌리자, 권 주임은 김호가 불쾌함과 분노 사이에 아슬아슬하게 걸쳐져 있는 어떤 감정을 덜어 내는 수단으로 침묵 속에 굉장한 에너지를 분출하고 있는 것을 느꼈다.

그는 명지에게 괜한 질문을 했다는 자책감에 차마 김호 쪽으로 얼굴을 돌리지 못했다.

대학교 4학년 때 9급 시험에 합격해 농림부 공무원으로서 나름 평탄한 생활을 하고 있는 권 주임은 제법 삶의 안정을 갖춘 스물여덟 살의 자기 자신을 꽤나 대견스러워하고 있었다.

농림부 하도식 장관이 청와대에서 직접 내려온 제법 큰 사이즈의 프로젝트 총괄로 앉혔을 정도로 김호 사무관이 출중하다는 데 그는 이견을 달 생각이 없었다. 이런 시골 마을로 농림부 사무관이 직접 내려와 전통주를 만드는 양조장에 일꾼으로 들어갔다는 사실만으로도 농림부 전체가 발칵 뒤집어졌다 해도 과언이 아니었다.

노동 운동가 출신의 하 장관과, 젊은 사무관 중에서 가장 두드러지는 엘리트 김호가 추진하는 이 프로젝트에 어떤 마침표가 찍히고, 어떤 결과물이 나올 것인지가 농림부 조직 사회에서 초미의 관심사로 떠올랐다.

물론 김호에게 차를 주고 오라는 하 장관의 지시도 있었지만, 이번 서천 출장을 통해 김호가 전통주 마을에서 축제에 관해 과연 어떤 그림들을 그려 나가고 있는지 직접 눈으로 확인하고 싶은 마음도 컸다.

하지만 그가 맨 처음 목도한 것은 양조장의 젊은 여자 대표와 김호가 아주 묘한 갈등 관계에 놓여 있는 모습이었다. 젊은 남녀 사이에 자연스럽게 피어나는 핑크빛 기류라면 이해가 됐지만, 두 사람 모두 갈등 상황을 촉발케 하는 어떤 불안불안한 감정을 향해 절실히 접근하고 있었다. 사람과 사람 사이에 균열이 생기는 결정적인 지점을 향해 가고 있는 것인지, 이미 그 지점을 넘어왔는지조차 권 주임은 알 수가 없었다.

어쨌든 지금까지 확인된 팩트는 양조장에 중요한 작업이 있는 오늘, 젊은 여자 대표가 소개팅을 하러 간다는 것과 그래서 일에 있어서는 누구보다도 철두철미한 김호가 매우 화가 났다는 것이었다.

자신의 추론이 꽤 그럴듯하게 느껴졌지만 초보 감독이 서투르게 찍은 영화 필름의 편집점이 튀듯 전혀 다른 배색으로 칠해진 몇 개의 장면이 자꾸 그에게 의문 부호를 던졌다.

카니발이 군청 앞에 도착하자 명지는 짧은 감사의 말을 남긴 채 어디 갇혔다가 풀려난 사람처럼 미련 없이 차 밖으로 튀어 나갔다. 권 주임은 김호 쪽으로 시선을 돌렸다. 그에게서는 어떤 감정의 진폭도 느껴지지 않았다.

"권 주임님, 기왕 시내까지 나왔으니 우리 점심이나 먹죠. 식사 마치는 대로 터미널에 내려 줄게요. 전 오늘 양조장에서 마쳐야 할 작업이 있어서요."

"네, 그 편이 좋겠네요. 전 서울로 올라가겠습니다. 그나저나 담당님 고생이 많으시네요."

"아닙니다. 저도 덧술 만드는 작업만 마치고 바로 올라갈 거예요. 오늘이 벌써 금요일이네요. 장관님께 보고도 드릴 겸 저도 월요일에 청사로 들어갑니다."

"아, 그래요? 담당님이 월요일에 청사로 들어오시면 장관님께서 엄청 좋아하시겠네요. 많이 궁금해하셨거든요, 이쪽 서천 상황을요."

❖

"아이고오. 김 담당님, 워디 갔다가 인자 오는규. 메칠 전에 사장님이랑 담당님 둘이 담근 밑술이 기가 멕히게 잘됐는가미. 아까참에 홍 과장이 술항아리 내와서 맛을 줌 봤는디 덧술 넣어 푹 묵히믄 끝내주것다구 난리도 아니었슈."

고택의 대문을 열고 마당으로 들어서는 김호를 보자마자 사랑채 부엌에서 나오던 이 부장이 한걸음에 달려왔다.

"그래요? 밑술이 잘됐다니 다행이네요."

김호는 이 부장의 호들갑에서 한 발짝 물러선 말투로 건조하게 대꾸하고 덧술 작업이 한창인 안채 마당을 향해 터덜터덜 걸어갔다.

"아니 근디 우리 명지는 디체 워디를 간규? 밑술이 잘디았다구 아버님두 좋아허시구 이번에는 몇 가지 약재를 더 넣어 보자구 허던 참이었는디. 오늘같이 중요헌 날 통 얼굴을 빌 수가 없으니 너무해는 거 아녀. 야가 오늘이 뭔 날인지 알구 그랜겨, 몰르구 그랜겨?"

부여댁은 소곡주에 넣을 말린 국화가 담긴 소쿠리를 들고 나오며 누군가를 향해서 하는 말인지 모를 넋두리 같은 투덜거림을 내뱉었다.

"안녕하세요, 최 사부님은 시내에 약속이 있다고 나가던데요."

"시내에를유? 우리 명지가 오늘 약속이 있다구 시내에 나갔다능규?"

"네, 오늘 소개팅한다고 안 하던 화장까지 하고 나갔어요."

김호는 시무룩한 얼굴로 부여댁을 향해 고자질하듯이 말을 건넨 후 정상의 범주에서 살짝 벗어난 찌질함에 자신이 잠깐 발을 걸쳤나 싶어 금방 의기소침해졌다.

"이……? 소개팅이유? 이눔의 지지배가 뭔 바람이 불어 오늘같이 중헌 날에 소개팅을 다 나가구. 참말루 뭔 일이래. 암튼 이짝으루 와서 이 부장님헌티 덧술 허는 걸 배와유."

"아니여. 오늘은 나헌티 배와. 이게 질루다 에렵고 중헌 작업이니께 지대루 배와야 혀."

최 노인이 안채 마당의 멍석 위에서 대기 중인 찹쌀을 꼼꼼히 들여다보며 김호에게 손짓했다.

"김 담당은 이짝으루 와서 요 찹쌀들을 함 맨져 보드라구. 요거이 소곡주의 가장 중한 재료인 찹쌀이니께. 쌀 귀퉁이가 바스라지거나 썩은 기 한나두 없는 아주 맨들맨들허구 알이 지대루 영근 찹쌀루다가 맨드는 게 소곡주여."

김호는 황갈색 멍석 위에 하얗게 놓인 찹쌀을 살며시 만져 보았다.

"만져만 봐서는 어떤 특별함이 있는지 잘 모르겠어요."

"이…… 왜 아니여. 멥쌀허구 찹쌀허구 워떤 차이가 있구, 좋은 찹쌀은 워디가 워쳐케 좋은 거인지 맨져만 보구두 척척 알믄 양조장에서 술을 배운다구 있을 필요가 있간디. 그것들은 모다 차차루 알게 되는 것이여. 일단 이 부장아, 홍 과장아 일루 와서 이제 찹쌀을 씨치자. 씨칠라구 내온 것만 봐두 두 가미는 족히 되겄다."

그때 박 기사와 부녀회장 부부가 말린 꽃들이 담긴 바구니를 옆구리에 끼고 안채로 수선스럽게 들어왔다.

"으르신, 평안하셨지유? 아니 덧술 허는 날인디 지를 안 부르시믄 워쳐 카실라구유? 들국화 맬려 놓은 거랑 엿기름 빻궈 놓은 거랑 솔찬이 있는디유. 일단은 한 광주리만 개지구 왔슈. 우리 김 담당님은 집에서 즘심두 안 먹구 워디를 댕겨왔데미?"

"얼레? 명지는 워디를 간규? 나헌티 오늘 군청 앞에 간다구 히서 언제쯤 연락이 오려나 허구 있었는디. 벌써 갔는가미유."

"명지가 무신 붙박이루다 양조장에 내둥 붙어 있는 가마솥 뚜껑두 아니구. 지두 볼일이 있겄쥬. 뭔 꽂들은 이래 많이씩 가지구 왔디야."

부여댁은 입 놀리기 좋아하는 박 기사와 부녀회장이 뭘 더 물어볼까 싶었는지 안채 부엌으로 황급하게 부녀회장을 데리고 들어갔다.

"김 담당두 똑땍이 기억을 헐겨. 메칠 전에 흰떡이랑 법제한 누룩이랑 섞어서 범벅을 맨들었잖여. 그 범벅을 열심히 손바닥으루다 치대기를 해서 발효가 잘되도록 맨든 다음에 항아리에 입항을 헌 게 바루 밑술이여. 그걸 모주라구두 혀. 그 밑술에다가 향과 맛이 깊어지두록 찹쌀로 찐 고두밥과 다른 재료들을 넣는 기 바루 덧술 작업이여."

"밑술을 만들 때 물누룩이 당분과 효모가 잘 섞이게 도와주는 모주 역할을 했다면, 이번에는 모주(밑술)가 바로 물누룩이 되는 거네요. 밑술 작업을 할 때는 흰떡이 발효균의 먹이가 되는 당분이 된 거고, 덧술에서는 찹쌀로 만든 고두밥이 당분의 알코올화를 돕도록 발효균의 먹이가 되는 거네요."

"이…… 기여기여. 역시 많이 배우고 머리가 좋은 사람은 뭐이가 달러두 달르구먼. 찹쌀을 깨깟하게 씨쳐서 고두밥을 짓구 고것이 적당히 식었을 띠에 밑술을 개지구 와서 고두밥과 밑술이 잘 섞이라구 손으루다가 치대는 거여. 밑술을 맨들 띠에두, 덧술을 맨들 띠에두 모다 손으루다 차박차박 범벅을 두드리믄서 허니께 전통주는 술을 담근다구 안 허고 빚는다 허는 것이여."

찹쌀로 지은 고두밥과 발효된 밑술이 잘 섞이도록 오랜 시간 치댄 후, 증기 소독을 마친 커다란 항아리에 범벅들을 집어넣는 입항 작업이 시작되었다. 술의 향을 좌우할 말린 들국화, 솔잎, 엿기름 등이 추가로 들어가고 잡귀들이 들어가지 말라는 의미에서 붉은 고추를 몇 개 집어넣는 것을 끝으로 입항 작업이 마무리되었다.

입항까지 마쳤는데도 명지는 오지 않았다. 김호는 흘깃 손목시계를 보았다. 벌써 5시가 넘어가고 있었다. 그는 매무새를 단정하게 한 뒤 최 노인이 쉬고 있는 사랑채 문을 열고 들어갔다.

"어르신, 저는 오늘 서울로 올라가야 할 것 같아요. 월요일쯤 청사에 들어가서 보고도 해야 하고, 집에도 다녀와야 하구요."

"이…… 그려. 오늘이 금요일이니께 니려온 지 벌써 5일씩은 됐는 게비. 부모님두 걱정허실 틴디 암만 집에 댕겨와야지. 그라믄 또 원제쯤 다시 니려올라구?"

"다음 주 수요일경에 다시 오겠습니다. 그동안 많이 배우고, 신세 많이 졌습니다, 어르신."

"아니여, 아니여. 뭔 인사를 그래 마지막 허듯이 혀. 다시는 안 볼 사람맨키루다. 날 어두워지믄 시골길 운전이 쉽덜 않으니께 어여어여 올라가."

"안녕하세요. 장관님. 일은…… 아주 할 만합니다."

김호는 서울로 올라가는 차 안에서 걸려 온 하도식 장관의 안부 전화에 울컥하는 심정을 담아 문장을 한 음절 한 음절 끊어 발음했다.

— 내려간 지 한 일주일 된 거 같은데 한번 올라와라. 보고도 할 겸.

"안 그래도 지금 올라가는 길입니다. 월요일에 뵙겠습니다."

서울로 가는 길은 다행히 막히지 않았다. 그가 운전하는 차가 서천에서 점점 멀어질수록 알 수 없는 안도감이 피어올랐다. 그는 자신에게 최소한의 냉정을 요구하고 있었다.

농림부 식품산업진흥과에 미션으로 떨어진 중대한 프로젝트를 총괄하는 책임자로서 자신의 위치와 상황에 맞는 지역 주민들과의 연대가 어떤 방식으로 전개되는 게 가장 이상적일지 스스로에게 되물었다. 더욱더 냉철한 분별력으로 다음 단계에 대해 촘촘한 그림을 설계하고 싶었다.

최학영 명인의 양조장에서 술을 배우면서 그는 매우 인상적인 순간들이 커다란 파장을 일으키며 자신에게 다가오는 것을 느꼈다. 소곡주에 담긴 의미와 그 가치에 대한 깨달음의 순간들은 아름다운 빛으로 발광하며 그의 내면에 깊은 감동을 주었다.

사명감이라는 커다란 틀 안에서 열정과 순수로 똘똘 뭉친, 그런 작업 과정 자체를 잠시 들여다본 것만으로도 그는 전통주 축제를 반드시 성공시켜야 한다는 일종의 강박에서 자유로워질 수 있었다.

그에게 허락된 깨달음의 시간이 그에게 명령한 것은 냉정을 찾고 이 프로젝트에 더욱 큰 의미를 부여하라는 것이었다.

대중들의 관심 밖에서 섬처럼 존재하며 외롭게 명맥을 이어 온 소곡주의 역사에 큰 획을 그을 수도 있는 이 공적인 업무의 무게감이 그를 짓눌렀다. 그 어떤 감정적인 늪에도 빠져서는 안 된다는 자각이 그를 조금 슬프게 했다.

그런 생각들로 그의 머릿속이 채워질 때쯤 문자 한 통이 날아왔다.

[아들, 주말에 집에 온다고 했지? 큰이모가 전부터 말했던 그 아가씨하고의 맞선, 토요일에 봐야 한다.]

자신의 내적 결단과 현실은 왜 결코 유리되지 않고 톱니바퀴처럼 맞물려 돌아가는지, 김호는 헛웃음이 나왔다. 조금은 슬프고 조금은 무거운 가슴속 번뇌를 달래 주기라도 하듯 현실은 달콤한 이미지로 포장되어 그에게 배달되었다.

서천이라는 지역적 특수성이 만들어 놓은 그물에 포섭되었던 일상이 서울을 향해 갈수록 다른 낯빛을 띤 채 그에게 다가왔다. 휴게소에 잠시 차를 세우고 그는 어머니의 문자에 답을 보냈다.

[서울로 올라가는 길이에요. 그 맞선 볼게요. 1시간 후면 집에 도착합니다.]

김호는 문자를 보내고 이미 어두워진 하늘을 바라봤다. 희미한 자책과 옅은 애석함이 그의 가슴을 비집고 들어왔다.

5

장관님, 표가 두 장인데요?
제가 누구랑 같이 가야 합니까?

"천. 세. 주. 류. 지금 제가 받은 이 명함이 대체 무슨 의미일까요? 〈천세주류〉 전략기획 팀 심태윤 과장님?"

명지는 자신이 받은 명함을 테이블 위에 내려놓으며 맞은편에 앉아 있는 30대 초반으로 보이는 남자를 빤히 응시했다.

심태윤 과장은 생각했던 것 이상으로 높은 강도의 적대감을 포함한 기운이 자신을 향해 달려오는 것을 보며 마른침을 삼켰다.

"먼저 죄송합니다. 명지 씨 친구분인 한순정 씨한테 제가 소개팅해 달라고 한 건 맞구요. 제 직장이 〈천세주류〉여서 놀라셨죠?"

"비즈니스와 관련한 제안을 우리 양조장에 하러 오자니 꽉 막힌 우리 집안 어르신들을 만나야 할 것 같고. 그래서 소개팅을 빌미로 저를 불러내신 건가요? 젊은 대표하고는 뭔가 협의가 착착 진행될 거 같아서?"

명지는 자신의 눈앞에 드러난 상황들과 과거의 어떤 기억들을 재빨리 조합해 느슨한 근거들의 틈새를 채운 후 재빠르게 하나의 결론에 도달했다.

“아…… 아닙니다. 아, 네, 그런 의도가 조금은 있었네요. 그냥 솔직하게 말씀드릴게요.”

심태윤은 ‘네에? 누구신데요?’ 라고 되묻는 말 한마디 없이 명함 한 장만으로 자신의 속내를 꿰뚫어 버린 명지의 명석함에 기가 눌려 차 떼고, 포 떼고 그냥 솔직하게 나아가기로 결심했다.

“아니요. 그냥 솔직하게 말할 수 있는 기회를 제가 먼저 드리고 싶지는 않네요. 일단 제 질문에 먼저 답해 주세요. 순정이는 어떻게 아셨어요?”

“제 친한 후배를 통해서 알게 됐어요. 후배가 이쪽 지역에서 고등학교를 나왔다고 하길래 혹시 〈한산소곡주〉의 최명지 대표님과 아는 사이일까 싶어서 물어봤더니 대표님은 얼굴밖에 모르지만 대표님의 절친인 한순정 씨는 잘 안다고 해서요. 그래서 제가 무례인 줄 알지만 소개팅해 달라고 수차례 졸라서 오늘 이 자리를 만들었습니다.”

“순정이는 심태윤 과장님이 〈천세주류〉 사람이란 거 모르던데요. 그냥 대기업 식품 회사에 다닌다고만 해서 전 그런 줄 알고 나왔어요.”

“〈천세주류〉 사람인 걸 밝히면 절 안 만난다고 하실 것 같아서요. 그래서 직장을 솔직하게 밝히지 않았습니다.”

“사람과 사람이 만나는 데 소개팅이라는 번거로운 형식을 빌리지 않아도 되는 거잖아요? 굳이 직장까지 숨기면서. 안 그래요?”

“두 가지 이유가 있는데요. 첫 번째는 정식 제안을 하면 저희랑 안 만나 주실 것 같았구요. 두 번째는 최 대표님에 대한 제 개인적인 호감도 있어서요.”

사업적 제안과 개인적 호감을 한데 섞은 모호한 만남의 목적이 심태윤 과장의 입에서 나오자 명지의 경각심이 더 깊은 층위로 이동하고 있었다. 그녀는 팔짱을 낀 채 테이블에서 최대한 멀어지도록 의자 등받이 쪽으로 몸을 움직이며 더욱 방어적인 자세로 돌입했다.

심태윤 과장은 자신의 눈앞에서 보이지 않는 병풍이 세워지는 것을 보고 있었다. 그는 최명지 앞에서 무언가를 꺼내 놓는 데 철저히 실패했다는 것을 깨달았다.

“자, 이제 들어 보죠. 심태윤 과장님이 하신다던 그냥 솔직한 이야기를.”

“돌려서 얘기 안 할게요. 저희 〈천세주류〉가 〈한산소곡주〉를 인수하고 싶습니다. 서천의 소곡주를 대한민국을 대표하는 술로 키워 보고 싶어요. 제대로 된 마케팅을 해서요.”

명지는 손바닥으로 얼굴을 감싸며 눈 주변을 중심으로 얼굴 전체를 비볐다. 전통주 사업을 향해서도 무섭게 파고드는 자본주의가 주는 강박이 그녀를 서서히 옥죄어 오기 시작했다. 그녀는 ‘영세한 소기업 축에도 못 끼는 가족끼리 경영하는 가내 수공업 수준이니까’ 라는 뜻이 내재된 비웃음을 어떻게 반박할 수 있을까 생각해 보았다.

“우리 〈한산소곡주〉가 〈천세주류〉에 비해 제대로 된 마케팅을 못해서 고전하고 있는 걸로 보이나요?”

명지는 심태윤 과장이 제기한 화두를 정확하게 등치시킨 질문을 돌려보냈다.

“오해하지 마세요. 소곡주는 진짜로 좋은 술입니다. 하지만 아는 사람이 거의 없죠. 그냥 서천 지방의 지역 술로 남아 있기에는 아까워서 드리는 말씀입니다.”

“지금 제가 농림부랑 같이하는 프로젝트가 있어요. 소곡주를 세계적인 명주로 키울 국가적인 프로젝트죠. 농림부에서 소곡주 축제를 만들어서 정책적으로 전통주를 육성해 주고, 외교력을 바탕으로 해외에까지 홍보를 지원해 주는 국가적 차원의 사업이 지금 진행되고 있거든요. 농림부가 주축이 된 정책적인 서포트, 그 이상의 것을 과연 〈천세주류〉에서 할 수 있을까요? 대한민국의 정부가 가진 행정적, 외교적 인프라보다 더 뛰어난 그 무엇이 〈천세주류〉에 있을까요?"

명지는 심태윤의 두 눈을 똑바로 바라보며 단어 하나하나에 힘을 실었다.

"제가 보기에는 턱도 없을 것 같은데요. 전 이만 갑니다. 그리고 앞으로는요. 정공법을 쓰세요. 비즈니스를 하려면 정정당당하게 해야지, 왜 소개팅을 가장해서 사람을 낚아요? 조심히 가세요."

명지는 가방을 어깨에 걸치며 자리에서 일어났다.

〈천세주류〉 전략기획 팀의 에이스 심태윤 과장은 최명지 대표의 날카로운 공격에 의해 자신의 달콤한 제안이 산산이 부서진 채 허공으로 흐트러지는 것을 천천히 지켜봤다. 최명지에게 최대한 부드럽게 접근하기 위해 소개팅이라는 방식을 비즈니스에 접합한 것은 분명 패인이었지만, 사업가로서 중심이 딱 잡혀 있는 당당한 최명지는 그에게 깊은 인상을 남겼다.

"최 대표님, 정식으로 사업적 제안을 드렸어야 했는데 제가 너무 서툴렀네요. 죄송합니다. 조만간 제대로 형식을 갖춰서 들어가겠습니다. 양조장으로요."

황급히 자리에서 몸을 일으키며 사과하는 심태윤의 얼굴에 명지의 싸늘한 시선이 꽂혔다. 그녀는 턱만 살짝 아래로 당긴 후 문 쪽을 향해 성큼성큼 걸어갔다.

명지는 〈한산소곡주〉 대표로서의 정체성을 잃지 않은 채 흔들림 없는 눈빛과 반듯한 걸음걸이로 그 자리를 벗어난 자신이 대견스러웠다.

세상은 빠르게 변하고 있고, 사람들에게 쏟아지는 정보의 양도 넘쳐 나는 이 상황에서 전통주는 어쩌면 잊히는 역할을 맡고 있을지도 모른다는 생각이 들었다. 결국엔 자본주의의 논리에 밀려 사라지고 말 것이라는 서글픈 종착지를 얼마 남겨 두지 않은 시점에서 농림부의 김호와 〈천세주류〉의 심태윤이 그녀를 찾아왔다.

김호의 손을 잡으면 오로지 그녀의 에너지에 의해 버텨 온 가족 사업에 더욱더 몸을 불살라야 할 것이고, 심태윤의 손을 잡으면 대기업의 자본과 집안 대대로 지켜 온 전통을 교환한 대가로 그녀와 그녀의 가족들은 적지 않은 물질을 획득하게 된다.

머릿속에서 '새로운 도전'과 '적당한 현실 타협'이라는 키워드가 마구 뒤엉키며 감정을 저 밑바닥으로 수직 하강 시키고 있었다. 깊은 번뇌로부터 벗어나 고요한 지점에 마음을 안착시킬 결론에 도달하지 못하고 복합적인 심상이 지그재그로 교차하며 그녀를 괴롭혔다.

명지는 스산한 기운을 담은 조금은 빛이 바랜 듯한 가을 햇살을 맞으며 거리를 배회하고 또 배회했다. 덧술을 만드는 중요한 날이었지만 그녀는 양조장으로 쉬이 발길을 돌리지 못했다.

광화문 세종문화회관 세종홀 1층 커피숍.

"처음 뵙겠습니다. 조미라라고 합니다. 제 명함 먼저 드릴게요."

윤기가 흐르는 짧은 단발머리, 핑크색 실크 블라우스에 연한 그레이색 스커트, 귓불에서부터 4cm가량 늘어진 채 황금빛으로 반짝이는 귀걸이까지. 외적으로 어디 하나 흠잡을 데 없는 멋진 커리어 우먼이 등장했다.

김호는 그녀가 건네준 명함에 박힌 검은색 글자에 온전히 시선을 집중하고 있었다. 정부중앙청사 관리총괄과 조미라 사무관.

"저한테도 명함 주셔야죠."

"아, 네. 죄송합니다. 저는 농림부의 김호라고 합니다."

"이야, 행시를 일찍 패스하셨네요. 근데 농림부는 좀 고리타분하죠, 사무관님?"

"아…… 그게 농림부라고 해서 업무가 고리타분하진 않아요. 지금은 지방에 파견 근무 중이라 나름 재밌습니다."

"파견 근무요? 사무관도 파견을 나가요?"

"그럼요. 행정적인 기획을 하더라도 현장에 대한 이해가 우선돼야 하니까요."

"농림부 장관이 노동 운동가 출신이라 마인드가 좀 그렇긴 하겠네요. 고위 공무원이면 사명감을 갖고 일 더 해라 그러면서 엄청 푸시하죠? 그것도 일종의 열등감이에요. 안 그래요?"

김호는 조미라의 두 눈에 실린 오만함이 불편해서 그녀의 귀걸이 쪽으로 시선을 던졌다.

"본인이 뭐 주류 세계에 발을 담가 봤어야지. 노동 운동이다, 인권 운동이다 하며 변방으로만 돌다 온 사람이 무슨 큰 그림을 그려 봤겠어요. 권한은 주어졌는데 어찌 써야 하는지 모르겠고. 주변 인맥이라고 해 봤자 하나같이 구질구질할 테고. 평소에도 후줄근하고 엄청 촌빨 날리죠? 하하……."

"저희 장관님 백그라운드가 어때서요? 그분이 약자의 편에서 자신의 경험과 지식을 헌신하며 걸어온 발자취만으로도 존경하는 사람들이 넘쳐요."

"솔직히 장관치고는 학벌이 별로잖아요. 서울대 출신이 아니라면서요? 어디 이름도 없는 지방대라던데. 운이 좋아서 그런 초라한 경력을 가지고도 중앙 무대에는 진출했지만 무슨 인맥이 있겠어요. 그냥 맨땅에 헤딩이지."

김호는 자신이 왜 아이스아메리카노를 안 시키고 뜨거운 아메리카노를 시켰을까 후회스러웠다.

"제 선배님이시던데, 맞죠? 서울대 경제학과이시라면서요. 저는 인류학과예요. 졸업하자마자 행정 고시 패스해서 중앙청사로 들어왔어요."

"네. 그러시군요."

김호는 사람에 대한 호기심이 이렇게 일순간에 사라질 수도 있다는 게 내심 놀라웠다. 그녀가 어떤 대학을 나왔든, 뭘 전공을 했든, 언제 공무원 시험에 합격했든, 그 이상의 뭐를 했든지 간에 전혀 궁금하지가 않았다.

"아버님께서 한양대 행정학과 교수님이시라고 들었어요. 저희 부모님은 두 분 모두 교장 선생님이세요. 우리 둘 다 교육자 집안 출신이네요. 사무관님도 부모님의 기대 때문에 쉽지 않은 사춘기 시절을 보내셨을 텐데 뭔가 연민의 감정이 드네요. 하하……."

"네, 그렇군요."

"지방 파견 근무면 어디로 가신 건가요? 오늘 다시 내려가시나요?"

"충남 서천이요. 다음 주에 바로 내려갑니다."

"충남 서천이요? 어이가 없네요. 프로젝트 총괄을 이런 식으로 현지에 보내나요 농림부는? 7급이나 9급 실무자 선에서 적당히 행정적인 협의만 하면 되는 거 아닌가요? 암튼 아웃사이더로만 돌던 노동운동가 출신 장관님께서 융통성이 없어도 너무 없네요. 왜 사무관을 시골 오지로 뺑뺑이 돌릴까요? 역시 주류 무대에 서 본 경험이 없어서 행정적인 머리가 영 안 돌아가는 거겠죠. 하하……."

김호는 아직도 제법 뜨거운 아메리카노를 단숨에 들이켜며 자리에서 일어났다.

그는 이렇게 저급하고 속물스러운 대화에 결코 익숙한 사람이 아니었다.

유복한 교육자 집안 출신에 서울대라는 학벌. 게다가 행정 고시에 일찌감치 합격해 정부 요직에 발령받았다는 프라이드가 차고 넘친 나머지 자신의 사회적 위치를 저 최상 층위 어딘가에 스스로 점프시켜 놓고 어지간한 사람들은 전부 자신의 밑으로 내리깔고 보는 그녀의 선민의식에 그는 비위가 상했다.

"죄송합니다. 저는 그만 가 봐야 할 것 같아요. 제가 서천에서 어젯밤에 올라와 아직 피로가 안 풀린 것 같네요."

"네에? 지금 바로 가신다구요? 만나자마자 퇴짜 맞을 정도로 제가 그렇게 영 아닌가요?"

"아니요, 영 아니어서가 아니구요. 아마도 조미라 씨는 제가 맘에 안 들 거예요."

"아닌데요. 제가 거절할까 봐 지레 겁먹으신 거예요? 하하…… 외모도 그렇고 집안 배경도 그렇고. 김호 사무관님 제 스타일인데요. 물론 저 좋다고 쫓아다니는 남자도 많지만 저 그렇게 생각하시는 것만큼 도도한 여자 아니에요."

"죄송합니다. 그만 들어가 보겠습니다. 오늘 즐거웠어요."

김호는 계산대로 다가가 재빠르게 커피값을 계산한 뒤 커피숍의 두꺼운 유리문을 열고 밖으로 나왔다.

지금 이 순간 그는 부녀회장이 구수하게 끓여 주던 호박이 듬뿍 들어간 바지락된장국이 그리웠다. 들국화 향이 간간이 배어 나오는 시골집 방도 생각이 났다. 구들장의 열기가 바로 들이닥치는 부엌과 가장 가까운 구석 자리는 방바닥이 열기에 꺼멓게 눌어붙어서 손을 댈 수도 없게 뜨거웠는데, 노란 콩기름 바른 종이를 깐 시골집 방바닥에 허리를 대고 누워 노동하느라 수고한 몸을 지지던 날들이 그리움으로 다가왔다.

이른 추수를 마친 빈 논에서 이삭 쪼가리를 태우는 매캐한 냄새, 밑술에 들어갈 흰떡을 찌기 위해 아궁이에 마른 참나무 장작을 넣고 서서히 아궁이 온도를 올릴 때 장작이 결대로 터억터억 갈라지며 나는 나무 냄새, 멥쌀가루를 가득 넣은 떡시루에 김이 살살 오르면서 베 보자기를 뚫고 올라오는 다디단 떡 냄새.

광화문 고층 빌딩 숲 사이사이 어딘가에서 그리운 냄새들이 바람에 실려 오는 것만 같았다.

김호는 거리에 자신의 몸을 던져 놓고 발이 이끄는 대로 정처 없이 걷고 또 걸었다. 이런저런 생각들이 꽉 들어찬 그의 머릿속은 관성에 의해 기계처럼 내딛고 있는 그의 다리와 이미 철저하게 분리되어 있었다.

그렇게 얼마를 걸었을까. 그는 사람이 거의 없다시피 한 작은 커피숍 안으로 빨려 들어가듯 들어갔다. 붉은색 커버가 씌워진 윙체어에 앉아서 그는 어딘가를 향해 열심히 걸어가고 있는 사람들에게 의미 없는 시선을 던져두고 다시 생각에 잠겼다.

이른 나이에 행정 고시를 패스해 그와 비슷한 길을 가고 있는 조미라는 어쩌면 그에게 잘 어울리는 짝일지도 몰랐다.

하지만 주류 무대니 출신 대학이니를 읊어 대며 남들이 우러러볼 만한 화려한 배경과 그럴싸한 경력의 유무로만 사람에 대한 판단을 해 버리는 그 저급함을 그는 도저히 견딜 수가 없었다. '일류와 삼류, 적군과 아군, 승자와 패자' 같이 사람을 이분법적으로만 나누며 살아온 게 분명한 그 속물스러운 가치관이 그를 너무나 힘들게 했다.

사람이 가지고 있는 학벌, 직업, 집안과 같은 배경은 복잡다단한 어떤 인간을 설명해 주는 하나의 특징일 뿐이라는 사고를 하는 김호에게 사람을 조건으로만 판단한 뒤 자신의 발밑에 내리깔고 마음 깊은 곳 어딘가에서 스스로의 우월감을 챙기는 조미라 같은 부류가 맞을 리 없었다.

'전통주를 빚는 사람들은 자본주의의 논리에 치여서 경쟁력이 없다고 외면받거나 소외되어 어딘가에 박혀 있는지도 모르는 섬처럼 존재해요.'

김호는 최명지가 했던 말들을 토씨 하나 틀리지 않고 기억하고 있는 자신이 어처구니가 없었다.

'전통이니 문화니 그럴듯하게 포장해서 외국인을 다시 끌어올 정책이랍시고 내놔야 하는데 딱 이럴 때 필요한 게 그동안은 투명 인간처럼 대했던 우리 같은 사람들 아닌가요?'

'입이 딱 벌어질 만큼 진짜 똑똑한 여자는 서천에 있는데. 나는 똑똑한 척하는 껍데기 같은 여자를 만나러 서울에 왔구나. 하하…….'

명지와 대화를 할 때마다 따라붙는 어떤 긴장감 때문에 양조장에서 적잖이 피곤했는데, 서천을 떠나 서울로 오니 그 오묘한 긴장감이 조금은 그리웠다. 그는 의무감, 책임감, 프로젝트의 압박감 등으로 꽉 들어찬 어떤 영역에 조금의 그리움이란 감정을 살며시 가져다 놨다. 그 감정은 절대 커져서도 스스로 키워서도 안 되는 불온한 감정이었다.

그는 감성이 지배하는 말랑말랑한 영역으로 어떤 감정이 스며들까 봐, 그리움이라는 감정을 재빨리 이성이 컨트롤하는 건조한 곳으로 유배시킨 후 하 장관에게 보고할 내용을 머릿속으로 떠올렸다.

장관 보고를 위해 농림부에 들어갈 생각을 하자 그리움이니 뭐니 하는 감정들이 재빨리 자취를 감추기 시작했다. 그는 주말 내내 보고서에 매달려야겠다는 생각으로 자리에서 일어섰다. 어른들에게 분명히 한 소리 들을 게 뻔한, 다소 무례해져 버린 오늘 맞선에 대해서는 깊게 생각하지 않기로 했다.

세종 청사 농림부 장관 집무실.

"제가 서천에서 느낀 건 여기까지입니다. 일단 축제에 대한 1차 기획안을 아주 러프하게 만들어 봤습니다. 첫 장부터 자세하게 설명을 드리자면……."

"기껏 5일이지만 양조장에서 직접 일꾼으로 일하고 나니 느낀 게 많았나 보다. 역시 가길 잘했지?"

김호의 보고를 유심히 듣던 하도식 장관이 갑자기 그의 말을 끊고 들어왔다.

"역시 현장을 알아야 좋은 기획도 나오는 거니까요. 장관님 말씀이 맞습니다."

"그래, 내 말이 딱 그거야. 현장을 직접 경험해 봐야 뭐가 나와도 나온다니까. 니가 러프하게 만든 1차 기획안은 다음에 볼게."

"다음에 보신다구요? 다음에 언제요?"

"전통주 축제를 기가 막히게 하는 현장도 가 봐야 1차 기획안이 그럴듯하게 나올 거 아니냐. 안 그래?"

"장관님, 충남 서천 말고 제가 어디를 또 가야 합니까? 그게 어딘데요?"

"어디긴 어디야, 독일이지. 맥주가 독일의 전통주잖니. 9월 말부터 10월 초까지 2주 동안 옥토버페스트가 열리니 시기상으로 이렇게 좋을 수가 없다, 김 담당아. 표는 이미 끊어 놨으니까 옥토버페스트까지 다녀온 후 콘텐츠 더 충실하게 담아서 1차 기획안 세팅해라."

하 장관은 흐뭇한 표정으로 김호에게 비행기 티켓이 담긴 하얀 봉투를 건넸다. 아, 이 망할 영감탱이 같으니라고. 김호는 하 장관의 철저함에 놀라서 눈만 크게 뜬 채 아무 말도 하지 못하고 있다가 봉투 안에 담긴 티켓을 천천히 확인했다. 출국 날짜는 당장 2주 뒤인 9월 28일이었고, 티켓은 두 장이었다.

"장관님, 티켓이 두 장인데요? 제가 누구랑 같이 가야 합니까?"

"당연히 누구랑 같이 가야지. 지역 주민들과 연대해서 전통주 축제를 함께 기획하기 위해 니가 내려간 거잖니. 거기 양조장 대표가 최학영 명인의 손녀라면서. 그 최 대표랑 가. 옥토버페스트 같이 참관하면서 소곡주 축제를 어떻게 만들어야 사람들이 좋아할지 의견을 교환해 봐. 이런 축제는 젊은 사람들이 아이디어를 내야 해. 우리 같은 늙은이들이 해외 출장이랍시고 나가 봤자 국민들 세금이나 낭비하고 오는 거지. 우리가 무슨 좋은 아웃풋을 내겠냐."

“최명지 대표와 함께 독일 출장을 가라구요? 둘이서요?”

“그럼 둘이 가지. 떼로 가니? 출장은 원래 실무를 진행하는 핵심 멤버만 딱 추려서 가는 거야. 국가적 차원의 프로젝트라고 해서 세금 낭비할 생각일랑 말아라. 예산 정말 타이트하게 줄 거니까. 무슨 해외 지방 자치의 성공 사례를 보겠다고 실무랑 전혀 상관없는 나이 든 공무원들이랑 협력 업체 관계자들이 쭉 줄서서 해외 나가는 것처럼 꼴 뵈기 싫은 게 없더라 나는. 그런 관행은 반드시 없어져야 해. 다 국민 세금으로 가는 건데.”

하 장관은 맘에 안 든다는 듯 머리를 흔들며 한쪽 눈썹을 찡그렸다.

“실무도 안 하고 그저 업무 보고나 받는 사람들이 왜 그런 외유를 즐기냐고. 내가 농림부 장관으로 있는 한 그런 쓸데없는 해외 출장 예산은 절대 한 푼도 허락 안 할 테니 그리 알아. 그러니 딱 기획안 만들어 낼 핵심 멤버만 다녀와. 내가 볼 때는 너랑 최 대표가 플레이어니까. 들러리로 다른 사람 데려갈 거 뭐 있어. 플레이어 둘만 다녀오면 되는 거지. 그리고 김 담당아 비용 아껴라. 세금은 무조건 아껴야 한다.”

김호는 어떤 말로도 하 장관을 설득할 수 없다는 걸 너무나 잘 알았다. 그는 업무를 수행하는 데 있어 허투루 쓰는 비용을 절대 용납하지 못하는 사람이었다.

하지만 명지와 단둘이 독일에 간다는 게 자꾸 마음에 걸렸다.

“그런데 간다고 할까요? 최명지 대표가?”

“쓸데없이 소심하게 왜 그러냐. 나라에서 공짜로 보내 준다는데 왜 안 가겠니? 세계인들이 모두 다 가고 싶어 하는 최고의 축제 중 하나가 옥토버페스트야. 게다가 양조장 대표인데, 맥주 페스티벌이라면 당연히 가고 싶어 하겠지."

"……."

"니가 묵을 숙소랑 그 축제 기획부서와의 미팅 등은 외교부에 정식으로 공문 띄워서 최대한 업무 협조 받기로 했으니까 그건 걱정 말고. 독일 출장 일정과 스케줄에 대해 거기 대표랑 의논할 게 많겠다. 서천엔 언제 내려갈래?"

"가야죠, 내려가야죠. 수요일쯤 가려고 해요."

"수요일? 너무 늦는 거 아니고? 오늘이라도 당장 내려가지 그래."

"장관님, 식품산업진흥과에서 챙겨야 할 업무도 있구요. 독일에서 어디어디를 둘러보고 동선을 어떻게 해야 할지 디테일한 스케줄을 짜고 내려가야죠."

"아니 그걸 왜 너 혼자 하려고 해. 최 대표랑 같이 협의하면 더 좋은 아이디어가 나오겠구만. 내가 보내 준 카니발 끌고 되도록이면 빨리 내려가라. 일 혼자 하려고 하지 마. 무조건 협업해, 협업. 공무원이 모든 걸 결정해서 통보만 하는 모양새가 너는 좋니?"

하 장관은 자리에서 일어나 창가 쪽으로 천천히 걸어갔다.

"힘들고 어렵게 전통을 지켜 온 소곡주 명가에 최대한 존중과 예의를 갖춰야 한다. 근데 솔직히 나는 니 머리에서 나오는 아이디어보다 소곡주 정통 계승자인 최 대표 머리에서 나오는 아이디어가 더 기대된다. 허허허…… 나는 줄줄이 회의가 있어서 더 이상 긴말은 못 하겠다. 그럼, 여기서 최대한 빨리 업무 처리하고 수요일에는 꼭 내려가라. 수고해."

6

생각했던 것보다 훨씬 씩씩하고 강한 사람이네요, 우리 사부님은

푹 수그린 황금빛 벼 이삭마다 주황색 노을이 내려앉았다. 그 충만한 가을 들녘의 풍요로움 사이로 저 충남 앞바다로부터 불어온 바람이 도착하자 영글 대로 영근 벼들이 때론 황금색 옷을 입고, 때론 주황색 모자를 쓰고 춤을 추듯 일렁이기 시작했다. 바람을 따라 벼들이 흔들릴 때마다 은회색 고기비늘이 반짝이듯 노을 속에 빛가루가 뿌려졌다.

서천이 가까워 올수록 빛의 농도와 공기의 질감이 달라졌다. 제법 차가운 저녁 공기가 김호의 호흡기에 청량함을 남기며 가슴 깊이 스며들어 갔다. 한산면에 접어들자 검은색 물감을 풀어 놓은 것처럼 가을 하늘에 까만 어둠이 찾아왔다. 옹기종기 모여 있는 정겨운 기와집들 창문 밖으로 노오란 불빛이 군데군데 새어 나오는 풍경을 멀리서 바라보자니 술 빛는 마을 전체가 마치 독립적인 소우주처럼 보였다.

익숙한 고택 앞에 차를 세운 뒤 솟을대문을 열고 안으로 들어가자 짧은 여행을 마치고 집으로 돌아온 기분이었다. 왜인지는 모르겠지만.

"어르신, 저 왔습니다. 그동안 편안하셨지요?"

"이…… 이제 온겨? 서울서 볼일덜은 워치케 잘 보구 니려온겨?"

"네, 어르신. 잘 보고 내려왔습니다."

"부모님들두 무탈허시구? 김 담당이 이런 시골루 니려와 있어서 걱정을 많이 허시겄네."

"아닙니다. 모두들 살뜰하게 보살펴 주시는 덕분에 너무 편히 지내고 있다고 잘 말씀드렸습니다. 제가 올라가기 전에 빚은 덧술이 잘 익고 있는지 궁금하네요."

"이…… 워치케나 잘되았는지 몰러. 지금 발효실 가믄 술의 향기가 진동헐 거여. 넉넉히 100일은 익혀야 허니께 아즉 맛은 못 보겄지만 향은 맡을 수 있으니께 어여 가 보더라고. 안채 부엌으루 들어가믄 맨 안짝에 쬐끄만 문이 하나 있는디 그 문을 열면 발효실이여."

김호는 사랑채에서 나와 안채로 향했다. 안채로 들어가는 문을 열며 흘깃 손목시계를 보았다. 저녁 9시. 그는 혹시라도 명지가 연못가에 나와 있지 않을까 싶어 조심스럽게 심호흡을 했다.

시골의 밤은 도시보다 일찍 일상을 닫는다. 차가운 콘크리트 더미에 갇힌 도시인들은 낮에 받은 상처와 울분을 미처 해소시키지 못한 채 휘황찬란한 불빛 속으로 고된 몸을 밀어 넣으며 꾸역꾸역 하루를 연장한다. 도시의 밤은 스스로 하루의 문을 닫지 못하고, 점멸하는 네온사인에 별빛의 자리마저 내어 준 채 고요한 새벽이 오길 숨죽여 기다린다.

시골에서는 저녁 밥 짓는 연기가 피어오르고 조금 있다 밤의 주인인 별이 뜨면 밤은 밤인 채 그저 사방이 고요하도록 하루가 마무리된다.

일상을 마무리한 밤의 문을 열고 들어가는 침입자처럼 김호는 부엌의 문을 열었다. 발효실 문틈으로 희미한 불빛이 새어 나오고 있었다. 이 시간에 누가 있나 싶어 김호는 조심스럽게 발효실 안으로 들어갔다.

다행히 사람의 그림자는 보이지 않았다. 김호의 가슴 높이까지 오는 커다란 술항아리들만이 발효실 안을 빼곡히 채우고 있었다.

술항아리 밑에는 밑술과 덧술 작업을 한 날짜가 적혀 있는 작은 종이들이 붙어 있었다. 김호는 서울로 올라가기 전 작업한 덧술을 찾기 위해 항아리 사이로 들어가 일일이 날짜를 확인하다가 소스라치게 놀라며 자리에 우뚝 서 버렸다. 발효실 맨 안쪽 구석에 놓인 제일 커다란 술항아리에 기댄 채 누군가가 발을 쭉 뻗고 앉아 있었다.

"아, 깜짝이야. 혹시 최 사부님? 여기서 뭐 하세요?"

"뭐 하긴요. 술 마시고 있죠. 오랜만이네요 김 담당님."

명지가 하얀 도자기 잔을 살짝 들어 보이며 그에게 눈인사를 했다. 그녀의 옆에는 정종병처럼 기다란 술병이 하나 놓여 있었다. 명지는 이미 꽤 마신 듯 눈가의 긴장이 살짝 풀려 있었다.

"왜 혼자서 술을 마셔요? 나 없는 사이에 뭐 안 좋은 일이라도 있었어요?"

"아닙니다. 아무 일 없었어요. 담당님도 여기 앉아서 한잔하실래요?"

취기가 꽤 오른 듯한 명지가 턱 끝으로 술병을 가리키며 김호의 눈을 바라봤다. 김호는 그녀의 옆자리와 맞은편 자리의 거리감을 머릿속으로 계산했다. 그녀의 옆자리는 물리적으로 너무 가까웠고 맞은편 자리는 다소 안전해 보였다.

그는 재킷 상의를 벗어서 선반 위에 올려놓은 후 하얀 와이셔츠 차림으로 명지의 맞은편 자리에 천천히 앉았다. 옆자리와 앞자리는 감정이 진행되는 작동 원리가 다르기 마련이다. 옆자리는 상대의 숨결을 느낄 수 있어 육체적인 긴장감이 고스란히 전해진다면 앞자리는 눈빛을 들여다볼 수 있어 감정이 넘나든다.

"사부님이 혼자 몰래 숨겨 놓고 마시는 소곡주가 따로 있나 보죠?"

"오…… 예리한데요. 어떻게 알았어요? 이 술병에 있는 술은 소곡주를 증류한 불소곡주예요."

"불소곡주라……."

"소곡주가 정상 발효 되지 못해 신맛이 올라오면 증류를 해서 이렇게 불소주로 내려 마셔요. 달달한 소곡주는 알코올 도수 18%, 불소곡주는 43%. 도수가 높은데 괜찮겠어요?"

"맛이나 보죠 뭐. 주세요."

"잠시만요. 술잔이 어딨더라. 아, 저기 있네요."

명지가 술잔을 가져오기 자리에서 일어났다. 그녀는 몸에 꼭 맞는 청바지와 검정색 골지 티셔츠 차림이었다.

김호는 잘록한 허리와 날씬한 허벅지가 자신의 얼굴 앞으로 갑자기 다가오자 얼른 뒤로 몸을 끌어당겼다. 그녀와 거리감을 두려고 몸을 피하려 했지만 커다란 술항아리가 그의 후퇴를 막고 있었다.

김호는 헐렁한 작업복 속에 가려져 있던 명지의 여성스러운 몸의 굴곡을 보지 않기 위해 일부러 11시 방향으로 시선을 둔 채 그녀가 술잔을 가지고 오기를 기다렸다.

"자, 한잔 받으세요."

그녀의 얼굴이 쑥 하고 들어왔다. 김호는 화장기 하나 없이 말간 명지의 얼굴을 바라봤다. 눈앞에 펼쳐진 매력적인 여성의 이미지는 그의 무의식과 은밀한 교감을 시작했다. 그는 무의식이 멋대로 현실과 교감하는 것을 막기 위해 불소곡주를 단숨에 들이켰다.

독한 술이 식도를 자극하며 들어가자 찌르르한 전율이 일기 시작했다. 뒤이어 속이 뻥 하고 뚫리는 느낌이 찾아왔다.

"술이 꽤 독한데요. 그런데 끝 맛은 매우 부드러워요. 마치 오래 씹은 밥알처럼요."

"찹쌀로 빚은 술이라 그래요. 오…… 잘 드시네요?"

김호는 명지가 따라 준 두 번째 잔도 한 번에 털어 넣었다.

"김 담당님이야말로 서울에서 뭐 안 좋은 일 있었나 봐요. 술을 급하게 마시는 걸 보면."

"그때 그 소개팅은 어땠어요?"

"별로 말하고 싶지 않네요. 그 소개팅은."

"왜요? 남자가 별로였어요?"

"아니요. 남자는 아주 잘생겼더라구요. 스타일도 굉장히 세련되고. 직장도 좋고."

김호가 긴 술병을 집어 들고 자신의 잔에 스스로 술을 따랐다. 세 번째로 채워진 술을 한 모금 넘기고 손에 쥔 잔을 물끄러미 바라봤다. 그는 술을 따르고 마시는 동작을 통해 뭔지 모르게 불편한 감정을 감추고 있었다.

"그 남자랑 한번 잘해 보지 그래요."

진심의 반대편에 서서 엉뚱하게 발화된 말이 둘 사이의 어색한 공기를 헤치며 명지를 향해 날아갔다. 명지는 말없이 술을 마셨다.

"그러게요. 잘해 볼까 봐요. 엄청 달콤한 얘기를 하더라구요."

"보자마자 달콤한 얘기를 해요? 위험한 남자네요."

김호는 손에 쥔 잔을 입으로 가져가 남아 있는 술을 마시며 명지의 눈을 똑바로 응시했다. 명지와 대화를 할 때마다 따라붙는 오묘한 긴장감이 그의 신경을 조이고 있었다.

서울에 있을 때 이 긴장감을 조금이나마 그리워했던 순간들이 불현듯 떠올랐다. 이성이 컨트롤하는 건조한 곳으로 유배시켜 버렸던 그리움이라는 감정. 그는 급하게 마신 술기운으로 인해 자신을 단단히 잡아매던 이성의 지배력이 약해지고 있는 것을 느꼈다. 그는 자신이 어떤 눈빛으로 앞의 여자를 바라보고 있는지 깊게 생각하지 않았다.

명지는 자신을 바라보는 그의 눈빛에 평소와 다르게 슬픔이 배어 있다고 느꼈다. 그의 촉촉한 눈빛이 알코올이 만들어 내는 화학 반응으로 경계심의 막이 거둬진 가슴을 찌르고 들어오자 명지는 무장 해제 된 듯 마음이 풀어졌다.

"이 술이 얼마나 특별한 술인지 모르죠?"

"불소곡주라면서요. 소곡주를 증류한 술."

"저희 아버지가요. 음…… 2년 전에 병으로 돌아가셨거든요."

"……."

"전 아버지한테 술을 배웠어요. 이 불소곡주는 아버지랑 같이 작업한 마지막 술이에요. 소곡주를 방울방울 증류해서 겨우 이 한 병이 딱 나왔는데 2년 동안 차마 마시지 못했어요."

"진짜로 귀한 술이네요. 아버지가 남겨 주신."

김호는 불소곡주의 마개를 조심스럽게 닫은 후 명지의 손이 닿지 않는 높은 선반 위에 올려놓았다.

"여기 소곡주도 있네요. 달달하고 씁쓸한 소곡주. 이걸로 마시죠."

김호의 섬세한 배려와 사려 깊음은 마음이 진실되게 전해져 명지는 심연 깊숙이에 있는 이야기들을 털어놓기 시작했다.

"내가 오늘 왜 이 술병을 땄냐면요. 더 이상 과거 속에 머무르지 않으려구요."

"……."

"요새 이런 고민을 해요. 이렇게 고도화되는 세상 속에서 우리같이 가족 단위의 최소 인력 투입 노동으로만 운영되는 소규모 사업장이 과연 언제까지 버틸 수 있을까. 사실 매우 회의적이죠. 우리 할아버지를 보면 이런 생각도 들어요. 개인의 노력에 비해 삶은 참 초라하다는 생각."

"그동안 많이 힘들었나 보네요. 하지만 어르신의 삶이 초라하다는 생각은 하지 말아요. 어르신은 당신이 살아오신 그 삶 자체만으로도 많은 사람들에게 깊은 영향력을 끼치니까요."

"사실 전통주를 계승해야 하는 내 상황이 어마어마한 운명처럼 나를 억눌렀어요. 게다가 아버지의 부재에서 오는 상황적 어려움이 있으니까요. 변화의 물결은 우리 집안에도 들이닥쳤고 미래에 대한 중요한 판단은 대부분 내가 내려야 해요. 할아버지는 오로지 이 술독 안에서만 오랜 세월을 사셔서 세상의 변화를 당연히 잘 모르시죠."

그녀의 얼굴에 쓸쓸한 그림자가 드리워졌다.

"엄마는 그저 가을이 되면 싱싱한 꽃게로 게장을 담가 식구들 상에 올리는 게 최고의 행복인 순박한 시골 아낙네구요. 전통을 지킨다는 숙명 때문에 이익이 별로 나지도 않는 양조장을 운영하며 수도 없이 답이 나오지 않는 계산기를 두드렸어요. 암담한 현실을 접할 때마다 여기 갇힌 기분이 들곤 했죠. 온전히 내 에너지에만 기댄 채 우리 양조장은 굴러가니까요."

"생각했던 것보다 훨씬 씩씩하고 강한 사람이네요. 우리 사부님은."

명지는 본격적으로 술기운이 오르는지 자꾸 좌우로 몸을 흔들었다. 김호는 속절없이 흔들리는 그녀의 가녀린 어깨를 감싸 안아 주고 싶었다. 그는 둘 사이에 존재하는 물리적인 거리를 다시 계산했다.

내가 몸을 일으켜 단번에 그녀 옆자리로 가서 저 지친 어깨를 끌어안는 게 무슨 의미가 있을까. 사사로운 감정을 섞으면 이 프로젝트는 망가질지도 모른다. 천오백 년의 역사를 이어 온 대한민국의 명주를 완벽하게 부활시키는 일. 그게 그녀를 위한 최선의 길이란 것만 명심하자.

김호는 몸을 좌우로 흔들다가 뒷머리를 술항아리에 기댄 채 생각에 잠겨 있는 명지를 바라봤다. 술에 취한 그녀의 감정은 매우 위태로운 모습으로 어떤 지점을 향해 애처롭게 나아가고 있었다.

김호는 다시 그녀의 옆자리로 시선을 던졌다. 그녀의 눈빛은 마음속에 넘치도록 담았으니 이제 그녀 옆으로 가까이 다가가라며 핏줄을 타고 심장 곁을 지나는 알코올이 자꾸 그를 부추겼다. 김호는 알코올이 그의 뇌를 지배하는 작동 원리를 애써 무시한 채 이성을 일깨우기 위해 정신을 가다듬었다.

"김 담당님이 '그냥 위에서 시켜 어쩔 수 없이' 라는 마음으로 이 일에 임하지 않기를 바라요. 우리 집안 대대로 너무 힘들게 지켜 온 일이니까요. 그리고 겨우 스물일곱인 내가 더 많은 판단과 결정을 해야 하니까 부디 날 힘들게 하지 말아요. 부탁할게요."

어떤 종류의 말들은 그 진심이 너무 고스란히 전해져 일순간에 사람을 무력화시킨다. 김호의 눈앞에서 명지의 두 어깨가 다시 좌우로 흔들거렸다. 애처롭게 흔들리는 그녀의 어깨를 보며 그의 마음 깊은 곳 어딘가가 무너지고 있었다.

"나를 한번 믿어 봐요."

김호는 그녀의 잔에 술을 채워 주며 진심을 담은 말을 건넸다. 한동안 침묵이 흘렀다. 말과 말 사이에 흘러가는 잠깐의 휴지休止. 그 틈새를 어떻게 메울 것인지 두 사람은 고민하지 않았다.

"내가 소개팅했던 그 남자요. 알고 보니 〈천세주류〉 사람이었어요. 우리 양조장을 인수하고 싶다고. 자기네가 인수해서 제대로 된 마케팅을 해 보겠다고 하더라구요."

김호는 어딘지 모를 밑바닥을 향해 자신의 감정이 수직 하강 하는 것을 느꼈다. 명지가 술잔을 비우자 그녀의 몸이 다시 크게 휘청였다. 본능적으로 그의 몸이 그녀를 향해 움직였다. 바닥을 향해 쓰러지던 그녀의 얼굴을 그의 어깨가 안전하게 받쳤다. 명지의 얼굴이 어깨에 닿자 그의 심장이 쿵 하고 내려앉았다.

"〈천세주류〉에서 온 사람이 양조장을 인수하고 싶다고 했어요? 진짜로 그렇게 말했어요?"

명지가 어깨에 기댄 채 고개를 끄덕이는 바람에 그녀의 얼굴이 그의 심장 쪽으로 더 가깝게 이동했다.

"진짜 미치겠네."

김호가 두 손바닥으로 자신의 얼굴을 쓱쓱 비비며 마치 욕지기를 내뱉듯 중얼거렸다.

"왜요? 〈천세주류〉 같은 대기업에 우리 소곡주를 팔면 안 되나요?"

명지가 가슴팍에서 얼굴 쪽으로 고개를 돌리며 그의 눈을 바라봤다. 김호는 붉은 기운이 도는 사랑스러운 얼굴로 도발하듯 자신을 빤히 바라보는 그녀의 두 눈에 빨려 들어갈 듯이 시선을 보냈다.

"당연하죠. 절대 안 돼요."

"아, 웃기네 이 남자."

명지가 한 손으로 가슴팍을 밀며 기대고 있던 얼굴을 떼어 내려 하자 그의 왼팔이 그녀의 어깨를 부드럽게 감싸며 다시 그녀를 품 안으로 가뒀다.

"〈천세주류〉에서 온 사람이 또 무슨 말을 했어요? 자세하게 말해 봐요."

"그러곤 별말 안 했어요. 다시 정식으로 제안하러 오겠다고 했는데 난 일어서서 바로 나왔으니까. 그나저나 이 손 좀 치워 봐요."

명지가 자신의 어깨에 올려져 있던 김호의 팔을 치우고 몸을 일으켰다.

"나 오늘 진짜 많이 마셨어요. 더 마시면 안 될 것 같아요. 먼저 일어날게요."

명지가 자리에서 일어서려고 하자 김호가 그녀의 손목을 끌어당기며 다시 앉혔다.

"가지 마요. 할 말이 있으니까."

"……?"

김호가 바지 주머니에서 비행기 티켓이 든 봉투를 꺼내 명지에게 건넸다.

"독일에서 자기네 전통주를 가지고 얼마나 멋진 축제를 하는지 궁금하지 않아요? 나랑 같이 가요. 옥토버페스트 보러."

명지는 황당한 표정으로 봉투를 받아 들고 티켓에 찍힌 날짜를 확인했다.

"지금 뭐라고 했어요? 독일에 가자구요? 날짜가…… 바로 다다음

주잖아요."

"맞아요. 열흘 후 출발."

"자그마한 지역 행사 하나 기획하면서 무슨 독일까지 가요?"

"아니라니까. 자그마한 지역 행사. 큰 프로젝트라고 했던 내 말, 아직도 못 믿는 거예요?"

"진짜가 보네. 대충 보고서나 쓰려고 온 줄 알았는데."

"우리 정식으로 악수 한번 할까요? 청와대에서 농림부로 직접 내려온 국가적 미션인 〈전통주 축제 활성화 프로젝트〉의 총괄 김호라고 합니다. 백제의 얼이 서린 〈한산소곡주〉를 사랑받는 브랜드로 키우기 위해 농림부, 외교부, 문화재청이 함께 협력하여 〈한산소곡주〉를 지원합니다."

명지는 김호의 눈을 바라보며 그가 내민 손을 잡았다.

"〈한산소곡주〉 대표 최명지입니다. 그럼, 이제 이 프로젝트의 성공을 위해 제대로 달려 볼까요? 독일 출장 일정부터 협의해 보죠. 국가적인 프로젝트의 총괄을 맡은 엘리트 공무원이랑 함께 일하게 되어 영광이네요."

"저야말로 영광입니다. 척박한 환경에서 대한민국의 전통주를 지켜 온 소곡주 명가의 계승자와 파트너가 되어."

맞닿은 손의 감촉이 주는 감흥에 김호의 가슴이 뛰었다. 공직 사회의 강직성 때문에 메말라 있던 감성의 대지 위에서 사람을 향해 뻗어 나가는 어떤 뭉클한 정서가 조금씩 움트고 있는 것을 느꼈다. 매력적인 이성 앞에서 분별력이 흐려지며 특별한 존재가 되고 싶다는 목적을 향해 맹목적으로 달려들게 하는 그런 위험한 감정들이 이성의 영역에 깊게 침잠해 있다가 수면 위로 올라오고 있었다.

김호는 그런 불온한 감정들이 혹시라도 이 프로젝트에 간섭할까 봐 두려웠다. 그는 자신 스스로에게 거듭 냉정을 요구했지만 그의 의지로 조절되지 않는 감정의 파고가 일상에서 느끼는 잔잔한 감흥과는 전혀 다른 배색을 띤 채 가슴에 잔메질을 하며 밀려오고 있었다.

7
명지가 워디 쉽게 지 곁을 주는 그런 사람이 아니지유

안채에서 가장 큰 방에 최 노인, 부여댁, 명지, 김호가 둘러앉아 먹는 아침상이 차려졌다. 부여댁은 꽃게와 호박을 넣어 끓인 게찌개를 국그릇에 퍼 담으며 입을 열었다.

“우리 명지헌테는 무쟈게 좋은 기회이긴 헌디유. 암만 그려두 젊은 남녀 둘이만 비행기럴 타구 그렇게 몇 날 며칠씩이나 외국에럴 간다는디 그기 괜찮을랑가 몰러유 아버님.”

“에미는 워치케 그리두 생각이 고리짝 시절 옛날맹키루 꽉꽉 맥혀 가지구 그른겨? 시상이 워떤 시상인디. 요짝에만 이렇게 박혀서리 술항아리만 쳐다본다구 뭐시가 나오간디. 기왕지사 나라에서두 이래 우리 명지를 해외 시찰씩이나 공짜루다가 보내 준다구 허는디 기가 멕히게 잘됐는 거 아녀? 너헌틴 딸이지만 나헌틴 명지가 이 양조장 대표여. 집안 사업을 일으킬 수 있는 좋은 기횐디 감사합니다는 못 헐망정 쓰잘데기 없는 걱정 허믄서 그래 초 치는 거 아니여.”

"암유. 지가 왜 모르간디유. 그러잖어두 지두 맴 한편으로는 명지가 내내 이 양조장에서 잽혀 가지구 남덜 다 간다는 외국 한 번두 못 나가 봤는디 것두 독일이래니 참말로 잘된 일이구나 허구 있어유."

"이…… 암만. 그리 생각허는 기 기여. 그라믄 출발이 워치케 된다구?"

"네, 어르신. 9일 후에 출발합니다. 9월 28일에 갔다가 10월 5일에 돌아오는 일정으로요."

"외국까정 나가 일얼 본다는 기 워디 쉬운 일이간디. 둘이 서로 힘껏 도와주믄서 별 탈 없게 잘 저기 해라. 명지는 이짝 일은 신경덜 쓰지 말구 비행기 탈 날이 코앞이니께 잘 채비를 혀야 쓰겄다. 이?"

"알겠어요. 할아버지. 잘 준비해서 나갈게요. 저 없어도 괜찮겠죠?"

"니는 진짜 왜 그래는겨? 양조장에 아버님두 기시지. 이 부장님이랑, 홍 과장이랑, 강진댁두 있는디 뭔 걱정이여. 승주두 요새는 월매나 야물딱지게 지 몫을 저기 허는디."

"승주? 엄마는 아즉 승주를 그리 몰러? 그눔이 뭘 헐 줄 아는 게 있었시야지."

"뭐랴. 누나가 되야 갖구 워치케 그래 정 없이 말얼 한데미? 찬찬히 갈챠 주믄 그눔이 뭐시든 여간 잘허는 게 아닌디 뭐라는겨 시방."

"이이…… 그려? 갸가 그라간? 여적 나만 몰랐는개 비유."

"양조장은 엔간치 걱정허구 이 시간부루 출장 계획이나 저기 혀. 시방 누가 누구럴 걱정허는겨."

❖

9월 27일 오후 6시, 최 노인의 고택 안.

술 빚는 마을에 사는 모든 사람들이 다 최 노인의 고택에 모인 것처럼 집 안이 떠들썩했다. 부여댁과 부녀회장은 마당 아궁이에 불을 지핀 뒤 돼지기름을 슬슬 바른 가마솥 뚜껑에 연신 부추전을 부치며 모인 사람들을 먹이기에 바빴다.

"이…… 탄다, 탄다. 부녀회장아 니는 기름을 더 둘러야 쓰지 싶은디."

"괜찮유. 기름 여짝에 더 둘르면 영 느끼혀서 못 쓴당께. 근디 돼지고기 썰은 거를 줌 넣어서 돼지 살이라두 쫙쫙 씹피야 뭐시를 먹은 느낌일 틴디유. 정구지(부추)랑 호박 넣은 거 개지구는 맛이 저기 혀서 그를 긴디."

"아이구야. 내 정신이 요새 이래 들락날락헌다야. 기여기여. 부엌에 안 그래두 돼지 앞다리 살 실헌 눔으루다 숭덩숭덩 썰어 개지구 간장에 주물거려 놓은 거이 있는디 그눔을 잊구 있었능개 비여."

"성님은 요놈이나 뒤적거리구 기셔유. 나가 금방 집어 올래니께. 근디 우리 명지랑 김 담당이랑 이래 딱 붙어 가지구 외국두 나가구 이러다가 둘이 정분나는 거 아닌가 몰러. 호호……."

"뭐셔? 니는 왜 그래는겨? 동네 사람덜 듣겄다야. 일을 똑땍이 할래믄 워쩔 수 없응께 나라에서 둘을 외국으루다 보내 주는 거인디. 젊은 느덜이 참말로 욕본다 그라지는 못헐망정 우째 그리 입초시여, 입초시가. 글구 우리 명지가 남자 앞에서 웃음을 살살 흘리며 상냥허게 누구럴 대하는 그런 여시 거튼 구석이 워디가 쬠이래두 있간디. 니가 질루 잘 알믄서 그런 션찮은 말 허덜 말구 돼지고기나 개지구

와. 어여.”

“허긴. 우리 명지가 어찌나 그냥 찬바람이 부는 맹키로 말투도 똑뿌라지구, 아주 추워 디지게 차가운 구석이 있는디 나가 쬠 잊구 있었구만유. 명지가 워디 쉽게 지 곁을 주는 그런 사람이 아니지유. 워디가 싹싹헌 구석이 있시야지.”

부여댁의 못마땅한 눈길이 명지에 대해 너무 박하게 말하는 부녀회장에게로 꽂혔지만, 그녀는 그 눈길을 뒤로하고 부엌으로 향했다. 부녀회장의 말이 영 틀린 것은 아니지만 부여댁은 왠지 모르게 가슴 한편에 섭섭함을 느꼈다.

“안녕허십니까아. 지는 요기 양조장의 이 부장인디요. 마을분들이 이렇게 한자리에 다덜 모여 주셨는디 우리 으르신께서 감사의 말씀을 해 주신대니께 모두 집중해 주셔유.”

“우리 마을이 모다 잘되는 그른 큰 축제를 나라에서 저기 헌다는디 독일에두 전 세계인덜이 모여 술을 마시고 노는 그른 축제가 있대는 겨. 그 이름이 뭔지는 나가 들었는디 길어서 생각은 안 나지만서두. 농림부 김호 사무관이랑 우리 양조장 대표인 명지가 독일루다가 오늘 떠나는디 둘이 무탈허게 다녀오고 많이 배와 오도록 격려해 주시믄 감사하겄네유.”

그때 열린 대문 사이로 박 기사가 너부데데한 얼굴을 내밀었다.

“으르신, 인쟈 출발혀야 해유. 인천까정 갈라믄 솔찬이 먼 길인디. 지가 두 사람얼 잘 델다주구 올 테니께 암 걱정두 말으셔유.”

“이…… 기여. 비행기 시간 안 늦게 잘 가야 허는디 박 기사가 욕봐서 으짜냐.”

“아이구우. 뭔 말씀이여유. 당연히 지가 저기를 히야쥬. 우리 마을 축제 땜시 그 먼 길을 떠나는디요. 그리구 김 담당은 우리 집서 묵는 장기 손님인디 지가 응당 챙기야쥬. 두 사람은 지금 바루 나와야 혀. 어여어여."

김호와 명지는 커다란 캐리어를 끌고 대문으로 향했다.

"형님, 독일에서 혹시라도 우리 누나 좋다 하는 서양 남자가 있으면 그냥 모른 척하고 두고 오셔두 되니께 너무 챙겨야겠다 생각하지 말아유. 하하하……."

"너 맞을래? 나 없는 동안 할아버지, 엄마 속 썩이지 말구 잘해. 알겠지?"

"누나 내 걱정은 말어. 의외로 누나 같은 스타일이 외국에서 먹힐 수 있으니까 오는 남자 안 막겠다는 초긍정적인 오픈 마인드 잊지 말구. 알겄지?"

명지는 손바닥을 쫙 펴 승주의 등짝에서 찰진 소리가 나도록 세게 몇 대 두드렸다. 승주가 과한 엄살을 부리며 김호에게 찰싹 달라붙었다.

"전 형님이 너무 안쓰러워요. 우리 누나가 스케줄 빡빡하게 짜 가지구 여기 가자, 저기 가자 하면서 얼마나 형님을 들들 볶을지 안 봐도 비디오라. 부디 살아오시구요. 조심하세요."

김호는 아웅다웅 다투는 남매를 귀엽다는 듯이 바라봤다. 널따란 마당에는 마을 사람들이 모여 잔치하듯 두 사람을 배웅해 주고, 박 기사는 공항까지 바래다주겠다고 가족처럼 챙겨 주는 이 모습이 김호에게 푸근하게 다가왔다.

드디어 두 사람이 탄 박 기사의 택시가 인천 공항을 향해 출발했다. 김호는 창문을 내려 배웅하는 사람들 사이로 풍겨져 나오는 부추전 굽는 고소한 냄새를 끝까지 맡았다.

❖

“안녕하세요. 최명지 대표님? 저 〈천세주류〉의 심태윤인데 기억나시죠?”

트렌치코트를 입은 샐러리맨 복장의 젊은 남자가 수속을 하기 위해 3층 출국장으로 들어온 두 사람에게 차례차례 시선을 보내며 다가오더니 명지에게 인사를 건넸다. 명지는 놀란 표정으로 남자를 바라봤다.

“아…… 안녕하세요. 그런데 공항에는 어쩐 일로…….”

“출장 갑니다. 독일로.”

“독일이요?”

“네, 뮌헨에서 열리는 옥토버페스트 보러 회사 사람들이랑 가요.”

명지는 굉장히 난처한 얼굴로 김호를 바라봤다. 김호는 니가 양조장을 인수하겠다던 그 〈천세주류〉 사람이냐는 표정으로 심태윤을 빤히 응시했다.

“혹시 최 대표님도 옥토버페스트 보러 가시나요?”

명지가 어떤 대답을 해야 할지 몰라 머뭇거리는 사이 김호가 두 사람 사이로 끼어들었다.

“안녕하세요. 저는 농림부의 김호라고 합니다. 〈한산소곡주〉와 농림부가 진행하는 프로젝트가 있어서 참관차 저희도 뮌헨에 갑니다.”

심태윤은 김호가 건네준 명함을 흘깃 본 뒤 이해했다는 표정으로 다시 명지를 바라봤다.

“네, 이거 엄청난 인연인데요? 우리 같은 비행기 타고 가겠네요?”

“저한테도 명함을 주셔야죠?”

김호의 날카로운 질문에 심태윤은 더 이상 말을 이어 가지 못하고 김호에게 자신의 명함을 건넸다.

"아, 죄송합니다. 〈천세주류〉 심태윤입니다."

"옥토버페스트 보러 가신다구요? 비행기는요?"

"비행기요? 당연히 루프트한자 뮌헨 직항이죠. 그거 타시는 거 아니에요?"

"아니요. 저희는 터키 항공 탑니다. 이스탄불을 경유하는."

"네에? 이스탄불 경유요? 그럼 비행 시간이 너무 길잖아요?"

"국민 세금으로 가는 출장인데 비용을 아껴야죠. 그럼 저희는 터키 항공으로 보딩패스 받으러 이동합니다. 즐거운 비행 되세요."

김호는 세금을 아끼기 위해 최저가 티켓으로 예매하라고 지시했을 게 분명한 하도식 장관이 고마울 지경이었다. 어쩐지 심태윤에게 한 방 먹인 기분이 들었다.

"근데, 김 담당님. 저희는 직항이 아니라 이스탄불을 경유해서 가나요?"

"아, 그걸 말 안 했네. 우린 이스탄불에 들렀다가 뮌헨으로 들어가요."

"그럼 뮌헨까지 총 몇 시간이 걸리는 거예요?"

"21시간 15분이요."

"아…… 꽤 오래 걸리는 거 맞죠. 제가 해외여행은 처음이라 감이 안 오네요."

"엄청 오래 걸리는 거죠. 지금부터 나와 오랜 시간을 보내야 해요."

8

명지 씨, 최명지 씨의 진짜 꿈은 뭔가요? 나한테 한번 말해 봐요

강남구 삼성동 테헤란로, 높은 빌딩들이 저마다의 위용과 특색을 자랑하는 그 빌딩숲 사이에 둥그런 항아리 모양을 한 약간 낮은 높이의 〈천세주류〉 신사옥이 있었다.

경기도 여주에 있는 맥주 공장이 모태가 되어 주류 사업에 발을 디딘 〈천세주류〉는 왕밤막걸리를 필두로 매실주, 산수유주, 솔잎주 같은 것들이 매출을 부양하며 거침없이 사세를 확장하고 있는 중견 기업에 속하는 주류 회사였다.

비서실의 1번 키폰(비서실 전화기의 1번 키폰은 최고경영자의 호출을 의미)이 울렸다.

비서실 막내 직원이 커피 머신에서 갓 내려온 우유가 듬뿍 들어간 고소한 라테를 마시고 있던 정혜영 대리는 1번 칸에 빨간 불이 번쩍이는 것을 보고 부리나케 수화기를 들었다.

"네, 회장님."

— 심태윤 과장 들어오라 그래요.

“알겠습니다, 회장님.”

정혜영 대리는 조심스럽게 수화기를 내려놓은 후, 내선 전화로 전략기획 팀 심태윤 과장의 자리 번호 네 개를 잽싸게 눌렀다.

“심태윤 과장님, 비서실 정혜영입니다. 지금 10층으로 올라오세요.”

— 왜요. 또오.

“어서 오세요.”

— 영감님 기분은요?

“〈천세주류〉 주가가 오늘 살짝 떨어졌잖아요. 좋으실 리 없겠죠? 빨리 오세요.”

유리로 된 비서실 자동문이 열리고 심태윤 과장이 들어섰다. 정혜영 대리는 훤칠한 근육질의 몸체를 타이트하게 감싼 채 예각과 직각이 어우러지며 절묘하게 떨어지는 슈트 핏에 촘촘한 시선을 건넸다. 신사복 모델이 울고 갈 판이네. 오늘도 멋짐이 철철 넘쳐흐르십니다, 심태윤 과장님.

심태윤 과장이 비서실의 베테랑 정혜영 대리에게 싱긋 웃으며 인사를 건넸다.

“안녕하세요, 대리님. 전 왜 불려 왔을까요?”

정혜영 대리는 회장실 문 쪽을 흘깃 바라본 뒤 그의 짙은 눈썹에 시선을 고정했다.

“저는 모르죠. 그분의 마음은 저보단 과장님께서 더 잘 아시지, 제가 어떻게 알겠어요.”

“에이. 그러지 말고 소스 좀 줘요.”

“오전에 본부장님들께 신규 사업 보고 받으셨어요.”

"오케이. 저 들어갑니다."

"과장님, 짧게 하고 나오세요. 회장님 오늘 내내 저기압이시니까요."

정혜영 대리가 회장실 문을 두 번 노크한 뒤 손잡이를 돌려서 문을 열어 주었다.

"안녕하십니까. 회장님."

1인용 소파에 앉아 신문을 보던 심중호 회장은 심태윤 과장이 들어오자 쓰고 있던 돋보기를 천천히 벗었다.

"신규 사업은 잘 진행되고 있나?"

"일단 설계는 이쁘게 했습니다."

심태윤 과장은 윤기가 흐르는 검정색 가죽 소파에 조심스럽게 앉았다.

"설계는 이쁘게 했다고? 전에 말한 컨설팅 회사 끼고?"

"아무래도 로드 숍 출점은 30년 전통의 〈천세주류〉에서 단 한 번도 시도해 본 적 없는 미개척 영역이니까 타당성 검토부터 철저하게 하는 게……."

"컨설팅하는 애들한테 벌써 계약서로 물린 건 아니고?"

심 회장은 심태윤 과장의 말을 가로채며 날카로운 눈빛을 보냈다.

"아니요. 일단 3개월 단타로 계약 진행하려고 세부 사항 논의 중입니다."

"컨설팅 애들은 제치고 심 과장이 그냥 TFT(Task Force Team) 조직해서 정면 돌파 해."

"그게…… 회장님, 저희가 컨설팅을 끼고 가면 〈천세주류〉가 〈한산소곡주〉를 인수하는 걸 표면적으로 내세우지 않아도 된다는 장점이 있습니다. 초기 어프로치에서는 인수의 주체를 〈PK컴퍼니〉로 내

세우고 〈천세주류〉는 그냥 투자자 정도로만 설정하는 거죠. 최종 마무리 단계에서 〈PK컴퍼니〉가 획득한 지분을 〈천세주류〉가 넘겨받는 그림으로 하면 깔끔하지 않을까요?"

심태윤 과장은 긴장된다는 듯 눈을 빠르게 깜빡거렸다.

"다 늙어 빠진 노인네가 깡촌에서 하는 양조장 하나 인수하는 건데 뭐 이렇게 복잡하게 판을 짜? 심 과장 니가 내려가서 거기 대표를 만나 최대한 빨리 결론짓고 와. 노인네는 어차피 말이 안 통할 테니까 젊은 대표한테 직접 금액 제시를 해."

"그렇게 노골적으로 〈천세주류〉 브랜드를 이마에 붙이고 우격다짐으로 내려가면 그쪽에서 저항이 심할 텐데요."

"순진한 소리 하지 마. 눈앞에서 액수를 보여 주고 흔들어. 몇 년째 경영난이라 거기 어린 대표도 지칠 대로 지쳤을 거야."

심 회장은 벗어 놨던 돋보기를 다시 쓰며 신문을 집어 들었다.

"회장님, 우리 〈천세주류〉는요. 돌아가신 최장섭 대표에게 제대로 된 제안 한마디 못 해 보고 일언지하에 거절당했었어요."

"네 말대로 그 사람은 이미 죽었잖아. 암튼 지금은 그 사람 딸이 대표니까 딱 적당한 타이밍이지."

"그 새로운 대표 말입니다, 최명지 대표. 나이는 어리지만 보통이 아니라고 소문이 자자합니다."

심태윤 과장이 쉽사리 물러나지 않자 심 회장의 미간에 굵은 주름이 진하게 잡히기 시작했다.

"어떤 점에서 보통이 아닌데? 돈을 싫어해? 아니면 전통주를 지키겠다는 사명감이 남달라? 돈을 싫어하면 거절할 수 없는 액수를 던지면 되고. 사명감이 깊으면 이대로 경영하다가는 〈한산소곡주〉 브랜드 자체가 사라질지도 모른다는 냉정한 현실을 알려 주고 와. 뭐가 문제야?"

"회장님, 그게요. 돈으로 모든 게 해결된다면 좋겠죠, 물론. 그런데 신념이 확고한 사람은 돈을 아무리 갖다 흔들어 대도 마음을 열지 않습니다."

심태윤 과장의 진지한 눈빛을 바라보며 심 회장이 피식 웃었다.

"그건 니 생각이고, 아직 인생을 덜 산 니 생각. 최대한 빨리 서천으로 내려가라. 그리고 신규 사업 세팅해. 강남역 1호점을 시작으로 소곡주를 메인으로 한 고급스러운 전통주 프랜차이즈 사업에 전사적인 에너지를 모아야 해. 역사적인 로드 숍 사업의 첫 삽을 뜨는 거지, 우리 〈천세주류〉가."

심 회장은 테이블 위에 놓인 하얀 찻잔을 들어 입으로 가져갔다.

"알겠습니다. 하지만 〈한산소곡주〉에 대한 본사 차원의 접근은 최대한 거부감이 없도록 조심스럽게 할게요. 그건 제게 맡겨 주세요."

"최대한 거부감 없이, 라는 게 대체 뭐냐? 그냥 정공법으로 해. 평생 만져 보지도 못할 어마어마한 액수로 니네 브랜드를 사겠다, 이게 가장 깔끔해."

"아니요. 그렇게 노골적인 사업 제안은 거부감만 일으킬 뿐이에요. 제 방식대로 하겠습니다. 믿어 주세요."

심태윤 과장은 자신만만한 표정으로 자리에서 일어섰다.

"니가 아직 비즈니스를 몰라서 그래. 상대에게 최대한 상처를 남기지 않는 우회적인 제스처가 비즈니스에서 통할 것 같아? 암튼 니 맘대로 해 봐. 근데 결과는 확실하게 가져와야 한다. 명심해."

"알겠습니다. 시간을 더 주세요. 〈한산소곡주〉로 프랜차이즈 사업을 하는 것은 저도 절대적으로 찬성하지만, 그 브랜드를 대대로 지켜온 사람들에게 상처 주고 싶지는 않아요. 최대한 그들의 경영 철학을 존중하면서 사업적 논의를 하고 싶어요. 그게 큰아버지와 저의 다른 점이겠죠. 오늘 해 주신 충고는 가슴 깊이 새기겠습니다."

심태윤 과장은 뮌헨으로 가는 비행기 안에서 큰아버지와의 대화를 하나하나 떠올리고 있었다. 그는 거절할 수 없는 액수를 제시하는 저급한 방법으로 최명지의 마음을 흔들고 싶지 않았다. 호프집이 넘쳐나는 대한민국 프랜차이즈 주점 업계에 일대 변혁을 일으킬 신사업으로 전통주를 멋들어지게 콘셉트화한 새로운 형태의 매장을 오픈하는 게 그의 사업적 목표였다.

창호지를 바른 나무 문을 열고 들어가면 주막을 연상시키는 한지로 만든 둥그런 달 모양의 조명이 휘영청 떠 있는 아늑한 술집. 주방에서는 고소한 기름 냄새를 풍기며 녹두전이니 부추전이니 해물전이니 하는 맛있는 전들이 쉴 새 없이 구워지고, 하루의 피로를 풀기 위해 모여든 사람들은 외갓집에 놀러 온 기분으로 달달한 소곡주를 마시는 정겨운 풍경.

그는 그런 상상만으로도 행복해졌다. 최명지 대표만 오케이 한다면 이건 충분히 현실화될 수 있는 꿈이었다. 백제 시대부터 이어져 온 최고의 명품 술에 〈천세주류〉의 자본으로 멋진 옷을 입혀 직장인들이 쉽게 접할 수 있는 오피스가를 중심으로 로드 숍을 오픈한다면. 뛰어난 본질과 그 본질을 아름답게 시각화해 주는 감각적인 콘셉트가 만난다면. 이 사업은 무조건 성공할 수밖에 없다. 그런 확신이 그의 가슴을 세차게 뛰게 했다.

'세계적인 맥주 축제인 옥토버페스트에서 거부감 들지 않게 사업 얘기를 꺼내는 게 어쩌면 가장 자연스러울 수 있다. 최명지 대표가 자존심 상하지 않도록 최대한 조심스럽게 접근하자 심태윤.'

❖

"사부님, 저 자리네요. 그래도 2인 좌석이라 이코노미치고는 그렇게 나쁘진 않네요. 창 쪽으로 들어가세요."

김호는 주변을 두리번거리는 명지에게 창가 자리를 권했다.

"와, 비행기 처음 타 봐서 그런지 엄청 떨리네요."

"비행기를 처음 타 본다구요? 제주도도 안 가 봤어요?"

"제주도요? 우리 양조장에서 내가 몇 살 때부터 일했는데요? 통밀 불려서 누룩 만들고, 그거 건냉한 곳에서 발효시키고, 발효시킨 누룩 콩알 크기로 빻은 뒤 떡이랑 섞어서 밑술 만들고. 그거 다시 발효실 넣고, 찹쌀밥 지어서 덧술 만들고. 계속할까요?"

명지는 벙찐 얼굴로 바라보는 김호를 향해 빙긋 웃었다.

"아니요. 우리 사부님은 진짜 열심히 일만 했네요. 비행기 타 볼 여유도 없이."

"그러게요. 이렇게 오래 양조장을 비워 본 적도 처음이에요. 기분이 너무 이상해요."

"사부님 첫 해외여행이 독일이라니 참 운도 좋아요. 안 그래요?"

김호는 명지의 얼굴에 순간적으로 깃든 쓸쓸한 표정을 놓치지 않았다.

"그러게요. 진짜로 운이 좋네요."

"이제 비행기가 전속력을 다해 활주로를 지나갈 거예요. 그리고 제트 엔진이 켜지죠. 그 엔진의 힘으로 이 거대한 비행기가 떠올라요.

제트 엔진이 켜지는 그 순간만 견디면 괜찮으니까 너무 무서워하지 말아요."

김호의 입에서 선생님 같은 설명이 튀어나오자 명지는 피식 웃었다.

"네, 뭐. 놀이기구 탄다고 생각할게요. 친절한 설명 고마워요."

"자, 이제 곧 떠오를 거예요. 괜찮아요?"

"엄청난 속도네요, 생각했던 것보다. 세상에 진짜 하늘로 올라가네요. 와…… 순식간에 올라왔어요!"

작게 보이는 땅을 바라보며 명지가 아이처럼 기뻐했다.

"어때요. 첫 비행 소감이?"

"좋네요. 모든 게 발밑으로 보이니 기분 괜찮네요."

"사부님은 지배 욕구가 있나 봐요. 무의식 속에."

"글쎄요. 그럴지두요."

명지는 파란 하늘에 시선을 고정한 채 건성으로 대답했다.

"일 안 할 때는 뭐 하면서 보내요?"

"그냥 비슷하죠, 다른 사람들이랑. 영화 보고, 음악 듣고, 드라마 보고."

"어떤 영화 좋아하는데요?"

"시원하게 까부수는 영화요."

"하하…… 뭐요? 까부수는 영화요? 보통 이런 질문을 하면 다른 여자들은 이렇게 대답 안 하는데."

명지의 입에서 예상 밖의 대답이 나오자 김호가 싱긋 웃었다.

"그러면 어떻게 대답하는데요? '저는 압바스 키아로스타미의 〈내 친구의 집은 어디인가〉같이 현실을 매우 단순화시켜서 그 이면의 부조리함을 보게 하는 사회적 고찰이 담긴 그런 영화를 좋아해요' 라고 하나요?"

"오…… 취향 괜찮은데요?"

"그런 영화도 좋죠, 좋아해요. 그런데 그런 영화가 좋다고 하면 뭔가 되게 깊은 주제의 얘기를 해야 하잖아요."

명지는 창밖으로 보이는 하얀 구름을 넋 놓고 바라봤다.

"나랑 깊은 주제로 대화하는 게 부담스러워요?"

"이번 프로젝트와 관련 없는 얘기를 길게 해 봤자 뭐 하겠어요. 그냥 이번 출장 동안 어떻게 시간을 효율적으로 보낼 건지 플랜이나 잘 짜요 우리."

한동안 창밖을 보던 명지의 시선이 김호의 옆얼굴에 꽂혔다. 드디어.

"왠지 섭섭한데요, 그런 말은. 개인적인 얘기를 하면서 좀 친해지면 이번 프로젝트에 더 좋은 시너지가 날 수도 있잖아요?"

"그렇게 생각해요? 진짜로?"

"서로에 대해 잘 알면 알수록 더욱더 도움이 되죠. 사부님은 왜 그렇게 항상 주변에 대해 경계를 해요?"

김호가 갑자기 한발 쑥 들어오자 명지의 얼굴에 곤란한 기색이 서렸다.

"익숙하지 않아서 그래요. 나를 오픈한다는 게. 사람마다 다르잖아요. 누군가와 쉽게 친해지는 사람이 있는 반면, 나처럼 좀 오래 걸리는 사람도 있는 거죠."

"어렵게 생각하지 말고 그냥 좀 친해집시다, 우리. 앞으로 할 일이 태산인데."

"그래요 그럼. 친해져요 까짓것. 뭐, 어떻게 친해질까요, 김 담당님?"

명지가 바로 옆자리에서 정확하게 시선을 맞추며 두 눈을 빤히 바라보자 당황한 건 오히려 김호였다.

"여태까지 본 영화 중 가장 좋았던 영화와 그 이유는?"

그는 영화 이야기로 재빨리 화제를 돌렸다.

"가장 좋았던 영화는 〈시네마 천국〉이요."

"오…… 좋은 영화죠. 진짜로."

"토토는 어린 나이에 가장이 되어 영화관 영사 기사로 일하죠. 그게 그의 앞에 주어진 삶이니까. 청년이 된 토토에게도 운명 같은 사랑이 찾아오고 토토는 자신의 모든 것을 다해 엘레나를 사랑하죠. 둘의 사랑은 결국 이루어지지 못하고 토토는 고향인 시칠리아를 떠나 로마로 가서 유명한 영화감독이 돼요. 토토에게 영사 기사 일을 가르쳐 주던 알프레도는 절대 고향으로 오지 말라고 하죠. 알프레도가 사랑하는 토토를 보내던 그 기차역 장면을 잊을 수가 없어요."

다리를 쭉 뻗은 편안한 자세로 술술 풀어내는 명지의 영화 이야기에 김호는 순식간에 집중을 했다.

"그 부분에서 감정 이입이 됐나 보네요."

"익숙한 자리에서 떠난다는 건 대단한 결단을 필요로 하죠. 현실에 안주하게 하는 여러 가지 이유 때문에 많은 사람들이 생각만 하지 실행에는 못 옮기니까요. 나를 인정해 주고 지지해 주는 아늑한 기반을 버리고 간다는 건 고통을 동반하죠."

"사부님은 변화를 두려워하는 쪽인가요?"

김호는 내내 차가워 보이기만 했던 명지가 자신에게 마음을 여는 첫 지점을 지나고 있다고 느꼈다.

"사실 변화에 대한 두려움보다는 누군가를 설득하기 위해 에너지를 짜내야 한다고 생각하면 암담해진달까요. 우리도 언제까지나 옛

것만 고집하며 과거에 머무를 순 없어요. 그건 분명해요. 그런데 변화와 혁신 같은 주제로 고민하다 보면 어떤 종류의 불평등이 세대를 가르고 있다는 생각이 들어요. 다가올 미래에 대해 세상은 젊은 사람들 위주로 준비하게 해 주죠. 젊은 사람들이 즐겨 가는 인터넷 커뮤니티든, 사회적 관계망이든, 교육 기관이든, 어디를 가도 미래에 대한 청사진은 젊은 사람들을 타깃으로 노출되어 있고 그들에게 정확한 메시지를 던져요."

김호는 명지의 입에서 흘러나오는 단어를 하나도 놓치지 않으려고 그녀의 말에 숨을 죽였다.

"그래서 나이 든 세대는 그런 관계망에서 철저하게 소외되어 있어요. 미래에 대한 준비를 젊은 사람들 위주로 시키는 게 더 생산적이고 효율적이라는 사회적 판단이 관여하고 있단 거죠. 나이 든 세대를 설득할 책임이 오롯이 가정 내의 젊은 개개인에게만 전가되는 게 과연 맞나 싶을 때가 있어요. 어른들에게 익숙했던 습관들과 이제 그만 작별하라는 요구를 하고, 다가올 미래를 철저하게 준비해야 한다고 설득하는 게 과연 쉬울까요?"

명지는 자신의 말에 온 신경을 집중하고 있는 김호를 보며 살짝 미소를 지었다.

"우리의 밑바탕에 깔린 정서인 어른 말씀에 무조건 순종해야 한다는 전통적인 효 사상을 극복하며 나아가야 할 주제이기 때문에 이 작업은 엄청난 에너지를 필요로 해요. 그래서 사실은요, 변화 앞에서 그냥 침묵하게 된다고나 할까요. 그냥 조용히 사는 거죠. 매일매일을."

김호는 명지의 이야기를 차곡차곡 조립해서 최명지라는 사람을 추론하기 시작했다.

"꽤나 흥미로운 지적이네요. 그럼 사부님 마음 깊은 곳에는 가장을 잃은 가족, 주변의 기대, 소박한 직장, 첫사랑의 추억, 익숙한 일상, 이 모든 걸 버리고 다른 층위로 과감히 떠난 토토에 대한 동경이 있는 건 아닐까요. 토토는 책임감과 의무감 같은 굴레를 모두 벗어던진 채 정말로 자신의 원하는 것을 찾아서, 자신의 꿈을 향해 떠났잖아요. 사부님 마음속에 있는 진짜 꿈은 뭔가요?"

명지는 한동안 아무 말도 할 수 없었다. 그녀는 매우 오묘한 눈빛으로 김호를 바라봤다.

"질문이 좀 아프네요. 누군가가 나한테 이런 걸 물어본 적이 단 한 번도 없었거든요. 너는 어떤 꿈을 마음속에 품고 있냐고, 그 누구도 나한테 물어보지 않았으니까."

"유감이네요, 진심으로. 왜 어린 소녀에게 어른들은 섬세한 배려를 하지 못했을까요. 전통주를 계승해야 하는 집안의 장녀로 태어났으니 그냥 가업을 잇는 게 당연하지, 라며 길을 정하지 말고 사부님이 진짜 원하고 바라는 게 뭔지 물어봐 줬더라면 참 좋았을 텐데."

"왜죠. 눈물이 날 것 같네요. 미쳤나 봐요."

"명지 씨. 최명지 씨의 진짜 꿈은 뭔가요? 나한테 한번 말해 봐요."

어떤 종류의 진심은 너무나 강력한 힘을 발휘해 부차적인 감정들이 걷잡을 수 없게 딸려 오기 마련이다. 진심 어린 마음과 사람에 대한 가볍지 않은 관심이 덩어리져 그 자체로 발광하는 아름다운 순간들이 명지의 일상에 깊은 파장을 일으키며 지나간 적이 있었다. 진짜 꿈을 묻는 김호의 입에서 처음으로 자신의 이름이 불려진 그 순간 역시 그녀의 무의식 속에 선명한 잔상을 남기며 흘러갔다.

명지는 이미 새로운 의미를 획득한 특별한 순간들의 틈 사이에서 소년 같은 얼굴로 자신을 응시하고 있는 김호를 바라봤다. 그녀는 일상적 행위의 반복과 익숙함의 재연들로 정밀하게 구획된 그녀만의 세계에서 벗어나 조금 다른 세계로 진입하고 있는 느낌을 받았다.

"내 꿈이요? 글쎄요. 잘 모르겠어요. 너무 바보 같은 말인데 진짜 내 꿈이 뭔지 진지하게 나 자신한테 물어본 적이 없었네요. 김 담당님은 꿈이 뭔데요?"

"내 꿈이요? 내 꿈은…… 세계 곳곳을 다니며 사람들의 사는 모습을 기록하는 여행가요."

"와…… 멋진데요. 그런 꿈은 언제부터 생각한 거예요?"

"집안의 기대와 부모님께서 바라는 내 미래에 대한 그림이 내 인생에 적극적으로 개입하기 훨씬 전부터죠."

김호는 자신에게 질문을 던지기 시작한 명지를 보며 사춘기 소년 같은 설렘을 느꼈다.

"그러면 김 담당님은 부모님의 바람대로 살기로 하고 자신의 꿈을 접은 거네요?"

"꿈을 접었다고 누가 그래요? 진짜 간절히 바라는 꿈이라면, 쉽게 접지 않죠."

"그럼, 세계 곳곳을 누벼야 할 분이 왜 농림부 식품산업진흥과에 있는 거죠?"

편한 자세로 앉아 자신을 똑바로 바라보며 계속해서 질문을 던지는 명지의 초롱초롱한 눈빛에 자꾸만 의미를 부여하는 자신이 낯설어 김호는 시선을 피했다.

"마음속 꿈을 향해 곧장 가는 사람이 몇이나 되겠어요. 내가 지금 몸담고 있는 이 직장은 궁극의 목적지에 가기 전에 반드시 들러야만 하는 중간 기착지라고 생각해요. 제 주변 사람들을 보면요. 현재를 살아가는 자기 자신을 굉장히 박하게 평가하는 경향이 있어요. 국토도 좁은데, 부존자원까지 부족해서 오로지 인적 자원으로만 승부해야 하는 각박한 현실이 사람들의 의식 속에 뭔가에 쫓기는 듯한 초조함을 자꾸 집어넣어서 그럴까요. 어쩌면 우린 '너는 더 열심히 해서 더 그럴듯한 뭔가를 이뤄야만 해' 라는 사회적 압박에 길들여진 건지도 몰라요. 작은 성취에 만족하면 왠지 뒤처질 것 같은 일종의 불안감 같은 거죠. 그래서 스스로에 대한 평가가 겸손하다 못해 너무 야박하게 들어가요."

명지는 아나운서 뺨치는 정확한 딕션에 감탄하며 김호의 이야기에 빠져들었다.

"그리고 위를 보죠. 나보다 더 그럴듯한 위치에 있는 사람을 보며 채찍질하고 내 현실에 대해 울적해하죠. 어떤 것에 대한 가치 판단이 이렇게 삭막하게 이뤄지는 기본적인 배경 속에서 현재 내 꿈을 이뤘는가, 아니면 포기했는가 하는 이분법적인 판단이 어쩌면 자연스러운 사고의 흐름이긴 한데. 나는 내가 사는 오늘이 미래로 가는 징검다리라고 생각해요. 그게 아니기 때문에 이건 아니다라고 딱 잘라 말하고 싶지 않다는 거죠. 그걸 이루기 위해 이 과정도 반드시 필요하다. 그래서 내 마음속 꿈은 항상 유효하며, 그 꿈을 향해 나아가는 하루하루를 살고 있다고 난 생각해요."

김호는 누구에게도 말한 적 없는 꿈 이야기를 무척이나 진지하게 하고 있다는 사실에 내심 놀라며 명지의 눈을 바라봤다.

"김 담당님의 마음속 가치를 제가 성급하게 폄하할 뻔했네요. 꿈을 향해 가는 동안 누적된 시간들이 언젠가는 한데 모아져 어마어마한 에너지로 치환되겠군요. 김 담당님의 하루하루는 어찌 보면 꿈으로 가는 준비 과정 같은 거네요. 꿈과 일상이 개별로 떨어진 별개의 존재가 아니라 일상은 꿈을 향해 놓여지는 일종의 징검다리 같은 거 아닌가요? 하루를 살고 눈을 감았다가 다시 아침에 눈을 뜨면 꿈에 한 발자국 가까워질 수 있도록 돌다리가 하나씩 놓여지는 거."

랠리 하듯 이어지는 명지와의 핑퐁 대화에 김호는 깊은 만족감을 느꼈다.

"아…… 비슷해요. 꿈을 향해 가는 일종의 과정이라는 거. 그런데 사부님의 해석이 참 근사하네요. 특별할 거 없는 내 하루하루에 대단한 의미를 부여해 준 거 같아서요. 내 의식이 한 번도 도달해 본 적이 없는 어떤 이면을 사부님의 시선으로 들여다본 느낌이네요."

"전 김 담당님이 참 부럽네요. 자신의 꿈에 대해 확신을 갖고 있어서. 뚜렷한 그림으로 그릴 수 있어서."

명지는 자신만 바라보고 있는 서천의 양조장 식구들을 머릿속으로 떠올렸다.

"이미 사부님 안에 답이 있을 거예요. 꿈은 미래에 대한 일종의 기대잖아요. 간절한 바람이기도 하고. 사부님도 미래를 생각할 때 어떤 기대가 있지 않나요?"

"기대요. 기대가 있죠 물론. 근데 나는 어떤 뚜렷한 무언가가 있는 게 아니라서요. 그냥 막연하게 생각해요. 아직 좋은 것은 내게 오지 않았다. 진짜로 간절하게 기다리고 소망하는 그 어떤 것이 어디에선가 느린 발걸음으로 내게 오고 있는 중이다. 신이 나를 위해 준비한 진짜 좋은 것이 오늘 오지 않았을 뿐 내게로 오고 있는 중이니 미리 낙담하지도 절망하지도 말자. 남들은 이미 축제인데 내 앞에 주어진 밤이 이리도 깊은 건 신이 나를 포기하거나 잊은 게 아니라 오히려 전야제의 기간을 특별히 더 길게 준 것이다. 오래 기다린 만큼 감정적인 클라이맥스를 극적으로 느끼도록."

김호는 사람을 둘러싸고 있는 배경이나 학벌 따위는 복잡다단한 누군가를 설명해 주는 하나의 특징일 뿐이라는 신념이 역시나 맞았다는 것을 다시 한번 확실하게 느꼈다. 명지가 조용조용하게 읊조리듯 말하는 삶의 철학이 그녀라는 사람을 함축적으로 상징하는 어떤 이미지가 되어서 그에게 다가왔다.

김호는 그동안 살아오면서 사람의 이미지를 결정짓는 많은 것들을 보아 왔다. 외모, 옷차림, 말투, 걷는 모양 등등. 하지만 내면의 깊고 견고한 성찰이 본인만의 언어로 드러났을 때 그것이야말로, 타인의 심장에 잊을 수 없는 하나의 영롱한 이미지가 되어 와 박힌다는 걸 그는 선명히 깨닫고 있었다.

"사부님, 되게 멋진 사람이네요. 얘기할수록 시간 가는 줄 모르고 빠져들게 되는 사람이 있는데 사부님이 그런 과네요. 이제 좀 자요. 이스탄불 도착하면 깨워 줄 테니까."

"이스탄불을 경유해서 간다니까 이 출장이 되게 있어 보이는 거 알아요? 이스탄불 경유해서 뮌헨으로! 무슨 영화 대사 같아요."

"우리 장관님이 돈 아낀다고 이 엄청나게 긴 비행시간을 고려하지 않고 최저가로 예매해서 이렇게 된 건데 여기에 낭만을 얹으시네요. 하하……."

"어차피 해외도 처음인데 터키도 가고 독일도 가면 좋죠, 뭐. 첫 출장에 2개국 다녀온 셈이니까요."

"사부님, 이제 곧 이스탄불에 도착해요. 일어나요."

"아, 이스탄불! 동로마의 수도였잖아요. 콘스탄티노플. 경유니까 이스탄불을 짧게라도 둘러보는 건가요?"

"이스탄불에서 7시간 경유라 짧게 둘러볼 수 있어요."

"김 담당님은 터키가 처음이 아닌 거 같네요. 맞죠?"

"맞아요. 예전에 배낭여행 때 와 봤어요."

"오, 잘됐네요. 터키의 심장 이스탄불 가이드 잘 부탁드려요. 터키는 참 와 보고 싶었던 곳이었는데. 동로마 제국, 비잔틴 문화, 케밥! 또 뭐가 있더라?"

"가이드까지 할 정도는 아닌데 큰일이네요. 일단 한번 나가 보시죠. 아름다운 도시인 건 분명하니까요."

"공항에서 간단한 입국 심사를 거치면 시내 관광을 할 수 있어요. 대기 시간은 7시간이지만 시내까지 택시로 이동해야 하고, 나중에 출국 심사 하는 데 걸리는 시간까지 고려하면 한 4시간 정도 둘러볼 수 있겠네요. 성 소피아 대성당과 블루 모스크가 나란히 있으니 거기 먼저 가요."

아타튀르크 공항에서 간단하게 입국 수속을 마치고 밖으로 나오니 현지 시각으로 새벽 6시가 조금 넘은 시간이었다. 이스탄불은 강렬한 향기와 함께 다가왔다. 샤프란, 강황, 흑후추를 한데 섞은 향신료 냄새 사이사이로 볶은 커피 향이 흘러들어 왔다. 짙푸른 새벽 기운을 밀어내며 이제 막 아침을 시작한 이스탄불의 이국적인 색채와 향이 그들에게 밀려들어 오고 있었다.

"날씨는 우리나라로 치면 딱 초가을 날씨 같죠? 낮에는 꽤 덥기도 해요. 도로가 막히기 시작하면 그야말로 교통 지옥이 시작되니 블루 모스크까지 택시로 빨리 이동해요."

베이지색 면바지에 청남방을 걸친 김호는 작은 배낭을 메고 앞장섰다. 도착지로 이미 짐을 부친 뒤라 두 사람은 가볍게 이동할 수 있었다.

명지는 자꾸만 주위를 두리번거렸다.

"사부님, 뭐가 그렇게 신기해요?"

"너무 이상해요. 내가 외국에 왔다는 게. 마음속으로 막연하게 외국에 대한 동경 같은 게 있었는데 막상 와 보니 하늘도 공기도 다 비슷하구나 싶다가도 자세히 보면 색채가 달라요. 내 주변을 통과하는 빛이 다른 색채를 띠고 있네요. 뭔가 설명이 안 되는 굉장히 이국적이고 낯선 빛깔이라고나 할까요."

"맞아요. 그래서 여행이 좋은 거예요. 현실을 잊게 해 주니까요. 이제 진짜 낯선 풍경 속으로 가 봐요. 아야 소피아와 블루모스크로."

아타튀르크 공항에서 택시로 약 50분 정도를 달려 성 소피아 대성당으로도 불리는 아야 소피아 근처에 내리자마자 길거리 음식의 냄새가 훅 끼쳐 왔다. 수많은 관광객들과 출근 시간 직장인들이 한데 어우러져 길거리 음식으로 아침을 간단히 해결하고 있었다.

김호는 제법 익숙하다는 듯 작은 골목으로 명지를 이끌었다. 거미줄처럼 촘촘하게 얽혀 있는 골목길 사이사이로 쫀득쫀득한 터키식 아이스크림인 돈두르마, 참깨베이글처럼 생긴 터키 빵 시미트, 잘게 다진 파프리카와 닭고기를 넣고 볶은 필라프를 파는 길거리 음식점들이 맛있는 냄새를 풍기며 끝도 없이 쏟아져 나왔다.

"와! 터키는 먹을거리 천국이네요. 김 담당님, 우리도 뭐 좀 먹어요."

"다양한 향신료와 풍부한 식재료를 활용한 감칠맛 나는 터키 요리가 세계 3대 요리 안에 들어간대잖아요. 더 안쪽으로 들어가면 진짜 맛있는 고등어케밥을 파는 곳이 나와요. 아침은 거기서 먹어요."

"고등어케밥이요? 그게 뭔데요?"

"고기나 생선에 흑후추나 샤프란 양념을 듬뿍 쳐서 구운 음식을 케밥이라고 해요. 케밥은 터키의 대표 요린데 보통은 촉촉하게 구운 고기를 빵에 싸서 먹어요. 근데 터키 해안가 쪽으로 갈수록 구운 고등어나 생선을 빵에 싸서 먹는 생선 케밥이 굉장히 유명해요. 예전에 터키로 배낭여행 왔을 때 아야 소피아 근처 노점상에서 파는 고등어 케밥을 먹고 너무 맛있어서 감동받았거든요. 거기 한번 가 봐요. 아직도 있을 거예요."

고등어케밥 파는 곳을 찾아가는 길에 요정 지니가 나올 것만 같은 황금색 램프와 파랗고 빨간 보석이 촘촘하게 박힌 단도를 파는 화려한 소품 가게들이 명지의 시선을 사로잡았다.

"저거 봐요. 책 속에서만 보던 아라비아풍 소품들이 엄청나게 많네요. 황금 램프, 호리병, 단도, 아라비아 상인들이 신을 것 같은 앞코가 뾰족한 신발도 있어요."

"아기자기한 거 좋아해요? 기념품으로 좀 사 갈래요?"

"아니요. 일단 먹어야죠. 기념품은 맨 나중에."

"외국 나온 김에 사투리 좀 써 봐요. 우리나라 방언의 아름다움을 알려야죠."

"김 담당님이 잘 모르시나 본데 사실 충청도에 사는 젊은 사람들은 사투리 잘 안 써요. 충청도 사람들은 특유의 억양이나 말의 높낮이에 그다지 구애를 받지 않아서 서울말 배우기가 진짜 쉽거든요. 했슈, 그랬어유 하는 사투리는 나이 드신 분들이나 드라마에서만 쓴다니까요."

"근데 사부님은 사투리 진짜 자연스럽게 구사하잖아요. 사투리가 더 편한 거 아니에요?"

"이이…… 암유. 왜 아니것슈. 나서부텀 여적지 듣구 자란 말인디 이짝 말이 음청 편하쥬."

"오…… 좋네요. 편하게 사투리 써요. 인간적이고 좋네 아주."

"그류. 근디 왜 자꾸 나헌티 사투리 쓰는 기 인간적이라구 허는규?

나가 쬠 비인간적이구 모지락시런 구석이 있었단 거유, 뭐유?"

"아이고오. 이분이 또 자신을 잘 모르시네. 어디 뭐 비집고 들어갈 틈이 보여야 말이죠. 틈새도 좀 보이고, 어디 하나 벽돌도 좀 빠져 보이고 그래야 내가 뭘 도와주는 롤이라도 가져갈 텐데. 너무 빈틈 하나 없이 딱 부러진달까. 하하……."

"틈을 보이라구요? 도대체 왜 여자들이 백치미를 탑재해야 하냐구요. 남자들이 자신의 매력으로 정정당당하게 어필을 해야지, 자기 스스로 무언가를 해결 못 하는 어리바리한 여자 옆에서 흑기사를 자처하며 여자의 호감을 사겠다는 일부 남자들의 발상 자체가 너무 웃긴 거라니까요."

"오오…… 이거 봐요. 뭔가 막 따질 때에는 꼭 서울말 다다다 쓰는 거 본인도 잘 알죠? 나를 일부 남자들에 편입시키지 말아요. 억울하니까. 나는 진짜로 서천 사투리가 듣기 좋다니까요. 그리고 무엇보다도 사부님이 그냥 내 옆에서 어떤 경계심도 긴장감도 갖지 말고 정말 편하게 얘기하고 행동했으면 좋겠어요. 있는 모습 그대로 보여 주면서요. 그래야 좀 친해지지 않을까요? 내가 뭐…… 사부님이 잘 보여야 할 그런 남자는 아니니까. 안 그래요?"

"그럼유. 그러잖어두 편허게 대할라구 허구 있슈. 담당님은 나헌티 진짜루 중헌 파트너니께. 사실 잘 보여야 허구 자시구 헐 게 워디 있간디유. 우리 양조장이 요새 돈벌이두 영 시원찮은디 돈베락을 턱허니 맞게 나라에서 살길을 열어 준다 허는디 지가 왜 마다하겄슈. 암턴 잘히 봐유. 우리 둘이 힘을 합치가."

김호는 천연덕스러운 사투리로 청산유수같이 말을 이어 가는 명지를 입을 딱 벌리고 쳐다봤다.

"변화무쌍하네요. 우리 사부님은. 왜 이렇게 무슨 얘기를 해도 재및을까요."

"말이 되는 소리를 해유 줌. 근디 고등어케밥인지 개밥인지는 도당체가 워디 있능규? 배고파 디지겄는디."

짙은 회색 스키니에 딱 붙는 검정색 골지 티셔츠를 입은 명지가 자연스럽게 풀어 헤친 머리를 쓸어 올리며 김호를 빤히 바라봤다. 서천 사투리로 거리낌 없이 하고 싶은 말을 하는 명지는 정말로 그의 옆에 있는 것이 편해 보였다.

"사부님, 바로 저깁니다. 저 앞에 보이시죠? 저 옆으로 긴 노점상."

고등어케밥 노점상의 세로로 길게 구멍이 뚫린 그릴 위에서 뼈를 발라낸 순살 고등어가 노릇노릇 구워지고 있었다. 머리에 검은색 빵모자 같은 걸 쓴 콧수염의 남자는 붓에 향신료를 묻혀 연신 고등어 위에 발라 가며 생선 굽기에 여념이 없어 보였다.

오른쪽에는 고등어를 굽는 그릴이 왼쪽 스텐 밧드에는 파프리카, 옥수수, 올리브, 루꼴라, 양상추와 같은 다양한 야채들이 반으로 잘린 레몬들과 함께 먹음직스럽게 담겨 있었다.

김호가 고등어케밥 두 개를 주문하자 남자는 라바쉬(난이나 토르티야 같이 얇고 플랫한 느낌의 터키 빵)를 밑에 깔고 그 위에 향신료를 넣어 구운 양파와 레몬즙을 듬뿍 뿌린 야채를 가득 올렸다. 그런 뒤 노릇노릇 구워진 고등어에 고춧가루와 향신료를 충분히 발라 준 후 그릴 위에서 고등어를 다시 몇 차례 뒤집었다.

양념이 완벽하게 밴 두툼한 고등어를 라바쉬에 올린 후 크레이프를 말듯 둘둘 말아 다시 그릴에 올리고 소스를 발라 또다시 구웠다. 생각보다 정성이 듬뿍 들어가는 음식이었다.

그릴 위에 직접 닿은 라바쉬의 겉면이 과자처럼 바삭하게 구워지자 남자는 고등어케밥을 유산지에 한 번 감싸고, 들고 먹기 편하도록 마지막으로 비닐을 한 번 더 감아 김호에게 건넸다.

김이 올라오는 따뜻한 고등어케밥을 명지에게 먼저 건네주며 김호가 자신 있게 웃었다.

"진짜 맛있어서 아마 깜짝 놀랄 거예요."

"인저 기냥 먹으면 되는규? 담당님 먼저 한입 비 봐유. 워치케 먹는지 따라 해 볼 틴께."

"좋아요. 내가 먼저 먹어 볼게요. 라바쉬라는 발효하지 않은 얇은 빵 속에서 야채와 생선이 함께 구워졌기 때문에 야채즙이 고등어 사이사이에 배어 있어요. 되도록 한입에 먹어 봐요 나처럼."

김호가 레몬즙을 뿌린 파프리카, 양파, 루꼴라, 올리브, 옥수수와 향신료와 후추를 발라 구운 고등어를 두툼하게 감싼 고등어케밥을 크게 한입 베어 물었다.

"맛이 워때유? 날생선맹키루 비려 보이는디."

"전혀요. 하나도 안 비려요. 얼른 먹어 봐요."

명지는 최대한 크게 입을 벌려서 겉은 바삭하고 속은 촉촉한 터키빵 라바쉬와 파프리카와 구운 고등어를 한 번에 베어 문 후 천천히 씹기 시작했다. 가장 먼저 입 안 가득 들어온 맛은 후추와 레몬과 여러 가지 향신료와 고춧가루를 발라 그릴에 불 맛이 나게 구운 고등어의 맛이었다.

가시를 모두 발라낸 고소한 고등어에 야채즙과, 적절한 짠맛과 신맛을 주는 향신료들이 배어들어 비린 맛은 모두 사라지고 특유의 감칠맛이 풍부하게 느껴졌다. 구운 생선과 야채와 빵이 절묘하게 어우러지며 눈이 번쩍 뜨일 정도로 좋은 맛이 나오자 명지는 놀란 표정을 지었다.

"얼라? 빵 쪼가리에 생선 찡궈 넣은 거에서 워치케 이런 맛이 난대유. 이 맛에 해외여행을 댕기나 보네유. 이스탄불 길거리 음식 완전 내 스타일인디. 자, 이제 워디로 가면 되는규? 소피아 성당? 블루 모스크?"

"사부님은 해외에 나오니까 완전 딴사람이 되네요. 아니, 진짜 자신의 모습이 나오는 거 같네요. 가시죠. 동로마 제국의 최대 걸작품인 소피아 성당으로."

9
여기 소피아 성당에서 이제 그만 아버지를 보내 드려요

어쩌면 여행은 누군가에게는 낯선 공간에서 먹는 이국적인 몇 끼 식사 정도의 추억만 남기고 끝나거나, 관광지에서 관광지를 이동하는 버스에서 꾸벅꾸벅 졸다 우르르 내려 기념사진 한 방 찍고 비슷비슷한 쇼핑센터에서 열심히 카드를 긁고 온 정도의 기억만 남길 수도 있다.

그러나 명지에게 이스탄불의 심장 같은 아야 소피아(소피아 성당)는 우울한 세계에 침잠해 있는 어떤 영혼이라도 단번에 밖으로 끌어올릴 수 있을 것 같은 엄청난 파장을 던지며 눈앞으로 다가왔다.

이슬람 문화의 상징인 뾰족한 네 개의 첨탑이 소피아 성당의 주변에 자리 잡고 있어 그림책에서 본 것 같은 신비로운 느낌을 주었고, 반구형의 거대한 청회색 돔이 이 위대한 건축물을 감싸고 있어 보자마자 탄성이 터져 나왔다.

인간이 지니고 있는 어떤 종류의 체념이든 반드시 찾아내 네 맘을

다 안다며 가만히 다독여 줄 것만 같은 높은 층위로부터 오는 관용이 하늘을 향해 솟아오른 첨탑을 타고 인간들 하나하나를 향해 내려오는 것만 같았다.

인간이 만든 최고의 건축물이라고 찬양받는 아야 소피아 앞에서 충격을 받은 듯 서 있는 명지에게 김호가 여행 책자를 펼치며 다가왔다.

"성당과 이슬람 사원의 모습을 두 가지 다 갖고 있는 소피아 성당은 동로마 제국 당시인 537년에는 성당으로 지어졌으나, 1453년에 오스만 제국이 이스탄불을 정복한 뒤로는 이슬람 사원으로 쓰였다고 해요. 1차 세계 대전에 패배한 오스만 제국이 해체되고 터키가 건국되면서 1935년부터는 종교 시설이 아닌 박물관으로 탈바꿈한 파란만장한 역사를 간직한 곳이죠."

"와…… 정말 외관만 봐도 입이 떡 벌어지네요. 이 성당을 537년의 건축 기술로 지었다는 게 상상이 안 가요. 이 거대한 돌들을 손쉽게 옮길 수 있는 크레인 같은 설비도 없었을 텐데요."

"그렇죠. 그래서 당대 최고의 건축가, 물리학자, 수학자들이 총동원되어 이 성당을 지었다고 해요. 상식적으로 생각해 봐도 예배를 드리는 중앙 홀의 면적이 매우 광대한 이 성당 건물이 하중을 견디는 기둥 하나 없이 고가 높은 반구형의 돔 천장으로 마무리된 것은 당대 건축 기술로서는 거의 불가능에 가까운 굉장히 획기적인 시도였을 거예요."

김호의 설명을 들으며 명지는 거대한 돔 지붕에 감탄 어린 시선을 보냈다.

"동로마 제국의 황제인 유스티니아누스는 자신의 권력을 이 건축물을 통해 과시하기 위해 당시로서는 새로운 형태의 건축물을 만들라고 지시했다고 해요. 비잔틴 건축물의 최고봉이라 일컬어지는 아야 소피아는 1520년 스페인의 세비야 성당이 완성되기 전까지 세계에서 가장 큰 성당이었다고 하니까, 얼른 안으로 들어가 봐요. 몇 해 전에 내가 느꼈던 감동을 사부님도 분명히 느낄 거예요."

소피아 성당 입구로 가까이 다가가자 유구한 세월의 흔적이 건물 곳곳에서 그대로 전해졌다. 풍파에 시달리고 사람들의 손자국 때문에 칠이 벗겨진 성전을 보며 명지는 이곳에 얼마나 수많은 사건과 사연이 깃들어 있을지 감히 짐작조차도 할 수 없을 것만 같은 아득한 기분을 느꼈다.

아야 소피아 안으로 들어서자 금박과 유색 안료로 촘촘하게 모자이크를 한 거대한 성화들 사이사이로 노오란 불빛의 대형 샹들리에가 아름답게 빛나고 있었다. 저 반구형의 천장 곳곳에까지 어떻게 황금색 모자이크를 새겨 넣었을까 싶을 정도로 인간의 기술은 정교했고, 거대한 규모의 대리석 성전은 황홀할 정도로 아름다워 명지는 마치 꿈을 꾸고 있는 것 같은 환상에 빠져들었다.

눈을 들어 사방 어느 곳을 바라봐도 감탄이 나오는 광경에 압도당한 명지는 이미 사라져 버린 과거의 영광이 어쩐지 서글프게 느껴졌다. 당대 최고의 위대한 건축물을 완성하기까지 얼마나 많은 사람들이 힘든 노동에 동원됐을까 싶은 애처로운 감정과 함께 그때의 사람들은 모두 존재하지 않지만 건물은 이렇게 덩그러니 유산으로 남아있다는 것에 명지는 알 수 없는 슬픔을 느꼈다.

"인간이 만든 너무나 아름다운 구조물이지만 설명하기 어려운 아픔을 지니고 있네요. 그런데 모자이크 그림들이 왜 저렇게 군데군데 벗겨져 있을까요?"

"아야 소피아는 이슬람 지역에 세워진 최초의 성당인데 십자군 전쟁 때 기독교인들에 의해 크게 훼손당했어요. 이 성당에 박힌 금박들과 보석들을 탈취하고, 아름다운 성화 위에 십자군 전쟁을 기념하기 위한 또 다른 그림들을 그렸다고 해요. 그 후 오스만투르크에 점령되면서는 이슬람 사원이 됐는데 세례 요한이나 성모 마리아 같은 성화를 가리기 위해 회반죽을 칠해 버렸죠."

명지는 회반죽이 떨어져 나간 곳을 유심히 바라봤다.

"오랜 세월이 흐른 뒤에 자연스럽게 회반죽이 떨어져 나가면서 어마어마하게 아름다운 동로마 제국 시대의 성화들이 드러났나 봐요. 그 후 이 성화들을 가치 있는 문화재로 보존해야 한다는 전 세계적인 여론이 형성되면서 현재는 터키 정부에서 여기 있는 성화들을 복원 중이라고 해요."

"여기에 얽힌 이야기들이 정말로 대단하네요. 이 성당 자체가 바로 살아 있는 역사예요."

"맞아요. 그래서 아야 소피아는 이스탄불에 오면 반드시 방문해야 하는 곳으로 통해요."

"그런데 이 성전의 벽과 바닥이 왜 이렇게 군데군데 파여 있죠?"

"숱한 세월 동안 수많은 사람들이 그리움을 담아 기도한 흔적이죠."

"그게 무슨 말이에요?"

"여기는 동로마 제국의 성당이었다가, 이슬람의 사원이었다가, 누가 헤게모니를 쥐었는가에 따라 정교회의 상징이 되기도 했다가, 이슬람교의 심장이 되기도 했던 사연이 많은 곳이잖아요. 그래도 성전이라는 본질은 변하지 않았어요. 신이 머무는 곳이라는 거죠. 종교를 떠나서 여기에 오는 사람들은 모두 기도를 한다고 하네요. 여기에서 가장 많이 드리는 기도는 천국으로 간 사랑하는 사람들의 안녕을 위한 기도래요."

천국으로 간 사람들을 위한 기도라는 말에 명지의 가슴이 조여 왔다.

"기독교, 이슬람교, 불교, 천주교 할 거 없이 전 세계 곳곳에서 온 사람들이 이 성전의 벽을 잡고 기도를 한다는 거죠. 이 땅에 없기 때문에 다시는 볼 수 없는 사람들을 그리워하며 벽과 바닥의 돌들이 다 파이도록."

"그리움이란 뭘까요?"

"몸부림이죠. 다시 볼 수 없는 사람에 대한 간절한 몸부림. 남겨진 사람들에게는 추억이 너무나도 생생한데 다시 볼 수도 없고, 음성도 들을 수 없으니까 그 애통한 마음을 어찌 다 표현할 수 있겠어요. 그래서 이 성전에 찾아와서 그리움을 담아 기도했을 거예요. 남아 있는 사람들이 할 수 있는 유일한 마음의 표현이니까."

"기도하고 싶어요. 우리 아빠를 위해. 난 종교가 없는 사람인데 여기에서 기도해도 될까요?"

"그럼요. 당연히 해도 되죠. 여기는 모든 사람들을 품어 주는 성스러운 곳이니까요. 더 안으로 들어가 볼까요."

"아니요. 나는 차마 저 안까지는 못 들어갈 거 같아요. 그냥 한쪽 구석에서 이 벽을 만지면서 기도하고 싶어요. 난 이스탄불을 위해서도 이 성전을 위해서도 기여한 바가 없는데 어떻게 안에 들어가서 기도하겠어요. 여기가 정말로 사람들을 품어 주는 성스러운 기운이 담겨 있는 곳이라면 난 내 손바닥 크기만큼의 벽만 붙들어도 상관없어요."

"내가 좀 떨어져 있을 테니 편하게 기도해요."

명지가 남서쪽의 성모 마리아와 아기 예수의 그림이 있는 곳을 바라보며 벽에 가볍게 손을 대고 눈을 감았다. 김호는 방해되지 않도록 일부러 조금 떨어져 그녀를 바라볼 수 있는 대각선 방향의 커다란 돌 기둥에 잠시 몸을 기댔다.

아야 소피아의 거대한 돔 천장에 매달려 낮게 내려온 수십 개의 대형 샹들리에. 금빛으로 빛나는 위대한 성화들과 격자 모양으로 깎아 만든 돌 창문을 뚫고 들어온 이스탄불의 아침 햇살. 그 밑으로 벽에 손을 대고 기도하는 명지가 있었다.

내면의 슬픔과 체념을 어떤 식으로든 필사적으로 끌어안으려는 그녀의 간절함이 인류 최고의 건축물이라는 이 아름다운 성전 안에서 기도를 통해 피어오르고 있었다. 얼마의 시간이 흘렀을까. 명지의 눈에서 흘러내린 눈물이 성전의 바닥에 방울방울 떨어지기 시작했다. 그리고 그 모습은 금박을 입힌 장엄한 성화들마저 압도하며 위협적일 정도의 감정 기복과 함께 김호의 머릿속으로 들어왔다.

그녀가 눈물을 흘리며 기도하는 모습은 그 자체로 살아서 감흥하게 하는 몽환적이고도 슬픈 그림처럼 그에게 충격을 주며 다가왔다. 명지의 눈물 속에 밀도 있게 담겨진 슬픔과 결핍이 그의 심장을 때리는 매가 되어 그에게도 고스란히 전해졌다.

그의 내면에서 기묘한 감정들이 속절없이 유영하고 있을 때 그녀의 기도가 마무리되었다. 명지는 눈물을 닦으며 얼굴을 정돈한 후 김호를 향해 천천히 걸어왔다. 그를 강렬하게 뒤흔들었던 감정의 피로감이 채 가시지 않아 김호는 감정의 동요를 숨긴 채 건조하게 말을 건넸다.

"아버지를 위해 어떤 기도를 했는지 물어봐도 돼요?"

"그냥 아무 걱정 마시라구요. 우리 걱정은 더 이상 하지 마시라고. 그리고."

명지는 감정이 밀려오는 듯 잠시 숨을 골랐다.

“너무 일만 하셨으니까. 이 땅에서는. 편히 쉬어 본 적이 없으셨으니까, 우리 아빠는. 이제는 정말로 편히 쉬시라고 기도했어요. 아빠가 너무너무 보고 싶지만 천국에서 편히 안식하실 거라 생각하면 마음이 참 좋아요.”

“아버님께서 사부님을 정말 예뻐하셨을 것 같아요. 이렇게 예쁘고 속 깊은 딸을 두고 어떻게 눈을 감으셨을까요. 사랑하는 딸이 가녀린 두 어깨로 양조장을 짊어져야 할 것을 아셨을 텐데 진짜 마음 아프셨을 거예요. 그런데 너무 현명하고 씩씩하게 가업을 잘 이어 가고 있으니까. 하늘에서 딸을 지켜보시며 무척 흐뭇해하실 거 같아요. 명지 씨, 쉽지 않은 시간을 혼자 보냈을 텐데 그동안 참 애 많이 썼어요.”

진심을 담은 어떤 위로는 너무나 강렬해서 상대방이 으레껏 지켜온 체면과 이성과 의연함마저 순식간에 집어삼킨 채 어린아이 같은 밑바닥의 감정이 드러나도록 무장 해제 시켜 버린다. 김호의 위로가 명지를 항상 꼿꼿하게 만들었던 의연함과 경계심을 베어 버리며 치고 들어오자 날것 같은 감정이 맨몸을 드러내기 시작했다.

“아빠와 작별하고 우리 가족들 모두 너무 힘든 시간을 보냈어요. 그리고 난 아빠와 제대로 이별하지 못했죠. 내 마음속에서 아빠를 보내 드린 적이 한 번도 없었던 것 같아요. 슬픈데 슬퍼하지 못했죠. 항상 의연한 척했으니까요. 그런데 사실…… 아빠하고의 이별이 너무너무 아팠어요.”

명지의 두 눈에 가득 들어찬 슬픔을 보며 김호는 마음의 어느 한 지점이 훅 무너지는 느낌을 받았다.

“혼자 있을 때 이불을 쓰고 숨죽여 울었어요. 그리고 너무 버거웠어요. 아빠의 자리를 내가 대신하는 게. 진짜로 숨도 못 쉴 만큼 힘들었어요. 그러면서 깨달았죠. 우리 아빠도 정말 힘들었겠구나. 외로웠겠구나. 아…… 어떡하지. 미안해요. 이런 모습 보여서 진짜로 미안해요."

명지의 눈에서 다시 후드득 떨어진 눈물이 다른 층위로 긴박하게 이동시켰던 김호의 감정을 다시 불러냈다. 김호는 어딘가로 밀어 넣고 급하게 매듭지어 버린 강렬한 감정이 비정상적인 속도로 귀환하고 있는 것을 느꼈다.

그녀를 만난 이후로 여러 가지 사건과 감정이 병렬식으로 진행되어 그는 어떤 사건과 감정에 우선순위를 두어야 할지 고민스러웠던 적이 몇 번 있었지만, 이 순간만큼은 고민되지 않았다. 지금 이 순간, 자신이 명지를 끌어안아야만 하는 필연에 더 닿아 있음을 그는 확실히 알고 있었다.

김호는 명지에게 한 발 다가가 그녀를 아주 조심스럽게 자신의 가슴 쪽으로 끌어당겼다. 그는 두 팔로 명지를 감싸 안고 슬픔을 달래주듯이 나지막하게 속삭였다.

"울어요. 그냥 실컷 울어요. 가슴속에 어떤 슬픔도 담아 두지 말고 모두 토해 내요. 이스탄불에서. 여기 소피아 성당에서 이제 그만 아버지를 보내 드려요."

성스러운 기운이 넘치는 특별한 장소에서의 내려놓음은 구멍 뚫린 영혼의 틈새를 메운다. 김호의 품 안에서 실제의 물리적인 시간보다 더 천천히 명지의 시간이 흘러가고 있었다. 동로마 제국의 유스티니아누스 황제가 이 성전을 봉헌하기 위해 예배를 드렸던 자리로 표시된 대리석 바닥 옆에서 명지는 아버지와의 행복했던 추억이 파노라마처럼 지나가는 것을 느꼈다.

명지는 눈을 들어 성모 마리아 성화 밑에 정교하게 새겨진 스테인

드글라스 창을 바라보면서 아버지와의 아름다웠던 추억을 하나둘 떠올리며 가슴속으로 고마웠다는 인사말을 건넸다. 영롱한 색채를 띠며 반짝거리는 창으로 아버지가 자신을 만나기 위해 잠시 찾아온 것만 같은 말로 설명할 수 없는 묘한 기운 속에서 그녀는 펑펑 울며 잠시 머물렀다.

이 성당에 찾아와 마음의 상처를 치유받은 사람들처럼 매우 특별하고도 보편적인 체험의 시간이 끝나자 명지는 자신의 무의식과 끊임없이 내통하고 있던 깊은 곳의 상념들이 말끔히 소멸된 것 같은 기분을 느꼈다. 그녀는 김호의 품에서 벗어나 눈물로 얼룩진 얼굴로 그를 바라보았다.

"사무관님. 김호 사무관님. 정말 고마워요. 소피아 성당에서의 친절한 설명도. 내게 해 준 위로도. 잊지 못할 것 같아요. 그리고 이 아름다운 성당도. 내게 보내 준 호의도."

10
최 대표님 일상에 별일이 안 생기면 내 손에 장을 지질게요

"안녕하세요. 저는 농림부의 김호……."

"네에, 김호 사무관님이시죠? 듣던 대로 무척 젊으시네요. 농림부 대외협력 팀의 이태근 계장입니다. 코트라에 있는 한국 농식품 홍보관에 파견 나와 있죠. 뮌헨에 오신 걸 환영합니다."

40대 중반으로 보이는 농림부 계장이라는 사람이 김호의 말허리를 뚝 끊으며 권태로운 표정으로 입을 열었다. 그의 입에서 환영이라는 단어가 흘러나오긴 했지만 이마 주름의 깊은 골마다 실망이 잔뜩 들어가 있고 말투에서는 짜증이 섞여 나와 김호는 적잖이 당황스러웠다.

김호가 공직 사회에서 상급자가 취하는 일종의 관행처럼 이 계장을 향해 자신의 오른손을 내밀자 그는 마뜩잖은 표정으로 김호가 내민 손을 한동안 바라봤다. 그는 김호가 내민 손에 담긴 함의가 언짢았다. 어린놈이 지가 사무관이라고, 상사라는 스탠스는 취하겠다

이건가.

이 계장이 김호가 내민 손을 무성의하게 잡았다.

"먼 나라에서 고생이 많으십니다."

"고생은요, 뭘. 그런데 〈한산소곡주〉에서 오신 분도 무척 젊으시네요? 대표님이 직접 오셔야 사업이든 축제든 척척 진행이 되지 않겠어요. 결정권이 없는 젊은 분들은 오셔 봤자예요, 이런 데는. 외교부 애들도 움직여야 할 텐데 거참……."

자신의 출세에 전혀 영향력을 미치지 않을 게 분명해 보이는 젊은 두 사람의 치다꺼리를 하게 생겨 무척이나 성가실 것 같다는 투덜거림이 흘러나왔다. 아무 잘못도 없는 두 사람의 젊음에 시퍼런 죄수복을 입혀 버린, 이 계장의 툭툭 내던지는 화법이 예민한 김호의 심기를 건드렸다.

"처음 뵙겠습니다. 〈한산소곡주〉 대표 최명지라고 합니다."

"네에네에. 저도 처음입니다. 장관님께서 직접 안 오시고 이렇게 젊은 분들끼리만 출장 오신 건요. 근데 진짜 대표님 맞으세요? 양조장 대표님이 오신다고 해서 난 또. 암튼 청와대에서 직접 내려온 미션이라는데 팀장만 떡하니 파견하는 경우도 있네요."

20년 가까이 농림부에서 공직 생활을 하다가 좋은 연줄을 잡고 독일까지 파견 나온 능구렁이 6급 계장의 입에서 조직의 위계마저 거스르는 무례한 말들이 튀어나오기 시작했다. 좀처럼 감정을 드러내지 않는 김호의 왼쪽 눈썹에 실린 불쾌감을 발견한 명지의 표정도 어두워졌다.

김호는 단전까지 천천히 숨을 깊게 들이마시면서 분노를 태워 실어 보낼 에너지를 조용히 챙겼다. 그는 숨을 들이마시는 짧은 시간 동안 어떤 말로 이 상황을 정리할지 고민한 후, 이곳에 머무는 동안 서로 불편하지 않을 정도의 날카로움만 담되, 상대가 다시는 반격하지 못하도록 힘을 빼앗아 버리기로 결정했다.

"이태근 계장님. 제가 〈전통주 축제 활성화 프로젝트〉의 총괄인데요. 어떤 부분이 마음에 안 드시나요? 계장님 인사 고과에 힘을 실어 줄 장관님이 안 오셔서요? 아니면 제가 한국에 돌아가서 코트라에 파견 나가 있는 농림부 해외 조직이 비용 대비 과연 어느 정도의 효과를 창출하고 있는지에 대한 솔직한 보고서를 장관님께 올릴까 봐서요?"

김호의 입에서 농림부 해외 조직 평가에 관련한 말들이 튀어나오자 이태근 계장의 얼굴이 하얘지기 시작했다. 젊은 놈이라고 얕봤는데 여간내기가 아니네. 농림부 공무원들이 뮌헨에서 세금이나 낭비하고 있다는 보고서가 올라가면 그다음 상황은 불을 보듯 뻔했다. 이 계장의 머릿속에 독일에서의 생활을 무척이나 만족스러워하는 아내와 딸들의 얼굴이 떠올랐다.

"장관님께서 벌써 부임 2년 차이신데 독일 쪽은 아예 신경도 안 쓰시는 거 같아 섭섭한 마음에 그런 말이 불쑥 튀어나왔나 보네요. 제 실수예요, 실수. 일단 숙소로 가시죠."

명지는 두 사람 사이에서 날카로운 긴장감이 핑퐁처럼 교차하고 있는 것을 말없이 지켜봤다. 전시용 업적을 남기려는 데 급급해 본질에 대한 깊숙한 성찰은 도무지 하려 하지 않는 나이 든 공무원들에 대한 뿌리 깊은 냉소가 스멀스멀 올라오고 있었다.

김호 내부에서는 상충하는 두 개의 마음이 공존했다. 의미 있는 성과를 내기 위해서라도 농림부의 해외통인 이 무례한 사람을 잘 다독이며 상급자로서 리딩을 해야 한다는 이성적 판단과 장관이 동행하지 않은 출장이라고 해서 대충 일정이나 때우려는 표정으로 공항에 나온 농림부 계장에 대한 개인적인 분노가 맹렬하게 충돌하고 있었다.

공항 밖으로 나오자 30대 초반의 활기 넘치는 표정의 여자가 8인승 밴의 창문 밖으로 얼굴을 내밀며 김호 일행을 향해 손을 흔들었다.

"이 계장님, 주차장에서 방금 차 빼 왔어요. 공항 보안 요원 뜨기 전에 얼른 타세요. 얼른얼른. 농림부에서 오신 분들 맞죠. 반갑습니다."

"인사하시죠. 이쪽은 외교부의 이그린 사무관이에요. 통역과 가이드를 맡아 주실 겁니다."

이 계장이 김호와 명지를 재빨리 차 안으로 안내하며 외교부의 이그린을 소개했다.

"반갑습니다. 외교부의 이그린이라고 합니다. 어머나 세상에. 농림부에서 오신 거 진짜 맞으시죠? 농림부에 이렇게 미남 사무관님도 있었다니 놀랍네요. 하하…… 일단 짐부터 차에 싣고 얼른 타세요."

"안녕하세요. 저는 농림부 식품산업진흥과의 김호이고, 이분은 〈한산소곡주〉 최명지 대표님이에요."

"와우…… 농림부가 이제야 제대로 일을 하려나 보네요. 노땅들 하나도 없이 이렇게 실무진만 단출하게 온 건 처음이거든요. 농림부 하도식 장관님 소문대로 명쾌하시네요. 저도 외교부에 들어온 지 그리 오래된 건 아니지만 역시 공무원 조직은 말이죠, 윗대가리가 누구인지가 참 중요한 거 같아요. 하 장관님 엄청나게 존경스러운 분이시잖아요."

명지는 이그린의 말을 주의 깊게 들었다.

"태풍에 떨어진 어마어마한 양의 낙과들을 지역 단위 농협에서 일괄 수매하게 한 뒤 사과말랭이, 배말랭이로 제품화시켜 생각지도 못한 고소득을 농민들에게 안겨 준 그 대단한 기획력과 추진력. 우아…… 그렇게 농민들의 자립을 위해 한평생 헌신하신 분이 농림부 장관으로 가셨으니 이건 뭐, 신이 대한민국을 사랑하신다는 증거가 아니고 뭐겠어요. 안 그래요 사무관님?"

"네, 맞습니다. 이 사무관님이 제대로 알고 계시네요. 저희 장관님에 대해서요."

김호는 이그린의 말에 고개를 끄덕였다.

"사실 제가 빈농의 딸이거든요. 저희 부모님이 밀양에서 조그맣게 사과 농사를 지으시는데 일본에서 큰 태풍이 올라올 때마다 인근 과수원들이 작살나요. 제대로 영근 과일들을 미처 따기도 전에 가을 태풍을 맞고 추풍낙엽처럼 떨어져 버리면 비료값도 못 건지고 1년 농사를 그냥 싸그리 망치는 거예요."

이그린은 하 장관과의 에피소드를 경쾌한 목소리로 들려줬다.

"그런데 우리 하 장관님께서 농촌 지역 노동 운동가로 눈부신 활약을 하실 때, 경상도를 강타한 태풍에 맥없이 떨어진 그 낙과들을 들고 농협에 찾아가셨다는 거 아닙니까. 당신들이 이 낙과들을 사시오. 파격적인 가격에 드리리다. 그리고 이걸 말랭이로 만들어 제품화시키면 전국 편의점 유통은 내가 책임지겠소. 하하하……."

"우리 장관님께 그런 에피소드가 있었다니, 전 몰랐네요."

"하 장관님 존경스러운 분이에요. 진짜로. 국민을 사랑하는 대통령이 임명한 진짜배기 장관이죠. 저는요, 〈전통주 축제 활성화 프로젝트〉의 협업 기관으로 우리 외교부가 농림부를 전폭적으로 지원하게 돼서 너무 기뻐요. 우리 타워(외교부 장관을 지칭)에게도 청와대에서 전화가 갔거든요. 농림부의 프로젝트 확실하게 서포트하라구요."

이그린의 입에서 자신의 입장과 반하는 말들이 자꾸 튀어나오자 이 계장은 조금 당황스러운 표정을 지었다.

"흐흠. 근데 외교부에서도 신경 많이 써 주셨네요. 사무관급이 직접 출동하는 공항 의전은 또 처음이라."

"농림부의 에이스 사무관님이 오셨는데 우리 외교부에서도 당연히 사무관급이 맞이해야죠. 근데 따지고 보면 우리 모두 다 같은 공무원들 아닙니까. 사무관이 뭐 별건가요. 너무 촌스럽게 급 나누지 마세요 계장님. 여기 뮌헨에서 언어도 되고 지리 파악도 빠삭한 사람이 저 이그린이니까 이렇게 맞이하러 나온 겁니다. 하하……."

이 계장은 멋쩍은 듯이 손으로 목덜미를 문질렀다.

"저는 하도식 장관님이 청와대에서 오더 받은 이번 프로젝트를 전폭적으로 지지하는 입장이니까요. 김호 사무관님과 〈한산소곡주〉 대표님의 이번 출장이 진짜로 의미 있게 진행되도록 이 한 몸 불사를 테니까 걱정 마세요. 저를 그냥 종 부리듯 부려 먹으시면 됩니다."

"저는 그냥 김 담당이라고 불러 주세요. 저희 농림부는 사무관들의 호칭을 전부 담당으로 변경했거든요."

"호칭 한번 심플하고 좋네요. 역시 하 장관님은 합리적이시라니까요. 그럼 김 담당, 이 담당으로 서로를 부르면 되겠네요. 사실 사무관님 어쩌고 불리는 거 듣는 사람 입장에서도 오글거려요. 호칭이 쓸데없이 길기도 하고. 김 담당님, 우리 잘 지내봐요. 기관이든 인맥이든 외교부 쪽 인프라 뭐든 이용하실 수 있도록 제가 확실하게 도와드릴게요. 이 계장님도 교민 단체랑 한인 방송국 쪽 라인 끌어오실 거죠? 그쪽이랑 관계 탄탄하시잖아요."

"네. 아무렴요. 외교부에서도 이렇게 적극 나서시는데 저라고 가만 있을 수 있겠어요."

"오케이. 좋네요 우리 팀워크. 숙소에도 거의 다 와 갑니다. 옥토버페스트에 맞춰 전 세계에서 관광객들이 죄다 몰려오는 통에 뮌헨 시내는 지금 숙소를 구하려는 관광객들로 난리도 아니랍니다. 다행히 하 장관님께서 외교부에 불나게 SOS를 치신 덕에 마리엔플라츠(뮌헨 관광의 핵심이자 시 전체의 중심이라고 할 수 있는 마리엔 광장)에서 그나마 가까운 한국인 민박집을 우리가 잽싸게 잡아 놨어요."

창밖으로 보이는 풍경을 보며 이그린이 들뜬 목소리로 말을 이어 갔다.

"숙소가 아주 기똥차요. 페스티벌의 흥겨움을 느낄 수 있는 기가 막힌 뷰를 가지고 있는 곳이거든요. 지금은 뮌헨 어딜 가든 1박에 30만 원은 훌쩍 넘을 텐데 제가 잡아 놓은 숙소는 저렴하기도 하고 주인분들도 정말 좋으세요. 숙소에 짐을 푼 다음에 일단 식사부터 하시죠. 제가 드시는 동안 간단하게 옥토버페스트에 대해 브리핑해 드릴게요."

"이 담당님께서 진짜 오픈 마인드로 저희를 환영해 주셔서 기분이 참 좋네요. 이번 출장에 대한 걱정을 덜어도 될 거 같아요."

"협력해서 안 되는 일이 뭐가 있겠어요. 근데 두 분 다 미혼이시죠? 저는 3살짜리 딸아이가 있는 애 엄마예요. 사실 불량엄마죠. 하하……."

"진짜 결혼하셨어요? 아기 엄마로 전혀 안 보여요."

명지는 딸이 있다는 이그린의 말에 눈을 동그랗게 떴다.

"아이고오. 우리 최 대표님 참으로 사회생활 잘하시네요. 대표님은 뭐가 달라도 달라요. 우리의 전통주를 오로지 긍지와 자부심으로 지켜 오셨을 텐데 그동안 얼마나 힘드셨을까요. 존경합니다."

명지는 딱히 내세울 것 없는 그저 그런 자신의 일상이 갑자기 몇 단계 점프해 특별한 대접을 받는 세계에 진입한 느낌을 받았다. 가업을 잇기 위해 이익도 나지 않는 양조장을 지키는 일을 두고 누군가로부터 한 번도 존경한다는 말을 들어 본 적이 없었기 때문에 갑자기 울컥하는 감정이 밀려왔다. 명지의 눈가가 금세 빨개지는 것을 김호가 알아챘다.

"사실 저희는요. 묵묵히 이 땅에서 잊히는 역할을 수행 중이었는데 이런 분에 넘치는 환대와 관심을 받아도 되나 싶어요. 아무리 그럴듯한 포장지를 덧씌워도 우리 소곡주는 절대 화려해지지 않거든요. 쌀을 주식이 하는 식문화를 가진 일부 아시아 지역에서나 조금 소비할까, 사실 독일의 맥주처럼 세계적인 지지를 받는 술 브랜드로 소곡주를 키우겠다는 건 헛된 욕심이지 싶어요. 실현 가능한 현실적인 목표를 명확하게 그려 놓고 접근하는 게 중요하지 않을까요. 농림부 예산만 헛되이 쓰고 흐지부지될까 봐 저는 참 걱정이거든요."

이그린은 속이 꽉 찬 명지의 이야기를 들으며 입가에 미소를 지었다.

"집안의 가업이라고 해서 이 기회에 로또 맞은 것처럼 사업을 크게 키워 보자 하는 허황된 기대는 가지고 있지 않아요. 저도 사업을 하는 사람이다 보니 시장이 참으로 냉정하다는 걸 잘 알아요. 브랜드의 가치만큼 정확하게 평가를 받으니까요. 십의 가치를 지닌 제품을 이십이라고 포장할 생각은 없어요. 그런데 저희가 인프라와 자본이 부족해서 못 해 본 게 바로 스토리텔링이거든요. 이 프로젝트의 승부는 스토리텔링에서 난다고 봐요."

김호는 명지의 두 눈이 별처럼 반짝이는 걸 느꼈다.

"소곡주에 내재된 진정성과 브랜드 스토리를 어떻게 효과적으로 푸느냐가 관건일 거 같아요. 술에 담긴 스토리는 저희가 제공할게요. 이 스토리로 농림부와 외교부에서 그림을 그려 주세요. 사람들이 반응할 만한 진솔한 그림을 확대, 재생산해서 가장 적절한 플랫폼에 퍼트려 주시면 될 것 같아요."

"와…… 와…… 저 너무 놀라서 말이 안 나오는데요. 김 담당님, 혹시 아셨어요? 양조장 최 대표님의 소곡주에 대한 인사이트(통찰력)가 진짜로 예리한데요. 대표님이 너무 똑똑하셔서 저희가 뭐 할 일이 있을까 싶어요. 하하…… 거의 답이 나온 거 같네요. 분부만 내리세요. 뜻을 받들겠습니다. 이런 프로젝트는 진짜 사명감을 갖고 해야 하거든요. 전 사실 너무 영광이에요. 천오백 년 전통의 백제 술을 만방에 알리는 데 제 힘을 보탠다는 게요."

이그린은 벅찬 감정으로 김호를 바라봤다.

"이 담당님, 감사합니다. 비록 아무도 주목하지 않지만 묵묵하게 전통을 지키는 분들의 수고로움에 대해 정확하게 알아봐 주셔서요. 이 프로젝트 담당인 제가 다 뭉클하네요."

"저는요. 중동 지역 유전 사업에 국가적으로 뛰어든다든가 하는 뻘짓거리보다 우리만의 전통이 오롯이 담겨 있는 소중한 문화유산을 정부 차원에서 보호하고 육성하는 사업이 더 우리의 국격을 높이는 일이라고 생각하거든요. 청와대가 참 잘하고 있는 거죠. 천오백 년 동안 내려온 우리의 전통주로 세계적인 축제를 만든다는 게 너무 멋지지 않나요?"

전통주의 가치를 알아주는 이그린을 보며 명지가 활짝 웃었다.

"김 담당님, 정말 세계를 놀라게 할 대형사고 한번 쳐 보자구요. 그리고 우리 최 대표님 관상으로 보나, 능력으로 보나 뭐, 이건 성공할 수밖에 없는 프로젝트네요. 하하…… 근데 우리 최 대표님 인기 많으시겠어요. 좋아하는 사람은 당연히 있으시죠?"

덜그럭거리는 이음새 하나 없이 대화를 매끈하게 주도해 가는 이그린을 감탄하듯 바라보던 명지는 자신을 향해 갑작스럽게 질문이 날아들자 한동안 아무 말도 하지 못했다.

명지에 대한 개인적인 질문이 김호의 가슴속에 더 깊이 박혀 낚시꾼에 의해 느닷없이 물 밖으로 끌어 올려진 물고기의 아가미처럼 이그린의 질문이 그의 가슴속에서 벌름거렸다.

명지에게 좋아하는 사람이 있을 거라는 생각을 단 한 번도 하지 못했던 자신이 갑자기 한심해졌다. 그의 자랑거리였던 날카로운 분별력은 안개처럼 흩어져 가고, 맹목적으로 한 여자에 대해 집중하게 하는 수컷만의 직선적인 감정들이 그 빈자리를 메꾸기 시작했다.

"아…… 좋아하는 사람이요. 뭐…… 저 시골에서 술 빚는 사람이잖아요. 남자가 별로 없어요, 그 동네는. 별일이 없다면 그냥 이대로 술만 빚으며 살지 않을까 싶어요."

김호는 자기 스스로에게 냉정을 요구했지만, 그의 자유 의지로 조절되지 않는 격렬한 감정의 파고가 밀려오고 있었다. 그녀가 뱉은 말이 양가감정을 실어서 가슴에 꽂힐 거라곤 상상도 하지 못했다.

그녀의 입에서 나온 '별일이 없다면' 이란 말은 안심이 되기도 하고 섭섭하기도 한 양면성을 지닌 말이었다. 그녀의 말 한마디로 그의 사고는 즉각적으로 확장되었고 그런 확장성은 날카로운 고통을 동반했다.

나를 만난 건 별일이 아닌 건가. 나의 존재는 아무것도 아닌 건가. 정말로 그녀의 일상에 별일이 일어나지 않길 바라는 걸까. 예기치 않게 시작된 감정 소모가 그의 신경을 조여 왔다.

"내가 아줌마로서 예언 하나만 할까요? 이렇게 예쁘고 똑똑하고 매력적인데 대표님에게 왜 별일이 없겠어요. 별일 생길 거예요. 반드시 생깁니다. 최 대표님 일상에 별일이 안 생기면 내 손에 장을 지질게요."

11

그래야 그 제안을 제가 받을지,
그냥 내동댕이칠지 고민이라도 하지 않겠어요?

옥토버페스트가 펼쳐지는 테레지엔비제로 통하는 노이하우저 슈트라세에 들어서자 고풍스러운 건물 1층에 자리 잡고 있는 수제 맥주집들이 그림엽서를 세워 놓은 것처럼 관광객들을 기다리고 있었다. 바이에른 전통 의상인 짙은 색 반바지에 고운 색실로 수가 놓인 검은색 조끼를 입은 남자들이 시끌벅적한 분위기의 거리에 서서 1리터 잔에 담긴 맥주를 꿀떡꿀떡 마셨다.

"카우핑거 슈트라세 쪽으로 가면 제법 큰 규모로 운영되는 한국 음식점들이 있어요. 한국 식당 위층에는 식당 주인들이 운영하는 호텔이 있는데, 이게 말이 좋아 호텔이지 그냥 작은 화장실이 딸린 방 한 칸 정도의 객실이거든요. 이런 객실들이 한 열 개 정도 줄지어 있는 딱 출장자들을 위한 깔끔한 숙소예요."

이그린의 설명을 들으며 김호 일행은 도처에 널린 수제 맥주집에 시선을 보냈다.

"독일에서는 이런 민박집들이 인기가 많아요. 시설도 나쁘지 않고 교통도 편하다 보니 여기서 근무하는 주재원들도 본사에서 누군가가 출장을 오면 숙소로 많이 잡아 주곤 하죠. 여러 민박집 중에서 방 크기도 제법 크고 전망도 매우 좋은 곳이 여기 카우핑거 슈트라세 뒷골목에 있거든요."

이그린은 손목시계를 슬쩍 바라봤다.

"현지 시간으로 벌써 오후 5시네요. 먼저 식당에 들러서 뭘 좀 먹고 올라가시죠."

김호 일행이 식당 겸 호텔로 운영되는 숙소 앞에 도착하자 금속 오브제로 만든 간판이 가장 먼저 눈에 들어왔다. 유려한 필기체로 〈adagio〉라고 쓴 글자가 오후 햇살에 반짝거렸다.

"사장님. 저 왔어요. 귀한 손님 모시고 왔네요."

이그린이 문을 열고 들어가자 카운터에 있던 중년 남자가 밝게 웃으며 다가왔다.

"어서 와요. 한국식 옥토버페스트를 만든다는 그 중책을 맡은 분들이 드디어 오셨군요! 저는 여기 뮌헨에서 한식당을 하고 있는 스티브 김입니다. 외교부 이그린 씨가 마구 밀어붙였어요. 제일 좋은 방 무조건 내놓으라고. 지금이 최대 성수긴데 외교부에서 이렇게 공권력을 이용해서 힘없는 교민 압박해도 되는 겁니까? 하하……."

김 사장은 책임자가 누구인지 궁금하다는 듯 김호 일행을 둘러봤다.

"그니까요. 듣고 보니까 내가 참 잘못했네. 근데 김 사장님도 이제 애국 좀 하셔야죠. 김 사장님네 식당과 호텔이 이 노른자 땅에서 알짜배기 수입을 올리고 있다는 거 우리 교민 중에 모르는 사람이 없더라구요. 돈 벌 만큼 버셨잖아요. 안 그래요? 그리고 여기 농림부 장관님 캐릭터가 또 대박이거든. 우리 외교부랑은 또 달라요. 중차대한 임무를 지닌 특수 요원 파견하니까 외교부에서 적극 도와 달라는 전화 받고 내가 또 누구를 떠올렸겠어요."

이그린은 김호 쪽을 슬쩍 보며 김 사장에게 이 사람이 총괄이라는 사인을 보냈다.

"당연히 여기 뮌헨의 갑부이자 우리 교민들의 영원한 물주인 김 사장님의 얼굴이 딱 떠오른 거지. 그래서 내가 또 이리 빌붙은 거 아니겠어요. 하하…… 농림부에서 무조건 옥토버페스트 근처에 있는 곳으로 숙소를 잡으라는데 내가 뭔 수가 있겠어요. 암튼 협조 감사해요. 나중에 천국 가실 거예요, 우리 김 사장님은. 두 번 가실 거야, 아주."

"진짜 말이라도 못하면. 반갑습니다. 내 집처럼 편하게 계시다 가세요."

김 사장은 못 말리겠다는 듯 너털웃음을 터뜨렸다.

"정말로 감사합니다. 저는 농림부의 김호이고, 이분은 〈한산소곡주〉의 최명지 대표님이에요."

김호는 앞으로 한 발 나오며 김 사장에게 명지를 소개했다.

"아이고. 선남선녀가 오셨네요. 두 분이 분위기가 비슷해 보이는 게 느낌이 아주 좋네요."

"진짜 주책, 주책. 왜 이러세요. 옆에서 막 갖다 붙이면 될 일도 안 된다니까. 일하러 오셨대요 이분들은. 그니까 괜히 촌스럽게 엮지 말고 얼른 먹을 거나 좀 줘 보세요. 이스탄불 경유해서 스물한 시간 걸려서 오셨대요. 농림부 장관님이 젤 싼 티켓 끊어 줘서."

이그린이 김호와 명지의 눈치를 살피며 끼어들었다.

"그 장관님이 뭘 좀 아시는 양반이네요. 이스탄불이 또 없던 감정도 막 솟아나게 하는 오묘한 장소잖아요. 잘하셨네, 아주. 일단 앉으세요. 내가 독일 음식 풀코스로 내올 테니까."

"글지 마요. 제발 오버하지 마요. 그냥 빵이랑 소시지 정도만 줘요. 이분들 쉬셔야 돼."

주방 쪽으로 잽싸게 걸어가는 김 사장을 향해 이그린이 소리를 높였다.

"네네, 알겠습니다. 올해 옥토버페스트는 여러 의미로 열기가 아주 뜨겁네요. 한국의 어디 대기업 주류 회사 관계자들도 대규모로 팀을 꾸려 왔거든요. 거기는 아예 현장에 텐트를 하나 잡고 홍보 부스를 세팅했더라구요. 그런데 그쪽은 뒤늦게 합류한 출장자가 많아서 숙소를 구하는 데 난항을 겪고 있어요. 지금 뮌헨에서 이 근처 숙소를 뭔 수로 잡겠어요. 다행히 저희 쪽에 캔슬된 객실이 하나 나와서 겨우 방 하나 제공했어요."

김 사장의 말을 들은 김호가 잠시 생각에 잠긴 듯 테이블 위에 놓여 있던 냅킨을 반으로 접으며 그의 말에 반응했다.

"혹시 〈천세주류〉 사람들인가요?"

"네, 맞아요! 〈천세주류〉! 그러네. 〈천세주류〉라고 했던 것 같아요. 그 회사 한국에서도 꽤나 이름난 회사죠?"

"주류 쪽으로는 매출이 제법 되는 큰 회사죠."

"〈천세주류〉 팀은 루프트한자 직항 타고 오늘 새벽에 도착해서 바로 자기네 텐트 세팅한다고 강행군 중일 거예요. 이따가 현장에서 한번 보세요. 아, 마침 저기 들어오시네요. 현장에 사람들 많죠?"

김 사장이 식당 문을 열고 들어오는 젊은 남자를 향해 손을 번쩍 들어 올리며, 이쪽으로 합류하라는 눈빛을 보냈다. 지친 표정으로 들어오던 남자가 김호 일행 쪽을 슥 눈으로 훑다가 사람들 사이에 앉아 있는 명지를 발견하고 빠른 걸음으로 다가왔다.

"어, 최 대표님 이제 도착하신 거예요? 비행기를 대체 몇 시간 탔어요?"

심태윤 과장이 명지를 향해 반갑게 다가오자 김호가 다시 냅킨을 작게, 작게 접기 시작했다.

"아…… 독일에서 다시 뵙네요. 〈천세주류〉는 부스를 잡고 페스티벌에 참여하시는 거예요? 직접?"

"단독 부스는 아니지만 운이 좋았어요. 실례가 안 된다면 제가 합석해도 될까요? 김호 사무관님?"

심태윤이 말없이 냅킨을 만지작거리고 있는 김호에게 양해를 구하듯 말을 걸자 김호는 손안에 있는 냅킨에 자신의 불편한 감정을 최대한 밀어 넣은 후 희미하게 웃었다.

"네, 그러세요."

"그럼 실례를 좀 하겠습니다. 저는 〈천세주류〉 전략기획 팀의 심태윤 과장입니다. 저희 출장 팀은 옥토버페스트 현장에서 2km 떨어진 곳에 숙소를 잡았구요. 저만 간신히 김 사장님 호텔에 이렇게 방을 잡았네요."

"이렇게 만난 것도 참 인연입니다. 저는 외교부의 이그린이고, 제 옆에 계신 분은 농림부의 이태근 계장님이에요. 이 테이블에 모인 멤버들의 면면이 참 화려한데요? 〈한산소곡주〉, 〈천세주류〉, 농림부, 외교부. 역대급 드림 팀이네요, 드림 팀. 하하……."

"그런데 어떻게 현장에 〈천세주류〉 부스를 잡으신 거예요? 타국 기업은 참가 신청이 안 될 텐데."

김호가 뭔가 이상하다는 표정으로 심태윤에게 질문을 던졌다.

"맞아요. 원래는 안 되는 건데 저희가 편법을 좀 썼죠."

"편법이요? 나 또 그런 거 무지 좋아하는데. 어디 썰 좀 한번 풀어 보세요. 난 이상하게 편법, 음모, 술수 이런 게 난무하는 스토리가 끌리더라구요."

이그린이 심태윤 쪽으로 상반신을 끌어오며 관심을 보이자, 심태윤이 술술 이야기를 풀어놓기 시작했다.

"〈천세주류〉가 최근에 출시한 맥주 신제품 중에 여기 독일 맥주 회사와 기술 제휴를 맺은 맥주가 있거든요. 효모균을 숙성할 때 특허를 받은 특별한 균이 들어가는데 그 균을 독일에서 받아 와 집어넣습니다. 한국 맥주에 독일 프리미엄을 입히는 일종의 기술 제휴예요."

심태윤의 말에 명지의 눈썹이 미세하게 꿈틀하고 반응을 했다.

"독일 맥주 회사에 로열티를 지급하고, 그 대가로 독일 기술력으로 만든 맥주라고 화려하게 마케팅을 하죠. 아무튼 그 회사가 매년 옥토버페스트에 큰 규모로 참여하는데, 그 부스에서 독일과 한국이 함께 만든 신제품을 같이 홍보하는 것처럼 살짝 끼어들기를 해서 우리 홍보 부스를 조그맣게 세팅했습니다."

"오…… 아이디어 기똥찬데요? 독일 제휴사 텐트의 공간을 일부 받아서 한국 맥주 브랜드 슬쩍 끼워 넣기. 역시 한국 회사들 마케팅 능력은 탁월하다니까요. 어디서 이런 현란한 아이디어가 나오셨을까? 철저하게 참가 제한을 두는 독일의 엄격한 규칙은 스리슬쩍 비껴가면서 우리 맥주 브랜드 홍보는 제대로 하는 신박한 작전이네요. 하하…… 우리도 〈천세주류〉 전략을 좀 벤치마킹해야겠네요. 안 그래요 최명지 대표님?"

이그린이 명지를 향해 밝게 웃자 명지가 살짝 고개를 끄덕였다. 명지가 내부에서 공명하는 여러 가지 감정을 조금 울적해 보이는 한 가지 표정으로 담아내는 걸 김호가 알아챘다. 서천이라는 지역적 특수성이 담긴 공간에서 전통 방식으로 소곡주만 빚어 온 그녀에게 심태윤의 입에서 나온 주류 회사의 마케팅 스토리가 적지 않은 충격을 준 것이 분명해 보였다.

김호는 감정적인 늪에 빠지지 않도록 공적인 영역을 향해 자신의 집중력을 다시 이동시켰다. 최학영 명인의 양조장은 진정성과 숙련된 기술은 넘쳐 나나 사건이 소멸된 세상이었다. 사건이 소멸된 고요한 세상에 왁자지껄한 사건을 끌어오는 것. 그게 그가 할 일이었다.

"저기요. 김호 담당님? 최명지 대표님? 〈전통주 축제 활성화 프로젝트〉 메인 스폰서는 구했어요?"

이그린이 그들을 향해 질문을 던졌다.

"스폰서요? 스폰서는 농림부, 외교부, 문화재청이죠."

이태근 계장이 뭘 그런 당연할 걸 묻냐는 듯 눈살을 찌푸리며 입을 열었다.

"에이…… 왜 이래요. 아마추어처럼. 우리도 물주를 구해야죠, 물주. 축제를 성공시키기 위해 고려해야 할 포인트 중 제일 중요한 게 있어요. 바로 자본이죠. 사람들을 끌어올 거대한 자본. 이 프로젝트를 화끈하게 지원해 줄 대기업 하나 끼고 가야죠. 안 그래요?"

"맞아요. 이 프로젝트를 위해 스폰 기업을 매칭해야죠. 그런데 방금 구한 것 같네요. 어떠세요 심태윤 과장님? 우리의 메인 스폰서로 〈천세주류〉가 합류하시죠. 이번 프로젝트 우리와 함께하실래요?"

드디어 김호가 심태윤을 향해 승부수를 던졌다. 이게 훗날 묘수가 될지 악수가 될지는 누구도 알 수 없었지만, 이 프로젝트가 큰 폭의 전진을 하기 위해서는 〈천세주류〉의 도움을 받아야 한다는 확신이 그를 움직였다. 김호는 전통주 축제를 성공시키기 위해 목적어 자리로 심태윤을 조심스럽게 호출했다.

하지만 심태윤이 '우리가 너를 필요로 한다는 목적어 자리로의 소환'을 거부하고 소곡주에 대한 정보와 노하우를 거머쥔 후 주어 자리를 향해 스스로 위치를 이동시킨다면. 시간이 흐른 뒤 정보와 자본력을 결합해 이 프로젝트의 키를 그가 가져간다면.

김호의 머릿속으로 이런 리스크들이 지그재그로 교차하고 있었다.

자신의 눈빛에 담긴 모든 감정을 일순간에 지운 채 맞은편에 앉아 있는 김호의 단정한 얼굴을 심태윤이 빤히 쳐다봤다. 머지않아 〈한산소곡주〉를 인수할 〈천세주류〉가 소곡주 축제의 메인 스폰서가 된다면. 어떻게 따져 봐도 손해 볼 게 하나도 없는 제안이라 심태윤은 김호가 은밀하게 설계한 덫에 걸려드는 게 아닐까 빠르게 사고를 확장하고 있었다.

심태윤은 김호의 제안 속 함의를 유추하며 틈새를 열어젖혔다. 〈천세주류〉가 〈한산소곡주〉를 인수하려 한다는 계획은 최명지를 통해 이미 들었을 것이고. 두 회사가 같이 협업해 브랜드의 간극을 해소시키며 하나의 조화로운 이미지를 만든다면 〈천세주류〉로서는 두 손 들어 환영이고. 작은 전통주 브랜드를 대기업이 인수하려 한다는 사회적 지탄에 미담을 하나 풀어 네거티브 여론을 잠재울 수도 있을 것이고. 이 기회에 농림부, 문화재청에 연줄도 만들며 〈천세주류〉 신규 사업에 정부 기관의 협조도 얻어 낼 수 있고.

요모조모 따져도 〈천세주류〉 쪽이 유리했다. 김호의 제안에 담긴 진짜 저의를 포획하는 데 실패한 심태윤이 그를 향해 손을 내밀었다.

"받아들이겠습니다. 〈한산소곡주〉를 알리는 축제의 메인 스폰서로 우리 〈천세주류〉가 합류하겠습니다. 이 시간 이후부터."

김호가 그의 손을 잡으려는 순간, 명지가 나섰다.

"잠깐만요. 김호 담당님, 심태윤 과장님, 제가 〈한산소곡주〉 대표데요. 우리 브랜드 축제를 지원할 스폰 기업은 제가 정하는 게 맞지 않을까요? 일단 뮌헨에서의 일정은 저희와 함께하시죠. 그런데 그 전에 〈천세주류〉가 이 축제에서 어떤 역할을 맡을 것인지에 대해 저한테 직접 브리핑을 하셔야 할 거예요. 같이 갈지 말지는 그 후에 제가 판단할게요."

명지의 말이 끝나자마자 심태윤이 황당하다는 듯이 웃었다.

"근데 최 대표님. 스폰 기업이 결코 적지 않은 후원금을 내놓을 텐데요. 후원금을 제공하면 됐지 어떤 역할을 할 것인지에 대해 설명까지 해야 하나요? 이 바닥에서 일이 돌아가는 원리는 대표님이 생각하는 방식과 전혀 달라요."

심태윤은 명지의 눈을 똑바로 바라보며 싱긋 웃었다.

"저희는 축제에 후원금을 지원하는 역할을 하죠. 그리고 〈한산소곡주〉와 농림부가 우리 〈천세주류〉를 이번 축제에서 어떻게 노출해 줄 것인지, 얼마의 가치에 상응하는 베네핏을 줄 것인지 오히려 저한테 제안을 하셔야 하는 겁니다. 그게 자본주의 사회에서의 일반적인 거래니까요."

심태윤의 친절한 설명이 끝나자 바로 명지의 반격이 시작됐다.

"심태윤 과장님, 중요한 한 가지를 잊으셨나 본데요? 이게 일반적인 거래라면 그렇겠죠. 그런데 〈천세주류〉는 저한테 〈한산소곡주〉를 인수하고 싶다는 의지를 이미 보이셨잖아요. 그러니 대대로 내려온 우리 브랜드를 〈천세주류〉가 가져가도 정말 괜찮을지에 대해 이 기회를 통해 저한테 입증하셔야죠. 그래야 제가 그 제안을 받을지 그냥 내동댕이칠지 고민이라도 하지 않겠어요? 한번 능력을 보여 주세요."

한 번도 보인 적이 없는 강렬한 눈빛으로 명지가 심태윤을 제압하는 것을 김호는 숨죽이며 지켜봤다.

"〈한산소곡주〉를 세계적으로 키울 능력과 플랜이 진짜로 있다면 저도 인수 제안에 대한 가능성을 열어 둘 테니까요. 사실 저는 아쉬울 게 없어서 〈천세주류〉 쪽에서 그 어떤 액션을 취하지 않아도 상관은 없어요. 그런데 회사의 미래 성장 동력이라는 판단과 함께 결코 가볍지 않은 무게를 담아 그쪽에서도 제안을 주셨을 텐데 검토도 없이 그냥 내던져도 되나 싶어서 드리는 말씀이에요. 이 제안이 벌써 2대에 걸쳐서 저희 집에 들어왔잖아요. 돌아가신 저희 아버지한테 한 번, 이번에는 저한테 한 번. 저희 아버지야 기회조차 주지 않고 단박에 거절하셨지만 저는 좀 생각이 달라요. 어떻게 하실래요? 능력을 입증할 기회를 드려 볼 테니 기회를 한번 잡아 보시겠어요?"

상대의 약점을 향해 거침없이 파고들어 가는 명지만의 날카로운 사고의 궤적을 김호도 심태윤도 결코 따라가지 못했다. 누구에게 가장 유리한지 도저히 판별조차 불가능한 장소로 명지가 두 남자를 일순간에 데려가 버렸다.

이번 프로젝트의 총괄인 김호는 청와대로부터 내려온 이 미션을 반드시 성공해야만 한다. 〈천세주류〉의 프랜차이즈 사업을 끌어갈 심태윤은 무슨 일이 있어도 〈한산소곡주〉를 인수해야만 한다.

이 프로젝트가 실패하든, 인수 합병이 물거품이 되든 명지의 일상은 고요하게 흘러갈 것이다. 그녀는 이 자본주의의 싸움판에서 획득해 놓은 것이 없었기에 잃을 것도 없었다.

명지가 결코 도시적이지 않지만 매우 유연한 서천 방식으로 이 게임판의 칼자루를 순식간에 자신의 손으로 가져가는 걸 두 남자는 망연한 표정으로 바라봤다.

"아니, 이건 뭐 제가 너무나 좋아하는 음모, 술수가 난무하는 아침

드라마 저리 가라네요. 너무 매력 있는데요, 이 동네 스토리. 그런데 최 대표님 말이 틀린 게 하나도 없어 보여요. 〈천세주류〉가 스폰 기업으로 합류하려면 진짜 뭔가를 보여 주셔야겠네요. 뭐 나야 인수니 합병이니 하는 무거운 주제에는 관심이 없지만 한국의 전통이 살아 있는 명품 브랜드를 인수하겠다는 회사라면 이 브랜드를 어떻게 키울지에 대한 상세한 플랜과 비전을 보여 주는 게 당연히 맞겠죠."

이그린은 흥미진진한 표정으로 심태윤을 바라봤다.

"코트라의 빈 사무실 하나 잡아 놓을 테니, 심태윤 과장님이 최 대표님 앞에서 프레젠테이션 한번 거창하게 해 보세요. 저도 진짜 궁금해지네요. 잘나가는 대기업 전략기획 팀장급 피티는 얼마나 대단할지. 하하하……."

"콜입니다. 최명지 대표님, 제가 제대로 준비해서 며칠 후에 여기 뮌헨 코트라에서 피티 하겠습니다. 최 대표님만을 위한 피티요. 기대하세요."

농림부 대외협력 팀의 이태근 계장은 수년간 자신을 지배해 왔던 회색 빛깔을 띤 무기력이 점차 해소되는 것을 느꼈다. 젊은 사람들이 꺼내 놓는 어마어마한 에너지가 그의 무기력을 소거하며 빠른 속도로 다가오고 있었다.

김호는 심태윤의 자신만만한 말투 안에 불안감과 초조함이 한 조각이라도 숨겨져 있는지 예리하게 주시했다. 없었다. 그 어떤 초조함도 그에게서 읽어 낼 수가 없었다. 김호는 심태윤을 체스판으로 끌어들인 오늘 자신의 결정 때문에 혹시라도 스스로가 자가당착에 빠지게 되지 않을까 두려웠다.

'나는 오늘 이 제안을 후회하게 되려나. 내가 던진 말에 앞뒤가 맞지 않는 모순이 생긴다면…… 그래서 그걸 다시 주워 담을 수 없는

순간이 내게 찾아온다면…… 명지를 힘들게 할 미래가 나로 인해 찾아온다면…….'

그에게 다시 한번 병렬식으로 사건이 펼쳐졌다. 쉽지 않은 여러 개의 주제가 한꺼번에 그에게 던져졌다. 이제부터는 냉철한 판단과 집중력 싸움인데 다른 감정이 치고 들어오면 객관적인 판단을 할 수 없게 되리란 게 그를 우울하게 했다.

그는 냉철함을 지속시키는 그만의 질서 속으로 애틋한 감정들을 실어 보내며 창밖을 바라봤다. 뮌헨 거리에 밤이 찾아오고 있었다.

"가시죠. 옥토버페스트 현장으로."

명지가 가장 먼저 자리에서 일어났다. 김호가 걱정스러운 표정으로 그녀를 바라봤다.

"숙소에서 안 쉬어도 되겠어요? 비행을 오래 해서 힘들 텐데."

"가요, 현장 먼저. 우리 인생에 찾아온 단 한 번의 일주일인데."

12

천세주류의 성장 전략은 포장을 잘하는 거였나 보네요

자신의 예측대로 제법 평탄하게 풀려 온 인생이 선물한 자만심이 꺾이며 심태윤의 발밑으로 떨어졌다. 투자라는 이름으로 물질을 제공했을 때 그 가치에 상응하는 어떤 사업적 이득으로 돌려받는 등가 교환의 법칙이 지배하는 세상에서 그는 단 한 번도 예외를 발견한 적이 없었다.

그는 다시 한번 천천히 최명지의 말들을 복기했다. 어느 지점에서 틀어져 버렸을까. 균열을 일으켜 질서가 무너지게 만든 첫 지점을 찾기 위해 심태윤은 명지가 뱉은 단어들과 문맥들 사이를 조심스럽게 넘나들었다.

'찾았다!'

'대대로 내려온 우리 브랜드를 <천세주류>가 가져가도 정말 괜찮을지에 대해 이 기회를 통해 저한테 입증하셔야죠.'

'아. 왜 내가 이걸 놓쳤지?'

❖

"숙소가 있는 카우핑거 슈트라세에서 1km 정도 걸으면 옥토버페스트 현장이 나와요. 독일은요, 이렇게 걷다 보면 엽서같이 아름다운 오래된 건물들이 참 많아요. 개발이니 뭐니 해서 와장창 때려 부수지 않고 건물에 보수가 필요할 때마다 누덕누덕 리모델링을 한단 말이죠. 문화적으로 매우 융성했던 시절의 건축 기법을 최대한 살려서요. 그리고 이 길은 버스킹으로도 아주 유명한 길이에요."

외교부의 이그린은 축제 현장으로 김호와 최명지를 안내했다. 큰길 좌우로 기념품 가게들과 카페들이 자리했고, 바이에른의 전통 의상을 입은 사람들이 무리를 지어 걸어가는 것이 보였다.

"옥토버페스트를 주관하는 뮌헨시 공무원들과는 이미 미팅을 한차례 했어요. 담당님께는 문서로 정리해서 드리겠지만. 지금이 축제 막바지라 여기 공무원들도 여러 차례 시간을 따로 빼긴 어렵다고 해서요."

"잘하셨어요. 제가 알고 싶은 건 뮌헨시에서 이 축제에 어느 정도 관여하냐는 건데요."

"뮌헨시가 이 축제에 어느 정도 관여하는지 궁금하다구요? 아유, 말도 마요. 그냥 이 축제의 역사성을 뮌헨시에서 만들었다고 보면 돼요. 자세히 설명해 드리고 싶지만 그 얘긴 좀 더 조용한 곳에서 해야 할 것 같아요. 오늘은 일단 축제를 한번 보는 걸로 합시다. 철저히 관람객 입장에서."

"사람들이 독일의 전통 의상을 입고 축제 현장으로 가네요. 저 옷에 어떤 의미가 있나요?"

명지가 바이에른 민속 의상을 입고 다니는 사람들에게 시선을 주며 이그린에게 질문을 건넸다.

"아, 저 옷이요. 이 지역의 민속 의상인데 현장에 가면 아마 깜짝 놀랄 거예요. 남자들이 입는 옷은 레더호젠Lederhosen이라 하고, 여자들이 입는 건 디른들Dirndl이라고 해요. 원래 레더호젠은 바이에른이나 오스트리아 같은 알프스 지역 남자들이 힘든 노동을 할 때 입던 가죽 바지였어요. 바지 길이가 짧아 활동성이 좋고 세탁도 편리해서 힘든 작업을 할 때 안성맞춤인 옷이죠. 남자들은 레더호젠에 멜빵을 차고 옥토버페스트를 즐겨요."

명지는 이그린의 설명을 들으며 독일의 축제 의상을 주의 깊게 바라봤다.

"여자들이 입는 디른들은 소매가 봉긋한 하얀 블라우스 위에 무릎 길이의 원피스를 입고 앞치마를 두르는 형태죠. 원래는 알프스 지역 농가에서 일하는 여자들의 작업복이었는데 상류층이 이 옷들을 선호하면서 민속 의상으로 자리 잡았다고 해요."

"그런데 현장에 가면 왜 놀란다는 거죠?"

명지가 이해가 안 된다는 듯 이그린의 얼굴을 바라봤다.

"축제에서는 여자들이 디른들의 가슴 라인을 확 내려서 입으며 시선을 끌죠. 일단 이 축제는 먹고 마시고 즐기는 축제라서 다들 묘하게 들떠 있어요. 그래서 사건 사고도 많이 생기구요. 생각을 한번 해봐요. 전 세계에서 몰려온 청춘 남녀들이 술에 흠뻑 취한 채 같은 공간에 있다구요. 그다음은 여러 가지 일들을 상상할 수 있겠죠?"

"아…… 그러네요. 관광객들이 술에 취하면 뮌헨시에서도 질서 유지 하기가 쉽지 않겠어요. 우리 전통주 축제에서도 이 부분을 고려해야겠네요."

김호가 진지한 눈빛으로 축제장에 가는 사람들을 바라봤다.

"맞아요. 축제 기간 동안 여기 경찰들이랑 공무원들이 아주 죽어나요. 그래서 우리가 전통주 축제를 크게 한다고 하면 여기서 취할 점은 취하고, 잘못하고 있는 점은 상세하게 캐치해서 문제가 생기지 않도록 철저하게 기획하는 게 중요할 거예요. 아, 다왔네요. 저 입구로 들어가면 됩니다."

테레지엔 비제 광장으로 들어가자 대관람차와 회전목마 같은 대형 놀이기구들과 구운 소시지와 프레첼 같은 간단한 먹을거리를 파는 노점들이 펼쳐졌다. 축제 분위기가 한창 무르익은 저녁 7시가 넘어가자 맥주 축제를 즐기러 온 사람들로 축제장이 빼곡하게 들어찼다.

"축제 규모가 어마어마하네요. 어렴풋이 생각했던 것보다 더 대단해요. 대형 놀이공원이 아예 맥주 축제장 안으로 들어왔네요."

명지가 매우 놀란 표정으로 크게 회전하는 대관람차를 쳐다봤다. 그녀는 옥토버페스트 현장의 뜨거운 열기에 둘러싸인 채 하늘을 향해 천천히 움직이는 대관람차를 바라보는 것만으로도 공중 부양 상태가 된 기분을 느꼈다.

"벌써부터 놀라면 안 돼요. 안으로 더 들어가면 독일을 대표하는 맥주 양조장들이 세운 빅 텐트가 나와요. 만 명은 너끈히 들어가는 그야말로 빅 텐트죠. 가장 많은 사람들이 찾는 호프브로이하우스Hofbräuhaus 텐트부터 가 봐요."

얼마 지나지 않아 뮌헨의 유명 맥주 제조사들이 자신들의 맥주를 파는 작은 건물 크기만 한 대형 텐트들이 줄지어 나왔다. 김호 일행은 맥주 냄새가 진동하는 진짜 맥주 축제장 앞에 섰다.

"왕실 일가를 위한 전용 맥주 양조장으로 명성을 쌓은 호프브로이

하우스는 만 명을 수용할 수 있는 어마어마한 규모의 텐트로도 유명해요."

작은 나뭇잎들을 엮어서 만든 초대형 니스에 자잘한 전구를 꽂은 근사한 샹들리에가 길게 뻗은 나무 테이블 위에 자리한 호프브로이하우스 텐트는 전체적으로 고풍스러우면서도 활기찬 분위기를 풍겼다. 명지는 텐트 안으로 입장하는 순간 실내 운동 경기장을 몇 개 합친 것 같은 어마어마한 규모에 압도당해서 숨이 막혀 왔다.

어지간한 운동 경기장 세 개쯤은 합친 듯한 넓이도 넓이지만 이 공간에 새카맣게 들어찬 사람들이 밴드의 연주에 맞춰 신나게 몸을 들썩이는 리드미컬한 동작들 때문에 사람들로 이루어진 거대한 물결이 출렁이는 것처럼 보였다. 홀 전면에 자리 잡은 밴드가 연주하는 음악들은 대부분 귀에 익숙한 록이거나 1980~90년 대 미국 팝, 영화 음악들이어서 많은 이들이 따라 부르거나 의자에 올라가서 춤을 추는 사람들도 더러 보였다.

등받이가 없는 기다란 나무 의자에 남녀 불문하고 스무 명 넘게 붙어 앉아 1,000cc 잔에 그득 담긴 맥주를 들이켜고 있었다. 김호 일행은 입구에서 한참을 기다린 후 겨우 자리를 잡았다.

머릿속으로 막연하게 생각하고 있던 세계 최대 맥주 축제 현장의 열기가 현실의 이미지로 치환되자 김호도 명지도 벙벙해진 얼굴로 서로를 바라봤다. 이그린이 지나가는 종업원을 붙잡고 맥주와 소시지를 주문하자 거대한 맥주잔과 음식을 담은 접시가 순식간에 테이블 위에 차려졌다.

밤을 맞아 분위기가 한껏 달아오른 호프브로이하우스 텐트의 밴드가 어떤 노래를 연주하자 사람들이 급하게 종업원을 부르며 다시 잔을 채우기 시작했다.

"지금 밴드가 연주하는 음악이 특별한 노래인가 봐요? 사람들이 다들 술을 시키고 난리네요."

"일종의 권주가죠. 건배하자는 뜻의 독일 노래인데 멜로디와 가사가 단순해서 누구나 몇 번 들으면 쉽게 익힐 수 있거든요. 옥토버페스트에서는 저 노래를 내내 들을 수 있어요. 노래가 끝나면 하나, 둘, 셋을 크게 외치고 다 같이 원샷을 해요. 지금이에요! 모두 잔을 드세요!"

거대한 합성 소리처럼 사방에서 독일어가 들렸다.

"Eins, zwei, drei, gesoffen!(하나, 둘, 셋, 마시자!)"

만 명은 족히 될 것 같은 사람들이 1,000cc 맥주잔을 들고 벌컥벌컥 술을 마시는 모습은 그야말로 장관이었다. 흥에 겨운 일부 사람들이 나무 의자 위에 올라가 원샷을 하면 주변 테이블의 사람들이 박수를 치며 응원해 주는 모습이 테이블마다 심심치 않게 펼쳐졌다.

"전 세계인이 한자리에 모여 진탕 먹고 마시는 축제네요."

명지가 옥토버페스트에서 어떤 접합점을 찾아내기가 어렵다는 표정으로 김호를 바라봤다.

"냉탕과 온탕을 오가는 것 같은 극적인 흐름은 없네요. 게임장에 들어온 아이들이 흥분해서 뛰어다니는 것 같은 강도 높은 열기만 가득한데, 그래도 섣불리 판단하진 맙시다."

"이봐요, 거기 두 분! 옥토버페스트까지 와서 늙은이 같은 대화만 하시는 두 분이야말로 낭만도 없고 열정도 없는 거 아니에요? 이런 자리에 와서도 어쩜 그렇게 일만 생각해요? 자, 마셔요, 마셔. 기회가 있을 때 최선을 다해 잘 놀고, 잘 즐길 줄 아는 것도 능력이라구요, 능력. 자, 건배!"

이그린이 잔을 번쩍 들어 올리며 큰 소리로 말했다. 김호와 명지는 살짝 얼이 빠진 얼굴로 사방을 둘러보며 맥주를 마셨다. 밤이 깊어지며 사람들이 비워 낸 맥주잔이 늘어날수록 맞은편에 앉은 사람의 말소리조차 들리지 않을 정도로 실내는 점점 더 소란스러워졌다.

위기에 취해 짭짤한 소시지와 함께 맥주를 마시다 보니 어느새 두 잔째였다.

"2,000cc 정도 먹으니 취기가 올라오네요. 이제 〈천세주류〉가 옥토버페스트에 와서 얼마나 잘하고 있는지 가서 보셔야죠? 아까 들어보니 뢰벤브로이Löwenbräu랑 기술 제휴를 맺었다고 하던데 여기서 거기 텐트가 멀지 않아요. 이제 슬슬 〈천세주류〉나 염탐하러 가시죠?"

이그린이 자신의 잔을 단숨에 비우며 명지와 김호를 향해 빨리 마시라는 듯 재촉의 신호를 보냈다.

"그럴까요? 그런데 이미 우리 축제의 스폰서로 들어오라고 정식으로 제안까지 했는데 염탐하는 게 무슨 의미가 있겠어요? 하하……."

"말은 바로 해요 우리. 제안은 김 담당님이 불쑥 했고, 나는 아무나 우리 스폰서가 될 수 없다. 〈천세주류〉가 소곡주 축제에서 어떤 역할을 해 줄 수 있는지, 우리를 설득해라. 너희가 이 테스트를 통과해야 같은 팀이 될 수 있다고 분명히 통보했거든요. 왜 내 말을 스킵해요."

"아…… 예, 잘못했습니다. 제가 그만 술에 취해서 최명지 대표님 심기를 건드렸네요. 〈천세주류〉 심태윤 과장이 불량 감잔지 아닌지 그럼 한번 보러 가시죠? 이 담당님, 뢰벤브로이 텐트는 어딥니까?"

"자, 일어들 나세요. 일단 여기서 나가시죠."

시간은 어느새 밤 10시를 향해 가고 있었다. 다행히 호프브로이하우스에서 그리 멀지 않은 곳에 뢰벤브로이 텐트가 있었다. 김호는 엄청난 인파 속에서 약간 취한 듯 걷고 있는 명지의 뒷모습에 뭐라고 표현하기 힘든 비가시적인 감정이 실리는 것을 느꼈다. 그녀가 걷고 있는 이 순간의 이미지 위로 예전에 스쳐 지나간 어떤 장면이 포개지듯 되살아나며 비가시적인 감정은 가시적 이미지로 치환되었다.

'왜 명지에게서 그 정신 나간 여자와의 소개팅 후 정처 없이 거리를 걷던 내 모습이 보이는 걸까.'

그 어떤 공통점도 없이 멀리 떨어져 있는 듯한 두 모습이 어쩌다 교차점을 갖게 되었는지 김호로서도 알 수가 없었다. 하지만 뢰벤브로이 텐트를 향해 걷는 그녀의 뒷모습에 광화문 고층 빌딩 숲 사이사이를 유령처럼 걷던 자신의 모습이 자꾸 겹쳐 보였다.

이 축제장을 지배하고 있는 맥주의 향기와 정상 범주에서 살짝 벗어난 들뜬 감정들이 모종의 비정상성을 조장하고 있다고 그는 자신에게 타일렀다.

"저긴가 보네요. 입구에 〈천세주류〉 행사 부스가 보여요. 심태윤 과장이 아주 허당은 아닌 거 같은데요."

김호와 이그린의 시선이 명지가 가리킨 곳을 향해 동시에 날아갔다. 내부에 6천 명, 외부에 2천 명 정도를 수용할 수 있는 뢰벤브로이 텐트 앞에는 테이블들이 촘촘하게 놓여 있었고, 입구 앞 작은 간이 부스에서 〈천세주류〉 직원들과 심태윤이 신제품 맥주 시음 행사를 진행하는 것이 보였다.

"심태윤 과장님! 행사는 잘돼 가나요?"

이그린이 목소리를 높이며 심태윤을 불렀다. 하얀 셔츠 위에 파란색 앞치마를 두르고 있는 심태윤이 김호 일행을 보자 부스 밖으로 걸어 나왔다.

"어서 오세요. 모두들 술을 좀 드신 것 같네요?"

취기가 올라 약간 발그레해진 명지의 얼굴을 바라보며 심태윤이 활짝 웃었다. 명지는 심태윤에게 건조한 시선을 흘깃 건넨 후 맥주 시음 행사를 촬영하고 있는 여러 대의 카메라를 유심히 쳐다봤다.

"이 카메라들은 다 뭔가요?"

명지는 〈천세주류〉 직원들로 보이는 촬영 팀에 시선을 보내며 심태윤에게 질문을 던졌다.

"아, 저거요. 일종의 홍보 영상 소스를 따는 거죠."

심태윤은 동영상 촬영을 하는 직원들을 보며 빙긋 웃었다.

"홍보 영상 소스를 따다뇨?"

"대형 마트의 신제품 행사 매대에 가 보면, 작은 모니터를 통해 외국인들이 모여서 그 제품을 먹는다든지 하는 장면들을 보여 주며 해외에서도 인기 있는 것처럼 홍보 영상이 돌아가잖아요. 그런 용도로 다양하게 활용하려고 미리 촬영해 놓는 거예요."

'역시 〈천세주류〉는 마케팅적으로 날아가는구나' 라는 표정으로 명지가 심태윤을 바라봤다.

"오, 아이디어 좋은데요. 여기서 〈천세주류〉 브랜드 홍보하려고 나온 줄 알았는데 그건 아닌가 봐요?"

이그린이 호기심 어린 얼굴로 심태윤에게 질문하자 그가 의미심장한 표정을 지었다.

"여기야말로 날고 기는 세계적인 주류 브랜드들의 각축장이잖아요. 여기서 인지도도 없는 한국 맥주를 홍보한다는 건 마치 독일 모터쇼에서 우리나라 경운기를 판다고 설치는 것과 진배없어요. 옥토버페스트에서 세계인들에게 각광받은 맥주라는 스토리로 나중에 마케팅할 수 있도록, 우린 쓸 만한 이미지와 영상만 확보하면 돼요. 아, 여기까지 오셨으니 저기 야외 테이블에 편하게 앉아서 뢰벤브로이 맥주랑 우리 〈천세주류〉 맥주도 한번 드셔 보시죠. 여러분이 드시는 장면은 촬영하지 않겠습니다. 하하…….”

김호 일행이 심태윤이 안내해 준 자리에 앉자 그는 맥주를 가지러 텐트 안으로 들어갔다.

“난 개인적으로 저 사람 마음에 들어요. 사람이 허세가 없고 솔직하잖아요. 뭐랄까. 좀 멋있어 보이는 척을 해도 되는 상황에서도 가면 안 쓰고 딱 오픈한달까요. 좀 이미지 까지더라도 말이죠. 한국에서 좀처럼 보기 힘든 캐릭터예요.”

이그린은 텐트 안으로 들어가는 심태윤의 뒷모습을 보며 맘에 든다는 듯 고개를 끄덕였다.

“자신감이 가득해서 그래요. 뭐 하나 꿀리는 게 없으니까 굳이 포장하지 않는 거죠. 안 그래요 김 담당님?”

“규모 있는 회사에서 마케팅하는 사람이라 그런지 우리의 부족한 부분을 잘 보완해 줄 것 같아요. 더 겪어 봐야 알겠지만 사람은 참 명쾌하네요.”

김호는 심태윤에게 긍정적인 단어를 허용하는 자신의 화법이 썩 마음에 들지 않았다. 심태윤의 저 명쾌함이 언젠가는 명지에게 위협으로 다가올 수도 있겠다는 생각에 마음이 조금 무거워졌다.

심태윤이 옥토버페스트의 공식 잔인 1,000cc 대형 잔에 뢰벤브로이 맥주를 가득 담고 성큼성큼 걸어왔다. 옅은 황금색을 띠는 뢰벤브로이 맥주는 호프브로이하우스와는 색깔도 거품의 형태도 달랐다.

맥주 먹기 딱 좋은 가을밤에 사람들로 붐비지 않는 야외 테이블에서 네 사람은 조금 여유로운 마음으로 천천히 맥주를 마시기 시작했다.

“여기 맥주는 특유의 쌉쌀한 맛이 강하네요. 닝닝하지 않아서 내 입에는 아까 것보다 이게 더 낫네요. 그런데 난 이것만 먹고 먼저 일어설게요. 시간도 늦었고 집에서 남편이랑 애가 기다려서요."

"아, 그러네요. 이 담당님 오늘 너무 고생하셨는데 제가 배려해 드리지 못해서 죄송해요. 진작 보내 드렸어야 했는데."

김호가 그녀에 대한 감사의 마음을 사과라는 형식에 정중히 실어 보냈다.

"아닙니다. 외교부와 농림부의 합작 프로젝튼데 당연히 제가 함께 해야죠. 그리고 저 먹고 마시는 거 무지 좋아해요. 옥토버페스트에서 더 놀지 못하고 먼저 일어서는 게 아쉽네요. 숙소는 여기서 멀지 않고, 왔던 길로 다시 쭉 걸어가면 되니까 찾기 쉬울 거예요. 내일 아침에 제가 숙소로 갈게요. 그럼 전 이만 사라집니다."

윤활유 역할을 톡톡히 해 주던 이그린이 빠지자 세 사람 사이에 어색한 침묵이 감돌았다. 그들 모두 이 어색한 공기를 내보내기 위한 문 하나를 찾기 위해 집중했다. 침묵을 몰아낼 문손잡이를 먼저 잡은 사람은 명지였다.

"〈천세주류〉 신제품은 기존의 제품과 맛이 확실히 다른가요? 어떤 특정한 효모균을 넣었다고 했던 것 같은데."

"독일에서 수입한 균이 아주 극미량 들어갔을 뿐이지 맛에서는 기존 맥주랑 별 차이 없어요."

자신의 약점을 그대로 오픈하는 순간에도 의심의 여지 없이 확신에 찬 심태윤의 얼굴.

"맛에 별 차이가 없다구요? 그럼 왜 굳이 비싼 돈 들이며 기술 제휴까지 맺어서 신제품을 만든 거죠?"

명지가 심태윤이 조심성 없이 흘린 약점을 그대로 되돌려 주며 대화의 키를 잡고 나아가기 시작했다.

"사람들이 원하니까요. 새로운 걸."

"그럼 기존 제품이랑 확실하게 차별화된 맥주를 만들어야죠."

꼼수에는 정답이지. 심태윤.

"그렇다고 또 맛이 너무 달라지면 소비자들은 거부감을 느껴요. 그런데 아이러니하게 신제품은 원하죠. 그래서 기존 제품에서 반걸음 정도만 나가는 거예요. 기존 제품과 최대한 비슷한 맛으로 사람들의 저항은 줄이고, 감각적인 패키지에 주목을 끌 만한 스토리를 입혀서 시장에 던지는 거죠."

심태윤은 한 수 가르쳐 준다는 듯 여유 있는 목소리로 말을 이어가며 명지를 바라봤다.

"대중들이 원하는 건 독일 유명 브랜드와 기술 제휴 한 특별한 맥주를 내가 여유롭게 즐긴다는 그 순간의 만족감이거든요. 연구 개발로 확 달라진 맥주 맛이 아니라 고급스러운 스토리를 원하는 거죠."

"〈천세주류〉의 성장 전략은 포장을 잘하는 거였나 보네요. 근데 좀 실망스러워요. 식품의 본질은 맛이거든요. 잘 포장된 스토리가 아니라 결국에는 맛. 저는 고객들 마음에 감동을 주는 맛이 스토리를 이긴다고 생각해요. 어떤 맥주가 새로 나왔다 쳐요. 매스컴을 통해 화려하게 광고하기에 뭔가 특별함이 있는 맥주인 줄 알고 마셨는데 맛이 기존 제품이랑 별 차이가 없다."

명지는 심태윤을 응시하며 일부러 한 템포를 쉬어 갔다.

"그렇다면 저는 절대 재구매, 삼구매 하지 않거든요. 오래 살아남아 오래 사랑받으려면 결국엔 맛으로 승부해야 한다. 나는 이게 식품업의 본질이라고 배웠어요. 잘나가는 주류 회사의 출시 전략치고는 많이 빈약하네요. 기존 제품의 껍데기 갈아 치기라니."

심태윤이 또박또박 자신의 의견을 말하는 명지를 뚫어지게 바라봤다. 그의 눈빛이 조금씩 달라지기 시작했다. 자본과 기술과 인력이 투입되고, 신제품 출시를 위한 여러 단계의 미팅을 거칠 때마다 노련한 경력을 발하는 실무 팀장들의 조정과 직관까지 들어가며 탄생하는 자신들의 신제품이 조롱거리로 추락하고 있었다.

심태윤은 명지의 어떤 영역을 침범해야 할지 말지 잠시 고민스러웠다. 두 개의 마음이 그의 내부에서 격렬하게 충돌했다. 고민의 시간이 끝난 듯 드디어 심태윤이 입을 열었다.

"그래서요. 그렇게 업의 본질을 잘 알아서 맛으로 승부하는 〈한산소곡주〉는 왜 매출이 그 정돈가요?"

명지를 향해 날아든 심태윤의 날카로운 공격으로 인해 먼저 감정이 소진된 쪽은 김호였다. 그는 이 프로젝트의 목적지를 향해 거침없이 나아갈 수 있도록 본질을 꿰뚫는 어떤 통찰이 자신에게 찾아오길 바라고 또 바라던 사람이었다.

소박한 가치를 실현하는 전통주 사업을 향해서도 무섭게 파고드는 자본주의가 주는 강박에 명지가 얼마나 시달렸을지 누구보다도 잘 아는 김호였다. 그는 인생이 그에게 보여 주는 다양하게 변주된 의외의 상황에서도 결코 흐트러지지 않는 차분함과 집중력을 갖고 있는 사람이었지만 심태윤의 한마디에 그의 자제심이 훅 무너져 버렸다.

"심태윤 과장님은 브랜드에 대한 가치 판단 기준이 오로지 매출과 효용인가요? 저희랑 결이 많이 다르시네요. 그리고 그 말은 최명지 대표님에게 결코 해서는 안 되는 말입니다. 자본주의의 매커니즘을 모른다는 비웃음을 담았으니까요. 사과하세요."

"아니요. 저 그 사과 안 받을래요. 사과를 받으면 제가 대응할 수가 없잖아요."

명지가 흥분한 김호를 향해 손바닥을 살짝 보이며 제지했다. 심태윤은 얼굴에 어떤 불쾌함도 담지 않은 말간 표정의 명지를 바라봤다.

그는 곧이어 자신에게 어마어마한 파도가 밀어닥칠 것이 분명해 보이는 이 긴장된 상황이 주는 압박감에 숨을 죽였다.

"심태윤 과장님, 〈천세주류〉가 한 15년 됐나요? 아님 한 20년 됐나? 암튼 그쯤 됐겠죠? 저희 〈한산소곡주〉는 130년 됐어요. 올해로 딱 130년. 백제로부터 내려온 역사까지 따지면 천오백 년이지만 그건 차치하구요. 그렇게 껍데기만 갈아 치우는 얄팍한 마케팅으로 언제까지 〈천세주류〉가 살아남을 수 있을지 저는 걱정이 되네요. 20년은 운 좋게 왔어도 고객을 감동시키는 맛에 대한 철저한 R&D(연구 개발)가 없으면 하루아침에도 등 돌릴 수 있는 게 고객들이에요."

이그린은 전혀 기죽지 않고 자신의 소신을 거침없이 말하는 명지를 반한 듯한 눈빛으로 바라봤다.

"왜 우리 아버지가 〈천세주류〉와 손을 안 잡았는지 이제 알겠네요. 레벨 차이가 너무 나니까. 엇비슷해야 손을 잡지 않겠어요? 진정성 있는 마케팅은 저한테 배우셔야겠네요. 아주 비싼 값을 치르고."

명지가 심태윤을 향해 한쪽 입술을 말아 올린 묘한 비웃음을 보내자 심태윤의 얼굴이 순식간에 일그러졌다.

"그럼, 저흰 먼저 일어납니다. 여기서 사람 바글바글할 때 시음하는 홍보 영상 부디 많이 찍어서 한국 가서 열심히 자랑하세요. 옥토버페스트에서 〈천세주류〉의 신제품이 내로라하는 독일의 맥주들을 아주 씹어 먹을 정도로 인기 많았다고 세련되게 뻥도 치시구요. 근데요, 과장이 섞인 뻥 마케팅인지 아닌지 요즘엔 소비자들이 더 잘 알아요. 잘만 포장하면 모를 거라고 생각하며 소비자의 수준을 너무 낮게 보지 마시라구요. 회사에만 갇혀서 뻔한 제품을 출시하는 제품 기획자보다 한 수 위에서 시장 전체를 읽는 수준 높은 소비자들을 못 보셨나 보네. 가시죠, 김 담당님. 시간이 너무 늦었네요."

말을 마친 명지가 야외 테이블 의자에서 몸을 일으키자 김호도 얼결에 일어섰다. 그녀는 당황한 표정의 심태윤에게 고개만 살짝 까닥인 후 몸을 돌려 걸어 나갔다. 김호는 적잖은 충격을 받은 게 분명해 보이는 심태윤에게 제대로 된 인사를 건넸다.

"오늘 좀 많이 마신 것 같네요. 두 분 다 감정이 격해지신 것 같은데 너무 마음에 담아 두지 않으셨으면 합니다. 그럼, 숙소로 먼저 가겠습니다. 나중에 뵐게요."

"실수는 제가 먼저 했는걸요. 최 대표님께는 나중에 따로 사과드리겠습니다. 그럼, 들어가세요."

가슴 깊은 곳에는 아직 할 말이 남아 있었지만 함께 협력해야 할 일들을 머릿속으로 떠올리며 두 남자는 갈등을 묶고 정리해 내는 지점에 동시에 안착했다.

김호는 축제장 입구를 향해 터덜터덜 걸어가는 명지를 빠른 걸음으로 뒤따랐다.

"최 사부님! 같이 갑시다. 사고는 혼자쳤으면서, 수습은 나한테 맡기고 이러기예요?"

뒤에서 들려오는 김호의 목소리에 명지가 걸음을 멈추고 그를 기다렸다.

"내가 카운터펀치를 날리고 나왔으면 김 담당님도 얼른 나오셔야죠. 왜 다정하게 마무리 인사까지 남기고 오셨어요? 우리 한 팀 맞아요?"

그는 명지의 말에 어이가 없다는 듯 웃었다.

"심 과장에게 그렇게 날 선 공격을 해서 얻는 게 뭐가 있어요. 우리 축제의 메인 스폰서가 될지도 모르는데."

섣불리 단정 짓고 잘못했다 못 박는 건 경솔한 행동이니까. 명지도 자신의 행동이 좀 민망했는지 한동안 지나다니는 사람들을 바라보다가 김호의 얼굴로 시선을 가져왔다.

"잘난 척을 너무 하잖아요. 소비자를 속이는 게 뭐 대단한 마케팅이라고."

"사람을 그렇게 코너로 몰아넣기만 하면 어떡해요. 한쪽 문을 열어 놓는 융통성도 안 보이고."

"……."

"일단 숙소까지 걸어가죠. 심 과장이 따로 사과한다니 어지간하면 그 사람하고는 다시 부딪치지 말아요."

명지는 다소 시무룩한 표정으로 김호를 따라 걸었다. 그는 명지의 풀 죽은 얼굴이 신경 쓰이는 듯 걷는 내내 곁눈질로 표정을 살폈다.

"속상해요?"

"대기업에서 꺼내 놓는 마케팅이 어찌 보면 얄팍한 상술 같아서 화가 나요."

명지는 눈으로 올라온 취기를 덜어 내기 위해 머리를 몇 번 흔들었다.

"얄팍한 상술이라기보다는 자신들의 장점을 극대화하는 장치라고 생각하면 마음이 좀 편할 거예요."

"장점이요? 맛과 품질에 영향을 미치지 못하는 극미량의 균을 넣고 포장지만 바꾸는 게 무슨 장점이라고."

"대기업에서 시장과 소비자를 향해 던지는 마케팅은요, 예상보다 많은 겹을 갖고 있어요. 오늘 우린 단지 한 개의 겹을 본 것뿐이에요. 그게 그들 마케팅의 전부일 거라고 속단하지 말아요."

김호는 심태윤과의 불필요한 감정적 대립으로 그녀의 감정 에너지가 소모되는 게 안타까웠다.

뒤늦게 술이 오르는지 술기운에 점령당한 명지는 이미 힘을 잃어 버린 두 발로 비틀비틀 사람들 사이를 걸어 나갔다. 만취한 사람들이 꺼내 놓은 소음 속에 자신의 번민을 던지려는 듯 그녀는 인파 사이로 섞여 들어갔다.

명지는 술이 익어 가는 양조장을 잠시 떠올렸다. 발효실 문을 열고 들어가면 자신을 짓누르듯 다가오던 눅눅하면서도 밀도 높은 그 공기를 애써 기억해 보려고 했다.

'서천에서는 공기조차 무거웠는데.'

그녀는 낯선 이국땅에서 서늘한 기운의 밤공기가 자신의 어깨를 누르지 않고 뺨을 어루만지며 어디론가를 향해 가볍게 흩어지는 것을 느꼈다. 단지 다른 나라에 왔을 뿐인데 어쩌면 다른 인생으로 걸어 들어갈 수 있는 기회의 문 앞에 성큼 다가선 기분이었다. 좀 더 새로운 것을 내놓으라는 자본주의의 요구에 하루하루 패배하던 일상에서 벗어나니 지극히 개인적인 어떤 선택을 할 수 있는 또 다른 나와 마주한 것만 같았다.

김호는 사람들 속에 섞여 들어간 명지를 찾기 위해 가늘게 뜬 눈으로 주변을 훑다가 성큼성큼 그녀를 향해 몸을 움직였다.

"사부님, 많이 취한 것 같은데요."

축제장의 점멸하는 불빛과 소란함을 헤치며 자신의 곁으로 다가온 김호를 보자 명지가 평소에 쓰지 않던 근육으로 웃기 시작했다. 노랗고 빨간 축제장의 불빛을 얼굴에 입은 명지는 마치 다른 사람처럼 낯설었다. 알싸한 취기에 싸여 한 번도 가 보지 못한 길을 상상하고 있는 그녀는 어린아이와 같은 얼굴로 김호를 바라봤다.

"김 담당님도 나를 시골에서 술이나 빚는 꽉 막히고 답답한 여자라고 생각하죠?"

말을 마치고 다시 몸을 돌려 걷는 그녀의 몸이 왼쪽으로 살짝 기울어지자 김호가 그녀의 오른쪽 팔을 잡으며 흔들리는 몸의 중심을 잡아 주었다.

"괜찮아요?"

김호는 평소에 억눌렀던 자신의 내면 깊숙이에 다다른 것 같은 명지를 걱정스럽게 바라봤다.

"안 잡아 줘도 돼요. 사실 저 별로 안 취했거든요."

명지가 자신의 오른쪽 팔꿈치를 잡고 있던 김호의 손을 잡아 밑으로 끌어 내렸다.

"꽉 막히고 답답한 여자였어요? 엄청난 논리력으로 무장한 채 그 누구랑 말싸움을 해도 지지 않으면서. 난 몰랐네."

"나 놀리는 거죠? 〈천세주류〉 이런 애들은 균 쬐끔 집어넣고 기술제휴니 독일 효모니 하는 최신 마케팅으로 술을 포장해서 막 날아가는데 우린 서천에서 돼지머리 삶아서 절이나 하며 술이 잘되라고 고사나 지내고."

"고사 지내는 게 뭐 어때서요?"

"너무, 너무 비교되니까요. 누구는 테제베 타고 목적지까지 단번에 가는데, 나는 옆에서 자전거 타고 가면서 땀만 뻘뻘 흘리는 기분이라."

"내가 잡아 줄게요. 숙소까지 걸어가 봅시다."

김호가 다시 그녀의 한쪽 팔을 살짝 잡으며 흔들리는 중심을 잡아주었다. 트레지엔비제 거리로 들어서자 낮에 보지 못했던 전혀 다른 풍경들이 펼쳐졌다.

"혼자 걸을 수 있다니까요."

명지가 자신의 오른쪽 팔꿈치 아래를 잡고 있는 김호의 왼쪽 손가락을 떼어 내려고 손을 가져갔다. 순간, 떼어 내려는 자와 붙잡고 있으려는 자의 손이 긴밀하게 얽혔다. 축제 현장의 떠들썩함, 밤의 열기에 휩싸인 거리, 엽서 같은 이국의 밤 풍경, 뒤늦게 올라오는 취기가 어우러져 두 사람 사이에 강렬한 스파크가 튀었다.

"힘들어 보여요. 내가 잡아 줄게요."

"진짜 괜찮아서 그래요."

"왜 자꾸 도망가요?"

도망. 이국의 신비한 밤 풍경이 적절치 않은 단어를 끄집어냈다.

"도망이 아니라요. 진짜 혼자 걸을 수 있어서 그래요. 드라마에서 보면 안 취했는데 취한 척하면서 여자가 기대는 거 너무 오글거리고 싫던데."

"그렇게 취한 척 기대야 비집고 들어갈 여지가 생기죠."

술기운 때문에 잘못 튀어나온 게 분명해 보이는 진심 한 조각이 떠들썩한 소음을 가르고 명지의 고막 안으로 들어왔다. 명지는 농담과 고백 사이에 아슬아슬하게 걸쳐진 이 한마디의 무게추가 고백 쪽으로 더 기울었을까 가늠해 보려다가 이내 뻗어 나가려는 생각을 다시 멈춰 세웠다. 그녀는 아직도 자신의 팔꿈치를 잡고 있는 김호의 긴 손가락을 물끄러미 바라보았다.

"김호, 너 여기서 웬 아가씨 팔을 붙잡고 뭐 하냐?"

그때 김호 뒤편의 어둠 속에서 장난기가 섞여 있는 다소 기이한 남자의 음성이 날아들었다. 명지는 주황색 면 셔츠를 입은 50대 중반의 남자가 하얀 운동화를 끌면서 느릿느릿 걸어오는 모습을 정면으로 응시했다. 두 사람 곁으로 다가온 주황색 셔츠는 명지를 꼼꼼하게 뜯어본 뒤 김호의 등짝을 소리 나게 후려쳤다.

"어이, 숙맥! 너 연애하냐?"

"장관님! 여긴 어쩐 일이세요?"

명지의 팔꿈치에서 손을 뗀 김호가 주황색 셔츠를 향해 질문과 인사를 동시에 하느라 어정쩡하게 고개를 숙였다.

"어쩐 일은 뭐가 어쩐 일이야. 난 개인적으로 독일에 볼일이 있어서 내 사비로 왔다. 옆에 어여쁜 아가씨는 누구시냐?"

김호 옆에 서 있는 명지를 바라보는 하 장관의 시선이 흐뭇했다. 뭐지? 저 웃음은.

"아, 이분이 〈한산소곡주〉 대표 최명지 씨예요. 최 대표님, 농림부 하도식 장관님이세요."

명지가 어안이 벙벙한 표정으로 공손하게 허리를 숙였다.

"안녕하세요. 처음 뵙겠습니다. 최명지입니다."

"오호라…… 말로만 들었던 바로 그분이시네!"

"장관님……."

김호가 다급하게 끼어들었다. 이 타이밍에서 어서 브레이크를.

"오호! 내가 둘 사이를 방해했나 봐요. 허허허……."

김호의 입술이 빠른 속도로 말라 갔다. 망했다.

"아니에요. 제가 취해서 절 부축해 주고 있었어요."

"장관님 오신다는 말씀도 없이 어떻게 여길……."

"김호 얘가, 아니지, 김 담당이 일방적으로 치근덕거리는 건 아니죠? 이래 봬도 우리 농림부 에이스라우. 면상도 봐 줄 만하고. 근데 얘가 영 재미가 없어. 매사 진지하기만 하고."

"장관님, 그만하세요. 더 이상 하시면 실례예요."

어서 빨리 떼어 놓자. 우리 영감님을 명지에게서. 김호는 마음이 급해졌다.

"니가 이렇게 안절부절못하면서 변명이 늘어지는 게 더 이상하다.

자, 그럼 갑시다. 김 담당아 니가 묵는 호텔방에 내 짐도 넣어 뒀다. 외교부에 연락하니 니가 있는 곳을 재깍 알려 주더라."

"장관님, 안 오실 것처럼 하시더니."

"왜 내가 오니까 김이 팍 샜냐? 내가 설마 널 수발이로 쓰겠니. 넌 니 일 해. 난 내 일 할 테니. 그나저나 참 장하네요, 우리 최 대표님. 젊은 나이에 양조장을 책임지자니 어깨가 무겁죠?"

"아니에요. 양조장 일은 거의 할아버지가 하세요."

"오랜 기다림 끝에 얻는 훌륭한 전통주인데 사람들이 그걸 알아야 말이지. 이번 기회에 한번 세계적인 브랜드로 키워 봅시다."

명지는 전통주 계승자의 자리를 훌훌 내던지고 도망치고 싶어 했던 불과 얼마 전의 시간을 떠올렸다. 그녀는 세계적인 브랜드니 어쩌니 하는 실체 없는 말들을 내세운 밝은 청사진을 농림부 장관이 던진다고 해서 마음이 붕붕 뜨는 단순한 인간이 아니라는 사실에 쓴웃음이 나왔다.

기뻐도 너무 기쁘지 않게 슬퍼도 너무 슬프지 않게 담담히 살아와 감정에 굳은살이 박인 건가. 이른 봄, 얼음을 녹이고 지나가는 강물의 반짝임에도 감정이 일렁거리던 시절에서 너무 멀리 와 버린 건가.

명지는 메말라 가는 가슴속 그 버석거림의 정도를 헤아려 봤다. 그녀의 감정을 밧줄로 묶어 아주 메마른 사막에 가둬 놓은 최초의 간수는 누구였던가. 나 자신이었던가.

"암튼 나는 니 방에서 같이 자면 되는 거지? 어서 가자."

하도식 장관이 마치 대장처럼 두 사람을 이끌었다. 명지는 농림부 장관의 갑작스러운 등장에 스멀스멀 올라오던 취기가 단번에 날아가는 걸 느꼈다.

"장관님, 그런데 진짜 어떻게 된 거예요?"

"독일은 개인적인 일 때문에 왔다니까. 진짜야."

"저한테 미리 연락을 주셨으면 제가 더 편하게 모셨을 텐데요."

"니가 그럴까 봐. 쓸데없이 방 잡는다고 외교부 애들이랑 짝짜꿍하면서 돈 낭비나 할까 봐 그랬다."

"네, 아주 잘하셨습니다. 역시 장관님답네요."

"내가 서울에서 말이다. 충남 도지사 양반이랑 전통주 축제 스폰 해줄 기업을 좀 세팅해 보려고 알아보고 있던 중에 소문을 들었어. 〈천세주류〉가 여기 맥주 축제에 부스 들고 나와 있다며. 진짜야?"

"네, 맞아요. 〈천세주류〉 사람들이 여기 축제장에 와 있는 건 맞는데. 암튼 복잡해요."

그들은 어느새 카우핑거 슈트라세 뒷골목에 자리한 〈아다지오〉 앞에 도착했다. 김호는 직원에게 키를 받아 명지에게 방 키를 건넸다.

"피곤하죠? 푹 쉬어요. 술은 얼추 깬 거 같네."

"쉬세요. 장관님, 저 먼저 올라가겠습니다."

"그래요. 푹 쉬고 내일 봅시다."

김호는 2층으로 올라가는 명지를 물끄러미 바라봤다.

"저 아가씨는 굉장히 당찬 매력이 있다. 어떤 기운이 느껴지는데?"

"진짜 매력은 보지도 못하신 거예요. 올라가시죠."

"야, 너 뭐라 그랬냐. 진짜 매력? 이 자식 이거 수상한데."

김호가 2층 방의 문을 열자 트윈 베드가 놓인 제법 넓은 실내가 나왔다.

"장관님, 먼저 씻으세요. 그래도 침대가 트윈이라 다행이네요."

뮌헨의 밤이 깊어 갔다. 하 장관은 편한 차림으로 김호와 맥주를 한 캔씩 들고 침대에 걸터앉았다.

"〈천세주류〉 사람들을 만났다며. 스폰서로 들어오라고 제안하지 그랬냐? 같이 일해 보자고."

"이미 했어요. 전통주 축제 메인 스폰서로 들어오라고. 〈천세주류〉에서도 오케이 했고요."

"아, 그래? 잘됐네. 내가 여기 온 김에 스폰 기업 매칭 좀 해 주려고 했는데. 니가 벌써 사전 작업을 해 놨구나."

"그런데 좀 복잡해요. 여러 가지가 얽혀 있어서."

"복잡할 게 뭐가 있냐. 서로 R&R(역할과 책임) 명확히 하고. 기브 앤 테이크 확실하게 하면 되지. 어차피 이 사업에 돈줄은 필요해. 어디서든 데려와야 할 판에 자기들이 알아서 붙었다는데 거절할 이유 없지."

"……장관님, 〈천세주류〉가 〈한산소곡주〉를 인수하고 싶다고 하네요."

김호의 말을 들은 하 장관의 눈이 놀라움으로 동그래졌다.

"이건 또 무슨 소리야? 걔들이 〈한산소곡주〉를 탐내? 〈천세주류〉가?"

"그렇다네요."

"뭔 새 날아가는 소리야. 〈천세주류〉 같은 대기업이 자그마한 전통주 브랜드를 먹겠다고? 얘들이 전직 노동 운동가의 심기를 심히 긁네. 그냥 니 선에서 조용히 매듭지을래? 우리 농림부 파워가 딸리면 내가 너를 요직에 꽂아 주리?"

"저보고 장관님께서 제일 싫어하시는 공권력 남용을 하란 말씀이신가요? 그런 거라면 요직에 갈 필요 없이 농림부에서도 얼마든지 할 수 있어요."

"그렇지. 걔들이 막걸리 브랜드도 있지. 치사하지만 우리도 걔들이 못 까불게 몇 개 포인트에서 관여할 수는 있겠네. 아니다 싶으면 니가 나서. 너 할 수 있잖아. 카바는 내가 칠게."

"장관님, 이러시기예요? 해도 장관님이 하셔야죠. 일개 사무관이 무슨 힘이 있다고요."

"떽! 이 무슨 험한 소리야. 연장을 잡은 사람이 해야지. 나는 뒷방 노인네일 뿐이다. 명심해라."

하 장관은 에구구 소리를 내며 침대 속으로 들어가 누웠다. 우리 영감님 또 몸 사리시네. 김호는 빈 맥주 캔을 정리하며 불을 껐다.

"장관님, 주무세요. 거기 실무 과장이 같은 호텔에 있어요. 내일 아침에 한번 보시죠."

"그래? 궁금하다야. 또릿또릿해?"

"사람은 명쾌해요."

"근데 너. 최 대표랑은 뭐야? 진짜로 마음 있는 거 아니고?"

"아니에요. 아직은."

김호는 앞에 세운 부정 뒤로 진심 한 조각을 슬며시 감췄다.

"오호라. 아직은 아닌데. 매력은 겁나 느끼고 있고. 니 마음이 언제 홀라당 갈지는 모르겠다 이거지."

저 영감님 때문에 내가 여기서 죽지 싶다. 김호는 눈을 감았다.

"주무세요."

"조심해라 김호야. 개인적 감정이 들어가면 일을 그르칠 수도 있어. 우리는 판단하고 결정해야 하는 사람들이니까. 내 말 무슨 말인지 알지?"

잘 알아요. 그래서 그녀와 함께 공명하지 않으려고 내 자신을 깊숙이 가둔 채 체벌하고 있으니까. 번뇌는 까만 밤의 옷을 입고 그 앞에 나타나 훼방꾼처럼 달라붙어 그를 잠들지 못하게 했다.

❖

"안녕하세요. 저는 외교부의 이그린입니다. 어젯밤에 갑작스럽게 농림부 장관님이 오셨다고 해서요. 그런데 이렇게 혼자 오신 거예요? 수행원도 없이?"

"아이고오. 외교부에서도 수고가 많으십니다. 수행원이 왜 필요해요. 여기 오면 김 담당도 있는데. 급작스럽게 온 건 어쩌다 보니 그렇게 됐네요. 허허……."

"처음 뵙겠습니다, 장관님. 저는 〈천세주류〉의 심태윤 과장입니다."

"아하……."

하 장관이 기다리고 있던 먹이를 만났다는 듯 입꼬리를 살짝 올렸다. 김호는 걱정이 담긴 눈빛으로 하 장관을 바라봤다.

"장관님, 〈천세주류〉는 옥토버페스트 현장에 부스를 설치해 참가하고 있습니다."

심태윤을 뜯어먹을 듯이 바라보는 하 장관의 시선을 떼어 내기 위해 김호의 멘트가 영혼 없이 흘러나왔다.

"오호……."

"혹시 저 때문에 장관님 불편하신 거라도……."

심태윤이 자기를 쏘는 듯 바라보는 하 장관에게 의문의 눈빛을 돌려보냈다.

"아닙니다. 아니에요. 반가워요. 옥토버페스트에서 한국 술 홍보하며 국위 선양 잘하고 계시고?"

하 장관이 대외 업무용 미소를 가까스로 장착했다.

"한국 술 홍보는 아니구요. 독일 브랜드와 기술 제휴 했다는 것 정도만 살짝 흘리고 있어요."

"살짝 흘리기 하러 오셨구만. 이 멀리까지. 굳이."

"장관님, 아침 드시죠, 아침. 마침 최명지 대표도 내려오네요."

노동 운동가 출신 하 장관이 〈천세주류〉에 대한 불편한 감정을 노골적으로 드러내자 김호가 급히 제동을 걸었다.

"안녕하세요. 제가 좀 늦었네요."

붉은색 체크무늬 원피스를 입은 명지가 테이블 쪽으로 걸어오자 김호는 창밖으로 시선을 돌렸고, 심태윤은 눈빛을 고정했다.

"최 대표님, 어제는 제가……."

"제가 좀 실수를 했죠. 심 과장님께. 술기운에 흥분했던 것 같아요. 죄송해요."

진심이 빠진 그녀의 사과가 심태윤 앞으로 배달되었다. 사과하면서도 비즈니스를 하네. 듣는 사람 서운하게.

"아…… 뭐 이렇게 정식으로 사과를 하시니 오히려 제가 다 민망하네요."

심태윤은 어떤 감정적인 빚도 너한테는 지지 않겠다는 사과에 담긴 함의를 짐짓 모른 척 넘겨 버렸다. 상대를 배려하는 척하며 그럴듯하게 관계를 유지하는 사회적 매너에 대한 계산식이 1도 없는 여자였다.

"최 대표님, 어제 하신 말씀 중에 조금 이해가 안 되는 부분이 있어서요. 뭐 하나만 물어봐도 되죠?"

"물어봐도 되죠, 라고 하시니까 답하기가 좀 그러네요. 듣는 사람이 '아니요, 물어 보지 마세요' 라고 말할 수 없다는 걸 밑바닥에 깔고 가는 질문이잖아요. 심 과장님의 화법이 너무 손해 안 보겠다는 느낌이라서요. 암튼 물어보세요."

"그런데 이렇게 공개적인 곳에서 하긴 그렇구요. 최 대표님하고 단둘이 얘기하고 싶은데 요 앞 카페 어떠세요?"

"좋아요."

명지의 즉각적인 '좋아요'가 진중한 김호의 심기를 건드렸다. 심태윤이 무슨 소리를 할 줄 알고 '좋아요' 래.

"저기, 어제 두 분이 좀 불편했잖아요. 일단 여기서 같이 아침을 드시는 게 어때요?"

명지와 단둘이 얘기하겠다는 심태윤을 김호가 제지했다. 그러자 중재인 듯 간섭인 듯 아리송하게 들어온 김호의 훼방을 심태윤이 즉각 받아쳤다.

"그러니까요. 앞으로도 계속 같이 볼 텐데 불편하지 않게 풀어야죠. 그리고 이건 어디까지나 〈한산소곡주〉와 〈천세주류〉가 풀어야 할 문제니까 나가서 해결하고 오는 게 맞겠네요. 우리 둘이."

심태윤의 '우리 둘이'가 뮌헨의 상쾌한 아침 공기를 빽빽한 지퍼처럼 불편하게 가르며 김호의 심장 언저리까지 파고들어 왔다. 김호는 하릴없이 물잔에 손을 가져갔다. 생수 뚜껑을 휙 돌려 따듯 자연스럽게 명지에게 접근하는 심태윤의 방식이 거슬렸다. 딴지 걸 게 하나 없는 물처럼 흘러가는 관계의 진행.

"그럼 저 먼저 일어설게요. 식사 맛있게 하세요."

심태윤과 펼칠 후반전에 대한 기대감으로 명지의 눈빛이 날카롭게 빛났다. 얼마든지 들어와라 심태윤. 한쪽은 전의에 불타오르고, 한쪽은 호기심에 빛나는 결이 다른 두 눈빛이 강렬하게 얽히는 걸 김호는 바라봤다.

심태윤이 아담한 카페의 묵직한 나무 문을 열자 은은한 커피향이 풍겨져 나왔다.

"뭐 좋아하세요? 부드러운 라테? 진한 에스프레소?"

"아. 무. 거. 나. 요."

"넵. 그럼 제가 아무거나 주문하겠습니다."

심태윤은 독일에서 많이 먹는 호밀빵과 이 지역 특산품인 사과주스를 주문한 뒤 자리로 돌아와 느긋하게 뮌헨의 아침 풍경을 감상했다. 사람을 불러 놓고 저 여유는 뭐야.

"저한테 물어보고 싶은 게 있다고 하셨죠? 뭐가 또 궁금하신 거죠? 업의 본질을 잘 알아서 맛으로 승부하는 〈한산소곡주〉는 왜 매출이 그 정돈가요? 이 대목부터 시작하면 될까요?"

"아니죠. 그 대목은 어제 제가 대표님께 뼈아픈 가르침을 받은 걸로 이미 끝났죠."

입가에 빙글빙글 떠오른 저 거슬리는 웃음.

"제가 궁금한 게요. 〈천세주류〉가 〈한산소곡주〉를 인수해도 정말 괜찮을지 입증하라고 하셨잖아요. 맞죠?"

"네. 맞아요."

"근데 아직 저희 쪽에서는 인수 금액을 제시하지 않았거든요. 금액을 말씀드리면 마음이 좀 더 편안해지실까 해서요."

"심 과장님, 돈보다 우선하는……."

"너무 어렵게 갈 거 없잖아요. 몇 대에 걸친 노고에 대한 보상으로 상상 이상의 금액이 나올 텐데요."

"저희 가업을 대기업에 팔고 돈이나 먹고 떨어져라 이건가요?"

"그게 아니라 제 말은……."

"제대로 프레젠테이션 하세요. 이 기회에 분명히 말씀드릴게요. 저는 돈에 큰 욕심 없어요. 그러니 우리 전통주를 살릴 능력이 없어 보이면 절대로 안 팔 거구요."

"돈에 욕심이 없다구요? 어떻게 그렇게 자신 있게 말할 수 있죠?"

"심 과장님은 돈이 최고라는 자본주의 벼랑 끝에 겨우 발을 걸치고 있는 인생만 사신 것 같은데요. 과장님이 절대 이해할 수 없는 부류의 사람들도 있답니다. 억만금을 줘도 결코 바꿀 수 없는 목숨같이 지켜야 할 가치도 있거든요. 저한테는 〈한산소곡주〉가 그래요. 넓은 집과 고급 차가 있으면 뭐 해요. 천오백 년을 유구하게 지켜 온 이 땅의 맛과 향이 사라지는데. 역사가 돈으로 치환이 되나요?"

명지의 입에서 흘러나온 무거운 문장들이 심태윤의 가슴속에 깊숙하게 박히기 시작했다.

"우리 집안의 양조장 경영이 곧 전통주의 도도한 발자취로 남아요. 내가 내딛는 한 걸음이 곧 대한민국 전통주의 역사라구요. 그 삶이 주는 책임감과 무게감이 어느 정도인지 심 과장님은 짐작조차 못 할 거예요."

심태윤은 긍지와 자부심이 깃들어 있는 오뚝한 콧대와 고집이 담긴 턱선을 물끄러미 바라봤다. 그러자 청담동 와인 바에서 재력 있는 남자를 꼬시기 위해 딱 달라붙는 원피스를 입고 콧소리나 내는 여자들이나 보던 자신의 일상이 일순 비루하게 느껴졌다.

신데렐라를 꿈꾸는 예쁜 여자들이나 가볍게 만나며 일에만 몰두해 있던 지루한 잿빛 일상을 쪼개고 들어오는 강렬한 한 줄기 빛. 심태윤은 앞의 피사체에서 뿜어져 나오는 밝은 에너지에 눈이 부셔서 잠시 시선을 1시 방향으로 돌렸다.

그는 '절대'라는 말을 쓰는 게 얼마나 어리석은 것인지 다시금 깨달았다. 절대 거절할 수 없는 액수로 최명지를 설득할 수 있으리라고 믿었던 그 철없는 자신감을 카페 테이블 밑에 살포시 내려놓았다. 절대라는 것이 정답이 아닐 수 있으며, 설사 정답이라 할지라도 그 사이에 많은 변수가 개입될 수 있다는 것을 그도 모르지 않았다.

“내가 바라는 것들은 그리 거창한 게 아니에요. 갖출 거 다 갖춘 뛰어난 시설이 아니라고 해서 우리가 가내수공업 수준의 허술한 만듦새로 술을 빚어내고 있지는 않거든요. 그런 세상의 편견을 깼으면 해요.”

심태윤은 경계심이 사라진 명지의 두 눈 속에 간절한 소망이 들어차는 걸 지켜봤다.

“홍보, 마케팅 자본이 많이 들어갔다고 해서 다 좋은 제품인 건 아니잖아요. 그런데 좋은 걸 알릴 힘이 나한테는 너무 부족하니까. 혹시라도 〈천세주류〉가 그런 역할을 해 줄 수 있다면 그 능력을 보여 달라는 거예요. 내 말이 어렵나요?”

묵직한 것이 날아 들어와 심태윤의 심장에 쿵 하고 내려앉았다. 네 능력을 나한테 보여 달라는 것처럼 들려 왼쪽 팔뚝의 힘줄이 펄떡거렸다.

“정확히 알아들었어요. 제 능력을 보여 드리죠. 최명지 대표님.”

궁금해졌다. 이 여자에 대한 모든 게. 하지만 그녀가 지키려고 하는 가치를 좌절시키는 역할을 해야 하는 자신의 자리가 그의 마음을 어지럽혔다. 절대 건드리지 말아야 할 최명지의 역린을 건드려야 할지도 모르는데.

“혹시, 상대가 아군인지 적군인지 피아 식별부터 먼저 하는 스타일인가요?”

심태윤이 자신이 넘을 수 있는 경계선의 높이를 가늠했다.

“오늘의 적이 내일에는 동지가 될 수 있단 건 잘 알죠. 영원한 적도 영원한 동지도 없는 아슬아슬한 판에 제가 서 있는 거 아닌가요?”

“좋은데요. 그런 융통성.”

"이런 융통성도 없이 어떻게 사업을 하겠어요?"

시간이 지나면서 둘 사이에 흐르던 팽팽한 긴장감의 강도가 점점 약해졌다. 제법 말이 잘 통하는 두 사람이었다.

"그런데 저 농림부 공무원 양반 말이죠. 아까부터 우리 쪽을 계속 쏘아보고 있는 저분이 눈빛으로 나를 마구 때리는데요?"

"오늘 일정이 있으니 빨리 오라는 공적인 눈빛이네요."

"공적인 눈빛이 전혀 아닌데요. 친한가 봐요, 두 분."

"공적인 눈빛과 사적인 눈빛은 뭐가 어떻게 다른데요?"

"사적인 눈빛을 알려 드릴까요? 저기 1시 방향의 화난 듯한 남자의 눈빛."

심태윤이 턱짓으로 카페 앞에 서 있는 김호를 가리켰다.

"그리고 이 눈빛이죠."

그러고는 명지를 보고 환하게 웃었다. 뮌헨의 쨍한 아침 햇살이 두 사람 사이의 덜컥거리는 공기를 갈랐다.

명지는 심태윤이 얼굴 앞까지 진하게 실어 보낸 호감의 농도를 '피식' 터지는 웃음으로 연하게 희석시켰다. 아무리 남자가 없다 해도 내가 설마 너랑. 굳이.

마침 매력적인 남자가 저 앞에서 성큼성큼 걸어오고 있었다.

"얘기는 잘 끝났어요? 또 싸운 건 아니고?"

싸우는 사이로 한정 지으려는 김호의 공격이 들어왔다.

"싸우길 기대했나 봅니다. 그런데 아쉽게도 말이 너무 잘 통하네요, 최명지 씨랑."

김호를 의식해서 일부러 던진 '최명지 씨'가 큰 위력을 발휘했다. 제대로.

"최 대표님이 워낙 똑 부러지죠. 모든 면에서."

최명지 씨를 최 대표님으로 고쳐 주려고 시작한 말에 쓸데없이 힘이 들어갔다. 명지를 너보다는 잘 알고 있다는 허세까지 담아서.

"똑 부러지지 않을 때는 무척이나 귀여울 거 같구요. 안 그래요?"

'이 자식이.'

김호가 자신의 목을 왼쪽으로 15도 정도 미묘하게 틀었다. 기분 나쁜 촉이 왼쪽 머리를 강타하고 지나갔다. 그 무게감이 어느 정도인지조차 가늠되지 않을 정도로 기분 나쁜 촉이.

"심 과장님. 지금 이런 농담이나 할 때가 아닌 거 같은데요. 가셔서 프레젠테이션 준비나 잘하세요."

두 사람 사이에 흐르는 날카로운 긴장감을 가르며 명지가 끼어들었다.

"기대해도 좋을 겁니다. 실망시키지 않을 테니까."

심태윤이 먼저 자리에서 일어났다. 뚜벅뚜벅 걸어가는 뒷모습을 보며 김호가 입을 열었다.

"기대는 뭐고. 실망은 또 뭡니까?"

"지 잘났다 이거죠."

심태윤에 대한 감정이 비틀려져 있구나. 아직까지는.

"잘난 척이 아닌 거 같은데. 되게 설레어 하는 눈빛이던데."

"〈한산소곡주〉를 날름 집어삼킬 생각에 설레겠죠. 어림없다, 심태윤. 재수탱이."

명지의 한쪽 눈썹이 찡그리듯 위로 향하자 여태까지 보지 못했던 소녀같이 귀여운 얼굴이 나타났다. 김호는 다시 심난해졌다. 이 귀여움을 누군가가 알아챈 거 같아서.

"하지 말아요. 그 표정. 못생겨 보이니까."

"그러면 저 재수탱이에게 애절한 눈빛이라도 보내요? 이렇게 째려

보는 게 내가 할 수 있는 배려의 최대치예요."

"여기 테이블 보듯, 길바닥의 돌멩이 보듯, 그렇게 보면 되죠."

"그래도 사람을 보는 건데 어떻게 테이블 보듯 해요. 어떤 감정이든 담기죠."

그래. 어떤 감정이든 담기지. 감정은 미묘한 거라 더욱 위험하고.

"그만 가요. 이태근 계장님도 곧 오실거구요. 오늘 일정 시작해야죠."

"김호랑 최 대표가 늦네요. 무슨 얘기를 저리 심각하게 하는지."

하 장관이 김호가 나간 문 쪽을 쳐다보며 투덜댔다. 마침 문이 열리며 남자 한 명이 넘어질 듯 고꾸라질 듯 급하게 들어왔다.

"아이고, 장관님. 안녕하십니까! 농림부 대외협력 팀의 이태근 계장입니다. 어찌 이렇게 기별도 없이 오셨습니까. 장관님을 이리 맞이해서 그저 송구스럽습니다."

"송구스럽기는. 거, 피차 민망하게 이러지 맙시다. 나는 휴가 내고 개인적인 일 보러 온 거니까 신경 안 써도 돼요. 대외협력 팀이면 코트라에 있는 한국농식품홍보관을 맡고 있겠구만. 출장 온 우리 김 담당이나 많이 도와줘요."

"장관님, 일단 숙소 먼저 옮기시죠. 대외협력 팀 직원들도 장관님을 편히 모시기 위해 곧 이리로 올 겁니다. 한인 방송국 쪽에 새로 오픈한 호텔이 있는데……."

하 장관이 입으로 가져가던 커피 잔을 테이블에 소리 나게 내려놓으며 이 계장의 말을 막았다.

"뭐? 거 쓸데없는 소리! 개인적으로 왔다 하면 말을 알아들어야지. 내가 의전에 환장한 사람도 아니고. 멀쩡한 숙소가 있는데 왜 따로 방을 잡으라는 거요? 농림부 대외협력 팀은 아주 예산이 차고 넘치나 보네? 이렇게 쓸데없이 돈 낭비 할 수 있는 거 보니. 어찌 계장씩이나 돼서 이렇게 생각이 없어! 내가 조폭 대장도 아니고 말이야. 해외 공관 사람들이 내 앞으로 도열해서 굽실대는 그 우스운 꼴이나 보자고 여기 온 것 같소?"

'소문대로 대단하네. 농림부 하 장관님. 멋지셔 역시.'

이참에 장관님 의전이나 기깔 나게 해서 점수 좀 따 보려고 했던 이태근 계장의 뼈를 때리는 하 장관의 추상같은 호통을 보며 이그린은 비어져 나오는 웃음을 가까스로 참았다.

"장관님, 왜 또 그러세요. 아침부터 역정을 내시고. 계장님 오셨어요?"

때마침 대쪽 같은 하 장관의 전담 마크맨인 김호가 등장했다. 저 능구렁이가 우리 영감님 심기를 건드렸네. 이분은 전임 장관들처럼 사람들이 자기 앞에서 허리를 팍 수그리고 납작 엎드리는 걸 보며 자신의 자존감을 챙기는 그런 삼류가 아니라니까. 사전 정보도 못 들었나.

"너는 왜 이렇게 여유 있게 오전 시간을 보내는 거냐? 내가 너 이러라고 보낸 게 아닌데. 놀러 왔어? 혼 좀 나 볼래?"

"잘못했습니다. 놀러 오긴요. 열심히 일하러 왔죠. 이 담당님, 오늘 오전에 뮌헨 시청에서 미팅 있다고 하셨죠. 어서 가시죠. 장관님, 이제 저희 일정 시작해요. 장관님은 개인적인 용무 편히 보세요."

김호가 일행을 데리고 노련하게 호텔을 빠져나갔다.

"근데 저렇게 장관님만 혼자 남기고 우리끼리 가도 돼요?"

이 계장이 살짝 풀 죽은 목소리로 걱정스럽다는 듯이 자꾸 뒤를 돌아봤다.

"이 계장님, 그냥 우리 일 열심히 하면 돼요. 우리 장관님은 사막에 혼자 던져 놔도 꿋꿋하게 살아남으실 분이니 신경 안 쓰셔도 됩니다."

김호가 답답하다는 얼굴로 이 계장을 바라봤다. 내가 오늘 죽을 뻔한 걸 살려 드렸는데 알려나 모르겠네.

"하하하…… 계장님 이렇게 센스 없으심 곤란하죠. 저 양반은 그 과가 아니라니까. 막 사람들 주르륵 세워 놓고 자기 혼자 센터 놀이 하며 가오 잡는 그런 꼰대가 아니라구요, 하 장관님은."

이그린은 하 장관의 캐릭터를 전혀 파악 하지 못하고 있는 이 계장을 보며 고개를 저었다.

"세상에 그거 싫어하는 높은 사람이 어딨다구요?"

"아유, 진짜 촌스럽기는. 사실 그렇게 손발 오그라드는 의전에 환장하는 게 더 이상한 거죠. 조선시대에 대대로 상놈으로 살아서 대접 못 받고 죽은 조상귀신이 와서 붙었나. 안 그래요? 그냥 국회의원이든 장관이든 해외만 한번 뜨면 그놈의 의전 못 받아서 안달안달. 계장님은 그 수발이 좋습디까?"

이그린의 말에 이 계장이 살짝 움찔했다.

"사실 저 양반이 정상인 건데 그동안 우리가 너무 비정상적인 것들에 길들여져서 진짜를 봐도 그게 진짠지 몰라보는 게 문제라구요. 이건 뭐. 내가 대접을 더 해 드려야 되는디 하면서 지레 벌벌. 우리 농노로 그만 살자구요, 제발."

"네네. 잘 알겠습니다."

이태근 계장은 허공을 향해 멋쩍은 시선을 보냈다. 그의 내부에서는 의심의 여지 없이 확고했던 세계가 조금씩 무너지고 있었다. 세상이 변하긴 변했나 보네. 진짜로.

❖

"아 근디, 입얼 본드루다가 붙인겨 으쨴겨. 왜 그래여. 으째서 말두 없이 넘의 집 앞에서 도둑고양이맹키루 눈알을 희번덕대믄서 이래는 겨? 워치케 오셨냐구 나가 묻잖여?"

양조장에 말린 국화를 건네주러 가던 박 기사는 최 노인의 집 앞에서 서성거리는 낯선 두 남자를 발견하고는 목소리를 높였다.

"아니 뭔 일인디 그랴? 박기사가 워치서 사람덜을 문 앞에 세워 노쿠 유세를 부리는겨?"

대문 밖에서 큰 소리가 나자 최 노인이 마뜩잖은 낯빛으로 등장했다.

"아이구, 으르신 유세는유. 수상쩍은 양복쟁이덜이 이짝을 자꾸 요래요래 흘깃거리니께 지가 워디서 온 뉘시냐구 허던 참이였는디요."

최 노인이 등장하자, 말끔하게 양복을 차려입은 남자들이 매무새를 단정히 한 후 깊숙이 허리를 숙였다.

"안녕하세요. 저희는 서울에서 온 주류 도매상인데요. 혹시 최학영 명인님이신가요?"

"도매사앙? 우리 소곡주를 긍께 쬐메 띠어다가 팔라구 오셨단 거지유? 잉, 긍께 바이어네 바이어."

성질 급한 박 기사가 다시 참견을 시작했다.

"네, 그런 셈이죠."

"그르믄 첨부텀 그래 말했으믄 좋았잖유. 그랬으먼 나가 으르신께두 바루다가 소개두 허구."

"그만해여. 일단 먼 길 오신 손님이니께 안으로 줌 저기 해여. 에미야, 손님이 오셨는디 술떡이랑 식혜랑 줌 저기 혀야 쓰겄는디."

최 노인이 부르는 소리를 듣고 안채에 있던 부여댁이 종종걸음으로 뛰어나왔다.

"손님이유? 워치케 오신 손님인디유?"

"이이. 우리 양조장에서 술을 쬠 받아 갈라구 서울에서 오셨능게비여."

"서울서부텀 여그까정 오셨다구유? 아이구우. 아부님, 명지두 없는디. 괜찮을랑가 몰르겄어유."

"저기 헐 것이 뭐시가 있다구 그래냐. 양조장 줌 비 주구 술을 월매나 은제까지 필요헌지나 챙기믄 되겄지이."

"알겠어유. 부엌에서 뭣 줌 챙기서 지도 들어갈게유. 쩌어기, 손님덜 이짝으루다 올라오셔유."

부여댁은 사랑채 마루로 그들을 안내했다. 대문에서 한참을 걸어 들어가야 하는 고택의 위용에 놀란 듯 양복쟁이들은 조심스럽게 주위를 살피며 사랑채로 향했다.

"도매상이믄 술얼 달에 월매나 돌리는디유?"

박 기사가 이 집의 주인처럼 나서기 시작했다.

"아, 그게 늘 일정하지는 않지만 막걸리 같은 경우에는 한 달에 40만 병 정도요."

도매상의 입에서 상상 이상의 숫자가 튀어나오자 최 노인의 얼굴이 급격히 어두워졌다.

"뭐셔? 40마안? 40만 병이유? 참말루 기여? 아니 뭔 도매상이 술얼 40만 병이나 파는디유. 그게 값으루다 치믄 월매여?"

"박 기사야, 잠시 니는 빠져야 쓰것다아."

"암유암유. 지는 응당 빠져야지유. 근디 으르신 40만 병이래잖유.

그렇게 저기 헌 숫자는 나가 들어 본 적이 없어서 놀래서 그래는규."

"근디 이를 워쩌. 먼 길 오셨는디 그만 돌아가야 쓰것소. 그짝에서 고랑내가 나는 거시 도저히 마주 앉을 수가 없어서 그려 나가."

"웜매. 으르신 흥정은 시작두 안 혔는디 거래 초장부텀 디체 왜 이러시는 디유. 고랑내가 워디서 워치케 난다구 이러셔유. 참말루."

"박 기사 니는 저 사람덜이 주류 회사 쪽 사람이랜 걸 짐 알구 그래는겨, 몰르구 그래는겨? 회사가 워디여? 긍게 워디 회사에서 우리헌티 또 뭘 캐낼라구 니려온겨?"

최 노인이 눈가를 문지르며 가느다랗게 떨리는 노쇠한 목소리에 가까스로 분노를 입혀 그들 앞에 내던졌다.

"얼레? 으르신 짐 주류 회사라 했시유? 이보쇼들, 이거시 워치케 된 규? 진짜루 주류 회사서 니려온 사람덜이 맞는겨? 그랜겨?"

박 기사의 추궁에 남자들이 당황한 눈빛으로 서로를 바라봤다.

"어르신, 일단 고정하시고 저희 말을 좀 들어 보세요."

양복쟁이들이 최 노인 쪽으로 다급하게 몸을 숙이며 다가앉았다.

"왜 자꾸 사람 말얼 무시해는 거여. 묻는 말에 대답은 허지 않구 뭔 말얼 들어 보래는겨? 워디 주류 회산디. 말얼 지대루 허지를 못허구. 시방 뭣들 허자는 거시여?"

흥분한 박 기사가 목청을 높였다.

"저희는 〈천세주류〉 마케팅 팀에서 왔습니다."

"뭐셔? 천. 세. 주. 류우? 아 기여? 차암 이럴 줄 알었으믄 아까 문 앞피서 오디껜지는 몰러두 왔던 길루다 가 버리라구 돌려세웠으야 혔는디. 워치케 그거슬 눈치를 못 채구서는 취핸 사람모냥 띨띨허게 이 인사덜을 양조장에 들여놔서 으르신께 이 꼴을 비었으니 나가 죽일 놈이유."

"박 기사 니헌티 잘못이 오딨다구 그런디야. 그만해여."

"〈천세주류〉면 돌아가신 우리 장섭이 형님헌티 회사를 홀랑 냄기라구 접근했었던 참말루 호러잡녀러 새끼덜인디. 으르신, 지 말이 맞지유?"

"솔찍헌 얘기루다가 나가 댁덜이랑은 나누구 말구 헐 말이 없어. 그랑게 걸어 들어온 길 고대루 나가여어. 여그가 오디라구 기어들어온겨."

최 노인이 터져 나오려는 기침을 속으로 삭이며 호통을 쳤다.

"아부님 속에서 열 올라오믄 기침 내오니께 고만하셔유. 천세인지 전세인지서 오신 양반덜은 이짝으루 나와유. 퍼뜩."

"어르신, 저희가 여기 온 것은 〈천세주류〉가 〈한산소곡주〉의 스폰서로 결정이 됐기 때문입니다. 최명지 대표님이 독일에서 오케이 해서요."

"뭐시여? 스판서어? 스판은 쫙쫙 늘어내는 천 쪼가리 아닌가미유? 뭔 천이 오뜨케 됐다는겨 시방."

박 기사의 난데없는 스판 타령에 양복쟁이들은 할 말을 잃었다.

"박 기사야. 줌 그만해여. 와 그래는겨? 긍게 우리 명지가. 독일서 뭐시를 워치케 결정혔다구우? 스판서가 뭐신디이?"

"어르신, 저희 〈천세주류〉도 최명지 대표가 농림부와 같이하는 전통주 축제에 후원 기업으로 이번에 합류하게 됐습니다."

"뭐셔? 그게 뭔 소리여 시방. 〈천세주류〉랑 우리 소곡주가 뭐슬 같이혀? 그거슨 우리 술을 위헌 축제인디 〈천세주류〉가 왜 꼽싸리를 끼는 거시여? 무슨 목적으루다 같이허는디?"

박 기사는 목이 탔다. 이게 어떻게 얻은 기회인데.

"〈한산소곡주〉를 지금보다 훨씬 더 큰 브랜드로 키우려면 역시 〈천세주류〉의 힘이 필요하니까요. 머지않아 한솥밥 먹는 식구가 될 수도 있고."

"이거시 참말루 뭔 개소리래? 아무리 시상이 미쳐 돌아간대두 이러는 법이 워디 있간. 댁덜이랑 같이 한솥밥을 먹는다니. 우리 명지가. 긍께 우리 양조장 대표 최명지가 이 모든 거슬 승낙을 혀서 이짝으루다 댁덜을 보냈다는 기, 참말로 기여?"

흥분한 박 기사가 손바닥으로 마룻바닥을 쾅쾅 쳐 댔다. 최 노인은 아무 말도 하지 않고 눈을 감았다. 인생 굽이굽이 험한 모냥새로 내 앞에 던져진 숭한 것들을 솔찮게 본다구 봤는디도 차돌처럼 단단허게 마음이 다스려지는 건 아닌게비여.

온갖 풍파를 겪으며 살아온 노인이라고 해서 일상을 찢으며 불현듯 찾아온 쇼크에 대한 방어 기제가 순조롭게 돌아가는 건 아니었다.

"에미야. 손님덜이 가신다는디 보내 드리지 않구 뭐 허냐."

"이이. 아부님, 알것시유. 이보셔들, 이짝으루 어여 나오라니께유. 기어이 우리 아부님까정 쓰러지시는 거슬 볼라구 이러는 거시여 뭐시여."

"나가 오늘은 좀 누웠으야 할 꺼 같으니께. 내방에 물도 들이지 말구 아무두 얼씬 허지 말어라."

— 심 과장님, 출장 중 죄송해요. 저 김형식입니다.

"어, 김 대리. 서울엔 별일 없지?"

옥토버페스트 행사장에 나온 심태윤은 자신의 팀원인 김형식 대리에게서 걸려 온 전화를 반갑게 받았다.

— 과장님, 큰일 났어요. 마케팅 애들이 사고를 제대로 친 거 같은데. 이를 어쩌죠?

"무슨 소리야? 마케팅에서 사고를 치다니?"

— 일전에 과장님께서 메일로 보내신 그 보고서요. 우리가 전통주 축제 스폰 기업으로 참여하게 됐다는.

"그건 우리 영감님만 보시라고 시크릿 하게 던진 건데. 그게 왜?"

심태윤은 이마에 가로 주름을 잡으며 조용한 곳으로 걸어갔다.

— 팀장 회의에서 회장님이 살짝 흘리듯 말씀하셨는데 마케팅 윤상호 팀장이 날름 받아먹고 판을 설계해 버렸어요.

"판을 설계하다니. 이 프로젝트 설계 팀은 우리고, 내가 타워인데."

— 그러니까요. 마케팅 윤 팀장이 성과를 낼 욕심에 주접을 떤 거 같아요. 양조장 생산 케파 체크한다고 마케팅 애들을 한산에 내려보냈어요.

"하아…… 그 새끼가. 그래서?"

충격에 휩싸인 심태윤은 걸음을 멈추고 까만 밤하늘을 바라봤다.

— 그 빠가사리들이 조용히 규모만 보고 올 것이지, 두 회사가 조만간 한솥밥 먹는다느니 이딴 소리를 지껄였나 봐요.

"개새끼네! 그것들 완전 개새끼네!"

— 거기 어르신이요. 그길로 싸고 누우신 거 같은데 독일에 있는 최명지 대표가 알면 어쩌죠? 길도 닦기 전에 죄다 엎어지는 거 아니겠죠?

"일단 끊자."

심태윤은 공기 중에서 최대한 신선한 산소를 골라 마시듯 천천히 숨을 들이마셨다. 전략기획 팀이 살얼음 밟듯 조심스럽게 진행하는 일에 마케팅이 멋대로 끼어들었다. 다 된 밥에 재를 뿌려도 유분수지.

그는 조용히 명지의 얼굴을 떠올렸다. 분노에 휩싸인 명지의 얼굴을 상상하는 것만으로도 사방이 암전되듯 깜깜해졌다.

'여기서 관 짜야 되나. 나 아무래도 죽을 거 같은데. 최명지한테.'

❖

— 누나, 나여. 독일은 좋아?

"승주니? 니가 전화를 다 하고. 집에 무슨 일 있구나?"

— 아니여. 무슨 일 없어.

"말 안 하고 숨기다 내가 나중에 알면 너는 그 뒷감당 못 할 것이여. 무슨 일이야?"

— 누나, 거기서 뭐 하는 거여? 〈천세주류〉랑 우리가 뭘 같이하기루 했겨?

"축제 지원해 줄 회사가 필요해서. 여러 후원사들 중 하나야. 근데 왜?"

— 〈천세주류〉 사람들이 와서 우리를 당장이라두 집어삼킬 듯이 말을 했나 벼. 그 일로 할아버지가 좀 안 좋으시구.

명지는 가빠지는 호흡을 간신히 진정시켰다. 심태윤 너.

"다시 말해 봐. 천천히. 내가 알아듣기 쉽게."

— 우리랑 축제도 같이하고, 조만간 한솥밥도 먹게 되고. 글케 말했다구우.

승주를 안심시키기 위해 그녀는 아무렇지 않은 듯한 목소리를 겨우 끌고 왔다.

"할아버지 많이 안 좋으시니? 어쩌고 계시는데?"

— 식사도 통 못 하시구. 그냥 누우셨어. 아부지 돌아가셨을 때. 딱 그때처럼 말여.

"……!"

❖

"사부님, 어디 가요? 이 밤에."

명지는 객실 문을 열고 나오는 김호의 얼굴은 보지도 않은 채 절제심이 끊어진 다리로 달려 나갔다. 1층으로 내려가는 계단을 향해.

"사부님! 명지 씨!"

김호는 달려 나가는 명지를 〈아다지오〉 문 앞에서 가까스로 돌려세웠다. 빨개진 두 눈. 눈물? 눈물!

"명지 씨 울어요? 왜? 무슨 일인데?"

"나 말리지 마요."

왼쪽 눈에서 떨어지는 한 줄기 눈물. 명지의 눈물은 예리한 칼이 되어 그의 심장을 그었다.

"일단 갑시다, 내 방으로. 나한테 말해 봐요. 무슨 일인지."

"집안일이에요. 내가 해결해야 하는."

"나도 집안사람인데. 양조장에서 일하고 밥 먹는."

"나 방해하면 화낼지도 몰라요."

"누가 방해를 이런 식으로 해요. 같이하자는 거잖아요. 분노든 응징이든 그게 뭐든. 보는 눈이 많으니 내 방으로 올라갑시다. 장관님은 오늘 안 계세요."

김호는 넋이 나간 게 분명해 보이는 명지를 방으로 이끌었다. 그는 창가 쪽 작은 테이블 앞 의자에 명지를 조심스럽게 앉혔다.

"대체 무슨 일이에요?"

"아까 승주한테 전화가 왔는데 할아버지가 몸져누우셨대요."

"어르신이요? 어르신이 왜요?"

"〈천세주류〉 사람들이 양조장에 내려와서 해서는 안 될 말을 한 것 같아요."

"우리도 없는 양조장에 〈천세주류〉 사람들이 왔다는 거예요?"

"할아버지 앞에서 그들이 그랬대요. 소곡주 축제를 같이하게 됐고 두 회사가 곧 한솥밥을 먹게 될지도 모른다고."

"……〈천세주류〉 사람들이 그런 말을 했다구요?"

김호는 분노를 다스리기 위해 호흡을 조절했다.

"우리 아버지는 갑작스러운 뇌졸중으로 돌아가셨어요. 하필이면 우리 양조장을 〈천세주류〉에 넘기라는 제안을 받고 얼마 되지 않아서요. 아버지가 〈천세주류〉의 그 도발적인 제안 때문에 돌아가신 건 아니지만, 경영난으로 고민이 깊던 시기여서 어느 정도 영향은 끼치지 않았나 짐작할 뿐이죠. 〈천세주류〉라는 네 글자가 우리 가족들 마음속에 트라우마처럼 남았어요."

명지의 한쪽 눈에서 비어져 나온 눈물이 그녀의 볼을 타고 흘러내렸다. 명지의 마음속 괴로움이 김호에게 고스란히 전해져 그의 마음도 무너지고 있었다.

"그런 일이 있었군요. 나는 몰랐네요. 전혀."

김호는 왼쪽 손으로 그녀의 눈물을 조심스럽게 닦아 주었다.

"우리가 실수한 거 맞죠? 심태윤 과장한테."

주어 자리로 심태윤을 소환한 건 난데. 실수를 했다면 내가 했지.

"울지 말고 내 말 잘 들어요. 명지 씨가 지금 나서면 감정적으로밖에 말이 안 나갈 거예요. 오히려 그들한테 약점을 노출할 수도 있으니 내가 해결할게요."

"약점을 노출하다뇨?"

"심태윤은 개인이 아니에요. 그 사람은 키 플레이어이자, 커다란 목표를 눈앞에 둔 조직 그 자체지. 사부님 같은 개인이 상대하기에는 버거운 조직. 개인은 조직을 상대하는 게 아니에요."

"내가 개인이면 김 담당님은 뭔가요?"

김호는 잠시 숨을 멈췄다. 명지에게 감춰 뒀던 패를 하나 보이기로 결정한 이 순간을 나는 후회하려나.

"조직이죠. 이윤을 창출하는 조직을 컨트롤하는 조직."

"……!"

"심태윤은 물불 안 가리고 물질을 획득하는 조직이고, 나는 공익을 위해 그 날개를 부러뜨리는 조직이에요."

"혹시 나를 위해 나서는 건가요?"

"아니요. 우리 전통주를 지키기 위해. 사적인 감정은 배제한 채."

너에 대한 감정이 나를 어떻게 두드렸는지 내 내면의 추이에 관한 리포팅할 수는 없지만. 〈천세주류〉의 성과주의가 벼랑 끝에 서 있는 〈한산소곡주〉를 낙오자로 만든다면 나는 움직일 수밖에 없어. 꼭 너 때문이 아니더라도.

하지만 그녀의 눈물이 자신의 패를 뒤집는 단초가 되었다는 것을 부정할 수는 없었다. 사적인 감정의 크기를 헤아리다 보면 회피했던 무의식과 대면하게 될까 봐 그는 잠시 사고를 멈추었다.

"사부님, 내가 방에 데려다줄게요. 아무것도 생각하지 말고 푹 쉬어요. 이번 일은 내가 처리할 테니까."

"김 담당님이 어떻게 처리할 건데요?"

명지의 붉어진 두 눈에 걱정이 서렸다.

"아주 잘. 왜요? 내가 잘 못할까 봐 걱정돼요?"

김호는 자신의 두 눈을 들여다보는 명지의 눈동자 속에서 불안을 읽었다. 생각하는 것처럼 그렇게 점잖은 남자 아닌데. 날 잘 모르는구나, 최명지.

명지를 방에 들여보내고 자신의 방으로 돌아온 김호는 창가 옆에 선 채 논리로 질서 정연하게 무장되어 있는 이성의 지대로 서서히 들어갔다. 일련의 사건들이 그의 머릿속에서 촘촘하게 재구성되었다.

김호는 결합된 스토리 사이사이에 헐겁게 노출된 틈새들을 찾아 집요하게 파고들어 가기 시작했다. 어디까지 파고들어 가서 얼마만큼의 충격을 줄 것인지 논리적으로 설계하는 김호의 시간이 그렇게 흘러갔다.

행사 현장에서 부스를 정리하고 들어오는 심태윤의 발소리가 들리자 김호가 천천히 문을 열었다.

"잠깐 나 좀 보죠."

기본적인 인사마저 집어던진 김호의 말이 찌를 듯이 파고들자 피곤이 묻어 있는 심태윤의 얼굴이 순간 일그러졌다.

"제가 오늘 좀 피곤한 일이 있어서요. 내일 하시죠."

"내일 나를 보면 분명히 후회할 텐데. 그냥 어제 볼 걸 하고."

김호의 발이 심태윤을 향해 성큼 더 다가갔다. 이 공격적인 말투는 또 뭐야.

"말을 좀 어렵게 하시네?"

심태윤의 목소리에 짜증이 실렸다.

“지금의 내가 내일의 나보다 덜 위험하다는 말인데. 왜 말귀를 못 알아들으실까.”

평소와는 확연하게 다른 위압적이고 공격적인 말투. 김호에게서 흘러나오는 에너지가 예사롭지 않았다.

“내가 어떤 부분을 못 알아듣고 있는데요?”

“방금 화를 삭이고 왔거든요. 근데 내일은 그 화가 어떻게 뻗어 나갈지 나조차도 알 수가 없어서. 가시죠, 저 앞 카페로.”

김호는 흔들리는 심태윤의 눈동자를 외면한 채 계단을 내려갔다. 심태윤도 불쾌한 표정으로 그를 따라나섰다.

간단한 안주와 맥주를 파는 노천카페에 앉아 두 남자는 한동안 서로를 노려봤다.

“혹시, 최명지 씨 일로 내가 호출된 겁니까? 이 시간에?”

“그건 아니고.”

반말과 존댓말 사이에 걸쳐진 그 묘한 말투가 아까부터 거슬렸는데 계속 이러네.

“그럼 내가 왜 불려 온 건데요?”

“대기업의 무분별한 사업 확장과 전통 기업 영업권 방해에 대해 내가 관심이 생겨서요.”

김호의 입에서 상상도 하지 못했던 무거운 단어들이 튀어나오자 심태윤은 본능적으로 주위를 살폈다.

“갑자기 그게 무슨 말씀인지.”

“충남 서천 소곡주협동조합이라고 들어 봤어요? 나름 조직력이 굉장히 치밀한 조합인데. 〈천세주류〉의 전통주 사업을 막기 위한 조합 측의 기자 회견을 내가 주선할까 하는데. 이런 주제에 내가 관심이 생겨서 말이지. 이런 시나리오는 어때요? 머릿속에 그림이 그려지나?"

뭐야 이 자식. 어디까지 아는 거야 도대체.

"김호 사무관님, 오해가 있으신가 본데요."

"무슨 오해? 당신네 회사 사람들이 기어이 대표도 없는 양조장에 내려가 70대 노인을 앉혀 두고 인수 합병 운운한 거? 아니면 이 양조장에서 생산량을 얼마나 뽑아낼 수 있는지 생산 케파 체크한 거? 어느 쪽이 오해인지 설명해 보시든가."

김호가 영향력의 범위를 가늠하기 어려운 농림부 참모급 사무관의 스탠스를 취하며 심태윤을 압도하기 시작했다. 자신을 해체할 듯 쏘아보는 김호의 얼굴이 놀라우리만치 침착해 보여 심태윤은 숨 막힐 듯한 위기감을 느꼈다. 감정을 숨긴 채 먹이를 향해 다가오는 차디찬 맹수의 눈빛.

"네, 저희가 너무 성급했습니다. 저희 팀이 진행하는 일에 다른 팀이 개입했어요. 하지만 어디까지나 커뮤니케이션이 삐그러져서 그런 겁니다."

심태윤이 대화의 주도권을 상실한 채 표류하기 시작했다.

"자유 경제 체제가 건강하게 굴러가기 위해서 가장 중요한 게 뭔지 알아요?"

"……?"

"건전한 국민 의식이 가장 중요하지. 그리고 그에 상충되는 개인의 이익 추구를 조절하고 인간의 이기심을 적당히 규제하기 위해 법이 필요한 거고. 돈에 눈이 멀어서 당신들 앞에 숨겨져 있는 브레이크가 안 보이나 본데. 그 브레이크 내가 한번 밟아 줄까 싶어서."

김호는 돈이면 다 된다는 대기업의 논리를 허물어 갔다.

"우리도 건전하게 사업합니다. 너무 일방적으로 몰지 말아요."

"건전하게 사업한다는 사람들이 그렇게 비겁한 수를 두나? 전통주를 지켜 온 소상인들이 대기업과 싸우면서 차곡차곡 정비해 왔던 법과 제도의 열매는 함께 누리면서, 자신들의 자본력으로 사업 확장에 박차를 가하고 약한 기업을 집어삼키려 한다면 그게 맞는 겁니까? 그게 당신들이 말하는 건전한 사업이란 건가?"

"우린 투자를 하겠다는 거지, 전통주를 집어삼키겠다는 게 아닙니다."

심태윤은 억울하다는 얼굴로 김호를 쳐다봤다.

"심 과장님, 아직 정신 못 차리셨네. 하나하나 정확하게 알려 줘야 심각성을 깨닫는 부류인가 본데, 그럼 그 수준에 내가 맞춰야겠네. 당신들 전통주 상권을 파괴하겠다는 마음으로 지금 온 힘을 다해 진격 중인 거 맞지? 그래서 나도 농림부를 중심으로 공정거래위원회, 식약청, 행자부와 협업해서 정부의 규제 방안을 마련하려고 하는데, 어떻게 할지 설명해 줄 테니 잘 들어요."

"……!"

심태윤은 눈앞에 닥친 거대한 불행을 직감하고 어금니를 꽉 깨물었다.

"〈천세주류〉가 개입된 전통주 브랜드의 추가 출점은 꿈도 꾸지 마세요. 내가 금지할 거니까. 서천을 전통산업보존구역으로 지정해 당신들 같은 대기업은 접근도 못 하게 할 거고. 그래도 날고 기는 〈천세주류〉니까, 어떻게든 틈새를 열어젖혀서 사업을 하려고 하겠지. 그런데 소곡주 사업은 절대 못 할 겁니다. 중소기업만 할 수 있는 적합 업종으로 지정해 대기업은 발도 못 붙이게 할 거니까. 〈천세주류〉가 하고 싶어 하는 대형 프랜차이즈 출점 그것도 어려울 겁니다. 내가 장관님께 허가제 도입을 건의할 거니까."

"지금 뭐 하자는 겁니까?"

순하고 조용한 사람이라고만 생각했던 김호의 날 선 공격을 받고 심태윤의 눈동자가 위태롭게 흔들렸다.

"뭐 하기는 일하자는 거지. 전통주를 살리고 이 상권을 침탈하려는 대기업을 제도로 규제하는 게 내 일이거든. 그런데도 반드시 이 사업을 하겠다면 대기업과 전통주 상인들 간의 갈등 해소를 위한 협의체를 구성하게 할 겁니다. 우리 농림부 장관님께서 또 노동 운동가 출신이라서. 흩어져 있는 상인들을 조직하고 분산된 힘을 집중시켜서 대기업에 데미지를 입히는 수천 가지 방법을 연구해 온 전문가거든. 전통주 상인들의 생존권을 〈천세주류〉가 침해하는 걸 알면 협의체 먼저 구성하실 양반이라서."

"사무관님, 공권력이 참으로 꼼꼼하고 다채롭게 남용되네요. 내 눈앞에서."

"말 한번 잘했네. 진짜로 꼼꼼하게 남용되는 거 한번 볼래요? 사업비도 한번 봅시다. 대규모 출자 단행할 건가? 〈한산소곡주〉 측에서 협의체가 구성되면 이 단체의 반발로 사업은 무조건 접어야 할 텐데. 신사업 진출을 위해 수백억 원 자금 쏟아부었다가 빚잔치로 마감하고 청산 절차 밟으실 거 같은데 내 느낌에는."

김호는 여유롭게 입가에 미소를 지었다.

"그만하시죠."

"자금 조달은 어떻게 하시려나. 페이퍼 컴퍼니 하나 만들어서 제3자 유상증자와 현금 출자 병행 구조로? 전통주를 부활시킨다는 명목으로 정부 지원금도 50억 정도 요청하겠네. 그런데 자금 확보 안 될 겁니다. 내가 막을 거니까. 내 힘으로 부족하면 조합을 내세울 거고. 생계 위협을 느낀 조합이 전국적으로 진행하는 불매 운동 한번 진하게 경험해 보는 건 어떨까? 그거야말로 우리 장관님 전문인데. 뒤에서 농민들 조직하고 옳은 방향으로 집단 행동하게 하는 거."

"하아…… 기가 막혀 말도 안 나오네요."

심태윤은 불매 운동 소리에 즉각 반응했다.

"전해요, 당신들 두목님한테. 어떤 규제가 〈천세주류〉를 기다리고 있는지. 하나도 빠뜨리지 말고."

"최명지 씨에 대한 마음이 참 대단하시네요. 소곡주를 지켜 낼 제도와 규제까지 이리 꼼꼼히 세팅해서 바칠 정도로."

"전통주에 대한 내 마음이 대단한 겁니다. 〈한산소곡주〉를 집어삼키는 게 당신 프로젝트라면 그걸 지키는 건 내 프로젝트라서. 청와대에서 직접 내려온 내 미션. 〈전통주 축제 활성화 프로젝트〉의 총괄이 바로 나예요. 천오백 년을 아름답게 지켜 온 우리의 전통을 당신네들이 뭔데 집어삼켜. 대한민국을 너무 물로 보셨네. 나도 너무 우습게 봤고. 안 그래요 심태윤 씨?"

심태윤은 뭔가를 파악하는 데 기민하게 돌아가던 사고의 중심축이 한순간에 무너지는 걸 느꼈다. 그 무너진 자리에 아무것도 할 수 없는 무력감이 수렴되었다. 〈천세주류〉를 지탱할 수 있는 최소한의 안전한 틀 하나 남기지 않고 김호가 낫질을 해 버렸다. 완벽하게.

실패를 전제한 질문들이 날카롭게 날아왔지만, 단 한마디도 대응하지 못했고, 역시나 실패를 전제로 한 암울한 미래가 배달되었다.

판의 설계자가 자신인 줄 알았는데, 점잖게만 보이던 김 담당이 농림부 장관 직속 사무관의 면모를 보이며 날카로운 규제의 칼을 들고 화려하게 비상했다. 이 판의 설계자는 그였던가, 김호. 테이블에서 조용하게 냅킨이나 접던 그자가.

❖

"굿모닝. 사부님. 기분은 좀 괜찮아요?"

아침 식사를 위해 로비로 내려오는 명지를 보고 김호가 다가왔다.

"해결한다던 건요, 잘했어요?"

사부님 때문에 공권력을 좀 남용했지, 내가. 장관님 아시면 혼나겠지만.

"어떻게 했을 거 같아요? 잘했을 거 같아요?"

"모르지 난. 뭘 잘했겠어. 심태윤이 얼마나 고단순데. 딱 봐도 닳고 닳은 인간인데요."

"나 섭섭할라 그래요. 나는 뭐 멍충이 바보 샌님인가."

"훗, 이 분위기에서 이 무슨 자기 고백이에요. 내면에 대해 깊게 성찰하셨나."

"어! 어! 내가 멍청이 바보 샌님 맞는다는 거죠, 이거. 사부님한테나 되게 무서운 사람이란 거 보여 줄 겁니다, 진짜로."

"실없는 소리 그만하구요. 심태윤이랑은 잘 해결했어요? 무슨 말을 어떻게 했는데."

"그냥 간단하게 했어요. 아주 간단하게."

"이거 봐. 내가 이럴 줄 알았다니까. 간단하게 끝낼 일이 아닌데 그렇게 마무리하면 어떡해요?"

"나 좀 믿어 봐요. 거 믿읍시다, 좀. 근데 저기 우리 장관님 아니에요? 맞네. 일단 밖으로 튑시다, 빨리."

김호가 명지의 손을 잡고 거리를 향해 달려가기 시작했다.

"아니 뜬금없이 왜요? 김 담당님 우리가 왜 튀는데요?"

“우리 장관님한테 들킬까 봐요. 저 영감님 측이 대단한 분이라.”

“뭐를 들켜요? 무슨 죄졌어요?”

“죄졌죠. 그것도 아주 큰 죄를.”

“이 손 좀 놓고 가시죠? 장관님한테서 아주 멀리 떨어진 거 같은데.”

명지가 김호에게 잡혀 있던 손을 빼냈다.

“자세히 얘기 안 할 거예요? 나한테 혼날라고 진짜.”

“아무리 사부님이라도 그렇지. 뭐 맨날 혼을 내요. 서천에서도 몸이 굼뜨다, 일 못한다 그리 구박을 하더니.”

“심태윤한테는 간단하게 말했다면서. 왜 죄지은 사람처럼 장관님 보자마자 냅다 도망이냐구요.”

“아, 예리하시네. 간단하게 협박을 좀 했어요. 모닝커피 어때요? 마침 저기 카페가 있네.”

“김 담당님의 상냥한 협박이 먹혔어요? 그 능글능글한 심태윤한테?”

“누가 상냥하게 했다고 그래요. 되게 무섭게 협박했는데.”

“퍽이나 무섭게 했겠네.”

“이렇게 젠틀하고 상냥한 모습은 사부님 앞에서만 보이는 건데. 맨날 바보 샌님 취급이나 하고. 이러다 후회해요.”

“저기 가서 빵이나 먹어요. 내가 살 테니까. 어제 애쓰셨겠어요. 심태윤 겁주느라. 아주 벌벌 떨었겠어.”

“사 줄 거면 두 개 사 줘요. 난 두 개 먹을 만하지 뭐.”

“이럴 때 보면 딱 승주네, 승주야. 그러면 어제 김 담당님이 슬쩍 겁을 줬으니 이제 내가 마무리하면 되는 거예요? 나 그런 거 잘해요. 막 무섭게 몰아치는 거.”

그 순간 김호의 오른손이 빛의 속도로 뻗어 나와 명지의 왼쪽 팔목을 잡고 자신을 마주 바라보도록 돌려세웠다. 그녀의 얼굴이 그의 가슴팍에 거의 닿을 듯이 가까이 오도록.

"최명지, 내가 했어, 그 마무리. 이제 당신은 나랑 축제 준비만 하면 돼. 〈천세주류〉는 어제 내가 날렸으니까, 확실하게. 내가 심태윤을 가만뒀을 거 같아?"

명지는 진한 수컷 냄새를 풍기며 눈을 반짝이는 김호를 바라봤다. 차분하고 침착했던 눈썹이 사라지며 웃음기가 걷힌 자리에 내면에서 터져 나온 것 같은 뜨거운 감정이 이글이글 들끓고 있었다. 그는 어쩐지 위태로워 보였다.

어떤 상황에서도 흐트러지지 않는 차분함과 집중력을 갖고 있던 김호 매직이 풀리는 순간, 명지의 감정이 다른 층위로 이동했다. 심장이 뛰는 속도에 밀려 나온 명지의 감정과 매직이 풀린 김호의 감정이 두 사람 사이를 숨 가쁘게 넘나들었다. 그녀와 공명하지 않으려고 자신을 가둬 두며 체벌했던 시간들이 산산이 흩어져 갔다.

"화내는 거예요, 지금?"

"설마 화를 이렇게 다정하게 낼까. 나 점잖지 않다니까."

명지를 빨아들일 듯 바라보던 김호의 시선이 콧등을 지나 입술로 내려왔다. 명지는 자신의 팔목을 잡고 있는 김호의 오른손에 힘이 들어가는 걸 느꼈다.

김호의 시선이 입술에 닿는 순간 둘 사이에 조성된 아슬아슬한 성적 텐션이 극대화되며 명지는 숨조차 쉴 수 없었다. 이 불온한 공기를 가르고 숨을 쉬기 위해 그녀가 입술을 열었다.

"믿을게요. 담당님이 확실하게 마무리했다니까. 그럼 걱정 안 하고 나는 그냥 진도 나갈게요."

"나랑도 진도 한번 나가 볼래요?"

김호의 왼쪽 손이 명지의 등을 감싸 안았다. 마음이 이끄는 대로 일상을 채색한다는 건 얼마나 가슴 뛰는 일인가. 무료하고 안전한 잿빛 일상이 영롱하고도 위험한 색깔을 입고 그를 유혹했다. 묻어 두었던 감정이 욕망의 외투를 입고 찾아와 눈앞에 있는 매력적인 젊은 여성에게 집중하라며 마음을 흔들었다. 내 이성은 독일의 매혹적인 향기에 취해 어딘가로 날아가 버렸나.

"아슬아슬한 벼랑 끝에 간신히 버티고 서 있는 사람한테 이런 말하고 싶어요?"

차분하게 들리는 명지의 음성이 허공 속에 흩어져 있는 이성을 붙잡아 그의 머릿속에 심어 주었다. 넌 소멸의 길을 걷고 있는 〈한산소곡주〉 대표, 난 그 소멸에 산소 호흡기를 대야 하는 프로젝트 총괄. 너랑 사적인 감정으로 얽힌다면 우리의 대의는 망가지려나. 연인 회사에 특혜를 몰아준 것처럼 심태윤이 언론 플레이를 하겠지. 내 이런 감정은 너의 약점이 되어 너를 공격할지도.

김호는 명지를 감싸 안았던 손에 가만히 힘을 풀었다. 당장 해결해야 하는 절박한 과제들 때문에 들끓는 이 감정들을 삶의 맨 가장자리로 치워 버려야 하는 현실이 쇼핑몰의 이벤트 메일처럼 도착했다. 클릭해서 열어 보기도 싫은 그런 뻔한 현실.

"지금 내가 놓은 건 최명지 대표지, 여자 최명지가 아니에요."

아차 하다가 발 삐끗하면 바로 힘들어지는 일상에서 벗어나니 제법 근사한 남자가 서 있었다. 이 남자한테 이런 면이 있었던가. 명지는 일렁이는 감정의 불꽃을 뚜껑으로 덮어서 꺼 버리는 지점에 안착했다. 정리해 버린 불꽃 너머로 오렌지색 셔츠가 보였다.

"근데 저기 장관님 아니에요? 저쪽에 오렌지 셔츠."

"김호 이 자식, 이게 여기 있었네. 나랑 얘기 좀 하자."

그들을 향해 팔을 휘저으며 걸어오는 느낌이 심상치 않았다.

"아, 망했네. 우리 영감님 어디서 뭘 듣고 온 얼굴 같죠? 그렇죠?"

김호의 얼굴은 다시 평온해졌다. 도망갔던 예의 그 표정이 다시 그를 찾아왔다.

"대체 아까부터 뭘 자꾸 숨겨요. 장관님 딱 봐도 무지 화나셨구만. 오동나무 하나 베어 올까요? 오늘이 김 담당님 관 짜는 날인 거 같은데."

명지의 말에 김호가 활짝 웃었다. 말도 이렇게 재밌게 해, 이 여자는.

"사부님, 미안한데 먼저 호텔로 가세요. 난 장관님과 데이트 좀 할 테니까. 호텔 가서 아침부터 먹어요. 내 걱정은 하지 말고."

김호는 명지에게 안심하라는 듯 고개를 끄덕였다.

"뭐래는겨. 데이트는 무신. 욕만 무쟈게 먹겠는디. 잘히 봐유."

명지는 펄 듯이, 날듯이 걸어오는 하 장관에게 공손히 인사하고 호텔 쪽으로 걸음을 옮겼다.

"장관님, 좋은 아침입니다! 잘 주무셨어요? 요 앞 카페로 가시죠. 제가 자리 잡아 놨습니다."

"김호, 너 이노무 시키!"

김호는 하 장관의 팔을 끌다시피 하고 카페 안으로 들어갔다.

"아침이니까 따뜻한 크루아상에 커피 괜찮으시죠?"

"어제 뭐 한 거야? 〈천세주류〉를 조졌다면서 니가."

"장관님이 그걸 어떻게 아세요? 방에 도청기를 심으셨나?"

김호가 너무 평온한 얼굴로 커피 잔을 입에 가져갔다.

"이 자식이. 〈천세주류〉 심태윤이 우리랑 같이하려던 미팅을 이그린 사무관 통해 엎었으니까 알지. 축제 스폰서를 왜 조져 니가."

"조지긴요. 일전에 저한테 허락하셨던 거 기억 안 나세요?"

"내가 너한테 뭘 허락했는데?"

하 장관은 고개를 갸웃했다.

"니 선에서 조용히 매듭지어라. 아니다 싶으면 니가 나서. 연장을 든 사람은 너지, 난 뒷방 노인네일 뿐……."

"시끄러 인마. 근데 너 심태윤한테 연장을 얼마나 휘두른 거야. 솔직하게 불어 봐."

"그냥 경고 차원에서 몇 마디 해 줬어요."

"무슨 경고를 날렸기에 〈천세주류〉 애들이 아침부터 떼로 모여 대책 회의를 하냐고."

"장관님께 배운 대로요. 전통주 브랜드 추가 출점 금지"

김호는 하 장관을 보며 능청스럽게 웃었다.

"얼라려."

"전통사업보존구역 지정."

"어쭈."

"대형프랜차이즈 출점 허가제 도입이랄까."

"얼씨구우."

"그 밖에……."

"이 자식이 진짜. 또 있냐? 그 밖에가 왜 텨 나와."

하 장관의 눈썹이 치켜 올라갔다.

"이건 장관님 필살기라서 살짝 흘렸죠, 제가."

"내 필살기 뭘 흘렸는데."

"그거요. 대기업과 전통주 상인들 간의 갈등 해소를 위한 협의체 구성."

"이 시키가 진짜. 그 카드까지 던졌다고? 왜 이리 오바를 했어? 너답지 않게."

"〈천세주류〉 사람들이 우리를 얕봐서요."

"우리를 얕보다니."

"대통령도, 장관도, 그 밑에 사무관도."

김호가 조금 씁쓸한 눈빛으로 하 장관을 바라봤다.

"자세히 말해 봐. 더 자세히."

"전통주를 부활시키라는 미션이 떨어졌는데도 〈한산소곡주〉를 먹겠다고 양조장에 사람을 보냈더라구요."

"……흠."

"최학영 명인님은 인수 합병 어쩌고에 충격받아서 쓰러지셨대요. 이 모든 걸 설명해 줄 최 대표가 없으니까요. 충격의 완충 지대도 없이 노인들만 있는 양조장에 가서 그렇게까지 하다니."

"그 어르신이 쓰러지셨어?"

하 장관은 근심 어린 표정으로 관자놀이께를 문질렀다.

"네. 지금 최 대표 마음이 소란해요, 아주."

"양아치들이네 그것들. 당장 잡아다 앉혀. 심태윤을 내 앞에."

"어쩌시게요? 어제 충분히 했어요, 제가."

"진짜 제대로 된 판 한번 깔아 줄라고. 이건 〈한산소곡주〉와 〈천세주류〉의 싸움인데 심태윤이랑 니가 왜 붙냐?"

"그럼 누가 붙어요? 제가 이 프로젝트의 총괄인데."

"너보다 한 수 위. 진짜 끝판왕은 따로 있어 보인다."

"그게 누군데요?"

"최명지! 심태윤이랑 진검 승부를 벌일 사람은 니가 아니야. 최명지지."

하 장관은 속을 알 수 없는 미소를 지었다.

"……!"

"심태윤한테 똘마니들 데리고 코트라 사무실로 오라 그래. 최명지 대표 앞에서 하겠다던 그 프레젠테이션 말이다. 〈한산소곡주〉를 어떻게 키울 것인지에 대한 비전 제시. 그 프레젠테이션 하라 그래. 최명지 대표 앞에서 당장."

"그 준비를 벌써 했을까요? 심태윤이?"

"어제 너한테 아작 난 뒤, 어떻게든 〈한산소곡주〉를 손에 넣으려고 아마 밤새 준비했을 거다. 그래 봬도 걔가 〈천세주류〉 전략기획 팀장이야. 〈천세주류〉 에이스의 화려한 프레젠테이션 한번 보고 싶지 않냐?"

김호와 심태윤. 상이한 방식으로 살아온 두 인생이 치열하게 부딪치는 것을 내가 보려나. 걔들이 머리 좋은 책상물림이면, 양조장에서 제조와 장사 노하우를 뼛속까지 익힌 게 최명진데. 이론으로 완벽한 두 녀석과 실전에 강한 최명지를 붙여 놓으면 재밌는 그림이 나올 것도 같은데, 어디 구경 한번 해 볼까. 누가 진정한 멀티플레이어이자 이 판의 최종 설계자인지.

13

그런데 예외 조항이 있죠.
대통령 특별 지시로 인해 급히 진행돼야 하는 사업비 책정은

코트라 뮌헨 무역관 대회의실.

무릎 위로 살짝 올라오는 검은색 에이치라인 스커트에 흰색 브이라인 블라우스를 입은 명지가 대회의실 안으로 들어왔다. 검은색 힐 덕분에 명지의 쭉 뻗은 다리가 더욱 돋보였다. 이그린 담당과 함께 회의실에 먼저 와 있던 김호는 색다른 명지의 모습에 눈을 크게 떴다.

"왜 이렇게 갖춰 입은 거예요?"

"담당님, 이런 자리는요. 또 어떤 찬스가 생길지 모르거든요."

명지는 스커트에 주름이 질세라 김호 옆자리에 조심스럽게 앉았다.

"과연 그럴까요. 오늘은 심태윤의 쇼 타임인데?"

"그건 모르죠. 심태윤의 데뷔 무대가 될지 고별 무대가 될지."

"근데 사부님은 이런 정장도 참 잘 어울리네요. 프로페셔널해 보이고. 혹시 이렇게 뭔가를 발표하는 자리의 주인공이 돼 본 적 있어요?"

명지는 김호를 보고 싱긋 웃었다. 이 공무원 양반이 진짜. 우리 양조장이 주전자떼기로 술 파는 동네 구멍가게인 줄 아나.

"내가 이래 봬도 회사 대표거든요. 그것도 100년이 훌쩍 넘은 회사. 회사 하나를 경영한다는 건 매일매일 어려운 상황들과 마주해야 한다는 거예요. 얼마나 무거운 문제들을 스스로 해결해 왔는지, 내가 어떤 상황들을 몸소 부딪쳐 왔는지, 공무원 양반은 절대로 모르실 거예요."

하 장관까지 착석하자 심태윤이 대형 TV 화면과 노트북을 연결해 프레젠테이션 파일을 띄웠다. 그러곤 발표 자료를 자유자재로 넘길 수 있는 스마트 포인터가 잘 작동되는지까지 꼼꼼히 테스트했다.

심태윤의 준비 과정을 살펴본 뒤 하 장관이 입을 열었다.

"오늘 프레젠테이션은 발표자가 시작부터 끝까지 한 호흡으로 끌고 가지 않고 궁금한 게 있으면 누구든지 중간에 질문할 수 있는 참여형 프레젠테이션으로 진행합시다. 서로들 간에 입장 차이가 있는 주제다 보니 이리 흘러가는 게 더 맞을 듯싶어서. 이 점에 대해 이의들 없는 거죠? 오케이. 그럼 〈천세주류〉의 심태윤 과장님은 프레젠테이션을 시작하세요."

회의실 안에 모인 사람들의 동의한다는 끄덕임을 확인한 후 하 장관은 심태윤을 호출했다. 중요한 자리에 선다는 긴장감으로 심태윤의 어깨는 살짝 굳어 있었지만, 두 눈에는 드러내지 않고 있는 자신감이 언뜻언뜻 비쳤다. 그리고 누군가 앞에서 무언가를 제시하고, 강조하고, 설득하는 일련의 행위들로 단련된 사람들에게서 보이는 능숙함이 스마트 포인터를 만지는 순간에조차 느껴졌다.

발표 장비를 챙겨 발표자의 자리로 올라가는 그의 움직임은 종이를 가르고 나가는 가위처럼 막힘이 없었다. 김호는 마치 훈련된 군인 같은 심태윤의 몸짓에서 앞으로 쉽지 않은 시간들이 흘러갈 것이라는 걸 예측했다. 무언가를 많이 준비한 사람만이 지을 수 있는 표정을 심태윤의 얼굴에서 포착한 김호는 자신도 모르게 호흡을 가다듬었다.

명지는 포커페이스를 유지하며 정면을 응시하고 있었다. 원망도 분노도 궁금함도 담지 않은 완벽한 무표정. 그녀의 가업을 찬탈하기 위해 훈련받은 군인처럼 허점 하나 보이지 않는 침략자가 나왔는데도 아무렇지 않은 명지의 얼굴. 어쩌면 속에 더 많은 걸 품고 있는지도 모르는 그녀 최명지.

[첫 장: 전 시장의 부활]

"제가 꿈꾸는 전통주의 미래는 바로 전 시장의 동반 부활입니다. 피자를 대체하는 전의 귀환이죠."

심태윤의 무대는 시작부터 강렬했다. 전통주를 다이렉트로 건드는 게 아니라 곁들이는 안주인 전으로의 1차 포커싱. 줌 인이 끝나면 자연스럽게 부각될 전통주.

독특한 도입부가 그렇게 시작됐다.

"전은 우리 고유의 음식입니다. 혼인, 생일, 연회, 상례, 제사를 치를 때 꼭 올리는 음식이죠. 육류, 어패류, 채소 등의 식품 재료를 둥글넓적하게 저미거나 다져서 밀가루를 얇게 묻힌 뒤 달걀옷을 입혀 번철에 노릇노릇하게 지진 음식을 전이라고 합니다. 애호박전, 표고전, 생선전, 두부전 등 종류도 다양합니다."

심태윤은 뜬금없이 웬 전 타령이냐는 표정의 사람들을 찬찬히 둘러봤다.

“저희 〈천세주류〉는 〈한산소곡주〉라는 아이템에 전통 음식인 전을 접목해서 이 사업을 더 크게 확장시켜 보려고 합니다. 〈한산소곡주〉는 맛이 뛰어나고 향이 좋은 명품 술이지만 대중들에게 전혀 노출되어 있지 않습니다. 지역 사람들에게만 알음알음 판매하고 있는 정도죠.”

명지는 심태윤의 말 한마디 한마디에 집중하고 있었다.

“출근, 퇴근, 회의, 보고서, 팀 간의 알력. 스트레스와 격무에 시달린 현대인들은 고단한 하루의 피로를 풀어낼 장소가 필요합니다. 그런 현대인들을 위해 들기름에 고소하게 지진 전과 전통주를 먹을 수 있는 새로운 회식 장소를 만들어 볼까 합니다. 광화문, 종로, 강남, 삼성 등 직장인들이 몰려 있는 오피스가에 푸근한 느낌의 주막을 현대적으로 재해석한 퓨전 스타일의 주점을 오픈해 가맹 사업을 할 계획입니다.”

‘그러면 그렇지. 〈한산소곡주〉 브랜드로 프랜차이즈 가맹 사업 진출. 지들이 정말로 하고 싶었던 로드 숍 사업을 하시겠다 이거네. 진짜 목적이 바로 나왔네.’

김호는 속내를 파악했다는 눈빛으로 심태윤을 쏘아봤다.

“소곡주와 전이 어우러진 전통 상차림이 기본이고, 손님의 숫자에 따라 메뉴 명칭이 달라집니다. 1인상, 2인상, 한 상, 잔칫상으로요. 주점의 콘셉트는 ‘외갓집’입니다. 휘영청 달이 떠 있는 푸근한 외갓집. 최대한 고를 높인 천장에는 발광 바이오드 조명을 이용해 수많은 별이 박혀 있는 시골집 밤하늘을 연출할 생각입니다. 손님들은 주점 안으로 들어오는 순간, 대도시에서 고향집으로의 순간 이동을 경험하게 될 겁니다."

심태윤이 포인터를 누르자 슬라이드는 별이 박혀 있는 매장 천장의 이미지로 전환되었다. 슬라이드 한 장만으로 환상적이고도 숨이 막히는 분위기가 연출되었다. 하늘에 별이 총총하게 빛나는 주점에서 소곡주를 마신다면 분위기가 끝내주겠구나. 하 장관은 이미지를 상상하듯 눈을 감았다.

"매장에서는 찹쌀밥으로 직접 누룽지를 만들어 구수한 누룽지 냄새가 온 매장에 흐르게 할 겁니다. 사람들 기억 어딘가에 있는 시골 외갓집에 대한 노스탤지어를 자극하고, 맛과 향을 느끼는 것은 물론 시각적으로도 그리움이 충족되는 특별한 주점이 되는 거죠. 이 구수한 찹쌀누룽지는 매장을 방문한 모든 손님들에게 서비스로 제공할 겁니다. 단순히 술을 파는 주점이 아니라 그리움과 추억을 공유하는 장소로 사람들 가슴에 자리매김할 수 있도록요."

"심태윤 과장님, 질문이 있는데요?"

명지의 오른손이 살짝 올라갔다. 심태윤이 자신만만한 표정으로 고개를 끄덕였다.

"질문하시죠, 최명지 대표님."

"소곡주를 파는 퓨전 주점은 몇 점포 정도 예상하시는 거죠?"

"여의도, 광화문, 강남 같은 중심 상권에는 직영점으로 10개 정도 오픈하고 가맹점은 전국에 50개 정도로 시작하려구요."

"그렇다면 점포 수는 60개 정도네요. 그럼 중심 상권에 있는 직영점에서 판매되는 소곡주의 월 소비량은 어느 정도로 예상하시나요?"

"좋은 질문이네요. 상상 이상일 겁니다. 직영점은 무조건 초역세권, 대형 상권에 들어갑니다. 매출보다는 홍보를 주목적으로 한 플래

그십 스토어 형태가 될 것이고, 매장 그 자체가 하나의 훌륭한 광고 존이 됩니다. 2층 규모로 오픈하면 상상할 수 없을 정도의 양이 판매될 테니 기대하셔도 좋습니다."

"소곡주는 기다림의 술인데 전국 60개 점포에서라. 만약 나중에 가맹점이 늘어나 전국 규모로 매장이 한 300개 정도가 훅 넘어간다면, 우리 소곡주를 점주들이 어마어마하게 발주할 텐데, 그 술들은 어떻게 조달할 건가요?"

"아…… 술은 발효가 가장 중요하죠. 발효를 촉진시켜서 숙성 시간을 짧게 끊어 갈 수 있는 첨가제가 있습니다, 우리 〈천세주류〉에는. 그걸 이용해서 짧은 기간에 최대 생산량을 뽑아낸다면 가맹점 천 개까지는 충분히 커버할 수 있습니다."

"장관님, 지금 이 자리를 농림부가 우리 농산물을 이용해 지역 특산품을 만드는 사업장에 지원하는 특별 사업비 공모전의 1차 심의 자리로 전환할 것을 요청합니다."

최명지가 자리에서 천천히 일어났다. 그녀는 단상을 향해 흔들림 없는 걸음으로 나아갔다. 또각또각하는 명지의 구두 소리가 심태윤에게 위협적으로 들려왔다.

"〈천세주류〉 역시 우리 농산물을 이용해서 술을 만드는 회사이니 이 사업비의 심의 자리에 참석할 자격이 되는 것 같네요. 농림부의 특별 사업비 50억을 누가 따는지 겨루는 자리인데 응해 보실래요? 〈천세주류〉의 발표는 이미 끝난 거 같고, 이제 두 번째로 〈한산소곡주〉가 발표할 차롄데 사업비 경쟁을 나 혼자 할 수는 없어서요. 〈천세주류〉가 오케이만 하면 내가 이 판을 한번 키워 볼까 하는데, 어때요?"

최명지가 드디어 주사위를 던졌다. 〈천세주류〉를 함께 엮어서.

심태윤은 자신의 발표 내용을 가만히 복기했다. 사람들의 관심에서 멀어진 채 점점 쇠락의 길을 걷고 있는 시골 양조장의 대표 최명지가 〈천세주류〉에 던진 게임 초대장. 승자가 획득하는 것은 농림부의 특별 사업비 50억. 점포 오픈 능력으로 보나, 사업 확장 가능성으로 보나 최명지에게 밀릴 가능성은 제로에 수렴. 자본도 인프라도 투입할 선수도 없는데, 최명지 혼자 뭘 하겠다는 거지. 대기업인 우리를 상대로.

"저는 물론 콜입니다."

"그럼 정부 과제 심의를 위한 최소 기준인 2개의 회사가 확보됐으니, 심의 자리로의 전환이 가능한 기본 요건이 구성된 것 같네요. 컨트롤 타워인 주관 부서 농림부 장관님이 이 자리에 계시구요, 또 농림부 김호 사무관님이 계시니 팀장급 심의 위원 1명 충족됐구요, 협력 기관 사무관급 1명으로는 외교부 이그린 사무관님이 계시네요. 심의의 참관인 1명은 마침 이태근 계장님이 들어오시네요. 이상 심의 배석자 기본 요건이 충족된 것 같은데 맞나요, 김호 사무관님?"

명지는 정부 지원 사업의 사업비 청구가 가능한 사업 분야 및 그 심의 절차에 따른 기본 요건을 정확히 알고 있었다.

"맞아요. 심의 참석 인원 규정을 따지자면 맞습니다. 그런데 플랜에 대한 서류 제출이 선행돼야 합니다. 이렇게 바로 발표하는 건 서류 절차를 건너뛰는 거라 나중에 문제가 될 수도 있어요."

김호는 최대한 객관적인 입장에서 절차상의 문제점을 짚어 주었다.

"그렇지. 서류 선제출, 후심의가 원칙이라서 심의 자리로의 갑작스러운 전환은 어려울 거 같은데?"

하 장관도 고개를 갸웃하며 입을 열었다.

"그런데 예외 조항이 있죠. 대통령 특별 지시로 인해 급히 진행돼야 하는 사업비 책정은."

명지는 말을 끊고 일부러 한 템포 쉬었다. 그 짧은 휴지休止 시간 동안 사람들은 이 프로젝트의 풀 네임을 떠올렸다.

청와대에서 직접 내려온 〈전통주 축제 활성화 프로젝트〉!

"대통령의 특별 지시로 진행되는 사업은 절차상의 일부 생략을 인. 정. 한. 다."

김호는 소름이 돋았다. 최명지 대단하네. 진짜로.

"특별 지시로 내려온 프로젝트의 연계 사업으로 사업비를 요청합니다. 사업비는 50억. 김호 사무관님, 사업비 1차 심의 자리로의 전환 요건 이제 충족됐습니까?"

"됐습니다."

"〈전통주 축제 활성화 프로젝트〉는 대통령의 특별 지시 맞죠? 그럼 이 심의는 타당성을 갖춘 게 맞나요?"

"문제없습니다."

김호는 뭔가에 홀린 듯 고개를 끄덕였다.

"발표 자료는 녹취로 하겠습니다. 이그린 사무관님, 뮌헨 시청 인터뷰 때 썼던 녹음기 갖고 계시죠? 제 발표의 증빙은 녹취로 갈음하겠습니다."

"네, 녹음기 있구요. 발표자가 녹취에 합의한다면 증빙 자료로 문제없습니다."

거침없이 질주하는 명지를 보며 이그린이 심장도 함께 두근거리기 시작했다.

"좋습니다. 녹취 합의하구요. 농림부의 예산 중 농어촌 특수 사업을 위한 사업비, 3년간 50억 지원 사업 분야에 응모합니다. 이 사업의 큰 틀은 〈전통주 축제 활성화 프로젝트〉의 연계 사업이구요. 〈한산소곡주〉 협동조합 조합장 자격으로 응모합니다. 전 여러 응모자 중 한 명이며, 귀국해서도 철저하게 심사를 받겠습니다. 이 사업에 대한 비전을 보신다면 50억 사업비 저희 〈한산소곡주〉에 주시지 않겠습니까, 장관님?"

심태윤은 최명지가 저렇게 배짱 두둑한 여자였던가 하는 얼굴로 그녀를 바라봤다.

"최명지 대표, 1차 심의 자리라고 했죠? 말 그대로 어디까지나 심의 자리이고, 사업성이 없어 보이면 그대로 탈락입니다. 이렇게 준비 없이 1차 심의를 받아도 괜찮겠어요? 기회는 한 번뿐인데."

하 장관이 다시 명지에게로 공을 넘겼다.

"장관님, 한 번의 기회. 절차를 생략할 수 있는 이 한 번의 기회, 지금 쓰겠습니다."

심태윤이 스마트 포인터를 내려놓고 단상에서 내려올 준비를 했다. 그는 검은색 스커트와 흰 블라우스 차림의 명지가 방금 전까지 자신이 주도했던 쇼 무대로 천천히 다가오는 것을 지켜봤다.

무대에서 내려온 심태윤과 명지가 스쳐 지나가는 그 찰나의 순간, 그녀의 입꼬리가 살짝 올라갔다.

'우리 할아버지를 대신해서 내가 한 수 가르쳐 줄 테니 잘 봐라, 심태윤.'

착실하게 엘리트 코스를 밟아 온 심태윤에게 자신만만한 명지의 얼굴이 영화 포스터처럼 선명하게 눈에 와 박혔다. 선수들만이 짓는 저 표정은 뭐냐, 최명지. 니가 꺼낼 카드가 뭔데 도대체.

"죄송하지만 앞의 불 다 켜 주시겠어요? 회의실 안이 밝아지니 훨씬 좋네요. 제가 갑자기 여기 올라온 이유가 궁금하시죠? 첫 번째 이유는 충분히 해 볼 만해서요, 〈천세주류〉와. 대기업이라고 해서 혹시라도 대단한 아이디어가 있나 기대했는데 별게 없네요."

명지는 심태윤을 서포트하기 위해 따라온 '팀 심태윤' 쪽에 웃음이 담긴 시선을 보냈다. 흰 와이셔츠를 입은 남자 셋의 얼굴이 뻣뻣하게 굳어졌다.

"두 번째는 도저히 들어 줄 수가 없어서요. 저 아마추어 같은 프레젠테이션을. 전통주를 부활시킬 수 있는 비전을 제시하는 자리에서 발효를 촉진하는 첨가제를 넣겠다고 하지 않나……."

심태윤이 항의하듯 손을 들었다.

"최 대표님, 말이 심하시네요. 이 시간 이후부터는 사업비를 위한 1차 심의 자리라면서요. 상대 회사를 이렇게 노골적으로 비방해도 됩니까?"

"왜 심 과장님을 아마추어라고 했는지 지금부터 친절하게 알려 드릴 테니 제 발표를 잘 들어 보세요. 저는 최대한 편하게 제 비전을 발표할 생각입니다. 여기 계신 심의 위원이든, 〈천세주류〉 관계자분이든, 누구든 자유롭게 질문하시기 바랍니다."

명지는 내게 어떤 질문을 해도 된다는 얼굴로 김호를 바라봤다. 김호는 사적인 감정을 완전히 배제하고 철저히 심사자의 입장으로 이 프레젠테이션에 참여해야 한다는 명지의 메시지를 읽었다.

김호는 그녀가 최소한의 안전장치도 없이 위태로운 줄타기를 하기 위해 가장 높은 곳에 스스로 올라서는 걸 조용히 지켜봤다. 내가 떨어져도 넌 절대 도와줘서는 안 된다는 명지의 메시지가 그의 앞에 도착했다. 모든 것을 걸었구나, 최명지. 이 판에 올인하기 위해 넌 얼마 동안 기다린 거니. 아니면 이 판을 기획한 게 혹시 너니?

"〈천세주류〉에서는 중심 상권에 로드 숍 형태의 퓨전 주점을 오픈해 소곡주를 팔 거라고 했는데요. 이게 과연 전통주 부활을 위한 최적의 방법일까요? 이건 신규 브랜드를 출점할 때 쓰는 대기업의 전형적인 매뉴얼 아닙니까? 강남 노른자 땅에 그럴듯하게 직영점 때려 박고, 광고비 쓰고, 이벤트 하고. 누구나 다 아는 뻔한 방법으로 신규 사업을 시작하겠다는데. 아, 너무 진부하네요."

이그린은 웃음이 터져 나오는 걸 간신히 참았다. 세네, 최명지. 오프닝 하자마자 〈천세주류〉를 쥐어 패는구나. 뼈를 때리네, 뼈를 때려.

"오피스가에 주점을 오픈하면 방문 고객이 매우 한정적이게 됩니다. 직장인들, 넥타이 부대들만 오겠죠. 〈한산소곡주〉라는 브랜드를 퓨전 주점으로만 소비하기에는 너무 아깝지 않습니까? 소비 대상을 직장인에만 한정해서는 안 됩니다. 중장기적인 미래를 생각하면 고객의 범위를 가족 단위로 확장하는 게 더 타당하다고 생각합니다. 제가 정부 지원금을 받아서 로드 숍을 오픈하게 되면 저는 절대 직장인을 대상으로 한 퓨전 주점의 형태로는 가지 않겠습니다."

"술을 주점에서 안 팔면 어디서 판다는 거죠?"

김호의 날카로운 질문이 들어왔다.

"식당인데 굉장히 세련된 카페 형태로 콘셉트를 잡겠습니다."

"카페요? 전통주를 카페에서, 그것도 가족 단위의 손님들에게 판다구요? 술에 관련된 마케팅은 잘 모르시나 본데 술이라는 분야가 그렇게 단순하지가 않아요. 아이를 데리고 와서 누가 술을 먹겠습니까?"

심태윤이 고개를 절레절레 흔들었다.

"참 좋은 질문입니다. 천장에 별이 박혀 있는 침침한 주점이 아니라 온 가족이 외식을 즐길 수 있는 〈전 카페〉로 고객의 범위를 확대하겠습니다. 보통 매장 안쪽에 숨겨져 있는 주방을 아예 매장 한가운데에 길게 뺄 생각입니다."

'내 생각이 맞았네. 역시 실전 경험이 풍부한 최명지 대표가 인물이었어.'

하 장관은 명지의 발표에 숨을 죽였다.

"주방을 오픈형으로 공개하고, 2미터 정도 되는 번철 위에서 뜨끈하게 구워지는 다양한 전들을 쇼처럼 보여 주는 거죠. 그 오픈형 주방 옆에는 자동으로 온도가 조절되는 미니 숙성실을 붙일 겁니다. 식사를 즐기면서 술이 발효되는 것을 온 가족이 볼 수 있도록."

김호는 명지의 발표에 빨려 들어갈 듯 몸을 앞으로 숙이며 집중했다. 그의 머릿속에서 기다란 철판이 매장 한가운데에 놓인 〈전 카페〉가 생생하게 그려지고 있었다. 좋아, 잘한다, 최명지.

"전은 명절과 제사 때만 먹는 올드한 음식이라는 편견을 깰 겁니다. 먹음직스러운 냄새가 나는 전들을 동그란 철판에 담아 손님상으로 나가고 나서도 온도가 계속 유지되도록 할 거고요, 포장 손님에게는 피자 박스처럼 특별히 고안된 네모난 종이 박스에 전을 포장해 줄 겁니다. 물론 먹고 남은 전도 종이 박스에 싸 주어 사람들이 최대한 많이 들고 다니게 할 생각입니다."

심태윤은 허를 찔린 듯 한숨을 내쉬었다. 시골 양조장 대표라고 너무 수준을 낮게 봤네, 내가.

"〈천세주류〉 심태윤 과장은 중심 상권에 있는 대형 매장 그 자체가 광고 존이라고 했는데, 발상의 전환을 한번 해 볼까요? 대형 매장은 한 장소에 그저 건물로써만 존재합니다. 하지만 사람들이 들고 다니는 쇼핑백은 어떤가요? 거리에서, 지하철에서, 버스에서 사람들이 들고 다니는 종이 쇼핑백이야말로 훌륭한 광고판이라고 생각합니다. 그것도 매우 집중력 있게 사람들의 시선을 잡아끌며 어디든지 이동하는 효과 좋은 광고판이죠."

김호는 종이 쇼핑백이 광고판이라는 명지의 논리에 설득당해 고개를 끄덕였다.

"잔칫집에서는 참석한 사람들에게 으레 전을 싸 줍니다. 우리 민족에게는 그렇게 제례 끝에 음식을 나누는 풍습이 있습니다. 〈천세주류〉가 대형 매장을 광고 존으로 활용한다면 저희는 전을 포장해 가는 포장 박스를 광고 존으로 활용하겠습니다. 저는 사람들의 삶 속에서 브랜드를 홍보할 생각입니다. 초역세권 중심 상권에 있는 2층 규모의 건물이 아니라, 전을 포장해 집으로 귀가하는 지하철 안 아버지들의 손끝에서 우리의 브랜드 홍보는 시작될 겁니다."

"그러면 애들은 뭘 먹나요? 어른들은 소곡주와 전을 먹고, 그 〈전 카페〉에서 아이들은 술 먹는 걸 지켜보나요?"

심태윤의 질문이 다시 들어왔다.

"어른들에게는 향긋한 소곡주를, 아이들에게는 찹쌀로 만든 달콤한 식혜를 제공할 생각입니다. 그리고 아까 〈천세주류〉의 그 아이디어도 좋던데요. 저희 〈전 카페〉에서도 온 가족을 위한 단품 식사 메뉴로 구수하게 끓인 찹쌀누룽지를 정식 메뉴로 출시해 보겠습니다."

심태윤은 볼펜으로 의미 없는 작대기를 직직 그었다. 흰 종이를 뒤덮은 빗금의 수가 쩍쩍 갈라져 가는 그의 마음을 대변했다. 그가 날린 공격은 명지에게 전혀 데미지를 입히지 못하고 오히려 살을 날린 사람을 향해 되돌아왔다.

"충청남도 서천을 중심으로 충청도 거점 지역에 직영점이 아닌 조합원들이 운영하는 체험과 관광을 결합한 특수 목적의 매장도 오픈할 생각입니다. 이 매장은 대기업의 플래그십 스토어가 아닙니다. 전통주의 역사를 한눈에 볼 수 있는 술의 박물관이자, 명인들이 전통주를 만드는 모습을 사람들이 직접 관람할 수 있는 특별한 장소인 거죠."

하 장관은 가만히 눈을 감았다. 그의 머릿속으로 술 박물관의 이미지가 한 편의 그림책처럼 펼쳐지고 있었다.

"아이들이 술 빚기를 직접 체험할 수 있는 체험 학습 공간도 함께 만들 생각입니다. 저희 〈한산소곡주〉는 단순히 술의 생산에서만 그치지 않고 지역 조합원들과 연합해 유통, 판매, 체험, 관광까지 연계된 6차 산업으로 발전시킬 생각입니다. 이전에는 꿈도 꾸지 못했던 관광 수입도 함께 창출해 보겠습니다."

명지의 입에서 6차 산업이라는 생각지도 못했던 거대한 비전이 튀어나오자, 위기감을 느낀 심태윤이 흐름을 끊기 위해 다시 손을 들었다.

"최명지 대표가 제안하는 그 〈전 카페〉 말입니다, 가족 단위로 방문하는. 현실화만 되면 아주 대박이 나겠네요? 그렇죠?"

"당연하죠."

"제가 좀 전에 받은 질문을 돌려드릴까 하는데요. 최 대표님은 그 많은 술들을 어떻게 조달하실 건가요? 아까 제가 발표할 때 발효를 촉진하는 첨가제를 넣겠다고 해서 조롱을 당했는데, 최명지 대표에게는 복안이 있나요?"

김호는 매우 위험한 질문이 날아든 것임을 직감했다. 소곡주는 그야말로 기다림의 술인데, 저렇게 원대한 그림을 그려 버리면 생산량은 어떻게 감당하려나. 그는 심장이 오그라들 것 같아 두 손을 꽉 움켜진 채 명지의 얼굴을 바라봤다. 순간 그녀의 입가에 빙그레 미소가 번졌다. 드디어 걸려들었네, 심태윤. 넌 이 질문을 한 걸 두고두고 후회할 거다.

"제가 아까 발표 전에 이 심의 자리에 어떤 자격으로 참여한다고 했죠? 기억나시나요, 김호 사무관님?"

"〈한산소곡주〉 협동조합 조합장 자격으로 참여한다고 했죠."

근심 어린 목소리로 김호가 대답했다.

"장관님, 저는 우리 양조장만 잘 먹고 잘 살려고 이 자리에 나온 게 아닙니다. 정부의 지원금이 부여되는 특수 사업을 심사할 때는 지역 경제를 살리고 지역 주민들의 삶의 질을 높이는 데 실질적으로 기여할 수 있는 사업 아이템에 가장 많은 가산점을 부여하지 않습니까? 충남 서천에는 수많은 양조장들이 있습니다. 각 양조장마다 맛과 향이 다른 소곡주를 만들고 있죠. 하지만 지금까지 숱한 양조장들이 경영난으로 사업을 접었고, 그나마 있는 양조장들도 문을 닫는 길을 향해 외롭게 걸어가고 있습니다. 판로가 없으니까요."

명지의 눈동자에 슬픔이 깃들었다.

"〈전 카페〉에서 소비되는 소곡주는 우리 조합원들의 양조장에서 납품받을 생각입니다. 저희 양조장에서만으로는 그 양을 감당할 수도 없을뿐더러 그렇다고 해서 발효를 촉진하는 첨가제 따위로 발효의 시간을 단축해 판매할 생각은 추호도 없습니다. 그런 인위적인 대량 생산의 길은 저희의 길이 아닙니다. 지금까지 그래 왔듯이 매우 느리지만 정직하게 정도의 길을 걷겠습니다."

명지의 청량한 목소리가 회의장 안을 지배했다.

"그래서 제가 기획한 〈전 카페〉의 정식 이름은 〈술의 향기〉입니다. 서천에 있는 김씨 아저씨의 양조장은 말린 국화와 생강을 넣습니다.

해안가 바로 앞 박 여사님의 양조장에서는 향을 날린 청국장 가루를 넣지요. 소곡주는 집집마다 내려오는 특별한 제조 비법이 있습니다. 대대로 내려오는 재료가 조금씩 다른 게 바로 소곡주라서 양조장마다 술의 맛도 다르고 향도 다릅니다. 똑같은 공정으로, 똑같은 재료로 항상 같은 맛과 향을 유지하는 게 프랜차이즈의 첫 번째 운영 원칙이라고 들었습니다."

명지는 프랜차이즈하고는 제조 방식이 다르다는 걸 강조하며 심태윤 쪽을 바라봤다.

"하지만 우리의 전통주는 다릅니다. 그해 여름, 수박 껍질마저 녹아나는 폭염이 찾아왔다면, 그때 담근 소곡주에서는 톡 쏘는 매캐한 향이 더 강하게 올라옵니다. 그해 가을, 햇볕의 강도도 더할 나위 없이 좋고, 태풍도 없고, 하늘도 청명한 가을을 신이 선물처럼 우리에게 줬다면, 그 선물 같은 가을이 찾아온 해에 담근 소곡주에서는 그윽한 솔향기가 납니다. 잘 띄워진 누룩과 좋은 찹쌀이 술 익기 좋은 바람과 계절을 만나면 이윽고 술의 신이 향기를 토해 내는 게 바로 소곡주입니다. 근사한 계절을 지났노라고. 그 계절 속에서 좋은 햇살과 바람을 만났노라고. 한반도는 여전히 아름다운 곳이라고. 우리같이 술을 빚는 사람들은요. 이 땅이 아직도 살기 좋은 곳이라는 걸 술의 향기를 통해 알 수 있습니다. 신이 아직 이 땅을 버리지 않았다고 그윽한 술의 향기를 맡으며 안도합니다."

하 장관은 말로 표현할 수 없는 감동이 파도처럼 밀려오는 걸 느꼈다.

"그게 〈한산소곡주〉 천오백 년을 관통하는 단 하나의 메시지이자 제가 이 자리에 나온 이유입니다. 그리고 그것이 바로 우리의 비전입니다. 한반도의 공기와 바람과 흙과 물이 안녕하다는 걸 가장 민감하게 느끼는 제사장 같은 감지자感知者로서 우리는 존재해 왔고, 앞으로도 그렇게 하늘과 흙을 가장 가까이에서 보며 우리 전통 방식으로 이 강산을 지킬 겁니다. 존경하는 하도식 장관님, 그리고 전통주를 부활시켜야 하는 김호 사무관님. 3년에 50억이 지원되는 그 사업비 저희 〈한산소곡주〉에 주시기 바랍니다. 3년의 시간 동안 제가 의미 있는 성과를 내 보겠습니다. 우리 조합원들과 함께."

김호는 가슴이 벅차올라 잠시 천장을 바라봤다. 자본주의 체제로의 복속을 요구받는 자리에서 최명지가 이렇게 완벽하게 자존을 지켜 내는 것을 내 눈으로 보게 될 줄이야.

"오늘 이 자리에서 제가 발표한 〈전 카페〉에 관련된 아이디어를 혹시라도 경쟁사에서 훔쳐 가 우리보다 한발 앞서 사업화할 경우, 이 녹취는 공정거래위원회에 제출할 법적 증거 자료가 될 것입니다. 이 녹취 원본 파일의 최초 녹음일의 확인자와 그 파일의 소지자는 외교부 이그린 사무관임을 확인합니다. 이상 〈한산소곡주〉 대표 최명지."

명지의 발표가 끝나고 회의실 안에는 고요함만이 감돌았다. 이그린은 조용히 녹음기의 멈춤 버튼을 눌렀다. 자신의 모든 것을 토해 내며 청중을 압도한 명지만의 이 숭고한 흐름이 깨질까 봐 다들 숨을 쉬기조차 미안하다는 듯 정적이 흘렀다. 자본을 앞세운 〈천세주류〉의 성과주의를 완전히 하위의 개념으로 주저앉혀 버린 경이로운 시간이 그렇게 끝났다.

정적의 문을 열며 하 장관이 자리에서 천천히 일어섰다. 그는 어떤 말도 할 수 없다는 표정으로 박수를 쳤다. 하 장관의 박수 소리가 회의실 안을 채웠다.

"브라보! 브라보! 최명지 대표. 내가 오늘 여기 뮌헨에서 내 생애

가장 가슴 벅찬 프레젠테이션을 봤네요. 〈한산소곡주〉, 축하해요. 1차 심의 합격입니다. 한국으로 돌아가자마자 3년 동안 50억을 어떻게 사용할 것인지 세부 플랜 작성하세요."

14

내가 대신 사과해도 됩니까?

“세상에. 와 진짜. 우리 최 대표님, 이런 사람이었어요? 어쩜 이렇게 심장을 빠렁치게 하는 대단한 프레젠테이션을 할 수가 있어요? 발표 자료 대신 녹취까지 하게 하고. 난 아까 갑자기 소환당해서 깜짝 놀랐잖아요. 요 녹취 파일 잘 넘겨드리겠습니다.”

이그린은 발표를 마치고 자리로 온 명지의 손을 잡고 함께 기쁨을 나눴다.

김호는 명지의 눈을 보지 못하고 회의실 벽에 걸린 액자의 나무틀 속으로 떨리는 시선을 조심스럽게 구겨 넣었다. 그녀의 발표에 온몸으로 공명하고 전율했던 흔적이 남아 있는 눈빛을 숨기기에 시간은 턱없이 짧았고, 이그린이 뿜어내는 호들갑스러운 공기도 진정되지 않는 이 감정들을 덮어 주기에는 한없이 모자랐다.

김호는 다른 곳을 쳐다보며 자꾸 마른침을 삼켰다. 그의 턱 바로 아래에서 명지의 시그니처 같은 분위기가 느껴졌다.

“김 담당님, 오늘 나 어땠어요? 심태윤을 완전히 발르는 거 봤죠? 내가 전투력이 또 이렇게 만렙이네.”

김호는 명지의 얼굴에 슬쩍 시선을 건넨 후 엄지손가락을 들어 보였다.

“애개? 반응이 겨우 이거예요? 사부님이 지금 정부 지원금 50억을 따 왔는데에? 겨우 엄지척? 근데 내 얼굴은 안 보고 자꾸 어딜 보는 거예요? 담당님? 나 여기 있잖아요.”

명지는 시선을 피하는 김호와 눈을 마주치려고 얼굴을 들이밀었다. 이그린은 쑥스러워 죽으려고 하는 김호의 모습을 보며 히죽히죽 웃었다. 아이고오. 우리 사무관님, 큰일 났네. 우리 김 담당님도 빠지는 거 하나 없는 상위 1프로 신랑감인데 상대가 너무 멋져서 어찌할꼬.

“근데요, 우리가 이러고 있을 시간이 없네요. 지금 빨리 이동해야 해요. 오늘 퍼레이드가 있는 날이잖아요.”

이그린이 자신의 손목시계를 보며 두 사람을 재촉했다.

“그게 오늘이에요? 제가 무슨 역할을 해야 한다는 그 퍼레이드가?”

“맞아요. 최 대표님 어서 갑시다. 뮌헨 시청으로.”

“이걸 입으라구요? 제가요?”

“그걸 입고 퍼레이드에 참가해야 하니까요. 최 대표님이 안 입으면 그걸 누가 입겠어요?”

이그린은 짧은 원피스를 들고 멍하게 서 있는 명지에게 ‘바로 너야’ 하는 눈빛을 보냈다.

“근데 무슨 옷이 이래요? 너무 짧고, 가슴은 파였고.”

"디른들이니까요. 독일, 오스트리아에서 여자들이 입는 전통 의상. 뮌헨 거리에서 많이 봤죠?"

"그러니까 이 디른들을 입고 제가 직접 참가해야 한다는 거죠?"

"내 몸은 들어가지도 않을 사이즈잖아요. 최 대표님한테 딱이네, 아주 딱. 하하……."

"입긴 하겠는데요. 맥주 축제를 어떻게 하는지 배우려고 온 거니까 입는 거예요."

"그냥 좀 즐겨요, 이 축제를. 청춘의 시절은 생각보다 짧아요. 이런 시간이 언제 또 오겠어요."

이그린은 푸르렀던 20대를 이미 관통해 온 언니 같은 마음으로 명지를 바라봤다. 해사하게 빛나는 청춘이 그녀 앞에 있었다. 책임감에 짓눌려 살기에는 너무나 아까운.

"여기는 분위기가 왜 이리 심각해요? 무슨 문제라도 있어요?"

심각한 표정을 짓고 있는 명지의 얼굴을 살피며 김호가 들어왔다.

"아니에요. 문제는요."

명지는 손에 들려 있는 짧은 원피스를 만지작거렸다.

"그 옷은 뭐예요?"

"독일 전통 의상이요. 최 대표님이 오늘 퍼레이드에서 입을."

"굳이 저런 옷까지 입어야 해요?"

김호는 원피스의 길이를 가늠이라도 하듯 명지의 손에 들린 옷을 주의 깊게 쳐다봤다. 세계 각국에서 몰려온 온갖 남자들이 명지를 쳐다볼 거라 생각하자 묘한 불쾌감이 고개를 들었다. 웃긴다, 김호.

"이 지역 주민들과 관광객들이 함께 참여하는 굉장히 큰 규모의 퍼레이드라니까요. 독일의 전통 의상을 입고 꽃마차에 올라 거리를 행진하는 특별한 퍼레이드죠. 그리고 이 퍼레이드가 가지는 의미도 남달라요. 관광객들에게 볼거리도 제공하고, 그들을 단순히 축제의 구경꾼에 그치게 하는 게 아니라 행사의 정식 멤버로 참가시키기 때문에 이 옥토버페스트가 더 유명해진 거라구요. 그러니 당연히 우리 최 대표님도 그 퍼레이드에 참여해야겠죠. 안 그래요?"

당위성을 부여하는 이그린의 긴 설명에 김호는 할 말을 잃었다.

"자, 우리 최 대표님은 옷 갈아입고 퍼레이드 대열에 합류해야 하니까 김 담당님은 광장에서 기다리세요. 나도 곧 따라 나갈 테니까. 어서요."

독일의 전통 의상은 생각보다 난해하지 않았다. 무릎에서 한 뼘 정도 올라간 길이의 빨간색 치마 앞에는, 꽃 자수가 수놓인 도톰한 검은색 천이 붙어 있었고, 어깨에는 부드러운 면 소재의 봉긋한 하얀 소매가 달려 있는 굉장히 여성스러운 원피스였다. 이그린은 마지막으로 명지의 허리에 붉은색 체크무늬 에이프런을 둘러 주었다.

"오호. 잘록한 허리와 쭉 뻗은 다리. 완전 나이스!"

"놀리지 마세요. 이 담당님."

"이 몸을 가지고 그렇게 청바지 쪼가리나 쭉 입고 다닐 거면 그냥 나 줘요. 내가 진짜 옳은 일에 가치 있게 쓸 테니까. 하하……."

"이렇게 딱 달라붙는 짧은 원피스를 입을 일이 거의 없어요. 우리 양조장에서는 작업복만 있으면 되니까요."

"눈이 부시게 예쁜 나이잖아요. 작업복만 입고 살기에는. 안 그래요?"

사람들이 치는 북소리와 흥겨운 악기 소리 때문에 바닥에서조차 진동이 느껴졌다. 이 지역 전통 의상인 레더호젠과 디른들을 입은 사람들이 대형 마차에 올라타며 벌이는 퍼레이드는 뮌헨 시내에서 축제 현장인 트레지엔비제까지 거대한 행렬로 이어졌다.

"김 담당님, 오래 기다리셨죠? 최 대표님을 퍼레이드 팀에 잘 인계해 드리고 왔네요. 정말 대단한 퍼레이드죠? 처음에는 이 지역 전통 의상으로만 진행되다가 언젠가부터 미국, 영국, 이탈리아, 오스트리아 등 세계 각지에서 온 사람들이 자기 나라의 전통 의상을 입고, 거의 만 명 가까이 참여하는 세계적인 퍼레이드가 되었답니다."

"다른 나라 대표들은 어떻게 참가하게 된 거죠?"

"독일 관광청이 문화 교류를 하자며 세계 곳곳으로 프러포즈를 한 거죠."

"아, 정말 대단하네요. 근데 최 대표님이 탄 마차는 언제 나오나요?"

"저기! 바로 저기서 오네요! 빨간 꽃 장식이 있는 마차. 말 네 마리가 끄는 저 마차요!"

마침 마차 주변을 붉은색 장미꽃으로 빼곡하게 장식한 사각형 모양의 대형 마차가 천천히 들어오고 있었다. 마차 앞에 선발대로 선 밴드가 독일의 전통 민요를 연주하자 사람들의 환호가 거리를 메웠다. 맥주 통을 상징하는 나무통 옆에서 독일 전통 의상을 입은 사람들이 거리의 사람들을 향해 손을 흔들고 있었다.

김호는 무리 속에서 명지의 시그니처 같은 특유의 분위기를 금세 포착했다.

마차의 바퀴에 이끌리듯 그는 마차의 속도에 맞춰 걷기 시작했다. 낯선 공간에서 낯선 시간과 조우한 명지의 얼굴을 보는 게 어쩐지 쑥스러워 김호는 그냥 걷기만 했다. 자신이 그동안 애써 회피했던 무의식의 가장 민감한 결과 자꾸만 대면하는 것 같아 그는 마음이 무거웠다.

행렬에서 흘러나오는 밴드의 연주 소리와 사람들의 환호성이 강물처럼 넘실대며 그와 그녀의 사이를 갈랐다. 타고난 신중함이 물길을 만들고 사려 깊음이 강물이 되어 그녀의 얼굴을 바라보지도 못한 채 김호는 낯선 공기 중에서 표류했다.

"여기예요! 김 담당님! 김호 사무관님!"

명지의 목소리가 들렸다. 김호는 그녀가 서 있는 지점을 향해 천천히 고개를 들었다. 과도한 성과주의가 낙오자를 만들어 내는 각박한 세상을 이미 벗어난 얼굴이 환하게 웃고 있었다. 한 무리의 아이들이 마차 곁으로 다가오자 그녀가 준비한 사탕을 던져 주었다. 명지는 축제를 제대로 즐기고 있는 자신을 김호가 보고 있는지 확인이라도 하듯 자꾸 김호 쪽을 바라봤다.

〈한산소곡주〉 대표가 아니라 옥토버페스트가 마냥 즐거운 20대 최명지의 얼굴로 그녀가 웃고 있었다. 남자 김호와 여자 최명지로 우리가 만났더라면 지금쯤 우리는 어떤 얼굴로 서로를 보고 있을까.

프로젝트가 실패하지 않도록 최소한의 안전장치를 한 커다란 틀 안에서 예산과 인력이 투입되고, 감독관의 직관으로 협력자들의 역량을 조정하고 통제하는 공적인 수행 업무들을 그는 머릿속에 그려 보았다. 상충하는 두 마음이 이렇게 공존할 수 있다는 게 놀라웠다.

"너무 예쁘네요. 최 대표님."

김호의 상념을 휘저으며 저음의 남자 목소리가 귓가에 꽂혔다.

그녀를 향한 어떤 감탄도, 어떤 찬사도 이 혼란함 속에 함부로 뿌리지 않으려고 아끼고 아꼈던 김호의 시간에 침입자가 들어왔다. 그는 낯설지 않은 이 침입자를 향해 먹이를 살피는 고양이처럼 나른하게 고개를 돌렸다. 심태윤이 팔짱을 낀 채 명지를 주의 깊게 바라보고 있었다.

"보면 볼수록 매력적이지 않아요?"

김호가 이성적으로 설계한 최소한의 감정적인 안전망을 심태윤이 도발하듯 건드렸다. 깊숙이 숨겨 놓은 분노를 끄집어내려는 듯이.

"……적당히 하시죠. 듣기 거북하니까. 아까 받은 충격에서 아직 못 벗어난 얼굴인데."

"충격은 받았지만 이 게임이 완전히 끝난 건 아니잖아요? 근데 김호 사무관님 취향은 아닌가 보네요? 다행스럽게도."

"가볍네, 생각보다."

"비겁하네, 보기보다."

두 남자가 처음으로 꺼내 놓은 날카로운 진심 한 조각이 뮌헨 상공에서 팽팽하게 부딪친 후 발아래로 떨어졌다. 자신의 주장과 감정을 수그릴 필요 없이 살아온 게 분명해 보이는 삶의 이력이 그에게 부여한 자신감이 심태윤의 두 눈에 넘쳐흘렀다.

김호는 명지의 어깨에 놓여진 사명감의 무게에 자신에게 부여된 미션 성공의 책임감까지 더해 감정의 안전망 앞에 높다랗게 벽을 쌓았다. 자신의 감정에 솔직한 심태윤 앞에서 불쾌한 감정을 숨기는 것쯤이야. 근데 너 혼이 덜 났구나, 심태윤.

"둘이 여기서 뭐 하고 있나? 퍼레이드는 거의 막판인 거 같은데."

하 장관의 목소리가 두 사람 사이를 비집고 들어왔다. 평온한 얼굴로 재빠르게 태세 전환을 한 김호가 하 장관을 바라봤다.

"어서 오세요 장관님. 심태윤 과장이랑 퍼레이드 구경 중이었어요."

"최명지 대표님이 방금 지나가서요. 열심히 응원 중이었는데 혹시

보셨어요?"

심태윤도 짐짓 여유롭게 불편한 상황을 마무리했다.

"뭔 구경과 응원을 그리 맞짱 뜰 거같이 험악한 얼굴로 해? 두 사람 좀 수상한데."

"장관님. 전 그럼 〈천세주류〉 부스 쪽으로 이동하겠습니다. 저희도 자체 이벤트가 있어서요."

"그래요. 나중에 봅시다."

하 장관은 빠른 걸음으로 사라지는 심태윤의 뒷모습에 시선을 고정했다.

"쟤는 보기보다 멘탈이 세다. 근데 니네 아까 싸웠지?"

"싸우긴요. 애도 아니고."

슬쩍 눙치려는 김호의 왼쪽 눈꺼풀이 살짝 떨리는 걸 하 장관이 놓치지 않았다.

"최 대표 발표, 너도 감명 깊게 들었지? 시나리오는 곧 예쁘게 나올 거고. 배우들도 준비됐고. 이제 멋지게 찍기만 하면 되는 거야. 명심해."

"네, 잘 알아요. 너무 잘 알고 있습니다, 장관님."

"내가 뭘 걱정하는지 진짜 아는 거야?"

"국가적 차원의 보호와 육성이 없으면 전통이고 뭐고 다 사라진다는 거. 이 시점에서 우리가 나서지 않으면 대를 이어 온 영세한 소기업들이 대기업에 죄다 먹힌다는 거. 그리고 막대한 예산을 분배하며 그 임무의 선봉에 서야 하는 저 김 담당은 사적인 감정 따윈 모두 꺾고, 철저히 공적으로만, 매우 이성적으로만 이 일을 진행해야 한다는 거. 그래야 관계성이 있는 특정 기업에 농림부가 혜택을 몰아줬다느니 어쩌니 하는 뒷말이 안 나온다는 거."

"잘 아네. 됐어 그럼."

지극히 간단명료한 하 장관식 정리. 개인적 감정을 꽁꽁 동여매야 하는 필연적 이유. 그녀가 행복해지면 나는 불행해지고, 내가 행복해지면 그녀는 불행해지는 얄궂은 운명. 〈한산소곡주〉를 살려야 하는 대의의 대척점에 사적인 욕망이 자리 잡고 있었다.

퍼레이드를 성공적으로 마친 김호 일행은 뮌헨 시청 공무원들과 마리엔 광장에 있는 뒤풀이 장소에서 술을 마셨다. 김호는 사람들이 뿜어 대는 소란스러움을 피해 호프집 뒤편 작은 정원으로 병맥주 몇 개를 들고 나와 혼자만의 시간을 갖고 있었다.

독일의 밤하늘. 뜨거운 축제의 열기가 식어 가는 군청색 하늘 사이사이로 드문드문 별들이 보이는 뮌헨의 밤하늘.

"김 담당님, 여기서 뭐 하세요? 난 한참 찾았네."

커다란 맥주잔을 들고 명지가 걸어오고 있었다.

"많이 마셨어요? 오늘 피곤했을 텐데 적당히 마시지."

"김 담당님을 이제야 이렇게 보네요. 아니 뭐야. 왜 이렇게 얼굴 보기가 힘든 거야."

퍼레이드 때 입었던 그 의상 그대로인 명지. 김호는 마음이 심란해 독일의 기가 막힌 밤하늘로 고개를 돌렸다.

"으응? 또 딴 데 보는 거예요? 어디 뭐? 좋은 거 있어요? 나도 좀 같이 봅시다."

명지는 김호가 앉아 있는 곳까지 걸어와 그 앞에 있는 동그란 유리 테이블에 몸을 기대고 섰다.

"취했어요?"

"그럼요. 당연히 취했죠. 오늘 같은 날 안 취하면 내 인생이 너무 삭막하잖아요. 하하…….”

술을 제법 마신 듯 명지의 눈가가 살짝 풀려 있었다.

“인생이 삭막해요? 아니던데. 꿈과 비전으로 꽉 차 있던데. 그 무엇도 비집고 들어갈 틈 없이.”

김호는 갈색 맥주병을 들고 황금색 액체를 한 모금 넘겼다.

“안 궁금해요? 내가 왜 그런 발표를 했는지?”

명지는 기대고 있던 유리 테이블 위로 가뿐하게 올라앉았다. 두 사람의 간격이 위험하리만치 가까워졌다. 그는 뮌헨의 밤하늘을 머리에 이고 있는 명지를 올려다봤다.

“안 됩니다. 그런 말을 나한테 자세하게 하면. 아직 2차 서류 심사가 남아 있어서. 내가 심의 위원인 거 잊었어요?”

김호는 로봇 같은 음성을 간신히 끌고 왔다.

“아니요. 할 거예요. 이 말은 서류 심사에 플러스되는 말이 아니거든요. 높으신 공무원 나으리, 시선 피하지 말고 나 좀 봐 봐요. 할 말이 있으니까.”

“위험해요. 테이블 위에서 내려와요. 취해서 몸도 잘 못 가누면서.”

“내가요, 아니지, 우리 할아버지랑 아부지가요. 진짜 오래전부터 간절하게 그 정부 지원 사업비를 받고 싶어 하셨거든요. 하하…….”

“그런데요? 이렇게 도전하면 됐을 텐데.”

“에이, 아니지 공무원 나으리. 그 정부 지원금은 말이죠. 다 내정자가 있다구요. 우리 같은 사람들이 아무리 준비하고, 아이디어를 내고, 비전을 말해도요, 그건 우리한테 오지 않는 돈이더라구요. 장관님 조카의 친구, 장관님 사돈의 둘째 아들, 국회의원 아들의 친구, 도지사 와이프의 남동생, 군수님 셋째 아들의 선배. 더 해 볼까요? 더 말해 볼까요?"

"……!"

"그렇게 국민의 피 같은 세금으로 책정된 정부의 예산은 눈먼 돈이 되어서 애먼 사람에게로 척척 들어가더란 말입니다."

"그런 일을 얼마나 겪었어요?"

김호의 목소리가 떨려서 나왔다. 넌 도대체 얼마나 많이 좌절하며 얼마큼의 상처를 받은 거니.

"공무원 나으리. 셀 수가 없지. 우리 양조장은요, 그렇게 정부 과제에서 늘 떨어졌어요. 근데 우리 양조장만 그런가? 다른 데도 다 그러니까. 난 그래서 김 담당님이 우리 양조장에 처음 왔을 때 너무 싫었어요. 진짜 너무너무 싫었어."

김호의 마음이 무너지고 있었다. 그래서 그랬구나. 나를 경계하던 니 눈빛.

"고마워요. 내 앞에 나타나 줘서. 저렇게 근사한 장관님이랑 같이. 장관님이랑 담당님은 내 인생의 선물 같아요. 진짜로 멋진 선물."

김호는 의자에서 조용히 일어났다. 그리고 손을 내밀어 명지를 테이블 위에서 일으켜 세웠다. 두 사람은 아주 가까이에 서서 그렇게 서로를 마주 봤다.

"내가 대신 사과해도 됩니까?"

"뭐를요?"

"명지 씨를 절망스럽게 했던 그 부끄러운 시간들에 대해."

"왜요. 왜 김 담당님이 나한테 사과를 해요. 사과를 해야 되는 사람들은 양심을 저버린 그때 그 높으신 분들이지."

"명지 씨 때문에 내 꿈이 방금 바뀌었는데 들어 볼래요?"

"담당님 꿈은 여행가잖아요. 세계를 다니며 사람들의 사는 모습을 기록하는."

"미래의 어느 날, 꼭 명지 씨같이 열정에 가득 찬 젊은 사람들이 나를 찾아올 것만 같아서요. 그때 내가 꼭 지금의 하 장관님처럼 그들의 손을 잡아 줄게요."

"……!"

"불의와 부조리에 가로막혀 가슴을 쳐야 했던 슬픈 좌절은 오늘부로 끝나게 해 줄게요. 명지 씨의 후배들은 정의로운 환경에서 우리 전통주를 지켜 갈 수 있도록 내가 모든 걸 바쳐서 도울게요."

명지는 울컥하는 심정으로 김호의 두 눈을 바라봤다.

"과거의 최명지 대표님을 지금 이 자리로 소환합니다. 상처와 좌절을 주었던 과거의 시간들에 대해 진심으로 사과하고 싶어요. 부끄러운 어른들을 대신해서. 미래 농림부 장관 김호의 이름으로."

미래의 행보까지 얹은 듬중한 사과가 사력을 다해 그녀에게 도착했다. 명지의 눈에서 눈물이 흘러내렸다. 그 눈물 한 줄기가 이 사과에 담긴 정체를 함축했다. 과장 한 점 없이 오로지 진심으로만 감동을 쌓아 가는 사과의 정체. 지극히 개별적이고도 큰 상징을 담은 그의 사과는 과거를 끊어 내려는 대속 의식처럼 보였다. 숱하게 좌절했던 일상이 그녀에게 작별을 고했다.

"그 사과도 받고 새로운 꿈도 받겠습니다, 김호 장관님. 진짜로 멋진 장관님이 될 거예요. 나는 믿어요."

명지가 김호에게 한 발 다가갔다. 그녀는 밤하늘 아래서 어떤 감정에 휩싸여 떨고 있는 김호를 가만히 안아 주었다.

명지는 감사의 마음을 담은 가벼운 포옹이라는 일상적 행위로 자신의 행동을 포장했지만, 그들은 다른 세계로 진입하고 있는 느낌을 받았다. 다시는 돌이킬 수 없는 맹렬한 감정의 소용돌이가 그들을 덮쳤다. 김호는 자신이 그토록 경계했던 강력한 금기 속으로 한발 들어섰다.

15

오늘 내가 들은 이 말, 반드시 회수하러 올 테니까

돌풍처럼 불어온 유럽 대륙의 편서풍이 푸른 구름을 몰고 지나가자 구름자락에 가려져 있던 별들이 드디어 쏟아져 나오기 시작했다. 뮌헨의 밤하늘을 뒤덮은 별 무리. 예기치 못한 바람 때문에 일어난 하늘의 반전. 일순 꽉 들어찬 별들 때문에 하늘이 무거워졌다.

비일상적인 별들의 출연으로 일상적인 포옹을 먼저 푼 쪽은 명지였다. 생명을 다한 별들이 마지막 빛을 발사하듯 머리 위에서 점멸하는 별들을 기이하게 바라보며 명지는 한 발 물러섰다.

명지의 가벼운 포옹에도 반응하지 않던 김호의 손이 천천히 자신의 목 근처로 올라가기 시작했다. 김호는 자신의 목을 꽉 조이고 있던 와이셔츠의 맨 위쪽 단추를 풀었다. 위계와 명령의 언어로 작동하는 경직된 공무원 조직을 상징하듯 늘 끝까지 꼭꼭 잠갔던 단추를 푸는 순간, 그의 얼굴에 항상 깃들어 있던 단정함이 흩어졌다.

"숨이 막히네요."

"저기 하늘 좀 봐요. 갑자기 별이……."

김호의 손이 하늘을 가리키는 명지의 손을 낚아챘다. 다른 한 손으로는 물러서려는 명지의 허리를 힘 있게 잡아끌었다. 일상적인 행위로 시작된 가벼운 포옹이 지나간 자리에 남자의 갈증이 담긴 비일상적인 스킨십이 맹수의 도약처럼 순식간에 찾아들었다.

김호는 단 한 번의 몸짓으로 명지를 자신의 품 안에 가둬 버렸다. 명지의 눈앞으로 한걸음에 달려온 그의 하얀 와이셔츠가 추락한 별빛을 뿜어냈다.

"말해 봐요. 오늘 밤 왜 나를 찾아온 거예요?"

서로에 대한 감정이 어떤 배색을 띠며 내면에서 넘실대고 있는지 말로써 확인하고 싶진 않았다. 오로지 비즈니스를 협업하는 관계로만 지내기로 했던 그 암묵적 합의를 재고해 보자며 김호가 먼저 용기를 냈다.

그의 얼굴이 명지의 어깨 위로 파묻힐 듯이 내려왔다. 순식간에 깊어진 포옹. 틈 하나 없는 밀착. 예산을 집행하는 결정권이 있는 공무원과 가업의 부활에 국가적 대의까지 실은 양조장 대표로 내려졌던 둘 사이의 관계 정의가 뮌헨의 별빛을 뚫고 드디어 표면 위로 올라왔다.

"숨 막혀요."

"이렇게 될까 봐 여기에 숨은 건데."

"저 안에 사람들이 있어요. 〈천세주류〉 심태윤도 있고."

양조장 대표의 이성이 더 견고했다. 심태윤을 끌어온 강력한 1차 방어.

"진짜로 내 마음이 흘러가는 대로 살고 싶다, 최명지."

단정함을 내려놓은 김호가 한발 더 나아갔다.

"그게 어떤 건데."

"그냥 감정이 이끄는 대로."

김호는 말해 놓고도 자신의 말이 믿기지가 않았다. 타락한 인간이 되었다는 징조 같은 말들이 자꾸만 흘러나왔다.

"키스 한번 할래요?"

진중하고 섬세한 내면을 가진 남자를 향한 도발적인 2차 방어.

"……!"

"오늘 밤 나한테 원하는 게 그런 거 아니에요?"

이번엔 문 하나 열어 놓지 않고 극단으로 몰아세우는 융통성 없는 날카로운 공격. 사력을 다해 찾아온 김호의 진심이 가벼운 정념이 되어 바닥으로 추락했다.

김호는 생의 모순을 그 자체로 받아들일 줄 아는 성숙한 영혼이었지만, 자신의 간절한 마음을 술에 취하고, 밤의 무드에 취한 남자들이 으레 품는 그저 그런 감정 따위로 취급한 명지 말이 심장을 베고 들어왔다.

그는 명지를 감싸 안았던 팔의 힘을 풀었다. 그의 눈빛은 의심의 여지 없이 벅차올랐던 시간에서 완전히 벗어난 뒤였다. 스스로 방기했던 내 감정은 제대로 된 인정조차 받지 못하는구나.

"내가 원하는 게 그런 거 같아요?"

결핍으로 가득한 삶에 빠져 있는 듯 아픔이 담긴 눈빛이 명지에게 전해졌다.

"……."

"내가 잘못했네. 그런데 난 그런 부류는 아니에요. 기다려요. 오늘 내가 들은 이 말, 반드시 회수하러 올 테니까."

"뭘 회수하는데요?"

"키스. 키스 한번 하자면서."

"참나……."

"키스하자고 사부님이 먼저 제안한 거 일단 킵 합니다."

"혹시 상처받았어요?"

"상처는 받았는데 덕분에 귀한 패 하나를 건져서 괜찮아요. 안으로 먼저 들어가요. 나는 여기 정리하고 들어갈 테니."

그건 어디까지나 하늘의 선물이었다. 별 구경을 하러 뒤뜰에 나온 심태윤은 기대하지 않았던 극적인 장면을 목격하고 이내 숨을 죽였다. 하늘의 기운이 잠든 별까지 동원해 나를 돕네. 인생에서 이렇게 재수 좋은 날도 있구나, 심태윤.

'최명지, 니가 이긴 줄 알았지? 그런데 아무리 생각해도 내가 이긴 것 같다.'

한참이 지나도 그는 돌아오지 않았다. 명지의 시선이 자꾸 문 쪽에 가닿았다. 쏟은 물을 다시 담을 수 없듯 뱉은 말에 대한 후회로 그녀는 감정적인 하강을 느꼈다. 서로의 성장을 동등하게 지지하는 형세로 곧게 나아가던 두 사람의 관계가 격정적인 한 번의 포옹으로 이전과는 전혀 다른 빛깔을 띠게 되었다. 보호받는 객체이기보다는 스스로를 지키는 주체로서 살아왔던 명지는 김호가 보인 진심의 무게감 때문에 머릿속이 복잡해졌다.

'왜 안 오지? 어디를 갔을까. 아까 그 말은 하지 말걸.'

❖

다음 날 아침, 호텔 〈아다지오〉의 식당이 이른 시간부터 북적거렸다. 하 장관은 아침을 먹고 있는 심태윤을 발견하고 뚜벅뚜벅 걸어갔다.

“〈천세주류〉 심 과장님이 벌써 아침을 드시네. 사람도 많은데 합석 좀 합시다.”

“안녕하십니까, 장관님. 편하게 앉으세요. 항상 따라다니는 분은 오늘 어쩌시구요?”

“아아, 우리 김호. 김호는 내가 어딜 좀 보냈다오. 그나저나 〈천세주류〉는 이번 축제에서 아예 빠지는 건가? 스폰 기업에서 스스로 명단 삭제하는 거요?”

“그럴 리가요. 아닙니다, 장관님.”

심태윤이 놀란 눈으로 하 장관을 바라봤다. 이 영감이 아예 우리를 배제하려고 하네.

“그렇다면 우리 일정에 같이 동참해야지. 이렇게 따로국밥처럼 놀면 쓰나.”

“저한테는 일정 공유를 안 해 주던데요. 김호 담당님이.”

“그래요? 이노무 자식이. 그나저나 전통주 축제 말인데. 홍보 플랜은 〈천세주류〉가 세워 줘요.”

“저희가요?”

“그런 쪽은 대기업이 건드려 주는 게 더 전문적이고 효율적이니까. 내 생각에는.”

“저희한테 그런 역할을 주신다면 오히려 제가 감사하죠. 그런데 김호 담당님이요.”

심태윤은 김호가 이 판에서 맡을 포지션이 궁금했다.

“우리 김 담당? 김 담당이 왜?”

“그분도 이런 쪽으로는 잘하실 거 같은데. 아닌가요?”

노련한 하 장관을 살짝 떠보려는 심태윤의 질문이 날아들었다.

"우리 김호가? 우리 김 담당은 다른 쪽으로 움직여야지. 이런 거 말고."

김호는 너랑 같은 층위에서 실력을 겨뤄야 할 사람이 아니라는 걸 하 장관이 넌지시 알려 줬다.

'어리석은 심 과장님아, 그 사람이 바로 이 항해의 선장이다, 내가 아니라. 내가 가장 높은 곳에 세울 거거든.'

'팀 심태윤'은 〈아다지오〉 식당에서 최명지를 기다리고 있었다. 김호가 없으니 오늘 최명지는 혼자겠네.

"최 대표님, 잠시 시간 좀 내 주시죠?"

"저한테 뭐 하실 말씀 있으세요? 없을 거 같은데."

명지가 심태윤 쪽 테이블을 흘깃 바라보며 심드렁한 표정을 지었다. 그녀는 뷔페식으로 차려진 카페테리아를 향해 곧바로 걸어갔다. 심태윤 따위는 아랑곳하지 않고.

"이거 왜 이래요. 소곡주 점포 출점은 내가 완전히 대표님 페이스에 말렸지만, 우리 축제는 같이해야죠. 안 그래요?"

심태윤이 빈 접시를 들고 명지 옆으로 붙었다.

"오…… 그거 하시게? 제 발표 듣고 빈정 크게 상해서 완전히 마음 접으신 거 아니구요?"

"선수끼리 왜 이래요. 우리도 농림부 고위 공무원 나으리들이랑 관계가 긴밀해질 기횐데, 그 기회 좀 같이 잡읍시다."

심태윤이 뱉은 단어 하나가 명지에게 불길하게 다가왔다. 관계……. 명지의 눈썹이 꿈틀했다.

"이제 막 패를 당당하게 까시네요? 점잔 떠는 거 안 하시려구요?"

"안 하죠. 이미 최 대표님한테 발릴 대로 발렸는데. 뭐 하러 아닌 척, 고상한 척을 하겠어요. 이왕 이렇게 된 거 우리도 취할 건 취하려구요."

"솔직해서 좋네요. 뭐, 그럼 남은 콩고물이라도 맛있게 드셔야 할 테니, 목표를 향해 잘 달리세요. 파이팅!"

명지가 돌아서려는 순간 심태윤이 앞을 가로막았다.

"축제 홍보 플랜이요. 그거 저희가 하기로 했어요. 하 장관님께서 직접 역할을 내려 주시네요."

"잘됐네요. 안 그래도 머리 아픈 분야였는데. 저희가 그쪽은 〈천세주류〉에 외주 맡긴 셈 칠 테니 홍보대행사처럼 플랜 잘 짜 와 보세요. 그럼, 난 바빠서 이만."

명지가 접시를 들고 한적한 테이블을 찾아 사라지자 '팀 심태윤'의 막내가 분노 섞인 표정으로 그에게 다가왔다.

"아니, 저 여자는 뭐예요? 우리 〈천세주류〉가 일개 대행사예요? 저 시골 양조장에서 일거리 오더 받는?"

"사람 진짜로 쨍하지 않냐? 말에 군더더기가 하나도 없어."

"팀장님! 쨍한 게 아니라, 지금 우리를 완전 핫바지 취급 하잖아요. 대놓고 개무시하는데 기분 안 나쁘세요? 저 양조장 우리가 먹는다면서요."

"우리가 먹지, 〈한산소곡주〉는."

"사업비도 최명지가 따 갔는데 뭔 수로 먹어요. 제일 큰 약점인 경영난이 해결됐는데."

"해결된 것도 있고, 안 된 것도 있고. 암튼 넌 굿이나 보고 떡이나 먹어."

❖

김호는 코트라 무역관 회의실에서 이그린이 건네준 옥토버페스트에 관련된 정보들을 하나하나 확인하고 있었다.

"김 담당님, 준비 철저히 하셔야 할 것 같은데요? 단지 지역 축제로 끝낼 게 아니라 세계적인 전통주 축제로 육성하려면 이건 일이 년 반짝 공들인다고 될 일이 아니네요. 긴 호흡으로 끌고 가실 수 있겠어요?"

"그러게요. 생각보다 정부 기관의 역할이 크네요."

"좋은 술이야 최 대표님이 책임지고 만들 거고. 그 술에 담긴 흥미로운 이야기들을 해외 쪽에 퍼뜨려 주는 건 김 담당님이 해 주셔야 해요. 술을 담을 화려한 포장지도 필요할 거 같구요."

"껍데기는 본질을 압도할 수 없어요. 껍데기가 화려하다고 해서 소문이 나진 않거든요."

"하지만 사람들의 흥미를 끌려면 껍데기도 중요해요. 그 역할은 어차피 〈천세주류〉가 하면 되는 거고."

이그린의 입에서 〈천세주류〉가 튀어나오자 김호는 잠시 호흡을 가다듬었다.

'역시나 〈천세주류〉를 인발브시켜야 하나.'

"그쪽의 인프라가 절대적으로 필요해 보여요. 걔들이 밉상이긴 하지만 취할 건 취해야죠. 옥토버페스트도 어찌 보면 유서 깊은 대형 주류 회사들이 만들어 낸 축제잖아요. 전통주 축제의 사이즈를 키우려면 〈천세주류〉를 움직여야 해요. 어떻게든."

"홍보를 위해 〈천세주류〉를 움직이게 하고, 농림부는 판을 키워야겠네요. 생각보다 해야 할 일이 많겠어요."

"그걸 이제 알았냐. 그러니 이 미션에 농림부, 외교부, 문화재청까지 붙었지. 내가 너를 머나먼 한산까지 왜 파견을 보냈겠니. 사이즈가 제법 큰 프로젝트라니까."

하 장관이 회의실 문을 열고 두 사람을 향해 들어오고 있었다.

"장관님, 오셨어요?"

"니가 지금까지 캐치한 것들 한번 말해 봐."

"이그린 담당 말처럼 스폰 기업이 절대적으로 필요해요. 〈천세주류〉 같은. 정부 기관 쪽 인프라 가지고는 될 게 아니에요."

"제대로 짚었네. 내 생각도 그래. 그게 성공 포인트다."

"그런데 걸리는 게 한 가지 있어요. 이번 프로젝트로 〈천세주류〉와 얽히게 되면 〈한산소곡주〉를 낱낱이 파악할 텐데요. 내부 정보도 당당히 요구할 거구요. 〈천세주류〉는 〈한산소곡주〉를 인수하려는 야심이 있으니, 어쩌면 고양이에게 생선을 던져 주는 격인데 괜찮을까요?"

"글쎄다. 이쪽 전투력도 만만치 않아서 말이다."

"……."

"니 걱정대로 〈천세주류〉에 〈한산소곡주〉를 던져 주는 게 될지, 〈한산소곡주〉에 〈천세주류〉를 갖다 바치는 게 될지 누가 아냐고. 최명지 대표의 머리가 저리 비상하게 돌아가는데. 너 최 대표 발표하는 거 봤지? 절대 만만하게 보면 안 된다. 130년을 이어 온 명품 술의 후계자이니 그 DNA에 새겨진 건 니가 상상하는 것 이상일 거야. 심태윤이 아무리 어쩌려고 해 봐도 쉽지 않을 거다. 이쪽도 절대 만만치 않아서."

김호는 생각을 더 하지 않기 위해 앞에 놓인 노트북 화면을 물끄러미 바라봤다. 어젯밤의 그 격렬한 포옹. 용기를 내어 둔중하게 내디

딘 한 발자국. 그녀를 향한 단지 그 한 발자국.

그때의 감정이 오롯이 살아나 그는 가만히 눈을 감았다. 우리 장관님이 아시면 나는 죽겠네. 한국 땅은 밟아 보지도 못하고 여기 뮌헨에서.

16

사업비 50억 때문에 프로젝트 총괄이랑 연애해도 됩니까?

감당하기 벅찬 일들의 연속이었던 독일 출장도 어느새 막바지로 접어들었다. 수행원 하나 없이 동에 번쩍 서에 번쩍 다니며 그 행보의 끝을 가늠할 수 없을 만큼 외출이 잦던 하도식 장관이 김호 일행을 한자리에 호출했다. 〈천세주류〉 심태윤까지 포함해서.

"오늘은 나랑 어디 좀 같이 갑시다. 우리가 어느새 이틀 뒤면 한국으로 돌아가지 않소. 이제 유종의 미를 잘 거둬야지."

김호는 너무나 큰 울림과 감동을 주었던 명지의 발표를 떠올렸다. 신념과 열정이 한데 어우러져 세상에 올곧은 메시지를 던질 때 사람이 얼마나 아름다울 수 있는지 보여 주었던.

어떤 일이 일어났지만 그게 어떤 의미를 갖진 못했다. 김호는 의미를 싣지 못한 채 단지 해프닝으로 그치는 사건들이 주는 피로감에 에너지를 소진하고 있었다. 어차피 드라마틱한 관계의 진전을 바랐던 건 아니었지만 수습되지 않는 마음을 급진전되는 프로젝트 속에 밀어 넣고 수습이 될 거라며 스스로를 다독이는 자신의 모습이 초라하게 느껴졌다.

그날 밤 이후로 관계의 정의는 새로워졌고, 서로의 마음을 꺼내 놓는 순간 도착할 버거운 미래를 두 사람은 함께 감지했다. 관계의 진전이 얼마나 요란스러운 곤란함을 동반할지도.

김호는 명지 쪽을 바라보지 않았다. 감정을 묻어 두고 이성을 챙겨 든 명지의 선택에 대한 존중으로 그는 멀어지는 쪽을 향해 걷는 중이었다. 사력을 다해.

이성적인 판단이 끝난 뒤에도 감정의 잉여물들이 명지의 주변을 맴돌았다. 누군가의 진심을 훼방꾼의 자리로 추락시키고 아무렇지 않은 척하는 게 어쩌면 깊은 곳에서 억세게 꿈틀대는 자신의 생존 본능 같아서 명지는 실망감에 잠겨 있었다. 3년에 50억. 어떻게 잡은 기회인가.

심태윤은 긴장된 공기를 말없이 공유했다. 독일의 청명한 하늘과 산들바람. 더할 나위 없이 좋은 날씨였다.

그는 함께 모여 있는 사람들을 찬찬히 훑어봤다. 우리의 시간은 정말로 안온하게 흘러가고 있는가. 최명지, 무서운 여자지. 알면 알수록. 그러니 절대 방심은 금물이고. 김호…… 김호…… 김호는 힘을 갖기 전에 치워야 하고. 최명지의 실력과 김호가 가진 힘의 결합까지 내가 봐야 하나. 그 전에 김호를 치우자.

"오후에 나랑 같이 다하우 수용소에 갑시다. 그곳을 다 함께 보고 싶으니까. 그리고 오늘 드디어 서울에서 파견 온 외교부 본진이 우리와 합류할 거예요."

"외교부 본진이요? 이그린 담당님 말구요?"

김호가 눈을 크게 떴다.

"이그린 담당은 현지 인력이고. 이제 본격적인 그림을 같이 그려야 할 협력 기관 실무진이 오는 거지. 독일에서는 상견례식으로 인사만 하고 귀국하면 정식으로 팀을 발족할 거야."

"장관님, 팀은 이미 발족된 거 아니었나요?"

"뭔 소리야. 그동안은 니가 한산에 내려가 전통주를 배우는 연습 기간이었던 거고. 이제부터는 관계 기관 실무진이 같이 붙어서 일을 추진해야지. 설마 너랑 최명지 대표 꼴랑 둘 세워 두고 내가 이 프로젝트를 진행시키겠니? 팀원이 달랑 두 명인데 니가 총괄이겠냐고."

"아…… 근데 어느 정도까지 키우실 건지 제가 감이 안 와서요."

"그건 차차 알게 될 거고. 외교부 쪽 팀장급이 오니까 잘 협력해라."

"외교부에서 누가 오는데요?"

"너랑 같은 사무관급이 오지 않겠니? 어떤 선수를 기용했는지는 난 모르고. 거기 타워가 결정했을 테니. 일 잘하는 사람으로 선발하라고 했으니까 기대해 보자."

"김 담당님, 최 대표님이랑 우리 셋은 지금 코트라 사무실로 들어가야 할 것 같은데요? 외교부에서 파견한 사람이 방금 도착했다네요."

이그린은 수신된 문자를 보며 김호에게 눈짓했다.

"알겠습니다. 지금 바로 코트라로 이동하시죠."

서울에서 파견됐다는 외교부 본진의 규모는 단출했다. 팀장급 한 명에 실무 공무원 둘. 팀장은 의외로 여자였다. 그것도 나긋나긋하게 생긴.

“처음 뵙겠습니다. 외교부 정책 보좌관 이지영입니다.”

“다시 한번 말씀해 주시겠어요?”

김호의 눈썹이 특정 단어를 만나자 예리하게 꿈틀댔다.

“아니, 어떻게 장관님 정책 보좌관께서 오셨어요? 와우!”

이그린이 갑자기 조성된 긴장감을 늦추기 위해 잽싸게 끼어들었다.

“농림부에서 추진하는 아주 중요한 프로젝트라고 들었습니다. 저희 외교부도 힘껏 돕겠습니다.”

“무슨 뜻이에요? 정책 보좌관이 좀 높은가 봐요?”

명지가 이그린에게 조용히 속삭였다.

“높다기보다는. 영향력이 어마어마해요, 저 포지션이. 속된 말로 대가리예요, 장관의 대가리.”

“대가리요?”

“재가 외교부 원탑이란 거예요. 탑 오브 더 탑. 실력으로 보나 배경으로 보나. 근데 판이 이상하게 짜이네요. 이게 그냥 단순한 지역 축제가 아닌 거 같은데. 선수 구성이 왜 저래. 농림부, 외교부 원탑들 모아 놓고 도대체 뭘 하려고.”

“그게 무슨 말씀이세요? 단순한 지역 축제가 아니라니. 이면에 감춰진 게 있나요 혹시?”

“아…… 아니에요. 그냥 혼잣말한 거니까 신경 쓰지 말아요.”

“근데 외교부에서 영향력 있는 분이 오셔서 이 담당님도 신경 쓰이겠네요.”

“아니에요. 재는 기관에 다이렉트로 속해 있는 솔거노비고. 나는 뮌헨에 짱 박혀 있는 외거노비인데. 신경은요 무슨. 하하…….”

한 발짝 떨어져 있는 두 사람을 향해 김호가 다가왔다. 그의 이마에 올라앉은 꽉 들어찬 진지함.

“이 담당님, 죄송하지만 최 대표님 모시고 먼저 호텔로 가시겠어요? 저는 외교부에서 오신 분들과 얘기를 좀 해야 할 거 같아서요.”

“아, 그러세요. 그럼, 저희는 호텔로 먼저 돌아갑니다. 다음에 또 뵐게요.”

명지는 이지영 정책 보좌관을 데리고 회의실로 급히 들어가는 김호를 바라봤다. 뭐지 저 표정은. 왜 저렇게 심각해. 무슨 일이길래.

“김호 담당님이죠? 농림부는 사무관 호칭이 죄다 담당이라면서요.”

이지영 보좌관의 말투는 부드러웠다.

“네, 맞아요.”

“저희는 호칭이 책임이에요. 저를 이 책임이라고 부르시면 됩니다.”

“네. 이 책임님. 뭐 하나만 물어봐도 됩니까?”

“뭐든지요.”

“외교부 문화교류과, 왜 거기서 안 오고 정책 보좌관님이 오셨죠? 여기 뮌헨에.”

이 책임의 얼굴에서 나긋나긋한 분위기가 사라지고, 일 잘하는 사람 특유의 당찬 표정이 순간적으로 올라왔다.

“왜일까요?”

“외교부 정책 보좌관의 현재 1선발 과제가 뭡니까?”

김호는 돌려 묻지 않고 바로 본론을 던졌다.

"뭘까요?"

이 책임의 얼굴에 미소가 번졌다.

"남북 평화 교류 아닙니까?"

"하하하……."

"우리 혹시…… 혹시……."

이 책임이 고개를 끄덕거렸다.

"맞아요? 내가 생각한 거?"

"아마도?"

"우리 북으로 가는 거 맞습니까?"

"글쎄요."

"혹시 이 프로젝트 남북평화협력사업을 위해 하는 공동 축제로 판이 커지는 겁니까?"

"듣던 대로 굉장히 스마트하시네요. 저만 보고도 이 판을 읽으시고. 그런데 아직은 어디까지나 밑그림이에요. 이제 겨우 연필 하나 든 거죠. 이 엄중한 프로젝트의 전체 총괄이라고 들었는데, 잘 부탁합니다."

김호는 눈을 감았다. 여러 가지 생각이 그의 머릿속을 스치고 지나갔다. 우리 영감님을 진짜. 일 벌이기 좋아한다고만 생각했는데 이 양반 지금 무슨 그림을 그리고 있는 거야. 아…… 미치겠다.

이지영 책임은 눈을 감고 있는 김호의 얼굴을 꼼꼼하게 뜯어봤다. 말로만 듣던 농림부 에이스를 이제야 만나네. 판세 분석과 솔루션 조합의 천재라더니 얼굴도 천재네. 스마트하고, 외모 준수하고, 고위 관료로 직행하는 엘리트 코스는 이미 탔고, 나랑 레벨도 맞고. 오케바리, 김호는 내가 접수!

❖

호텔 앞 노천카페에 앉아 이번 출장에서 획득한 몇 가지 포인트들을 정리하고 있던 명지에게 심태윤이 다가왔다.

"최 대표님, 여기서 뭐 하세요? 김호 담당님은 오늘 바쁘신가 보네요."

그는 명지의 맞은편에 자연스럽게 앉았다.

"저도 모르죠. 프로젝트 총괄이니 바쁜 건 당연한 거고."

명지는 이그린이 정리해 준 서류에 계속 시선을 고정했다.

"그런데 두 분 말이죠. 이런 얘기까지 안 하려고 했는데."

"하지 마요 그럼. 이런 얘기 안 궁금하니까."

"좀 특별한 사이가 된 거 같은데. 여기 독일에서."

이 새끼가 진짜. 명지의 입술이 살짝 비틀어졌다. 그녀는 공격을 받으면 놀라우리만치 뜨거운 에너지가 자체적으로 생성되는 내면이 강인한 사람이었다.

"서론, 본론 스킵하고 결론만 던져요."

"내가 또 일간지 기자들이랑 그렇게 친하네. 하하……."

"기자라면 나도 친한데. 지방 유력지, 지역색을 담은 토종 언론들 무시하나? 족보 뒤져 보면 우리 집 친척 어르신의 아들도 어디 신문사 기자일 텐데."

명지는 까불어 봐라 하는 표정으로 심태윤을 노려봤다.

"파급력이 같을까요? 온 국민이 보는 신문이랑 지방의 벼룩시장 같은 거랑."

"좋겠수다. 파급력 좋은 언론사 기자들이랑 유착으로 똘똘 뭉쳐 있는 관계라. 〈천세주류〉가 자기들 빨아 달라는 떡밥 던져 주면 무슨 기사든 유리하게 써 주나 보네. 이게 뭔 드러운 커밍아웃이야. 안 쪽 팔려요?"

"말 좀 가려 하죠. 아무리 호의를 깔고 가는 사이라도 듣다 보니 기분이 무지 상하는데."

심태윤이 한쪽 눈썹을 찡그리자 명지가 코웃음 쳤다.

"누가 할 소리. 먼저 아무 말이나 막 던진 건 그쪽인데. 내가 하고 싶은 말은 아무렇지 않게 빵빵 던져도 괜찮고, 남들이 바른 소리 하면 그건 또 못 참겠나? 뭐 이렇게 사람이 후져요. 와꾸는 신사복 모델 빰치게 생겨서. 내면이 너무 후져서 멀쩡한 와꾸가 실력을 낭비 중이네."

"하하하…… 뭐요? 와꾸가 뭐 어째요?"

심태윤은 명지의 말에 기가 막히다는 듯 웃음을 터뜨렸다.

"이 타이밍에서 웃음이 나와요? 아무 때나 웃음이 튀어나오는 푼수기도 탑재했네. 알고 보니 참 딱한 사람이었구만. 〈천세주류〉 전략기획 팀장님은."

"요점만 말할게요. 사업비 50억 때문에 프로젝트 총괄이랑 연애해도 됩니까?"

이 미친. 이 작자가 뭔 개소리야. 그 50억 때문에 내가 진국 같은 남자를 발로 뻥 찼다, 븅신아.

"누가 연애를 해? 우리가 연애한다고 누가 그러는데."

"봤는데 내가. 둘이 키스하는 거."

"돌아가신 우리 아부지 이름을 걸고 말하는데. 우리가 키스했으면 내가 우리 아부지 딸이 아니거든. 어떻게 사과할 거야, 이 모욕?"

"둘이 어둠 속에서 끌어안고 있던데. 그 호프집 뒤뜰에서."

"말이 갑자기 바뀌네? 키스라더니 이제는 포옹? 포옹은 했지. 고생했다고. 퍼레이드 때 수많은 관광객들한테 사탕 던져 주느라 애 많이 썼다고 우리 총괄님께서 격려의 포옹 해 줬지. 이렇게!"

명지는 자리에서 일어나 심태윤을 일으켜 세운 후에 덥석 끌어안았다. 그녀는 심태윤의 등판을 손바닥으로 팡팡 두드렸다.

"거 고생이 많수, 〈천세주류〉도. 여기서 〈한산소곡주〉에 처발리고, 사업비도 못 따고, 이제는 약점이라도 잡아서 어떻게든 이 판에 끼어볼라고 몸부림 중인 거 같은데 애 많이 쓰네. 힘내슈."

심태윤은 저쪽에서 하 장관이 걸어오고 있는 것을 봤다. 하 장관이 끌어안고 있는 두 사람을 대수롭지 않은 눈길로 쳐다봤다.

"최 대표, 심태윤 과장이 굉장히 많이 힘들어하나 보네? 잘 격려해 줘요. 큰 축제를 이끌어 갈 주역들인데."

"네, 장관님. 안 그래도 격려의 포옹 찐하게 해 주는 중입니다. 우리 김 담당님도 빽하면 이렇게 저를 격려해 주더라구요. 보기 좋지 않나요?"

"그럼, 보기 조오치! 경쟁사들이 이렇게 자신들의 이해관계를 내려놓고 큰 목표를 향해 협력하며 뭔가를 이뤄 가려는 모습. 너어무 아름답지. 부디 싸우지들 말고 이렇게 잘 지내요. 서로 격려도 잘해 주고. 이따 봅시다."

하 장관의 뒷모습을 보며 명지가 심태윤을 떨어뜨려 놓았다. 기계적인 몸짓으로.

"노련하시네, 생각보다."

명지가 갑자기 멀어지는 게 아쉽다는 얼굴로 심태윤이 중얼거렸다.

"댁이 찌질한 거지, 보기보다. 그리고 머리도 나보다 훨씬 둔하게 돌아가고. 나를 못 당한다니까 그렇게 천천히 돌아가는 머리로는."

"그거 알아요? 어차피 장관 임기는 곧 끝날 거고, 이 정권도 바뀔 거라는 거. 장관이 바뀌고, 정권이 바뀌면 그 사업비도 싹 토해 내게 될지도 모른다는 거. 아니, 이 전통주 축제 프로젝트 자체가 엎어질지도 모르고. 대한민국이 좀 다이내믹해야 말이지. 어느 편이 정권을 잡느냐에 따라서 말이지. 하하……."

"쓰레기였네. 이 인간이 생각보다 완전 바닥이네."

"……!"

"내가 우리의 미래를 알려 줄까? 김호 사무관님은 농림부에서 쭉쭉 올라갈 거고, 행자부에서 실무 경험도 몇 년 쌓다가 결국에는 농림부 장관이 될 거야. 그 후에는 경기도지사로 나오거나 서울시장으로 나오거나. 그다음은 뭘 거 같아?"

"……!"

"그다음은 청와대야. 당신 말대로 정권이 언젠가는 바뀌겠지. 그런데 미래의 대통령감도 못 알아보는 감각으로 무슨 사업을 해? 농림부 장관, 서울시장, 그다음은 대통령! 오케이? 이 자연스런 전개도 못 읽으면서 나랑 머리싸움을 하려고 덤벼."

심태윤은 입을 벌린 채 명지를 바라봤다.

"어디 두고 봅시다. 어디 한번 이 판을 길게, 길게 봅시다. 130년도 버텼는데 그깟 몇십 년을 내가 못 버틸까. 〈천세주류〉가 망할지, 〈한산소곡주〉가 망할지 한번 지켜보자고. 그날이 오면, 제일 먼저 〈천세주류〉 사내 유보금부터 뒤져 보라고 할 테니까. 불법과 탈세의 증거가 종이 한 장이라도 있는지. 아, 미래의 대통령한테 내가 〈천세주류〉 엎어지라고 개인적인 청탁을 넣는다는 건 아니고. 그때도 만약, 내가 김호 사무관님이랑 친하면."

명지는 어설프게 자신을 협박하려던 심태윤을 완벽하게 제압했다.

"하하…… 나를 꼭 적으로 삼아요. 나 같은 적을 두는 게 당신 인생에서 어떤 의미인지 똑똑히 알려 줄 테니까."

명지는 충격에 잠긴 심태윤을 두고 자리를 떠났다. 저 인간이 누구한테 약을 팔러 와. 근데 내가 너무 혼자 액셀을 밟았나. 김 담당이 알면 화내려나.

17

내 자식의 자식이 먼 훗날 나의 오늘을 본다 해도 창피하지 않아야겠지?

다하우 수용소를 방문해야 하는 오후 일정을 위해 하 장관과 김호는 호텔방에서 나오고 있었다.

"장관님, 저한테 하실 말씀 없으세요?"

"사람들 기다린다. 어서 내려가자. 다하우 수용소 너 한 번도 안 가봤지?"

하 장관은 매서운 질문 하나가 이미 장전된 김호의 입술을 짐짓 못 본 척하며 로비를 향해 성큼성큼 내려갔다.

"장관님…… 외교부에서 정책 보좌관이 떴던데 제가 또 추론 들어가 볼까요?"

"하지 마. 너는 가끔 머리를 쓸데없이 혹사시키더라. 내비 둬, 니 머리. 잠시라도 휴식하게. 안 그래도 쓸데 많아질 텐데. 아이고오, 다들 모이셨네. 그럼, 같이 이동합시다. 이그린 담당, 그분은 왜 안 보이나? 외교부에서 오신 팀장님은?"

"아, 다하우 수용소로 바로 오신대요. 그분은 숙소에서 택시로 이동하는 게 더 편할 거예요."

"오케이! 다 왔네 그럼. 근데 술집 아저씨는?"

"술집 아저씨……? 아, 〈천세주류〉 심태윤 과장이요? 자기들이 렌트해 놓은 차로 따로 온대요. 뭐 때문에 심기가 불편한지, 어쩐지."

이그린은 명지의 얼굴을 슬쩍 쳐다봤다. 무슨 일이 있는 거 같긴 한데. 명지는 태연한 얼굴로 하 장관을 주시하고 있었다. 포커페이스 같은 명지의 얼굴.

이그린이 운전하는 차가 다하우 수용소를 향해 달렸다. 조수석에 앉은 하 장관은 창문을 내린 채 독일의 가을을 만끽하고 있었다.

"장관님, 다하우는 분위기가 굉장히 무거운 곳인데, 여기를 방문지로 결정하셨네요."

"독일의 과거, 현재, 그리고 미래가 모두 있는 곳이니까요."

앞의 두 사람이 대화에 빠져 있는 사이, 뒷좌석의 명지는 옆에 앉아 있는 김호를 물끄러미 바라봤다.

"왜 그렇게 봐요?"

"뭐 좀 확인하려구요."

"뭘 확인해요?"

"왕후장상의 상인가 아닌가."

"나 없는 동안 무슨 일 있었죠?"

김호가 명지 쪽으로 시선을 돌렸다.

"무슨 일이야 늘 있죠. 총괄님."

❖

심태윤은 다하우 수용소 앞에서 하 장관 일행을 기다리고 있는 외교부 이지영 책임을 발견하고 먼저 인사를 건네며 다가갔다.

"안녕하세요. 〈천세주류〉의 심태윤 과장입니다. 이번 축제의 스폰으로 참가하는."

심태윤은 스폰이라는 단어에 일부러 힘을 주었다. 내가 니들의 돈줄이라는 뜻이다.

"네."

성의 없이 고개만 까닥인 후 이지영은 차가 들어오는 도로 쪽으로 다시 시선을 고정했다.

이 반응은 또 뭐야. 지 소속과 이름은 밝혀야지.

"외교부에서 오신 거 맞죠?"

"네."

이지영은 여전히 길 쪽만 바라보고 있었다.

"저희 〈천세주류〉는 좀 큰 뜻을 품고 합류하게 됐습니다. 차차 아시겠지만."

그제야 이지영 책임이 천천히 고개를 돌리며 심태윤 쪽을 바라봤다. 그녀는 심태윤의 눈썹과 볼 어딘가에 자신의 시선을 내리꽂았다. 자리와 위계가 그녀에게 부여한 보이지 않는 권위가 무겁게 실려 있는 시선이 심태윤에게 날아왔다. 말하지 않아도 뿜어져 나오는 특유의 아우라에 심태윤은 기선을 제압당한 기분이었다.

이그린의 차가 도착하고 김호가 내리자 이지영 책임의 시선이 그 쪽으로 향했다. 심태윤에게 비스듬히 꽂히던 느릿한 시선이 이번에는 꽤 분주하게 움직였다. 분주한 시선이 날아간 후엔 잽싼 발걸음이 뒤따랐다.

"저기 술집 아저씨랑 이지영 책임이 보이네요, 장관님."

이그린이 이지영을 향해 손을 흔들었다. 하 장관 일행 쪽으로 환한 미소를 지은 여자가 다가오고 있었다.

"김 담당님, 오셨어요? 하 장관님 저는 벌써 도착해 있었습니다. 장관님을 이렇게 뵙네요. 외교부 정책 보좌관 이지영입니다."

'외교부 정책 보좌관? 타이틀이 뭐가 이렇게 거창해.'

심태윤이 자신의 귓가에 흘러들어 오는 정보를 주의 깊게 잡아챘다.

"그래요, 그래. 먼 길 오느라 고생했어요. 우리 김호 담당 많이 좀 도와줘요. 둘이 붙으면 시너지가 아주 엄청날 것 같은데. 하하하……."

명지는 얼굴에 웃음기가 가득한 이지영 쪽으로 시선을 보냈다. 고시를 뚫은 엘리트 공무원에게 이 사회가 응당 선사해 주는 황홀한 프라이드가 그녀의 두 어깨에서 반짝였다. 빛나는 여자네. 인생에서 좌절과 실패를 한 번도 겪어 보지 않은 사람처럼 얼굴이 구김살 하나 없이 환하네. 명지는 이지영 옆에 서 있는 김호를 바라봤다. 마음을 쪼그라들게 만드는 쓸쓸한 바람은 왜 불어오는가.

흰 와이셔츠에 넥타이까지 맨 단정한 김호. 그가 들고 있던 슈트 상의를 어깨에 걸쳤다. 다하우 수용소를 방문한다고 하니 가스실에서 희생된 영령들을 추모하기 위해 완벽하게 정장을 차려입은 사려 깊은 남자.

그는 이지영과 진지한 대화를 나누고 있었다. 기다란 손가락으로 자신의 이마를 만지면서. 농림부 에이스와 외교부 탑 오브 더 탑의 만남이라. 서로 간에 뭐 하나 기울어지는 게 없는 조합이었다.

"최 대표님 무슨 생각을 그렇게 해요?"

이그린이 생각에 잠겨 있는 명지를 바라봤다.

"아니에요. 김 담당님이요, 혹시…… 혹시 서울대 출신이에요?"

"하하…… 아니 그게 갑자기 궁금해요? 이제야? 서울대 맞아요."

"그럼, 저 이지영 책임이란 분은요? 저분도 서울대예요?"

"아마도요."

"아……."

명지의 입에서 낮은 탄식이 흘러나왔다.

"왜요? 갑자기 저 사람들 학벌에 기가 죽어요? 천하의 최명지 대표님께서? 하하……."

"둘이 분위기가 비슷해 보여서요. 김 담당님이 오늘은 좀 다른 세계에 있는 사람처럼 보이네요."

"그거 알아요? 우리 호 님 같은 남자는 경주마처럼 앞만 본다는 거?"

"……?"

"경주마도 호 님처럼 한곳만 보진 않을걸요? 저런 남자들은 딴 데 곁눈질하기 어려워요. 태생이 그래요."

이그린은 저런 종류의 남자를 잘 안다는 듯 미소를 지었다.

"태생이 그렇다뇨?"

"남자는 크게 두 부류가 있는데요. 호감 가는 여자한테 예쁘다는 립 서비스도 선수처럼 능숙하게 날리고. 낯선 여자한테 첫인사 트는 것도 참으로 자연스럽고. 농담으로의 진화는 더 자연스럽고. 술도 좋아하고, 술기운에 흥이 나서 너불너불 헛소리하는 건 더 좋아하고. 술에 취하면 자동적으로 이성은 날아가니 여자 문제는 늘 끊이지 않고. 뮤직도 좋아하고. 뮤직에 맞춰 지 몸뚱이 흔들어 재끼는 것도 좋아하고. 이런 부류, 감 오죠? 어떤 남잔지.”

“네.”

명지는 어렴풋이 알 것 같다는 얼굴로 고개를 끄덕였다.

“그리고 두 번째는 바로 우리 호 님. 김호 님은 어떤 부류냐면. 호감 가는 여자 앞에서 농담도 잘 못하고. 자연스러운 스킨십은 더 못하고. 술도 별로 안 좋아하고. 술기운에 흐느적대는 건 더 싫어하고. 음악은 그냥 감상용이고. 섹시한 외모에 반하는 게 아니라 현명하고 사려 깊고 통찰력 있는 성숙한 여자한테 꽂히는 그런 스타일. 저런 스타일은 그냥 경주마라고 보면 돼요. 다른 데 눈 안 돌리는. 말도 별로 없죠. 대신 행동으로 보여 줄 뿐.”

이그린은 ‘저런 남자가 진국이란다’ 라는 표정으로 명지의 눈을 똑바로 바라봤다.

“아, 내가 너무 떠들었네. 우리도 그만 갑시다.”

나치 독일이 세운 첫 강제 수용소인 다하우 수용소는 고문실과 가스실, 화장터를 갖추고 있는 곳이다. 히틀러가 수상으로 임명된 1933년, 뮌헨이 나치의 근거지가 되면서 다하우 수용소는 생겨났다.

유대인, 정치범, 종교인, 부랑자 등 나치 독일을 반대하고 사회 질서 유지에 반했다는 죄명으로 40만 명이 넘는 사람들이 갇혔고, 그중 4만 명 정도가 이곳에서 참혹하게 희생당했다.

하 장관은 일행을 이끌고 안으로 들어갔다. 1945년 나치 독일이 패망한 이후 독일이 행했던 잔학상을 반추하기 위한 기념관으로 다하우 수용소는 일반인들에게 공개되었다. 피의 고통이 서려 있는 역사적인 현장이 주는 장중한 아우라로 인해 다들 숨조차 크게 쉴 수가 없었다. 그들은 무거운 마음으로 정문을 통과했다.

하 장관이 어두운 표정의 얼굴들을 둘러보며 입을 열었다.

"우리가 살면서 말입니다. 문명사회가 가지고 있어야 하는 최소한의 양심이 무엇인지 함께 생각해 보고 싶어서 내가 여기를 오자고 했소. 개인의 양심에 사회적 이데올로기가 잘못 실리면 인간이 이렇게 잔인해질 수도 있거든. 히틀러도 자신이 옳은 길을 가고 있다는 지 양심의 소리를 들은 건데. 그 양심이 얼마나 어리석고 잔인한 것이었는지 말이야."

정문을 지나 오른쪽으로 들어서니 역사관 건물이 나왔다. 건물 안에는 그대로 보존해 둔 수용 시설과 희생자가 남긴 유물, 기록 사진과 생존자들의 인터뷰 영상이 잔인한 과거를 현재의 시점으로 소환하고 있었다. 아픈 역사를 기억하기 위해 방문한 사람들로 내부가 꽤 북적였다.

"과거를 마주하는 독일의 행보는 일본과 참 달라요. 독일 사람들은 그걸 정확히 아는 거지. 정치인들과 기록관들에 의해 감출 수도, 왜곡할 수도 없는 조상들의 선연한 발자취가 바로 역사라는 걸. 후손들에게 가르치기 창피한 역사는 철저히 숨기고, 자랑스러운 역사는 당당하게 공개한다는 게 사실 얼마나 어리석은 생각이냐고."

하 장관은 기록 사진 앞에서 한숨을 내쉬었다.

"자신들의 역사를 왜곡해서 좋은 이미지만 취하려는 일본을 보면 그런 생각이 들어요. 동네에 어떤 포악한 남자가 있다고 칩시다. 이 사람이 그렇게 나쁜 짓을 일삼는 거야. 빽하면 술에 취해 사람들을 때리고, 남이 좋은 것을 가지고 다니면 힘으로 빼앗고, 동네 처녀들을 희롱하고. 동네 사람들 모두 이 사람이 얼마나 쓰레기인지 죄다 알아. 모를 수가 없지. 다들 눈으로 보고 귀로 듣고 사건의 현장마다 목격자로 존재했으니."

명지는 하 장관의 말에 귀를 기울였다.

"그런데 이 남자의 아들이 훗날 번듯하게 성공해서 동네에 잔치를 열어 주며 우리 아버지는 참 훌륭한 분이었다고. 아이들 글공부하라고 공부방도 세우고, 어려운 집이 있으면 쌀 포대를 들고 찾아가고. 그렇게 도움을 주며 베풀었다고 하면 사람들이 얼마나 비웃겠냐고."

하 장관은 잠시 멈칫했다.

"더 나아가 지 아버지가 사람들을 패던 그 자리에 흉상을 세우고 마치 마을의 큰 어른이자 현자였던 것처럼 과거를 왜곡한다고 해서 그 사람에 대한 평가가 달라지나? 아니지. 오히려 더 손가락질을 받고 비웃음을 사겠지. 개망나니였던 아버지가 너무 창피해서 그 아들이 미쳤나 보다 할 거 아니오."

하 장관은 일행을 둘러보며 일일이 눈을 맞췄다.

"차라리 그때 피해를 보고 고통받았던 사람들을 찾아가 진심으로 용서를 구하고, 소고기라도 돌리면 그래도 아들은 참 양심이 있구나, 할 텐데. 난 지금의 일본이 딱 그 꼴인 것 같아서 어떻게 보면 참 안타깝달까. 그들의 비겁함과 용기 없음이."

김호는 눈을 크게 한 번 깜빡이며 하 장관을 바라봤다.

"독일은 지난 2000년에 국가적 차원에서 〈기억, 책임 그리고 미래〉 재단을 설립한 후, 나치 수용소 등에 끌려가 강제 노동을 했던 피해 생존자 170만 명에게 배상을 하며 반성했지. 어떤 민족이 진정으로 자유로워지려면 역사에 대한 책임 의식을 가지고 행동해야 한다는 걸 보여 줬단 말이오. 독일 의회가 설립한 〈기억, 책임 그리고 미래〉 재단의 설립 결의문을 내가 읽어 볼 테니 한번 들어들 봐요."

하 장관은 슈트 안주머니에서 몇 장의 종이를 꺼내 들고 차분하게 읽어 내려가기 시작했다. 현대사의 가장 치욕스러운 한 부분인 노예

및 강제 노동자에 대한 불법 행위, 징용, 학대, 착취를 반성하는 의미로 재단을 설립하고 희생자들에게 최대한 빨리 보상금을 분배해야 한다는 내용이었다.

다들 숙연해진 얼굴이었다.

"나라마다 정의와 양심을 다시 한번 생각하게 하는 사회적 사건과 사연이 있잖아요. 자, 우리는 어떤 삶을 살아야겠소? 우리가 내딛는 이 발자국들은 훗날 우리가 어떤 양심과 어떤 신념을 품고 살아왔는지 한 치의 틀림도 없이 역사로 기록될 텐데. 아닌가?"

심태윤은 속을 알 수 없는 표정으로 하 장관을 쳐다봤다.

"〈한산소곡주〉를 꿋꿋하게 지켜 가는 최명지 대표의 신념은 전통주의 역사로 기록될 거고. 지역 주민들과 협력해 기념비적인 전통주 축제를 성공시킬 김호의 신념은 농림부의 역사로 기록될 거고. 신규 사업으로 전통주 프랜차이즈 사업을 해 보겠다는 심태윤의 신념은 대기업이 소기업을 자본으로 잠식한 역사로 기록될 텐데. 후손들에게 낱낱이 전해질 이 엄중한 역사의 출발선에 나란히 선 그대들은 어떤 발자국을 찍을 텐가? 부끄럽지 않아야겠지. 내 자식의 자식이 먼 훗날 나의 오늘을 본다 해도 창피하지 않아야겠지?"

김호와 명지는 말없이 서로의 얼굴을 바라봤다. 하 장관이 왜 이곳으로 그들을 이끌었는지, 이 일이 얼마나 묵직한 결단을 필요로 하는 일인지 그들은 함께 자각했다.

역사관을 나와서 바로 보이는 조형물 앞에 당도했다. 뼈만 남은 인간들이 탈출하려다가 전기 철조망에 걸려 신음하는 모습을 형상화한 조각 작품이 그들 앞에 있었다. 작품 및 담장에는 다하우 수용소가 운영된 12년을 기억하라는 의미의 '1933~1945' 라는 숫자가 새겨져 있었다.

“앞으로 우리가 내디딜 이 엄중한 행보를 대한민국의 역사가 어떻게 기록할지 나는 궁금해요. 그것만 생각하면 가슴이 벅차오른단 말이지. 그러니 우리의 전통주를 이번에 완벽하게 부활시켜 봅시다. 다 같이 힘을 모아. 특히 최 대표, 어떤 고난이 닥쳐도 절대 포기하지 맙시다. 알겠지?”

김호는 미동도 하지 않고 혼자만의 생각에 잠겨 있는 명지의 곁으로 다가갔다. 깊은 감정에 고요히 침잠해 있는 명지.

“사진 찍어 줄까요? 이 감정을 오래오래 간직하게.”

“아니에요. 여기서 사진 찍는 건 좀 그래.”

“그럼 작은 조약돌을 하나 가져갈까요? 나중에 유리병에 담아서 우리 양조장 발효실에 놓게.”

“오, 굿 아이디어네. 얼른 챙겨 봐요.”

“네, 사부님.”

김호가 작은 돌멩이 하나를 호주머니에 넣었다.

“너무 큰 거 말고 작은 걸로.”

“네, 알겠습니다. 사부님.”

이지영이 두 사람의 대화를 듣고 이그린 옆으로 다가왔다.

“뭐예요, 저 두 사람?”

“뭐긴요. 한쪽은 사부님이라고 부르고 한쪽은 능숙하게 부려 먹으니 스승과 제자구만.”

“프로젝트 총괄을 저렇게 편하게 대해도 돼요?”

“안 보여요? 농림부 장관님도 수행원 하나 없이 수더분한 옆집 아저씨처럼 우리 곁에 서 있네요.”

“김호 사무관님은 원래 저렇게 여자들한테 다정해요?”

이그린이 ‘내가 니 속내를 이미 읽었다’는 얼굴로 이지영을 바라봤다. 우리 정책 보좌관님이 남자 보는 눈은 있네. 근데 그 남자는 이미 마음의 주인이 따로 있네요, 이 아가씨야.

"직접 겪어 보시든가요. 다정한지 어쩐지."

이그린이 하 장관을 찾기 위해 사라지자 이지영은 두 사람 쪽으로 다가갔다.

"안녕하세요. 〈한산소곡주〉 대표님이시죠? 외교부 이지영입니다."

"네, 전 최명지예요."

명지가 싱글싱글 웃으며 다가오는 이지영을 바라봤다.

"분위기가 굉장히 독특하시네요? 여장부 느낌이랄까? 센 언니 느낌이랄까? 장사하는 사람들은 이렇게 기 같은 게 흐르나 봐요?"

일개 '장사하는 사람들'로 명지의 층위를 저 밑으로 설정한 이지영의 의도적인 흠집 내기. 섬세한 김호가 명지를 향해 불편한 단어들을 내뱉는 이지영의 환한 얼굴을 바라봤다.

"아…… 장사 맞죠. 그것도 술장사."

명지가 대수롭지 않다는 듯 이지영의 서투른 공격을 무위로 만들었다.

"시골에서 술만 만드셔서 이런 국가적 차원의 지원은 처음 겪어 보실 텐데. 이렇게 정부 기관의 시스템이 길 안내를 해 주니 좋으시죠? 시민들을 리딩해야 하는 공무원으로서 이럴 때 참 책임감을 느낀답니다."

명지가 살짝 고개를 기울였다. 어랍쇼, 얘는 또 뭐야.

"책임감 느끼셔야죠, 당연히. 그 월급 내가 주는 건데. 내가 술 팔아서 내는 세금으로 공무원들 월급이 나가는 거니까 정말 열심히 일하셔야죠. 기업은 매출에 기여한 성과로 연봉을 책정한다지만 공무원은 그냥 시험 하나 통과한 뒤 그 조직에서 사람만 안 죽이면 몇십 년 동안 정년 보장이잖아요. 그야말로 철밥통."

이지영의 눈가가 파르르 떨렸다.

"그렇게 안정된 직장을 잡으셨으니 겸손하게 더욱 낮은 자세로 일하셔야죠. 나에게 월급 주는 시민을 섬기는 머슴의 마음을 갖는 게 당연히 맞구요. 시민을 리딩하는 게 아니라. 어느 머슴이 돈 주는 주인을 리딩합니까? 주인인 국민들이 민원 넣고 제도 개선하라고 요구하면 잘 처리하는 게 공무원인데 리딩은 무슨."

명지의 말을 듣고 있던 김호가 조용히 웃기 시작했다. 최명지 승. 어쩌지 저 여자를.

명지가 다시는 까불지 말아라 하는 표정으로 이지영을 바라봤다. 권위주의의 깃을 높이 세우고 명지한테 잘난 척을 시전했다가 그야말로 제대로 밟힌 이지영은 기분이 상할 대로 상해 눈썹을 찡그렸다.

'나 지금 좀비 마을에 들어온 거야? 왜 재수탱이를 하나 밟으면 하나가 또 튀어나와 짜증 나게. 나를 좀 내버려 둬라. 니들하고 놀아 주기에 내가 좀 바쁘단다.'

"여기 조약돌 다 챙겼어요? 그럼 장관님 어서 찾아와요, 빨리 가게. 난 주차장에 가 있을 테니까."

명지는 바보처럼 웃고 있는 김호를 향해 또랑또랑한 목소리로 할 일을 일러 줬다. 마치 머슴 부리는 마님처럼. 그녀가 주차장 쪽으로 힘차게 걸어가는 모습을 이지영이 입을 벌리고 쳐다봤다.

"김 담당님, 저 여자 너무 무례한 거 아니에요? 들으셨죠? 저한테 퍼부은 말."

"사람을 처음 본 자리에서 리딩을 한다느니 하는 말이 어떻게 나옵니까?"

일하는 김호의 아이덴티티를 담은 지극히 사무적인 말투가 이지영에게 내리꽂혔다.

"뭐라구요?"

"시민들이 우리가 이끌어야 하고, 가르쳐야 하고, 계몽시켜야 할 무지몽매한 대상인가요? 농촌계몽운동 하러 깡시골로 내려온 1960년대 섬마을 선생님 같은 마인드로 시민을 바라보면 어떡합니까?"

"우리가 시스템을 만들고 판을 짜는 사람들인데 무슨 소리예요? 그럼 저들한테 우리가 배웁니까?"

큰일이다. 이 나라의 고위 공무원들. 젊어서부터 진짜 못된 것만 배우는구나. 너도 가야 할 길이 멀어 보인다 어째. 김호는 이지영 앞으로 한 발 다가섰다.

"시야가 참 좁으시네요. 어떻게 그렇게 딱 떨어지는 이분법으로 사람을 나눕니까? 사람과 사람이 만나면 한쪽은 가르쳐야 하고 한쪽은 무조건 배워야 하는 건가요? 이쪽은 많이 배웠고 사회적 지위를 획득했으니 높은 수준의 사람이고, 저쪽은 좋은 대학도 못 나오고 그럴듯한 직함도 없으니 낮은 수준의 인생입니까? 복잡다단하고 갖가지 사연이 담긴 한 사람의 중대한 인생을 어떻게 그렇게 외형적인 조건으로만 단순하게 판단하냐구요."

김호는 이지영의 좁은 식견이 안타깝다는 듯 그녀가 놓치고 있는 부분을 짚어 주었다.

"한번 깊게 생각해 보세요. 그런 거 아니잖아요. 좋은 대학 나오고, 높은 지위에 있는 사람들이 다 훌륭한 인생을 사는 거 아니잖아요. 사회적으로 높은 자리에 있는 사람들이 다 존경받을 만한 인격자인가요? 아니라는 거 이지영 책임이 누구보다도 잘 알 텐데요. 시민들하고는요, 우리가 그들을 리딩하는 게 아니라 협의하고 의견을 절충해 가면서 길을 같이 만들어 가야죠. 함께 풀도 베고, 돌도 치우면서.

그게 시민과 함께하는 바람직한 협력과 상생 아닙니까?"

"굉장히 교과서 같은 말씀을 하시네요. 그런데 사실 우리가 더 많이 알잖아요. 전문적으로 이론도 배웠고, 핵심 정보도 갖고 있고."

이지영은 따분하게 선비 노릇 한다는 얼굴로 김호를 바라봤다.

"이론이요? 최명지 대표님이 어떤 실행안을 갖고 있는지, 어떤 비전을 품고 있는지 들어 보셨어요? 못 들어 봤잖아요. 그분 잘 모르잖아요. 그런데 초면에 그렇게 시골에서 술장사하는 사람으로만 그 사람의 포지션과 능력치를 한정 지으면 됩니까?"

"제가 마치 큰 잘못을 한 것처럼 말씀하시네요."

"세상이 변했어요. 공무원 조직을 바라보는 시민들의 의식이 달라졌고, 민도도 높아졌다구요. 꽉 막힌 조직에 갇혀 있는 우리보다 더 민감하고 예민하게 세상 돌아가는 걸 감지하는 게 시민들이에요. 그래서 거대한 불의 앞에서는 민심이 모여 사회적 변화를 이끌어 가는 하나의 기폭제로 무섭게 폭발하는 거구요."

김호는 살짝 한숨을 내쉬었다.

"최 대표님 말처럼 우리는 그냥 시험 하나 통과한 것뿐이에요. 그게 무슨 대단한 벼슬이라고 이끌어 준다느니 어쩌니 하는 주제넘은 소리를 해요. 이 프로젝트에서 취해야 할 본인의 스탠스를 정확하게 파악하세요. 괜히 공무원 조직 망신시키지 말고."

이지영은 김호의 눈을 바라봤다. 너무나 차가운 눈빛. 아까 그 여자 앞에서는 그렇게 다정하게 웃더니. 진짜 어려운 남자네, 이 남자. 더 승부욕 돋게.

"이그린 담당님. 저 부탁하나만 해도 돼요?"

"부탁? 하세요, 얼마든지."

"저 잠깐 최 대표님이랑 어디 갈 데가 있는데 장관님한테 대신 좀……."

"오호라…… 단둘이 장관님 몰래 이 수용소에서 빠져나가겠다 이거죠? 내가 또 이런 박진감 넘치는 스토리 무척 좋아해요. 어서 쇼생크 탈출 찍으시구랴."

"장관님한테는 뭐라고 하실 건지……."

"두 분이 뮌헨 시청 공무원 만나기로 한 거 내가 잊고 있었네요. 귀국이 코앞이라 추가 인터뷰를 하려면 오늘밖에 없잖아요? 안 그래요?"

"넵. 그럼 저는 사라집니다."

"주차장에서 보면 샛길이 하나 있거든요. 그 길로 조금만 걸어가면 택시 타는 곳이 나와요. 가세요, 빨리."

"죄송해요. 이런 어려운 부탁을 드려서."

"에이. 왜 이래요. 우리 사이에. 내가 또 척하면 착이지. 별명이 이센스 아니겠어요. 장관님 앞에서 자연스럽게 스토리 풀 테니 얼른 튀세요. 다행히 술집 아저씨랑 외교부 허세녀는 지금 딴 데 정신이 팔려 있네요. 가요 당장."

김호는 명지가 기다리고 있는 주차장을 향해 한달음에 달려갔다. 명지는 참혹한 유대인 전멸 범죄의 현장을 가슴속에 새겨 넣는 것처럼 수용소 쪽을 집중해서 바라보고 있었다.

고집과 신념이 담긴 명지의 짙은 눈썹을 보니 웃음부터 나왔다. 매번 정답을 찾아 세상에 던져야 하는 최명지의 성장담으로 귀결되는 기나긴 이야기에 깊숙하게 발을 들인 것 같아서.

"사부님! 나 왔어요."

"왜 이렇게 뛰어왔어요?"

명지가 살짝 젖어 있는 김호의 이마 쪽 머리카락에 시선을 보냈다.
"아까 마음 상했죠? 이지영 책임 때문에."
"공무원 나으리들은 왜 그런답니까? 우리를 시골에서 술항아리나 닦는 무지랭이 정도로 하찮게 취급하고."
"미안해요. 내가 대신 사과할게요."
"담당님이 무슨 사과봇이에요? 왜 빽하면 대신 사과를 해."
"가요. 나랑 어디 좀."
김호가 명지의 손목을 잡았다.
"어디를요? 호텔로 돌아가야죠."
"갈 데가 있어요. 이그린 담당님한테 부탁해서 장관님께 적당히 둘러대 달라고 했으니 빨리 튑시다."
"미쳤나 봐. 나중에 장관님한테 혼나려고."
명지가 걱정스러운 얼굴로 김호를 바라봤다.
"왜 이래요. 쫄려요? 우리는 뭐, 맨날 일만 해야 하나? 저기 택시 오네. 얼른 와요."
김호가 명지의 손을 잡고 뛰기 시작했다. 그는 신이 난 어린아이 같은 표정이었다.
명지를 택시 뒷좌석에 다급하게 밀어 넣고 뒤따라 타며 김호가 차 문을 닫았다. 수용소를 탈출하는 죄수처럼 그가 자꾸 뒤돌아봤다.
"Lass uns gehen, Nimpenburg!(님펜부르크 궁으로 가 주세요!)"
"어디 가는 거예요?"
"님펜부르크 궁전에 갈 거예요. 진짜 멋진 곳이죠. 사부님한테 보여 주고 싶은 곳이거든요."

님펜부르크에 도착하자 바로크 양식의 성이 거대한 정원과 하나가 되어 웅장하게 서 있었다. 명지는 그 모습을 보며 한동안 말을 잇지 못했다.

님펜부르크 궁전 게이트로 들어가니 크기를 가늠할 수 없는 정원이 그들을 기다리고 있었다. 궁전 앞뒤로 긴 운하가 자리했고, 양옆으로는 광활한 녹지가 펼쳐졌다.

"여기 전체가 궁전이에요? 진짜로? 어디서부터 어디까지가 그 경계예요?"

"엄청나죠? 그냥 여의도만 한 크기의 땅이 여기 정원이라고 보면 돼요. 저 궁전 밑으로 이어지는 숲길까지 포함하면 여의도 면적의 한 두 배 정도?"

파란 하늘에 그림을 그려 놓은 듯 떠 있는 하얀 구름 밑으로 고대 신화에 나오는 신들의 동상들이 서 있고 그 주변에는 잘 가꿔진 정원수들이 시원시원하게 뻗어 있었다.

"바이에른을 영어로 바바리아라고 하거든요. 님펜부르크 성은 바바리아 통치자들의 여름 궁전으로 쓰였던 곳이에요. 단아하면서도 웅장한 독일 고유의 건축미를 볼 수 있는 곳이죠. 궁 앞 정원의 크기도 이렇게 압도적이고, 묵직한 외관과 달리 내부는 또 굉장히 화려해요. 전체적으로는 조용하고 묵묵한데 특정한 부분에서는 엄청나게 디테일이 강한 독일 문화를 볼 수 있는 곳이에요."

김호는 이곳저곳을 둘러보는 명지를 보며 빙긋 웃었다.

"유럽에서 가장 부러운 게 바로 이런 거예요. 조상들이 이룩한 문화가 이렇게 현재에도 후손들 사이에서 숨 쉬고 있다는 거. 몇백 년 동안 쌓아 올린 그 세월의 흔적이 이렇게 고스란히 보존돼 있는 게 참 부러워요."

명지는 시간의 흐름이 느껴지는 거대한 기둥 앞에 서서 그것을 물끄러미 바라봤다.

"그러니까요. 우리는 해방 후에 일제 잔재 청산한다고 개화기 때 건물들과 전차도 다 없애 버리고, 또 새마을 운동 때는 전통 농가들을 다 시멘트 집으로 바꾸느라 온 나라가 들썩였잖아요. 잘 때려 부순 뒤에 새로 짓고, 이렇게 건설업만 열심히 하며 살아온 민족인데 말이죠."

"어찌 보면 참 안타깝죠. 개화기 때 지어진 일본식 나무집들도 그냥 둘 걸 그랬어. 군산, 부산에 많았던 일본식 가옥들을 적산가옥(敵産家屋—적이 남긴 재산)이라고 해서 죄다 없앴잖아요. 역사의 거리로 남겨 두고 아픈 역사를 후손들에게 가르치면서 거기를 관광지로 개발했으면 더 낫지 않았을까요?"

명지는 머릿속으로 반질반질 윤기가 흐르는 서천 한옥집의 대청마루를 떠올렸다.

"고통스런 식민 시대와 참혹한 전쟁을 거친 민족이라 그런지 우린 그런 여유가 부족하지 않았나 싶어요. 뭔가를 새롭게 다시 시작해야 한다는 강박에 사로잡혀서. 변화도 빠르고, 그 변화에 따라가지 못하면 인생의 낙오자 취급 하고."

김호는 인근 초등학교에서 견학 온 것처럼 보이는 한 무리의 아이들에게 시선을 보냈다.

"우리도 유럽처럼 관광업으로 돈 좀 벌어 보려면 어찌 됐든 볼거리가 중요한 거잖아요. 조선의 뭔가에 대해서든, 개화기의 뭔가에 대해서든. 안 그래요?"

"일단 들어갑시다. 통치자들이 바뀔 때마다 확장하고 개축하고 증축하면서 완공까지는 거의 230년이 걸린, 바로크 양식과 로코코 양식이 결합된 궁전이에요. 님펜부르크란 이름은 요정을 뜻하는 님프에서 따왔구요."

김호는 궁 안으로 명지를 이끌었다.

"궁전, 정원, 내부 장식 이 모든 게 균형감 있게 어우러져서 뮌헨의 랜드마크를 형성하고 있죠. 바바리아의 통치자였던 비텔스바흐 가문의 여름 별궁인 이 궁전은 이탈리아 출신의 왕비가 심하게 외로움을 타자 향수를 달래 주기 위해 지었다는 굉장히 로맨틱한 사연이 담겨져 있어요."

"독일 문화의 정수 같은 곳인가 봐요?"

명지는 마치 시간 여행을 하듯 설레는 마음으로 천천히 걸어 들어갔다.

"맞아요. 굉장히 고전적이면서도 또 현대적이에요. 고전적인 게 굉장히 현대적일 수 있다는 걸 보여 주거든요. 독일은 국가 이름이 곧 우수한 브랜드로 인식이 되잖아요. 독일 자동차, 독일 칼, 독일 약품 같은 거만 봐도 그렇고. 난 이곳이 참 독일다우면서도 매우 야성미가 넘치는 게르만적인 곳 같다는 느낌을 받았거든요."

궁 내부는 당시 통치자들의 위세가 얼마나 대단했는지를 보여 줄 정도로 호화롭기 그지없었다. 안으로 들어서자 플로라 여신을 따라다니는 아름다운 님프들을 그린 천장의 벽화가 가장 먼저 시선을 끌었다.

"와…… 여기 내부 진짜 화려하네요. 독일의 문화는 묵묵하고 조용하다면서."

"정원이랑 외관은 굉장히 묵직하잖아요. 근데 내부는 또 이렇게 반전의 미가 있어요. 어떤 나라의 문화를 하나의 컬러로 정의 내린다는 게 사실 말이 안 되죠. 그 나라의 문화는 다양한 겹을 가지고 있다는 걸 보여 준달까."

"우리 축제에 대해서도 새로운 아이디어가 마구 떠오르네요. 이곳을 보니까."

"그렇죠? 여기가 사부님의 상상력을 자극하는 데 도움이 될 거라니까. 하하……."

그들은 사람들이 가장 북적이는 방 앞에 도착했다.

"이 방이 이 궁전에서 제일 유명한 곳이에요. 루트비히 1세가 짓게 한 '미녀들의 갤러리'라고. 당대 가장 아름다운 여성들을 그린 서른여섯 점의 초상화가 전시돼 있거든요. 근데 이 여성들 중에 롤라 몬테즈라고 엄청나게 예쁜 여자가 있어요. 왕의 퇴위를 몰고 온 스캔들 메이커죠."

명지는 미인들의 초상화가 걸려 있는 화려한 방으로 들어갔다.

"대체 얼마나 예쁘길래요. 아, 이 여자예요? 와…… 정말 예쁜데?"

"아일랜드 출신인 이 여자가 루트비히 1세 앞에서 춤을 췄다고 해요. 바로 1846년 옥토버페스트에서."

"옥토버페스트의 여신이었나 보네요. 그 자리에서 왕의 눈에 든 건가요?"

"맞아요. 그리고 왕은 그녀에게 반해서 바이에른 국적과 백작 부인의 작위까지 내리죠. 암튼 왕의 정부였던 롤라 몬테즈의 초상화도 여기 포함돼 있어서 당시에 난리가 났었대요. 그녀와 왕의 부적절한 관계는 엄청난 스캔들이었거든요. 나중에 정부와 국민들이 그녀의 정치 개입에 반대해 결국 그녀는 쫓겨나고 왕도 자리에서 물러나게 되죠."

김호의 이야기에 명지는 푹 빠져들었다.

"왕비를 위한 여름 궁전에 애인의 초상화를 버젓이 걸어 둔 셈이네요. 어쨌든 왕이 애인을 위해 벌인 깜짝 이벤트가 독일의 역사로 남았군요. 그것도 이 방이 독일의 핫플레이스로 변신해 전 세계인들의 입에 오르내리게 됐네요. 과거가 이렇게 스토리로 남아서 현재로 소환되는 의미 있는 현장을 내가 보는군요."

"자, 이제 우리 백조와 오리를 보러 가 볼까요?"

김호가 명지를 향해 눈짓했다.

"여기 백조도 있어요?"

"안 믿기죠? 궁전 뒤로 내려가면 기가 막힌 호수가 나와요. 거기서 백조랑 오리가 한가롭게 노닐고 있죠."

그건 동화의 한 장면이었다. 광활한 호수에 둥둥 떠다니는 백조와 오리들. 양옆으로는 끝도 없이 펼쳐진 독일의 숲길. 그 숲길은 너무나 고요하고 신비로워서 귀기 어린 바람 소리가 들려오는 것 같았다. 명지는 꿈과 현실이 포개지는 것 같은 유일무이한 순간들을 경험하고 있었다.

"너무 아름답네요. 이야기와 이미지들이 서로 간섭하면서 소중한 대화를 나누고 있는 거 같아."

"나도 여기서 하고 싶은 말이 있는데 한번 들어 볼래요?"

김호가 고대의 이야기와 이미지들을 가르며 명지에게 한 걸음 다가왔다.

"뭔가 되게 장중한 말을 할 거 같은데요, 표정이."

"내가요. 절망의 언덕을 숱하게 넘어가며 간신히 최명지란 여자한테 당도했거든요."

"……."

"난 명지 씨 인생에 단지 하나의 사건으로 끼어들고 싶지 않아요. 촘촘하게 엮여서 직조되어 가는 스토리가 되고 싶지."

김호만의 언어로 표현된 감동적인 고백.

"고백인가요?"

"고백이죠."

"굉장히 힘든 언덕을 넘어서 간신히 온 이 마음을 내가 거절하면요?"

"괜찮아요. 이미 여러 번 거절했으니까."

"여러 번이라고? 거절은 한 번이었지."

명지가 눈을 크게 떴다.

"아니지. 서천에서 소개팅 간다고 옷 차려입고 나가는 거 내가 못 가게 했는데도 갔고. 발효실에서 내 쪽으로 기대서 넘어지는 걸 내가 어깨로 받아 줬는데도 무덤덤했고. 이스탄불에서 고등어케밥 사 주면서 호감을 표시했는데도 빵 먹느라 나는 안중에도 없었고. 옥토버페스트 구경한 첫날 거리에서 내가 부축해 준다고 했을 때도 됐다면서 곁을 안 줬고. 내가 심태윤 때려잡고 나랑도 진도 나가 보자고 대시했을 때도 웃어넘겼고. 그리고 마지막에 진짜로 용기 내서 마음 가는 대로 살고 싶다고 했을 때는 그냥 뻥 찼고."

"지금 랩 해요?"

"절망과 좌절의 언덕을 숱하게 넘어가며 최명지에게 간신히 당도했다는 내 말, 이제 이해돼요?"

진심이 담긴 낮은 목소리가 명지의 가슴을 두드렸다.

"되게 근성 있으시네. 끈기도 있고."

"왜 번번이 거절하는 겁니까? 내가 그렇게 별로예요?"

"레벨이 안 맞으니까."

"우리가 레벨이 안 맞아요? 진짜 그렇게 생각해요?"

김호는 놀란 눈빛으로 명지를 바라봤다.

“당연히 안 맞죠. 나는 가치를 매길 수 없는 전통주 명가의 대표고, 그쪽은 그냥 박봉의 공무원이고.”

“하하하…… 아 진짜 세다. 최명지. 나 이런 취급 처음 받아 봐요.”

“서울대 출신의 고위 공무원이라고 해서 여자들이 줄줄 붙었나 본데. 이런 취급도 한번 받아 봐요. 새롭고 좋겠네.”

명지가 피식 웃었다.

“내가 잘할게요. 진짜로.”

“안 그래도 머리 아픈 일 많은데 왜 큰 짐을 하나 더 얹으려고 해요.”

“우리가 무슨 임금님 마차 끄는 말도 아니고. 어떻게 일만 해요? 연애도 합시다, 나랑.”

“그 여자 괜찮던데. 외교부 이지영. 담당님한테 호감도 있어 보이고. 둘 다 박봉의 공무원이니 레벨도 맞고.”

명지는 이지영을 끌고 나온 게 멋쩍어서 괜히 딴 곳을 봤다.

“왜 아무나 막 갖다 붙여요. 나는 최명지라는데. 최명지한테 올인한다니까.”

“진짜로 올인할 거예요?”

“진짜로. 전심을 다해.”

“근데 나랑 연애하면 적이 많이 생길 거 같은데. 괜찮겠어요?”

“지금도 적이 많은데 여기서 더 생깁니까?”

“그래서 말인데. 담당님 꿈 말이에요. 아무래도 더 올라가야 할 거 같은데.”

명지의 눈빛이 반짝였다.

“얼마만큼 더 올라가요?”

"한두 계단 정도 더?"

"그게 어딘데요?"

"청와대! 청와대까지 갈 거면 내가 한번 생각해 보고."

"콜! 가지 뭐. 최명지를 얻는 건데 그깟 청와대."

김호의 얼굴이 명지를 향해 성큼 다가왔다.

"지금 회수할게요. 그때 호프집 뒤뜰에서 킵 한 키스."

"웃기셔. 누구 맘대로. 난 오늘부터 김호라는 남자를 진지하게 생각해 볼 건데. 내 남자로 괜찮은지 아닌지."

"힘드네요, 진짜로. 최명지에게로 가는 길이. 연애가 원래 이렇게 힘든 겁니까?"

김호는 불만 어린 눈빛으로 명지를 바라봤다.

"힘들게 얻어야 소중하지 않겠어요? 소곡주도 엄청난 인내를 필요로 하며 간신히 얻어 내는 기다림의 술인데. 하물며 최명지의 마음이 쉽게 얻어질까. 근데 그 말. 되게 감동적이었어요. 촘촘하게 직조되는 하나의 스토리가 되고 싶다는 말. 그 말이 내 가슴에 깊게 꽂혀서 이제 내가 제대로 살펴보려구요. 김호라는 남자가 진짜로 매력 있는 사람인지."

명지는 여유로운 표정으로 턱을 살짝 치켜들었다.

"영광입니다. 대표님께서 나를 제대로 봐 준다고 하니. 단언컨대 내 매력에 금방 빠질 겁니다."

"눈을 보니 우리 공무원 나으리야말로 내 매력에 완전 빠진 것 같은데요."

"거, 사람 하나 살리는 셈 치고 이쁘게 좀 봐 줍시다. 좌절의 언덕을 간신히 넘어서 기어이 당도했다니까."

"근데 우리 가야 할 거 같은데. 장관님이 김호 이노무 시키가 어디로 튀었냐고 방방 뛰고 계실 거 같아서요."

"너 어디 갔다 왔냐?"

"시청이요. 거기 공무원들 추가 인터뷰 하려요."

김호는 최대한 자연스럽게 연기하기 위해 괜히 캐리어에 들어가 있는 옷들을 정리하는 척했다.

"근데 왜 내 눈을 안 보냐? 어디 보고 얘기하는 거야."

"장관님이야말로 저한테 숨기고 계신 이야기나 오픈하세요."

"뭘 숨겨. 이 자식이. 넌 당장 짐 싸."

"……짐을 싸라구요?"

김호는 놀란 얼굴로 하 장관을 쳐다봤다.

"그래. 넌 오늘 귀국해."

"오늘요? 아직 일정이 이틀 남았잖아요."

"넌 이제 여기 팀이 아니다. 귀국해서 발령을 기다려."

하 장관의 음성이 너무나 단호해 김호는 자신의 귀를 의심했다.

"여기 팀이 아니라뇨? 발령을 기다리라뇨?"

"명령이다 김호. 넌 지금 당장 한국으로 돌아가. 이지영 책임이랑 함께. 지금부터 너의 모든 행보는 기밀이다. 이 시간 이후로 민간인과의 사적인 접촉이나 연락은 국가 이익에 치명적이며 회복할 수 없는 손실을 가져오는 기밀 누설로 간주한다."

문이 열렸다. 이지영 책임이 캐리어를 끌고 들어왔다.

"가시죠. 티켓은 저한테 있어요. 시간이 없어서 인사는 생략하고 지금 당장 떠나야 할 거 같은데요."

김호가 하 장관 눈을 바라봤다. 거역할 수 없는 이 조직 최고 수장의 눈빛이 그에게 다가왔다. 판이 짜여졌구나. 이제는 내가 플레이어인가 보네.

"즉각 수행합니다. 장관님의 명령. 귀국 후 발령 대기하겠으니, 마무리 인사를 하지 못한 최명지 대표를 장관님께 부탁드립니다."

18

정의롭지 못한 쪽으로 이 프로젝트를 진행하면 미련 없이 잘라 냅니다

"뭐라구요? 김호 담당님이 한국으로 벌써 떠났다구요?"

명지는 포크로 조식용 샐러드 접시를 쿡쿡 눌렀다. 야채는 찍히지 않고 포크질이 자꾸만 겉돌았다.

명지는 다시 한번 이그린의 눈을 응시했다. 이른 아침 시간에 호텔로 찾아온 그녀에게서 들은 말이 믿기지 않는 듯 명지의 눈은 숨은 뜻을 찾아 노련하게 움직이고 있었다.

"섭섭하죠? 인사도 없이 이렇게 가 버려서."

"사실 섭섭한 건 둘째구요. 이 판이 어떻게 돌아가고 있는지 더 자세히 알고 싶네요."

"최 대표님은 김 담당님이 이런저런 말도 없이 한국으로 간 거는 별로 중요하지 않나 봐요?"

궁금함을 담은 이그린의 눈빛.

"말할 수 없는 특수한 상황이 생겼겠죠. 한산에 있는 시골 양조장으로도 명령에 의해 급파된 사람인데 조기 귀국이 뭐가 대수겠어요. 한국에 있는 높으신 양반 중에 누군가가 급히 오라고 했나 보죠."

명지가 니네 조직 돌아가는 거 뻔하지 않냐는 듯 이그린을 바라봤다.

"이성적이네요. 굉장히."

"감성적이면 우리 양조장은 이미 없어졌어요, 진작에. 이제 저한테 얘기해 주세요. '전통주 축제' 라는 카드를 쥐고, 지금 농림부와 외교부가 무슨 판을 벌이자는 건지 전부 다 솔직하게. 저 그렇게 맹하지 않아요."

그래. 넌 최명지였지, 최맹지가 아니고. 답을 찾아라, 최명지 니 스스로.

"장관님이 계신 2층으로 올라가 보세요. 그분이 답을 알고 있으니까. 노파심에 하는 말인데. 너무 정면 돌파 하진 말구요. 쉬운 분은 아니니까. 내 말 무슨 뜻인지 알죠?"

창가 쪽 테이블에서 차를 마시며 무언가를 읽던 하 장관은 방문을 두드리는 소리에 자리에서 일어났다.

"장관님, 저 최명집니다."

"최 대표가 이 시간에 무슨 일로?"

"잠깐 시간 좀 내 주세요. 드릴 말씀이 있어서요."

하 장관은 문을 열고, 들어오라는 눈짓을 보냈다. 김호 일로 따지러 왔나 보네. 두 사람 감정이 벌써 그런 건가. 김호가 떠난 빈 침대가 덩그러니 눈에 들어왔다.

"저기 창가 테이블 쪽에 앉읍시다. 홍차 어때요? 향이 아주 좋은 게 있는데."

"괜찮습니다. 이미 커피를 마시고 왔거든요."

명지는 허리를 꼿꼿이 세운 채 의자에 앉았다.

"차 같은 건 빼고 본론부터 말하자 이건가요?"

"장관님, 우리 〈한산소곡주〉가 정치적인 목적의 도구가 된다면 전 미련 없이 이 축제에서 빠지겠습니다."

하 장관이 찻잔을 조용히 입으로 가져갔다. 놀란 표정을 찻잔으로 감추려는 듯.

"김호를 내가 먼저 보내서 따지러 온 게 아니었네요?"

"그 사람이야 조직에 속한 사람인데 먼저 가든, 여기 더 남든 조직이 결정하겠죠. 그걸 제가 왜 따지겠어요? 저랑은 하등 상관없어요."

"내가 사람을 좀 잘못 봤네."

"장관님이 단순한 지역 축제로 포장하셔서 그런 줄 알았는데, 그게 아닌 거 같거든요. 제가 섭섭한 지점은 바로 거기예요. 김호 담당이 조기 귀국 한 게 아니라, 이 축제에 담긴 진짜 목적이 무엇인지 저한테 설명해 주지 않으신 것. 이 부분은 장관님이 해결해 주셔야 할 거 같은데요."

"최 대표, 내 말 잘 들어요. 이 프로젝트를 정치적 목적으로 이용하려는 게 아니에요. 그건 절대 아니야. 단지, 이런 문화 교류가 아니고는 우리가 북한의 문을 열 방법이 없어."

"북한이요? 지금 북한이라고 하셨나요?"

하 장관이 말없이 고개를 끄덕였다. 명지는 검지로 조용히 유리 테이블 위에 동그라미를 그렸다.

"장관님, 저한테도 그 홍차 주셔야 할 것 같은데요."

❖

"일단 루프트한자 라운지로 가시죠. 거기에 시크릿 공간이 있어요."

뮌헨 공항에 도착하자 이지영이 라운지로 김호를 이끌었다. 평범한 항공사 라운지로 보였는데 직원들이 음식을 준비하는 주방 옆으로 작은 방이 하나 있었다.

"외교부 사람들이 주로 쓰는 공간이긴 한데, 그래도 대명사를 좀 섞어서 쓸게요. 이상하게 듣지 마시고 그냥 감으로 알아들으세요."

"말하세요."

"사실 VIP(대통령의 은어)가 요새 고민이 좀 깊어요."

"윗마을 때문에요?"

이지영이 고개를 끄덕였다.

"VIP가 독일 쪽을 주목하는 이유도 그거고."

"독일이 문화 교류 하면서 자연스럽게 담장을 허물어서?"

"빙고!"

아, 이 영감님. 옥토버페스트 타령이 괜히 나온 말이 아니었네, 이제 보니.

"지금 북한이랑 하는 교류는 민간단체가 주도하는 유소년 축구단이 유일해요. 그 밖의 정식 교류는 죄다 끊겼고."

"그런데요? 전통주 축제로 윗동네랑 어떻게 물꼬를 트게요?"

이지영이 김호를 보고 싱긋 웃었다.

"왜 웃어요?"

"그걸 왜 나한테 물어요?"

그녀의 입꼬리가 다시 올라갔다.

"아…… 말도 안 돼."

"준비하셔야 할 거예요. 이 축제를 어떻게 발전시켜야 할지. 세부 플랜에 대해."

"한 가지만 더요. 발령 대기는요?"

"그림을 농림부 인프라로만 그릴 수 없으니까. 사이즈 자체가."

"내가 농림부를 완전히 뜨는 겁니까?"

"글쎄요. 내 정보는 여기까지예요. 추측건대 그냥 단기 프로젝트 팀이겠죠. 민간 협력 기관인 척하는 뭐 그렇고 그런 회사?"

"민간 협력 기관인 척하는 단기 프로젝트 팀이란 거네."

"빙고."

"그만 일어나시죠."

김호가 자리에서 일어섰다.

"그래도 여기 라운진데. 스낵에 맥주라도 먹고 가죠?"

"좌석이나 바꿉시다. 각자 떨어진 통로 자리로."

"나랑 나란히 붙어서 가는 게 그렇게 부담스러워요?"

"당연히 부담스럽죠. 출장 마친 귀국길을 왜 회사 사람이랑 나란히 붙어서 갑니까? 통로 쪽 사이드로 각자 떨어져 앉는 게 서로 편해요, 여러모로. 한두 시간 갈 것도 아닌데."

이지영이 어이없다는 얼굴로 김호를 쳐다봤다.

"나한테 더 물을 건 없어요? 같이 앉아서 이런저런 얘기라도……."

"전혀요. 들을 거 다 들어서. 가시죠."

"그리고 한 가지 더. 최명지 대표에게 사적으로 연락하는 건 안 될 겁니다. 당분간은."

이지영의 입에서 최명지가 튀어나오자 김호의 눈매가 순간 날카로워졌다.

"사적으로 안 할 겁니다."

"그분이 오해하시는 건 아닌가 모르겠네요. 김 담당님의 이런 갑작스러운 잠적. 굉장히 황당할 텐데."

"조만간 공적으로 연락할 겁니다. 함께 협력할 프로젝트 짱짱하게 설계해서."

김호는 몸을 돌려 게이트를 향해 곧장 걸어갔다.

❖

독일에서의 마지막 밤.

명지는 옥토버페스트에서 신제품 맥주 홍보 동영상 촬영을 진행하고 있는 심태윤을 찾아갔다. 갑작스러운 그녀의 등장에 심태윤은 깜짝 놀란 눈으로 다가왔다.

"〈천세주류〉도 여기 일정을 슬슬 마무리하시나 보네요."

"네, 저희도 이번 행사가 마지막 공식 일정이라서요. 들어와 앉으세요. 맥주 한잔 드릴까요?"

"좋죠."

심태윤이 〈천세주류〉의 신제품 맥주를 잔에 가득 따라서 가지고 나왔다.

"자, 드셔 보세요. 하도 이런저런 에피소드가 많아서 이제야 저희 신제품을 선보이네요."

명지는 잔에 담긴 호박색 액체의 빛깔을 물끄러미 바라봤다.

"좋네요, 색깔이. 공들여 만든 술의 빛깔이네요."

"진심입니까? 이런 칭찬 무지 감동인데요."

"전 술에 관해서는 마음에 없는 소리 안 해요. 〈천세주류〉도 술에 대해서는 철학이 있는 회사라고 생각해요."

심태윤이 빙그레 웃었다. 가드를 내린 명지는 어쩐지 부드러워 보였다.

"저희를 되게 미워하시는 줄 알았는데요?"

"비즈니스의 제1원칙이 뭔지 아세요? 바로 적을 만들지 않는 거예요. 설령 적이 있더라도 어떻게든 내 편으로 만드는 게 바로 대표의 능력이거든요."

"듣던 중 반가운 소리네요. 전 최명지 씨의 적이 되고 싶지 않아요."

"심 과장님은 회사에서 누구 낙하산이에요? 회장님의 숨겨진 아들? 뭐 그런 건가?"

명지가 맥주를 한 모금 넘겼다. 아주 천천히.

"저희 집 족보 체크하시는 거예요? 내 얼굴에 회장님 아들이라고 쓰여 있나 봐요?"

"공채로 들어온 월급쟁이 과장의 일반적인 행보는 아니니까. 직급에 맞지 않는 결정권이 있다는 건 보스의 아들이거나 숨겨진 자식이거나 뭐 그렇지 않겠어요?"

"아들은 아니고, 조카예요. 우리도 알고 보면 소기업으로 시작한 패밀리 회사거든요. 출발은 그래요."

"우리랑 비슷하네요. 그러니 우리 사정 누구보다 잘 아시겠네."

"잘 알죠. 그러니까 브랜드 자체가 이 땅에서 사라지기 전에 기회를 한번 잡아 보라고 하는 거잖아요. 일전에 나를 되게 바닥이라고 했는데, 〈한산소곡주〉를 우리가 그냥 먹겠다는 게 아니에요. 〈한산소곡주〉를 전면에 내세운 프랜차이즈 주점? 그거 안 하면 그만이에요. 그게 우리의 최종 목표는 아니라구요. 우리 〈천세주류〉의 전국 유통망에 〈한산소곡주〉를 태우겠다는 거지. 충남 서천이라는 공간에 갇혀 있는 명품 술을 전국의 모든 마트와 편의점에 넣겠다는 겁니다. 고객들이 원하면 언제 어디서든 살 수 있게. 우리가 구축해 놓은 유통망을 통해."

심태윤의 목소리에 점점 힘이 들어갔다.

"브랜드가 내포하고 있는 철학과 높은 품질을 최대한 살려서 대중들에게 선보일게요. 최 대표님이 경영에서 완전히 물러나는 것도 아닙니다. 경영에 참여할 수 있도록 지분도 확보해 드릴게요. 제가 반드시 약속합니다. 그리고 이 브랜드의 최고 기술 고문으로 어르신을 모실 거예요. 허락하신다면 어르신의 얼굴을 유리병에 라벨로 붙일 거구요. 명품 술을 포장하는 종이 패키지에는 명지 씨 가문의 인장도 새기겠습니다. 최 대표님 가문에서 힘들게 지켜 온 130년의 전통은 그대로 유지시킬 거예요."

명지는 남은 맥주를 단숨에 마셨다.

"생각했던 것처럼 그렇게 바닥은 아니네요. 내가 심 과장님이 방금 한 말들을 다 믿는 건 아니지만 몇 가지 포인트는 나쁘지 않아 보여요. 사업하는 사람의 관점에서 보면 괜찮은 제안도 포함돼 있거든요."

"저도 한번은 제 진심을 전달할 기회가 생기길 바랐습니다. 그래도 다행이네요. 이렇게 먼저 찾아와 주셔서."

명지가 조용히 심태윤의 눈을 바라봤다. 그의 눈에서 읽히는 진심 한 조각.

"그런데 최 대표님은 정치하는 사람들을 믿어요?"

명지는 빈 맥주잔에 시선을 고정했다. 심태윤이 손짓하자 직원이 금세 한 잔을 더 가지고 왔다.

"우리 두 회사 모두 그동안 숱하게 당해 왔잖아요. 공익사업 자본을 유치하는 데 대기업 니네가 스폰서로 들어와라, 찬조금 내라 하며 우리도 징그럽게 시달렸고, 최 대표님네도 당할 만큼 당했잖아요. 전통을 살리네 어쩌네 하면서 그럴듯한 구실로 다가와서 결국엔 눈먼 사업비 자기들끼리 나눠 먹으려는 더러운 판에 전통 산업은 명의만 빌려준 셈 아니었나요?"

심태윤은 동의를 구하는 눈빛으로 명지를 바라봤다.

"어찌 보면 그들도 자신의 정치적 목적을 달성하고, 권력의 연장을 위해 우리 같은 기업들을 이용하는 거잖아요. 내가 바닥이라서, 쓰레기라서 명지 씨한테 그런 말들을 했던 게 아니에요. 보수가 정권을 잡으면 보수의 외투로 갈아입고, 진보가 정권을 잡으면 진보 쪽 모자를 쓰고. 나도 지겨워서 그럽니다. 이 땅에서 사업을 한다는 게요. 그것도 좀 큰 사이즈로."

심태윤은 살짝 한숨을 쉬었다.

"정치권력 밑에서 늘 그 장단에 맞춰 춤춰야 하는 게 너무 지겨워서 이번엔 자진모리인지, 휘모리인지, 중중모리인지 장단부터 파악해야 하고. 이 리듬이 몸에 좀 익을 만하면 또 장단이 바뀌네."

"굉장히 힘드셨나 봐요?"

"그럼요. 정의니 대의니 나도 그런 거 좋아해요. 그런데 정치라는 게 어떻게 보면 한판의 쇼고, 이미지 싸움이니까 어떤 이미지가 그 시대를 사는 국민들의 심장을 뛰게 하느냐에 따라 그 이미지를 등에 업은 정부가 세워지는 거 아닙니까?"

심태윤은 눈을 빠르게 깜빡거렸다.

"그 이미지 정치의 한판 쇼에 우리 같은 기업들이 얼쑤, 좋다 하는 추임새꾼으로 매번 등장해야 하니, 어쩔 때는 이런 자괴감도 들어요.

저기 평양 길바닥에서 '장군니임~' 하면서 꽃 들고 춤추는 그 사람들이랑 우리가 뭐가 다를 게 있나 싶기도 하고. 내가 너무 비관적인 겁니까?"

"아니요. 이해해요. 나도 이해하는 지점이에요."

"그리고 지역 축제 하나로 사그라져 가는 전통주를 부활시킨다? 이거 너무 원대한 이상 아닙니까? 혼자 고군분투하는 주인공 소년에 의해 매 페이지마다 기적이 일어나는 소년 야구 만화도 아니고, 우리 현실이. 안 그래요? 최 대표님 그렇게 순진한 사람입니까? 우리도 좀 더 냉정하게 이 판을 보고 어떻게 하면 우리 모두가 살 수 있을지 고민해 봐야죠."

"심 과장님의 걱정이 뭔지도 알겠고, 완전 틀린 말도 아닌데요. 제 의견을 좀 보태자면, 이놈도 저놈도 결국엔 다 똑같은 놈이고, 죄다 자신의 이익 실현을 위해 국민에게 이미지 정치를 할 뿐이다라고 그렇게 양비론을 펼치신 거잖아요. 어찌 보면 정치에 초월한 현자 같기도 하고, 되게 시크해 보이긴 한데."

명지는 머리를 살짝 갸웃거렸다.

"그러면 이 사회는 언제, 누구에 의해 앞으로 나아갈 수 있습니까? 시민들이 죄다 팔짱만 끼고 그래 너는 짖어라 나는 내 밥그릇만 챙긴다 하고 있으면. 심 과장님은 이쪽도 저쪽도 알고 보면 다 혐오스러우니 그들이 이미지 정치를 하든, 자신들의 이익 실현을 하든, 난리굿을 하든 내 이익만 해치지 않으면 에너지 쏟기 싫으니까 그냥 내버려 둔다는 거잖아요. 맞죠? 그런데 그게 우리 공동체를 위해서도 맞는 건가 싶어서요."

심태윤은 생각에 잠긴 얼굴로 옆 테이블 쪽을 바라봤다.

"이놈도 저놈도 다 도둑놈이니 나는 그냥 관심 딱 끊고 내 일상을 고요히 살겠다. 이거야말로 비겁하고 위험한 마인드 아닌가요? 자신의 신념을 표출하는 사람은 그래도 떳떳하기라도 하지. 에라이, 나도 모르겠다. 들여다봐야 역겨우니 모른 척하자. 난 이게 더 아닌 거 같은데."

명지는 한쪽 눈썹을 찡그렸다.

"더욱더 간섭해야죠. 더 들여다보고. 이쪽이 정권을 잡아도 간섭하고, 저쪽이 정권을 잡아도 간섭하고. 아주 준엄한 시민의 양심과 잣대로 말입니다. 최대한 나쁜 짓 못 하게, 세금 축내는 헛발질하면 비판하고, 나라 팔아먹는 짓을 하면 미쳤냐고 이 나라의 주인은 엄연히 국민인데 니들 제정신이냐고, 어디서 매국노 짓이냐고 꾸짖으며 가만두지 말아야죠. 그게 우리 시민들의 역할 아닌가요? 무조건 내 편 감싸 주기만 할 게 아니라 이 나라의 주인 노릇 하는 거. 난 그걸 하자는 거예요."

"그래서요. 내가 뭘 하면 됩니까?"

심태윤은 명지 쪽으로 몸을 수그렸다.

"대기업이 동원할 수 있는 힘으로 감시자 역할을 하세요. 이 프로젝트가 어떤 방향으로 흘러가는지 제대로 체크하자구요. 동원할 수 있는 언론사들 리스트 업 해 봐요."

"최 대표님은요?"

"저요? 나도 당연히 감시자지. 그것도 아주 매서운 감시자. 나는 소곡주협동조합을 움직이고 전통사업상인연합회를 동원할 거니까."

명지는 단호한 눈빛으로 심태윤을 쳐다봤다.

"진짜로 강력하고 절대 컨드롤할 수 없는 지역 토착 세력으로 구성된 이익 단체네요. 정부가 제일 두려워하는. 그럼 우리의 카드는 언제 쓰는 건가요?"

"이 프로젝트의 방향이 거지 같을 때."

"프로젝트 총괄이 김호 사무관인데요?"

"그래서요?"

"아니. 내 말은, 그래도 좀 각별하지 않아요?"

심태윤은 어깨를 살짝 들썩였다.

"내 동생이 잘못해도 피를 토하는 심정으로 법정에 세우는 게 정의 아닌가요? 난 그렇게 배웠는데. 심 과장님은 내 식구가 한 잘못은 무조건 감싸 줍니까? 아무리 자신이 검사고, 판사고, 국회의원이라고 해도 내 아들이 마약을 하고, 매춘을 하고, 사람을 팼으면 당연히 법의 처벌을 엄중하게 받게 해야죠. 안 그래요? 법은 만인에게 평등하며 빽 있는 사람과 빽 없는 사람을 차별하지 않는 것에서부터 법의 공의로운 정신이 출발하는 건데. 지도층부터가 이 사회에서 법이 얼마나 공정하고 엄격하게 작동하고 있는지 보여 줘야 공동체의 질서가 바로 서고, 사람들이 그들을 리더라고 존경하지 않겠어요?"

명지는 망설임 한 점 없이 자신의 소신을 밝혔다.

"매춘하고 마약하고 사람을 패고 다니는 개망나니 같은 인간들을 그것도 자식이라고 감싸고도는 일부 권력층이 진짜로 미개한 겁니다. 하지만 난 미개한 사람이 아니에요. 김호가 됐든 그 누구가 됐든, 정의롭지 못한 쪽으로 이 프로젝트를 진행하면 미련 없이 잘라 냅니다. 내 양심이 만들어 낸 정의의 칼로."

19

너가 설득해야 할 사람은 표면상으로는 오로지 최명지 한 사람뿐이야

"어이구우, 이게 누구여어. 명지 아니여어. 이이? 근디 얼굴이 워치케 이래 쪼꼬맨해진겨어. 니 뭘 통 못 먹은겨어. 성님! 죰 나와 봐유. 명지가 왔는디이 야가 기냥 몸이 쑥 내려게지구 온 거를 보니께 음청 힘이 들었든게비유우."

부녀회장은 대문을 열고 들어서는 명지를 보자마자 한달음에 달려와 부산을 떨었다. 안에 들어서자마자 피식피식 끓어오른 밥물이 달궈진 무쇠 솥 주변을 흘러내리면서 나는 구수한 냄새가 명지를 반겼다. 불어오는 바람에 밥 짓는 냄새가 훅 날아가자 이번에는 잘 마른 장작이 타는 매캐한 냄새가 폐부 깊숙이까지 찌르고 들어왔다.

아, 가을 냄새. 그리운 양조장 냄새. 정말로 집에 돌아왔구나, 내가. 명지는 짜개진 참나무가 불을 먹고 벌겋게 타오르면서 흘러나오는 알싸한 숯 냄새를 가슴 깊이 들이마셨다. 긴 여행을 마치고 간신히 집에 돌아온 사람만이 느낄 수 있는 안도감이 밀려왔다.

"명지가 왔어? 니는 왜 그래는겨어, 참말루. 공항으루다 차 끌구 오라구 전화를 허래니께 기냥 이래 온 것이여? 워치케 니는 항상 니 맴대루인겨어."

안채에서 숯을 뒤적거리고 있던 부여댁이 숯 집게를 공중에 휘휘 저으며 달려 나왔다.

"할아버지는, 할아버지는 좀 어떠신데?"

"뭘 워쪄어. 나는 잘 있었다구 안 허냐아. 독일서두 통화를 혔으면서 뭔 수선이여, 수선이."

인부들 방에서 묵은 담요를 털던 최 노인이 발에 고무신을 꿰면서 명지한테 걸어왔다.

"할아버지, 이렇게 막 다니셔두 돼요? 내가 그 말을 워치케 믿으라구요. 맨날 괜찮다고만 하시면서, 뭘."

명지가 최 노인을 향해 한달음에 달려갔다. 그녀는 최 노인의 앙상한 팔을 위아래로 자꾸만 만졌다. 우리 할아버지 몸이 많이 축나셨네.

"니는 얼굴이 워치케 그리된 거시여. 독일서 뭘 통 못 먹은겨 워쩐겨어? 야가 워쩌다가 이래 얼굴이 반쪽이 된겨어. 그넘은 워디에 있는겨어? 김호온지 뭐신지이. 그 인사는 워디다 두고 니 혼자 이래 온겨어?"

최 노인이 섭섭한 눈으로 김호를 찾았다.

"갔지, 자기 집에."

"김호오가 갔으야아? 내 밑치서 배울 거이가 아즉 한참인디이 집으루 간겨어?"

"할아버지. 독일서 그렇게 오래 있었는데 그 댁 부모님들도 궁금하잖아요, 아들 얼굴이."

"이이, 맞네유 아부님. 그 집서도 깎은 밤톨 겉은 얼굴 보고 잡지요오. 나라에다가 홀라당 바친 잘난 아들인디이 월매나 안 그래유우? 누가 봐두 기냥 훤칠허구 자알난는디이. 그래 오래 떨어져 있음 아들 얼굴이 응당 그립지유우."

부여댁이 연신 고개를 주억거리며 최 노인을 바라봤다.

"엄마. 왜 그래요? 나는 뭐, 잘난 딸 아니여?"

"야가 뭐래는겨어. 니야 뭐, 똘망지게는 생겼는디이. 항상 누구를 막 잡아묵을 거치럼 말을 허잖냐아. 쬠이래두 사분사분한 맛이 있으야지이. 내 딸이지만서두 니는 느무 똑 뿌라지니께. 난 잘 몰르것다아. 언놈이 니헌티 푹 빠지 갔구우 폭 싸 가지구 데려갈지이."

"어멈은 니 딸을 참말루 그래 모리는겨어. 우리 명지가 워디가 워뗘서 그려어? 오디다 내놔두 인물두 저래 안 빠지구우. 대핵교까정 사년제루다가 야물딱지게 마쳤구우. 키가 짝아 땅꼬마여, 머리숱이 쩍어 옥시시수염이여어. 워디 한 구석두 빠지는 디가 없는디이."

최 노인이 부여댁을 향해 눈을 흘기며 명지를 두둔했다.

"아이고. 이게 누구여? 최명지 대표님 오셨는가아. 그 서울서 오신 형님은 워디루 도망간겨, 어쩐겨? 누나가 또 독일까정 가서 그 형님을 막 썰은겨어?"

승주가 환한 얼굴로 명지를 향해 걸어왔다. 못 본 사이 웃자란 머윗대처럼 훌쩍 큰 것 같은 승주.

"최승주 너 맞는다. 썰긴 누가 썰어?"

"누나 특기잖여, 특기. 사람을 막말루다가 잘근잘근 써는 거. 그 형님 완전 멘탈 너덜너덜해져서 내뺀 거 아니여?"

"엄마, 어떻게 됐대? 그 〈천세주류〉 사람들은? 그 후로는 별다른 연락 없었고?"

명지는 눈을 살짝 흘기며 승주를 노려본 후 부여댁에게 궁금했던 질문을 조심스레 꺼내 놓았다.

"아이구우, 말두 말어. 윗사람헌티 뭔 소리를 들었는지이 며칠 지나지 않었는디이 과일 바구니 이따만 헌 거를 가지구 왔었시야. 진짜루다 이따만 혔어. 지송허다구 왔는디이 얼굴 딱 확인허구는 기냥 문전 박대 혔지 뭐 워찌케 혀어. 아부님두 기냥 내내 누워 기셨는디이. 그 인사덜을 볼 수가 있으야지이. 과일 바구니만 문짝 앞피다가 노쿠 갔었는디 그 후로는 암 소리두 없었어."

"알았어요. 내가 왔으니까 암것도 걱정할 거 없어. 이제 내가 다 알아서 할 테니까. 바람이 제법 차네. 할아버지 어서 안으로 들어가요. 나두 좀 누울래. 비행기를 너무 탔더니 허리가 뻐근하네."

김호는 발신자 표시 제한 화면을 잠시 바라보다가 전화를 받았다.

"네, 김홉니다."

— 나다. 그동안 잘 있었고?

"네, 지시하신 대로 조용히 있었습니다. 잘 지내셨습니까, 장관님."

— 한 2주 됐냐? 너 한국에 온 지가?

"16일째입니다. 정확히."

김호는 어금니를 살짝 깨물었다. 이 영감님이 날짜도 기억 못 하시네 이제.

— 벌써 그렇게 됐어? 나와 그럼. 니네 집 앞 커피숍이니까.

“저희 집 앞요? 제가 뵈러 들어가도 되는데요. 왜 굳이…….”

— 니가 어딜 들어와. 이제 농림부 사람도 아닌데. 얼른 와라.

김호는 의자에 걸쳐져 있던 청바지에 다리를 집어넣고, 벗어 놓은 티셔츠에 머리를 들이밀었다. 아파트 단지 안 상가를 향해 그는 성큼성큼 걸어갔다. 생각보다 싸늘해진 공기에 몸을 살짝 부르르 떨며 손을 주머니에 깊숙이 찔러 넣었다.

김호는 상가 1층 편의점 유리문에 비친 자신의 모습이 너무 편한 차림인가 싶어서 살짝 마음이 쓰였다. 뭐 어때. 나를 이렇게 만든 게 누군데.

감색 슈트 차림의 하 장관이 문을 열고 들어오는 김호를 향해 손짓을 했다. 김호는 허리를 숙여 인사한 후 하 장관 맞은편에 앉았다.

“너 요새 피시방 알바 뛰냐? 차림새가 딱 그건데.”

“장관님, 날개 죄다 꺾어 놓고, 집에만 묶어 둔 게 누구신지 벌써 잊으셨어요?”

“뭐, 마셔라. 여기 오늘의 커피 한 잔 더 주세요. 네, 뜨거운 걸로 머그잔에.”

“저한테 안 물어보세요? 뭐 마시고 싶은지.”

“커피숍에서는 커피지, 뭘 마시게. 안 본 사이 까탈시려워졌네 인간이.”

김호는 포기했다는 얼굴로 카운터 상단에 달려 있는 메뉴판에 시선을 던졌다. 수프리모, 예가체프, 콜롬비아. 다양한 종류의 커피가 빼곡하게 적혀 있었다. 저 중에서 어떤 게 오늘의 커피지?

“최 대표는? 잘 지내고 있대?”

천천히 메뉴판을 읽던 김호는 다시 하 장관에게로 눈길을 돌렸다.

그걸 지금 저한테 물으시는 건가요. 나 오늘 크게 사고 칠 거 같다 어쩐지.

"잘 지내고 있대요? 어떻게 지낸대요?"

"진짜로 연락 한 번도 안 했나 보네. 너 보기보다 은근 독하다."

김호는 눈을 감았다. 파란 불꽃이 튀어나올까 봐 가까스로 열기를 꺼뜨린 후 천천히 눈을 떴다.

"장관님, 오늘이 바로 그날인가 봅니다. 제 공직 생활에 마침표를 찍는 날."

"아마도 발령이 날 거다. 다음 주에."

"어디로요?"

하 장관이 주위를 다시 한번 살폈다. 평일 낮 시간대라 커피숍에는 사람이 몇 명 없었다.

"국정 상황실"

'국정 상황실!'

"보직은 남북 평화 협력과 문화 교류를 위한 〈남북 전통주 공동 문화 축제 — 겨레의 술〉 총괄 기획."

"〈전통주 축제 활성화 프로젝트〉에서 남북 평화 협력으로 아주 크게 방향을 틀었네요. 이걸 제가 왜 해야 하죠?"

"우리도 언젠가는 통일해야 하지 않겠니? 그게 언제가 될지는 아무도 모르지만, 누군가는 통일로 가기 위한 평화의 징검다리를 놓아야 한다면 그 시작점이 우리가 되었으면 해서. 내가 아는 김호는 통일이 나랑 무슨 상관이냐고 생각하는 방관자가 아니니까. 그냥 분단인 채로 각자 속 편히 삽시다, 이런 과는 아닌 걸로 아는데."

김호는 두 손으로 자신의 얼굴을 감싸 안았다. 많은 생각들이 스쳐 지나갔다.

"니가 시보 시절에 했던 그 발표 기억나냐? 우리 모두의 심장을 뛰게 했던. 대한민국이 당면한 최우선 선결 과제 조사해서 발표하랬더니 너 혼자 조국 통일이라고 했었지. 다른 사람들은 소득 격차 해소, 입시제도 개선, 집값 안정. 하하…… 너 그때 무슨 생각으로 그런 발표를 했냐?"

"숨 막히고 자존심 상해서요."

김호는 살짝 한숨을 내쉬었다.

"……?"

"임진왜란, 병자호란, 신미양요, 일제 강점기, 그리고 남북 분단으로 이어져 온 우리의 슬픈 역사가 너무 숨이 막혀서요. 주변 강대국들에 의해 끊임없이 침략당하고, 고작 열네 살이었던 어리디어린 처녀들이 성 노예로 끌려가고, 놋그릇 하나까지 빼앗긴 수탈의 역사가 생각할수록 너무 기가 막혀서요. 강대국들의 전략적 이해관계에 의해 국토마저 반 토막 난 채 여기 눈치, 저기 눈치 보며 그 틈에 끼여 살아야 하는 우리의 미래가 너무 자존심 상하니까."

"그러게 말이다."

하 장관은 고개를 끄덕이며 커피 잔을 입으로 가져갔다.

"그런데 진짜로 이게 의미가 있는 거예요? 제가 목숨 걸고 뛰어들면 통일로 가는 겁니까?"

"돌 하나. 우린 고작 돌 하나 놓는 거야. 그런데 그 돌들이 모이면 겨레와 겨레를 잇는 장대한 징검다리가 되겠지. 그 징검다리가 언젠가는 떨어진 두 나라를 하나로 이어 주지 않겠냐?"

하 장관은 눈을 한 번 감았다 떴다.

"그런데 그 벌어진 틈이 너무나 멀다는 이유로 그 누구도 나서서 돌 하나조차 놓지 않는다면 또 이렇게 50년이, 100년이 흘러가겠지.

우리야 분단인 채로 강대국 틈에 끼여 원통하게 살다 간다지만 우리 후손들에게까지 이런 분단 조국을 물려줄 수는 없으니까. 세계에서 유일하게 남아 있는 분단의 영토를 말이야."

"취지는 알겠는데, 남북 교류를 위한 전통주 축제를 과연 최명지 대표가 이해할까요? 자기네가 정치판에 이용당하는 거라 생각할지도요. 워낙 가업에 대한 긍지와 자부심이 강한 사람이니까."

김호의 반듯한 눈썹에 걱정이 내려앉았다.

"그 부분은 너가 설득해야지. 그 긍지와 자부심으로 함께 징검다리를 놓자고. 관이 주도하는 축제가 아니라 민간이 주도하는 큰 잔치판을 벌이자고. 거대한 장벽을 넘어 마음과 마음으로 소통하는 민족의 축제를 벌이자는 건데, 이것보다 더 중요한 행보가 어디 있을까 싶다. 근데 난 최 대표도 이해할 거라 믿는다."

"아…… 민간이 주도하는 축제라면 결국엔 최 대표를 전면에 세워야겠네요. 너무 힘든 길을 가게 하는 거 같아서 저는 걱정이 됩니다."

김호는 관자놀이 쪽을 손으로 문질렀다.

"도와줘, 니가. 확실하게 뒤에서. 우리가 무슨 역사적이고도 정치적인 거룩한 이정표를 세우겠다는 것도 아니고, 그냥 자그마한 돌 하나 놓자는 건데. 우린 둘 다 나라의 녹을 먹는 사람들이라 총대 메고 나서기가 어렵잖니. 자칫하면 오해를 살 수도 있고. 민간과 민간이 만나서 하는 문화 교류가 잠긴 문을 열기에는 가장 자연스러울 거야."

하 장관은 온화한 눈빛으로 김호를 바라봤다.

"〈한산소곡주〉가 획득할 실질적인 이익은요? 대의와 명분으로만 큰 짐을 지게 할 수는 없어요."

"〈한산소곡주〉가 겨레를 치유하고 회복하는 제사의 제주祭酒가 되는 거지. 모든 국민이 잊을 수 없는 치유의 술. 그 어떤 홍보보다도 강력하고 확실한. 밑그림 그려 볼 수 있겠니?"

김호는 말없이 커피를 마셨다. 이번에는 내가 시험대에 오르는구나.

"새로운 조직에는 언제부터 출근하면 됩니까?"

"발령 나면 바로. 집에서는 멀지 않겠네."

"사무실이 어딘데요?"

"어디긴 인마. 어디겠냐?"

하 장관은 어이없다는 듯 혀를 찼다.

"……?"

"청와대잖아. 국정 상황실 행정관이라니까."

"저 그럼 청와대로 출근해요?"

"넌 지금 내 말을 뭘로 들은 거야. 얘가 몇 주 사이에 왜 이리 띨빵해졌어. 서천에서 쌓은 현장 경험과 옥토버페스트에서 얻은 것들을 잘 녹여서 플랜 발표 준비해. 디데이까지 얼마 안 남았다."

"누구 앞에서 발표하는 건데요?"

"당연히 〈한산소곡주〉 대표 최명지지. 너가 설득해야 할 사람은 표면상으로는 오로지 최명지 한 사람뿐이야."

'표면상으로는!'

김호의 눈이 순식간에 커졌다.

"그리고 안 보이는 장소에서 누군가가 니 발표 장면을 지켜볼 거다."

"누가요?"

"누구겠냐. VIP지. 잘해라, 김호야. 니가 내 앞에서 보여 줬던 그 신념 그대로 밀고 나가. 니 발표 기대하마."

하 장관이 자리에서 일어섰다. 김호는 충격에 빠져 제대로 된 인사도 하지 못한 채 그대로 앉아 있었다. 그는 하 장관이 걸어 나가는 뒷모습을 초점 없는 시선으로 바라봤다.

❖

11월 5일, 충남 서천 〈한산소곡주〉 양조장.

가을걷이가 모두 끝난 11월로 접어들면 서천은 바람 골로 변신한다. 제 몸으로 바람의 거센 기운을 막아 내던 알곡들이 모조리 잘려 나간 빈 들녘에 인근 홍원항에서 불어오는 바닷바람이 불어닥치면 바람은 저희들끼리 뭉쳐서 휘휘 거친 소리를 냈다.

하루에도 몇 차례씩 비어 있는 이랑 사이를 질주하며 성을 내다가 급기야는 지나다니는 사람들의 외투 끝자락을 지독하게 붙들고 늘어지면 이곳 사람들은 겨울의 초입에 이르렀음을 느낀다.

부녀회장은 보라색 굵은 털실로 뜬 두툼한 카디건 앞자락을 여미며 양조장을 향해 종종걸음을 쳤다.

"워쩐디야. 벌써부텀 이리 날이 쌔해지믄 술이 달달하게 푹 익지두 못허구 독헌 맛으루다가 싹 다 변허겄는디이 워치케 혀야 한데에. 바람님이 노는 디가 영 재미가 없었능개 비여. 오디께서 재미를 못 보구 이래 빨리 온 거시여어."

최 노인의 고택 솟을대문 앞에 젊은 남자의 뒷모습이 보이자 부녀회장은 화들짝 놀라며 더욱 걸음을 빨리했다.

"웜매. 워디서 또 양복쟁이가 왔디야아. 여보시요오. 왜 넘의 집 앞피서 그라구 기시는 건디요오?"

"아, 안녕하세요? 최명지 대표님을 좀 만나러 왔습니다."

"명지이? 우리 명지럴 만나루 왔다구유? 근디이 워디서 왔는디유. 얼매 전에 뭔 주류 회사 인사덜이 니려와서 아주 지랄을 허구 자빠지는 바람에 이 댁 으르신이 큰 일얼 당할 뻔혀서 지금은 아무나 못 들어가는디이. 뭐시라 혔드라아. 그노무 회사가아. 전세인지 뭐시라구 혔는디이."

"〈천세주류〉 심 과장님 아니세요?"

밖에서 나는 소리에 문을 열고 나오던 명지가 심태윤을 보고 우뚝 섰다.

"이이. 맞네, 맞어. 천세주류우. 웜매? 천세주류라구우? 이거 정말 너무해는 거 아녀? 으르신네 양조장을 꿀꺽 먹겠단 회사에서 뭔 낯짝으루다 여기럴 다시 온겨어?"

부녀회장의 매서운 목소리가 동네를 쩌렁쩌렁 울렸다.

"회장님, 나 보러 오신 분이셔. 내 손님이니까 내가 알아서 할게요. 들어오세요. 진짜로 오랜만이네요."

명지는 부녀회장을 향해 안심시키듯 고개를 짧게 끄덕인 후 심태윤에게 들어오라고 눈짓했다. 두터운 트렌치코트를 입은 심태윤이 육중한 솟을대문을 지나 안으로 들어왔다. 그는 고택의 규모와 전통 한옥의 그윽한 조형미에 놀라 목을 길게 뺀 채 그 자리에서 천천히 한 바퀴를 돌았다.

"우와! 와! 아흔아홉 칸 고래등 같은 기와집 저리 가라네요. 완전 명문 대갓집 따님이셨네."

심태윤은 큰 소리로 너스레를 떨기 시작했다.

"왜 이러세요. 서천 양조장이라고 하니까 무슨 초가삼간에 사는 줄 아셨나. 지방민 무시하면 큰코다칩니다."

"그러니까요. 독일에서 내가 너무 자신감에 차서 폭주했네요. 대표님이 속으로 우리를 무시했겠어요."

"자신감으로 가득 차신 분이 이 무슨 안 어울리는 겸손이에요. 여기는 어쩐 일이세요?"

명지는 심태윤을 보며 피식 웃었다. 미운 정도 정이라고 여기서 보니 반갑네.

"아, 어르신께 사과 말씀도 드리고, 명지 씨한테 따로 할 이야기도 있고. 일단, 어르신을 뵙고 싶네요."

"할아버지 앞에서는 말 가려서 조심히 하세요. 내 성격 알죠?"

"당연히 알죠. 목숨이 하난데 내가 미쳤다고 명지 씨네 홈그라운드에서 주접을 떨겠어요. 원정 경기에서도 그렇게 발렸는데. 근데 어르신은 좀 어떠세요? 저희 회사 마케팅 팀 애들이 너무 큰 실수를 해서 제가 참 면목이 없습니다."

심태윤은 민망하다는 듯 뒷목을 긁적였다.

"그 회사는 팀마다 일의 진행 방향이 다른가 봐요? 마케팅 팀 따로, 전략기획 팀 따로. 조직력이 모래알이네."

"하하…… 부끄럽네요. 조직이 커지면 아무래도 사내 정치란 게 있으니까, 좀 더 유리한 위치에 서기 위해 서로 경쟁을 해서 그래요."

"똑똑한 사람들끼리 경쟁하는 건 아닌가 봐요. 일을 이리 무례하게 진행하는 걸 보니. 아님 덤 앤 더먼가?"

명지는 건조한 눈빛을 보냈다.

"맞아요. 바보들이 모여 있는 거. 그 바보들끼리 서로 살겠다고 경쟁하다 보니 큰 결례를 했습니다. 그래서 제가 이렇게 왔잖아요."

명지는 최 노인이 있는 사랑채 앞에 심태윤을 세워 두고 마루로 올라가 창호 문을 살짝 열었다.

"할아버지, 서울에서 사람이 왔는데요. 그때 왔던 〈천세주류〉 사람들한테 월급 주는 두목의 오른팔이 왔어요."

명지의 심플하고도 정확한 설명. 심태윤은 웃음이 터지는 걸 간신히 참았다. 저 여자는 일상 속에서도 매력이 넘친단 말이야.

"머시라구 혔냐? 〈천세주류〉 사람덜헌티 월급 주는 두목이믄 그 회사 사장이 왔따는 거시여어?"

"사장 아니구요. 사장 오른팔이요. 나중에는 혹시 사장이 될 수도 있겠지만. 들어오라고 할게요. 이리로 올라오세요."

심태윤이 사랑채 댓돌 위로 단숨에 올라섰다. 명지는 말조심하라는 경고성 눈짓을 보낸 후 심태윤을 사랑채로 안내했다.

"어르신, 절부터 받으세요."

큰절을 하려는 심태윤의 옷자락을 명지가 뒤에서 살짝 잡았다.

"손녀사윗감으로 인사 왔어요? 웬 절이야. 오버하지 말고 허리만 딱 숙인 뒤 앉아요."

명지가 복화술 하듯 나직하게 속삭였다. 심태윤에게만 들릴 정도의 목소리로. 심태윤이 싱긋 웃으며 넙죽 절을 하자 굳어 있던 최 노인의 얼굴이 조금 풀어졌다.

"이이. 요즘 시상에 아주 보기 드물게 예의가 줌 있구먼. 주류 회사서 왔다드니 예의를 지대루 배웠는개 비여어. 그라니께 자네가 〈천세주류〉 앞잽인겨어?"

앞잽이. 명지는 간신히 웃음을 참았다.

"네, 어르신. 제가 〈천세주류〉 앞잽이 맞구요. 일전에 저희 직원들이 어르신께 큰 잘못을 한 거에 대해 제가 대신 사과드리려고 왔습니다. 용서하십시오."

"늙은 나가 용서를 허구 안 허구가 뭐시가 중한디이. 즈그네 직원덜이 큰 잘못을 헌 거를 사과하믄서 앞잽이가 또 작은 잘못을 허려구

니려온 거믄 바루 올라가여."

"아닙니다. 진짜로 사과드리려고 왔어요. 저희 직원들이 성과에 대한 욕심 때문에 여러 가지를 고려하지 못하고 한 잘못이니 너그러이 용서해 주시고 마음 푸세요, 어르신."

"근디이 용서를 구허는 품새가 참 사내답구 깔끔허네. 이러저러 모질이 겉은 변명두 없구. 가만있어 보자아. 올해 나이가 워치케 되는 거여? 가정은 이뤘구우?"

"일어나요. 빨리빨리."

명지가 심태윤을 쿡쿡 찔렀다.

"서른한 살입니다, 어르신. 가정은 차차 이뤄야죠."

"할아버지, 이만 나가 볼게요. 제가 이분이랑 따로 할 말이 있어서요."

"이이. 멀리서 오셨는디이 점심은 똑땍이 대접을 혀야 쓰겄다아."

"그럼 제가 점심도 먹고 천천히 올라가겠습니다, 어르신."

"일어나라니까. 빨리요."

명지는 심태윤을 재촉해서 밖으로 데리고 나왔다.

"옷 빵꾸 나겠어요. 그만 찔러요."

"뭐가 이렇게 뻔뻔해요? 나이 얘기를 왜 해요? 양심도 없어 진짜."

명지가 심태윤을 흘겨보며 쏘아 댔다.

"아니, 그러면 어르신이 물어보시는데 대답을 안 합니까? 그건 또 예의가 아니죠."

"무슨 자격으로 예의를 입에 올려요. 직원들이 예의를 망각하고 사고 친 거 수습하러 왔으면서."

양조장의 이 부장과 강진댁이 찹쌀을 씻은 커다란 광주리를 들고 작업장에 들어가려다가 명지와 심태윤을 보고 멀리서 다가왔다. 명지는 주변의 시선을 의식하며 심태윤을 잡아끌었다.

"따라와요. 좀 조용한 데로 가게."

"어디요? 어디 뭐 은밀한 데가 있나 봐요."

심태윤이 능글능글 웃으며 명지를 따라갔다. 명지는 커다란 항아리들이 가득 차 있는 발효실로 들어갔다. 술 익는 냄새가 가득한 공간으로.

"와…… 여기가 바로 〈한산소곡주〉의 핵심 비법이 있는 곳이네요. 〈천세주류〉 앞잡이한테 이렇게 막 공개해도 됩니까?"

"앞잡이 실력 이미 다 확인했는데 뭐가 무섭겠어요. 거기 앉아요."

명지가 발효실에 있는 낮은 나무 의자를 턱으로 가리켰다. 심태윤이 앉는 걸 보며 명지는 맞은편에 뒤집어 놓은 항아리 위에 걸터앉았다.

"여기 의자에 앉아요. 내가 거기 앉을 테니까."

"됐어요. 갑자기 왜 온 거예요? 우리 할아버지한테 사과하러 왔다는 건 핑계 같은데."

"아까 내가 사과하는 거 봤잖아요. 진정성 넘쳤는데."

"뭐예요, 진짜 이유가?"

발효실을 다시 한번 휘둘러본 후 심태윤의 시선이 명지에게 다가왔다.

"드디어 연락이 왔어요."

"연락?"

"네, 김호 사무관한테."

'김호!'

명지는 숨을 멈췄다. 오만 가지 생각이 한꺼번에 밀려와서 그녀는 좀처럼 숨을 쉴 수가 없었다.

"뭐라고 해요, 그 사람이?"

"명지 씨한테는 그동안 연락 한 번 없었던 거예요? 진짜로?"

"뭐라고 했냐구요."

명지는 심태윤의 눈을 쏘아봤다.

"명지 씨 직접 모시고 서울로 오라구요. 전통주 축제 플랜이 나왔다네요. 자기가 발표한다고."

"그래요? 언제 한대요? 그 발표."

"내일."

"내일이요?"

명지의 눈이 순간적으로 커졌다.

"오늘 올라가요, 나랑 같이. 광화문에 있는 호텔 잡아 놨다니까."

"광화문? 광화문이면 정부종합청사 쪽 아닌가요?"

"광화문에 청사가 있긴 하죠. 장소는 아직 말 안 했어요. 나한테는 그냥 숙소만 알려 주더라구요."

심태윤은 명지의 표정에서 어떤 감정을 읽으려는 것처럼 빤히 바라봤다. 명지는 입을 굳게 다물고 있을 뿐이었다.

"와…… 근데 진짜 독한 사람이네요, 김호 사무관. 독일에서 그렇게 돌아가 놓고 어쩜 연락 한 번을 안 했을까. 너무한 거 아니에요?"

"……."

"우리가 쓰기로 했던 카드 슬슬 준비하면 되나요?"

"일단은 무슨 말을 하는지는 들어 봐야죠."

"그때 말한 것처럼 프로젝트의 방향이 거지 같으면 김호는 아웃인가요?"

"지금 이동하시죠, 서울로. 나도 곧 준비하고 나올 테니까."

명지는 천천히 일어섰다. 그녀의 눈빛은 혼란의 진창으로 끌려가는 중이었다. 명지는 김호가 남긴 말을 가만히 떠올렸다.

'난 명지 씨 인생에 단지 하나의 사건으로 끼어들고 싶지 않아요. 촘촘하게 엮여서 직조되어 가는 스토리가 되고 싶지.'

20
아버지는 조국에 바친 똑똑한 우리 아들이 진짜로 자랑스럽다

"어머어머, 집 안 꼬라지가 왜 이래. 애는 집을 난장판으로 해 놓고 어딜 간 거야?"

"여보, 애가 집에 없나 본데 우리가 이렇게 막 들어와 있어도 돼?"

"아들 집인데 뭐 어때?"

'띠리리리릭' 비밀번호 누르는 소리에 이어 문 열리는 소리가 났다.

"엄마랑 아버지 오셨어요? 연락 좀 하고 오시라니까요. 이 교장님은 학교 안 가시고 여긴 어쩐 일로."

트레이닝복 차림의 김호가 편의점 도시락을 사 들고 들어왔다. 그는 어머니 이 교장의 손에 들린 반찬들로 가득 채워진 종이 쇼핑백에 시선을 보냈다.

"일요일이다, 일요일. 넌 날짜 가는 것도 모르니? 집에도 도통 안 오고, 연락도 없고."

“나는 니 엄마가 그냥 끌고 온 거야. 주인 없는 집에 비번 누르고 들어가는 거 난 분명히 반대했다. 아들의 프라이버시조차 안 지켜 주는 그런 아버지 아니니까 오해 말고.”

김호는 아버지 김 교수의 변명에 피식 웃었다.

“반찬 필요 없는데. 배고프면 근처에서 사 먹어요. 설거짓거리도 안 나오고 시간도 절약되니까.”

“그 사 먹는 음식이 오죽해? 죄다 조미료투성이에.”

“저 음식도 아주머니가 만드신 거잖아요. 거기도 조미료는 들어갔는데, 뭐.”

“얘, 우리 집 음식엔 조미료 일절 안 들어간다. 아줌마가 우리 집에서 일한 지가 몇 년인데 무슨 소리야.”

“그러니까 제 말은 우리 아파트 상가 식당 아주머니나, 어머니네 일 도와주시는 아주머니나 다 고마운 아주머니가 만든 음식인데 왜 그걸 이렇게까지 집착하시면서 들고 오시냐는 거죠. 나는 그냥 우리 동네 아주머니 음식 먹을게요. 엄마는 엄마네 아주머니 음식 드세요.”

“맞네, 여보. 어차피 당신 요리 안 하는 거 다 아는데, 아주머니가 만들어 준 음식 들고 와서 뭔 유세야. 얘는 이 동네 아주머니가 만들어 준 음식 먹고, 나는 우리 아주머니가 만들어 준 음식 먹는 거니까, 아주머니 음식 먹는 건 매한가지네. 얘 팔자나 내 팔자나 비슷한데. 허허…….”

이 교장은 남편을 흘겨본 후 혀를 차며 거실로 향했다. 거실 벽 전체에 무언가를 촘촘하게 적은 종이가 빼곡하게 붙어 있었다. 이건 또 뭐야. 남북 평화의 잔치?

“얘, 이건 다 뭐니? 북한, 문화 교류, 통일의 효과. 이게 다 뭐야?”

그녀는 기가 막힌다는 표정으로 종이에 있는 내용을 훑어 내려갔다.

"엄마, 그만 가세요."

김호가 지친 표정으로 이 교장에게 다가왔다. 며칠 밤을 샌 게 분명해 보이는 김호의 얼굴에 곤란함과 짜증이 가득했다.

"무슨 프리즌 브레이크 찍니? 이 도면 같은 조직도랑 이 수상한 내용들은 다 뭐야? 너 월북하니? 북으로 넘어가?"

"오호, 우리 아들이 뭐 엄청난 프로젝트 하나 맡았나 보구나. 이거 우리가 보면 안 되는 내용 같은데, 여보."

"자세하게 설명할 수 없는 기밀 사항들이에요. 그리고 저 진짜로 너무 피곤하니까 오늘은 이쯤에서 그만하세요."

김호는 거실에 붙어 있는 종이들을 조용히 떼기 시작했다.

"농림부 하도식 장관이 너 들쑤셔서 또 뭘 꾸미니? 그 사람은 노동운동가라며. 가진 사람 재산 다 뺏어서 빈민들에게 나눠 주자고 하던 사람 아니야? 딱 봐도 빨갱이, 그냥 좌파잖아. 너 정신 차려. 이 좌파 정권이 얼마나 더 가겠어. 넌 사무관이야. 어디에도 치우치면 안 되는."

종이를 떼던 김호가 동작을 멈추고 어머니인 이 교장을 바라봤다. 그의 눈빛에 깃든 한 줄기 서늘함.

"이 교장님이야말로 교육 현장에서 학생들을 가르치는 교직자들의 대빵인데, 한쪽으로만 극단적으로 치우치셨네요. 좌파, 빨갱이가 여기서 왜 나옵니까?"

"잠시만, 두 사람 잠깐! 정치 얘기 할 거면 난 먼저 집에 갑니다. 원래 정치 얘기는 부모 자식 간에도 해서는 안 되는 주제야. 제발 하지 마. 두 사람이 싸우는 거 나 또 봐야 해? 징글징글해, 이제 아주."

김 교수가 모자 사이에 끼어들며 말리기 시작했다.

"니네가 그 세월을 살아 봤니? 우리 모두 죄다 거지같이 살았어. 강력한 힘을 가진 대통령의 주도하에, 사회 전반을 밀어붙이며 경제 성장을 하지 못했더라면, 이 나라는 아직도 후진국 중에 상후진국이야. 사는 게 거지 같은데 무슨 인권이고, 자유고, 민주주의야. 정신 차려, 진짜."

"그 얘기는 하지 말죠. 서로의 입장만 고수하며 접점을 찾지 못하는 평행선에서 또 각자 달려 봐요?"

"그 당시에 국민들 수준이 얼마나 미개했는지 알아? 교양도 없고, 무식하고, 일해야겠다는 의지도 없고. 다들 시골에서 농사짓고 살았어. 낮부터 거나하게 취해서 늘어지게 낮잠들이나 자고. 부지런한 대통령이 대기업 독려해서 공장 수두룩하게 지은 뒤 일자리 만들어 주고, 도로니, 항만이니 이것저것 건설해서 어마어마한 빈농들 도시로 불러들이고, 새마을 운동 해서 그 거지 같은 초가집들 시멘트 집으로 죄다 바꿔 준 게 니네들이 욕하는 그 시절이야."

"그래서 그렇게 주야장천 독재하고 싶어서 시민들, 대학생들 잡아다 고문하고, 죽이고?"

"일 잘하는 대통령이 모자란 국민들을 위해서 헌신하겠다는데 왜 데모들을 해? 먹고사는 게 우선이지, 무슨 데모냐고."

"엄마, 내가 행정학만 미친놈처럼 공부한 사람인데 엄마가 틀렸어요. 군바리 출신 대통령이 대기업들 공룡처럼 키워 주며 주도하는 강력한 경제 정책이 없었어도 말입니다, 우리 대한민국은 손재주 뛰어나고 창의력 넘치는 개개인의 능력과 절대 포기하지 않는 특유의 근성을 바탕으로 대한민국만의 스타일대로 눈부신 경제 성장을 했을 거라고 학계는 봅니다."

김호의 눈빛이 반짝하고 빛났다.

"국가가 철저히 기획하고 통제하며 일부 대기업만 키워 주는 경제 발전이 아니라, 아이디어가 넘치는 유망한 소기업과 중소기업들 중심으로 민간이 주도하는 경제 발전을 했었더라면, 이 사회는 훨씬 더 능동적이고 창의성 넘치는 행복한 사회가 됐을 거라고 학자들은 예측해요."

김호는 잠시 숨을 골랐다.

"중소기업의 잠재력을 최대한 끌어 주는 경제 정책들을 바탕으로 국가가 뒤에서 서포트만 해 줬더라면, 더 다양한 산업 분야에서 세계적인 히트 상품들이 나왔을 거라고요. 우리나라 국민들은 아이디어가 넘치고 뛰어난 민족이니까. 한류를 탄생시킨 재능과 열정이 있는 게 바로 우리 국민들이니까요."

"오호, 우리 아들 똑똑하다. 참으로 설득력 있는 의견입니다. 그 학계에서 밥 먹고 사는 교수의 입장으로 우리 아들한테 일단 한 표!"

"현재를 봐요. 일부 대기업들이 모든 산업 분야를 문어발처럼 잠식하고 있는데, 이게 맞아요? 국가가 주도하는 대기업 밀어주기 정책으로 수많은 유망한 중소기업들이 깡그리 죽었다구요. 자본력으로 밀고 들어오는 대기업에 족족 먹히거나."

김호는 살짝 한숨을 내쉬었다.

"우리 국민들이 진짜로 미개하고 열등했다고? 엄마는 그렇게 믿어요? 아니에요, 그거. 정권을 유지하기 위한 하나의 우상화 교육이지. 북쪽에서는 김일성, 김정일 우상화 교육 하고. 남쪽에서는 박정희, 전두환 우상화하고. 그게 독재 정권을 버티게 하는 힘이니까."

"서울대 나오면 뭐 하니. 이렇게 철없는 소리나 하고 있는데. 너는 어디서 이런 빨갱이 교육을 받았니?"

"당신이 그 빨갱이 소리만 안 하면 난 진짜 당신을 더 사랑할 거야."

"엄마도 나름 엘리트잖아. 알고 계시잖아요? 역사의 진실이 뭔지. 외할아버지가 그 독재 정권 때 줄 잘 잡아서, 그 지역에 섬유 공장 차리고 대대손손 잘 먹고, 잘 살게 되었으니까 이렇게 두둔하는 거 나도 알아요. 그런데 독재자들의 지난 잘못을 인정하는 게 곧 그 밑에서 혜택받았던 우리 핏줄에 대한 비난과 부정으로 이어지는 건 아니니까, 그냥 역사적 사실만 가지고 평가하자구요."

"갑자기 외할아버지를 왜 들먹여? 너 그거 아주 막돼먹은 거야."

"아들아, 핏줄을 건드리면 피가 솟구친다고 했다. 엄마네 핏줄은 비난하지 말고, 팩트와 근거만 가지고 토론해. 둘 다 지성인들이니까."

"국민의 세금으로 운영되면서 시민을 공격한 군대와, 국민을 향해 총을 발사한 전두환 정권이, 무슨 수로 정당성을 부여받아요? 광주에서 그렇게 많은 사람들이 죽었는데, 국민들의 존엄한 생명권을 짓밟고도 아무도 정권에 바른 소리 못 하게 일종의 공포 정치 한 거잖아. 위안부로 끌려간 이 땅의 딸들 나이가 몇 살이었는지는 알아요? 고작 열네 살, 열다섯 살."

김호의 두 눈이 붉어졌다.

"그런데 일본한테 경제적 지원금 몇 푼 받겠다고 1965년에 한일기본조약 체결해서 한국 정부와 국민은 일본 정부와 기업에게 강제 징용과 위안부 문제에 관한 손해 배상 청구권을 주장할 수 없다는 데 합의한 게 바로 박정희고. 우리 민족이 어떻게 짓밟혔는데, 그 피해자가 엄연히 피눈물을 흘리며 살아 있는데도 일국의 대통령이라는 사람이 일본 편에 서서 피해자들의 고통을 그렇게 덮었다는 게 이해가 됩니까?"

김호는 천천히 눈을 감았다 떴다.

"꽃으로라도 때리지 말라고 했어요. 길거리에서 노숙하는 가난한 빈민들과 정치 비판하는 시민들 싹 쓸어서 삼청 교육대에 집어넣고, 유학생들, 대학생들, 학자들 빨갱이로 몰아서 고문하고 죽이고. 지들 정권 유지하려고 이 땅의 꽃 같은 생명들을 얼마나 많이 죽였는데. 박종철, 이한열, 광주 시민들. 강력한 리더십을 가진 지도자가 나라를 잘 살게 하기 위해서라면 엄마가 말하는 그 무지하고 철없는 시민들은 그냥 희생당해도 되는 거예요? 시민들의 목숨을 파리처럼 죽여도 되는 거냐구요? 나라를 부강하게 하기 위해서라면 국민들의 생명과 자유는 짓밟혀도 됩니까?"

김호는 잠시 숨을 골랐다.

"너무 잔인하잖아, 그런 생각이. 너무 야만적이잖아, 그런 생각에 동의하는 엄마의 정치적 신념이. 일제 강점기도 아닌데 왜 국민들을 남영동 같은 데 끌고 가서 잔인하게 고문을 해. 그래도 되는 시대였다고, 나라는 너무나 가난하고 국민들의 수준은 개돼지라서 그래도 되는 시절이었다고, 엄마는 어떻게 그렇게 무서운 동의를 할 수가 있냐구요."

김호의 말에 이 교장의 양 볼이 파르르 떨렸다.

"대통령과 정부가 잘못된 길을 가고 있으면 시민들에게는 당연히 비판할 자유와 권리가 있다는 걸 인정하는 사회가 성숙한 사회인 거지. 대통령이 무슨 나라님도 아니고, 신이 세운 황제도 아니고. 그저 국민들의 의견을 겸허하게 받들어서 정치 잘하라고 국민이 직접 세운 5년제 계약직 공무원일 뿐인데. 계약직 공무원이 큰 잘못을 하면 그 공무원을 직접 뽑은 국민들이 그 자리에서 직접 끌어내릴 수도 있는 광장의 정치가 가능한 나라. 그게 참된 민주주의 아닙니까? 그걸 못 하게 짓밟고 고문하고 죽이는 게 바로 독재고."

김호의 눈가가 살짝 붉어졌다.

"엄마, 우리 국민들이 너무 미개하고 열등해서 그렇게 강력한 독재자가 필요했었다는 말도 안 되는 얘기 다시는 내 앞에서 꺼내지 말아요. 다른 사람도 아니고 교장 선생님이 그러면 안 되지. 국가의 주도가 아니라 시민들이 주도했더라면 우리는 지금보다 더 잘 살았을 거야. 자유롭고 창의적인 산업들로 세계 시장을 주무르고 있었을 거라구요."

"여보, 이제 그만 백기 들어야겠어. 우리 아들이 하는 말 중에 틀린 게 하나도 없네. 내가 대신 흰 수건 던져 줄까?"

"근데 너, 엄마 앞에서 어떻게 외할아버지 얘기까지 그렇게 야멸차게 할 수가 있니?"

이 교장이 원망 어린 목소리로 아들을 향해 따졌다.

"엄마도 인정해요, 이제 그만. 독재 정권 밑에서 찬스 잡아 잘살게 된 집안 내력이 자랑스러운 건 아니니까 깔끔하게 인정하고, 앞으로는 민주주의를 위해 희생한 사람들에게 빚진 마음으로 사세요. 지금부터라도 교육 현장에서 역사가 뭔지, 정의가 뭔지 제대로 가르치시라구요. 남들보다 많이 배웠다고, 돈 좀 있다고 사람 무시하지 마시고, 엄마 몸에 밴 선민의식이나 좀 거둬 내요."

김호는 안쓰럽다는 듯 이 교장을 바라봤다.

"우리 국민들이 미개한 게 아니라 국민에게 총질한 정권을 감싸는 엄마의 생각이야말로 미개한 거니까. 우리 조상님이 거기서 혜택 좀 봤다고 그들의 지난 잘못을 인정하지 않고, 무조건 지지해 주는 게 지금의 일본 모습이랑 뭐가 달라요. 태평양 전쟁을 일으켜서, 많은 생명을 앗아 간 일본도, 자기네 조상들 잘못 절대 인정 안 하잖아요. 진짜로 비겁하고 못나 빠진 거죠. 제대로 된 사과도 안 하고 역사 왜곡이나 하고 있는데, 내 눈엔 똑같아요. 엄마나 일본이나."

"너, 엄마한테 그게 할 소리야? 듣자, 듣자 하니까."

"호야, 엄마나 일본이나 똑같다니. 너 그건 너무 나갔다야. 역사적 사건에 대해, 지난 정권에 대해 다양한 해석과 다양한 의견이 나올 수는 있어. 모든 국민이 같은 마음을 품고 갈 수는 없는 거야. 너네 엄마는 열등하고 수준 낮은 국민을 소수의 권력자와 인재 집단이 강력한 리더십으로 끌고 가는 정치적 구도를 지지하는 사람인데 그렇게 몰아세우면 되니."

김 교수가 두 사람 사이에서 중재를 시작했다.

"근데 여보, 대중과 시민을 정치권력자가 교육시키고 개도해서 끌고 가야 한다는 건 너무 시대착오적인 생각이야. 국민을 아무것도 모르는 개돼지로 바라보는 건 진짜 오만한 엘리트 의식이라고. 당신의 그 의식은 좀 돌아볼 필요가 있어."

"여보, 당신까지 안 보태도 나 오늘 충분히 너덜너덜해졌거든? 너 이런 말 할 거면 이번 명절에는 집에 오지 마. 아들이랍시고 말하는 거 하고는."

이 교장은 팔짱을 낀 채 김호를 노려봤다.

"안 가요. 부모 자식 관계는 나이 들수록 부모님들이 약자인데 내가 뭐가 아쉬워서. 시간이 점점 지날수록 부모님들은 자식의 도움이 아쉽고, 자식들은 나이 먹을수록 부모님의 도움이 필요하지 않고. 그런 역학 관계가 성립되니까 엄마야말로 이제 좀 변해 보세요. 엄마가 그렇게 자꾸 비겁하게 나오면 난 엄마 얼굴 안 볼 수도 있으니까."

"이노무 시키가 진짜. 이 불효막심한 놈이."

이 교장은 노기 어린 얼굴로 두 주먹을 꽉 쥐었다.

"우리 아들 말이 또 맞네. 이게 거대한 자연의 섭리거든. 나이 든 사람한테는 젊은 사람들이 잘 안 다가오고, 나이 들수록 외로움을 겪는 게 어찌 보면 자연의 섭리야. 더 이상 효용 가치가 없는 노화된 유전자는 외로움을 겪다가 알아서 도태되라는 자연의 법칙. 그러니까 늙어서 그나마 좀 덜 외로우려면 당신이 좀 변해야 해. 나중에 아들, 며느리가 당신 곁에 오고 싶겠어. 이렇게 마인드가 꼰대 같은데."

김 교수는 아들의 편을 들며 아내인 이 교장의 눈치를 슬쩍 봤다.

"여보, 당신까지 오늘 왜 그래 정말?"

"나야 내 마누라니까, 정치의식이 좀 가스통 할배나 태극기 부대 같아도 그냥 사랑으로 이해하고 산다지만, 자식들은 아니야. 아들한테 빨갱이 운운하는데 오고 싶겠냐고. 변하자 이제 좀."

"아버지, 나 명절 때 진짜 못 가요. 아주 중요한 발표가 있어서. 지금도 며칠째 밤새고 있어요."

김호는 피곤이 가득한 눈으로 김 교수를 바라봤다.

"왜 밤을 새? 남북 합작 저거 때문에? 농림부에서 이제는 남북 교류도 주도하냐? 넌 농림부잖아. 니 주요 레퍼토리는 전통주, 쌀, 사과, 배 이런 거 아니었어?"

이 교장이 눈을 동그랗게 뜨고 김호를 바라봤다.

"나 새로 발령 났어요. 이제 농림부 아니야."

"이게 무슨 소리야. 새로 발령이 나? 여보, 당신도 알고 있었어?"

이 교장이 김 교수를 다그쳤다.

"아니, 나도 우리 아들 간만에 보는 거라 처음 듣는 소리야. 어디로 발령이 났니?"

"청와대요."

"뭐어? 어디? 여보, 쟤가 지금 뭐라고 한 거야? 내가 잘못 들은 거 맞지?"

"당신이랑 나는 집에 가야 할 거 같은데. 아들아, 엄마는 내가 치워줄 테니까 넌 발표 준비 잘해라. 명절은 우리끼리 잘 보낼게. 김호, 넌 집안 걱정은 하지 말고 오로지 조국만 생각해. 아버지는 조국에 바친 똑똑한 우리 아들이 진짜로 자랑스럽다. 김호, 파이팅!"

"여보, 나 너무 억울해. 내가 아들한테 이런 소리까지 들어야 해? 나중에 정말 어떤 며느리가 들어올는지. 쟤 며느리 앞에서도 나 이렇게 개망신 주는 거 아니야? 며느리만큼은 진짜로 순하고 착한 애가 들어왔으면 좋겠다. 안 그러면 나 제명에 못 살 것 같애."

21

날지 못하면 뛰어라, 뛰지 못하면 걸어라, 걷지 못하면 기어라. 당신이 무엇을 하든 앞으로 나아가야 한다

11월 6일, 광화문 정부청사 중강당.

"명지 씨 여기 영화관 같지 않아요, 안 그래요?"

심태윤은 영화관처럼 좌석을 아래로 내려야 하는 남색 커버를 씌운 의자에 앉아, 단이 제법 높아 보이는 중앙 무대를 바라봤다.

"명지 씨, 여기 의자도 좀 봐요. 극장 의자 같은데? 내 말 듣고 있어요, 최 대표님?"

"아, 진짜. 내 고막이 다 피곤하네. 명지 씨든 최 대표든 호칭 좀 한 가지로 통일해요, 네?"

"고르라면 당연히 명지 씨죠. 근데 가끔은 진짜로 무섭달까. 친근하게 부르다가 왠지 모르게 또 썰릴 거 같아서, 그럴 땐 최 대표님으로 잽싸게 옮겨 타는 거예요."

"근데 김호 담당님 발표를 우리 둘이서 듣는 거예요?"

명지는 주변을 한 번 둘러봤다.

"그럴 리가요. 저도 초대를 받았죠. 그동안 잘 지내셨나요, 최명지 대표님?"

외교부 이지영 책임이 그들을 향해 걸어오고 있었다.

'아우, 저 외교부 허세녀를 여기서 또 만나네.'

명지는 그녀를 바라보며 턱만 살짝 아래로 내렸다. 인사라고 하기에는 턱만 움직였고, 인사가 아니라고 하기에는 얼굴이 살짝 아래로 내려가긴 했으니, 이지영은 딱히 따지지도 못하고 그냥 어이없는 표정으로 명지를 바라봤다. 저게 진짜. 시골 양조장 대표가 무슨 대단한 자리라고 저리 도도해 항상.

"전 〈천세주류〉 심태윤입니다. 기억나시죠?"

"아, 그럼요. 〈천세주류〉 전략기획 팀장님이시잖아요. 반갑네요. 다시 봐서."

반갑긴. 전혀 반가운 표정이 아닌데 무슨. 쟤는 오늘 표정이랑 말이 왜 이리 따로 놀아. 여기 뭐 녹음기 심어 놨나, CCTV 감춰 뒀나.

"혹시 여기 녹화돼요?"

심태윤이 싱긋 웃으며 농담처럼 던진 말에 이지영의 얼굴이 금세 굳었다. 저 인간이 뭘 알고 하는 말이야. 그냥 던진 말이야.

"녹화라뇨? 우리 감시당하고 있는 거예요? 최 대표님, 독일에서 저도 왔답니다!"

이그린이 명지를 향해 손을 흔들며 계단을 내려오고 있었다. 명지는 이그린 쪽으로 단숨에 달려갔다.

"세상에, 이게 누구예요. 이그린 담당님? 한국에 언제 오신 거예요?"

"나 독일에 짱박혀서 꿀 빨고 있던 외거 노빈데, 이렇게 본국 소환 명령이 떨어졌지 뭡니까. 하하하…… 아니 근데, 말조심해야 되는 거면 팁 좀 줘 봐요. 여기 뭐 카메라 있어요? 어디, 어디?"

이지영은 조심성이라고는 전혀 없는 이그린을 한심하게 바라봤다.

"다들 멀리서 오시느라 고생 많았습니다. 다 모인 것 같은데 자리에 앉으시죠. 곧 김호 사무관의 발표가 시작됩니다."

무대 조명이 채 미치지 않는 중강당의 가장 맨 앞줄 왼쪽 구석 자리에서 남자 목소리가 들려왔다. 모인 사람들은 동시에 소리 나는 쪽을 바라봤다. 완벽하게 정장을 차려입은 하도식 장관이었다.

앞에서 세 번째 줄의 맨 가운데 자리에 심태윤과 최명지, 이그린이 나란히 앉고, 그 바로 뒷줄에 이지영이 자리를 잡았다. 관객석의 불이 꺼지자 중앙 무대를 비추고 있는 조명만이 주인공을 기다렸다.

그때였다.

무대 왼쪽에서 누군가가 걸어 나왔다. 김호였다. 김호가 걷는 보폭에 맞춰 하얀 스크린이 내려오고 있었다.

그가 무대 중앙에서 걸음을 멈추자, 스크린과 김호에게 내리꽂히는 메인 조명을 제외한 불필요한 모든 빛들이 동시에 꺼졌다.

'새끼, 진짜 태가 나고 근사하네. 김호가 저렇게 멋졌나.'

심태윤은 등장만으로도 단숨에 이 공간을 압도해 버린 김호를 뚫어지게 바라봤다.

김호는 관객석의 명지에게 시선을 고정했다. 사부님 못 본 사이에 많이 말랐네. 명지는 청바지에 갈색 터틀넥을 입은 김호와 한동안 시선을 교환했다. 얼굴이 수척하네, 김 담당님.

김호는 금방이라도 무너질 것 같은 애틋한 시간에 긴장의 갑옷을 입혀 억지로 일으켜 세웠다.

"저는 오늘 어디에 소속된 사무관도 공무원도 아닌 그냥 인간 김호로 이 자리에 섰습니다. 그래서 옷도 평상시에 입는 것처럼 편하게 입고 나왔습니다. 제가 마음속에 간직한 꿈이 하나 있는데 들어 보시겠습니까?"

스크린에 화면이 띄워졌다. 드디어 김호의 프레젠테이션이 시작됐다.

"과연 우리는 〈한산소곡주〉로 세계적인 지역 축제를 만들 수 있을까요? 지방마다 고장마다 특산품을 이용한 축제는 수도 없이 많습니다. 산수유 축제, 산천어 축제, 모시 축제 셀 수도 없을 만큼 많은데 어떻게 전통주 축제로 세계인의 관심을 모을 수 있을까요?"

[1장 — 겨레의 상처를 치유하는 씻김굿]

"우리의 역사는 어찌 보면 한恨의 역사입니다. 원통하고 원망스러운 마음들이 풀리지 못하고 응어리진 채 핏빛 한과 절규가 되어 이 산하의 골짜기마다, 봉우리마다, 강줄기마다 민들레 홀씨처럼 숱하게 내려앉고, 들꽃처럼 무수히 피고 지기를 반복해 왔습니다. 강대국 틈 사이에 낀 약소국으로서 시대를 넘어오는 그 굽이굽이 험난한 길 위에서 민초들의 한이 서린 죽음은 한 줌 흙처럼 흩뿌려지고 우리는 그 흙을 밟으며 걸어왔습니다."

한반도의 비극적인 역사가 담긴 몇 장의 흑백 사진들이 화면에 띄워졌다.

"신은 잔인해서 아주 일부의 사람들에게 생명이 울부짖는 고통의 소리를 생생하게 들려주고, 생에서 떨어져 나가는 마지막 순간까지 선연하게 그릴 수 있도록 너무나 섬세한 귀와 눈을 갖고 태어나게 하셨는데, 제가 이 자리에 선 이유는 신이 나를 이렇게 만드신 것에 대해 비로소 응답하기 위해서입니다."

명지는 김호를 바라봤다. 그는 자신이 걸어온 삶의 행보 너머의 것들까지도 이 자리로 끌어올리고 있었다. 단순한 도식 위에 세울 수 없는 하나의 인생이 모습을 드러낸 순간이었다.

"왜란, 호란, 식민 지배, 위안부 할머니들, 전쟁, 분단, 군부 독재, 민주화 운동, 세월호에 이르기까지 이 한반도를 뒤덮은 그 한 서린 죽음들이 너무나 생생해서 눈을 뜨나 감으나 저는 고통의 한가운데에 있었습니다. 그로 인해 맺힌 한을 어찌 풀어야 더 이상 슬픈 과거가 우리의 발목을 잡지 않고, 조금은 가벼운 마음으로 미래를 향해 나아갈 수 있도록 우리를 치유해 줄까요?"

김호는 잠시 호흡을 가다듬었다.

"경제 발전, 고도성장이 추구하는 가치에 매몰되거나 소외되어 우리의 커뮤니티에서 완전히 몰아내 버린 우리만의 전통문화는 어떻게 다시 부활시킬 수 있을까요? 저는 8천만 겨레를 치유하는 거대한 〈씻김굿〉을 제안합니다."

사람들은 스크린에 선명하게 떠 있는 8천만이라는 숫자에 주목했다. 8천만!

"발표자가 숫자 착각한 거 아니에요? 저기서 8천만이 왜 나와."

심태윤이 명지를 향해 나지막하게 속삭였다. 명지는 김호에게 온전히 집중한 채 미동조차 하지 않았다.

[2장 — 술, 몸, 소리, 풍물로 풀어 가는 축제]

스크린에 새로운 화면이 띄워졌다.

"다 같은 마음으로 고통을 정면으로 바라보면서 이제 이 고통은 아무것도 아니다라고 말할 수 있게 해 주는 힘이 바로 씻김굿입니다.

유구한 세월 동안 한반도의 역사를 품고 도도히 흘러온 강줄기를 따라 고통받았던 망자를 소환하고, 그들의 넋을 위로하는 위로주로서 민족의 상처를 치유하는 겨레의 씻김굿을 제안합니다. 민족의 힘으로 불러내 온 처절한 상처들이 흠뻑 씻김을 받는 환상적이면서도 장엄한 제사의 제사장으로 최명지 대표님을 모시고 싶습니다."

김호가 그동안 지향해 온 것들이 그의 정체성으로 분명하게 드러나며 서서히 화력을 뿜기 시작했다.

"대한민국은 주변 강대국들에 의한 침략과 수탈의 근현대사와 동족상잔의 전쟁, 고도성장의 가치 아래 자행된 인권 유린, 국가 안전 시스템의 부재로 인한 대형 인재 사고와 세월호 참사 같은 숱한 비극을 겪었습니다. 그 과정에서 개인과 국민들이 받은 상처는 치유의 과정을 거치지 못한 채 가슴속에 고스란히 묻혔습니다. 그런데도 사회는 앞을 향해 달려 나갈 것만을 종용했습니다. 단순한 진혼의 의식을 넘어 온 겨레가 하나 되는 축제로 저는 이 씻김굿을 확장시켜 보려고 합니다. 축제는 예로부터 지역과 사람들을 통합시키고 억압과 상처를 집단적으로 치료하는 수단으로 활용되어 왔습니다."

대형 스크린이 필리핀의 축제 현장을 담은 몇 장의 사진들로 채워졌다.

"1980년 필리핀 바콜로드에서 여객선 '돈 후안 호'의 침몰 사고로 800여 명이 희생되었습니다. 크나큰 국민적 슬픔을 이겨 내기 위해 필리핀 정부는 '마스카라 축제'를 기획합니다. '미소 가면'이라는 뜻의 이 축제는 참가자 전원이 웃는 얼굴의 화려한 가면과 옷을 입고 거리로 쏟아져 나와 슬픔을 털어 내는 행사입니다. 그리고 이 축제는 지역 통합과 집단 치료의 사례로 회자되고 있으며 우리에게도 시사하는 바가 큽니다. 축제를 통해 일상의 공간은 축제의 공간으로 탈바

꿈합니다. 사람들의 마음속 깊은 곳에 잠들어 있는 억압과 고통의 감정은 축제의 현장에서 자연스럽게 표출되며, 집단 카타르시스를 거쳐 새로운 활력을 찾게 됩니다."

김호는 진지한 얼굴로 자신의 발표를 듣고 있는 사람들을 천천히 둘러봤다.

"우리도 우리만의 축제를 통해 과거의 상처와 아픔을 치유받고, 막혔던 관계를 회복한다면 얼마나 좋을까요. 사회 전반에는 긍정적인 에너지가 넘치겠지요. 그 활기찬 에너지를 양분 삼아 다시 삶의 현장으로 돌아가고 우리는 또 일상을 살아갈 겁니다."

하도식 장관은 잠시 눈을 감았다. 논쟁과 갈등이 깊은 시대에 자신의 신념을 지킨다는 건 목숨을 걸어야 하는 매우 묵직한 결단일 수 있다는 것을 그는 너무나 잘 알고 있었다. 김호의 소신과 신념을 대면하는 이 시간이 주는 무게감 때문에 그는 다시 눈을 뜨기가 어려웠다.

"축제를 구성하는 요소로 술, 몸, 소리, 풍물 같은 우리 전통문화를 전면에 내세울 생각입니다. 우리의 고유한 전통 장치들은 관객과 호흡하며 희생자들의 혼백을 불러와 원혼을 위로합니다. 광대의 춤사위는 죽은 이에 대한 위무이며, 소리꾼의 소리는 대신 울분을 토해내며 억울함을 풀어 주는 하나의 사회적 소통입니다."

명지는 자신도 모르게 고개를 끄덕였다.

"비통한 죽음을 개인화하는 것이 아니라 사회화하는 의식인 셈입니다. 이 땅에 더 이상 비통한 죽음이 없기를 기원하며, 겨레가 하나 되어 가는 의미를 되새기는 과정입니다."

심태윤은 한마디 한마디를 통해 자신의 내면을 표면화하고 있는 김호에게 설득당해 가는 자신을 발견했다. 그는 조국과 민족과 시대를 치열하게 고민하며 살아온 김호의 미묘한 결을 충분히 체감하고 있었다. 동시에 고요하고 평온한 삶을 살았지만 병들어 있던 자신의 일상을 마주한 기분이었다. 부도덕한 세상에서 도덕적으로 산다는 건 얼마나 어려운 일인가.

"우리는 이제 떨리는 마음으로 과거의 문을 열 것이며, 우리가 소환한 그 영령들은 더 이상 이 땅의 한으로 남지 않고 미래를 축복하는 기원자가 되어 편안한 안식을 취할 것입니다."

대형 스크린의 화면은 다음 페이지로 넘어갔다.

[3장 — 철도로 이어지는 남북한 공동 문화 축제, 겨레의 술]

"그리고 우리는 북한의 동포들에게 다가갈 것입니다."

"북한? 지금 전통주 축제를 북한이랑 같이하자는 건가요? 북한이랑?"

심태윤이 얼이 빠진 얼굴로 명지를 바라봤다.

"같은 민족이지만 갈라진 두 개의 나라가 각기 다른 이야기를 써 가며 하나의 연결점도 없이 총부리를 겨눈 채 우리는 살아왔습니다. 한반도를 절반으로 갈라놓은 지금의 분단의 상태는 주변 강대국들에게는 너무나 매력적인 포인트로 작용합니다. 지정학적으로 봤을 때 남북의 분단 상태는 강대국들에게 소름 끼치도록 유리합니다. 세력을 더해 가는 중국의 남진을 막는 것이 바로 남한이 지키는 남방 한계선이며, 미국과 일본의 북진을 막는 것이 바로 북한이 지키는 북방 한계선입니다."

스크린 위로 한반도의 대형 지도가 등장했다.

"아래로는 태평양 위로는 유라시아의 패권을 좌우하는 이 기가 막힌 지정학적 위치의 대한민국을 어떻게든 자신들 손에 넣으려고 주변 강대국들은 숱한 전쟁을 거듭해 왔습니다. 그리고 지금까지 서로의 세력 확장을 저지하는 완충 지대로 한반도의 분단의 상황을 전략적으로 이용하고 있구요. 골드만삭스의 최신 보고서에 의하면 2040년 대 통일 한국은 1인당 국민 소득 8만 6천 달러로 세계 경제 2대 강국으로 급부상할 것이라고 예측되었습니다. 그 예측의 근거는 여러 가지가 있습니다. 북한은 광물 자원의 보고로 평가받고 있습니다. 총 728개의 광산을 보유하고 있으며, 광물 자원의 잠재 가치는 3,220조 원입니다. 한국의 뛰어난 기술력과 북한의 값싼 노동력, 풍부한 지하자원이 만나면 어마어마한 경제 대국으로 거듭날 것이라고 본 거죠."

김호의 목소리에 다시 힘이 들어갔다.

"또한 현재 끊어져 있는 남북 철도가 연결되어 중국 북동부와 러시아 극동 지역, 더 나아가 유럽까지 잇는 철도가 완성되면 대한민국은 유럽과 미주 대륙을 잇는 수출입의 관문이자 동북아 물류 허브로 급부상할 것이라고 경제 전문가들은 예측하고 있습니다. 한반도가 물류의 메카가 되는 것이죠. 부산에서 파리-런던까지 이어지는 대륙 물류망의 전초 기지가 되는 겁니다. 철도가 연결이 되면 자동적으로 가스관 연결, 전력망 연결 사업도 구체화될 수 있습니다."

김호는 잠시 말을 멈췄다.

"한국과 북한을 잇는 한반도 종단 철도는 3개의 노선으로 구성됩니다. 한국 수도권에서 경의선을 타고 평양을 거쳐 신의주까지 간 뒤 중국 횡단 철도로 연결되는 노선. 한국 수도권에서 경원선을 타고 원산까지 간 뒤, 동해안을 지나 청진을 거쳐 남양에서 만주 종단 철도로 연결되는 노선. 그리고 경원선을 타고 청진까지 간 뒤 나진과 러시아 하산을 거쳐 시베리아 횡단 열차로 연결되는 노선. 이 세 노선 모두가 우리에게는 탐나는 노선이 아닐 수 없습니다."

남북을 잇는 세 개의 철도 노선이 화면 위에 붉은색으로 표시되자 사람들이 술렁였다.

"만약에 부산, 강릉, 함흥, 나진, 러시아 하산까지 철도가 연결되면 러시아 동쪽 끝 출발점인 블라디보스토크에서 서쪽 종착지인 상트페테르부르크까지 철도로 화물 운송이 가능해집니다. 또한 한국과 유럽 사이의 철로 인접 국가 약 64개국에 물건 배송도 가능해지구요. 현재 독일에서 부산항까지 물건을 수입해 오려면 해상으로 60일 정도가 걸리지만 철도-해상 복합 운송 시대가 열리면 35일이면 가능할 수도 있습니다. 이는 물류 패러다임의 큰 혁신이며 새로운 경제적 기회를 창출하는 것을 의미합니다."

김호의 눈이 흥분으로 반짝였다.

"남북대륙철도의 시대가 오면 베이징까지 KTX로 6시간 만에 가고, 기차를 타고 프랑스 파리까지 갈 수 있습니다. 그렇다면 우리에겐 어떤 기회가 따라올까요? 바로 관광입니다. 유럽 사람들이 기차로 러시아를 거쳐 나진, 김책, 함흥, 강릉, 서울, 부산까지 오는 날이 열리는 것이죠. 그날을 위해 저는 단지 돌 하나를 놓으려고 합니다. 그 돌들이 모이면 언젠가는 떨어진 두 나라를 하나로 연결하는 장대한 징검다리가 되겠지요. 우리의 첫 발걸음은 전통주 문화 축제를 통한 남과 북의 민간 문화 교류로 소박하게 시작하지만, 저는 소망합니다."

김호는 호흡을 가다듬고 말의 속도를 늦추기 시작했다.

"8천만 겨레의 씻김굿이 남한 땅에서만이 아니라 남한과 북한의 철도가 다시 연결되는 그 지점에서 축제처럼 진행되는 그날을요. 부산, 서울, 강릉, 평양, 신의주, 함흥에 세계적인 물류와 관광의 중심지로 거듭날 새로운 철길이 깔리면, 그 착공식 때 우리는 〈한산소곡주〉를 들고 들어갈 겁니다. 철도가 연결되는 그 중간 기착지마다 안전과 번영과 평화를 기원하며 온 겨레가 같은 마음으로 술 한 잔을 철길에 뿌릴 테지요."

김호는 명지의 눈을 똑바로 바라봤다.

"저는 또한 꿈꿔 봅니다. 남북 철도가 연결되면 세계 각지에서 몰려올 관광객들에게 최명지 대표님의 아이디어로 꾸려질 전 카페 〈술의 향기〉에서 따뜻한 전과 소곡주를 선보일 그날을요. 개성에도, 평양에도, 함흥에도, 원산에도, 신의주에도, 하얼빈에도, 하바롭스크에도, 예카테린부르크에도, 모스크바에도, 우리의 철도가 연결되는 그 역마다 〈술의 향기〉를 오픈할 그날을 저는 소망해 봅니다. 미국의 흑인 해방 운동가였던 마틴 루터 킹의 말을 인용하며 이 발표를 마칠까 합니다. 〈날지 못하면 뛰어라, 뛰지 못하면 걸어라, 걷지 못하면 기어라. 당신이 무엇을 하든 앞으로 나아가야 한다.〉"

22
인생에서 가장 빛나는 시절을 함께했고, 그 사람의 가장 찬란한 순간을 봤다면 그걸로 된 거예요

김호를 현실에 정박할 수 없게 만들었던 무의식이 진중하게 터져 나오고, 그를 지탱하던 세계가 숨김없이 드러났다. 심태윤은 앞으로 나아갈 동력을 상실한 채 무력해져 있던 자신의 내면을 확인했다. 김호의 신념에 완벽히 동의할 수는 없지만, 현실이 될 수도 있는 시간들이 이미 그들 앞에 성큼 다가와 있음을 심태윤은 알 수 있었다.

'저 새끼, 답답한 샌님인 줄 알았는데 완전 천상계에서 노는 이상주의자네. 저걸 어떻게 끄잡아 내리나. 삶이란 게 한 치 앞을 몰라서 저런 꿈 같은 이상이 기적처럼 실현되기도 하니까, 김호 같은 인간이 허무맹랑한 꿈을 꾸는 이상주의자들의 구심점이 되어 버리면 앞날이 또 어찌 될지 모른단 말이지. 저렇게 꿈을 촘촘하고 치밀하게 꾸는 애들이 꼭 사고를 쳐도 크게 치던데. 근데 저 새끼 진짜로 잘났네. 생각보다.'

"와. 이럴 때는 어떤 리액션을 해 줘야 하는 거예요? 난 갑자기 멍충이가 된 거 같아. 김호교 창시하면 바로 개종해야겠어. 우리 교주님 음성 명령만으로도 난 뭐든 할 수 있을 거 같은데."

이그린은 예측했던 지점에서 한참 벗어나 있는 완전히 낯선 지점으로 자신들을 데려가 버린 김호에게 감탄과 찬사를 보냈다.

이상을 좇던 감정은 현실에 부대끼며 소진되고, 관록이 넘치는 경험도 사람들의 관심 밖으로 실종되었으며, 사건조차 소멸한 세상에 김호가 묵직한 화두를 던졌다.

김호는 무대의 계단에서 내려왔다. 한 점 망설임도 없이. 그리고 그는 명지 앞에 섰다. 사적으로만 엮이고 싶은 여자 앞에 그는 공적인 악수를 건네야 했다. 그는 천 개의 의미를 담아 자신의 손을 내밀었다. 최명지에게.

"최 대표님. 나랑 같이 일상을 공유하며, 같은 목적지를 향해 가시겠습니까?"

사적인 감정을 앞에 담고, 공적인 대의를 뒤에 실은 문장에 담긴 함의를 명지는 간파했다. 그녀는 자리에서 일어섰다.

"상트페테르부르크역에 〈술의 향기〉를 오픈할 수 있는 미래가 진짜로 옵니까?"

"그럼요."

"부산에서 프랑스 파리까지 기차로 달려가는 그런 날들이 김 담당님만의 헛된 꿈은 아닌 거죠?"

"실현 가능한 꿈입니다."

"남과 북의 위안부 할머니들의 넋을 위로하는 진혼 의식을 남과 북이 함께하는 날, 진짜로 우리 소곡주가 제주祭酒로 뿌려집니까?"

"그렇습니다."

명지가 드디어 김호의 손을 잡았다.

"〈한산소곡주〉와 〈천세주류〉는 이 프로젝트의 목적지를 향해 한 점 흔들림 없이 함께 갈 것을 약속합니다."

심태윤이 갑자기 자리에서 튀어 올랐다.

"잠시만요, 잠깐만. 최 대표님, 왜 〈천세주류〉까지 여기 얹어요? 이 양반이 진짜."

"심 과장님도 감동하셨잖아요. 발표 내내 볼이 실룩실룩 터지려고 하드만."

명지가 심태윤 쪽을 바라보며 실실 웃었다.

"이게 무슨 소리야. 누구 볼이 터지려고 했다는 거예요."

"〈천세주류〉는 남북 합동으로 진행하는 거대한 전통주 축제 판에서 빠지는 거예요? 그럼 확실하게 빠져요. 다른 주류 회사 알아봐야겠네. 남들은 못 들어와 안달일 텐데."

"아니요! 아니에요! 빠지긴요. 누가 빠진대요."

명지가 아예 이 판에서 〈천세주류〉를 밀어내 버리려고 하자 애가 탄 심태윤이 바싹 들러붙었다.

"아, 이 대기업 진짜로 상태가 심각하네. 이랬다저랬다 하지 말고 그럼 악수해요, 빨리."

명지가 강하게 드라이브를 걸자 심태윤이 김호의 오른손을 덥석 잡았다.

"발표 잘 들었어요. 저희도 같이합니다. 겨레의 술 프로젝트에 〈천세주류〉가 빠질 수 없죠."

"우리 심 과장님은 독일에서도 내내 최 대표님한테 발리더니 여기서도 이러시네. 그냥 저분이 하란 대로 해요 〈천세주류〉는."

이그린이 명지의 페이스에 완전히 말려든 심태윤의 등을 두드리며 위로의 말을 건넸다.

“김호, 수고했다. 근데 너 왜 이렇게 옷을 편하게 입은 거야? 나랑 누굴 좀 만나야 하는데, 이 자식이 정부 청사에 청바지를 입고 기어 들어 왔어.”

웬일로 정장을 빼입은 하도식 장관이 김호를 향해 다가왔다.

“누굴 만나요? 저는 오늘 선약이 있어요.”

“야, 코드원이 기다리신다. 가자.”

이지영은 눈을 크게 떴다. 코드원? 대통령?

“전 안 가요. 다음에요. 사부님, 가시죠.”

“이 원수덩어리가. 너 어딜 가? 나 농담하는 거 아니야.”

“양조장에 가서 어르신을 봬야죠. 정식으로 허락받고 일을 진행해야 하니까. 제 마음속 코드원은 서천에 계신 어르신이에요. 저 대신 얘기 잘 나누세요. 장관님은 그런 일 하라고 월급 받는 거잖아요. 윗분들하고는 장과님이 소통하시고, 민간인들하고는 제가 소통하고.”

김호가 명지의 손을 잡고 성큼성큼 걸어 나갔다.

“지금 서천으로 가자구요? 저분들은 어쩌고?”

명지는 놀란 눈으로 뒤를 돌아봤다. 김호는 1층으로 내려가는 엘리베이터 안으로 명지를 이끌었다.

“근데 진짜로 우리만 이렇게 가도 돼요? 코드원이 기다린다는데. 이러다 잘리는 거 아니야?”

“코드원이 이미 내 옆에 있는데? 내 인생의 코드원은 최명지예요.”

“왜 이래. 느끼하게.”

“독하네 사람이. 나 안 보고 싶었어요?”

“이보세요. 그쪽이 그런 말 할 처지는 아니죠.”

“그러니까 미안해요. 변명 같지만 연락할 수 없는 상황이었어요.”

"대충 짐작은 했어요. 그리고 나도 딴생각할 틈도 없이 무지 바빴고."

엘리베이터가 1층에 도착하자 김호는 지하 주차장으로 내려가는 비상구 문을 열었다. 드디어 단둘이 마주할 수 있는 공간으로 그들은 들어갔다. 김호는 천천히 비상구의 문을 닫았다.

"바빴다구요? 내 생각 할 틈도 없이?"

"나 안 보고 싶었냐, 내 생각 안 났냐. 왜 이리 질척대요. 매력 떨어지게."

"난 보고 싶어서 죽을 뻔했는데."

김호가 명지의 얼굴을 눈에 담을 듯이 바라봤다.

"거짓말 마요. 아까 발표하는 거 보니까 그쪽이야말로 내 생각 할 틈도 없었겠는데, 뭐."

"무슨 소리예요. 최명지만 생각했으니까 저런 발표가 나왔지."

"조국과 민족과 통일에 대해 치열하게 생각하고, 남는 시간에 잠시 최명지를 떠올렸겠지."

김호는 못 당하겠다는 얼굴로 명지를 바라봤다. 이 여자의 머릿속에는 도대체 뭐가 들어 있는 걸까.

"매력 발산 그만해요. 확 안아 버리고 싶으니까."

김호는 열망이 담긴 눈빛으로 명지를 바라봤다. 명지가 먼저 한 발 다가갔다. 그녀는 사력을 다해 발표를 마친 김호를 포근하게 안아 주었다.

"진짜로 고생했어요. 세상을 향해 던지는 누군가의 메시지가 이보다 더 장엄할 수 있을까? 이렇게 감동적인 발표는 처음 들어 봐요. 나는 오늘 처음으로 신의 부름에 응답하기 위해 나온 어떤 이의 무거운 진심과 원대한 신념을 대면했어. 그 어떤 감동적인 영화보다도 더 큰 울림이 있었어요. 김 담당님도 진짜로 근사했고."

치열한 논쟁이 이뤄지고, 갈등의 골이 깊은 세상에서 자신의 신념을 알아주는 같은 편이 존재한다는 것보다 더 힘이 되는 게 있을까. 김호는 가슴이 떨렸다. 최명지의 동의를 얻었다는 사실이 천군만마를 얻은 것보다 더 힘이 되었다.

"나 명지 씨한테 더 이상 위로받으면 안 될 거 같은데."

"안 되는 게 어디 있어요. 사람 사는 게 다 이렇게 위로받고 격려해주면서 사는 거지."

"혹시라도 중간에 놓을 생각이라면 이렇게 따뜻하게 안아 주지 말아요. 이제 나 혼자는 정말로 힘들 거 같으니까."

"이 업을 지켜 오는 동안 매번 완벽을 추구해야 하는 완벽주의와 이윤을 챙기기 위한 편법 사이에서 답을 찾으며 살아왔는데, 오늘 나는 누구 덕분에 그렇게 찾고 싶었던 정답을 발견한 거 같아요. 혼자서 치열하게 정답을 찾아 줘서 고마워요."

"이렇게 내 심장을 뛰게 해 놓고, 나중에 나를 버릴 거라면 더 이상 어떤 말도 하지 말아요. 내 인생에 명지 씨마저 없다면 진짜로 무너질 거 같아."

명지는 김호를 조심스럽게 떼어 놓았다. 그녀는 어린 동생을 보듯 김호의 눈을 들여다봤다.

"왜 이렇게 나약한 소리만 해요. 어디 무서운 조직에라도 들어갔나 보네? 이번엔 어딘데?"

"청와대."

"청와대? 거길 벌써 가면 어떡해. 나중에 가라니까."

명지는 눈을 크게 떴다.

"인생이 또 나를 가만 안 두네요."

"조직이 정확히 뭔데?"

"국정 상황실."

"국정 상황실? 농림부랑 컬러가 너무 다른데?"

"그러니까 걱정이에요."

김호가 피식 웃었다.

"잘됐네, 뭐. 코드원 지척에서 보좌하면 훨씬 더 빠르게 출세하겠네."

"출세 지향주의였어요? 그렇게 안 봤는데, 야망 있는 여자네."

김호는 명지의 손을 잡고 주차장을 향해 걸어갔다.

"모스크바에 〈술의 향기〉 오픈해 준다면서. 그러려면 파워가 있는 게 낫지. 안 그래요?"

"하하…… 무서운 여자네, 이 여자. 일단 타요. 서천으로 갑시다."

"이거 못 보던 찬데. 차도 있었어요?"

"아직 사부님이 못 본 게 많아요. 그래서 앞으로 보여 줄 것도 너무 많구요."

옆자리에 명지를 태운 김호는 신이 난 얼굴로 차에 시동을 걸었다.

"김 담당님이 청와대에 들어갔다고 하면 내가 뭐 기죽을 줄 알았어요? 기죽을 이유가 없지. 권력을 등에 업고 이번 프로젝트나 힘차게 진행해 봐요. 그 덕에 내 사업도 북한에 진출해 보게."

"국가적 대의를 위해 가는 길이라 돈은 왕창 벌 수 없을 거예요."

"장난해요? 장사꾼의 기본은 이윤 창출이라구요. 하지만 내가 보기엔 이건 딱 봐도 돈이 벌리는 사업이에요. 내가 또 돈 냄새를 귀신같이 잘 맡거든요."

"생각만큼 돈이 안 될지도 몰라요. 명지 씨가 해야 하는 건 일종의 재능 기부랄까."

“국내에서는 재능 기부하고, 해외에서는 외화벌이하면 되겠네. 걱정 마요. 내가 돈방석에 앉으려고 그 손을 잡은 건 아니니까.”

명지는 걱정이 많아 보이는 김호를 향해 활짝 웃었다.

“그럼 왜 잡았어요?”

“한반도를 뒤덮은 한 서린 죽음들이 너무나 생생해서 눈을 뜨나 감으나 고통의 한가운데에 있다는 김호의 말이 내 심장에 와닿아서요.”

“그 말이 왜요?”

“대부분은 어떻게 하면 내가 더 잘 먹고 잘 살까에 대해서만 생각하잖아요. 오늘 저녁은 어디 좋은 데 가서 맛있는 걸 먹을까, 근처에 새로 오픈한 호프집 서비스가 좋다는데 퇴근길에 거기에 들를까, 뭐 그런 생각이요. 다른 사람의 아픔과 고통을 누가 그렇게 오랫동안 기억하고 괴로워하냐구요. 그런 덴 관심조차 없지.”

명지는 씁쓸한 눈빛으로 창밖을 쳐다봤다.

“내 새끼, 내 가족이랑 즐겁고 행복한 주말을 보내고, 배부르게 먹고 마실 생각만 하지. 1980년에 광주에서 죽은 고등학생을 누가 떠올린다고. 필리핀까지 끌려가서 죽은 위안부 할머니의 가엾은 죽음을 누가 생각이나 한다고.”

김호는 자신의 신념을 알아주는 명지를 뭉클한 눈빛으로 바라봤다.

“하지만 당신은 역사 속에 스러져 간 한 서린 죽음들이 너무 아픈 사람이니까. 그런 사람이 걷는 인생의 행보는 어쩐지 근사할 거 같아서요. 사실 내 행복만 생각하며 살기에도 벅찬 인생인데 그럼에도 누군가를 위로하고 싶다는 거잖아. 억울함도 풀어 주고 싶고. 그 사람이 풀어 갈 스토리가 궁금해졌어요. 다른 차원에 있는 거잖아요. 다른 사람들과는 확실히 다른 차원에.”

"언제부터 이렇게 인생을 진지하게 관조하고, 삶에 대해서도 성찰을 한 거예요?"

김호는 명지의 그릇이 범상치 않음을 다시 한번 느꼈다.

"나는 단지 계절이 지나가는 그 경이로운 순간들을, 생명이 자연에 순응하며 사는 그 모습들을 지켜보기만 했어요. 강가에 서서 바람이 흘러가는 것을 보고, 들녘에 서서 나락이 익어 가는 것을 봤죠. 비바람이 치던 날 도요새 한 마리가 거센 빗속에서 새끼를 지키기 위해 처절히 사투하는 것을 봤고, 차에 실려 도축장으로 끌려가는 어미 소가 새끼를 향해 구슬프게 울부짖는 걸 봤어요. 그러다 보니 모든 생명은 다 가엾고, 살아 숨 쉬는 것들에게는 저마다의 아픈 사연이 있다는 걸 자연스럽게 알게 됐달까."

명지의 입에서 나오는 말들이 김호에게 시처럼 다가왔다.

"신이 아주 일부의 사람에게만 섬세한 귀와 눈을 주고 아파하는 생명들의 울부짖음을 듣게 했다면 그건 이 땅을 살아가는 모든 생명들에게 큰 위로인 셈이죠. 하찮은 생명들이 내지르는 고통에도 귀 기울이는 존재가 있다는 거니까. 당신의 존재가 일부 사람들에게는 크나큰 축복일 수도 있겠다 싶어서요. 약자들의 고통을 들어 주고 그들의 눈물을 닦아 주기 위해 이 세상에 온 거라면, 난 당신을 환영해요."

김호는 바람이 불고, 햇빛이 찬란하게 비치는 고요한 바다 위에 둥실둥실 떠 있는 듯한 느낌을 받았다. 명지의 말에서 전해지는 이 느낌과 감정은 무엇으로도 설명할 수가 없었다. 술이 발효되는 그 시간의 생생한 덩어리를 어떤 단어로도 설명할 수 없듯이, 자연 속에 고요히 머물며 삼라만상이 서로 작용하는 원리와 인생의 법칙을 깨달은 명지의 깊이를 그는 가늠조차 할 수가 없었다.

"이 땅에 억울한 죽음이 다시는 없도록 힘써 주세요. 당신이 속한 그 자리에서, 가장 높이 올라가면 되겠네."

"앞으로 다른 여자는 못 만날 거 같애. 너무 시시해서."

김호가 싱긋 웃었다.

"내가 아까 말했잖아요. 매번 완벽을 추구해야 하는 완벽주의와 이윤을 챙기기 위한 편법 사이에서 답을 찾으며 살아왔는데, 답을 찾는 게 너무 어려운 거야. 그래서 생각해 낸 게 누구의 딸로 살기보다는 이 사회의 딸로 살아가자는 거였지. 그러면 좀 덜 비겁해지겠더라고, 내가."

명지는 오른뺨 주변의 긴 머리카락을 천천히 쓸어 올렸다.

"사회의 딸, 최명지. 진짜로 근사하다. 외모가 예쁜 사람은 흔하지만, 이렇게 생각까지 근사한 사람은 흔하지 않잖아요. 그래서 다른 여자는 눈에 안 들어와."

"질척거리지 말라니까. 나한테 집착하지 말고, 그냥 내 옆에서 내가 어떤 사람인지, 어떤 꿈을 갖고 있는지 그 섬세한 눈을 통해 제대로 봐 줬으면 좋겠어요."

"왜 집착하면 안 되는데요?"

김호의 한쪽 눈썹이 살짝 올라갔다.

"사람의 인연이라는 건 꼭 연결돼야지만 아름다운 게 아니니까. 인생에서 가장 빛나는 시절을 함께했고, 그 사람의 가장 찬란한 순간을 봤다면 그걸로 된 거예요. 그리고 난 이미 본 거 같은데?"

"무슨 소리야. 나한테는 아직 빛나는 시절이 안 왔거든요. 찬란한 순간도 아직 못 봤고. 그러니까 최명지 씨는 나를 좀 더 봐야 할 거 같은데. 그것도 아주 길게 오랫동안."

❖

"워매. 이게 누구여. 이이? 아이구우 이 사람아. 어쨈 이래 연락 한나두 없이 그랬어어. 으르신이 월매나 저기 혔는디이. 임자, 우리 김호 사무관님이 왔는디이. 일단 그 방에 불부텀 띠야 쓰겄소."

불고기감을 챙겨 안채로 들어가던 박 기사가 대문을 열고 들어오는 명지와 김호를 보고 한걸음에 달려왔다.

"뭐시여어. 누가 왔다고오? 오매, 오매. 사람 모지락시렵다 혀도 우짜면 이래 모지락시려워. 연락을 그래 딱 끊어 부려서 우리 명지가 얼매나 헛헛해했는디이."

부녀회장이 남편 박 기사의 목소리를 듣고 바람같이 마당으로 달려 나왔다.

"회장님, 이건 또 뭔 소리래. 내가 언제 뭐슬 헛헛해했다는겨?"

다급하게 부녀회장을 바라본 명지의 입에서 불쑥 사투리가 튀어나왔다.

"아, 니가 하루에두 몇 번씩 저짝 서울 하늘을 바라보구 한숨을 안 쉬었냐아. 말이야 바른말이지이. 나가 또 없는 말은 안 허는 스타일이자녀어. 성님, 내 말이 맞지유?"

"맞기넌 뭐이가 맞어. 니는 참말루 입이 방정이어서 저승사자가 명부를 들구 니를 데릴러 와두 이 세상 하직두 몬 허겄다아. 허고 잡은 말이 이래 많은디이 뭔 수로 저시상을 밟겄냐아."

부여댁이 딸 명지의 편을 들며 등장했다.

"성님, 귀헌 쌀밥 먹구 뭔 숭헌 소리여유. 나가 왜 이 좋은 시상을 하직을 혀. 나는 불로장생할 거시여. 생명 연장의 꿈만 열씨미 꿀 테니께 성님이나 저시상을 오도카니 밟으시유."

부여댁이 아들 얼굴 만지듯 김호의 얼굴을 손으로 매만졌다.

"우째 얼굴은 이래 축이 난겨어. 둘 다 피죽두 못 얻어먹구 댕기는 겨어. 야도 이래 말르구, 김 담당두 왜 이래 얼굴이 호올쭉해진겨."

"어머님이 해 주신 밥을 못 먹어서 그래요."

김호는 이 시골집 마당에서 느껴지는 따뜻함에 왠지 눈물이 나올 것 같았다.

"그래니께 부녀회장아, 오늘은 불고기를 줌 저기 해서 석쇠에다 꾸어야 쓰겄다아."

"암만 그래야쥬. 우리 집 양반이 오늘 읍내 장에를 갔다가 싱싱한 고기가 나왔다 혀서 이래 불고기감으루다가 끊어 개지구 왔시유."

"아이구우. 잘디았네에. 마침 집에 고기가 뚝 떨어졌는디이."

"나가 부엌에 잠시 들어가서 간장이랑 설탕이랑 마늘에 고기를 쪼물거려 올 테니께 성님은 불이나 준비해 봐유."

"이이. 그라믄 되겄네에. 너무 짜지 않게 잘 저기 혀어. 명지는 어여 사랑으루 올라들 가지 않구 머 혀. 할아부지께두 인사를 드려야지. 얼매나 기둘리셨는디이."

명지는 사랑채 문 앞에 섰다.

"할아버지, 김호 담당이랑 저 왔어요."

"이이? 김호오가 왔다구우? 참말루 김호오가 온겨어?"

최 노인이 문을 열며 반갑게 그들을 맞았다.

"네, 어르신. 저 왔습니다. 그동안 건강하셨어요? 절 받으세요."

"아이구야. 우째 바람이 벌써부텀 요로케 차냐아. 어야 이짝으루 앉어. 요기가 뜨시니께 더 이짝우루 니려와여. 근디 얼굴이 영 쪼꼬맨해졌는디이. 뭐이가 아조오 힘든 일이 있었는개 비다아."

"오늘 제가 전통주 축제를 어떤 방향으로 진행할지에 대해 발표를 했습니다."

"이이…… 힘들었겄네에. 땅바닥에다가 맨 첨으루 막대기를 꽂는 거이가 원래 질루다 애려운 법이여어. 그 막대기를 보구선 기네, 짤막허네, 바트네, 헐겁네 타박허는 소리덜얼 입만 개지구 남덜이 보태는 거이는 뭐시가 어렵간디이. 그런 거는 애렵지 않어. 아무두 가지 않는 길을 찾어서 이 길이다 허구 짝때기를 꽂는 거이가 질루 힘든 일인 거시지. 참말루 애썼겄다아. 마니 힘들었겄어어."

"그런데요 어르신, 제가 그 짝때기를 북쪽을 향해 꽂았습니다."

"그려어? 그 길은 진짜루 힘든 길인디이 왜 그랬겨어?"

오랜 세월 동안 술만 빚으며 살아온 최 노인이지만 김호의 말에 담긴 커다란 함의를 귀신같이 읽어 냈다. 소름 끼칠 정도로 정확하게. 김호는 이분이 얼마만큼 이해했나 하는 표정으로 최 노인을 바라봤다.

"같이 살고 싶어서요. 이제는 좀 이 땅 저 땅 왔다 갔다 하면서 같이 살고 싶어서."

"이이…… 그라믄 명절마다 임진각에서 북녘땅을 향해 차례를 지내는 실향민들두 더 이상 서럽지 않구. 그런 날이 속히 오면 좋겄다아."

"할아버지, 왜 이렇게 순순히 이해를 하셔? 지금 이 사람이 무슨 소리 하는지 다 아시는 거예요?"

"어려운 말이 한나두 없는디이. 왜 이해를 못 혀어. 우리 축제를 북한이랑 같이한다는 거 아니여어. 그짝에두 전통주가 있을 거인디이 같이허면 좋지 왜 안 좋겄냐아. 원래부텀 한민족 한나라였는디이. 말이 안 통하는 것두 아니구우. 정서가 영 동떨어진 것두 아니구우."

김호는 최 노인에게는 최대한 깊고 자세하게 설명해야 이 축제의 방향에 대해 이해받을 수 있을 것이라 지레짐작했던 자신이 부끄러웠다.

"근데 어르신, 보통 어르신들은 북쪽이랑 우리가 왕래하는 거 싫어하시잖아요. 통일도 싫어하시고."

"그려어. 우리 모두는 그런 세월을 살았어어. 젊은 느그들은 우리가 느리고, 몬 알아듣는다고 답답허다 허지만 시상을 향해 주먹을 움켜쥐구서 진실이 머시오 허며 눈을 부릅뜨며 살기에는 많이들 끌려가기두 허구 다치기두 허구 그랬으니께에. 직장에서는 불이익두 받구 허니께 그냥 말두 못 허구 살았덩 거여어. 딸린 언네들이 줄줄인디 어느 아부지가 이노무 시상이 영 잘못돼얏따 허구 나서겄냐아."

최 노인은 물기 어린 눈을 손으로 문질렀다.

"잘사는 집 자석들은 그 당시에두 미국으루 영국으루 독일루 유핵을 가서 민주주의니, 평등이니 그런 것덜을 지대루 배우기도 혔겄지만, 우리 같은 사람들은 다덜 언네들 목구멍에 밥 넣어 주는 거이가 최대 고민이었어어. 그 세월이 참말루 거시기 혔다는 걸 낭중에 안겨어. 진짜루 낭중에 알기두 허구 그랜겨어. 일본 놈들 밑에서두 다덜 개처럼 살었는디이, 국민의 권리 이런 거슬 오데서 배운 적두 없었다구우. 그냥 일자리 주구, 번듯헌 건물이 막 올라가구, 한강에 다리가 세워지구 헝께 이제 우리나라두 넘들처럼 잘 사는개 비다 그거치에 감사허구 산겨어."

최 노인은 침을 꿀꺽 삼켰다.

"언 놈이 뭐슬 잘허는 거슬 우린 보지를 못했자녀. 김구 선상님 겉은 걸출한 지도자가 있지두 않었구. 기냥 열씨미 살었다아. 뭐슬 겉이허자면 허구, 금댕이를 모으자믄 집구석에 있는 쌍가락지래두 디져서 내구. 너거들처럼 대핵교에서 우리가 뭐슬 배우기를 혔겄냐아.

이래 사는 거이 진퉁이요 갈챠 주는 스승이 있었것냐아."

최 노인은 숨이 찬 듯 잠시 숨을 골랐다.

"기냥 매일매일을 언네들 안 굶길라구 신새벽에 인나서 열씨미 산 거여, 다덜. 그라구 집에서 아부님이 이렇다 허면 다덜 그란 줄 안겨어. 국민덜은 모다 순허게 나라에서 뭐슬 허자면 구순히 따르는 거시가 그게 국민의 도리라구 배왔지이. 근디이 이제 시상이 바꼈다구우 그래 살아온 우리덜을 막 등신, 모지리 취급 허면 맴이 힘들지 않겄냐아."

김호는 신념이 다른 어른들의 세계를 처음으로 들여다본 기분이었다.

"워치케 그 세월얼 살었는디이. 우리덜이 바부, 모지리처럼 죄다 멍충해서 다 속구 살은 기라구, 그래 과거 몇십 년을 통째루다가 젊은 니덜이 비난을 히 버리면 우리 노인네덜은 손톱이 빠지게 살아온 그 세월들이 모다 무너지는 거인디이, 워치케 안 그려어. 우리가 참말루 잘못혔구먼. 아조 나쁜 넘덜을 몰라보구 지지허구 밀어주구 히서 똑똑헌 니들헌티 참말루 거시기 허구 미안타아 워치케 그래 혀어."

김호는 마음속에서 뭔가가 훅 무너지는 느낌을 받았다.

"그니께에 그냥 니덜은 그 세월을 몰른다 허구 인정을 못 허는겨어. 그 자존심마저 없으면 우리 노인네덜은 워치케 시상을 살 거시냐아. 뭐 죄다 죽어야 쓰겄냐아. 니덜은 절대루 이해 못 허는 노인네덜의 자존심이여 그거시. 그랴두 아부지가 모진 세월을 견디믄서 열씨미 잘 살은 거라구우. 그말을 니덜헌티 듣구 싶은겨어."

"할아버지는 잘 사셨지요, 당연히. 그런데 왜 할아버지는 북쪽이랑 같이하는 걸 반대하지 않으시냐구요."

명지가 최 노인에게 좀 더 다가갔다.

"이이…… 나는 이게 우리헌티 좋은 건지 나쁜 건지 아리까리허면 눈치를 보는 나라가 딱 하나 있다아."

"그게 어딘데요 할아버지?"

"워디긴 워디여어. 일본이자너어. 우리가 북한이랑 잘 지내믄 일본에서 그렇게 난리를 치자너어. 그 말인즉슨 우리헌티 그게 유리허다는 거 아니겄냐아. 우리헌티 불리한 뭔가가 생기믄 갸들은 막 좋아허구, 우리헌티 유리한 일덜이면 갸들은 막 노심초사헝께. 그거슨 진리여어."

최 노인은 김호를 향해 눈을 맞췄다.

"그 나라가 우리 좋은 길루다 가라구 밀어주는 나라는 아니자녀어. 그란디이 북한이랑 우리가 잘 지내면 갸들은 불리헌 게 맞는개 비여. 노심초사허잖냐아. 그라니 내가 판단을 헌 거지이. 아…… 몰르긴 몰라두 북한이랑 우리가 통일이래두 허면 쟈들은 겁나게 불리헌개 비다 허구. 그러니께 내는 찬성이여. 북한이랑 같이 사이좋게 전통주 축제를 혀어. 세계에서 막 기자덜이 취재헌다구 몰려오지 않겄냐아. 그라믄 니덜이 좋아허는 홍보는 뭐 절루 되는 거 아니간디이."

김호는 놀란 얼굴로 명지를 바라봤다. 최 노인이 살아온 세월들에 대한 깊고 견고한 성찰이 그만의 언어로 너무나 쉽게 표출되었다. 세월 속에 굳어 버린 어른들 특유의 강직성이 감성의 대지 위에서 말랑하게 녹을지도 모른다는 희망이 솟구쳤다.

"어서들 마당으루 나와 봐유. 아부님, 부녀회장이랑 박 기사가 석쇠에 불고기를 구웠는디이 아주 맛이 기가 맥혀유우. 예전에 아부님이 불에다 막 구워 주던 그 맛인디요. 이것 줌 드셔 보셔유우. 명지야, 니는 뭐 하는겨어. 언능 나오지 않구우."

김호는 사랑채 문을 열었다. 참숯 위에 올려진 대형 석쇠에서 구워지는 고기 냄새가 온 마당에 진동했다. 안채 부엌에서 씻은 상추를 담은 쟁반을 들고 승주가 걸어 나오고 있었다.

"아니, 이 집에 손녀사위래두 왔능개 비여. 저 형님은 내가 그리 도망가라구 혔는디이 오디께에서 잽혀서 이래 끌려온겨. 형님, 최명지 헌티서 도망가라구요. 무서운 여자라니께 참말루. 일단 와서 이 고기를 먹구 힘내서 도망쳐 봐유. 자아꾸 이 집에서 요로케 밥 얻어먹으믄 나중에 이 양조장서 머심 살어야 할 거 같은디이."

서쪽 하늘이 붉은빛으로 서서히 물들었다. 도시보다 일찍 일상을 닫는 시골의 밤이 조용히 찾아왔다. 밤의 주인인 별이 뜨면 밤은 밤인 채로 그저 사방이 고요한 시골의 밤이.

23

내가 이러다 김호 페이스에 완전히 말릴 거 같은데

양조장 마당에 말린 부레옥잠을 촘촘하게 엮은 두툼한 멍석이 깔렸다. 부여댁은 느릅나무로 만든 진한 고동색 평상을 걸레로 훔치며 큰 소리로 부녀회장을 불렀다.

"야아, 부녀회장아. 고기가 타는 냄시가 나는디이. 그리 씨인 불 맨 가운디에다가 떡허니 얹으면 워치커냐아. 고기럴 가생이루다가 옮기야지."

"성님, 뭔 소리래유. 고기는 씬 불이다가 깝떼기를 먼저 싹 끄슬려 갖구 육즙이 못 삐지나가게 허는 거이가 질루 중헌 작업인디이. 가생이서 꾸으믄 불 맛두 영 안 들구 고기만 찔겨지는규우. 성님은 그르케 육식 동물에 디해 영 모르는 소리를 헌대유. 명지야 내 말이 기여 안 기여? 이거시 고기 꾸부는 메커니즘 맞는 기지?"

부녀회장은 불고기를 올린 석쇠 위로 솟아오르는 불꽃을 쇠 집게로 턱턱 치면서 능숙하게 고기를 구웠다. 명지는 부녀회장의 구수한 입담에 웃음이 터졌다.

“기여유. 우리 회장님 말씀이 맞어유. 근디 불이 씨서 저 가운데 놈들은 타겄는디이. 일루 줘 봐유 그 집게.”

명지가 부녀회장의 손에서 쇠 집게를 받아 들고 익은 불고기를 접시 위에 옮겨 담기 시작했다. 명지가 불 곁으로 다가가자 김호가 재빨리 명지 쪽으로 따라붙었다.

“어어, 위험해요. 내가 할게요. 불꽃이 제법 튀니까 집게 이리 줘요.”

“뭔 소리래. 이 집게는 기술자만이 잡을 수 있는 거인디. 농촌 생활 쌩신입은 아직 이 직화 구이의 원리를 이해 못 해서 힘들규.”

“내가 할 수 있다니까 그러네. 사부님은 저기 평상에 앉아 있어요. 내가 구워서 가지고 갈 테니까.”

김호는 명지에게서 기어이 집게를 빼앗은 후 싱글거리며 고기를 구웠다.

고기가 구워지는 커다란 드럼통을 중심으로 더러는 멍석에 앉고 더러는 평상에 앉았다. 최 노인은 평상에 놓인 앉은뱅이 상 앞에 앉아서 쇠 집게를 들고 고기를 굽고 있는 김호를 흐뭇하게 바라봤다.

“할아버지, 이 고기 드셔 보세요. 식기 전에 얼른요.”

명지는 김호가 구운 불고기를 하얀 그릇에 푸짐하게 담아서 최 노인 앞으로 가지고 갔다. 최 노인은 하얗게 김이 올라오는 불고기를 한 점 입에 넣고 한참 동안 씹었다.

“이이, 아조 맛이 지대루 나왔는디이. 간도 씨지 않구 참말로 잘 저기 혔네이. 안주가 이렇게 좋은디 소곡주를 한 병 개지구 와야지 뭣들 허냐아. 승주야, 술 광에서 향이 좋은 놈으루다 한 병 끄내 와여.”

최 노인의 말이 떨어지자마자 승주가 발효실을 향해 부리나케 달려갔다.

"고로케 니 입으루만 고기가 쉴 새 없이 들어가면 쓰간디이. 고기 꾸우는 사람헌티두 넣어 줘야지이. 언능 이 상치에 고기럴 싸서 주구 오지 않구 뭐 허구 있냐아."

최 노인이 이번에는 열심히 고기를 먹고 있는 명지를 보며 타박을 놓았다. 명지는 불 앞에서 열심히 사투 중인 김호를 바라봤다. 그녀는 상추에 불고기를 올린 뒤 적당한 크기로 쌈을 싸서 김호에게 다가갔다.

김호는 고기쌈을 들고 멋쩍게 걸어오는 명지를 바라봤다. 그의 입가에 웃음이 번졌다.

"자, 받아요."

"먹여 줘야죠. 고기 굽느라 받을 손이 없는데."

"사람이 참 능글능글하네. 그렇게 안 봤는데."

"이왕 서비스할 거면 확실하게 해야죠."

명지는 내가 졌다는 표정으로 고기쌈을 김호 입에 넣어 주었다. 김호는 붉게 물든 서천의 노을 속에서 명지가 자신을 향해 걸어와 주는 시간, 그 시간을 갖고 싶었다는 걸 비로소 깨달았다.

"내가 진심으로 꿈꿔 왔던 건, 바로 이런 순간들 같아요. 조국 통일이 아니라."

"무슨 순간? 통나무에 직화로 구운 고기를 먹는 순간이요?"

"그게 아니라, 최명지가 오로지 나만 생각하며 저쪽에서 고기쌈을 들고 걸어오는 순간."

"혁명가인 줄 알았는데 의외로 감수성이 참 풍부하네요. 내가 고기쌈 먹여 주려고 몇 발짝 걸은 게 그 정도로 좋았어요?"

"그 발걸음 뒤로 보이는 풍경이 너무나 그림 같으니까. 우리를 보는 할아버지도 계시고, 어머님도 계시고, 남동생도 있고. 그리고 그 맞은편에는 내가 있고. 가족이 모여 있는 아름다운 풍경 저 멀찍이에 내가 서 있었는데 마치 포물선을 그리듯 명지 씨가 나한테 걸어왔고, 나에게로 걸어온 그 발걸음 덕분에 나까지 아름다운 풍경에 포함돼 버렸잖아요. 그렇게 우리의 모습이 온 가족이 모여 있는 따뜻한 풍경을 그린 하나의 작품으로 완성됐으니까."

하늘에 별이 듬성듬성 떠오르자 보랏빛 하늘이 점점 청남색으로 변해 갔다. 하늘은 어느새 까만 밤의 장막을 기꺼이 맞이할 준비를 하고 있었다. 가을에서 겨울로 넘어가는 그 길목에서 논둑길 옆에 갈무리해 놓은 볏단들과 무시래기 다발들에서 뿜어져 나오는 싸한 냄새들이 한적한 시골 마을을 채웠다. 매운바람에 수분을 뺏긴 작물들에서 흘러나오는 짙은 풀 냄새가 바짝 마른 초겨울의 땅 내음과 섞여서 겨울이 성큼 다가왔음을 알렸다.

"임자, 우리 담당님이 잘 방에 불을 띠야 할 거인디이 국화들은 다 치았나 몰러."

"불은 아까츰에 이미 저기 혔지이. 삭쟁이 가지 말구 언네 머리통 맨치로 실헌 통나무 짜개진 걸루다 훅허게 띠았시유. 아랫목은 너무 뜨셔서 얇은 이불 깝데기가 다 방바닥에 눌어붙을규우."

"잘혔네에. 우리 김 담당이 월매나 시골 아랫목이 그리웠을 거시여어. 서울 아파트가 암만 좋다 혀두 구들장 바닥이 온 뼈마디를 노곤하게 지져 주는 것을 워치케 당해여. 언능 들어가서 저기 혀는 게 낫지이. 먼 길을 왔는디이."

박 기사가 명지와 김호를 향해 들어가서 쉬라며 손짓했다. 명지는 김호에게 신호를 보내듯 고개를 까닥였다.

"그럼, 저는 부녀회장님 댁에 이분 안내해 주고 올게요."

"최명지, 안내 같은 소리 헌다. 워디 거기가 백 릿 길이라구 길을 살펴 주냐? 몇 발짝만 걸으면 되는디이."

내일 술밥을 지을 때 쓰려고 큼직한 숯만 따로 모으고 있던 승주가 빙글빙글 웃었다. 명지는 승주에게 매서운 눈빛을 한 번 보낸 후 부녀회장 집으로 가기 위해, 먼저 일어섰다. 김호가 어르신들에게 공손하게 인사하고 그녀의 뒤를 따랐다.

"사부님, 같이 갑시다. 와, 저 하늘에 별 보여요?"

김호가 하늘 가득 총총하게 박혀서 보리밭처럼 넘실대는 별 무리에 감탄 어린 시선을 보냈다. 드디어 밤의 주인이 당당하게 모습을 드러냈다.

"뮌헨의 그 밤이 생각나네. 거기 호프집 뒷마당에서 본 하늘도 기가 막혔는데."

하늘을 보던 김호의 입에서 뮌헨의 밤에 대한 얘기가 나오자 명지는 갑자기 형성된 팽팽한 긴장감을 희석하기 위해 일부러 화제를 돌렸다.

"빨리 가요. 운전 오래 해서 피곤할 텐데."

"그거 알아요? 본인이 굉장히 매력적이라는 거. 별빛 아래에서 보니까 더 예뻐 보이는, 가슴을 두근거리게 하는 여자가 내 앞에 있네."

"김 담당님, 이렇게 오글오글한 말도 할 줄 알아요? 우리 호 님은 빛깔이 굉장히 다채로운 거 같아. 프리즘을 통과한 빛 같달까. 태양빛이 프리즘을 통과하면서 굴절각에 따라 다양한 빛깔로 분산되잖아요. 굴절각이 크면 보라색으로, 굴절각이 작으면 빨간색으로. 호 님의 자기 정체성도 이렇게 다양한 빛깔로 해체되는 거 같아. 어떤 상황을 만나느냐에 따라서."

김호는 생각지도 못했던 표현으로 사람을 놀라게 하는 명지를 감탄하듯 바라봤다.

"내가 예뻐 보이는 건 아까 술을 마셔서 그래요. 이제야 술기운이 올라오나 보네."

명지는 어색한 분위기를 피하기 위해 일부러 발걸음을 빨리했다. 갈색 터틀넥에 청바지를 입은 김호가 그녀를 따라 천천히 걸어왔다.

부녀회장네 마당으로 들어선 명지는 국화를 말리는 방부터 확인했다. 옆으로 미는 미닫이문을 열자 후끈한 기운이 뿜어져 나왔다. 부녀회장이 얼마나 튼실한 장작을 아궁이에 집어넣었는지 방 전체가 짜글짜글 끓고 있는 게 느껴졌다.

명지는 김호에게 빨리 들어가라고 눈짓했다.

"오늘 그 어마어마한 프레젠테이션도 하고, 장거리 운전도 하느라 힘들었죠? 얼른 방으로 들어가요."

김호는 신을 벗고 느릅나무로 만든 툇마루에 발을 디뎠다. 그는 툇마루에 올라서서 명지를 내려다봤다.

"잘 가요."

"푹 쉬어요. 좋은 꿈 꾸고."

명지가 대문을 향해 발길을 돌리려는 순간 김호의 목소리가 들려왔다.

"잠깐만요. 방 형광등이 고장이 났나? 불이 안 들어와요. 내가 가져다 둔 스탠드도 안 보이는데?"

"형광등이 고장 났다구요? 그럼 스탠드라도 잘 찾아봐요."

명지는 김호가 들어간 방 쪽으로 다시 다가갔다.

"난 그 노란 조명을 켜 놔야지만 잠을 자는데."

방 안은 칠흑같이 어두웠고 김호의 목소리만 들렸다. 명지는 어이없다는 표정을 지으며 방으로 들어갔다.

"무슨 애도 아니고. 왜 불을 켜고 자는데. 거기 어디 있겠죠. 내가 한번 찾아볼게."

명지는 어두운 방바닥에 무릎을 꿇고서 손으로 더듬거리며 스탠드를 찾기 시작했다. 잠시 후, 그녀의 손에 스탠드 몸체 같은 것이 만져졌다.

"아, 찾았다. 여기 있었네. 짜잔, 불 들어왔죠?"

그녀가 센서 기능이 있는 스탠드의 몸체를 손으로 가볍게 건드리자 노란 할로겐 조명이 은은하게 방 안을 비추었다. 명지는 문 앞에서 있는 김호 쪽으로 시선을 옮겼다. 노란 조명이 채 미치지 못하는 곳에서 그는 마치 노을빛에 잠겨 있는 사람처럼 조용히 명지를 바라보고 있었다. 명지는 무언가에 홀린 듯 자리에서 일어나 문 쪽으로 걸어갔다.

"스탠드 찾았으니까 됐죠? 그럼 나는 갈게요."

김호가 문을 열려는 명지의 손을 잡았다. 명지의 몸이 김호 앞으로 단숨에 끌려왔다.

"내가 그때 한 말 기억해요? 반드시 회수하러 온다고 한 거?"

명지는 뮌헨에 갔을 때 호프집 뒤뜰에서 그들이 나눴던 대화를 떠올렸다.

'키스 한번 할래요?'

그녀의 도발적인 키스 제안을 조용히 보류했던 김호였다.

"그 키스 회수하려고 서천까지 온 거예요?"

"당연하지."

명지가 김호의 잘생긴 얼굴을 어루만졌다. 발표 준비에 얼마나 골

몰했는지 턱선의 예각이 날카롭게 살아 있었다.

"먼저 키스를 제안한 건 난데, 왜 당신이 회수를 해. 이런 새치기는 내가 또 용납 못 하지."

명지가 김호의 목을 끌어안고 천천히 입술을 가져다 댔다. 명지에게서 나는 건지, 이 방을 잠식하고 있는 향기인 건지, 알 수 없는 황홀한 국화 내음이 김호의 심장까지 찌르며 들어왔다. 그는 낯선 땅에서 새벽이슬을 맞으며 한데서 자다가 간신히 고향 집에 도착한 여행객이 된 심정으로 명지를 끌어안았다.

타인의 결정과 타인의 운명에 휘둘리지 않고 오로지 자신의 의지로 살아온 두 인생이 드디어 서로를 알아봤다. 김호의 정체성이 이번엔 붉은 빛깔로 해체되어 걷잡을 수 없는 열정에 휩싸이기 시작했다.

입술을 살짝 맞댄 뒤 물러서려는 명지의 얼굴을 김호의 손이 다시 잡아 왔다. 그녀의 뒷머리 속으로 그의 두 손이 깊숙하게 파고들었다. 국화 송이를 걸어서 말리는 한지를 바른 벽에 명지의 등이 닿았다. 그의 혀가 명지의 입술을 가볍게 핥는가 싶더니 순식간에 그녀의 입 안으로 침범했다.

당황한 명지가 그의 가슴을 살짝 밀자 김호가 어마어마한 힘으로 몸을 밀어붙였다. 그녀는 노란 불빛과 후끈한 온돌방이 주는 안온함에 싸여서 자신의 굳건한 이성이 힘을 잃어 가는 것을 느꼈다.

그녀에게 진한 키스를 퍼붓기 시작한 김호의 이성은 이미 어딘가로 날아간 듯 보였다. 굶주린 것 같은 그의 혀에 명지가 서서히 응답하자 화면이 급하게 전환되었다.

영화에서 숱하게 봐 왔던 그림 같은 키스신은 감독이 공들여서 설정한 순서대로 진행되었다는 것을 명지는 비로소 깨달았다. 현실은 영화와는 달리 장면이 전환될 때마다 이음새가 덜컥거렸고, 고정 값인 상수가 아닌 변수들이 곳곳에서 튀어나왔다.

키스를 되돌려 주는 그녀의 응답에 김호가 안달을 내며 몸을 밀어붙였다. 이성이 날아간 김호를 피해 방바닥에 앉자마자 그녀의 체크셔츠 두 번째와 세 번째 단추를 그가 순식간에 풀어 버렸다. 깜짝 놀라 그의 탄탄한 가슴을 밀자, 그 반동에 그녀의 몸이 바닥에 눕혀졌다.

부녀회장이 뜨끈하게 불을 넣은 온돌방에 등이 닿자, 명지는 온몸이 스르르 녹아내리는 듯한 느낌을 받았다. 김호는 여인의 부드러운 입술과 그윽한 향기와 말랑말랑한 몸의 곡선을 처음 접한 사춘기 소년처럼 맹렬하게 다가왔다.

자꾸만 새로운 게 나오는 미지의 영역을 접한 탐험가처럼 그의 손이 셔츠 밑으로 들어왔다. 명지의 밋밋한 배를 지나 브래지어 아래에서 잠시 손의 움직임이 멈췄다.

그녀는 벌어진 셔츠 틈으로 자신의 하얀 브래지어가 거의 반 정도 드러나 있는 것을 보았다. 김호의 오른손이 봉긋하게 솟아오른 가슴 위로 조심스럽게 이동하는 걸 보는 순간 명지는 가까스로 이성을 찾았다.

"김호, 미쳤나 봐. 조금 있으면 박 기사 아저씨랑 아줌마가 올 텐데."

달뜬 욕망이 서린 그의 눈빛이 노란 조명 속에서 마치 야수처럼 번득였다. 그는 자신을 밀어 내려는 명지의 양 팔목을 붙잡고 바닥에 단단하게 고정시킨 후에 다시 진한 키스를 퍼붓기 시작했다.

그녀의 보드라운 혀를 탐하던 그의 뜨거운 입술이 하얀 목덜미 쪽으로 서서히 내려갔다. 김호는 뭔가에 홀린 듯 그녀의 목과 쇄골 사이의 보드라운 지점에 키스 마크를 남겼다. 그가 집요하게 입술을 갖다 댄 자리마다 붉은 흔적들이 새겨졌다.

"김호! 더 이상은 안 돼. 정신 차려."

명지의 입에서 '안 돼'가 나오자 저 멀리 어딘가에서 상황을 지켜보고 있던 그의 이성이 슬며시 주인을 찾아왔다. 김호는 갈증이 채 가시지 않은 눈빛으로 그녀를 바라보며 셔츠 단추를 채워 주기 시작했다.

"나 너랑 불장난하려는 거 아니야. 진짜로 갖고 싶어, 최명지를."

뜨거운 욕망을 간신히 잠재운 후에 그가 거친 숨을 몰아쉬며 그녀 옆에 누웠다. 콩기름을 바른 종이를 깐 후끈한 온돌 바닥에 눕자 그 어디에서도 느끼지 못했던 편안함이 몰려왔다.

그는 옆에 누운 명지의 목 뒤로 팔을 넣어서 자신의 가슴 쪽으로 조심스럽게 끌고 왔다. 붉게 상기된 그녀의 볼이 가슴에 닿자 그는 세상을 다 얻은 기분이 들었다. 고단하고 치열했던 그동안의 시간들을 구들장 온기 속으로 날려 보내며 그들은 흙과 불의 기운으로 치유를 받고 있었다.

명지를 품에 꼭 끌어안으며 김호는 그녀의 연갈색 머리카락에 입을 맞췄다. 명지는 고개를 들어 그의 눈에 시선을 고정했다. 짐승처럼 달려들던 남자는 어디 가고 평소에 알던 다정한 눈빛의 김호가 너무나 사랑스럽다는 듯한 표정으로 자신을 바라보고 있었다.

"이 남자, 완전 선수네. 그렇게 안 봤는데 첫 키스가 뭐 이렇게 파이팅이 넘쳐?"

"너가 날 미치게 해서 그래. 오늘 밤 이렇게 여기 누워서 너랑 같이 잠들고 싶다. 그리고 새벽쯤에 내 욕망이 다시 미쳐 날뛸 때 너를 갖고 싶어. 완전하게, 또 완벽하게."

명지는 프리즘을 통과한 빛처럼 다양한 정체성을 갖고 있는 김호의 여러 가지 모습을 머릿속에 떠올렸다. 확고한 신념의 불빛을 따라 정의로운 방향으로 발걸음을 내디뎠던 김호는 결코 만만한 남자가 아니라는 결론에 도달했다. 자신의 욕망에 대해서도 솔직하게 드러내는 김호다운 화법에 그녀는 웃음이 나왔다.

'큰일 났다, 최명지. 순한 범생이인 줄 알았는데, 알고 보니 엄청 센 캐릭터였네. 이러다가는 내가 김호 페이스에 완전히 말릴 거 같은데.'

24

이제 내가 널 안 놔준다니까.
왜 사람 말을 안 믿어

"나 진짜로 가야 해. 더 시간 끌면 어른들이 이상하게 생각하실 거야. 오늘은 바닥에서 자다가 새벽쯤에 온돌이 좀 식으면 요 위로 올라가. 아마 피로가 싹 풀릴 거야."

명지가 구석에 있는 아담한 옷장에서 요와 이불을 꺼냈다. 바닥에 하얀 요와 이불이 깔리자 김호는 숨을 멈췄다. 창호지를 통해 들어오는 어스름한 달빛과 방 안의 호박색 조명이 얼기설기 엮이며 하얀 요 위에서 아른거렸다.

국화 향이 진동하는 방에 단지 요 하나가 깔렸을 뿐인데, 마음을 지배하고 있는 여자와 단둘이 있기 때문인지, 긴박한 성적 긴장감이 좁은 방 안에 들어차기 시작했다. 김호의 심장이 다시 미친 듯이 요동쳤다.

명지가 할 일을 마치고 일어나려 하자 김호가 단 한 번의 동작으로 그녀를 요 위에 눕혔다.

"미쳤어? 나 진짜 가야 해."

명지가 속삭이듯이 외쳤다. 김호는 자신의 갈색 터틀넥을 단숨에 벗어 버렸다. 노란 불빛 속에서 그의 벗은 상반신이 드러났다. 잔근육이 잡힌 날렵한 몸매가 시야를 한가득 채우자 명지는 민망함에 고개를 돌렸다.

김호는 자신의 두 팔꿈치를 요 위에 대고 명지를 품 안에 완벽하게 가뒀다. 그러곤 팔꿈치로 상반신을 지탱하며 키스하기 위해 얼굴을 내렸다. 그의 입술을 피하기 위해 요리조리 얼굴을 돌리는 명지의 얼굴을 기어이 따라가 입술을 지그시 눌렀다.

숨이 막힌 명지가 살짝 입을 벌리자 그의 혀가 순식간에 들어왔다. 점점 농밀해져 가는 키스를 피하기 위해 명지가 신경을 쓰는 사이, 김호의 손이 그녀의 셔츠 단추를 빠른 속도로 풀어 내려갔다.

순식간에 모든 단추가 풀리고 그가 브래지어를 위로 밀어 올리자 그녀의 맨가슴이 온전히 드러났다. 풍만하고 탱탱한 가슴을 보자 그의 눈빛이 순간적으로 달라지는 것을 그녀는 보았다.

"니가 너무 예뻐서 멈추질 못하겠어."

살짝 쉰 것 같은 허스키한 목소리로 그가 속삭였다. 그러곤 황홀경에 빠진 얼굴로 그녀의 가슴을 두 손으로 그러쥐었다.

"안 된다니까. 김호, 안 돼."

가슴을 어루만지던 손이 지나간 자리로 뜨거운 입술이 내려앉았다. 그가 가슴에 입술을 대자 정수리에서부터 시작된 기묘한 떨림이 발끝까지 퍼져 나갔다.

"안 돼. 그…… 그만해."

"가만히 있어. 이러다 진짜로 못 가는 수가 있어."

"빨리 놔줘. 우리가 이러고 있는 거 온 동네 사람들이 다 알겠어."

자신의 몸 아래에서 벗은 몸으로 곤혹스러워하는 명지를 보니 김호는 더 미칠 것만 같았다.

"이따가 내가 네 방으로 가면 문 열어 줄래? 어르신들 주무시는 시간에."

"하…… 잠시만. 그만 놔줘, 어서. 누구 혼삿길 막을 일 있어?"

남자의 애무에 익숙지 않은 그녀가 경련하듯 몸을 비틀었다.

"최명지 혼삿길은 이미 내가 접수한 거 같은데. 이따 방으로 가도 돼? 아니면 나 여기서 바지 벗을까?"

걷잡을 수 없는 본능에 휩싸인 그의 눈빛도 급격하게 어두워졌다.

"어딜 온다는 거야. 바지를 벗다니. 하…… 김호 발정기야? 왜 이래 진짜. 안 돼. 조금 있으면 부녀회장님 오실 거라고."

명지는 그의 맨가슴을 주먹으로 콩콩 쳤다.

"안 돼? 진짜로 안 돼? 그럼 나랑 서울로 갈래?"

"서울이 어디라고 가?"

굶주린 것 같은 김호의 입술이 명지의 가슴에 키스 마크를 새길 듯이 집중하고 있었다.

"하…… 그만해. 제발."

그가 잠시 행동을 멈추자 그녀가 안도의 한숨을 쉬었다.

"호텔 말고 우리 집에 가자. 나 혼자 사는 곳. 갈래? 지금?"

김호의 눈빛이 욕정에 눈을 뜬 사춘기 소년처럼 반짝였다. 이 남자 나한테 완전히 미쳤구나.

"이 사기꾼이 진짜. 그동안 범생이 같은 얼굴로 점잖은 척 내숭 떤 거야?"

"니가 날 잘못 본 거지. 난 점잖은 남자라고 한 적 없어. 그리고 내가 하겠다고 마음먹은 걸 못 한 적도 없고. 타고난 성품이 집요하거든."

"나랑 비슷하네. 난 안 하겠다고 결심한 걸 한 적이 없거든. 우유부단함이라곤 손톱만큼도 없어 나란 여자는. 그러니까 마음 접어."

"안 해? 나랑 안 할 거야? 왜 그런 결심을 해. 내가 얼마나 힘들게 참고 있는지 잘 알잖아?"

명지는 그가 미소 짓고 있는 틈을 타 몸을 옆으로 굴려 그에게서 빠져나갔다. 올라간 브래지어를 황급히 내리고 셔츠의 단추를 채웠다.

"이 변태. 가지가지 해, 진짜."

"오늘 내가 니 몸 다 봤다. 그러니 널 가진 거나 마찬가지라고. 다른 혼삿길 찾을 생각은 꿈도 꾸지 마."

김호는 빙글빙글 웃으며 벗어 놓은 터틀넥에 얼굴을 집어넣었다.

"니가 내 가슴 좀 만졌다고 너한테 시집갈 거 같아? 날 가졌느니 어쨌느니 이상한 착각 말고 구들장에 등 지지면서 잠이나 자."

"최명지 화났어? 그러게 왜 방에 요를 깔아. 겁도 없이."

"너 이렇게 10대 소년처럼 흥분해서 일방통행하면 나랑 평생 못 잔다. 농담 아니니까 새겨들어."

"최명지 대단하다. 평생 못 잔다니. 너한테 완전히 미쳐서 자존심 다 내던지고 이렇게 매달리는 남자한테 어떻게 그런 잔인한 말을 하냐. 그리고 너가 잊고 있는 거 같은데 나 너보다 세 살 많은 오빠거든. 나한텐 그냥 말 편하게 놓기로 한 거야?"

"웃기네. 내 밥벌이 스스로 하며 살아온 사회 경력은 내가 선배거든. 너 공무원 된 지 얼마 안 됐잖아? 왜 나한테 너라고 그래? 너 소리 듣기 싫으면 너도 나한테 말 까지 마. 니가 까면 나도 까는 거야. 내가 뭐가 꿀린다고 너한테 말을 올리겠냐. 나 간다."

명지는 방문을 열고 내려가 황급히 운동화를 찾아 신었다. 김호 어디서 까불어. 정신 바짝 차려야겠다, 김호 페이스에 말리지 않으려면. 샌님 같은 얼굴을 하고 아주 잡아먹을 거처럼 덤벼드네, 엉큼하게.

❖

명지는 커다란 창문의 동쪽 귀퉁이에서부터 서서히 빛이 차오르는 것을 지켜봤다. 그녀는 현실의 시간에서 이탈해 아찔하고도 괴이한 꿈을 꾼 기분이었다. 초현실적인 꿈의 한 자락이 김호로 인해 펼쳐졌고, 날이 밝으면 꿈속에서 생생하게 튀어나온 현실의 김호를 마주해야 했다.

'미치겠다, 최명지.'

어젯밤의 기억은 눈을 떠도 감아도 불쑥불쑥 튀어나왔다. 놀라움과 당혹감 속에서 몇몇 장면들이 너무나 생생하게 눈앞에 다시 살아났다. 평소 같았으면 불편하게 느꼈을 상황들을 자신이 용인한 듯해 그녀는 베개 속에 얼굴을 묻었다.

짜릿하고 아슬아슬했던 지난밤의 시간 축을 다시 지금으로 끌어온다고 해도 똑같은 상황이 펼쳐졌을 것 같다는 생각에 이르자 그녀는 핸드폰을 집어 들었다. 이건 나 혼자 고민한다고 될 일이 아니지. 연애 초고수, 절대 지존 한순정의 조언을 들어 보자.

— 최 대표 아니여어. 이른 새벽부터 뭔 일이냐 니가. 양조장에 일손 부족허냐? 나 오늘 알바 뛰냐?

"순정아, 미안, 미안. 내가 너무 일찍 전화했지?"

명지는 아랫입술을 살짝 깨물었다.

— 아니여. 뭔 일인디 그려.

"있잖아…… 너네 어머니 요새 허리는 어떠셔?"

— 괜시리 서론 깔지 말구. 그냥 본론부터 던져. 최명지답게.

순정은 느물느물한 목소리로 용건을 말하라고 재촉했다.

"오케이. 알겠어. 내 친구가 요새 만나는 남자가 있는데, 이래저래 좀 고민인가 봐. 니가 한번 객관적으로 들어 볼래?"

— 니 친구? 갸가 누군디? 내가 모르는 니 친구가 있냐?

"어, 있어. 그냥 사업상 알게 된 사람."

— 그려어. 긍게로 니 친구의 남자 친구가 뭐가 문젠디?

순정은 아이에게 일부러 속아 주는 엄마 같은 말투로 대답했다.

"문제라기보다는, 만난 지는 좀 됐는데 이 남자랑 스킨십이 거의 없다시피 하다가 어쩌다 첫 키스를 하게 됐대. 그런데 남자가 생각지도 않게 진도를……."

— 첫 키스를 했는데 어찌어찌하다 보니 그날 바로 잤대?

"야아, 아니야. 그런 거."

명지는 갑자기 목소리를 높였다.

— 니 친구면 남자도 나이가 좀 있겠네. 20대 초반 어린애들 연애도 아닌데 화끈하게 진도를 뺀 게 뭐가 문젠디?

"남자가 원래 그런 스타일이 아닌데 갑자기 그러니까 혼란스럽다는 거지."

— 그런 스타일은 뭔디? 여자를 막 관찰만 하는 스타일? 문화재처럼 엄청 아끼고 보호하고?

"그건 아니고. 매사에 스텝 바이 스텝 단계를 밟는 성격이랄까. 굉장히 진중한 스타일이거든."

— 참말로 뭐가 고민인지를 몰르겄네. 그 첫 키스는 누가 먼저 했는디?

"시작은 내 친구가 먼저 했대."

명지가 작게 속삭였다.

— 어디서 했는디? 집 앞이래? 카페래? 차 안이래?

"장소가 중요해?"

— 당연하지. 장소가 젤로 중요하지. 이 연애 무식자야.

"장소는 그 남자 방이라나."

— 게임 오버지 그러면. 남자 방에서 여자가 먼저 입술을 부딪쳤는데 아무것도 안 하면 그 남자는 그냥 빙신인겨.

순정 특유의 느릿하지만 뼈를 때리는 말들이 들려왔다.

"그런 거야? 그게 정상인 거야?"

— 방이면 누워서 했을 거 아니여 키스를. 원래 끝까지 안 갈라믄 키스는 걍 서서 하는겨. 키스를 하면서 남녀가 방바닥에 등을 대는 순간 이미 상황은 종료인 것이지. 그다음 단계로 안 넘어가면 자연의 섭리를 거슬르는 것이여. 남자가 신체도 건강하고 멘탈도 튼튼하네. 완전히 정상 판정을 내리는 바이다.

연애 초고수 순정의 감탄할 만한 해석에 명지는 잠시 한숨을 쉬었다.

"근데 남자가 선수는 아닐까? 진도를 너무 급하게 뺀 걸 보면."

— 니 친구가 먼저 유혹한 건 아니고? 예를 들어 특별한 행동을 했다든지. 계기가 있을 거 아니여. 남자가 확 불타오른 계기가.

"내 친구가 먼저 유혹한 건 절대로 아니고. 편하게 자라고 방에 이불이랑 요를 깔아 줬는데 갑자기 남자가 이성을 잃었대."

어제의 상황이 다시 떠올라 명지의 얼굴이 살짝 붉어졌다.

— 장난하냐? 여자가 방에 요를 깔았다고라? 명지야, 너 연애 무식자치고는 되게 고급 기술을 시전했다. 잘 만나라 최명지.

"야, 내 얘기 아니라니까."

당황한 명지가 소리를 높였다.

— 원래 친구 얘기는 뭐다? 바로 내 얘기인 것이지. 야가 나를 엄청 띄엄띄엄 보는구먼. 그니께 끝까지 갈라다 그 전에 딱 멈췄다는 거지? 남자가 세상 양반이구만. 다음 판에는 무조건 끝까지 가겄네. 명지야, 속옷이나 이쁜 거 사라. 이만 끊자.

"순정아, 잠시만. 다음에 끝까지 안 가면 어떻게 되는데?"

— 욕을 허겄지. 나쁜 년이라고. 그렇게 애를 태워 놓고 안 자면 쓰냐. 그리고 니가 의외로 벗은 몸이 무지 괜찮잖어. 굴곡이 또 에이끕이지. 가슴도 탱탱허고 남자를 아주 환장하게 하는 몸 아니겄냐. 자자고 계속 덤빌 거 같은디이 니는 맘이 없는겨어? 영 싫은겨?

맘이 없냐는 순정의 질문에 명지는 잠시 말을 멈췄다.

"아니, 싫기는. 그건 아니고. 나를 너무 쉽게 보나 해서."

— 이건 또 뭔 새 날라가는 소리여. 니가 어딜 봐서 쉽게 보이간디. 그런 걱정은 하덜 말어. 니가 막 싫은데 억지루다 만리장성을 쌓을 년은 아니잖어. 말이 되는 소리를 혀라 좀. 남자가 어지간히 괜찮은가 보네. 이런 걱정을 다 허는 걸 보면. 괜찮은 남자다 싶으면 꽉 잡어 이것아. 괜히 뜸 들이다가는 매도 새도 다 놓치는 법이여. 그르케 간만 보다 보면 여우 같은 것들이 싹 채 간다니께.

"고마워 순정아. 더 자라. 아침부터 잠 깨워서 미안."

전화를 끊고 명지는 다시 요 위에 누웠다. 어젯밤의 일들이 다시금 또렷하게 떠올라 그녀는 얼굴에 이불을 뒤집어썼다. 김호가 자신의 브래지어를 위로 올리던 장면이 떠오르자 그녀는 이불을 쓰고 좌로 우로 뒹굴었다. 아, 미치겠다.

당장 오늘 아침에 김호의 얼굴을 볼 일이 걱정이었다. 그 스탠드를 찾아 주러 방에 들어가는 게 아니었는데. 분명 일부러 스탠드 못 찾겠다고 연기한 거다. 주도면밀한 인간 같으니라고.

"명지야, 인났으면 어여 나와. 아침 거의 다 되았는디이. 부녀회장네 언능 건너가서 아침 먹게 김호를 델구 와여."

명지는 정신이 번쩍 들었다. 김호를 데려오라고? 그녀는 벌컥 문을 열고 밖으로 나갔다.

"뭐어? 엄마, 뭐어? 김호랑 아침을 같이 먹는다고?"

"야가 뭔 큰 사달이 난 것치럼 갑자기 왜 이려어. 항상 우리 집서 모다 같이 먹었자녀. 니 뭐슬 잘못 먹은겨어, 왜 그려어. 퍼뜩 댕겨와아. 할아부지 기둘리셔어."

"엄마, 오늘은 그냥 우리끼리 먹으면 안 될까? 어차피 부녀회장님이 아침은 줄 거 아니여."

부여댁이 명지의 등짝을 소리 나게 한 대 때렸다.

"니 김 담당헌티 또 모진 말을 한겨어? 뭐슬 또 잘못헌겨? 은제 또 그란겨, 은제."

"아우, 아니야. 잘못 안 했어. 가요, 가. 갑니다요."

명지는 입을 쭉 내밀고 운동화를 끌며 길을 나섰다. 부녀회장 집 문 앞에서 그녀는 한참을 망설였다. 어떤 목소리로 김호를 불러야 할지 좀처럼 판단이 서지 않았다.

그때 대문이 열리며 김호의 얼굴이 불쑥 튀어나왔다. 그는 밤새 행복 주사를 맞은 사람처럼 얼굴이 환했다.

"아, 깜짝이야. 말 좀 하고 나오지."

"내가 문 안쪽에 있었는데 무슨 말을 하고 나와. 나 나갑니다 하고 대문 열어요? 여기서 뭐 해요? 왔으면 들어오지 않고?"

김호는 명지를 보며 빙글빙글 웃었다.

"같이 가요. 아침 먹게."

명지는 무표정한 얼굴로 먼저 돌아섰다.

"장모님께서 아침 먹이게 사위 불러오래요?"

대문을 나선 김호가 명지 옆으로 바싹 다가왔다.

"뭐어? 사위? 미쳤나 봐, 진짜."

"왜, 나 정도면 사위나 마찬가지 아닌가? 난 밤새 잠이 안 오더라고. 내 방에 같이 있던 누가 자꾸 생각나서."

명지는 지나가는 사람이 없는지 주변을 둘러봤다.

"미쳤어요? 조용히 해. 누가 듣겠어."

"혼삿길은 이제 막혔다니까. 명심해요. 하하……."

"뭐가 막혔다는디이. 우리 김 담당님 오늘 서울 가는 길이 막힐랑가, 으짤랑가."

택시 영업을 준비하기 위해 나온 박 기사의 목소리가 바로 뒤에서 들려왔다. 명지는 화들짝 놀라 뒤돌아봤다.

"안녕하세요, 아저씨. 벌써 나가시나 봐요?"

"이이. 오늘은 오전에만 허구 오후에는 딴 볼일이 있어서. 서울은 은제 가는겨어?"

박 기사는 김호를 바라보며 살갑게 웃었다.

"전 여기서 좀 머물다가 천천히 올라가려구요. 구체적인 플랜이 나와서 좀 여유가 생겼어요."

"이이. 그려. 잘디았네에. 두 사람은 앞으로 중헌 일얼 히야 되니께에 요짝에서 맛난 거 묵으믄서 살을 찌우구서는 뭐슬 혀도 혀야제. 명지야, 니가 김호 사무관님얼 특베리 잘 챙기야 쓰것다아. 해 달라는 거 다 해 주구우."

"그렇죠? 해 달라는 거 다 해 줘야겠죠?"

김호가 명지를 보며 다시 짓궂게 웃었다.

"기여. 암만 다 히 주야제. 되야지를 달라믄 삶모 주구. 소를 달라믄 꾸버 주구. 명지가 안 해 준다 허믄 나헌티 말히여. 나가 혼내 줄 테니께에."

"알겠습니다. 그럼 이따 저녁때 집에서 뵐게요."

박 기사가 시야에서 완전히 벗어난 것을 확인하고 명지가 김호의 손목을 낚아챘다. 그녀는 자신의 집 대문 바로 옆 담벼락에 김호를 밀어붙였다.

"지금 장난해요? 아예 마을 회관에 가서 나랑 그렇고 그런 사이라고 방송을 하지 그래?"

"그렇고 그런 사이는 뭔데? 아직 서로를 다 아는 건 아닌 거 같은데."

김호가 명지의 몸을 위아래로 훑으며 은밀한 시선을 보냈다.

"경고하는데 우리 집에 가서 조금이라도 티만 내 봐. 진짜 나 화낼 거야."

"그럼, 문 열고 들어가기 전에 뽀뽀 한 번만 해 줘요. 지금 뽀뽀해 주면 가서 조용히 밥만 먹을 테니까."

"뭐어? 미쳤나 봐 진짜. 우리 집 앞인데 무슨 뽀뽀야? 누가 보면 어쩌려고."

"나한테 뽀뽀 안 해 줘? 그러면 나 승주 앞에서 막 노골적으로 쳐다본다. 이른 시간이라 개미 새끼 한 마리 안 지나가는데 누가 본다고. 나 같으면 그냥 빨리하겠네."

"해, 해. 이 사기꾼아. 하면 되잖아. 볼에다 하면 되지?"

"무슨 소리야. 입술에다 해야 뽀뽀지."

김호가 좋아 죽을 것 같은 얼굴로 입술을 내밀었다. 명지는 주변을 조심스럽게 살핀 후 황급히 입을 맞췄다. 그녀가 약이 바짝 오른 얼굴로 물러나자 김호가 볼을 살짝 꼬집었다.

"으이구, 최명지 아주 귀엽네. 절대 안 지려고 애를 써요. 이제 내가 널 안 놔준다니까. 왜 사람 말을 안 믿어."

"두고 보자 김호. 내가 서천에서는 지킬 게 많아서 너한테 양보하지만, 서울 가면 너 아주 후회할 거다. 너 곤란하라고 내가 아주 칼춤을 출 거거든."

25

교장 선생님의 아들만 귀한 거 아니거든요

추수를 마친 빈 들녘에는 어느 논이나 산더미처럼 볏단이 쌓였다. 농사를 마친 농부들은 황색 볏짚을 일부러 높다랗게 쌓은 후 그해 작황을 과시하곤 했다. 미생물이 많은 볏짚은 겨우내 소에게 먹일 여물이 되고, 이듬해 농사를 위해 땅을 기름지게 할 퇴비가 된다. 또 더러는 얼음이 온 땅에 송송 박힌 매운 날씨에서도 무를 안전하게 지켜줄 훈훈한 무광의 외벽이 되기도 한다.

이 지역 사람들은 탈곡을 마치고 나오는 볏짚을 살뜰하게 모아서 엄동설한 내내 삼삼오오 모여 새끼를 꼬고 가마니를 엮었다. 멍석, 쌀가마니, 소쿠리, 짚독 등 볏짚만 있으면 못 만들 것이 없는데 특히 나락을 말리는 대멍석은 양조장에서 두루두루 유용하게 쓰여 항상 귀한 대접을 받았다. 두툼한 장방형의 대멍석을 짜는 솜씨로는 이 마을에서 최 노인을 따를 사람이 없었다.

명지와 김호는 야트막한 언덕에 올라가 높다랗게 쌓인 볏단들을 바라보고 있었다. 잿빛 두루미 한 마리가 훠어이 창공을 날아와 볏단 위에 앉았다.

볏단 산의 틈바구니에 생긴 골 사이로 바람이 통과하는 소리가 들렸다. 김호는 그 바람을 맞으며 내면에서 꿈틀대는 희미한 자책을 털어 내고 있었다.

"우리 총괄님, 고민이 깊네요. 온 얼굴에."

"그래 보여요? 반무당이네. 방울 하나 들어야겠어."

김호가 잡초를 하나 무심하게 뽑아 언덕 밑으로 싱겁게 던졌다.

"이렇게 들녘이 보이는 곳에 앉아 있으면 저 논에서 뛰어오르는 메뚜기까지 다 보여요. 너무나 자세하게. 추수가 끝나면 마냥 연두색이기만 하던 메뚜기 등의 색이 갈색으로 짙어져요. 곧 그들의 생명도 다해 간다는 걸 의미하거든요. 생명이 자연의 기운을 받아 돋아나고 또 그 생명이 쇠락하는 걸 일상적으로 보는 사람들은 말이죠, 남들이 못 보는 걸 보기도 해요."

"이 프로젝트의 첫발자국을 어떻게 떼야 할지 모르겠어서."

"나랑 관계 정의를 새롭게 한 게 발목을 잡는 거죠?"

"발목을 잡는다기보다는 약점을 잡으려고 하는 사람들한테 떡밥을 주는 셈이니까. 큰 프로젝트에 혹시라도 어떤 영향을 미칠까 봐."

"걱정 말아요. 그건 내가 해결할 테니까."

명지의 얼굴은 한없이 평온했다.

"사부님, 이게 절대 간단한 문제가 아니에요."

"알아요. 간단하지 않다는 거. 그러니까 내가 움직인다고."

"무슨 복안이라도 있어요?"

"청와대 국정 상황실의 전통주 축제 총괄이랑 축제 주관사 대표가 연인 사이라는 게 부담스러운 거잖아요. 그렇다면 영리를 추구하지 않는 쪽으로 내가 방향을 선회하면 되는 거지.”

“뭐라구요? 영리를 추구하지 않는 쪽으로 방향을 선회한다니 그게 무슨 말이에요? 〈한산소곡주〉 사업을 접겠다는 거예요?”

김호의 미간에 주름이 잡혔다.

“내가요, 이 언덕과 저 강가에서 해가 뜨고, 달이 차오르고, 곡식이 영글어 가고, 무지개가 뜨는 걸 보며 자랐거든요.”

명지가 좀처럼 수렴점을 찾을 수 없는 뜬구름 잡는 이야기들을 풀어놓기 시작했다.

“감수성이 남달랐겠네. 이 기가 막힌 풍경 속에서 시간이 고요하게 흘러가는 걸 보고 자랐으니.”

“감수성이 남다른 건 모르겠고, 그냥 마음으로 느껴졌지. 신이 이렇게 촘촘하게 모든 걸 만들어 놓은 데는 다 이유가 있을 거라고. 우리 인간도 이 거대한 자연을 구성하는 신비로운 퍼즐 판의 한 조각이라면, 신이 자연을 움직이는 방법과 비슷한 작동 원리로 우릴 움직이지 않을까 하는 생각을 했어요.”

“굉장히 철학적이네. 그래서 어떤 결론에 도달했는데요?”

김호의 이마가 호기심으로 빛났다.

“벼도 여리디여린 풀잎으로 세상에 나와서 뜨거운 태양을 견디고, 세찬 비바람도 이겨 낸 후에 마침내 알곡으로 결실을 맺잖아요. 내 주변의 모든 자연이 어떤 형태로든 무언가를 세상에 내놓더라구요. 그렇다면 우리 인간에게도 어쩌면 보이지 않는 자연의 작동 원리가 심겨 있는 게 아닌가 싶어. 반짝이고 아름답고 쓸모 있는 무언가를 세상에 내놓고 가는 게 나란 인간의 존재 이유인 거지. 굉장히 큰 틀에서 보면.”

“머리를 한 대 맞은 기분이네. 굉장히 커다란 깨달음 아니에요?”

김호의 눈빛에 놀라움이 서렸다.

"그런 가치관으로 세상을 보면 돈 얼마를 벌기 위해, 뭔가를 더 많이 소유하기 위해 아등바등하며 사는 현실이 참 그래. 내가 사는 동안 이 세상에 남겨 놓고 가야 하는 반짝반짝한 게 고작 통장에 찍히는 돈은 아닌 듯해서. 그게 나를 세상에 보낸 절대자의 큰 뜻은 아닌 거 같거든요."

"그럼, 사부님은 뭘 하고 싶은 건데요?"

"난 전통주의 명맥을 이어 나갈 수 있도록 전문학교를 만들고 싶어요. 이런 도제 시스템하에서 일 배우겠다고 찾아오는 사람도 이제 거의 없다시피 하고. 이렇게 가다가는 우리 소곡주가 아예 사라질지도 모르니까. 이 술의 향기와 기술과 제조 방식을 대대로 이 땅에서 이어지게 하려면 교육 기관으로 탈바꿈하는 것밖에는 방법이 없을 것 같아요."

명지의 눈빛이 반짝하고 빛났다.

"우리 〈한산소곡주〉가 이윤을 챙기는 기업이 아니라, 문화유산을 보급하고 전통주 제조 기술을 전수하는 교육 기관이 되면 우리 둘이 연애를 하든 뭐를 하든 괜찮은 거 아니에요?"

"어떻게 그런 기특한 생각을 다 했어요?"

김호의 입가에 웃음이 번졌다.

"뭐야. 사람 말을 뭐로 들은 거예요? 내가 이 언덕에서 과일이 영글고, 달이 차오르는 걸 보면서 아주 오래전에 깨달음을 얻었다고 했잖아요. 그런 생각들을 계속해 왔어요. 천오백 년 동안 유구하게 이어져 온 이 백제 술의 장인들을 계속 길러 내자. 그게 나한테 맡겨진 본분이자 사명일지도 모른다고."

명지는 역시나 차분한 얼굴이었다.

"먼 훗날 김호는 대통령이 되고, 최명지는 전통주 전문학교의 교장이 되고. 내가 보기에는 그림이 나쁘지 않은 거 같은데? 당신의 뒷배경 꽤 근사하지 않아요?"

"완벽해요. 너무 완벽해서 눈물이 날 지경이야. 갑시다, 나랑 서울로. 현직에서 일하고 있는 교장 선생님이 한 분 계신데 기가 막힌 아이디어가 떠올랐어요."

김호는 기대에 찬 눈으로 명지를 바라봤다.

"은사님이에요?"

"아니요. 은사님보다 훨씬 가깝지만, 마음적으로는 굉장히 먼 사이?"

"가깝고도 먼 사이는 뭘까? 혹시 아버지? 아니다. 아버지는 저번에 교수님이라고 했죠?"

"우리 어머니예요."

"어머니께서 교장 선생님이세요? 근데 왜 그분을 뵈어야 하는데?"

명지는 고개를 갸웃거렸다.

"남북이 같이하는 전통주 축제의 첫발을 최대한 자연스럽게 떼야 하니까. 교육 기관의 힘을 빌려서. 하하……."

"어머니의 도움을 받게요?"

"그분만 우리 편이 되어 주신다면 또 재밌는 그림이 나올 수도 있어요. 물론 쉽진 않겠지만, 사부님도 언젠가는 전통주 학교의 교장으로 변신하려면 우리 어머니를 알고 있는 게 많은 도움이 될 거예요."

"어머니는 어떤 분이세요?"

"궁금해요?"

김호는 속을 알 수 없는 눈빛으로 명지를 바라봤다.

"호 님과 비슷하신가?"

"어마어마한 분이시죠. 진짜로 여러 의미에서. 일단 서울로 갑시다. 너무 오래 놀았어."

"이제 드디어 일을 진행하는 건가 보네. 근데 어머니가 그렇게 대단한 분이세요?"

명지의 눈에 호기심이 서렸다.

"어떤 공격이 들어와도 놀라지 말아요."

"공격? 왜 공격을 하실까? 그럼 나는 어떻게 행동하면 되는데? 세상 착하게 꾹 참는 1960년대 농촌 아가씨 코스프레하면 돼요?"

"그냥 본인 성격대로 해요. 코스프레를 몇십 년 동안 할 건 아니잖아? 우리 어머니도 아셔야지."

"그럽시다. 내가 김호랑 꼭 결혼할 건 아니니까. 세상 참한 척, 그런 생활 연기는 또 못 하지 내가."

"저예요. 별일 없으시죠?"

— 너 어떻게 됐니? 그때 준비한 프레젠테이션은? 잘했어?

이 교장은 기다렸다는 듯 아들의 전화를 받았다.

"궁금하세요? 어머니는 별로 관심 없어 하시는 줄 알았는데."

— 아들이 청와대로 들어가서 큰일을 진행하는데 관심 없는 엄마도 있니? 집에 한번 들어와라. 아버지도 많이 궁금해하셔.

"오늘 저녁에 시간 되세요? 만나는 여자도 소개해 드릴 겸 맛있는 거 사 드릴까 하는데."

김호의 말이 끝나자 이 교장은 잠시 숨을 죽였다.

— 뭐어? 너 지금 뭐라고 했니? 누굴 소개한다고?

"아들이 교제하는 사람이 있어요. 아주 진지하게. 궁금하시죠?"

— 얘, 지금 그걸 말이라고 하니. 궁금하다마다. 뭐 하는 아가씨

니? 직업이랑 학교는?

"그건 만나서 직접 물어보세요. 이따가 7시에 어머니 학교에서 가까운 한정식집 〈가야금〉 어때요?"

김호는 이 교장의 질문에 답하지 않고 화제를 돌렸다.

— 아버지는 오늘 약속이 있어서 늦게 오신다고 했는데 나 혼자 만나도 되겠니?

"아버지는 사실 걱정도 안 돼요. 아버지가 좋아하실 스타일이라서. 우리 집이야 늘 엄마가 문제지 뭐."

— 얘가 또 그러네. 너 이따가 말 조심해. 그 아가씨 앞에서 엄마 쪽이라도 줘 봐. 나 가만 안 있어.

이 교장은 카랑카랑한 목소리로 아들을 다그쳤다.

"내가 끼어들 타이밍이 있을까 싶어요. 미리 청심환이라도 하나 드시고 오세요."

— 내가 청심환까지 먹어야 하니? 얼마나 대단한 아가씨기에. 니 엄마 멘탈 세. 걱정 마.

〈가야금〉의 문이 열리고 50대 후반의 이희원 교장이 들어왔다. 그녀는 안경다리를 따라 보라색으로 반짝이는 크리스털이 쭈르륵 박힌 나비 모양의 안경을 쓰고, 군살 없이 빼빼한 몸에 고급 트위드 소재의 산호색 투피스를 걸친 차림이었다. 유독 좁은 어깨 위로 한껏 부풀린 단발머리가 눈에 띄었다. 그녀는 자신의 얼굴을 보며 자리에서 일어나는 명지를 유심히 바라봤다.

"어서 오세요. 이 교장님. 이쪽이 내가 말씀드렸던 최명지 씨. 잘 좀 봐 주세요."

"처음 뵙겠습니다. 최명집니다."

"그래요. 반가워요. 내가 뭐 잘 봐 주고 말고 할 게 있나. 아가씨가 무척 수수한 편이네."

이 교장은 수수한이라는 단어에 명지의 첫인상에 대한 평가를 끼어 넣었다. 김호는 검은색 정장 바지에 민트색 블라우스를 입은 명지를 힐끗 바라봤다. 자신이 보기에는 '깔끔' 하기만 한 모습이 어머니에게는 '수수' 한 모습으로 비칠 수 있다는 생각에 김호는 픽 하고 웃었다.

"근데 너 갑자기 무슨 바람이 불어서 나를 다 보자고 했니?"

"무슨 바람이라뇨. 만나고 있는 사람 정식으로 소개하려고 모셨죠. 왜 갑자기 딴소리를 하세요?"

문이 열리고 음식을 서빙하는 직원이 등장했다. 가볍게 먹을 수 있는 흑임자죽이 먼저 나왔다. 이 교장은 흑임자죽을 숟가락으로 두어 번 저은 후 명지를 바라봤다.

"지금 하고 있는 일은 뭐예요?"

"양조장에서 일하고 있어요. 〈한산소곡주〉 양조장이요."

갑자기 이 교장의 얼굴이 어두워졌다.

"양조장에서 일한다구요? 우리 아들이 파견 나가 있는 시골 술도가 말하는 거 맞죠. 그럼, 거기 직원?"

명지는 시골 술도가라는 표현에 웃음이 나오려는 걸 간신히 참았다. 기죽이는 방법도 참 신박하네.

"네, 술도가 맞아요. 가업으로 하고 있는 양조장이니 직원 겸 대표죠. 하는 일만 보면 직원이 더 맞겠네요."

"그럼 학교도 그 지역에서 나왔겠네요?"

이 교장이 흑임자죽을 한 숟가락 떠서 입에 넣었다.

"네, 근방 지방대 나왔어요. 양조장을 떠나서 살아 본 적은 거의 없구요."

"그래요. 집안일 도와드려야 하면 그게 맞지. 근데 넌 청와대 정식 출근은 언제 하는 거니? 서천 생활은 이제 정리해야겠네."

이 교장은 명지에게 물어볼 건 이미 다 끝났다는 얼굴로 김호를 바라봤다.

"출근을 거기로 할지 어쩔지는 아직 모르겠어요. 여기 명지 씨도 프로젝트에 합류해야 하니 아마 광화문 정부 청사로 가게 될 거 같아요."

"그래. 고생하겠구나. 당분간은 일에만 전념해라. 집 걱정은 말고. 엄마가 너한테 결혼해라 마라 그런 부담은 안 줄게. 요새 트렌드가 다들 늦게 하는 추세고, 엄마가 그렇게 시대에 뒤떨어진 사람은 아니니까. 그래도 아버지한테는 연락 자주 드리렴. 궁금해하신다."

김호는 명지를 앉혀 두고 슬슬 투명 인간 취급을 하기 위해 시동을 거는 이 교장을 가만히 바라봤다. 지방대를 나온 술도가 딸이라는 명지의 사회적 신분이 밝혀지자 이 교장이 '어딜 감히' 라는 얼굴로 바리케이드를 치는 게 한눈에 보였다.

"어머니, 명지 씨한테 더 궁금한 건 없으세요? 아들이 결혼을 전제로 진지하게 만나는 중인데."

"결혼? 누구 맘대로 결혼을 전제로 해. 너 이제 그냥 니 맘대로 살기로 했니? 얼추 뭐가 비슷해야 반대를 하든 참견을 하든 하지. 시골 양조장에서 자기네 식구들끼리 농주나 만드는, 말도 안 되는 아가씨를 결혼 상대자라고 데려오면 어쩌자는 거니?"

명지는 들고 있던 숟가락을 조용히 테이블 위에 내려놓았다. 그녀가 고개를 갸웃하며 이 교장의 말에 집중하기 시작했다.

"내 말 너무 기분 나쁘게 듣지 말았으면 해요. 난 우리 아들이랑 며느리랑 우리 남편이 집에서 훈훈하게 동문회 하는 걸 꿈꾸는 사람이니까. 우리 아들은 누가 봐도 번듯하니까, 우리 며느리도 똑같이 고시 패스한 사람이었으면 싶고, 기왕이면 서울대 나왔으면 좋겠다 싶은 욕심도 있어요. 내가 너무 속물 같겠지만, 부부가 뭔데. 바운더리가 어느 정도는 비슷해야 말도 통하고 그런 거 아니겠어요?"

"어머니, 그만하세요."

김호의 두 눈에 분노와 실망의 감정이 차오르고 있었다.

"너가 궁금한 거 있으면 직접 물어보라면서. 그래서 내가 솔직하게 말하는 거야."

"교장 선생님? 제가 그렇게 불러도 되겠죠? 외람된 말씀이지만 교장 선생님도 서울대 나오신 거 맞죠?"

명지는 태연한 얼굴로 이 교장을 빤히 바라봤다.

"그걸 왜 물어요? 난 거긴 아니고, 다른 여대 나왔는데."

이 교장의 얼굴에 당혹감이 서렸다.

"교장 선생님도 서울대 나오신 거면 그 훈훈한 동문회가 나름 의미 있겠지만, 따지고 보면 일류 대학 간판이란 게 남편의 성취고 아들의 성취고 남의 집 딸의 성취잖아요. 정작 본인은 그 간판을 획득하지 못하셨으면서 왜 다른 사람이 이룬 성취에 집착하고, 마치 내 것인 것처럼 들떠 하시는 건데요?"

"뭐라구? 참 맹랑하네, 이 아가씨. 그게 왜 다른 사람이 이룬 성췬데? 우리 아들의 성취가 곧 내 성취고, 내 남편의 배경이 곧 내 배경이지."

"교장 선생님은 본인을 소개하실 때 서울대 나온 대학교수 남편을 둔 누구이고, 서울대 출신의 행정 고시에 패스한 누구의 엄마라고 하시나 봐요? 그거 너무 이상하지 않아요? 내가 어딜 나오고, 내가 무슨 일을 하는지가 중요하지. '제 직업은 의사의 와이프입니다' 라고 말하는 것과 뭐가 달라요? 사람들이 다 비웃어요. 그런 여자들. 자리에 앉는 순간부터 자기 남편의 직업과 학벌을 까발리며 자기 위치를 저 높은 곳 어딘가에 스스로 두는 여자들 말이죠."

"얘, 이 아가씨가 지금 나한테 뭐라고 하는 거니?"

이 교장의 얼굴이 점점 하얘지기 시작했다.

"뭐 틀린 말은 아닌데요. 그러게 왜 동문회를 운운해서 이 망신을 당하세요."

"그리고 사실 저도 상대가 저보다 조건이 너무 기울어서 계속 만나야 하나 말아야 하나 고민 중이거든요. 나중에 쥐꼬리만 한 공무원 월급으로 어떻게 생활할지도 한심스럽고."

"뭐라구? 지금 뭐라고 했어요? 뭐, 쥐꼬리 월급? 생활이 한심스럽다고?"

"쥐꼬리만 한 월급 맞잖아요. 우리 양조장 매출이 연으로 치면 한 100억 정도 되는데, 앞으로 3년 안에 충분히 400억까지도 찍거든요. 지금 사업운이 대박으로 터져서요. 기가 막히게 좋은 흐름을 탔어요, 우리 양조장이. 제가 연봉으로 치면 현재 가치로도 100억 CEO이고, 몇 년 후에는 500억도 충분히 찍을 수 있는 위치인데 사실 뭐가 아쉽겠어요."

명지는 당당한 눈빛으로 이 교장을 바라봤다.

"공무원 아니라 공무원 할아버지라도 아쉽지 않죠. 지방에 공장 있는 탄탄한 중소기업 매출이 얼마나 알짜배긴데요. 학교에서 애들만 보고 사셔서 그런 자본의 논리는 잘 모르시죠? 서울대 나온 게 대순가요? 전 서울대 나온 직원을 채용하면 그만인데."

"이보세요, 아가씨."

이 교장이 더는 못 듣겠다는 듯 끼어들었다.

"교장 선생님의 아들만 귀한 거 아니거든요. 저도 제 아버지와 어머니의 너무나 소중한 딸이에요. 그러니 제대로 배우지 못한 술도가집 딸이라는 애먼 죄수복을 입혀서 저를 모욕하지 말아 주세요. 겉을 싼 포장지 단 한 조각만 보고 그렇게 우리 집안 전체를 무시하지 마시라구요."

명지는 잠시 숨을 골랐다.

"한 가지 더 말씀드릴까요? 사실 저는 별 마음이 없었는데 아드님이 죽어라고 쫓아다녀서 시작된 만남입니다. 당장 이 관계를 접어도 저는 전혀 아쉽지 않아요. 그러니 상황 파악 좀 제대로 해 주세요."

이 교장과 김호가 동시에 그녀를 바라봤다. 김호는 명지의 마음을 온전히 가졌다고 자신이 너무나 성급하게 판단했다는 것을 이제야 깨달았다. 냉정하게 돌변해서 폭주하네, 최명지. 큰일 났다. 이 상황을 어떻게 수습해야 하나.

"아쉬운 건 제가 아니라 여기 김호 님이거든요. 하도 매달려서 제가 만나 주는 상황인데 교장 선생님께서 저한테 이러시면 곤란하죠. 저야 마음 정리하고 더 좋은 남자 만나면 그만이니까요. 말도 안 되는 이유로 무시하고 구박하는 예비 시어머니 자리까지 입술 꽉 깨물고 인내할 만큼 대단한 사이는 아니에요. 사실 내 자존까지 던져 가며 무릎 꿇을 사랑은 이 세상에 없다고 믿어요, 저는. 사랑보다는 내 자존이 항상 먼저란 말입니다."

명지는 이 교장 앞에서 조금의 흔들림도 없이 자신의 생각을 토해냈다.

"김호가 몇조 단위의 재산을 물려받는 굴지의 재벌가 후계자라면 또 모를까. 지금 이 타이밍에 교장 선생님이 인지하셔야 할 정확한 팩트는요, 공부만 잘해서 쥐꼬리만 한 월급 받는 아드님이 연 매출 몇백억짜리 중소기업 대표와 만난다는 거예요. 지금 교장 선생님 아들이 완전 노 나는 장사를 하고 있는 건데, 왜 저를 넘보지 못할 자릴 감히 넘보는 뻔뻔한 촌뜨기 취급을 하세요? 말도 안 되는 아가씨를 데려왔냐니요. 사람 면전에 대고 어떻게 그렇게 심한 말씀을 하실 수가 있죠? 우리 부모님한테요, 내 딸로 태어나 줘서 너무나 고맙다는 말만 듣고 자란 사람이에요, 제가. 아드님만 귀한 게 아니란 말입니다."

그녀의 내면에 깊이 도사리고 있는 없이 사는 것들과는 확실히 다르다는 졸렬한 우월감과 상류층 특유의 치졸한 허세를 낱낱이 해체시켜 버린 명지 앞에서 이 교장은 부들부들 떨었다. 지금까지 살아오면서 누군가에게 이런 적나라한 공격을 받은 건 처음이었기에 그녀는 완전히 무너진 자신의 멘탈을 드러내 보이는 것밖에는 대응할 방법을 찾지 못했다.

"가정교육을 아주 개떡으로 받았네. 넌 어디서 이렇게 위아래 없이 까부는 애를 데려온 거니. 둘만 있었으면 아주 나만 고스란히 당할 뻔했어. 너도 다 봤으니까 우리 긴 얘기는 하지 말자. 나 먼저 일어선다."

이 교장이 옆에 놓인 진회색 버킨백을 낚아채듯 손에 들고 다리를 휘적거리며 밖으로 나갔다. 김호는 순식간에 벌어진 이 사태를 어떻게 수습해야 할지 생각에 잠긴 듯 앞에 놓인 물잔을 입으로 가져갔다.

"어머니 나가시는데 안 따라가요?"

"여기 어머니네 학교 앞이에요. 이분 홈그라운드인데 설마 길을 못 찾으실까."

김호의 얼굴은 의외로 무덤덤했다.

"화 많이 나신 거 같은데."

"나셨겠죠. 이런 총천연색 올레드 티비 같은 공격을 받아 본 적이 없으셔서 아마 오래가실 거예요. 이래저래 미안해요. 내가 너무 성급했나 봐."

"그럴듯한 장점과 치명적인 단점이 혼재돼 있네, 이 남자. 근데 난 안 될 거 같은데, 김호 어머니하고는. 컬러가 안 맞아도 너무 안 맞아서 이 관계는 좀 많이 힘들 거 같은데."

명지가 어느새 한 상 가득 차려진 한정식 테이블 위에서 묵무침을 집어 입에 넣었다.

"다큐랑 판타지를 한 작품에 넣는 감독도 있어요?"

"그게 무슨 소리예요?"

명지가 이번엔 호박전을 집으며 김호를 바라봤다.

"두 사람이 완전히 다른 장르라는 건 누구보다도 내가 잘 아는데, 뭐. 둘이 잘 맞을 거란 기대는 원래부터 없었고. 그러니 상관없어요."

"오, 김호는 다른 남자들하고는 진짜 다른가 보네. 니가 우리 엄마한테 잘하는 게 난 그렇게 좋더라. 너만 참으면 우리 가족 모두가 행복한데 왜 그래. 이런 과는 아니구나? 대부분의 대한민국 남자들 의식의 흐름은 거의 그 물길을 타잖아. 덮어놓고 니가 우리 엄마한테 잘해라. 표현은 거칠어도 알고 보면 참 좋은 분이셔. 나이 드신 분은 절대 안 바뀌니 너가 참아라."

명지는 자신이 오물오물 먹던 호박전을 한 개 더 집어서 김호의 밥그릇 위에 올려 줬다.

"자기 가족에 대한 객관화가 안 되니까 그렇지. 대한민국 남자들 대부분에 나를 넣지는 마요. 많은 남자들이 그렇긴 한데 나는 아니야. 우리 엄마가 교만과 허세에 가득 찬 분이라는 거 아들인 내가 아니면 누가 알겠어. 근데 부모의 허물을 인정하면 뭔가 내 근본이 허물어지는 기분이니까 다들 모른 척하는 거지."

김호는 호흡을 가다듬었다.

"나한테 뼈와 살을 주신 분인데, 그분의 허물을 인정해 버리면 내 인간 됨의 출발이 굉장히 처참해지니까. 그래서 보통 자기 부모님에 대한 객관화는 안 하기도 하고 못 하기도 하는 거예요."

"근데 김호는 객관화를 한다고?"

"난 하지, 당연히. 내 인간 됨과 자존의 출발은 우리 어머니가 아니니까. 부모의 가치관이 자식한테 그대로 주입되는 건 아니잖아. 물론 그냥 별 고민 없이, 자신과 주변에 대한 치밀한 성찰 없이 기본적인 욕구만 추구하면서 살면 그럴 수도 있겠지만. 난 아니었거든."

"김호는 다른 인간이었나 보네."

명지는 생각에 잠긴 듯 벽 어딘가를 바라봤다.

"언덕에 오른 최명지가 세찬 비바람 속에서도 열매가 영그는 걸 보며 거대한 자연을 컨트롤하는 조물주의 작동 원리를 고민했듯이 나도 인생을 결코 단순하게만 살지는 않았거든. 주변에 대해 성찰을 좀 했지."

"어떤 성찰을 했는데?"

"안일하고 순진한 현실 인식에는 반드시 대가가 따르는 법인데, 우리 어머니는 빅토리아 시대에 사는 것처럼 권위주의와 엄숙주의를 부여잡고 있어요. 참 안타깝게도."

"부유한 환경에서 곱게만 사신 거 같기는 해요."

명지는 자신도 모르게 고개를 끄덕거렸다.

"맞아요. 책이나 드라마나 영화에서는 나이가 들면 저절로 지혜가 생기고 성숙해지는 것처럼 판에 박힌 장면만 보여 주거든. 근데 절대로 그렇지가 않더라구요. 나이가 든다고 사람이 저절로 성숙해지나? 그건 아니라고 봐요. 자기 성찰이 있느냐 없느냐에 따라 성숙의 온도가 나뉘지. 우리 어머니가 왜 저렇게 세상을 안일하게 보시나 고민을 좀 해 봤는데."

김호는 손으로 목덜미를 문질렀다.

"모든 사람이 동일한 출발선에서 시작하지 않는다는 걸 잘 모르셔. 소위 말하는 금수저에게는 골대가 알아서 다가오잖아요. 남들은 저 멀리에 있는 결승점을 향해 죽을힘을 다해 달리는데, 좋은 환경에서 태어난 사람들에게는 결승 라인이 자신을 향해 역주행하며 다가오거든. 그래서 남들보다 좀 더 쉽게 취득한 사회적 성취와 부유함을 마치 자신이 노력해서 얻은 것처럼 착각하기 쉬워요."

김호는 한쪽 눈썹을 살짝 찡그렸다.

"아, 물론 노력도 했겠죠. 하지만 진짜로 열악한 환경에서 시작한 사람들에 비해서는 더 쉽고 빠르게 획득한 건 사실이니까. 그러면 더 겸허한 시선으로 세상을 봐야 하는데, '니들은 노력을 안 해서 가난한 거다. 니들이 나태하고 나약해서 좋은 직업을 못 얻은 거다' 라고 치부해 버리니까 문제라는 거죠. 구조적인 불평등이 개인에게 치고 나갈 추진력을 주지 못하는 것에 대한 배려와 인지가 너무 없다고나 할까. 어찌 보면 세상을 참 단편적으로 보는 미성숙함이 문제인 건데, 우리 어머니에게는 그런 성찰과 깨달음의 시간이 많이 부족했던 것 같아요. 여기까지가 내가 도달한 우리 어머니에 대한 객관화고."

김호는 테이블 위에 있는 물잔을 입으로 가져갔다.

"김호가 다른 남자들이랑 다른 건 확실히 알겠네."

"그리고 나에 대해 생각을 해 봤지. 내가 이 세상에 존재하는 이유는 뭘까? 분명한 건 내가 어머니를 행복하게 해 주기 위해 태어난 게 아니라는 거지. 그래서 '니가 어떻게 나한테 그럴 수가 있니?' 라는 어머니의 원망이 잘 와닿지 않아. 나는 내가 행복하기 위해 이 세상에 존재하는 사람인데 왜 어머니의 기준에 나를 맞춰야 할까? 그게 효자가 되는 길이니까? 부모가 효도를 받기 위해 자식을 낳는 게 아니잖아요. 세상에 생명을 남기는 건 자연의 섭리니까. 내 노후를 보장해 주고, 내 감정을 위로해 줄 든든한 보험으로 자식을 낳는 사람도 물론 일부는 있겠지만."

김호는 빠르게 눈을 깜빡였다.

"암튼 이런 관점에서 보면 내 배우자한테 니가 무조건 참아라 하는 것도 역시나 억지스럽고 황당한 요구인 거지. 니가 참으면 우리 어머니가 행복해하시니 참으라는 건데, 한 사람 행복하게 하자고 여러 사람이 불행해질 순 없잖아. 그리고 부모님은 내가 선택할 수 없지만 배우자는 내가 선택했는걸. 평생을 함께하고 싶어서 결혼한 거잖아. 그러니 내가 진짜로 행복하게 해 줄 사람은 내 배우자이지, 내 어머니가 아니라는 결론에 이르렀어요."

김호는 명지의 두 눈을 똑바로 바라봤다.

"우리 어머니를 행복하게 해 줄 사람은 내가 아니라 우리 아버지니까. 나는 부모로부터 온전한 홀로서기 과정을 거친 어엿한 성인이 평생을 함께할 배우자를 만났으면, 그 가정에 올인하고 그 가정에 충실하는 게 맞는다고 생각해요. 어머니는 어머니의 세계에서 스스로 추구한 성찰의 깊이만큼 인생을 사시는 거고, 나는 내 인생을 사는 거고. 그래서 난 최명지가 이 교장님과 거칠게 충돌한다고 해도 그다지 걱정스럽지 않아요. 만약 두 사람이 다시 못 보는 사이가 된다고 해도 어쩔 수 없는 거지."

김호는 잠시 숨을 골랐다.

"근데 이 게임은 부모님이 무조건 지는 게임이라서, 장담컨대 당신이 이겨요. 나이가 드실수록 부모님은 자식한테 의지할 수밖에 없기 때문에 아쉬운 건 우리 어머니 쪽이지 최명지가 아니거든. 최명지한테 시어머니의 돌봄이 필요하겠어, 각별한 케어가 필요하겠어. 그리고 우리 아버지가 워낙 인격적으로 훌륭하셔서 어린아이처럼 투정부리는 우리 어머니를 잘 다독이실 거예요."

김호는 스스로에게 확신을 주듯 고개를 끄덕였다.

"엄마의 상처를 다독여 주고 위로해 주는 건 남편인 우리 아버지의 몫이지, 아들이 고민할 문제는 아니거든. 근데 아버지 세대의 남편들이 하도 이기적이고 무심해서 그게 지지리 안 되니까 나이 든 엄마들이 장성한 아들을 정서적으로 옭아매며 남편한테 못 받은 감정적 지지와 위로를 받길 원하잖아요. 난 이 지점부터 크게 잘못됐다고 생각해요. 정서적인 유대감은 부부가 이 생을 마치는 그 순간까지 두 사람이 성숙하게 일궈 나가는 거고, 독립한 자식은 배우자를 맞이해 또 부부가 중심이 돼서 그 나름의 가정 문화를 만드는 거지. 우리 아버지가 엄마한테 평생 잘 못해서 우리 엄마가 상처를 많이 받으셨어. 그러니 니가 우리 엄마한테 잘해. 이 지점이 바로 빼그러진 고부 갈등의 태동이자 문제의 시작점인 거지."

명지는 자신의 어머니에 대해 냉정하게 객관화하는 김호를 복잡한 눈빛으로 바라봤다.

"그래서 최명지가 이번 판을 뒤엎어도 나는 오케이. 언젠가는 부딪칠 문제였으니까. 그러니 내 치명적인 단점이 우리 어머니라고 해서 나를 포기하지는 말아요. 이 정도로 자기 부모에 대한 객관화를 성숙하게 하는 남자가 그리 많진 않을 테니까."

"나이 드신 분 니가 꺾어서 어쩔 거냐. 자식한테 뜻을 굽히는 순간부터 그분들은 확 늙으시는 건데. 당연히 어른들 뜻에 따르고 그분들 감정을 살펴 드려야지 하는 사람들의 새로운 표적이 될 거 같은데, 김호는."

명지는 피식 웃으며 김호와 눈을 맞췄다.

"인생은 어차피 자기가 성찰한 만큼의 소우주에서 사는 거예요. 각자의 스케일대로 사는 거지. 부모님을 행복하게 해 드리는 게 내 삶의 우선 가치라면 그 가치대로 사는 거고. 내가 행복한 게 최고의 가치라면 그 가치를 추구하는 거고. 근데 우리 어머니는 충분히 누릴 만큼 누리고 사신 분이라 난 애틋한 마음이 별로 없어요. 최명지를 생각하면 애틋한 마음이 끓어오르는데, 어머니를 생각하면 그냥 한숨만 나와요. 근데 그게 내 삶을 주저앉히는 족쇄가 되면 안 되니까. 우리 두 사람은 구태의 족쇄는 끊어 버리고 훨훨 날아오릅시다. 내가 그렇게 해 준다니까. 니가 참아라, 너만 참아라 안 해 나는. 자기 부모 하나 해결 못 하고 와이프한테 일방적인 희생을 요구하는 건 지지리 못난 소인배들이나 하는 짓이지."

명지는 김호를 가만히 바라봤다. 그의 말속에서 자신과의 유사성이 읽히자 그녀는 잠시 생각에 잠겼다. 매사에 합리를 추구하고, 자신이 잘못하지 않은 결과에 대해서는 자책하지 않는 유연한 삶의 자세.

"이번 판은 나가리지만 어쨌든 작은 성공을 지속하는 것이 중요하니까, 우리가 지치지 않으려면 다음 판은 좀 그럴듯하게 꾸며 봐요. 내 장점도 좀 어필해 볼 테니까. 내가 그렇게 막 자란 인간도 아니고, 어른들 밟아 누르는 예의 없는 불도저도 아닌데 계속 마이너스만 받을 순 없잖아."

명지는 자신을 위해 어머니와 대척점에 선 김호에게 애잔한 눈빛을 보냈다. 김호는 먹다 만 음식들을 바라보며 한숨을 쉬었다.

"일단 이 자리는 정리하고 일어납시다. 당분간 서울에 있어야 할 텐데, 우리 집에 갈래요?"

"이 교장님이 잔뜩 가드 올리고 아들 집에 바로 찾아오실 것 같은데, 바로 리벤지 매치 하라고? 됐습니다. 서울에 올 때마다 이용하는 익숙한 비즈니스호텔이 있거든. 난 거기 머물게요. 그나저나 〈천세주류〉 심태윤 과장이 궁금하네. 그 사람이랑도 곧 뭉치는 거죠?"

"이상하네, 이 여자. 그 사람이 왜 궁금해."

"혹시 알아? 심태윤 과장네 집은 또 엄청나게 나이스 할지? 하하……."

26

메인 키는 최명지 니가 쥐고 가는 거야

"저는요, 김호 사무관님한테 문자가 오면 삶이 보내는 메시지이자 경고 같아서 심장이 쫄려요. 잘 지내셨죠?"

사람들의 발길이 거의 미치지 않는 인사동 끝자락. 허름하고 누르스름한 5층 건물 4층에 자리한 사무실 앞에서 심태윤과 김호가 악수를 했다.

"어서 오세요. 환영합니다."

편해 보이는 세미캐주얼 차림의 김호는 슈트를 갖춰 입고 온 심태윤을 반갑게 맞이했다.

"우리들의 베이스캠프가 여긴가 보네. 근데 간판은 왜 이래요? 웬 느타리버섯 영농 조합? 나 또 심장 떨리게 왜 이래. 위장 사무실, 정예 멤버 회동, 우리의 빅브라더는 사실 국정원. 뭐 이런 거예요? 또 무료한 내 일상이 스펙터클한 스파이 영화가 되는 겁니까? 아, 이거 기대되네. 하하……."

심태윤이 사무실 안으로 들어서자 파티션으로 분리해 놓은 회의실 테이블 쪽에 앉아 있던 명지와 이그린 담당이 손을 흔들었다.

"사람 참 안 변해요. 말 많은 자신을 어떻게 극복해요? 심 과장님은?"

명지가 심태윤을 보고 빙긋 웃었다.

"이게 누구신가. 프레젠테이션의 여왕, 서천의 씽크탱크. 우리 최 대표님 아니신가요. 못 본 사이에 더 예뻐지셨네. 하나를 갖췄으면 하나는 양보했어야지. 지성과 미모를 다 부여잡고, 사람이 왜 그래요 이기적이게."

근 2주 만에 명지를 보는 심태윤이 느물느물 웃으며 다가왔다.

"〈천세주류〉는 돈이나 내요, 돈이나. 물주는 그냥 무게 잡고 있다가 돈 보따리나 풀면 되지 말이 왜 이리 많아. 근데 심태윤 과장님은 보면 볼수록 은근 매력이 있네. 고생을 안 하고 자란 금수저 특유의 투명함이 있어. 하하……."

이그린은 명지를 보자마자 농담을 건네는 심태윤에게 가벼운 통박을 주었다.

"이그린 담당님, 왜 보자마자 사람을 디스해요. 투명하다뇨. 나이 먹은 사람한테 순수하다, 투명하다, 해맑다는 '세상 물정 모르고 살아서 너는 참 속 편하고 좋겠다, 이 등신아'랑 맞다이 뜨는 욕 아닙니까?"

"에이. 설마 내가 〈천세주류〉 전략기획 팀장님을 깔아뭉갤 의도로 그랬겠어요? 칭찬이에요, 칭찬."

"이 사무실 분위기가 참 화기애애하네요? 무슨 얘기를 이렇게 재밌게들 하고 계세요?"

외교부의 이지영 책임이 들어왔다. 회의를 주도하는 자리에 김호까지 착석하자, 남북 공동 전통주 축제를 진행하는 드림 팀이 다 모인 셈이었다.

"이 베이스캠프에 초대받은 사람들은 다 모인 것 같고. 그럼, 미팅을 시작해 볼까요?"

김호가 먼저 입을 열었다.

"간단하게라도 근황 토크부터 해요. 뭐 이렇게 본론으로 치달려요. 숨 막히게."

심태윤이 경직된 분위기를 띄워 보려고 너스레를 떨었다.

"우리 최 대표님부터 하시죠. 그간 어떻게 지내셨어요?"

심태윤이 던진 '그간'과 '어떻게' 앞에서 명지는 잠깐 고민했다. 꽤나 많은 일들을 다채롭게 겪은 기분이었다. 근황 토크가 절대 간단한 게 아니네.

"저야 뭐, 술 만들면서 잘 지냈죠. 늘 그랬던 것처럼 일상은 안온하게 흘러갔구요."

명지는 저 단어들 중 혹 거짓이 있나 잠깐 머뭇거렸지만 그녀의 일상이 안온하게 흘러간 건 맞았다. 그녀 기준에서는.

"최 대표님의 일상은 안온하게 흘러갔고. 김호 사무관님은요?"

"저요? 저는 뭐, 내 정체성이 다양한 빛깔로 해체되는 그런 시간들을 보냈어요."

김호는 프리즘의 원리에 빗대 자신을 설명하던 명지의 말을 인용했다.

"말을 좀 쉽게 해 주시면 안 될까요. 정체성이 뭐 어떻게 해체됐다구요?"

심태윤은 의문이 가득한 눈빛을 보냈다. 저 인간은 좀처럼 속을 간파할 수가 없단 말이지.

"아, 진짜 말귀 못 알아듣는 사람이 누군데 그래요. 최 대표님은 별일 없이 잘 지냈고, 김호 사무관님은 엄청나게 큰일을 겪어서 자기자아가 여러 명으로 분리될 뻔했다고 하잖아요. 수능 때 언어 영역빵점 맞은 거 아니야? 하하……."

이그린은 핀잔 주듯 심태윤을 놀렸다.

"자아가 분리됐다구요? 너무 큰 충격을 받아 자신의 내면에서 동자승, 삼신할매, 처녀 귀신이 막 번갈아 가며 튀어나오는 그거? 빙의 그런 거?"

"빙의요? 푸하하……."

이지영이 먼저 빵 하고 터졌다. 심태윤 진짜 은근히 웃기는 인간이네. 빙의가 왜 나와. 생각이 참 자유로운 방향으로 튄다.

"어차피 알아듣는 사람도 별로 없는데 근황 토크는 이쯤에서 마무리하시죠. 이 프로젝트 총괄로서 일전에 발표하셨던 축제 관련 플랜은 감명 깊게 잘 들었구요. 스타트를 어떻게 할지부터 논의해 볼까요?"

이지영이 마치 지금 이 상황을 정리하지 않고는 못 참겠다는 것처럼 회의를 주도하기 시작했다. 명지는 그래 니가 또 나대는구나 하는 표정으로 이지영을 바라봤다.

"일단 관 주도형 축제가 아니니 관은 뒤로 빠집니다. 어디까지나 주민 참여형 축제이고 민간이 주도하는 행사이니 〈한산소곡주〉가 메인 키를 쥐고 나가야 합니다."

김호가 가장 중요한 도입부를 간단하게 정리했다.

"우리보고 키잡이를 하라는 거잖아요. 그게 뭐 어렵겠어요. 근데 남북 공동 축제라는 데서 1차 허들이 발생하는 건 다들 아실 테고, 국정 상황실에서 그 부분을 커버해 주나요?"

명지는 김호의 말을 받으며 의문점을 제시했다.

"국정원이나 국가 안보실, 통일부가 움직이면 일이 너무 커져요. 국정 상황실도 마찬가지구요. 그렇게 되면 기자들을 상대할 프레스룸을 먼저 오픈해야 하고, 진행 상황을 외부에 공개할 수밖에 없으니까요. 민간단체끼리의 선교감 후, 구체적인 방법론에 대해서는 여러 메시지가 연기처럼 위로 솔솔 올라가게 하는 게 더 자연스럽죠."

김호의 설명이 명쾌하게 이어졌다.

"그 부분에 대해서는 저희 외교부도 절대적으로 동감해요. 남북 유소년 축구단도 민간단체가 주도한 선의의 행사가 지속적이고도 유의미한 남북 교류로 발전한 사례거든요. 전통주 축제를 통해 겨레의 씻김굿을 함께해 보자는 의사를 한번 던져 보면 어떨까요? 최대한 부담스럽지 않게. 조국평화통일위원회나 조선아시아태평양 평화위원회나 조선민주여성동맹 쪽이 아무래도 외무상이나 당 대남 담당 쪽보다는 수월하겠죠?"

이지영은 좀 더 자세하게 교류가 가능한 북한의 기관을 지목했다.

"선행되어야 할 건 그럴듯한 명분이에요. 명분을 제시하고 자연스럽게 본무대로 올라오게 해야죠. 그래서 저는 남북 학생들 간의 교류로 물꼬를 트면 어떨까 싶어요."

김호가 플랜을 좀 더 구체화하기 시작했다.

"전통주 축제인데 학생들을요?"

이그린이 조금 의외라는 얼굴로 김호를 바라봤다.

"씻김굿 과정 중에 죽은 이의 넋을 춤으로 위로하는 진혼 의식이 있잖아요. 그 춤을 남북한의 학생들이 같이 추는 거죠. 공연 예술 쪽으로는 또 북한이 굉장히 훌륭한 인재 풀을 갖추고 있으니까 남측 국악고에서 한국 무용을 전공하는 학생들과 북측 예술단 소속 학생들이 합동 무대를 만들어 보면 어떨까요?"

"국악고를 움직이자는 거죠? 아이디어가 나쁘진 않은데, 우리의 이런 대의를 정확하게 이해하고 당분간 철저하게 비밀을 유지해 주면서 함께 뜻을 맞춰 줄 학교가 있을까요?"

이지영이 잠시 고개를 갸웃거렸다. 김호는 명지를 바라봤다. 명지는 '뭔데?' 하는 눈빛을 그에게 보냈다. 김호가 다시 한번 그녀를 보며 살짝 고개를 끄덕였다.

'메인 키는 최명지 니가 쥐고 가는 거야.'

그 순간 명지의 머릿속으로 섬광 같은 것이 번쩍하고 지나갔다.

"아, 제가 얼마 전에 교장 선생님 한 분을 뵈었는데요. 국악 고등학교 교장 선생님이셨어요. 아마 그분이라면 도와주실 것도 같네요."

"그래요? 국악고등학교 교장 선생님하고 친분이 있는 겁니까? 최 대표님이?"

심태윤이 명지를 보며 확인하듯 물었다.

"네, 이희원 교장 선생님. 서울에 있는 가장 큰 국악고등학교를 이끌고 계시죠. 제가 그분을 다시 한번 찾아가 볼게요. 이 축제의 상세한 그림은 어차피 저한테 있으니까."

"가지 말라니까 그러네. 걔 좀 내비 둬. 가뜩이나 힘든 일을 맡았는데 당신까지 보태기 하는 거야, 뭐야."

김호의 아버지인 김 교수가 아들 집에 간다는 이 교장을 극구 말리고 있었다.

"당신도 다 들었잖아. 아주 당돌하고 어른 무서운 줄 모르는 애였다니까. 아들이 그런 애를 만나고 있는데 모른 척해야 해? 내가 엄만데? 생판 남이라도 도시락 싸서 쫓아다니며 말릴 판이야 지금."

드레스 룸에서 카키색 트렌치코트와 푸른빛이 도는 스카프를 들고 나오며 이 교장이 목소리를 높였다.

"근데 당신도 그렇게 저길 하면 안 되지. 처음 본 자리에서 그렇게 저기 한 막말을 하는 게 어디 있어, 이 사람아."

거실에서 신문을 보던 김 교수는 신문을 착착 접어 테이블 위에 올려놓으며 혀를 찼다.

"왜 이래. 명사랑 형용사는 다 까먹었어? 왜 대명사로만 말해?"

"그러니까 서울대니, 고시 패스니, 어쩌고 하는 그런 낯부끄러운 말은 왜 했냐고. 그 말이 거기서 무슨 정신으로 나온 거야."

"당연히 욕심낼 수 있지, 그런 며느릿감. 서울대 출신의 고시 패스한 며느리 보고 싶다는 게 그렇게 비난받아야 할 일이냐고."

이 교장은 트렌치코트를 소파 위에 턱 걸쳐 놓으며 김 교수 옆에 앉았다.

"그건 어디까지나 당신 욕심이잖아. 귀 기울이면 들려오는 당신 마음의 소리. 안 그래? 세상 사람들이 죄다 자기 마음의 소리를 입 밖으로 내지는 않아요, 이 사람아. 설령 내 바람이 그렇다 하더라도 누군가에게는 상처가 될 수도 있으니 조심하는 거지. 그게 사람들 간의 매너고 예의잖아."

"남이면 그렇지. 잠깐 보고 말 남이면 나도 말조심하지. 근데 아들이 결혼을 전제로 만나는 여자가 너무 깜냥이 안 되는데 그냥 꾹 참아? 그래, 이것이 사회적 매너지 하면서 좋은 척하냐고. 어떤 엄마가 그래? 내가 마더 테레사야?"

이 교장의 눈빛이 다시 활활 타오르기 시작했다.

"근데 당신 아들이 좋다잖아. 돌다리도 수백 번을 두드리며 건너는 신중한 애가 처음으로 엄마한테 소개한 여잔데. 우리 아들이 아무 여자나 만나고 다니는 그런 애가 아니라는 건 누구보다 당신이 잘 알잖아. 아들이 데려온 여자가 어떤 인품을 가지고 있는지 내면을 보지도 않고 조건에서 탈락을 시켜 버리면 어떡해. 면전에 대고 그렇게 심한 말을 해 버리면 우리 아들 마음이 어떻겠냐고. 그 생각은 안 해 봤어?"

"……그래. 뭐, 우리 호가 마음이 그렇긴 했겠네. 아니야. 그래도 걔는 정말로 영 아니야."

이 교장은 마치 다짐하듯 고개를 저었다.

"당신, 우리 아들이 하는 일이 뭐야? 그게 뭔지는 정확히 알아?"

"내가 바보유? 〈전통주 축제 활성화 프로젝트〉잖아. 남과 북이 함께하는 뭐 어쩌고."

"그게 어디서 내려온 미션인데?"

김 교수가 학생에게 가르치듯 질문을 이어 갔다.

"어디긴 어디야. 청와대라며. 우리 아들이 그렇게 잘났수다. 그러니 내가 욕심을 안 부려?"

"그래, 아주 잘 아네. 그럼 나라를 대표하는 명품 술을 만드는 양조장으로 선정된 곳이 어디야?"

"이 사람이 진짜. 지금 스무고개 해? 〈한산소곡주〉를 키우라 해서 우리 아들이 서천까지 내려간 거 아니유."

대답하는 이 교장의 눈에 짜증이 가득했다.

"천오백 년을 이어져 내려온 〈한산소곡주〉 대표가 바로 최명지라며. 그 최 대표와 우리 아들이 사귄다잖아. 청와대에서 명품 술을 만드는 곳으로 선정한 〈한산소곡주〉의 대표가 그렇게 말도 안 되는 여자야? 당신이 이렇게 반대했다는 걸 알게 되면 그 집에서도 뒤로 넘어갈 일이야, 내가 볼 때는."

김 교수는 소파에서 일어나 주방 쪽으로 걸어갔다. 그는 냉장고에서 착즙 주스가 담긴 작은 플라스틱 용기를 집어 들어 들고 다시 거실로 나왔다.

"뒤로 넘어가라지. 우리가 뭐가 아쉬워서."

"그러니까 그 집에서도 뭐가 아쉽겠어. 남북 공동 축제를 성공시켜서 유명세까지 얻으면 연 매출이 천억은 훌쩍 넘을 텐데. 안 그래?"

"뭐라고 했어, 당신? 뭐? 얼마?"

이 교장의 눈이 놀라움으로 번들거렸다.

"천억이요, 이 아줌마야. 미래가 창창한 명품주 브랜드 대표 앞에서 되도 않는 잘난 척을 왜 그렇게 한 거야? 그러니 망신을 당하지. 그 아이가 그런 모욕을 꾹 참으면서 '네네, 제가 당연히 부족하지요. 하지만 저를 며느리로 받아 주세요' 하겠냐고. 퍽이나 그렇게 하겠네."

김 교수는 주스병의 마개를 돌린 후 한 모금 꿀떡 넘겼다.

"우리가 젊었을 때 보던 신파 영화에서나 그렇지. 요새 아가씨들은 당당하고 똑 부러져서 안 그래요. 게다가 그 아가씨는 어디다 내놔도 자기 명함이 부끄럽지 않을 텐데 잘도 굽히겠다. 으이구."

이 교장의 얼굴이 여러 가지 생각들로 갑자기 복잡해지기 시작했다.

"……우리 아들이 그 프로젝트 총괄인데 괜히 나 때문에 걔가 곤란해지는 건 아닌가 모르겠어. 그치 여보? 아무리 그 아이가 천억짜리 회사 대표라고 해도 청와대 다니는 우리 아들이 크게 꿀릴 건 없지 뭐. 나 이 옷 좀 걸어 놓고 올게. 오늘 저녁엔 입맛도 없는데 멸치랑 디포리 육수 내서 잔치국수라도 해 먹을까?"

27
김호의 플랜을 가장 지지할 사람이 자기 엄마가 아니면 누구겠냐고

“최 대표님, 같이 갑시다! 무슨 선출이야, 걸음이 왜 이리 빨라. 김호 사무관은 이지영 책임이랑 무슨 작당을 하려는지 갑자기 사라지던데.”

인사동 베이스캠프에서의 첫 모임이 끝난 후, 심태윤은 명지를 따라왔다. 비즈니스호텔로 가기 위해 택시를 잡으려던 명지가 그를 흘깃 돌아봤다.

“음모론자 납셨네. 공무원들은 아직 근무 시간이니 각자 근무지로 복귀하는 거고, 샐러리맨도 외근 끝났으면 사무실로 들어가세요. 괜히 여기 없는 사람 뒷담화하지 말고.”

명지는 빈 택시가 오고 있는지 확인하기 위해 다시 길 저편을 바라봤다. 심태윤이 빙글거리며 택시를 잡으려는 명지의 시선을 가로막았다.

“갑시다. 서울 관광 해야죠. 인사동이 또 내 나와바리네. 하하…….

우리 둘 다 남는 게 시간인 거 같은데 인사동에서 전통차 한 사발 드링킹 오케이?"

"멘트에서 아재 냄새 물씬 난다 진짜. 길바닥에서 헌팅하며 시작하는 연애는 굉장히 힘들겠어요. 멘트가 너무 올드해서."

심태윤이 트렌치코트 자락을 펄럭이며 저쪽으로 가자고 명지에게 눈짓했다. 명지는 피식 웃으며 따라나섰다.

"근데 내 작업이 은근 타율이 높아요. 왜냐면 나는 김호랑은 다르게 여자한테 부담을 안 주거든."

"여기 없는 사람은 왜 자꾸 걸고넘어져요. 찌질하게."

"괜히 김호랑 엮이지 말고, 그냥 나 같은 남자 만나요. 시전 상인은 시전 상인끼리 만나고, 보부상은 보부상끼리 만나고, 장돌뱅이는 장돌뱅이끼리 만나야지. 그래야 전략적 합병을 하든, 합작 투자를 하든 해서 큰판을 설계하지. 저기 '귀천'이라고 쓰인 찻집 간판 보이죠? 저기가 인사동의 랜드마크 같은 곳이에요. 천상병 시인의 부인이 운영하던 찻집인데, 두 분 다 돌아가시고 지금은 부인의 조카분이 운영하고 있어요."

심태윤이 하얀 바탕에 검은색 글씨로 '歸天귀천'이라고 쓰인 간판을 가리켰다. 두 사람은 골목 안으로 들어갔다.

"이 양반, 조선 시대 상인의 발전사를 읊으시겠네. 조금만 더 있으면."

"장사치는 장사치끼리 만나야 단골 장부 서로 합치면서 이문이 남는 거지. 왜 방물장수가 고을 원님을 만나냐고 내 말은."

"정경유착 몰라요? 방물장수가 고을 원님을 만나야 관아에 속해 있는 다모에게 비녀라도 팔지. 하나만 알고 둘은 모르시네."

심태윤은 명당 자리인 창가 쪽으로 명지를 안내했다. 넝쿨 식물이 커다란 통창을 감싸고 있어서 창이 마치 하나의 액자 같았다. 실내를 가득 채우고 있는 계피와 생강 향. 나뭇결이 고스란히 살아 있는 원목 탁자 위로 시간이 느리게 흘러갔다.

명지와 심태윤이 자리에 앉자 직원이 메뉴판을 가져다주었다. 고풍스럽기까지 한 오래된 메뉴판을 신중히 보며 심태윤은 모과차를, 명지는 수정과를 시켰다.

명지는 메뉴판 첫 장에 적혀 있는 천상병 시인의 〈나의 가난은〉이라는 시를 조용히 눈으로 읽었다. 뭉클한 감성에 빠져 있는 그 순간을 심태윤의 목소리가 침범해 들어왔다.

"근데 두 사람 진짜로 컬러가 충돌 난다니까. 안 맞아. 썩 맞는 짝이 아니라 내가 안타까워서 하는 말이에요. 명지 씨같이 주관이 뚜렷하고 신념이 확실한 사람은 나 같은 허허실실이를 만나야 균형이 맞는다니까 그러네. 김호는 자기 신념에 목숨을 거는 스타일이고, 최명지도 소신대로 정면 돌파 하는 스타일인데 너무 긴장감 넘치는 조합 아니에요?"

장애물을 피해 광속 질주를 하는 날쌘 재규어 같기도 하고, 능글능글한 바람둥이 같기도 한 슈트 차림의 심태윤. 명지에게 잘 보이려는 욕심을 내려놓은 후로, 오히려 인간적인 면이 부각되고 있는 그였다.

"남의 인생에 꽤 오버하면서 훈수를 두시네, 이 양반이. 근데 이를 어째요. 팔랑귀가 아니에요, 내가. 그런 어설픈 방해 잽을 날려 봤자 나한테는 그다지 데미지를 못 입혀요."

"잽 맞았다고 상대가 한 방에 쓰러지는 거 봤어요? 잽은 그 횟수가 쌓이면서 상대를 훅 쓰러뜨리는 기술인데."

마침 주문한 차가 나왔다. 심태윤은 네모난 도자기 용기에 소담하게 담긴 한과를 명지 앞으로 밀어 주었다.

"그러니까 잔기술이지. 공연히 힘 빼지 마요."

"그러면 큰 기술 들어갈까요?"

심태윤의 얼굴이 자못 진지했다. 명지가 픽 웃으며 찻잔 안에 있는 곶감을 포크로 찍어서 크게 한입 베어 물었다.

"장난해요? 독일에서처럼 욕 한번 먹어 볼래요?"

입 안에서 일그러지는 곶감 때문에 발음이 곳곳에서 뭉개졌다.

"그래요, 뭐. 김호랑은 이제 슬슬 만나는 단계겠네. 요만한 호감을 가지고."

명지는 심태윤이 두 사람의 관계를 굉장히 단순한 도식 위에 세우는 걸 잠자코 지켜봤다. 요만한 호감은 얼마만한 걸까.

"근데요, 고시에 패스한 사람들이랑 교수들이 득시글대는 좀 잘나간다는 집안에서 보기에 우리 같은 장사꾼들이 그렇게 별론가?"

"에이, 그 장사꾼들의 바운더리에 나는 포함 안 되지. 거기는 좀 아리까리하고."

"내가 왜요?"

명지의 눈빛에서 빠지직 불꽃이 튀었다.

"일단 내 등짝에 달린 네떼루가 〈천세주류〉잖아요. 〈천세주류〉는 엄밀히 따지면 중견기업에서 조만간 대기업으로 넘어가는 스케일이고, 〈한산소곡주〉는 뭐, 우리 투자를 받아야 힘 좀 쓸까 말까 하는 지방에 있는 영세한 소기업이고. 현실을 좀 직시합시다."

심태윤이 모과차를 한 모금 쭉 들이켰다.

"현실 직시는 집어치우고 미래를 예단합시다. 핑크빛 미래는 왠지 내 쪽일 거 같은데. 나는 벌써 농림부에서 50억 사업비도 땄어요. 남북 공동 축제 주관사라는 추진제까지 성장 동력으로 얻었는데 우주로는 못 가겠나. 쭉쭉 뻗어 나가지."

"그건 맞는데, 이건 누가 봐도 장기 프로젝트잖아요. 가시화되기까지는 시간이 걸린다구요. 꽤 걸리지. 그사이 경영난은 어떻게 해결할 건데요? 최 대표님도 이 타이밍에 생각 잘해야 합니다. 나라를 위해 내 사업을 덜컥 내줄 순 없잖아요. 당장 잘 익은 감이 내 입으로 떨어지는 프로젝트가 아닌데 뭐."

"그건 나도 동의해요."

명지가 순순히 고개를 끄덕였다.

"그렇다니까. 최 대표님이 광땡 패를 쥔 건 맞는데, 돈을 먹는 판이 본격적으로 돌아야 내 손안에 쥔 광땡 패를 던지지. 지금은 그냥 패를 들고만 있는 거야. 근데 누가 최 대표님이 장사꾼이라서 별로래요? 김호네서 탐탁지 않아 해요?"

명지는 피식 웃었다. 눈치가 백 단이네, 심태윤. 이 방면으로는 머리가 참 잽싸게도 돈다니까.

"어, 맞네. 그런가 보네. 내가 듣기로 그 집은 뭐, 아버지 교수에 어머니 교장에 아들은 행시 패스에, 목 빳빳하게 세울 만도 한데 거기서 최명지 영 별로래요? 불같은 반대에 부딪친 거예요, 지금? 나 가슴 설레게? 하하……."

"모과차나 드세요. 남의 일에 왜 이렇게 신나서 덤벼드시나."

명지는 넝쿨 식물에 감싸여 있는 창가로 시선을 돌렸다.

"최명지 대표라면 우리 집은 쌍수 들고 환영이에요. 우리야말로 술도가에서 시작한 패밀리 회사잖아요. 지금 회장님이신 큰아버지 지분과 우리 아버지 지분이 나름 정교하게 나뉘어져 있고, 큰아버지께는 아들이 없어서 딸한테 큰 걸 줄 순 없을 거예요. 잘 알잖아요. 조선의 정서상 딸한테 경영권을 넘기면 나중에 사위네로 집안 재산이 홀라당 넘어간다고 생각하는 거. 그래서 큰아버지 돕는다고 내가 좀 일찍 회사에 입성했죠."

"왜 그런 말을 길게 해요? 누가 궁금하다고."

명지는 듣는 둥 마는 둥 건성으로 대꾸했다.

"아버지가 건강이 안 좋으셔서 우리 집은 내가 플레이어예요. 암튼 그래요, 상황이. 우리야 장사꾼 며느리 완전 환영이지. 주류 브랜드가 워낙 많다 보니 사업부가 쪼개져 있어서 며느리가 들어와도 계열사 하나는 맡아야 해. 조신한 며느리가 집에서 아들 내조만 하던 시대는 끝났으니까."

심태윤은 잠시 말을 멈춘 후 명지를 바라봤다.

"우리 회사에서 제일 약한 파트가 공교롭게도 전통주 쪽인데. 대한민국을 대표하는 〈한산소곡주〉의 최명지 대표가 〈천세주류〉 며느리로 입성하면 우리 집은 뭐, 2박 3일 잔치 열리는 거예요. 이 길이 아니면 저 길도 있다는 거 항상 명심해요. 근데 저 길이 또 꽃길에 완전 비단길이네 하하……."

"이 길엔 명예와 약간의 스릴이, 저 길엔 돈과 역시나 또 돈이 있네요."

명지는 앞에 있는 한과를 하나 집어서 베어 물었다.

"아니죠. 돈과 편안함이 있지. 최명지의 능력을 인정해 주는 계열사 대표 자리도 덤으로 있고."

"우리 〈한산소곡주〉가 빵 하고 터질 수 있는 절호의 찬스를 잡았잖아요. 이 흐름을 잘 타서 〈천세주류〉마저 집어삼킬 정도로 덩치를 키우면 대한민국 원톱 주류 브랜드 회장은 내가 되는 거죠. 그러니 한낱 〈천세주류〉 계열사 대표 자리에 내가 흔들리겠어요? 내 머리가 그렇게 빠가사리가 아닌데?"

한과를 먹으며 창밖을 보던 명지가 시선을 돌려 심태윤의 눈을 정확하게 바라봤다.

"그런 자신감은 도대체 어디서 옵니까? 동네 골목에서 캐치볼 하던 주인공이 단숨에 전국 체전까지 올라가서 우승컵을 거머쥐는 소년 야구 만화를 너무 봤네."

심태윤은 자신의 어필이 단칼에 정리당하자 머쓱해졌는지 말을 돌렸다.

"됐구요. 일단 착수는 내가 할 테니까 〈천세주류〉는 뒷단을 준비해요."

"착수는 뭐고 뒷단은 뭔데요?"

"내가 첫수를 두겠다구요. 우리랑 협력할 국악고등학교는 내가 물어 올 테니, 〈천세주류〉는 경제인 시찰단으로 방북단 신청 준비나 해요. 통일부 쪽으로 먼저 살짝 연기를 피워 보면 어때요? 컨택 포인트는 김호 사무관한테 가서 얻고."

명지의 지시가 제법 디테일하게 날아왔다.

"세부 그림은 김호한테 그리라 하고, 실무도 국정 상황실이 나서서 잔가지부터 먼저 정리하게 해야지. 왜 우리가 벌써 움직여요?"

"아까 못 들었어요? '민간이 주도하고 관은 빠집니다' 김호 사무관이 방향 제시를 명확하게 했잖아요. 그러면 민간인인 우리들이 움직여야지, 국정 상황실이나 외교부가 움직이면 괜히 일이 커진다잖아. 거 말귀 되게 못 알아들으시네."

"그냥 '고' 할 거예요? 최 대표님은?"

심태윤도 하얗고 기다란 한과를 집어 들었다.

"〈천세주류〉는 빠지시게요?"

"빠지긴요. 우리가 병풍은 아니네, 일단은. 그건 맘에 들어요. 민간 주도로 넘기고 자기들은 뒤로 빠진다니까. 우릴 재주 부리는 곰처럼 부려 먹고, 공은 지들이 다 가로채는 양아치 짓은 안 한단 건데. 그래도 이게 잘될까 싶기도 해서요. 김호의 플랜이 좀 리얼리티가 떨어지잖아."

그는 한과를 크게 한입 베어 물었다.

"플랜의 현실성이 떨어진다고 해서 그 꿈이 지닌 가치마저 폄훼할 이유는 없잖아요?"

"현실과 이상 사이의 갭은 어떻게 메꿀 건데. 올바른 목적을 향해 추진되는 이런 일들은 특정한 집단에 거액의 뇌물을 건네줘야 속도감이 붙는 부정한 하위 과정을 거치잖아요. 안 그래요?"

심태윤이 세상에 찌든 표정으로 이마에 주름을 만들었다.

"부정한 하위 과정을 우리 프로세스에 끼워 넣지 말자구요. 난 내 방식으로 시작해 볼 테니 〈천세주류〉도 운용 가능한 인프라를 한번 정리해 봐요. 아무도 가지 않았던 길이니만큼 검은돈이 왔다 갔다 해야 추진력이 붙는 구태의 방식은 이제 좀 던져도 되지 싶어."

명지가 주저하는 심태윤을 독려했다.

"근데 국민적 동의를 얻지 못할 공산이 커요. 그것도 잘 염두에 둬야 해."

"사람들이 어떤 지점에서 공감을 하는지 그 감정적 추이가 정확하게 수치로 환산되는 게 아니잖아요. 동의를 얻을지, 지탄을 받을지는 아무도 모르는 거죠. 인간의 감정은 개입하는 여러 변수를 수용하며 곡선으로 요동치는 거지, 직선적인 흐름으로 뻗어 나가는 게 아니니까."

"우리 최 대표님, 논리는 항상 정연해. 빈틈이 없어 사람이."

심태윤은 자신의 주장을 무위로 만드는 명지의 반론에 졌다는 듯 고개를 저었다.

"난 이제 나만의 여정을 감당해 보려고 해요. 그게 정당성을 확보해 나가는 과정일 거 같기도 하고."

"인간이라는 존재는 칭찬받고 싶은 본능이 유전자에 새겨져 있잖아요. 내가 열심히 하면 명지 씨한테 칭찬받을 거 같아서 이상하게 최선을 다하고 싶네요."

"우리 관계가 사실 그렇잖아요. 예전에는 내가 마이너스여야 당신이 플러스가 되는 관계였는데 지금은 서로 윈윈하는 관계로 상황이 변모했으니 일단은 좋은 쪽으로 협력합시다."

협력하자는 명지의 제안이 제법 진지하게 들어왔다.

"오케이. 그러죠. 그런데 아까 내가 한 말 명심해요. 저 길도 있다는 거. 그 길이야말로 진짜 꽃길이라는 거."

"남자가 깔아 주는 꽃길 난 필요 없다구요. 세상에 공짜가 어디 있나. 누군가가 깔아 준 꽃길에 무임승차하면 거기서 찍소리 못 하고 빌빌 기어야 하는 게 인생인데, 꽃길이면 뭐 하냐고. 꿀 먹은 벙어리처럼 나 죽었소 하고 사는 인생 노 땡큐라구요."

명지는 심태윤의 사적인 접근을 깔끔하게 차단했다.

"아니라니까. 우리 집은 사업하는 며느리 완전 이랏샤이마세라니까."

"아우, 됐어요. 돈으로 방귀깨나 뀐다는 준재벌 집안이면 뻔하지, 뭐. 큰집 행사에 작은집 며느리들까지 줄줄이 동원될 거고, 집안 내 권력 관계가 곧 그룹 내 서열일 거고, 가족 모임에서도 내가 보유한 회사 지분율로 내 서열이 딱 매겨질 텐데 퍽이나 편하겠네요. 사기를 쳐도 좀 적당히 쳐요. 내 앞길에는 내가 직접 레드 카펫 깔 거니까 큰 기술은 딴 데 가서 시전해요."

"사람이 너무 그렇다. 어떻게 순수함이 손톱만큼도 없어."

퇴로를 완전히 막아 버린 명지의 가차 없는 공격에 심태윤이 기가 막힌다는 표정을 지었다.

“나 외엔 다 남이라고 배웠어요. 남편도 내가 아닌 남인데, 그 사람 덕에 내 능력 이상으로 잘살면 그건 기본적으로 기생하는 삶일 수밖에 없는 거지. 그래서 남자들이 나이 먹고 회사에서 슬슬 퇴사 압력 들어오면, 집에서 애 키우고 살림만 한 와이프한테 너도 나가서 돈 백만 원이라도 벌어 오라고 구박한다잖아요.”

명지는 피식 웃었다.

“남편도 사실 남인 거지 뭐. 그런 남한테 내 인생을 왜 의지하겠어요. 도대체 뭘 믿고. 심 과장님 조건에 혹할 여자는 널리고 널렸을 테니, 결혼 장사 노 나게 잘해 봐요. 난 결혼으로 장사할 마음 조금도 없으니까.”

“장난해요? 나한테 기생하겠다고 붙는 여자한테 어떻게 매력을 느끼겠어요? 이미 최명지 같은 여자를 봐 버렸는데. ‘〈천세주류〉가 별거냐. 내 사업 키워서 내가 먹어 버리면 그만인데’ 하는 여자를 봐서 내 역치가 엄청 높아졌지. 이제 어지간한 자극에는 흥분도 안 될 거 같아. 하도 강한 자극에만 노출이 돼 놔서. 지금 있는 비즈니스호텔에 계속 머물 거예요? 시내에 우리 회사가 교육장으로 쓰는 숙식 제공 건물이 있는데 거기로 옮기는 건 어때요? 호텔비 부담스럽잖아요.”

자리를 슬슬 정리하며 심태윤이 숙소에 대한 제안을 건넸다.

“호텔비야 나중에 청와대에서 정산해 줄 거고. 시설도 시내 교육장보다는 호텔이 더 까리하고. 호의는 고마운데 호텔이 더 나아요. 모든 면에서.”

“그래요. 뭐 틈을 안 주네. 그 국악고 교장 선생님은 언제 만날 거예요? 같이 가 줄까요?"

심태윤이 자신의 트렌치코트를 집어 들며 자리에서 일어서는 명지를 바라봤다.

"아니요. 나 혼자 가도 돼요. 충분해. 나 혼자 해도."

"지원 사격 필요 없어요? 언제 갈 건데요?"

"곧. 조만간."

한성 국악고등학교 교장실.

금색 테두리가 둘린 하얀 커피 잔을 사이에 두고 명지와 이 교장이 마주 앉았다. 이희원 교장은 한정식집에서의 불쾌했던 이미지들을 하나둘 소환하는 중이었다. 불려 나온 이미지들이 명지의 얼굴에 부딪쳤다가 이내 사라졌다.

명지의 눈빛은 여전히 흔들림이 없었고, 턱 끝도 당당했다. 꼭 그때처럼.

"사과를 하러 온 것 같은데, 내가 아직 마음이 그래요."

"교장 선생님, 굳이 따지자면 저도 그날 상처받았는걸요. 김호 씨의 여자 친구니 뭐니 이런 건 당분간 생각 안 하려구요. 그건 안 할게요."

명지는 헤이즐넛 향이 나는 커피를 한 모금 마셨다.

"지금 뭐라고 했어요? 뭘 안 해요?"

"제가 마음에 안 드시죠? 아들이 만나는 여자로."

이 교장은 적잖이 당황했다. 애 좀 봐라. 이건 또 무슨 꿍꿍이야.

"난 욕심이 많은 사람이에요. 그래도 뭐. 우리 아들이 끝까지 좋다고 하면 나야 별수 있나."

"마음에 차지 않는 아들의 여자 친구로 절 보지 마시고, 저랑 의미 있는 일 한번 하시면 어떨까요?"

"의미 있는 일이라니. 내가 아가씨랑 같이 뭘 할 게 있다고."

"국악고등학교 교장과 〈한산소곡주〉 대표로 서로 손 한번 잡아 보면 어떨까요? 역사에 한 획을 긋는 순간을 같이 맞이해 보자구요. 김호 사무관이 주도하는 일이 역사의 한 조각이자 영화의 한 장면이 될 것 같거든요. 교장 선생님이랑 제가 그 역사의 순간을 함께 목격하면 어떨까 싶어서요."

명지가 빙그레 웃었다. 이 교장은 명지의 웃음에 담긴 함의를 유추해 내기 위해 머리를 굴렸다. 얘가 지금 나한테 쥐약을 던지는 거야, 아니면 덫을 놓는 거야.

"도대체 무슨 소린지 난 통 모르겠네. 우리 아들이 하는 일이 역사의 한 조각이자 영화의 한 장면이 될 거라니 그게 무슨 말이에요?"

명지가 짧게 웃었다. 그녀는 머릿속으로 김호의 프레젠테이션 내용을 빠르게 정리해 갔다. 이제 아들에 대한 자부심으로 살아온 저분 앞에서 칭찬 자판기처럼 김호에 대한 칭찬을 쏟아 내면 되겠구나.

'오케이, 가자 최명지. 내 앞에 있는 사람은 김호 팬클럽 회장님인데, 저분 하나 설득하는 게 뭐가 일이겠어. 김호의 플랜을 가장 지지할 사람이 자기 엄마가 아니면 누구겠냐고.'

"김호 사무관은 조금 다른 층위에 있는 사람 같아요. 사람들에게 휩쓸리지 않고 자신의 내면을 닦기 위해 외롭게 고군분투한 것 같기도 하고, 자신의 내면을 향해 바닥까지 깊숙하게 침잠하는 스타일이라 평범한 사람들이랑은 대화가 안 통했을 것 같기도 하구요."

명지가 김호 팬클럽 회장님을 향해 신중하게 칭찬의 포문을 열었다. 이 교장은 동의한다는 듯 고개를 끄덕였다.

"확실히 별난 구석이 있었죠. 내 아들이라서가 아니라, 어려서부터 좀 유별났지. 주변의 모든 걸 섬세하게 관찰하고, 지 혼자 고민하고. 조용해서 순한 아인가 싶었는데, 고집은 또 어마어마하게 세서 나를 꽤나 애먹였어요."

"그러니까요. 이번 프로젝트를 진행하는 동안에도 혼자 고생하는 걸 많이 봤어요. 참 근사하고 멋진 신념을 갖고 있는데, 이게 너무 시대를 앞서 나가다 보니. 다른 사람보다 딱 반걸음 정도만 앞서가면 쉽게 동의도 얻고 참 괜찮을 텐데, 김호 사무관은 남들보다 한 다섯 걸음을 앞서서 가 버리네요. 이걸 뭐라고 말씀드려야 할지 모르겠어요."

명지가 말의 템포를 늦추기 위해 창밖으로 시선을 보냈다. 맞은편에 앉은 이 교장의 눈빛이 흔들리기 시작했다.

"그게 무슨 말이에요? 우리 애가 이끄는 프로젝트가 윗사람들의 반대에 부딪친 거예요? 너무 앞서가는 내용이라서? 총괄이 현명하게 미래를 내다보면 좋은 거지, 그걸 못 알아듣고 왜 반대들을 한대요."

"굉장히 몸이 축나 가면서 힘들게 프레젠테이션 준비했던 거 교장 선생님도 아시죠?"

언어가 의도를 100% 전달할 수는 없지만, 생생한 기억을 불러내오면 기억은 언어의 날개가 되어 공감의 영역을 향해 놀라운 속도로 날아오르기 시작한다.

"그럼요, 알다마다요. 아주 얼굴이 수척해져서는 그 프레젠테이션 준비한다고 제대로 먹지도 못한 채, 밤을 새우고 그랬으니까. 우리 애가 뭔가에 빠지면 그래요. 그거 외에는 아무것도 안 보이는 사람처럼 무섭게 집중을 해요. 근데 그 발표가 별로였어요?"

진학 상담을 위해 학교에 찾아온 고3 학생 엄마 같은 얼굴의 이 교장.

"별로긴요. 소름 끼칠 정도로 완벽해서 온몸에 전율이 일었죠. 너무나 환상적인 플랜이라서. 전 그렇게 기가 막힌 발표는 처음 봤거든요."

"세상에나. 그랬구나. 혹시 우리 아들의 발표를 대통령도 보셨나요? 갑자기 농림부에서 청와대로 발령이 났다고 해서 내가 또 얼마나 가슴을 졸였는지."

자식의 일이라면 애간장이 끊어지는 엄마의 본능만큼 강렬한 게 또 있을까.

"아마도요. 농림부 장관님이 저쪽에서 코드원이 기다리신다고 했으니 대통령께서도 보셨을 거예요. 근데 대통령의 눈높이에나 맞을 만한 발표를 해 버려서 일의 진행이 쉽지 않아 보여요."

"참 답답하네. 뭐 얼마나 앞서가는 발표를 했기에 사람들이 반대를 한다는 거예요. 나도 좀 들어나 봅시다."

이 교장이 명지를 향해 자신의 의자를 바짝 당겨 앉았다.

"우리나 북한이나 전쟁 때 죽은 사람들도 많고, 굴곡진 현대사를 거쳐 오면서 억울하게 희생된 사람들도 많잖아요. 최근에는 세월호 사건도 있었구요."

"세월호만 떠올리면 지금도 눈물이 나요. 나도 평생을 학교에서 애들하고만 있었던 사람이라, 생각만 해도 안타깝고 너무 마음이 아프고."

"김호 사무관은 이 비통한 죽음들에 대해 제대로 추모해 보자는 생각을 갖고 있어요."

명지는 감성에 젖어 조금은 헐거워진 이 교장의 내면 틈새를 노련하게 열어젖혔다.

"그거 좋지, 좋은 생각이죠. 그런데 비통한 죽음들을 추모하는 게 뭐 얼마나 앞서 나가는 생각이라고 이해를 못 한대요들?"

"8천만 겨레를 치유하는 거대한 '씻김굿'을 제안했거든요. 유구한 세월 동안 한반도의 역사를 품고 도도히 흘러온 강줄기를 따라 고통받았던 망자를 소환하고, 그들의 넋을 위로하는 겨레의 씻김굿을 하자구요."

명지는 자신이 열어젖힌 이 교장 마음의 틈새에 김호의 신념을 정교하게 쌓아 올리기 시작했다.

"그러니까 남북한 합작으로 커다란 씻김굿을 하자는 거잖아요. 그런데 구체적으로 뭘 어떻게 하자는 건지 나는 도통 감이 안 잡히네."

"그렇게 복잡하진 않아요. 소리, 춤, 풍물 같은 우리 전통문화를 전면에 내세우는 거죠. 광대의 춤사위는 죽은 이에 대한 위무이고, 소리꾼의 소리는 대신 울분을 토해 내며 억울함을 풀어 주는 하나의 사회적 소통이니까요. 비통한 죽음을 개인화하는 것이 아니라 사회화해서 집단의식으로 발전시키자는 거죠."

김호의 언어는 명지의 언어가 되어 이 교장에게로 흘러들어 갔다.

"소리, 춤, 풍물이라. 너무 좋네요. 생각만 해도 예쁜 그림이 그려지네. 하늘하늘한 한복을 입은 남북한의 춤꾼들이 벌이는 집단 위무라."

명지의 언어는 비가시적인 감성의 영역까지 포괄하며 가시적인 이미지로 즉각 치환되었다. 물리적인 실제 시간보다 더 느리게 이 교장의 시간이 흘러가고 있었다. 집단 위무로 치환된 이미지들이 느슨한 마음의 틈새를 메우며 그녀의 내면에 단단하게 자리 잡기 시작했다.

집단 위무와 전통주의 결합이라. 숱한 실패를 거친 후 술을 얻고

기뻐하는 과거 사람들의 모습을 시공간을 구부려서 현재의 어느 모습으로 재현한다면, 이건 충분히 사람들에게 감명을 줄 수 있는 그림인데. 상상만으로도 마치 과거의 문을 여는 아찔한 해방감이 느껴져 이 교장은 잠시 눈을 감았다.

"맞아요. 전통문화 교류를 통해 남과 북을 하나로 연결하는 장대한 징검다리를 놓는 게 핵심이에요."

"우리 아들이 그런 생각을 했구나. 국악고등학교 교장인 내 영향을 은연중에 받은 거지, 뭐."

이 교장의 얼굴에는 아들에 대한 자랑스러움이 가득 차다 못해 철철 흘러넘치고 있었다. 오케이, 이제는 어려운 키워드를 한번 섞어보자.

"남북한 합동 공연만 하면 심플할 텐데, 김호 사무관은 거기에서 멈출 사람이 아니잖아요."

"우리 애가 뭘 더 하자고 했는데요? 그게 많이 어려운 거예요?"

"베이징까지 KTX로 6시간 만에 가고, 기차를 타고 프랑스 파리까지 갈 수 있는 남북대륙철도의 시대를 앞당기자구요."

"뭘 연결해요? 남북한 철도를 연결하자고? 전통주 축제에서 얘기가 왜 그 방향으로 튀나?"

이 교장의 두 눈에 근심이 서렸다.

"그렇게 되면 유럽 사람들이 기차를 타고 러시아를 거쳐 나진, 김책, 함흥, 강릉, 서울, 부산까지 오는 날이 열리는 거죠. 남과 북의 민간 문화 교류로 소박하게 시작한 전통주 문화 축제 밑에 커다란 비전을 숨겨 둔 거죠."

명지는 일부러 말의 속도를 늦췄다.

"부산, 서울, 강릉, 평양, 신의주, 함흥에 세계적인 물류와 관광의 중심지로 거듭날 새로운 철길이 깔리면, 그 착공식 때 〈한산소곡주〉를 들고 들어가자구요. 철도가 연결되는 중간 기착지마다 번영과 평화를 기원하며 온 겨레가 같은 마음으로 술 한 잔을 철길에 뿌리자고 해서 다들 술렁술렁하고 있어요."

"술렁일 만하네요. 근데 그게 영 허황된 생각은 아니잖아. 안 그래도 지금 남북한이 평화 모드로 들어가서 철도를 잇네, 하늘길을 잇네, 그러고들 있는데."

이 교장은 엄마의 마음으로 자연스럽게 김호의 신념을 지지하는 자세를 취하기 시작했다.

"그렇죠. 그런 분위기긴 하죠. 아주 실현 불가능한 꿈은 아닌데 일부 사람들한테는 그저 헛된 꿈으로만 보일 수도 있으니까요. 그래서 첫걸음 떼는 게 쉽지 않아 보여요."

"그래서요? 여기저기서 반대가 심하면 이 프로젝트가 잘 안 될 수도 있는 건가요?"

"만약에 일이 무르익기도 전에 언론 쪽에서 부정적인 뉘앙스로 기사를 터뜨려 버리면 곤란해질 수도 있죠. 사실, 당장 통일을 하자는 게 아니라, 통일 전 독일이 그랬던 것처럼 꾸준하게 문화 교류를 하면서 수십 년간 떨어져 살았던 그 간극을 문화와 예술을 통해 좁혀가 보자는 거예요. 김호 사무관의 플랜은 그 세계관의 연장이라고 볼 수 있어요."

이 교장은 아들이 대견하다는 듯 연신 고개를 끄덕였다.

"문화 교류로 시작한 공감의 정서를 보다 깊고 넓은 지평으로 이끌어 가 보자는 거죠. 하지만 여기저기서 우려의 목소리가 계속 튀어나오면 이 프로젝트의 총괄인 김호 사무관의 입지와 영향력이 크게 위축될 수밖에 없어요."

"이를 어째. 난 그냥 큰일을 맡았나 보다 했는데, 여기저기서 물어뜯길 수 있는 아주 골치 아픈 사건의 한가운데로 들어갔네, 우리 아들이."

"그래서 드리는 말씀인데요."

명지는 최후의 승부수를 띄울 최적의 타이밍이 왔음을 직감했다. 적의 진지를 함락할 마지막 미사일 공격의 발사 명령을 앞둔 지휘관이 된 듯한 짜릿한 긴장감이 척추뼈를 타고 흘러내렸다.

그녀가 다음 말을 하지 않고 뜸을 들이자, 이 교장이 상체를 수그리며 집중하는 모습을 보였다.

"김호 사무관이 바닥까지 추락해도 마지막까지 함께해 주는 존재가 있다면, 그건 바로 엄마겠죠. 진창에 처박힌 김호의 손을 잡고 구덩이에서 끌고 나올 사람은 바로 이희원 교장 선생님이라고, 전 생각해요."

이 교장은 순간, 심장이 빠개지는 느낌을 받았다. 우리 아들, 내 소중한 아이. 속싸개에 싸인 그 조그마한 아기를 품에 안고 살냄새를 맡으며 사랑한다고 속삭였던 그 시간들이 마치 어제와 같이 생생했다. 엄마의 생각이 틀렸다고 제법 모진 소리를 할 정도로 어느새 훌쩍 커 버렸지만.

엄마인 그녀의 눈에는 숟가락으로 싹싹 긁어 준 사과를 오물거리며 받아먹던 아기 김호의 해사한 얼굴이 아직도 고스란히 보였다. 짙은 눈썹과 오뚝한 콧날이 그 시절의 얼굴을 가렸다 해도, 아기 김호는 엄마의 눈 속에 지금도 생생했다. 그래서 볼 때마다 애틋한 감정이 끓어오르는 아들이었다.

그녀는 왈칵하고 비어져 나온 눈물을 가까스로 다시 삼켰다. 김호가 바닥까지 추락한다는 말 한마디에도 무너지는 게 엄마로구나. 구덩이에 빠진 김호의 손을 잡고 나올 사람은 당연히 나지. 이 엄마가 널 위해서 뭘 못 하겠니.

"내가 할 일이 있다면 주저하지 말고 얘기해 줘요. 그게 뭐든 상관없으니까."

"남북한 학생들이 평화와 화합의 무대를 함께하면서부터 이 축제는 시작될 거예요. 남한의 국악고등학교 전통 무용 전공자들과 북한 예술단 소속의 학생들이 한 무대에 오르는 거죠. 김호 사무관이 자신의 신념을 걸고 진행하는 이 프로젝트를 이희원 교장 선생님께서 도와주실 수 있나요? 행사의 목적은 분명하고도 매우 심플해요. 한반도의 평화 정착. 그 평화를 앞당기는 전통 춤과 소리의 한마당을 교장 선생님이 학생들과 준비해 주시면 됩니다."

"이런 제안을 거절할 교장은 이 땅에 단 한 명도 없어요. 평화를 위한 축제라는데, 안 할 이유가 없죠. 합시다. 한성고등학교는 무조건 협력합니다."

명지가 빙그레 웃었다.

"김호 사무관이 어머니를 닮아서 남들이 보지 못하는 먼 미래를 보나 봅니다. 아들 머리는 엄마를 닮는다잖아요."

이 교장의 입꼬리가 그녀의 눈에 닿을 듯이 단숨에 올라갔다. 그녀가 가장 듣고 싶었던 말이 명지의 입에서 흘러나온 순간이었다.

"우리 애가 외탁을 하긴 했어요. 아빠 쪽은 외모가 좀 둥실둥실한데, 우리 아들은 얼굴선이 얄팍하고 두상이 작으니까 딱 봐도 외탁한 거지, 뭐. 근데 나 닮았다고 하면 이상하게 싫어해요, 우리 아들이. 평소에도 애가 좀 까칠하고 그렇죠? 호호……."

"단언컨대 대통령감이죠, 김호 사무관은. 이렇게 조국을 위해 자신의 신념을 걸고 진실된 경력을 쭉쭉 쌓다 보면 청와대 가장 높은 자리에 올라갈 거라고 전 믿어요."

"대통령이요? 아니야, 아니야. 뭐 그렇게 큰 자리까지 내가 바라겠어. 오호호호……."

아들 칭찬에 와르르 무너지는 이 교장을 보며 명지는 피식 웃었다. 되게 단순하고 은근 귀여우시네, 김호 어머니는. 섬세하고 신중한 김호는 아버지를 닮았구먼.

"김호 사무관이 소속된 국정 상황실은 전면에 나서지 못해요. 이건 정치적인 의미를 담은 행사가 아니라서요. 어디까지나 민간이 주도하는 문화 교류입니다. 그리고 제가 이 행사의 주관사 대표거든요. 그럼, 악수부터 하시죠."

명지가 자리에서 일어나 이 교장에게 오른손을 내밀었다.

"〈한산소곡주〉 대표 최명지 정식으로 인사드립니다. 오늘 이후로 진행되는 축제 관련 모든 의사소통은 저와 다이렉트로 하시면 됩니다. 한성 국악고등학교의 정식 참여를 환영하며, 큰 결정을 내려 주신 이희원 교장 선생님께 진심으로 감사의 말씀을 드립니다."

이 교장은 명지의 손을 힘차게 잡았다. 근데 최명지 이 아이, 뉘 집 딸인지 참 똑똑하네. 우리 호가 어디에 반했는지 알 것도 같아. 눈도 반짝반짝 빛나는 게 제법 예쁘게도 생겼네. 에스 컬렉션 옷을 좀 사다 입히면 꽤 근사하겠어. 몸매도 길쭉하고 날씬해서.

이 교장은 아들의 짝으로는 절대 안 된다던 명지의 손을 잡으며 상상의 나래를 펼쳐 나가고 있었다. 그런데 애가 너무 똑똑해서 시어머니인 나를 찜 쪄 먹는 거 아니야. 맹하고 착하기만 한 것보다는 낫지만 내가 무슨 말을 해도 어디 씨알이나 먹히겠나. 아무렴 어때. 까칠한 우리 아들을 데리고 살려면 이 정도 당찬 구석은 있어야지.

"내 이럴 줄 알았어. 혼자 정면 돌파 할 줄 알았지 내가."

한성 국악고등학교의 교문을 막 나서던 명지는 담벼락에 기대서 있던 김호와 맞닥뜨렸다.

"아, 깜짝이야. 언제 온 거예요? 내가 여기 있는 줄은 어떻게 알고?"

"최명지가 뛰어 봤자 내 손바닥 안이지. 총괄인 나한테 허락도 안 받고 이렇게 개인플레이 해도 됩니까?"

"아니지. '관은 이제 뒤로 빠지고 민간이 주도합니다' 한 순간부터 선장은 교체된 거지. 김호가 아니라 최명지로. 자기가 한 말을 스스로 부정하면 어쩌자는 거예요? 자아 분열이야 뭐야?"

"하여튼 한마디도 안 져요. 확 뽀뽀한다."

김호가 명지의 손을 잡고 자신 쪽으로 끌어당겼다.

"난 확 결혼한다. 심태윤이랑."

"어어, 이 여자가 진짜. 그런 말이 어쩜 이렇게 쉽게 나와."

김호의 눈에서 불꽃이 일렁였다.

"그 사람은 쉽게 하던데, 자기랑 결혼하자고. 서울에서는 나랑 결혼하자가 인사말쯤 되나 봐요."

"심태윤 이 미친놈이. 진짜로 결혼하자 그랬다고?"

김호는 명지의 손을 놓고 자신의 외투 주머니에 손을 넣었다.

"냉철한 김호의 이성이 날아가는 포인트가 이거였네. 오케이, 파악 완료. 갑시다, 배고픈데 뭐 좀 사 줘 봐."

명지는 주머니에 들어간 김호의 손을 빼서 잡았다. 단 한 번의 동작으로 김호의 눈가가 부드럽게 풀어졌다. 그는 명지의 손을 잡고 주차해 놓은 차 쪽을 향해 걸었다.

"뭐든 말해 봐요. 뭐든 사 줄 테니."

"내가 그렇게 좋아?"

명지는 자신의 얼굴을 김호에게 바짝 들이댔다.

"좋지. 내 이상형의 실사판인데. 당당하고 현명한 여자."

김호는 무척이나 뜨겁고 아찔했던 그 밤을 떠올렸다. 명지의 벗은 몸이 환영처럼 불쑥 튀어나왔다. 정지된 이미지 위로 그녀의 목소리가 다시 날아들었다.

"김호 이상형은 참하고 순하고 속으로 꾹꾹 눌러 담는 청순가련한 스타일 아니었나?"

"그건 책, 영화, 미디어가 잘못된 학습을 시킨 거고. 그런 스타일은 이제 구버전이지. 예전에는 먹혔어도 지금 세상엔 좀 답답하지, 여자가 너무 순하고 참하면. 복지리 어때요? 진짜 맛있게 하는 집 아는데."

"복요리 좋죠. 국물 시원하고."

"최명지는 해산물을 좋아하는구나."

"딱히 가리는 건 없지."

독일의 전통 의상을 입고 퍼레이드에 참여했던 명지와 회색 스커트 정장을 입고 자신의 앞에 서 있는 명지의 모습이 자꾸만 겹쳐 보였다. 두 장면은 어쩌다 서로 교차점을 갖게 된 것일까.

"지금 입고 있는 이 옷 좀 불편한 거 아니에요?"

"어떻게 알았어요? 완전 어색해. 불편하고."

김호가 문을 열어 주자, 명지는 조수석으로 몸을 밀어 넣었다.

"내가 전두엽에 쌓아 놓은 빅 데이터가 좀 있거든. 거기에 최명지에 대해서만 저장해 놓은 폴더가 하나 있어. 그 폴더 속 어떤 이미지와 지금 얼굴이 너무 비슷해 보여서. 그 이미지가 나한테 불편하다고 말해 줬거든."

운전석에 탄 김호가 허벅지까지 올라간 명지의 스커트 쪽을 흘깃 바라봤다.

"되게 로맨틱한 말을 참 어렵게도 한다."

"그러니까. 내가 좀 재미는 없는데 사람은 진국이야. 밥 먹고 우리 집에 갈래요?"

김호의 상반신이 명지를 향해 훅 하고 다가왔다. 키스라도 할 것처럼.

"이참에 국회의원 배지 달고 필리버스터 한번 가자. '우리 집에 갈래 최명지' 이 주제로 한 18시간은 말할 기세네."

"그게 그렇게 어려워? 우리 집에 가자는데 왜 늘 답을 안 해?"

김호의 두 눈에 서운함이 자리 잡았다.

"내가 잘못된 신호를 줬네. 김호는 의식의 흐름이 왜 이래. 기승전 우리 집이야? 발정기야 뭐야?"

"낡은 체계에 더 이상 기대지 말자. 우리 사이에 이제는 보다 인간 중심적인 성 담론이 필요하지 않겠어?"

"거지 근성 지린다 진짜. 의도가 너무 뻔해서 웃음만 나와. 인간 중심적인 성 담론은 또 뭐냐? 하하……."

"심보가 아주 못됐네. 내가 미륵이냐고."

그는 매우 솔직한 김호로 급속하게 로딩 중이었다.

"직업 좋고, 키 크고, 얼굴 잘생긴 남자한테는 늘 수요가 몰리기 마련이래. 그런데 여자가 그렇게 궁해?"

"구걸도 하루 이틀이지. 관두자 관둬. 이 교장님이랑은 무슨 얘기 했는데? 나 없는 데서 무슨 일을 당하려고 겁도 없이."

김호는 천천히 차를 출발시켰다.

"내가 이 교장님 캐릭터 파악 완벽하게 하고 돌진했지. 나 되게 잘

했어 오늘."

"진짜? 우리 어머니 꽤나 강적이신데. 나는 웬만하면 대화를 피하잖아. 하도 말이 안 통해서."

"에이, 김호가 아직 몰라서 그래. 엄마라는 존재가 얼마나 훅 하고 쉽게 무너지는 존재인지. 킬링 포인트가 있거든. 세상의 모든 엄마들은."

빙글빙글 웃는 명지를 김호가 신기하게 바라봤다.

"그게 뭔데?"

"뭐긴 뭐겠냐. 너지, 김호 바로 너."

"나라고? 우리 엄마를 무너뜨리는 게 나라고? 그게 무슨 소리야. 알아듣게 얘길 해 봐."

"아들이 지금 너무 힘들어해요. 세상 사람들이 모두 아들을 공격하고 있어요. 어머니, 아들 손 한 번만 잡아 주세요. 엄마들 앞에서는 딱 이 말만 하면 돼. 논리든 논거든 아무것도 필요 없어. 그냥, 당신 자식이 힘든 상황이니까 어머니가 좀 도와주시라고."

"와, 이건 또 무슨 신기술이야. 우리 엄마 만날 때 유독 언어 중추가 팽팽 돌아가는 거 같다. 필승 전략이 도대체 몇 개야 최명지는."

김호가 감탄했다는 듯 고개를 저었다.

"이게 어려워? 세상에 이것보다 더 쉽고 강력한 설득의 언어는 없어. 모든 엄마들에게 다 통하는 언어야. 당신 자식이 너무나 힘들어하니 엄마가 직접 구해 주라고. 엄마라면 자식을 구하기 위해 모든 걸 다 내던지고 불 속이라도 들어간다. 그게 엄마거든."

"대단하다 최명지. 우랄、알타이어를 가장 효과적으로 구사하는 지구인 선발 대회를 연다면 단연 최명지가 원톱일 거다."

김호는 너무나 사랑스러운 생명체를 보듯 명지를 바라봤다.

"나 오늘 이 교장님 완벽하게 설득하고 왔어. 한성 국악고등학교는 오늘부로 우리 축제의 파트너가 됐고. 당신이 한다던 그 축제, 할 수 있을 것 같아. 그것도 아주 쉽게. 이희원 교장 선생님이 아들을 위해 밑그림을 촘촘하게 그려 주실 테니까. 근데 그 복어집이 여기서 꽤 멀어? 나 배가 무지하게 고픈데."

"배 많이 고파? 그럼 우리 집으로 갈래? 내가 라면 끓여 줄까?"

"필리버스터 또 시작했니, 김호? 인간이 참 끈질기다. 나중에 크게 되겠어. 이 끈기로 뭔들 못 하겠니."

28

이제 하다 하다 내가 북한까지 가는구나

“농림부 하도식인데요. 저희 쪽 배우들 캐스팅이 완료됐습니다.”

— 아…… 벌써요? 생각보다 진행이 빨리 됐네요. 이제 우리 통일부에서 연기를 피우면 될까요?

통일부 장관 윤종철은 하 장관의 전화에 반색을 표했다.

“아닙니다, 장관님. 저기 윗동네 컨택 포인트만 넘겨주세요. 문화체육관광부든, 통일부든, 전면에 나서면 괜히 호사가들한테 떡밥만 던져 주는 격인데, 우린 뒤로 빠지자구요.”

— 민간인들에게만 맡겨 놓으면 이게 흐름을 타겠어요? 서로 간의 입장 차이도 있고, 또 이런 일에 익숙지도 않을 테구요. 의사 조율부터 상당히 덜컥거릴 텐데.

윤 장관의 우려 섞인 목소리가 흘러나왔다.

“남과 북이 함께하는 문화 예술 행사잖아요. 예술은 정치적, 외교적, 경제적 이득 추구를 목적으로 하지 않으니까, 걱정 안 하셔도 될 겁니다. 그리고 북한원산산업단지 쪽을 탐방하는 경제인 방북단이 지금 꾸려지고 있잖아요. 거기 멤버에 저희 쪽 스폰 기업 사람들 좀 넣어 주세요."

— 이번 방북단 멤버 구성은 제 권한 밖입니다. 그건 청와대랑 직접 조율하셔야 해요. 아, 장관님 밑에 있던 사무관이 대북 사업 핵심 멤버로 들어갔다던데, 김호…… 김호라 그랬던가.

"김호가요? 김호가 방북단 멤버 구성까지 합니까?"

하 장관의 목소리가 갑자기 커졌다.

— 왜 이러세요. 장관님이 심은 묘목 아닙니까? 훗날 아름드리가 될 거 같던데. 대물로 클 거 같아요, 김호는. 세부적인 통일 전략까지 구상해 코드원한테 보고했더라구요. 걔가 지금 파란 집(청와대를 뜻하는 은어)의 핵심 씽크탱크에 들어간 것 같아요.

"김호가 빨리 자리를 잡았네요. 인물은 인물이에요. 타협하지 않는 외골수긴 해도 그게 김호 앞날에 날개를 달아 줄 겁니다. 이것도 저것도 놓치지 않으려고 얕은수를 쓰는 스타일도 아니고."

— 예술 교류를 하실 거면 모란봉이나 청봉 악단과 하시면 될 거예요. 근데 걔들이 워낙 윗동네 에이스고 간판이라 그쪽이랑 뭘 한다고 하면 스케일이 확 커지죠. 모란봉을 움직이려면 연기만 피운다고 될 게 아니거든요. 내각총리나 당 선전선동부까지는 무조건 접촉해야 한다고 보시면 돼요.

통일부 윤 장관은 이런 종류의 일이 얼마나 신중하고 조심스럽게 이루어지는지 다시 한번 강조했다.

"그건 너무 부담스럽죠. 그렇게까지 확장하는 건 저희 쪽에서도 원하지 않아요. 우리 쪽 배우들은 국악고등학교 학생들로 캐스팅했으니 일단 급을 맞추는 게 어떨까요?"

— 그러시죠. 윗동네 예술학교 쪽으로 한번 컨택 포인트를 발굴해 보고 연락드릴게요. 어쨌든 조국의 미래는 청소년들에게 달렸네요. 하하…….

“정치적 의미는 부여하지 말자구요. 민간이 주도하는 문화 교류의 첫 장을 펼치는 것까지만 보고 우리는 뒤로 빠져야죠.”

하 장관은 울컥하는 심정을 가까스로 다스렸다.

— 새 시대의 스토리는 젊은 사람들이 쓰겠네요. 어떤 그림이 그려질지 상상도 안 되네.

남북한 공동 문화 축제, ‘겨레의 술’ 5차 실무 회의 — 인사동 베이스캠프.

“조만간 남북교류협력을 위한 경제인 방북단이 구성될 겁니다. 그 방북단에 〈한산소곡주〉 최명지 대표님과 〈천세주류〉 심태윤 과장님이 포함됩니다.”

“아……!”

심태윤의 입에서 낮은 탄식이 흘러나왔다. 이제 하다 하다 내가 북한까지 가는구나.

“저는 철저히 〈한산소곡주〉 대표로서의 자세밖에 취할 수 없을 텐데요. 문화 교류를 하자고 포석은 깔 수 있겠지만, 과연 실제적인 진행으로 급물살을 탈 수 있을까요?”

명지가 걱정스러운 얼굴로 입을 열었다.

“시나리오는 이미 80% 정도 완성됐어요. 첫째 날 만찬장에서 북한 예술학교 학생들의 환영 공연이 있을 예정이구요. 그 공연 팀을 이끄는 단장에게 최 대표님이 접근하시면 됩니다."

김호의 목소리는 그 어느 때보다 차분했다.

"좋아요. 나쁘진 않은데, 정서적인 경색도가 아직 만만치 않은 상황에서 남쪽 양조장의 젊은 대표가 뜬금없이 문화 교류를 하자고 하면 그게 오케이가 될까요?"

"오케이가 왜 안 돼요? 최 대표님이 한 말발 하는데, 북한에서라고 그 말발이 안 먹히겠어요? 군사 분계선을 넘어가서 탄탄한 지지층을 확보하시겠네요. 통일의 여전사 같은 코스프레 하시면 되겠네, 뭐."

심태윤이 빙글빙글 웃으며 명지에게 역할을 부여했다.

"내가 심 과장님을 북조선에 남겨 놓고 오는 수가 있어요."

"에헤, 나를 이참에 북한 땅에 두고 오려고 이분이 또 플랜을 짜시네. 하하……."

"환영 공연에 대한 감사의 뜻으로 우리도 작은 공연을 준비하면 어떨까요? 이번 방북단에 이희원 교장 선생님과 학생들 일부를 포함시켜서요."

명지가 회심의 카드를 꺼내 들었다.

'이희원 교장 선생님이라. 우리 어머니가 과연 이 제안을 수락하실까.'

김호는 잠시 눈을 감았다. 명지와 어머니가 함께 북에 간다고 생각하니 갑자기 머릿속이 아득해졌다.

"와우! 이거 대박 아이디언데요? 서로 자연스럽게 얼굴도 익히고, '이참에 남북 학생들 합동 공연 한번 하시죠' 라며 교장 선생님이 제안하면 뭔가 급물살을 탈 거 같은데?"

그럴듯한 청사진을 발견한 듯 이그린의 눈에서 빛이 났다.

"바로 그거죠. 갑자기 남북 합동 공연을 하자고 하기엔 명분이 없으니 이희원 교장 선생님이 공연을 같이해 보자는 화두를 먼저 던져 주시는 거죠. 그 타이밍에 제가 들어가서 썰을 풀게요. 〈한산소곡주〉를 가지고 굉장히 의미 있는 전통주 축제를 할 건데, 오프닝 무대를 남북한이 같이해 보자고."

"남북 학생들의 춤, 풍물, 소리 공연을 같이해 보자. 그 판은 전통주 축제 오프닝 무대다! 캬! 시나리오 한번 좋고!"

이그린이 활짝 웃으며 호응했다.

"위안부 할머니들의 혼을 달래는 합동 씻김굿도 특별 순서로 넣는 거죠. 이건 남북한 모두의 아픔이고 한이니까."

위안부 할머니들을 챙기는 명지를 보며 김호가 고개를 끄덕였다.

"국내고 해외고 할 거 없이 취재진을 최대한 많이 불러야 합니다. 그건 청와대에서 준비해 주세요."

김호 쪽을 바라보는 명지의 눈에 생기가 넘쳐흘렀다. 소풍을 앞둔 아이처럼.

"걱정 말아요 그건. 언론들은 죄다 부를 테니. 외신 기자들은 외교부에서 좀 땡겨 오셔야 할 거 같네요."

김호가 이지영 책임에게 역할을 주듯 고개를 끄덕였다.

"물론이죠. 그건 일도 아니에요. 근데 진짜로 괜찮을까요? 청와대, 외교부, 문화체육관광부 죄다 빠지고 민간인들로만 방북단을 구성해도요. 리스크가 꽤 큰데. 공식적인 미팅 자리에서 갖춰야 할 외교적 관행과 제스처를 익힐 시간도 턱없이 부족하구요."

이지영이 걱정스럽게 심태윤과 명지를 바라봤다.

"이지영 책임님. 저희가 북에 가면 입은 꾹 닫고 온니 보디랭귀지로만 소통해야 하나요? 무슨 제스처를 익혀요? 조선말로 잘하고 올게요."

명지가 이지영을 보며 가벼운 비웃음을 날렸다. 넌 그놈의 잘난 척 좀 넣어 둬라.

"외교란 게요, 그렇게 단순하면 얼마나 좋을까요. 행사장 안으로 입장하는 순서, 술잔을 들고 하는 건배사, 하다못해 물컵 하나를 들 때도 갖춰야 할 아주 섬세한 외교적 제스처가 따로 있답니다."

이지영이 니가 뭘 아냐는 듯 명지를 바라봤다.

"형식이 내용을 압도해서 좋은 꼴을 본 적이 없네요, 저는. 같은 민족끼리 잔을 들며 '위하여' 대신 '지화자'를 외친다고 해서 외교적 결례일 리 없구요. 저쪽에서 '아리랑' 할 때 이쪽에서 '스리랑' 한다고 손가락질받을 리 만무하구요. 그냥 진심으로 대하면 되는 거 아닌가요? 외교적 제스처니 관행이니 이런 것보다 뜨거운 진심 한 조각이 더 큰 힘을 발휘한다고 생각해요."

이지영의 뼈를 때리다 못해 발골을 하는 명지를 보며 이그린이 조용히 웃었다. 북조선 사람들이 최명지를 만나면 뒤로 넘어가는 거 아니야.

"단어의 뉘앙스가 살짝 다르다고 해서 외교적 결례니 뭐니 할 졸장부들이 그런 자리에 나오겠나요? 모두 다 거기서 한자리씩 하는 지도자들일 텐데, 동네 목욕탕의 터줏대감이 물기 안 닦고 한증막에 들어온 신입한테 텃세 놓듯 행동하진 않을 거 아니에요?"

외교에 관해서 자신을 무지렁이 취급 한 이지영을 명지가 잘근잘근 밟아 주자 심태윤이 보다 못해 끼어들었다.

"이지영 책임님, 그냥 이쯤에서 손들어요. 괜히 버티지 말고. 말실수했다고 깨끗하게 사과하고 끝냅시다."

"근데 최 대표님, 그거 아세요? 남의 전문 영역까지도 인정 안 하겠다고 하면 되게 독선적인 거예요. 안 그래요?"

이지영이 물러서지 않자 명지의 눈빛이 날카롭게 빛났다. 이게 정신 못 차리고 끝까지 훈수를 두네.

"말씀 한번 굉장히 잘하셨네요. 그러면 〈한산소곡주〉와 〈천세주류〉는 빼고 공무원 나으리들끼리 드림 팀 꾸려서 외교적 목적이라고 이마에 크게 써 붙이고 방북하시든가요. 민간은 이쯤에서 빠질 테니 관이 앞장서 보세요, 어디. 외교적 제스처 완벽하고 세련되게 해서 소기의 목적 달성해 보시라구요. 이번 방북단에 포함된 우리도 이 분야 전문가예요. 우리가 이 프로젝트에 대한 이해도가 떨어지나요? 전통주에 대한 지식이 부족한가요? 국악고등학교 이희원 교장 선생님도 전통공연 쪽으로는 전문가 중에 전문가구요. 그러니까 이 축제의 키를 우리가 쥐고 올라가는 거 아니겠어요?"

명지는 도도한 눈빛으로 이지영을 쏘아봤다.

"큰 역할을 맡고 올라가는 사람들에게 응원과 격려는 못 해 줄망정 무슨 외교적 관행을 익힐 시간이 없다느니, 그런 예의 없는 말을 사람 면전에 꽂아서 김빠지게 하고, 사기를 꺾어야겠습니까? 이지영 책임님이야말로 사람과 사람 사이의 기본적인 대화 스킬과 매너를 배우셔야겠네. 외교관이면 대한민국의 얼굴이자 나름 간판 아니에요? 대한민국 대표 선수로 해외에 나가서 어디 국위 선양 하시겠나. 기본기가 이리 부족한데."

심태윤은 명지의 말을 듣다가 어쩐지 울컥하는 마음이 들어 천장을 바라봤다. 저 여자는 어쩜 저렇게 멋진 말만 하는 건지. 볼 때마다 반할 판이야.

"네, 제가 생각이 짧았네요. 미안합니다. 먼 길 가셔야 하는 분들한테 괜한 부담을 드렸네요."

맞은편에 앉은 명지도 심태윤도 아닌 어정쩡한 빈 벽을 바라보며 이지영이 사과인 듯 아닌 사과를 했다.

"이제 시작입니다. 출발 전부터 이런 불협화음이 일어나서 좋을 게 없잖아요. 우리 팀이 정치적 이득을 취하기 위해 가는 게 아닙니다. 교류하고 소통하기 위해 가는 거죠. 조만간 디데이가 나올 겁니다. 날짜가 확정되면 연락드릴게요. 그 전에 최 대표님은 한성 국악고등학교랑 미팅하시고, 북에서 선보일 공연 프로그램 논의하세요. 방북하려면 그쪽이나 우리나 여러 조직의 합의가 필요해서 시간이 좀 걸릴 거예요. 그러니까 우리 쪽에서 챙겨야 할 것들부터 착착 진행하시죠."

김호가 살짝 격앙된 분위기를 추슬렀다.

"저는 먼저 일어설게요. 교장 선생님부터 만나 봬야 할 거 같아서요. 시간이 없네. 학생들이랑 공연 준비하셔야 하는데."

"근데 그 교장 선생님이 오케이 하실까요? 무려 방북인데?"

심태윤이 쉽지 않아 보인다는 듯 어깨를 으쓱했다.

"당연히 수락하세요. 100%."

"왜 이렇게 자신만만해요?"

"나한테는 필승 카드가 있거든요. 내가 또 광땡 패를 손에 쥐었네. 하하……."

명지가 김호를 바라보며 싱긋 웃었다. 김호가 내 인생의 광땡 패가 될지는 모르지만 암튼 이희원 교장한테는 100% 먹히는 패지.

에필로그

돌이켜 보니 그 시절에 우리 모두 참 젊었고, 빛났고, 싱그러웠던 거 같아

2047년, 러시아 상트페테르부르크역.

"이 사장님, 매장이 역사 안으로 들어가서 맨 좌측 코너에 있다고 했죠? 5분 후면 도착할 거 같아요. 상트페테르부르크에서 이제 내려요."

"회장님, 내리는 사람들이 제법 많아서 서두르셔야 할 것 같습니다. 이쪽이에요, 이쪽!"

"어어, 오케이. 이 사장님 일단 전화 끊습니다. 박 비서야, 러시아가 뭐 이렇게 금방이냐. 기차 타고 한숨 잤더니 러시아네. 허허……."

기차에서 내린 심태윤은 윤기가 반질반질 흐르는 코트에 잡힌 잔주름을 탁탁 털었다. 러시아의 매운바람이 뼛속까지 스며들어 왔다. 오뚝한 코가 바람을 맞고 금세 벌게졌다.

"회장님, 저기 안쪽에 사람들이 제일 많은 저 점포 맞죠? 그런데 웨이팅 줄이 어마어마합니다. 사람으로 북새통을 이루는데요. 한국식 술과 빈대떡이 유럽에서 대박이 났다는 게 진짜로 맞나 보네요. 이렇게 러시아에 와서 눈으로 봐도 믿기지가 않습니다."

"저기 간판 봐라. 〈술의 향기〉! 저거를 우리 〈천세주류〉가 통째로 먹을 뻔했는데 말이야. 간판 하나로도 주변을 압도하고 있네. 하하……."

"우리가 먹을 뻔했다구요? 저 〈술의 향기〉를요?"

이제 막 과장 진급을 한 젊은 박 비서가 심태윤을 보며 믿을 수 없다는 듯 싱긋 웃었다.

"너 올해 몇이지? 서른둘?"

"서른셋입니다 회장님."

"니가 세 살 때 얘기네. 니가 아직 아기였을 때 말이지, 최명지 대표랑 내가 파트너가 돼서 〈한산소곡주〉를 들고 북으로 넘어갔어, 야."

"아우, 왔으면 들어오지 않고 뭐 해요? 왜 직원 세워 놓고 30년 전에 북으로 넘어간 얘기를 하고 있어, 꼰대같이. 회장님도 이제 나이 들었네, 들었어. 하하……."

앞치마를 두른 60대 중반의 이그린이 심태윤의 팔을 잡아끌었다.

"아이고오, 이게 누구신가. 이그린 사장님 아니신가. 〈술의 향기〉 러시아 1호점을 이렇게 본인이 홀랑 가져가도 되는 겁니까?"

"그러니까 최 대표님한테 잘했어야지. 나처럼 한결같이, 꾸준하게. 어서 들어와요. 그런데 대기업 회장님이 수행원도 없이 왜 이렇게 단출하게 오셨대?"

이그린은 심태윤을 보며 활짝 웃었다.

"이분이 진짜로 나를 꼰대 취급 하네. 세계 어디를 가든 이렇게 실무 봐 주는 직원 한 명만 동반하고 다녀요. 우리가 그 옛날 농림부 하도식 장관님 밑에서 기가 막히게 산 교육을 받았잖아. 의전 중독에 걸려서 바보 되지 말라고. 하하……."

"거기 젊은 양반도 안으로 들어와요. 회장님 모시고 먼 길 오느라 힘드셨죠? 저분이 참 인품도 좋고, 실력도 좋은데 말이 너무 많아 말이."

"아닙니다. 와우, 매장이 제법 넓네요. 중앙에 무쇠 철판도 길게 세팅돼 있고, 한국에 있는 〈술의 향기〉 매장이랑 똑같은 콘셉트를 러시아에 구현하셨네요. 와…… 감탄만 나옵니다."

박 비서는 한국식 인테리어를 그대로 도입한 매장을 둘러보며 입을 벌렸다.

"매장엔 사람이 많으니까, 저기 안쪽에 직원들이 식사하는 자리가 있는데 일단 거기 앉죠. 들어오세요. 이리로."

"내 이럴 줄 알았어. 이그린 사장님이 러시아에서 돈을 쓸어 담고 있었네."

"여기, 녹두빈대떡이랑 소곡주랑 식혜 빨리 좀 주세요. 이분들 아주 멀리서 오신 내 손님들이야."

이그린이 매니저 배지를 달고 있는 한국인 직원에게 재빨리 음식을 요청했다.

"오픈 초긴데도 매장이 꽤 자리를 잡았네요. 어떻게 된 게 여기서 몇 년 영업한 매장 같아."

"최명지 대표님이 매장에서 사용할 젓가락 하나까지 간섭을 하시니까요. 그분이 어떤 분이신지는 최 대표님이랑 같이 북조선으로 넘어가 통일 사업 하고 오신 심 회장님이 더 잘 아실 테고. 이렇게 말하니까 되게 거창하게 들린다, 하하……."

"아, 난 지금도 그때를 생각하면 심장이 떨려. 우리의 삼사십 대를 돌이켜 보면 진짜로 대단했지. 독일로, 평양으로, 다시 북경으로. 하하……."

"난 그때 진짜 내 눈앞에서 금방이라도 통일이 될 줄 알았어. 우리 프로젝트 팀 성과가 참 좋았잖아요. 남북 학생들의 합동 공연도 너무 감동적이었고. 난 지금도 가끔 그때 공연 영상을 돌려 본다니까. 볼 때마다 울컥해."

이그린이 들뜬 표정으로 그 당시를 회상했다.

"나두 그래. 아직도 핸드폰에 그 영상을 가지고 다녀. 우리 손주 재롱 영상이랑 같이 들어 있어."

"근데 통일까지, 그리고 이렇게 부산과 유럽을 연결하는 철도가 깔리기까지 30년이 걸렸어. 음식 나왔네요. 먼 길 오느라 시장하셨을 텐데 어서 드세요. 우리 회장님."

"이 녹두전이랑 소곡주가 바로 그거네. 최명지 대표랑 농림부 특별 사업비 50억을 두고 치열하게 붙은 뮌헨 프레젠테이션에서 내가 완전히 발렸잖아. 이 〈술의 향기〉 때문에. 기억나죠? 이그린 사장님? 그때 최명지 대단했다, 진짜로."

"기억나고말구요. 너무나 생생하게 기억하지. 진짜로 멋졌어요, 최명지 대표. 150년을 이어 온 양조장 대표로 나가서 떨지도 않고 자기만의 호흡으로 발표를 했잖아요."

당시를 떠올리는 것처럼 이그린이 아련한 표정을 지었다.

"'우리같이 술을 빚는 사람들은 이 땅이 아직도 살기 좋은 곳이라는 걸 술의 향기를 통해 알 수 있다고. 그윽한 술의 향기를 맡으면서 신이 아직 이 땅을 버리지 않았다며 안도한다고. 한반도의 공기와 바람과 흙과 물이 안녕하다는 걸 가장 민감하게 느끼는 제사장 같은 감지자로서 우리는 존재해 왔고, 앞으로도 그렇게 하늘과 흙을 가장 가까이에서 보며 우리 전통 방식으로 이 강산을 지킬 거라고.' 난 그 자리에서 막 소름이 돋았잖아요. 남자들은 완전히 반한 눈빛이었고. 하하……."

"반했죠, 반하고말구요. 그렇게 근사한 신념을 갖고 있는 여자한테 어떻게 안 반하고 배겨? 하하……."

"그 최 대표님이 바로 영부인이신 거죠? 우리 대통령의 퍼스트레이디, 최명지 여사님."

박 비서가 눈을 반짝이며 대화에 끼어들었다.

"맞아요. 여기 심 회장님이 그렇게 대시를 했는데 김호가 끝까지 안 놔줬지. 아, 김호라고 그러면 안 되겠구나. 대통령이지 대한민국의 대통령. 하하……."

"그냥 대통령도 아니지. 통일된 대한민국의 1호 대통령이지. 그때 우리가 예측을 했잖아요. 남과 북이 2개의 정부인 채로 평화의 기조 아래 세월을 보내다가 경제, 문화, 학술, 관광, 자원을 조금씩 교류하면서 서서히 하나가 될 거라고. 그렇게 통일이 되기까지 30년이 걸렸네. 우리도 그사이에 많이 늙었고."

"왜 이래요. 60대 초반이면 아직 청춘이지 뭐. 이제 딱 절반 살았구먼. 이제는 암을 정복해서 120살도 너끈하게 사는 시대야. 백세 시대도 옛말이라고."

"〈술의 향기〉 매장이 벌써 몇 개야. 국내, 해외 할 거 없이 이렇게 돈을 쓸어 담는데 〈한산소곡주〉는 이 돈 벌어서 다 어디다 쓴대요?"

"거기가 전문 경영인 체제로 바뀐 지가 언젠데요. 전통주협동조합으로 공익 법인도 세워서 수익금은 다 거기로 들어가요. 최 대표님은 학교에만 올인한 지 오래됐어요. 전통주 전문학교의 교장 선생님으로 학생들을 가르친 세월이 벌써 얼만데요. 이제 교장 자리도 잠시 내려놓고 청와대로 들어갔으니 그 양반 몸이 근질근질하겠네요. 근데 크게 날 받아서 소곡주 담글 때는 서천으로 날아갈 거예요. 헬기를 타고라도."

"야, 진짜 이런 날이 오네요. 그때 독일에서 말이야, 김호가 장차 대통령이 될 거라고 최 대표가 나한테 호언장담했었는데."

심태윤이 기분 좋은 얼굴로 소곡주를 한 모금 마셨다.

"최 대표가 그런 얘기도 했었어요? 진짜로? 안목이 남달랐네, 남달랐어. 김호를 어떻게 알아봤을까? 미래의 대통령 감이란 걸."

"운명적으로 서로를 알아봤나 보죠. 아, 이 남자가 나중에 대통령이 되겠구나. 이 여자가 바로 영부인감이로구나. 그러니까 내 작업이 먹힐 리가 없지 뭐. 하하……."

심태윤의 젓가락이 녹두빈대떡으로 향했다.

"그러네. 지금 와서 생각해 보니 나라의 운명을 쥔 두 사람이었네. 그러니 결국 오늘의 통일을 만든 게 그 두 사람 아니었을까요? 이러면 나 너무 친정부 빠순인 건가? 하하……."

"틀린 말은 아니죠. 30년 전에 두 사람이 설계한 남북한이 하나 되는 평화의 축제가 전 세계에 감동적으로 전달됐으니까요. 그때 남도 북도, 우리 모두의 가슴도 뜨거웠잖아. 우리는 진짜 한민족이구나, 한겨레구나, 떨어져서 살았지만 같은 동포구나 하는 생각이 들도록 두 사람이 통일의 씨앗을 뿌렸지."

심태윤은 회상에 잠긴 듯 천천히 눈을 감았다 떴다.

"그 시절에서 너무 멀리 왔네, 우리가. 세월이 언제 이렇게 흘렀을까. 돌이켜 보니 그 시절에 우리 모두 참 젊었고, 빛났고, 싱그러웠던 거 같아. 지나가 버린 우리의 젊음이 참 아쉽다. 늙은 심 회장님을 보니까 더 그래. 하하……."

"나도 그래요. 아직도 그 시절이 엊그제 같은데, 이제는 우아한 여사님이 된 이그린 담당님을 보니 우리가 언제 이렇게 늙은 건가 싶어. 근데 대통령이 우리 불러다 밥 한번 사야 되는 거 아니에요? 왜 청와대에서 초대장이 안 날아와? 하하……."

"기다려 봐요. 취임식 한 지 얼마나 됐다고 그래. 앞으로 해외 순방이다 뭐다 죽음의 스케줄을 보내실 텐데. 우리 김호 대통령과 최명지 여사님."

이그린은 생각만 해도 뿌듯하다는 듯 만면에 웃음을 띠었다.

"그 양반이 사람은 좋은데, 크게 스타성도 없고 조용하잖아요. 그런데도 국민들이 김호를 대통령감으로 알아본 게 참 신기해."

"스타성이 왜 없어. 와꾸발이 있구만. 배우 뺨을 치는 인물인데 뭐. 〈천세주류〉는 통일 대한민국을 위해 기부 사업이라도 통 크게 해요. 알겠어요? 청와대에서 조만간 공익사업 하나 크게 하자고 심 회장님한테 연락 가겠네 뭐. 핸드폰은 샤워할 때도 들고 가슈, 꼭이요."

심태윤과 이그린이 술잔을 기울이며 지난날의 추억 속으로 깊숙하게 잠겼다. 상트페테르부르크역에 진한 소곡주의 향기가 넘실넘실 흘러 다녔다.

"어머니, 덧술 작업은 제가 내려가서 할게요. 우리 엄마도 부녀회장님도 이제 두 분 다 80대 노인들이신데 저 없이 뭘 어쩌시려구요. 안 된다니까요, 글쎄."

명지는 시어머니 이 교장에게 몇 번이나 같은 말을 반복했다.

— 너는 청와대에 딱 박혀 있어야지, 무슨 소리니. 한산은 생각도

하지 말고 그냥 거기 있어. 내가 사부인 모시고 여기 부녀회장님이랑 같이하겠다니까 그러네. 전통주 전문학교 학생들도 죄다 그날 와서 돕겠다는데 최명지가 왜 필요해. 영부인께서는 거기 일이나 신경 쓰세요. 이만 끊는다.

이 교장이 전화를 끊자 명지의 얼굴에 당황한 기색이 서렸다.

"어머니? 어머님! 이희원 교장 선생님! 이 양반이 또 본인 말만 하시고 전화를 끊으셨네. 김 담당아, 당신 어머니가 또 나 없이 소곡주를 담그겠다고 하신다. 어떡하니 이 양반. 내가 덧술 작업 하는 날은 잠깐 내려가야 할 거 같은데. 나 없이 어찌하시려고들 이러시는지."

명지는 침실로 들어오는 김호를 향해 혀를 차며 투덜댔다.

"우리 다음 주부터 남미 쪽을 쫙 돌아야 하는데 시간이 되겠어?"

잠옷 차림의 김호가 책 한 권을 손에 들고 침대에 걸터앉았다.

"그게 다음 주야? 다다음 주가 아니라?"

"최명지도 이제 늙었네. 기억력이 깜빡깜빡한다. 하하……."

"김호야, 난 청와대 스케줄이 이렇게 빡빡하게 돌아가는지 몰랐다. 인생 말년이 이렇게 숨 가쁘게 돌아갈 거라곤 생각도 못 했는데 이게 뭔 난리야."

명지는 침대에 천천히 몸을 누이며 에구에구 소리를 냈다.

"그러게. 한산에서 여유롭게 술 빚고 학생들 가르칠 때가 좋았지 당신은? 내가 요새 당신 볼 때마다 그 점이 참 미안해."

"내가 괜히 김호한테 대통령감이라고 꿈을 심어 줬나 봐. 난 진짜로 될지 몰랐네. 하하……."

"토요일에 유일하게 스케줄이 비는데 우리 서천이나 갈까?"

읽던 책을 협탁 위에 내려놓으며 김호도 누웠다.

"좋지. 그럼 난 너무 좋지. 우리 여사님들끼리 술 빚는다고 난리도 아닐 텐데. 지금 딱 이 계절에 이 타이밍을 놓치면 올해 술은 달게 안 나오지 싶어서 맘이 좀 급하다, 내가. 진짜로 우리 내려갈 수 있는 거야?"

"당연하죠, 사부님. 근데 거기 가면 너무 평화로워서 다시 안 올라오고 싶을 거다. 여기는 너무 피곤하잖아. 이렇게까지 저기 할 줄 몰랐지? 하하……."

"그러니까. 나 진짜로 속은 기분이야. 대통령 마누라가 참석해야 할 공식 행사가 왜 이렇게 많은 거야. 아침에 비서관들이 내 일정 알려 주는 거 들을 때마다 기절할 판이야. 〈한산소곡주〉 대표 할 때도 외부 일정이 꽤 많았다고 생각했는데 청와대는 완전히 다른 세상이다, 김 담당아."

명지는 김호를 향해 빙긋 웃으며 침대 옆 스탠드의 조도를 은은하게 낮췄다.

"그래, 이참에 우리도 힐링하고 오자. 나는 요즘 부녀회장님 댁 국화 말리는 방이 그렇게 그립다. 부녀회장님이 불을 지피면 그 방 온돌 바닥이 금세 후끈해졌잖아. 아궁이의 첫 열기가 들어오는 아랫목이 거무죽죽하게 탔을 정도로 그 방 바닥의 열기가 대단했는데."

"우리가 거기서 첫 키스만 안 했어도 말이야, 내가 이런 어마어마한 일정에 시달리지 않았을 텐데."

"그 첫 키스 말이야. '내가 먼저 키스 제안을 했으니 이런 새치기는 용납 못 하지.' 이러면서 당신이 먼저 했다. 너무 오래된 일이라 혹시 잊고 있을까 봐 알려 주는 거야."

김호가 명지를 사랑스럽게 바라보며 싱긋 웃었다.

"그러니까. 내가 그때 왜 그렇게 용감했나 몰라. 김호를 너무 무르게 봤었나 봐. 내 마음대로 대충 저기 할 수 있겠다고 생각했었던 거 같아. 근데 당신이 그렇게 불도저처럼 밀어붙일지 몰랐어."

"그 젊은 날의 최명지가 얼마나 멋졌는데. 당당하고 사리 분별 정확하고, 머리도 전략적으로 팽팽 돌아가고. 기가 막힌 단어들만 골라서 적재적소에 배치하며 상대방 얼굴에 한 점 망설임도 없이 내리꽂고. 하하……."

"그땐 내가 어렸다. 그지? 세상 무서운 거 모르고 막 정면 돌파 했다. 근데 진짜로 재밌었어. 김호랑 함께했던 지난 시간들이. 우리 북으로도 넘어가고 대단했잖아? 그때는 무슨 용기로 그랬을까. 어쩜 망설임 하나 없이 그렇게 맨땅에 헤딩하는 일을 하겠다고 나섰을까. 하하……."

명지는 김호의 목 부근까지 이불을 덮어 주며 낮게 웃었다.

"그 결단 덕에, 그 용기 덕에 지금 이 자리에 계신 겁니다. 최명지 여사님."

"김호의 그 신념 덕분에 우리나라가 통일이 됐구요, 대통령님."

본채, 별채, 사랑채로 구분된 전통 한옥 공법으로 지은 대통령 관저에 밤이 깊었다. 침대에 나란히 누운 두 사람은 30년 전 그 시절로 추억 여행을 시작했다.

군사 분계선을 넘으며 가슴이 터질 듯 두근거렸던 기억부터 남북한 학생들의 합동 공연장에서 시작부터 펑펑 울음을 터뜨린 이희원 교장의 대성통곡 스토리까지 부부의 대화는 끝도 없이 이어졌다.

원대한 목적을 향해 두려움 없이 내달렸던 최고의 동지이자 소울메이트인 김호와 최명지가 서로의 주름을 보며 웃었다.

더디게 보일지라도 역사는 반드시 진보한다는 두 사람만의 명제가 청와대 관저의 높은 담을 타고 유려하게 흘러갔다.

❖

명지와 김호가 〈한산소곡주〉 양조장 대문을 열고 마당으로 들어왔다. 대통령 경호대가 이 특별한 가족들의 만남을 최대한 방해하지 않고 경호하기 위해 너른 기와집을 그림자처럼 에워싸며 멀리서 두 사람을 지키고 있었다.

"아이고오, 왜 왔어? 이 바쁘신 양반들아. 사부인, 나와 보세요. 대통령 부부가 행차를 했어요. 우리 둘이 덧술 작업 한다니까 또 못 믿겠어서 왔구만. 하하……."

이희원 교장이 주름진 손으로 명지의 손을 부여잡았다. 안채에서 찹쌀을 씻던 부여댁도 한걸음에 달려 나왔다.

"이이? 우리 명지가 참말루다가 니려온 게 맞능규우? 워치케 이려어. 전화 한 통두 없이 이래 니려오는 법이 워디 있간디이. 시상에나, 그란디 두 사람 모다 얼굴이 왜 이리 호울쭉해진겨어. 청와대 일이란 거시 음청시레 힘든개 비다아."

"이게 누구여어. 우리 대통령님과 여사님이 오셨네. 우리 최명지 여사님이 최승주가 술을 망칠까 봐 또 불안불안혀서 기어이 오셨능개 비여. 형님, 청와대를 가도 이 최 여사님이 이짝을 영 못 잊구서는 자아꾸 이래 참견을 허는디이 참말로 큰일인디요오. 이러다가는 여사님이 청와대 짐을 모다 정리해서 밤도망이라도 칠 판인디이. 허허……."

명지의 동생이자 〈한산소곡주〉 계승자인 최승주 명장이 활짝 웃으며 김호의 손을 잡았다.

"너 쓸데없는 소리 말고 영상 통화로 현우 당장 연결해. 여보 애가 지금 홍콩이야, 마카오야? 어디 있다고 했더라?"

"우리 아들은 지금 홍콩 여행 중이십니다, 여사님."

김호가 걱정스러운 눈빛으로 명지를 바라봤다. 명지가 또 하나밖에 없는 내 아들 잡는 거 보겠네.

"아니, 본인 아들헌티 전화 때리는 걸 왜 나헌티 허래는겨어?"

"왜긴 왜겠냐. 이노무 시키가 내 전화를 안 받으니까 그렇지. 빨리 니가 영상 통화로 여기 어머니들께 애 얼굴 좀 보여 드려. 황금례 여사님이랑 이희원 여사님 손주 얼굴 보고 싶어서 애들이 타신다, 지금."

승주가 핸드폰을 꺼내서 현우에게 영상 통화를 요청했다.

"어, 연결됐네. 요기 자알생긴 현우 얼굴이 번쩍허니 떴는디이. 워디 보자. 현우야, 외삼춘인디이. 니는 그렇게 세계를 여행하며 댕기니까 좋은겨어, 워쩐겨어. 니가 올해 스물여섯이냐아, 일곱이냐. 암튼 할머니들이 많이 보고 싶어 허시니께 기둘려 봐라."

승주가 싱긋 웃고 있는 현우의 얼굴이 크게 떠 있는 핸드폰을 이희원 교장에게 넘겼다.

— 할머니들! 잘 지내셨죠? 저 지금 마카오로 넘어가려고 배 기다리고 있어요. 가만있어 보자. 지금 이 계절이면, 한국은 크게 술 한판 빚을 때 되지 않았어요?

"아이고, 내 새끼. 할머니다. 넌 한국에 언제 오는 거니? 잠시만, 옆에 외할머니도 계셔. 사부인, 현우 나왔네. 어서 통화하세요."

"최명지 아들 아니랄까 봐 니는 워치케 그라구 사는겨어. 현우야, 그냥 니 뜻대루 그르케 자유롭게 살 거믄 가끔씩이래두 얼굴을 보여줘야 할 거 아니여어. 이 늙은 할미들은 니가 보고 싶은디이 당최 볼 수가 없으니 워쩐다니."

부여댁이 마치 현우의 얼굴을 쓰다듬는 것처럼 액정 화면을 매만졌다.

— 네, 저 며칠 있으면 한국 들어가요. 도착하자마자 서천 먼저 갈게요. 할머니들, 사랑합니다. 혹시 최명지 여사 옆에 있는 거 아니죠? 그러면 그냥 끊을라구.

"이 시키가, 아주 죽고 싶냐? 너는 그냥 마카오에서 조용히 다이해라. 한국 오면 내 손에 아주 작살날 줄 알아. 도대체 학교는 언제까지 휴학할 건데? 졸업은 안 하냐? 엄마가 내준 학비나 고대로 갚아, 이놈아."

— 엄마, 잘 안 들려. 여기가 전파 방해 지역이네. 홍콩에선 핸드폰이 잘 안 터져. 끊을게요.

"전파 방해 지역 좋아하네. 야! 김현우! 현우야! 여보, 얘 좀 봐 봐. 진짜로 전화 끊었어. 내 말은 귓등으로도 안 듣는다니까. 세상에, 내가 뭘 키운 거야."

명지가 황당하다는 얼굴로 김호를 바라봤다.

"뭘 키우긴. 내 눈에는 두 사람이 똑 닮았어. 아주 복붙을 했어, 복붙을. 최명지가 남자 버전 최명지를 키운 거지. 자, 안으로 들어갑시다. 벌써 바람이 제법 차네. 사랑하는 어머니들, 이만 들어가시죠. 이번에 남미 순방을 가면 또 꽤 못 뵐 거 같아요. 그 후로도 일정이 어마어마하거든요. 최명지 얼굴 실컷 보셔야죠. 안 그래요?"

잘 띄워진 구수한 누룩 냄새가 양조장의 너른 마당을 휘감았다. 술 익기 좋은 바람이 드디어 술 익기 좋은 계절을 만났다. 술의 신이 그 윽한 향기를 토해 내기 딱 좋은 햇살과 온도가 양조장에 찾아왔다. 하늘과 흙을 가장 가까이에서 보며, 한반도는 여전히 아름다운 곳이라는 걸 제일 민감하게 느끼는 술 빚는 장인들이 양조장에 속속 모여들기 시작했다.

자본주의 체제로의 복속을 요구받는 자리에서 최명지가 완벽하게 자존을 지켜 냈듯이, 덧술 작업을 기다리는 항아리들이 당당하게 모습을 드러냈다. 알싸한 술의 향기가 추수를 끝낸 빈 밭을 채우며 멀리멀리 퍼져 나갔다.

작가 후기

글을 쓰다 보면 지독히도 외로운 일에 스스로 뛰어들었나 싶어 아차 할 때가 있습니다.

〈술의 향기〉는 주제 의식이 좀 무거워서 중간에 쉬기도 하고 그랬지요.

한번은 생각해 봐야 하는 우리 사회 여러 가지 담론들을 로맨스 사이사이에 풀어놓았지만 최종 탈고를 마치고 나니 역시나 아쉬움이 남습니다. 정치적 갈등이 깊은 사회에서 서로의 신념과 입장 차이로 인해 산산이 조각난 퍼즐을 맞추기란 쉽지 않겠지요.

마지막 한 조각은 독자님들 몫으로 남기고 이번 작품을 마무리합니다.

연재 기간 내내 따뜻하게 응원해 주신 독자님들께 깊은 감사를 드립니다.

제가 마음 편히 글을 쓸 수 있도록 모든 번거로운 상황들을 한 번에 정리해 주는 좋은 남편이자 최고의 조력자 박재성 씨, 진심으로 사랑합니다.

올봄에 무지개다리를 건너간 우리 몽실이, 너와의 14년 동안 엄마는 감사하고 행복했단다.

소소한 정을 나누는 '로나살롱'의 매력적인 로나 님들과 든든한 작가님들 항상 감사합니다.

제가 무한 신뢰하는 다향의 심은지 대리님, 이번에도 애 많이 쓰셨어요.

다음에는 많이 웃을 수 있는 작품으로 인사드릴게요.

감사합니다.

❖ 참고 문헌

이동화, 인천일보 / ['경기灣 평화생태기행'] 16 독일 뮌헨 다하우 강제 수용소의 '다크 투어리즘'

(http://www.incheonilbo.com/news/articleView.html?idxno=725962#08hF)

권훈, 연합뉴스 / 나치 독일 다하우 수용소 정문 간판 도둑 맞아

(https://www.yna.co.kr/view/AKR20141103043100009)

이한재, BUSINESS POST

(http://www.businesspost.co.kr/BP?command=naver&num=95071)

이주명, 프레시안 / 미래로 가는 대륙 철도, 그 꿈과 현실

(http://www.pressian.com/news/article/?no=32704#09T0)

김택용, Michigan Korean Weekly / 골드만삭스 '통일한국 세계2위 경제대국 예측'을 믿는 이유

(https://michigankoreans.com/archives/13774)

한산소곡주몰

(http://www.sogokju.co.kr/shop/main/index.php)